Der Zauber der Liebe

Der Zauber der Liebe

Das große Buch der schönsten Liebesgeschichten

Herausgegeben von
Lia Franken

Scherz

Inhalt

HEINRICH HEINE

Was ist Liebe?

Was Prügel sind, das weiß man schon; was aber die Liebe ist, das hat noch keiner herausgebracht. Einige Naturphilosophen haben behauptet, es sei eine Art Elektrizität. Das ist möglich; denn im Moment des Verliebens ist uns zumute, als habe ein elektrischer Strahl aus dem Auge der Geliebten plötzlich in unser Herz eingeschlagen. Ach! diese Blitze sind die verderblichsten, und wer gegen diese einen Ableiter erfindet, den will ich höher achten als Franklin. Gäbe es doch kleine Blitzableiter, die man auf dem Herzen tragen könnte und woran eine Wetterstange wäre, die das schreckliche Feuer anderswohin zu leiten vermöchte! Ich fürchte aber, dem kleinen Amor kann man seine Pfeile nicht so leicht rauben wie dem Jupiter seinen Blitz und den Tyrannen ihr Zepter.

Außerdem wirkt nicht jede Liebe blitzartig; manchmal lauert sie, wie eine Schlange unter Rosen, und erspäht die erste Herzenslücke, um hineinzuschlüpfen; manchmal ist es nur ein Wort, ein Blick, die Erzählung einer unscheinbaren Handlung, was wie ein lichtes Samenkorn in unser Herz fällt, eine ganze Winterzeit ruhig darin liegt, bis der Frühling kommt und das kleine Samenkorn aufschießt zu einer flammenden Blume, deren Duft den Kopf betäubt. Dieselbe Sonne, die im Niltal Ägyptens Krokodileneier ausbrütet, kann zugleich zu Potsdam an der Havel die Liebessaat in einem jungen Herzen zur Vollreife bringen — dann gibt es Tränen in Ägypten und Potsdam. Aber Tränen sind noch lange keine Erklärungen. — Was ist Liebe? Hat keiner ihr Wesen ergründet? Hat keiner das Rätsel gelöst? Vielleicht bringt solche Lösung größere Qual als das Rätsel selbst, und das Herz erschrickt und erstarrt darob, wie beim Anblick der Medusa. Schlangen ringeln sich um das schreckliche Wort, das dieses Rätsel auflöst — oh, ich will dieses Auflösungswort niemals wissen, das brennende Elend in meinem Herzen ist mir immer noch lieber als kalte Erstarrung. Oh, sprecht es nicht aus, ihr gestorbenen Gestalten, die ihr schmerzlos wie Stein, aber auch gefühllos wie Stein durch die Rosengärten dieser Welt wandelt und mit bleichen Lippen auf den törichten Gesellen herablächelt, der den Duft der Rosen preist und über Dornen klagt.

Wenn ich dir aber, lieber Leser, nicht zu sagen vermag, was die Liebe eigentlich ist, so könnte ich dir doch ganz ausführlich erzählen, wie man sich gebärdet und wie einem zumute ist, wenn man sich auf den Apenninen verliebt hat. Man gebärdet sich nämlich wie ein Narr, man tanzt über Hügel und Felsen und glaubt, die ganze Welt tanze mit. Zumute ist einem dabei, als sei die Welt erst heute erschaffen worden und man sei der erste Mensch. «Ach, wie schön ist das alles», jauchzte ich, als ich Francescas Wohnung verlassen hatte. Wie schön und kostbar ist diese neue Welt! Es war mir, als müßte ich allen Pflanzen und Tieren einen Namen geben, und ich benannte alles nach seiner innern Natur und nach meinem eignen Gefühl, das mit den Außendingen so wunderbar verschmolz. Meine Brust war eine Quelle von Offenbarung, und ich verstand alle Formen und Gestaltungen, den Duft der Pflanzen, den Gesang der Vögel, das Pfeifen des Windes und das Rauschen der Wasserfälle. Manchmal hörte ich auch die göttliche Stimme: «Adam, wo bist du?» — «Hier bin ich, Francesca», rief ich dann, «ich bete dich an, denn ich weiß ganz gewiß, du hast Sonne, Mond und Sterne erschaffen und die Erde mit allen ihren Kreaturen!» Dann kicherte es aus den Myrtenbüschen, und heimlich seufzte ich in mich hinein: O süße Torheit, verlaß mich nicht!

Späterhin, als die Dämmerungszeit herankam, begann erst recht die verrückte Seligkeit der Liebe. Die Bäume auf den Bergen tanzten nicht mehr einzeln, sondern die Berge selbst tanzten mit schweren Häuptern, die von der scheidenden Sonne so rot bestrahlt wurden, als hätten sie sich mit ihren eignen Weintrauben berauscht. Unten der Bach schoß hastiger von dannen und rauschte angstvoll, als fürchte er, die entzückt taumelnden

Berge würden zu Boden stürzen. Dabei wetterleuchtete es so lieblich, wie lichte Küsse. «Ja», rief ich, «der lachende Himmel küßt die geliebte Erde — o Francesca, schöner Himmel, laß mich deine Erde sein! Ich bin so ganz irdisch und sehne mich nach dir, mein Himmel!» So rief ich und streckte die Arme flehend empor, und rannte mit dem Kopfe gegen manchen Baum, den ich dann umarmte statt zu schelten, und meine Seele jauchzte vor Liebestrunkenheit . . .

KATHERINE MANSFIELD

Herr Tauber und Frau Taube

Natürlich wußte er — und niemand besser als er —, daß er nicht die geringste Chance hatte, nicht die Spur einer Chance. Schon der bloße Gedanke war hirnverbrannt. So hirnverbrannt, daß er es völlig verstehen würde, wenn ihr Vater — na, einerlei, was ihr Vater zu tun beabsichtigte, er würde es völlig verstehen. Tatsächlich hätte er, wenn nicht aus reinster Verzweiflung und weil es auf weiß Gott wie lange Zeit sein allerletzter Tag in England war, niemals den Mut aufgebracht. Und sogar jetzt noch ... Er wählte eine Schleife von denen in der Schublade, eine blauweiß karierte, und setzte sich auf die Bettkante. Angenommen, sie erwiderte: «Was für eine Unverschämtheit!» — wäre er da überrascht? Nicht die Spur, dachte er, klappte den weichen Kragen hoch und schlug ihn über die Schleife. Er war darauf gefaßt, daß sie etwas dergleichen sagen würde. Ja, wenn er das Ganze sachlich überlegte, konnte er sich nicht vorstellen, was sie sonst sagen könnte.

Und da war er nun! Nervös schlang er vor dem Spiegel einen Knoten in die Schleife, strich sich mit beiden Händen das Haar glatt und zog die Klappen seiner Rocktaschen heraus. Fünf- bis sechshundert Pfund jährlich auf einer Obstfarm in — ausgerechnet! — Rhodesien zu verdienen! Kein Vermögen zu besitzen! Nicht einen Penny von sonstwoher zu erhoffen! Keine Aussicht, während der nächsten vier Jahre sein Einkommen zu erhöhen! Und was sein Aussehen und so weiter betraf, war er ein kompletter Außenseiter. Nicht mal eine erstklassige Gesundheit hatte er vorzuweisen, denn Ostafrika hatte ihn so gründlich mitgenommen, daß er sechs Monate Urlaub hatte nehmen müssen. Noch immer war er gräßlich blaß — heute nachmittag noch mehr als sonst, fand er, als er sich vorbeugte und in den Spiegel starrte. Lieber Himmel, was war denn da passiert? Sein Haar sah beinah hellgrün aus! Verflixt noch mal, grüne Haare hatte er jedenfalls nicht! Das war ein bißchen zu heftig! Und dann zitterte das Licht im Spiegel; es war bloß der Reflex von dem Baum draußen! Reggie drehte ich um, holte sein Zigarettenetui hervor, erinnerte sich aber, daß seine alte Dame es nicht leiden konnte, wenn er im Schlafzimmer rauchte, steckte das Etui wieder ein und schlenderte zur Kommode. Ach, verflixt, ihm wollte nicht ein einziger Punkt zu seinen Gunsten einfallen, sosehr er sich auch den Kopf zerbrach. Sie dagegen ... Oh! ... Er blieb stehen, verschränkte die Arme und stützte sich schwer auf die Kommode.

Denn trotz ihrer gesellschaftlichen Stellung und ihres Vaters Vermögen, trotz der Tatsache, daß sie das einzige Kind und bei weitem das beliebteste junge Mädchen in der Nachbarschaft war, trotz ihrer Schönheit und Klugheit — Klugheit? ach was, es war viel mehr als das! und trotzdem es nichts gab, was sie *nicht* tun konnte (er war felsenfest überzeugt, daß sie, falls nötig, schlechthin alles aufs genialste bewältigen könnte), und trotz der Tatsache, daß ihre Eltern sie vergötterten und sie ihre Eltern und daß sie sie eher sonstwohin lassen würden ... trotz aller Einwände, die ihm in den Sinn kamen, war seine Liebe zu ihr doch so unbändig, daß er die Hoffnung nicht aufgeben konnte. Aber war es Hoffnung? War diese wunderliche, scheue Sehnsucht, sie zu umsorgen und darauf zu achten, daß sie alles hatte, was sie brauchte, und daß nichts an sie herankäme, was nicht vollkommen wäre, nicht einfach Liebe? Und wie er sie liebte! Er drängte sich fest an die Kommode und murmelte: «Ich liebe sie! Ich liebe sie!» Und einen kurzen Augenblick befand er sich mit ihr auf der Reise nach Umtali. Es war Nacht. Sie saß in einer Ecke und schlief. Ihr weiches Kinn war in den weichen Kragen geschmiegt, ihre goldbraunen Wimpern lagen auf ihren Wangen. Verliebt betrachtete er ihre zierliche kleine Nase, ihre wunderschönen Lippen, ihr Babyöhrchen und die goldbraune Locke, die es halb verdeckte. Sie fuhren durch den Dschungel. Es war warm und dunkel und weit weg. Dann erwachte sie und fragte: «Habe ich geschlafen?», und er antwortete: «Ja. Sitzt du auch bequem? Warte, laß mich ...» Und er beugte sich vor, beugte sich über sie. Es war eine solche Wonne, daß er nicht weiterträumen konnte. Aber es hatte ihm Mut eingeflößt, die Treppe hinunterzuspringen, seinen Strohhut von der Garderobe zu reißen und sich, während er die Haustür schloß, zu sagen: «Ich muß eben mein Glück versuchen, etwas anderes gibt's nicht!»

Doch sein Glück versetzte ihm sofort — milde ausgedrückt — einen derben Knuff. Mit Chinny und Biddy, den uralten Pekinesenhündchen, promenierte seine alte Dame den Gartenweg auf und ab. Natürlich hatte Reggie seine Mutter sehr gern und all das. Sie — hm — meinte es gut, sie war fabelhaft schneidig und so weiter. Aber es ließ sich nicht leugnen, daß sie eine sehr gestrenge Frau Mama war. Bevor Onkel Aleck starb und ihm die Obstfarm vermachte, hatte es in Reggies Leben Augenblicke gegeben — und sie waren recht zahlreich gewesen —, in denen er überzeugt war, daß es keine üblere Strafe geben könne, als der einzige Sohn einer Witfrau zu sein. Daß sie buchstäblich sein ein und alles war, verschärfte die Sache nur noch. Sie war ja für ihn nicht bloß Vater und Mutter zugleich, sondern sie hatte sich auch mit all ihren eigenen Verwandten und mit denen des alten Herrn überworfen, bevor Reggie die erste lange Hose bekam. Wenn er also dort unten Heimweh hatte, so allein auf der dunklen Veranda im Sternenschimmer, während das Grammophon jammerte: «Was ist das Leben ohne Liebe?», dann sah er im Geiste einzig die alte Dame, wie sie, groß und kräftig, den Gartenweg einhergerauscht kam, und Chinny und Biddy ihr auf den Fersen . . .

Als die Frau Mama ihn erblickte, blieb sie mit geöffneter Gartenschere, die ein welkes Blütenköpfchen abschneiden sollte, stockstill stehen.

«Du gehst doch nicht aus, Reginald?» sagte sie, obwohl sie sah, daß er es tun wollte.

«Zum Tee bin ich wieder zurück, Mama», antwortete Reggie kläglich und vergrub die Hände in den Rocktaschen.

«Schnipp!» fiel das Blütenköpfchen zu Boden. Reggie zuckte zusammen.

«Ich dachte, deinen letzten Nachmittag hättest du deiner Mutter widmen können», sagte sie.

Schweigen, allseitiges! Die Pekinesen glotzten. Sie verstanden jedes Wort, das die alte Dame äußerte. Biddy legte sich mit hängender Zunge auf den Bauch: sie war so fett und glatt, daß sie wie ein halb aufgelutschter Sahnebonbon aussah. Chinnys Porzellanaugen glupschten Reggie an, und er schnupperte so hochnäsig, als wäre die ganze Welt ein einziger übler Geruch. «Schnipp!» machte die Schere schon wieder. Die armen kleinen Dinger — sie bekamen ihr Teil ab!

«Und wohin gehst du, falls deine Mutter fragen darf?»

Endlich war es überstanden, und Reggie verlangsamte seine Schritte erst, als das Haus außer Sicht war und er schon den halben Weg zu Colonel Proctors Haus zurückgelegt hatte. Da erst bemerkte er, was für ein prima Nachmittag es war. Den ganzen Vormittag hatte es geregnet — ein warmer, schwerer, rascher Spätsommerregen war niedergegangen —, und jetzt war der Himmel klar, bis auf einen langen Schweif kleiner Wolken, die wie junge Entchen im Wald schwammen. Es war gerade soviel Wind, um die letzten Tropfen von den Bäumen zu schütteln, und warm zerspritzte ein Stern auf seinem Handrücken. Ping! klatschte ein andrer auf seinen Hut. Die leere Straße glänzte, Heckenrosen dufteten aus dem Gebüsch, und in den Vorgärten glühten hohe, bunte Malven. Und nun war er vor Colonel Proctors Haus angelangt — hier war es schon! Seine Hand lag auf der Gartenpforte, sein Ellbogen stieß gegen den Syringenstrauch, und Blütchen regneten auf seinen Ärmel. Aber halt! Das ging doch gar zu rasch! Er hatte vorgehabt, sich alles noch einmal zurechtzulegen. Also sachte! Aber da schritt er schon den Gartenweg hinauf, hohe Rosenbäumchen rechts und links. So sollte es eigentlich nicht sein! Doch seine Hand griff schon nach der Glocke, zog daran und rief ein so stürmisches Gebimmel hervor, als wollte er melden, das Haus stünde in Flammen. Das Mädchen war anscheinend schon in der Halle gewesen, denn die Haustür flog auf, und Reggie wurde in den leeren Salon gesperrt, bevor das verflixte Gebimmel aufgehört hatte. Als es endlich verstummte, merkte er seltsamerweise, daß der große, schattige Raum, in dem ein Sonnenschirm auf dem Flügel lag, ihm Mut einflößte — oder vielmehr, ihn aufpeitschte. Es war so still, und doch würde im nächsten

Augenblick die Tür aufgehen, und sein Schicksal würde sich entscheiden. Es war so ähnlich wie beim Zahnarzt: er kam sich geradezu verwegen vor. Doch gleichzeitig hörte er sich zu seiner größten Überraschung murmeln: «Lieber Gott, du weißt ja — bisher hast du nicht viel für mich getan!» Das gebot ihm Einhalt und machte ihm klar, wie todernst es war. Zu spät! Die Klinke wurde heruntergedrückt. Anne trat ein, kam durch den Dämmerschatten des Zimmers auf ihn zu, reichte ihm die Hand und sagte mit ihrer leisen kleinen Stimme: «Bedaure, Vater ist ausgegangen, und Mutter vergnügt sich in der Stadt, auf der Jagd nach einem Hut. Sie müssen mit mir vorliebnehmen, Reggie!»

Reggie atmete heftig, drückte seinen Hut an seine Jackenknöpfe und stammelte: «Eigentlich bin ich bloß gekommen... um mich zu verabschieden!»

«Oh!» rief Anne leise und trat einen Schritt zurück. Die Fünkchen in ihren grauen Augen tanzten. «Was für ein furchtbar kurzer Besuch!»

Dann, mit erhobenem Kinn, beobachtete sie ihn und lachte laut heraus, silberhell und melodisch, und lehnte sich gegen den Flügel, wo sie mit der Quaste des Sonnenschirms spielte.

«Verzeihen Sie, daß ich so lache», sagte sie. «Ich verstehe nicht, warum ich's tue. Es ist eine schlechte Gewohnheit.» Und plötzlich stampfte sie mit dem grauen Schuh auf und zog ein Taschentuch aus ihrer weißen Wolljacke. «Ich muß mich wirklich beherrschen lernen, es ist zu töricht!»

«Um Gottes willen, Anne», rief Reggie, «ich höre Sie schrecklich gern lachen! Ich kann mir nicht vorstellen, was mir...»

Doch im Grunde verhielt es sich so — und sie wußten es beide —, daß sie nicht dauernd lachte: es war keine richtige Gewohnheit. Aber schon seit dem Tag, als sie sich kennengelernt hatten, ja vom allerersten Augenblick an hatte Anne aus einem seltsamen Grund heraus, den Reggie gar zu gern verstanden hätte, immer über ihn lachen müssen. Warum nur? Ganz einerlei, wo sie waren oder worüber sie sprachen! Sie konnten anfangs so ernst wie nur möglich sein, todernst — jedenfalls, was ihn betraf —, doch dann, mitten in einem Satz, schaute Anne ihn an, und ein leichtes Zucken flog über ihr Gesicht.

Ihre Lippen öffneten sich, die Fünkchen in ihren Augen tanzten, und sie fing an zu lachen.

Und was auch noch so seltsam war: Reggie schien es ganz so, als wüßte sie selber nicht, weshalb sie lachte. Er hatte gesehen, wie sie sich abwandte, die Brauen zusammenzog, die Wangen einsaugte und die Hände verkrampfte. Aber es half alles nichts. Das silberhelle, melodische Lachen klang wieder auf, noch während sie rief: «Ich weiß nicht, warum ich lache!» Es war rätselhaft.

Jetzt steckte sie ihr Taschentuch wieder ein. «Setzen Sie sich doch bitte! Wollen Sie nicht rauchen? In der kleinen Dose neben Ihnen sind Zigaretten. Ich möchte auch eine!» Er gab ihr Feuer, und als sie sich vorbeugte, sah er im Perlring, den sie trug, das Flämmchen vom Zündholz aufleuchten. «Sie wollen morgen abreisen, nicht wahr?» sagte Anne.

«Ja, morgen, leider», sagte Reggie und stieß eine kleine Rauchfahne aus. Warum zum Kuckuck war er so nervös? Nervös war überhaupt kein Ausdruck dafür.

«Es klingt so unwahrscheinlich!» fügte er hinzu.

«Ja, wirklich!» sagte Anne leise, beugte sich vor und fuhr mit dem glimmenden Ende ihrer Zigarette rund um den grünen Aschenbecher. Wie schön sie dabei aussah — einfach wunderschön, und so zierlich in dem riesigen Lehnstuhl! Reginalds Herz barst vor Zärtlichkeit, doch was ihn geradezu erzittern ließ, das war ihre Stimme, ihre leise Stimme.

«Mir ist, als wären Sie schon seit Jahren hier», sagte sie.

Reginald tat einen tiefen Zug aus seiner Zigarette. «Der Gedanke, dorthin zurückzugehen, ist gräßlich», sagte er.

«Rucku-rucku!» klang es durch die Stille.

«Aber Sie sind doch gern dort unten, nicht wahr?» fragte Anne und hakte den Finger in ihre Perlenkette. «Vater hat noch neulich abend gesagt, wie glücklich Sie dran wären, so selbständig leben zu können!» Und fragend blickte sie zu ihm auf. Reginalds Lächeln war etwas matt.

«Ich komme mir nicht so besonders glücklich vor», sagte er obenhin.

«Rucku-Rucku!» ertönte es wieder. Und Anne murmelte: «Weil es einsam ist, meinen Sie.»

«Ach, die Einsamkeit macht mir nichts aus», sagte Reginald

und zerdrückte wütend seine Zigarette im grünen Aschenbecher. «Die könnte ich gut ertragen, jede Menge — mochte sie sogar gern. Aber der Gedanke, daß ...» Zu seinem Entsetzen spürte er, daß er plötzlich rot wurde.

«Rucku-rucku! Rucku-rucku!»

Anne sprang auf. «Kommen Sie mit, meinen Tauben Lebwohl zu sagen!» rief sie. «Neuerdings sind sie in der Seitenveranda! Sie lieben doch Tauben, nicht wahr, Reggie?»

«Leidenschaftlich!» erklärte Reggie mit solcher Inbrunst, daß Anne, als er ihr die Glastür öffnete und beiseite trat, vorauslief und diesmal über die Tauben zu lachen schien.

Über den feinen roten Sand des Taubenhauses trippelten zwei Tauben hin und her und hin und her. Eine lief immer vor der andern her. Sie lief ein Stückchen voraus und stieß einen kleinen Ruf aus, und die andre folgte, sich fortwährend feierlich verbeugend. «Die eine, die vorausläuft, ist Frau Taube», erklärte Anne. «Sie schaut Herrn Tauber an und lacht ein bißchen und läuft weiter, und er folgt ihr und verbeugt sich fortwährend. Und darüber muß sie wieder lachen, lacht und läuft weg, und er hinter ihr her, der arme Herr Tauber, und verbeugt sich, verbeugt sich», sagte Anne und kauerte sich hin. «Das ist ihr ganzes Leben! Nie tun sie etwas anderes!» Sie stand auf und nahm ein paar gelbe Körner aus einem Säckchen, das auf dem Dach des Taubenhauses lag. «Wenn Sie in Rhodesien unten an die beiden denken, Reggie, können Sie sicher sein, daß sie noch immer dasselbe tun ...»

Reggie sah nicht so aus, als habe er die Tauben eines Blicks gewürdigt oder auch nur ein Wort gehört. Augenblicklich war er sich nur der ungeheuren Anstrengung bewußt, die nötig war, seinem Herzen das Geheimnis zu entreißen und es Anne anzubieten. «Anne, glauben Sie, daß ... daß Sie mich je gern haben könnten?» Jetzt war es heraus. Er hatte es hinter sich. Und in dem kurzen Schweigen, das nun folgte, sah Reggie den Garten, der sich dem Licht hingab, dem blauen, flimmernden Himmel, sah das Geflatter der Blätter an den Verandapfosten und sah Anne, wie sie die Maiskörner in ihrer Handmuschel mit der Fingerspitze umrührte. Dann schloß sie die Hand langsam, und die neue Welt verblaßte, als sie langsam murmelte: «Nein ...

nicht so, wie Sie's meinen!» Aber ehe er Zeit hatte, irgend etwas zu empfinden, ging sie schon rasch weiter, und er folgte ihr die Treppe hinunter, den Gartenweg entlang, unter den Rosenbögen hindurch und über den Rasen. Dort, vor der bunten Staudenrabatte, drehte sie sich zu ihm um. «Natürlich kann ich Sie sehr gut leiden», sagte sie, «wirklich sehr gut! Aber . . .» sie riß die Augen auf — «nicht so, wie man . . .» ein Zucken huschte über ihr Gesicht — «wie man jemanden gern haben sollte, den . . .» Sie verzog die Lippen und konnte sich nicht mehr beherrschen. Sie begann zu lachen. «Da haben Sie's!» rief sie. «Es ist wegen Ihres karierten Querbinders! Sogar in einem Moment, wo man doch wahrhaftig ernst sein sollte, erinnert mich Ihr Querbinder so lächerlich an die Schleifchen, die man den Katzen in Bilderbüchern umgebunden hat. Oh, bitte verzeihen Sie mir, daß ich so scheußlich bin! Bitte!»

Reggie ergriff ihre warme kleine Hand. «Von Verzeihen kann nicht die Rede sein», sagte er hastig. «Darum geht es nicht! Denn ich glaube, daß ich jetzt weiß, warum ich Sie immer zum Lachen bringe. Weil Sie mir in jeder Hinsicht so überlegen sind, muß ich Ihnen lächerlich erscheinen. Das verstehe ich, Anne! Aber wenn ich . . .»

«Nein, nein!» Anne ließ seine Hand nicht los, sondern drückte sie heftig. «Das ist es nicht! Das stimmt überhaupt nicht! Ich bin Ihnen gar nicht überlegen. Sie sind ein viel besserer Mensch als ich. Sie sind so wunderbar selbstlos und . . . und gütig und schlicht! Das bin ich alles nicht! Sie kennen mich nicht! Ich habe einen ganz widerlichen Charakter!» sagte Anne. «Nein, bitte unterbrechen Sie mich nicht! Außerdem geht es gar nicht darum. Es geht darum» — sie schüttelte den Kopf —, «daß ich unmöglich einen Mann heiraten könnte, über den ich gelacht habe. Das müssen Sie doch begreifen! Der Mann, den ich heirate . . .», flüsterte sie. Dann verstummte sie. Sie entzog ihm ihre Hand und lächelte Reggie seltsam träumerisch an. «Der Mann, den ich heirate . . .»

Und Reggie schien es, als trete ein großer, schöner, stattlicher Mann vor ihn und nähme seinen Platz ein — ein Mann von dem Schlag, den Anne und er oft im Theater gesehen hatten, der urplötzlich auf der Bühne erschien, die Heldin stumm in die Arme riß und sie nach einem langen, liebeglühenden Blick irgendwohin entführte . . .

Reggie beugte sich dieser Vision. «Ja, ich begreife es», sagte er heiser.

«Wirklich?» rief Anne. «Ach, hoffentlich! Weil ich mir dabei so abscheulich vorkomme. Es ist schwer zu erklären. Ich habe nämlich nie . . .» Sie brach ab. Reggie schaute sie an. Sie lächelte. «Ist es nicht seltsam?» rief sie. «Ihnen kann ich alles sagen! Hab's immer gekonnt . . . von Anfang an!»

Er versuchte zu lächeln und ‹Das freut mich!› zu sagen. Sie fuhr fort: «Ich bin nie jemandem begegnet, den ich so gut leiden kann wie Sie! Mit niemand hab' ich mich so glücklich gefühlt. Aber das ist doch bestimmt nicht das, was die Leute meinen, wenn sie von Liebe sprechen, von Liebe wie in den Büchern? Begreifen Sie es? Oh, wenn Sie bloß wüßten, wie scheußlich ich mir vorkomme! Aber wir wären wie . . . wie Herr Tauber und Frau Taube!»

Damit war's getan! Es erschien ihm so endgültig und so furchtbar wahr zu sein, daß er es kaum ertragen konnte. «Deutlicher brauchen Sie nicht zu werden!» sagte er, wandte sich ab und blickte über den Rasen. Dort war das Gärtnerhäuschen mit der dunklen Stechpalme daneben. Ein feuchter blauer Däumling durchsichtigen Rauchs hing über dem Schornstein. Es sah unwirklich aus. Wie ihn die Kehle schmerzte! Würde er sprechen können? Er versuchte es. «Ich muß jetzt nach Hause», krächzte er und ging über den Rasen. Aber Anne rannte ihm nach.

«Nein, nicht! Sie können doch noch nicht gehen!» flehte sie ihn an. «Sie können unmöglich gehen, wo Ihnen so ums Herz ist!» Stirnrunzelnd blickte sie zu ihm auf und biß sich auf die Lippe.

«Ach, das macht nichts», sagte Reggie und gab sich einen Ruck. «Ich werde wohl . . . werde wohl . . .» Und er machte eine Handbewegung, als wollte er sagen: «wohl drüber wegkommen!»

«Aber es ist schrecklich!» sagte Anne. Sie verkrampfte die Hände und stellte sich vor ihn. «Sie begreifen doch sicher, wie schlimm es wäre, wenn wir heiraten würden, ja?»

«Sicher, sicher!» erwiderte Reggie und sah sie hohläugig an.

«So wie ich nun mal eingestellt bin, wäre es unrecht, wäre es schlecht von mir. Ich meine, für Herrn Tauber und Frau Taube ist es recht und gut. Aber im richtigen Leben — stellen Sie sich das mal vor!»

«Klar», sagte Reggie und wandte sich zum Gehen.

Aber Anne hielt ihn wieder auf.

Sie zog ihn am Ärmel, und statt zu lachen, sah sie zu seiner Verwunderung jetzt wie ein kleines Mädchen aus, das gleich zu weinen anfängt.

«Wenn Sie's begreifen, warum sehen Sie dann so un... unglücklich aus?» jammerte sie. «Warum nehmen Sie sich's so zu Herzen? Warum sehen Sie so elend aus?»

Reggie schluckte, und wieder winkte er ab. «Ich kann's nicht ändern!» sagte er. «Für mich war es ein Schlag! Wenn ich jetzt schnell weggehe, wär's mir möglich...»

«Wie können Sie bloß von schnell weggehen reden?» rief Anne verächtlich. Sie stampfte mit dem Fuß auf und wurde puterrot. «Wie können Sie bloß so grausam sein? Ich kann Sie erst weglassen, wenn ich überzeugt bin, daß Sie genauso glücklich sind wie vorhin, bevor Sie mich baten, Sie zu heiraten. Das müssen Sie doch begreifen, es ist ganz einfach!»

Aber Reginald kam es überhaupt nicht einfach vor. Es schien ihm unüberwindlich schwer zu sein.

«Selbst wenn ich Sie nicht heiraten kann, wie soll ich den Gedanken ertragen, daß Sie so weit weg sind und nur diese gräßliche Mutter haben, der Sie schreiben können, und daß Sie unglücklich sind und daß es alles meine Schuld ist?»

«Es ist nicht Ihre Schuld! Das müssen Sie nicht glauben. Es ist einfach mein Schicksal!» Reggie nahm ihre Hand, die auf seinem Ärmel lag, und küßte sie. «Sie müssen mich nicht bemitleiden, liebe kleine Anne!» sagte er sanft. Und diesmal rannte er fast unter den Rosenbögen hindurch und den Gartenweg hinab.

«*Rucku-rucku! Rucku-rucku!*» tönte es von der Veranda her — und «Reggie! Reggie!» klang's aus dem Garten.

Er blieb stehen und drehte sich um. Doch als sie seine scheue, verdutzte Miene sah, lachte sie leise.

«Komm zu mir, Herr Tauber!» sagte Anne. Und Reginald ging langsam über den Rasen.

LOTTE WEGE

Das Liebespaar

Um acht Uhr achtundfünfzig steigt Fräulein Gertrud Lentzinger aus der Elektrischen. Dann geht sie über den Bahnhofsplatz. Die Sonne brennt schon heiß. Der Tag ist ein Sonntag. Die meisten Ausflügler — Familien, Fremde, Studenten — sind schon ins Gebirge gefahren. Gegen Abend, heißt es im Wetterbericht, kommt vielleicht ein Gewitter.

Schön, gegen Abend. Das hat ja noch Zeit.

Unter der Bahnhofsuhr, neben dem Zeitungskiosk, steht ein Mann Mitte Vierzig und hält einen hellen Regenmantel auffällig über dem Arm.

Fräulein Lentzinger sieht ihn und weiß, daß er's ist: «Kaufmann in sicherer Position, Vertreter, Witwer, Vater von lieben Mädeln, dreizehn und neun, sucht herzensgebildete Frau, nicht unter fünfunddreißig, zwecks Ehe!» Sie weiß, daß er Alfred Liedl heißt. Sie hat ihm auf die Annonce geschrieben. Sie hat ihm ihr Bild geschickt. Jetzt treffen sie sich. Der Mantel ist das Erkennungszeichen.

Als sie den Mantel sieht, nicht eher, ergreift Fräulein Lentzinger (achtunddreißig, aber man kann sie für jünger halten, erste Verkäuferin in Lutz' Warenhaus, Schuhabteilung) ein kochender Zorn, eine unkontrollierbare Scham. Vielleicht der Annonce wegen.

Eine Heiratsannonce ist heute kein ungewöhnlicher Weg mehr, sich kennenzulernen. Aber man hat sich angeboten, ehe man sich kannte. Der Mann hat ein rotes Gesicht und ist dicklich. Sie fühlt es als Demütigung.

«Das ist mir nicht an der Wiege gesungen, daß ich auf eine Annonce schreib . . .»

Trotzdem geht sie weiter, aus Pflichtgefühl, weil sie es einmal begonnen hat, auf Liedl zu, Vater von zwei lieben Mädeln, gesicherte Position. Sie hat gleichfalls gespart, und vor sechs Jahren hatte sie gleichfalls ein Kind. Das Kind ist gestorben. Erst kam's nicht erwünscht, dann ging es zu früh. Der Vater, Student, hat sie wieder verlassen. Er kam aus Rußland, aus der Gefangenschaft, und ging nach Amerika, Student der Chemie. Seither hat sie gespart. Zuerst, um ihm nachzufolgen, dann, als er nicht mehr schrieb — sie hatte ihn unbändig gern, er hatte sie nicht gern genug —, einfach so.

Was nützt aber Sparen. Wenn man älter wird, ist man trotzdem allein.

Man kann nicht allein sein, nicht immer, nicht jeden Abend, wenn man nach Hause kommt, und die Zeiten, in denen man ausgeht, mit Freundinnen, manchmal mit Herren, ohne zu fragen: wozu und warum, sind mit achtunddreißig vorbei.

Aber für ihre achtunddreißig wirkt sie recht angenehm: brünett, nicht zu dünn, korrekt und gefühlvoll. Erfahren. Die Haare sind etwas zu scharf gewellt. Aber der Hut ist flott.

Was für ein schönes Wetter!

Hinterm Bahnhof leuchten die Berge in blauen Konturen. Sie hat sich ein Buschröschen angesteckt. Ihr Erkennungszeichen. Aber sie fühlt die reizende Schönheit des Tages plötzlich als reißenden Schmerz: Der Mann hat ein rotes Gesicht und ist dick.

Bitte sehr. Warum nicht? Das sind nicht die Schlimmsten. Doch. Grobe Filous. Schieben in schlechten Zeiten und kehren im Hause den Herren heraus. Man kennt ja den Typ.

Ach was! Der Mann sieht sie kommen, erkennt sie am Röschen, sie muß es ja sein. Recht passabel. Aber: Lieber Gott, sie sieht fast wie Meta aus. Die schwarzen Haare und die Frisur. Wenn sie nur nicht die Stimme hat ...

«Guten Tag, Herr Liedl?»

(Nein, Gott sei Dank! die Stimme ist anders. Ruhiger. Aber die Ähnlichkeit macht ihn betreten, wie eine seltsame Anspielung.)

«Guten Tag, Fräulein Lentzinger. Freut mich, Sie kennenzulernen. Gehn wir zum Omnibus?»

«Ja ...»

Und damit scheint jeder Gesprächsstoff erloschen. Man redet

nicht, wenn man lieber was anderes sagt, nämlich: Herr Liedl, ich möchte gleich wieder gehen. — Fräulein Lentzinger, Sie sehen aus wie meine verstorbene Frau.

Also gehen sie zum Omnibus.

Sie wollten zum Feldberg fahren. So war's abgemacht, brieflich. Brieflich war außerdem abgemacht, daß sie naturliebend, fürsorglich, kultiviert, herzlich und einfach, geistreich und prachtvoll seien. Es gibt schriftliche Worte und mündliche Worte, wobei die schriftlichen prachtvoller sind. Aber die Schriftlichkeit des Jahrhunderts ist immer mit Propaganda verquickt. Nachher lernt man sich kennen: ein dicklicher Mann, eine nicht mehr ganz junge Frau.

Eine Entlarvung bleibt es ja doch.

Fräulein Lentzinger hat das Gefühl, als ginge sie mit falschen Schritten auf einer Bühne, als wirke sie lächerlich. Dafür haßt sie den Mann, und als er die Fahrkarten löst, hebt sie mit falscher Bühnenbewegung die Hand: «Ich zahle für mich.»

«Ja, ja. Wir verrechnen am Abend.»

Wenn's doch erst Abend wäre!

Sie steigen hastig ein, wie auf verbotenen Wegen, als möchten sie sich verbergen, und lassen sich auf die Sitze fallen. Schon erschöpft von dem kurzen Gang, noch erschöpfter von der Aussicht, den ganzen Tag miteinander zu verbringen.

Sie bekommt einen Fensterplatz. Durchs offene Fenster wehen Erdbeer- und Anisgerüche. Ach, warum hat sie sich hinreißen lassen, auf eine Annonce zu schreiben? Lieber Gott, sie ist ungern allein. Nur dieser Liedl paßt ihr nicht. Jetzt versinkt sie in knietiefe Melancholie.

Der Mann betrachtet sie von der Seite. Nein, sie sieht doch nicht wie Meta aus. Nur die Haare. Was fängt er den ganzen Tag mit ihr an?

Meta! Sie hat eine harte Stimme gehabt. Er hat immer kämpfen müssen. Arbeitslos, stempeln, er weiß, was das heißt. Jetzt macht er achthundert im Monat, spielend, Büroartikel. Die Büros blühen auf, und Meta, im Grabe, kann ruhig sein. Nur, ihre Sorge ums Geld ist ungut gewesen. Die Sorge einer Sklaventreiberin. Luxuriös war sie nicht, aber ängstlich, und die Angst hat sie hart gemacht, hat ihr den harten Blick einer Kundin gegeben, der keine Ware paßt. Auf dem Krankenbett hat sie gelitten, aber als er nach Hause kam aus dem Krieg — er wog hundert Pfund, zuwenig für einen Mann —, hat sie nichts als geschrien, mit der gellenden Stimme: Schaff Butter, schaff Brot! Aber ja, und als es ihm besserging, hat er sich schadlos gehalten.

Es gibt, im Gasthaus und unterwegs, blonde, gutmütig kreischende, feiste Damen, an denen ein reisender Mann sich schadlos hält. Und Meta war ordentlich, niedlich auch, als sie jung war, und die Ehe mit dem Buffet im besten Zimmer ist vorbildlich glücklich gewesen, nach Ansicht der Leute, und Herr Liedl pflanzt Immergrün auf ihr Grab. Nur: Wer will ihm verdenken, daß auch der Schimmer einer Ähnlichkeit an einer anderen Frau ihn betreten macht?

Er ist dick, er kann einen Konkurrenten vertreiben, und seine Genüsse, Essen und Liebe, sind manchmal vulgär. Aber bei aller Härte, bei aller Lust am Leben bleibt eine Sehnsucht in einem Mann, die er bei Schnäpsen und Eisbein und achthundert endlich im Monat nicht stillt. Er war das siebte von acht Geschwistern, er kommt vom Land, er kann was ertragen, er hat in Rußland gefroren, gestohlen, um weiterzuleben, er hat, um weiterzuleben, in bitteren Zeiten bisweilen unerlaubte Geschäfte gemacht. Bitte sehr. Aber es bleibt bei alledem eine Sehnsucht in ihm, die er selten stillt — und eine unerbittliche Ehrbarkeit . . .

. . . Und es bleibt eine unerbittliche Ehrbarkeit auch in Gertrud Lentzingers Seele. Ihre Eltern betrieben ein Krawattengeschäft. Sie ist immer die Erste in der Schule gewesen. Sie wollte was erreichen. Ihre Mutter lernte sie im Laden an. Der Chef läuft hinter ihr her, weil sie tüchtig ist. Aber was nützt ihr die Freundlichkeit eines Chefs, der sie doch niemals heiraten wird? Frauen sind ungern allein. Sie will immer hoch hinaus, sie ist gut gewachsen. Aber mit Männern hat sie kein Glück. Sie war ein paarmal verlobt.

Der erste, ein Schweizer vom Bodensee, hat sie verlassen, weil Hitler in Deutschland regierte. Er war der Erbe eines Hotels und hat sie «Das Gertrüd» genannt. Stur und poetisch. Der zweite, ein Blasser, Strenger, studierte unter Hitler die Medizin und ist im Kriege gefallen. Sie hat sich nie was aus Hitler gemacht, und sie wollte keinen Krieg. Der dritte Herr, den sie kannte, war undurchsichtig in seinem Beruf, aber er hat, nach dem Krieg, in der Hungerzeit, immer Weißbrot gebracht. Da hat sie sich wieder verlobt und eines Tages erfahren müssen, daß er verheiratet ist. Es hat sie beleidigt.

Aber den vierten, Lorenz, hatte sie unbändig gern, und er hatte sie einfach nicht gern genug. Sie hat ihn bedient, und das wünschte er nicht. Sie hat ihn ernährt, er hat es geduldet, sie diente, um seinetwillen, in einem Lebensmittelgeschäft, und als sie das Kind bekam, war er nur außer sich. Er war ein feiner Filou, kein grober.

Sie selber ist hübsch, aber von unerbittlicher Tüchtigkeit. Vielleicht ist sie klug, aber schlau ist sie nicht. Und also hat sie kein Glück bei Männern, und wenn sie Gefühle will, geht sie ins Kino und sehnt sich nach ihrem verstorbenen Kind. Erst war's nicht erwünscht, und dann ging es zu früh.

Aber tags, im Geschäft, ist sie fabelhaft. Bei den Kunden beliebt: «Fräulein Lentzinger, bitte, nein, machen Sie das.» Und das graue Laufmädchen Herta betet sie an, bringt ihr Blumen. Aber sie schätzt diese graue Verehrung nicht. Verehrungsersatz. Kino ist auch Ersatz. Aber die Filmstars in ihren Gefühlen sind wenigstens schön.

Fräulein Lentzinger ist tüchtig, von einer ehrbaren Tüchtigkeit unerbittlich beherrscht, sie will immer hoch hinaus, aber daneben bleibt, unangreifbar, ein Sinn fürs Schöne bestehen. Wer möchte ihr verdenken, daß sie den dicken Liedl nicht will!

Pünktlich um neun Uhr zwanzig setzt sich der Omnibus in Bewegung, trägt sie sacht ins Gebirge hinaus: Reisende, Fremde, Studenten, Herrn Liedl und Fräulein Lentzinger auch. Über die Dreisam, durchs Höllental. Halden, Schluchten und Bäche, schäumendes Wasser. Durchs Fenster weht eine milde, erfrischende Luft. Manchmal sehen sie sich an, Fräulein Lentzinger und Herr Liedl. Verstohlen, mit Zorn zuerst, dann mit Trauer, schließlich mit Gleichgültigkeit, schließlich mit der Gewißheit, einer vom andern, daß sie nichts voneinander wollen, daß es ein Irrtum war, sich zu treffen, daß sie sich trennen werden am Abend, um niemals sich wiederzusehen. Erst aber werden sie noch korrekt ihre Auslagen miteinander verrechnen. Auf dieser Basis setzt, nach der krassen Enttäuschung, am Ende, im Höllental, zwischen Schluchten, eine gewisse Einigkeit ein. Die Einigkeit zwischen Leuten, die nichts voneinander wollen. Eine leere Einigkeit, die beruhigt. Vielleicht wird er abends zu einer Blonden, ganz sicher wird sie am Abend, wenn sie zurück sind, ins Kino gehen ...

So trägt sie der Omnibus weiter. Einmal, vor einem schäumenden Bach, links ein Abgrund, bedenkt Herr Liedl: Er hat eine Schwester in Breisach, er wird nicht heiraten müssen, er kann die Kinder zu seiner Schwester geben. Wie eine Eingebung ist ihm das. Die erfrischt. Einmal, auf einer Brücke, muß Fräulein Lentzinger bedenken: Sie kann Direktrice werden und unvermählt sterben und einer gräßlichen Wahrheit wie einer gräßlichen Kundin, die niemals kauft, ins Auge sehn. Jede Wahrheit beruhigt ...

Der Omnibus trägt sie durch Halden und Hänge und Serpentinen sacht bergauf. Die milde Luft aus den Schluchten bringt eine süße Müdigkeit, einen leichten Rausch.

Am Fuße des Feldbergs steigen sie aus, ein paar Wanderer mehr, in einer unausgesprochenen, leeren Einigkeit, die sie, im Verein mit der Luft, fast entzückt. Sie werden korrekt verrechnen und auseinandergehen. Es ist gut.

Gegen Mittag sind sie im Wald und reden von Kunden. Es gibt diese und jene, hassenswerte und gute und solche, mit denen man Mitleid hat, jene Ärmsten, die kaufen wollen und doch nicht können. Ein Gespräch, das in Atem hält, weil sie beide genügend davon verstehen. Nun tritt Wohlwollen auf, das Wohlwollen zwischen Leuten, die nichts voneinander wollen, und dazu Respekt ...

Hut ab. «Der Lutz sagt auch, daß Sie fabelhaft sind im Geschäft.»

«Ja so! Sie kennen den Lutz? Und ich glaub', daß Ihre Schuhe Sie drücken. Nehmen Sie Buchenblätter, mehrere, tun Sie sie in die Schuhe, das hilft. Ziehn Sie die Schuhe einen Augenblick aus ...»

Sie setzen sich einen Augenblick hin, ins Moos, er zieht seine

Schuhe aus, die Strümpfe sind heil, Gott sei Dank!, sucht Buchenblätter. Tannen und Tannen und Spechte, die klopfen, und urplötzlich keine Wanderer mehr. Wo sind denn die Wanderer hin? Verlaufen. Der Berg ist groß, und der Himmel hat sich bedeckt. Herr Liedl zieht seine Schuhe wieder an. Sie drücken tatsächlich nicht mehr.

«Ich danke Ihnen, Fräulein Lentzinger.»

Sie ist eine gute Person, dazu klug, und die scharfen Wellen sind weicher geworden. Von der Luft, an der Luft, es herrscht plötzlich Feuchtigkeit in der Luft, die hat ihr die scharfen Wellen erweicht. Sie ist eine hübsche Person, und verständig. Sie sieht, daß er dick, aber kräftig ist. Wohlwollend sieht sie ihn an, und dann setzt der Regen ein.

Viel zu früh, er war erst für abends angesagt.

Fräulein Lentzinger sieht auf ihr Kleid, ein grünes mit weißen Punkten; Frauen sehen immer zuerst auf ihr Kleid, wenn's zu regnen beginnt. Es kann etwas Wasser vertragen. Trotzdem, Herr Liedl hängt ihr seinen Mantel um, das Erkennungszeichen.

Eine Weile geht sich's ganz angenehm, die Nässe kühlt, die Bäume bieten vor allzuviel Feuchtigkeit Schutz. Es gibt Leute, die gern im Regen spazierengehen. Herr Liedl und Fräulein Lentzinger behaupten, sie gehörten dazu. Vielleicht nur aus Höflichkeit. Man stört eine frische Eintracht nicht gern.

Sie gehn also weiter den Berg hinauf, aber der Regen wird heftiger, sie verweilen ein wenig unter einem riesigen Baum, einer Buche. Aber dann beginnt es, nach zwanzig Minuten etwa und in verkehrter Reihenfolge, in der Ferne zu donnern.

Ein großer Baum schützt vor Regen, ist aber ein natürliches Ziel für den Blitz. Sie blicken betreten zum Himmel, beide. Sie hätten das eher machen sollen. Andre haben es anscheinend eher getan und sind umgekehrt, beizeiten. Der Wald, noch vor einer Stunde mit Wanderern besät, ist leer. Sie sind völlig allein im Wald.

In Fräulein Lentzinger steigt ein Schuldgefühl auf, des Mantels wegen. Sie will ihn ihm wiedergeben . . .

«Mein Kleid verträgt's eher. Ihr Anzug wird ja ganz hin.»

«Ach wo. Den kann man ausbügeln lassen . . .»

Im übrigen ist es ohnehin egal, wer den Mantel trägt. Sie sehen beide ziemlich verändert aus, zerweicht, etwas wild: atavistisch. In Fräulein Lentzingers Locken ist keine Spur mehr von Metas überkorrekter Strenge, sie hängen ihr feucht und glatt ins Gesicht. Trotzdem, er bewundert sie, sie benimmt sich ruhig, und andere hätten geweint und geschrien. Respekt, sie hat sich in Zug, man sieht es auch hier.

Trotzdem, was nun? Der Gipfel ist weit entfernt und das Tal noch weiter. Es ist kein Vergnügen, in einem Gebirgsgewitter in einem Gebirgswald zu stehn. Im Gegenteil.

Ein krachender Donnerschlag wirft sie fast um. Jetzt hält er sie fest. Jetzt stehen sie umschlungen, der tüchtige Mann und die tüchtige Frau — wie ein Liebespaar.

Weit entfernt. Sie werden sich niemals wiedersehen, sie werden sich abends für immer trennen, wenn sie nicht vorher ein Blitz erschlägt, und diese Möglichkeit ist gegeben.

Aber dann kommt das Glück, die Erlösung, in Gestalt eines Wanderers, der in einem kräftigen Wetterumhang zu Tale schreitet. Er ruft ihnen zu: «Die Hütte ist offen!»

«Welche Hütte?» fragt Herr Liedl.

«Meine!» ruft der Mann. (Sie müssen jetzt wegen des Regens schreien.) «Vorn bei der Lichtung. Nicht zu verfehlen. Ich hab sie offengelassen für den Fall, daß Leute wie Sie hier im Regen stehen.»

Herr Liedl fragt: «Warum gehn Sie denn hinunter?»

«Weil ich muß», schreit der Mann im Weitergehen. «Weil ich Dienst hab', verdammt. Weil ich geschlafen hab', ganz wie Sie. Ich bin Waldhüter.»

Sieh an, ein Waldhüter mit einem Häuschen auf einem Berg, eilt zum Dienst und läßt es für eingeregnete Wanderer offen . . .

Die Lichtung liegt zehn Minuten entfernt, sie brauchen weit länger, der Regen läßt noch nicht nach, und der Donner kracht, aber das Ziel beschwingt. Der Boden ist glitschig, und manchmal rutschen sie aus.

Wie sich ein friedlicher Wald in einer halben Stunde verändert! In einen Urwald. Immerhin, zerweicht, zerschunden und etwas keuchend, kommen sie an.

In der Hütte stehen Tisch und Bank, auf dem Tisch eine angebrochene Flasche mit Kirschwasser, Schwarzwälder Art. Der Polizist hat sich stärken müssen, ehe er ging. An der Wand, du lieber Gott, lehnt eine Zither. Es sind Decken da, in einer Ecke hängt auch ein Bademantel, der Bademantel des Polizisten, verwaschen blau.

Ach, diese Hütte ist wunderbar. Ein Ort der Geborgenheit. Sie nimmt sich den Bademantel, er hüllt sich in eine Decke. Sie setzen sich vor den Tisch. Neben der Flasche steht auch ein Glas. Sie trinken. Er gräbt in der Tasche, legt Geld dafür hin. Sie denkt, daß er sorglich ist. Nach einer Weile reden sie wieder ...

«Hatten Sie Angst?»

«Doch, ja.»

«Leben Sie gern?»

(Blöde Frage, kindische Frage, immerhin, sie steigt aus der Situation.)

«Ich weiß nicht.»

«Warum wissen Sie's nicht?»

«Man stirbt halt nicht gern. Manchmal lebt man nicht gern, weil's im Leben nicht stimmt. Deshalb stirbt man nicht gern. Man hat Angst vor Strafen.»

«Was soll denn bei Ihnen nicht stimmen?»

Herr Liedl hat sie bewundert da draußen. Es gibt Frauen, die stellen sich anders an. Meta. Ach, Meta! Er hat die Annonce vergessen. Der Lutz sagt auch, daß sie fabelhaft ist.

«Der Lutz ...»

«Ach, der Lutz ...»

(Der Schnaps, der Regen haben sie locker gemacht. Der Mann ist dick, aber gut. Sie wird ihn nicht wiedersehen, aber sie möchte die Wahrheit sagen. Die Wahrheit zu sagen, entdeckt sie, ist schwer ...)

«Vielleicht bin ich nicht fromm. Aber vorhin hab ich gedacht, unterm Baum: Wenn man stirbt, das hat Konsequenzen. Man wird vom Blitz erschlagen, und nachher kommt jemand, bei dem man sein Leben verantworten muß.»

«Sie haben nichts Böses gemacht. Für was soll man Sie zur Verantwortung ziehen?»

«Ich weiß nicht, bloß so.»

«Ich glaube, Sie sind eine gute Frau ...»

Für Metas Witwer ist das ein hohes Lob.

Da fängt sie an zu erzählen. Mit Klarheit, sie wird ihn nicht wiedersehen. Also fängt sie jetzt an, während der Regen rauscht,ihr Leben zu erzählen, in Gottes Namen auch die Geschichten der vier Verlobungen. Und das mit dem Kind, das gestorben ist.

Er denkt: Sie ist tüchtig und hat doch was durchgemacht. Er stößt sich nicht an dem Kind. Im Gegenteil, er hat Mitgefühl. Im Gegenteil: er begreift, er hat es noch nie bedacht, daß es schwer ist, allein zu stehen. Man müßte für sie sorgen, und dieser Lorenz, der junge Vater, das war ein Schwein ... Er nimmt schon Partei.

Er hatte mich nicht gern genug. Was kann er dafür! Sie denkt es zum erstenmal, sie ringt jetzt um Wahrheit. Sie hat Unglück mit Männern gehabt, der eine ist gestorben, nicht ihre Schuld, aber die andern? Der mit dem Weißbrot hat sie beleidigt. Sie wollte immer hoch hinaus. Vielleicht hat es ihr an der Demut gefehlt? Und der Schweizer, sie hätte ihm ja folgen können; aber nein, sie folgte ihm nicht. Vielleicht, daß sie hochmütig war? Vielleicht war sie lieblos gewesen, vorher, und vielleicht daß Lorenz' Lieblosigkeit dafür die Antwort war?

Sie denkt es zum erstenmal, spricht es aus sogar, in der Begeisterung einer Entdeckung, vielleicht auch, weil sie schon einen ganzen Tag, schon seit morgens, schon seit ihr Herrn Liedls Anblick mißfiel, mit ihrem Leben beschäftigt ist.

Ihm gefällt, was sie sagt, und daß sie nicht immerfort andere beschuldigt, mehr noch: es rührt ihn. Plötzlich greift er sich an die Brust und sagt: «Ich war auch ein Schwein. Alle Männer ...»

Dann fängt er von Meta zu reden an. Sie war hübsch, als sie jung war, sie ist in der Ehe hart geworden ...

«Vielleicht hab' ich schuld dran gehabt. Vielleicht sind die Männer schuld?»

«Nein, nein, die Frauen sind hart. Ich seh's ganz genau.»

«Sie nicht, Fräulein Lentzinger ...»

Er hat eine brennende Achtung vor ihr. Sie findet ihn gut. Sie denkt: Er hat's schlecht gehabt, man müßte für ihn sorgen. Er denkt: Ich möchte ihr was Gutes tun. Er ist nicht mehr dick und rot, sie hat nicht mehr Metas Strenge, ach, weit entfernt. Sie sind Menschen. Der Mensch liebt manchmal den Menschen, wenn er ihn sorglich betrachtet.

An der Wand hängt die Zither. In seiner Jugend einmal, in seiner bayrischen Jugend, hat er die Zither gespielt. Vielleicht daß er deshalb für menschliche Stimmen empfindlich ist? Metas Stimme war hart, und die Stimmen der Damen, die er sonst kennt, sind manchmal zu laut. Fräulein Lentzingers Stimme, er hat es sogleich gefühlt, ist ihm angenehm. Er möchte ihr auch dafür etwas Gutes tun. Er hat einen brennenden Drang nach Güte und Schönheit. Musik ist Musik. Er holt sich die Zither und fängt an zu spielen. Kindisch, wie? Immerhin, sie hört erst erstaunt, dann befriedigt zu.

Er kann es ja noch, sieh einer an, und die Frau im verwaschenen Bademantel mit dem reizend verlotterten Haar einer Muse, seiner Muse, die schöne Urwaldfrau, fängt zu lächeln an. Doch, er hat gut gespielt, früher, und dann beginnt er zu singen, während der Regen rauscht. Er hat eine kräftige Stimme, eine markige Stimme, eine heisere Stimme. Aber er singt, um sie zu erheitern, und weil er hier mit ihr im Trockenen sitzt, aus Frohsinn, man muß sie beschützen, und sie denkt: Dieser Mann ist gut.

Sie hat das noch nie gedacht. Sie hat immer gedacht: Ich hab Pech mit den Männern, sie lieben mich nicht genug. Sie hat auf der Liebe bestanden, jetzt denkt sie: Der Mann ist gut. Es befriedigt sie maßlos. Es ist ein Genuß sondergleichen.

Und wenn er vielleicht sogar scheußlich singt, merkt sie's nicht. Er hat sich in einen Troubadour umgewandelt, in Romeo vor Julia oder in Tristan, verkleidet als dicklicher etwas vulgärer Mann eines ziemlich vulgären Jahrhunderts. Als er aufhört, weint sie sogar. Nicht sehr, nur ein paar von den lieblichen, zarten Tränen, die man in innigeren, der Liebe zugetanen Zeiten weinte. In innigeren Zeiten, die auch ihre Fehler hatten. Alle Zeiten sind gleich, aus Gut und Böse gemischt.

Als er aufhört zu singen und ihre Sanftheit sieht, denkt er unbeirrt: Diese Frau ist gut.

Und das Gefühl, das schöne Gefühl, das einer vom andern hat, verliert sich nicht, sie möchten auch nicht, daß es wieder verlorenginge.

Was ist zu tun?

Der Regen hat aufgehört. Sie gehen zur Tür und machen sie auf. Die Luft strömt wild, mit unbändiger Frische herein. Der

Boden dampft aus einer einzigen, riesigen Pfütze. Was ist zu tun? Das Gefühl ist noch immer da. Vor der Hütte steht eine Bank. Sie setzen sich auf die Bank, sie sind noch in Decke und Bademantel vermummt.

«Ich möchte Sie gern wiedersehen. Noch heute abend.»

«Ja gern. O ja.»

Weiter ist nichts zu tun. Aber sie sitzen nun auf der Bank, halb wie Romeo und Julia, halb wie Philemon und Baucis, sie sind in dem Zwischenalter. Aber es scheint ihnen jetzt, als kennten sie sich seit Urzeiten und hätten sich immer bewahrt füreinander und hätten noch viel füreinander zu tun.

Fräulein Lentzinger denkt einen Augenblick: wenn sie jetzt stürbe, hätte sie ihr Leben richtig gelebt und brauchte keine Angst mehr zu haben. Vor Höllenstrafen. Sie vergißt es gleich wieder.

Was machen sie jetzt? Gehen sie den Berg hinauf zum Gipfel oder hinunter ins Tal? Sie beschließen, hinunterzugehen, weil sie nasse Kleider haben, und nach Hause zu fahren. Man kann sich umziehen zu Haus und nachher zusammen essen, wie? O ja. Sie wird sich das Blaue anziehen, das Kleid mit den Ranken, das steht ihr gut. Aber die Haare? Die Haare sind unfrisiert.

Er kann sie nicht denken hören, aber er sagt: «Wenn Sie die Haare so lassen wollten, so ungelockt, würde es mich freuen . . .»

Sie gehen in die Hütte zurück, machen Ordnung. Bedanken sich auf einem Zettel, hängen die Zither genau an die Wand, schließen die Tür, brechen sich dicke Äste von den Büschen, die sie als Stöcke benutzen, damit sie nicht durch die Pfützen rutschen. Dann gehen sie bergab.

Als sie unten gelandet sind, trinken sie heißen Kaffee. Danach setzen sie sich in einen Omnibus. Fräulein Lentzinger bekommt einen Fensterplatz. Es ist der gleiche Omnibus und der gleiche Platz wie auf der Hinfahrt . . . Aber anders, sehr anders ist diese Rückfahrt . . .

«Die Kinder werden sich freuen, wenn Sie kommen.»

«O ja, ich freue mich auch . . .»

Der Bus fährt an Halden und Triften vorbei. Fräulein Lentzinger lehnt sich beruhigt zurück. Sie ist angefüllt mit beruhigtem

Glück. Ach was, Glück! Glück ist billig und geht leicht verloren. Nicht die Zufriedenheit mit einem guten Mann.

Der Omnibus fährt jetzt langsamer als auf der Hinfahrt. Die Straße ist glatt und macht dem Fahrer zu schaffen. In einer Kurve kommt ihm ein anderer Bus entgegen. Das sollte nicht sein, der andere kommt verspätet, und die Kurve ist schmal. Der Fahrer nimmt einen Gang zurück, eine Viertelsekunde zu spät, die Kurve ist aufgeweicht, glatt wie ein Pudding. Der Omnibus rutscht ihm ein wenig fort. Er langt nach der Bremse. Der Omnibus rutscht noch ein wenig zur Seite, dem Abhang zu. Dann ächzen die Räder, dann hat ihn der Fahrer wieder und fährt ihn sanft und bestimmt und um Haaresbreite am Abgrund vorbei. Der Fahrer seufzt auf.

Fräulein Lentzinger, höchst geborgen in ihrem Gefühl, hat das Ganze kaum recht bemerkt. Herr Liedl hat aufgeblickt, aber nur kurz. Jetzt zieht er die Bilder der Kinder aus der Tasche: eine braun, eine blond ... Liebe Kinder!

Doch; und die große, die braune, ist so gescheit ...

Da fahren sie weiter und reden sich nach dem Munde in ihrer Zufriedenheit. Um Haaresbreite wären sie abgestürzt.

Wie nun, wenn sie abgestürzt und gestorben wären?

Mancher sagt: der Tod nach einer erfüllten Stunde, das ist ein seliges Happy-End. Was soll denn auch weiter nach einer erfüllten Stunde geschehen? — Praktisch hätte sich alles gelöst. Herrn Liedls Kinder wären zu seiner Schwester nach Breisach gekommen. Aber Herr Liedl und Fräulein Lentzinger sterben nicht. Diese große, romantische Pointe ist ihnen versagt. Sie fahren um Haaresbreite am Abgrund vorbei, ohne es recht zu bemerken, und etwas ist ihnen auferlegt, was man gemeinhin Bewährung nennt ... Das bedeutet: fort mit dem Hochgefühl, fort mit Girlanden, fort mit Gesang ...

Sie kommen am Bahnhof an. Er bringt sie vor ihre Wohnung. Sie geht hinauf, sich umziehen. Er wartet in einem Beisel, beim Bier. Sie sind übereingekommen, daß sie noch diesen Abend die Kinder besucht. Nun fröstelt ihn etwas in seinem verregneten Anzug, und er bestellt zum Bier einen Schnaps. Im Radio wird La Paloma gespielt.

GUY DE MAUPASSANT

Mademoiselle Perle

Welch seltsamen Einfall hatte ich doch an jenem Abend, als ich Mademoiselle Perle zur Königin wählte.

Jedes Jahr gehe ich zu meinem alten Freund Chantal, um den Dreikönigstag zu feiern. Mein Vater, dessen vertrautester Freund er war, führte mich noch in meinem Knabenalter hin. Ich habe das beibehalten, und ich werde es zweifellos beibehalten, solange ich lebe und solange es auf dieser Welt einen Chantal gibt.

Chantals führen übrigens ein merkwürdiges Dasein; sie leben in Paris, als ob sie in Grasse, in Yvetot oder in Pont-à-Mousson leben würden.

Sie besitzen neben dem Observatorium ein Haus in einem kleinen Garten. Dort sind sie bei sich daheim wie in der Provinz. Von Paris, dem wahren Paris, kennen sie nichts, ahnen sie nichts; sie sind ja so fern, so fern! Immerhin unternehmen sie manchmal eine Reise dorthin, eine lange Reise. Madame Chantal geht auf «Großeinkauf», wie man das in der Familie nennt. Und auf «Großeinkauf» geht man folgendermaßen.

Mademoiselle Perle, welche die Schlüssel der Küchenschränke hütet — denn die Wäscheschränke verwaltet die Hausfrau selber — Mademoiselle Perle meldet, daß der Zucker sich seinem Ende nähere, daß die Konserven erschöpft seien, daß auf dem Boden des Kaffeesacks nicht mehr viel übrigbleibe.

Auf solche Art vor der Hungersnot gewarnt, schreitet Madame zur Inspizierung der Reste und macht sich in einem Notizbuch Aufzeichnungen. Dann, nachdem sie Zahlen in großer Menge niedergeschrieben hat, ergibt sie sich langen Berechnungen und nachher langen Erörterungen mit Mademoiselle Perle.

Schließlich einigt man sich und legt fest, wieviel von jedem Artikel man benötigen wird, um sich auf drei Monate zu versorgen: Zucker, Reis, Backpflaumen, Kaffee, Eingemachtes, Büchsen mit grünen Erbsen, mit Bohnen, mit Hummer, eingesalzene oder geräucherte Fische und so weiter.

Und nun setzt man den Tag des Großeinkaufs fest und fährt in einem Fiaker, einem Fiaker mit Gepäckdach, zu einem angesehenen Kolonialwarenhändler, der sein Geschäft jenseits der Brücken in einem der neuen Viertel hat.

Madame Chantal und Mademoiselle Perle unternehmen diese von Geheimnis umwölkte Fahrt miteinander und kommen zur Stunde des Abendessens, erschöpft, obgleich auch angeregt, und durchgerüttelt in dem Wagen zurück, dessen Dach mit Paketen und Säcken bedeckt ist, als gälte es eine Übersiedlung.

Für Chantals bedeutet der ganze, am andern Ufer der Seine gelegene Teil von Paris «die neuen Viertel», Stadtteile, von einer seltsamen, lärmenden, wenig ehrbaren Bevölkerung angefüllt, die ihre Tage in Müßiggang, ihre Nächte mit Lustbarkeiten vergeudet und das Geld zu den Fenstern hinauswirft.

Immerhin führt man die beiden Töchter von Zeit zu Zeit ins Theater, in die Opéra Comique oder in die Comédie Française, wenn das Stück von Monsieur Chantals Leibblatt empfohlen wird.

Die jungen Mädchen sind heute neunzehn und siebzehn Jahre alt; es sind zwei schöne, große, frische Mädchen, gut erzogen, allzu gut erzogen, so gut erzogen, daß sie ungefähr ebenso unbemerkt bleiben wie zwei hübsche Puppen. Nie käme mir der Gedanke, den Demoiselles Chantal Beachtung zu schenken oder gar den Hof zu machen; kaum daß man wagt, sie anzureden, solch ein Maß an Makellosigkeit strömen sie aus; man hat beinahe Angst, sich unpassend zu benehmen, wenn man sie auch nur begrüßt.

Der Vater wiederum ist ein ganz reizender Mensch, sehr gebildet, sehr aufgeschlossen, sehr herzlich, doch er liebt vor allem die Ruhe, die Stille, die Ungestörtheit, und so hat er denn wesentlich dazu beigetragen, seine Familienmitglieder zu Mumien zu machen, weil dieser Stillstand, diese Reglosigkeit eben seine bevorzugte Lebensform ist. Er liest viel, plaudert gern und läßt sich leicht rühren. Der Mangel an Kontakten, an Reibungen, an Zusammenstößen hat seine Haut, seine moralische Haut, sehr zart und empfindlich gemacht. Der geringste Anlaß erregt ihn, verdrießt ihn, und er leidet.

Dennoch haben Chantals Verkehr, aber einen sehr eingeschränkten Verkehr, der in der Nachbarschaft behutsam ausgewählt wird. Auch werden zwei- oder dreimal im Jahr mit Verwandten, die entfernt wohnen, Besuche ausgetauscht.

Ich aber, ich gehe am 15. August und am Dreikönigstag zu ihnen zum Abendessen. Das gehört ebenso zu meinen Pflichten wie Ostern die Kommunion zu den Pflichten der Katholiken gehört.

Am 15. August werden noch einige Freunde eingeladen, am Dreikönigstag aber bin ich der einzige Gast.

Dieses Jahr nun war ich, wie in den anderen Jahren, zum Abendessen bei Chantals, um den Dreikönigstag zu feiern.

Wie immer setzte man sich zu Tisch, und das Abendessen verlief, ohne daß irgend etwas Bemerkenswertes gesagt worden wäre.

Als Nachtisch wurde der Königskuchen aufgetragen. Sonst war Jahr für Jahr Monsieur Chantal König geworden. War es tatsächlich ein unermüdlicher Zufall oder ein Herkommen in der Familie? Das weiß ich nicht, aber er fand unweigerlich die «Bohne» in seinem Stück Kuchen, und er machte ebenso unweigerlich Madame Chantal zur Königin. So war ich denn verblüfft, als ich in meinem Stück etwas sehr Hartes spürte, das mir beinahe einen Zahn ausgebrochen hätte. Ich zog den Gegenstand behutsam aus dem Mund, und siehe, es war eine kleine Puppe aus Porzellan, nicht größer als eine Bohne. In meiner Überraschung stieß ich ein «Ah!» hervor. Man sah mich an, und Chantal klatschte in die Hände und rief:

«Gaston ist's! Es ist Gaston! Es lebe der König! Es lebe der König!»

Und alle Tischgenossen wiederholten im Chor: «Es lebe der König!»

Ich aber wurde bis zu den Ohren rot, wie man so häufig grundlos in den dümmsten Situationen rot wird. Ich hielt die Augen gesenkt, hatte das Stückchen Porzellan zwischen zwei Fingern, zwang mich zu lachen und wußte nicht, was ich tun oder sagen sollte, bis schließlich Chantal wieder das Wort ergriff:

«Und jetzt mußt du eine Königin wählen!»

Da war ich völlig verloren. In einer Sekunde durchkreuzten tausend Gedanken, tausend Mutmaßungen meinen Geist. Wollte man mich veranlassen, eine der Demoisellen Chantal zu wählen? War das vielleicht ein Mittel, um mich zu dem Geständnis zu bringen, welche der beiden ich vorzog? War es ein sanfter, leichter, kaum merklicher Druck der Eltern, hinter dem sich der Gedanke an eine mögliche Heirat verbarg? Der Gedanke an die Heirat spukt ja unablässig in allen Häusern mit erwachsenen Töchtern und greift zu allen Formen, allen Verkleidungen, allen Schlichen. Eine schreckliche Angst, mich zu weit einzulassen, packte mich, und gleichzeitig eine übertriebene Schüchternheit vor der so hartnäckig korrekten und abweisenden Haltung der Demoisellen Louise und Pauline. Eine der beiden zu wählen und dadurch die andere zurückzusetzen, schien mir ebenso schwierig wie die Wahl zwischen zwei Wassertropfen; und dann die Furcht, mich in ein Abenteuer verwickelt zu sehen, bei dem ich gegen meinen Willen, ganz sachte, durch ein diskretes, so unmerkliches, so unauffälliges Verfahren zu einer Heirat gelenkt würde, wie es diese völlig bedeutungslose Königswahl war, bedrückte mich furchtbar.

Doch plötzlich hatte ich eine Eingebung, und ich reichte Mademoiselle Perle die symbolische Puppe. Zunächst waren alle überrascht, dann aber wußte man ohne Zweifel mein Zartgefühl und meine Zurückhaltung zu schätzen, denn es wurde begeistert Beifall geklatscht.

«Es lebe die Königin!» rief man. «Es lebe die Königin!»

Sie aber, die arme alte Jungfer, war völlig aus dem Gleichgewicht geraten; sie zitterte in ihrer Bestürzung und stammelte:

«Nein, nein ... nein, nein ... nicht mich ... ich bitte Sie ... nicht mich ... ich bitte Sie ...»

Und da sah ich Mademoiselle Perle zum erstenmal in meinem Leben an und fragte mich, wer sie eigentlich war.

Ich war daran gewöhnt, sie in diesem Hause zu sehen, wie

man die alten Gobelinfauteuils sieht, auf die man sich seit seiner Kinderzeit setzt, ohne sie jemals näher zu betrachten. Eines Tages aber, man weiß nicht, warum, weil vielleicht gerade ein Sonnenstrahl auf das Möbelstück fällt, sagt man sich: Nein, aber das ist ja ein sehr merkwürdiger Stuhl! Und man entdeckt, daß das Holz sichtlich von einem Künstler geschnitzt wurde und der Stoff prachtvoll ist.

Nie hatte ich Mademoiselle Perle beachtet.

Sie gehörte zur Familie Chantal, und das war alles. Wie aber? In welcher Eigenschaft? Sie war eine hochgewachsene, magere Frau, die sich alle Mühe gab, unbemerkt zu bleiben, die aber keineswegs ohne Persönlichkeit war. Man behandelte sie freundschaftlich, besser als eine Haushälterin, weniger gut als eine Verwandte. Jetzt, mit einem Mal, wurde mir eine Fülle von Nuancen bewußt, um die ich mich bisher nicht gekümmert hatte. Madame Chantal nannte sie «Perle». Die jungen Mädchen sagten: «Mademoiselle Perle». Und Chantal sagte nur Mademoiselle zu ihr, und vielleicht mit einer gewissen Ehrerbietung.

Ich begann sie näher zu betrachten. Wie alt mochte sie sein? Vierzig Jahre? Ja, vierzig! Sie war nicht alt, die Arme, sie machte sich alt. Diese Feststellung kam mir jäh und verblüffend. Frisur, Kleidung, Schmuck, alles war lächerlich, und dennoch war sie selber durchaus nicht lächerlich, so lebendig war in ihr eine schlichte, natürliche Anmut, eine verschleierte, sorgsam verborgene Anmut. Welch ein eigentümliches Geschöpf! Wie kam es, daß ich sie nie besser beobachtet hatte? Sie frisierte sich auf eine groteske Art mit altmodischen, höchst komischen Löckchen; und unter dieser altjüngferlichen Haartracht sah man eine hohe, ruhige Stirne, von zwei tiefen Runzeln durchzogen, zwei Runzeln, Spuren langen Kummers, und dann zwei große, blaue, sanfte Augen, so scheu, so ängstlich, so demütig, zwei schöne Augen, die sich alle Unbefangenheit, alles Staunen des kleinen Mädchens bewahrt hatten, junge Gefühle, aber auch manchen Gram, der durch sie gezogen war und sie besänftigt hatte, ohne sie zu trüben.

Das ganze Gesicht war zart, zurückhaltend, eines jener Gesichter, die erlöschen, ohne geleuchtet zu haben, oder unter den Mühen oder den großen Erregungen des Lebens verblüht sind.

Welch ein reizender Mund! Wie reizende Zähne! Und doch hätte man meinen sollen, daß sie nicht zu lächeln wagte.

Und plötzlich verglich ich sie mit Madame Chantal! Gewiß, Mademoiselle Perle war besser, hundertmal besser, feiner, vornehmer, stolzer!

Meine Beobachtungen verwirrten mich. Es wurde Champagner eingeschenkt. Ich hob mein Glas der Königin zu und trank, mit einem geschliffenen Kompliment, auf ihr Wohl. Sie hatte Lust, das merkte ich sehr gut, das Gesicht in ihrer Serviette zu verstecken; dann aber, als sie ihre Lippen mit dem hellen Getränk netzte, riefen alle:

«Die Königin trinkt! Die Königin trinkt!»

Da wurde sie feuerrot und verschluckte sich. Man lachte, doch ich merkte recht wohl, daß man sie im Haus sehr gern hatte.

Sobald das Essen beendet war, nahm Chantal mich beim Arm. Es war die Stunde seiner Zigarre, eine heilige Stunde. War er allein, so ging er auf die Straße und rauchte sie dort; war aber ein Gast bei Tisch, so stieg man nachher ins Billardzimmer hinauf, und er rauchte beim Spiel. An jenem Abend war, der Drei Könige wegen, das Billardzimmer sogar geheizt worden; und mein alter Freund nahm sein Queue, ein sehr schönes Queue, rieb es sorgsam mit Kreide ein, und dann sagte er:

«Leg los, mein Junge!»

Denn er duzte mich, obgleich ich schon fünfundzwanzig Jahre alt war; aber er hatte mich noch als kleines Kind gekannt.

So fing ich denn die Partie an. Einige Stöße gelangen mir, andere waren weniger geglückt, doch da der Gedanke an Mademoiselle Perle mich nicht lockerließ, fragte ich plötzlich:

«Sagen Sie, Monsieur Chantal, ist Mademoiselle Perle eigentlich mit Ihnen verwandt?»

Er hörte auf zu spielen und sah mich sehr erstaunt an. «Wie? Du weißt das nicht? Du kennst Mademoiselle Perles Geschichte nicht?»

«Keine Spur!»

«Dein Vater hat sie dir nie erzählt?»

«Nein, nie!»

«Ach, das ist aber merkwürdig! Ja, weiß Gott, das ist merkwürdig! Nun, es ist doch ein richtiges Abenteuer!»

Er verstummte; doch dann fuhr er fort: «Und wenn du wüßtest, wie seltsam es ist, daß du mich das gerade heute, am Dreikönigstag, fragst!»

«Warum?»

«Warum! Nun, so hör einmal. Einundvierzig Jahre ist es her, heute genau einundvierzig Jahre, am Epiphaniastag. Wir wohnten damals in Rouy-le-Tors, auf den Befestigungswällen; zuerst aber muß ich dir das Haus schildern, damit du auch gut verstehst. Rouy liegt an einem Hang oder vielmehr auf einem Hügel, der ein weites Gebiet von Wiesen beherrscht. Dort hatten wir ein Haus mit einem schönen hängenden Garten, den die alten Schutzmauern in der Schwebe hielten. Das Haus war also in der Stadt, in der Straße, während der Garten über die Ebene aufragte. Auch eine Tür von diesem Garten ins Freie war vorhanden, am Fuß einer Geheimtreppe, die durch das Mauerwerk in die Höhe führte, wie man das in Romanen findet. Eine Straße ging an dieser Tür, die mit einer großen Glocke versehen war, vorüber, denn um den Umweg zu vermeiden, lieferten die Bauern ihre Waren hier ab.

Jetzt siehst du die Situation wohl deutlich vor dir, nicht wahr? Nun, in jenem Jahre schneite es schon seit einer Woche. Es war wie das Ende der Welt. Wenn wir auf die Mauern stiegen und auf die Ebene hinunterschauten, fror es uns in der Seele, dieses unermeßliche weiße Land, ganz weiß, vereist und schimmernd wie Lack. Man hätte meinen können, der liebe Gott habe die Erde eingepackt, um sie auf den Speicher der verbrauchten Welten zu schicken. Ich kann dir versichern, daß es sehr traurig war.

Wir waren damals in jenem Haus eine zahlreiche, sehr zahlreiche Familie; mein Vater, meine Mutter, mein Onkel und meine Tante, meine beiden Brüder und meine vier Cousinen; es waren hübsche Mädchen. Die jüngste habe ich geheiratet. Von ihnen allen sind wir nur noch zu dritt am Leben: meine Frau, ich und meine Schwägerin, die in Marseille wohnt. Herrgott, wie sich das verkrümelt, so eine Familie! Mich überläuft's, wenn ich daran denke! Damals war ich fünfzehn Jahre alt, denn jetzt bin ich sechsundfünfzig.

Nun, wir gingen daran, den Dreikönigstag zu feiern, und wir waren sehr guter Laune, sehr, sehr guter Laune. Wir warteten im Salon auf das Abendessen, als mein älterer Bruder, Jacques, erklärte:

‹Draußen auf der Ebene heult ein Hund jetzt schon seit zehn Minuten. Das muß ein armes Biest sein, das sich verlaufen hat.›

Er hatte noch nicht zu Ende geredet, da läutete die Gartenglocke. Sie hatte den dumpfen Klang einer Kirchenglocke, der einen an Tote denken ließ. Es durchschauerte uns. Mein Vater rief den Diener und schickte ihn nachsehen. In tiefem Schweigen warteten wir; wir dachten an den Schnee, der die ganze Erde zudeckte. Als der Mann zurückkam, meldete er, daß er nichts gesehen habe. Der Hund heulte noch immer, unablässig, und sein Geheul kam immer von derselben Stelle her.

Man setzte sich zu Tisch; doch wir alle waren ein wenig aus der Fassung, zumal die jungen Leute. Bis zum Braten ging alles gut, dann aber begann die Glocke wieder zu läuten, dreimal hintereinander, drei starke, lange Schläge, die bis in unsere Fingerspitzen zitterten und uns den Atem verschlugen. Wir saßen da, die Gabeln gehoben, sahen einander an, und eine gewissermaßen übernatürliche Furcht hatte uns gepackt.

Endlich sagte meine Mutter: ‹Es ist doch erstaunlich, daß man so lange gewartet hat, um wiederzukommen. Gehen Sie jetzt nicht allein, Baptiste; einer der Herren wird Sie begleiten.›

Mein Onkel François stand auf. Er war geradezu ein Herkules, sehr stolz auf seine Kraft und hatte vor nichts auf dieser Welt Angst. Mein Vater meinte:

‹Nimm ein Gewehr. Man kann nicht wissen, was dahinter steckt.›

Doch mein Onkel nahm nur einen Stock und machte sich mit dem Diener auf den Weg. Wir aber blieben, zitternd vor Angst und Schreck, sitzen, aßen nicht, sagten kein Wort.

Die Abwesenheit meines Onkels schien uns eine Stunde zu dauern. Er kam schließlich wütend und fluchte: ‹Nichts, zum Teufel! Da macht sich einer einen Spaß mit uns! Nichts als dieser verfluchte Hund, der hundert Meter von den Mauern entfernt heult. Hätte ich ein Gewehr mitgehabt, so hätte ich ihn erschossen, um ihn zum Schweigen zu bringen!›

Wir wandten uns wieder unserer Mahlzeit zu, aber die Angst war noch in allen lebendig. Man spürte sehr gut, daß es nicht zu Ende war, daß noch etwas geschehen, daß die Glocke sehr bald wieder läuten werde.

Und sie läutete, just als der Königskuchen angeschnitten wurde. Jetzt erhoben sich sämtliche Männer gleichzeitig. Mein Onkel François, der Champagner getrunken hatte, erklärte, er werde gehn und ‹ihn abmurksen›, und das sagte er so erbittert, daß meine Mutter und meine Tante sich an ihn klammerten, um ihn aufzuhalten. Mein Vater war wohl sehr ruhig und auch ein wenig gehemmt, denn seit einem Sturz vom Pferd hinkte er, aber auch er erklärte, er wolle wissen, um was es sich handle, und er werde mitgehn. Meine Brüder, achtzehn und zwanzig Jahre alt, liefen um ihre Gewehre; und da man gar nicht auf mich achtete, bemächtigte ich, mich einer Spielflinte und schickte mich an, die Expedition zu begleiten.

Und so brachen wir auf. Mein Vater und mein Onkel marschierten an der Spitze mit Baptiste, der eine Laterne trug. Meine Brüder, Jacques und Paul, folgten, und ich ging hinter ihnen her, allen Bitten meiner Mutter zum Trotz, die mit ihrer Schwester und meinen Cousinen auf der Schwelle des Hauses blieb.

Es war unheimlich, die Ebene vor sich zu sehen oder vielmehr, sie vor sich zu spüren, denn man sah sie überhaupt nicht. Man sah nichts als einen endlosen Schneeschleier, oben, unten, vor sich, rechts, links, überall.

Bis zu den Knien versanken wir in dem kalten, weichen Teig, und wir mußten die Beine sehr hoch heben, um weiterzustapfen. Doch je näher wir kamen, desto deutlicher, desto stärker wurde das Gebell des Hundes.

‹Dort ist er!› rief mein Onkel.

Wir blieben stehn, um nach dem Hund auszuschauen, wie man das vor einem Feind tun muß, dem man nachts begegnet.

Ich sah nichts, doch als ich mich zu den andern gesellte, da bemerkte ich ihn auch; er war eine erschreckende, phantastische Erscheinung, dieser Hund, ein großer, schwarzer Hund, ein langhaariger Schäferhund mit dem Kopf eines Wolfes, so stand er auf den vier Beinen aufgerichtet am Ende des langen

Lichtstrahls, den die Laterne auf den Schnee warf. Er rührte sich nicht; er war verstummt, und er beobachtete uns.

‹Das ist merkwürdig›, sagte mein Onkel. ‹Er kommt nicht näher, er läuft aber auch nicht davon. Ich hätte große Lust, ihm eins auf den Pelz zu brennen!›

Doch mein Vater erklärte mit fester Stimme: ‹Nein! Wir müssen ihn mitnehmen.›

Da rief mein Bruder Jacques: ‹Aber er ist ja nicht allein. Neben ihm ist irgendwas.›

Tatsächlich, es war etwas hinter ihm, etwas Graues, das sich unmöglich erkennen ließ. Behutsam rückten wir näher.

Als der Hund uns kommen sah, setzte er sich. Er wirkte keineswegs bösartig. Anscheinend war er sogar zufrieden, daß es ihm gelungen war, Menschen anzulocken.

Mein Vater ging unverzagt auf ihn zu und streichelte ihn. Der Hund leckte ihm die Hände; und jetzt stellten wir fest, daß er an das Rad eines Wägelchens gebunden war, anscheinend eines Puppenwagens, der in drei oder vier Wolldecken gewickelt war. Sorgsam wurden diese Decken entfernt, und als Baptiste seine Laterne der Öffnung des Fahrzeugs näherte, das einer Hütte auf Rädern glich, da bemerkten wir darin ein kleines Kind, das schlief.

Wir waren derart verblüfft, daß wir kein Wort hervorbrachten. Mein Vater war der erste, der seine Fassung wiederfand, und da er sehr großherzig und sogar ein klein wenig überspannt war, streckte er die Hand über das Dach des Wagens und sagte:

‹Armes, verlassenes Geschöpf, du wirst bei uns dein Heim haben!›

Und er befahl meinem Bruder Jacques, unsern Fund vor uns her zu rollen.

‹Ein Kind der Liebe›, meinte mein Vater, als dächte er laut. ‹Die arme Mutter hat in der Dreikönigsnacht an meiner Türe geläutet. Sie hat an das Gotteskind gedacht!›

Abermals blieb er stehn, und mit aller Kraft rief er viermal durch die Nacht nach den vier Himmelsrichtungen: ‹Wir haben es gefunden!›

Den Hund hatten wir losgebunden, und er trottete hinter uns her.

Ach, war das ein freundliches Bild, unsere Rückkehr ins

Haus. Zunächst war es sehr mühsam, den Wagen über die Wendeltreppe hinaufzutragen. Aber es gelang, und nun rollten wir ihn bis zum Flur.

Wie komisch war Mama, wie zufrieden und aufgeregt! Und meine vier kleinen Cousinen — die jüngste war damals sechs Jahre alt! Sie waren wie vier Hennen um ein Nest. Schließlich hob man das Kind, das noch immer schlief, aus dem Wagen. Es war ein Mädchen von ungefähr sechs Wochen. Und in seiner Wäsche fanden sich zehntausend Francs in Gold, ja, zehntausend Francs, die mein Vater als Mitgift für die Kleine anlegte. Es war also nicht das Kind armer Leute ... vielleicht aber das Kind eines Adligen mit einer Kleinbürgerin aus der Stadt ... oder auch ... tausend Vermutungen stellten wir an, aber man hat es niemals erfahren ... nichts ... nichts ... niemals. Auch den Hund erkannte kein Mensch. Er war fremd in der Gegend. Jedenfalls mußte, wer immer an unserer Türe geläutet hatte, ob Mann oder Frau, meine Eltern gut gekannt haben, um gerade sie auszuwählen.

Und so gelangte, im Alter von sechs Wochen, Mademoiselle Perle in das Haus Chantal.

Mademoiselle Perle nannte man sie übrigens erst später. Zunächst wurde sie auf die Namen Marie Simone Claire getauft, und Claire sollte ihr Rufname sein.

Ja, das kann ich dir versichern — es war eine komische Rückkehr in das Eßzimmer mit der Kleinen, die unterdessen aufgewacht war und sich mit ihren blauen, verdutzten Augen inmitten all der Leute und Lichter umsah.

Wir setzten uns wieder zu Tisch, und der Königskuchen wurde verteilt. Ich war König, und als Königin wählte ich Mademoiselle Perle, ganz wie du es vorhin getan hast. An jenem Tag allerdings ahnte sie nichts von der Ehre, die ihr widerfuhr.

So wurde das Kind denn adoptiert und in der Familie großgezogen. Sie wuchs, die Jahre verstrichen. Sie war freundlich, sanft, gehorsam. Alle Leute hatten sie gern, und man hätte sie schrecklich verwöhnt, wenn meine Mutter das nicht verhindert hätte.

Meine Mutter war eine Frau mit Sinn für Ordnung und Rang. Sie war bereit, die kleine Claire wie ihre eigenen Kinder zu behandeln, und doch legte sie Wert darauf, daß der Abstand, der uns trennte, deutlich gewahrt blieb und die Situation klargestellt wurde.

Sobald die Kleine es verstehn konnte, erzählte meine Mutter ihr denn auch ihre Geschichte und brachte dem Kind sanft, sogar zärtlich zum Bewußtsein, daß sie für die Familie Chantal ein Findelkind war, adoptiert, gewiß, aber alles in allem doch eine Fremde.

Claire begriff diese Lage mit erstaunlicher Klugheit, mit überraschendem Instinkt, und sie wußte sich darein zu fügen und den Platz, den man ihr eingeräumt hatte, mit so viel Takt, so viel Würde, so viel Sanftmut zu wahren, daß es meinen Vater zu Tränen rührte.

Auch meine Mutter war von der leidenschaftlichen Dankbarkeit und der ein wenig scheuen Ergebenheit des zärtlichen, kleinen Wesens so ergriffen, daß sie bald ‹mein Kind› zu der Kleinen sagte. Und wenn das Mädchen besonders nett, besonders zartfühlend gewesen war, so schob meine Mutter die Brille auf die Stirne — bei ihr stets ein Zeichen einer Gemütsbewegung — und sagte: ‹Ja, es ist doch eine Perle, dieses Kind! Eine wahre Perle!›

Und dieser Name haftete an der kleinen Claire, die für uns Mademoiselle Perle wurde und blieb.»

Chantal verstummte.

Er saß auf dem Billardtisch, ließ die Beine hängen und drehte eine Kugel in der linken Hand, während er in der rechten einen Lappen zerdrückte, der dazu diente, auf der Schiefertafel die Punkte auszulöschen, und den wir «Kreidelappen» nannten. Chantals Wangen hatten sich gerötet, die Stimme klang dumpf, er führte jetzt gleichsam ein Selbstgespräch, war in seine Erinnerungen zurückgekehrt, wanderte ganz sachte quer durch die alten Dinge, die Geschehnisse früherer Zeiten, die in seinem Geist wach geworden waren, wie man durch die alten Familiengärten wandert, darin man aufgewachsen ist, darin jeder Baum, jeder Pfad, jede Pflanze, die spitzen Steineichen, der duftende Lorbeer, die Eiben, deren fette, rote Beeren man zwischen den Fingern zerquetscht, bei jedem Schritt ein winziges Ereignis aus unserem vergangenen Leben wiederauferstehn lassen, eines jener unbedeutenden, köstlichen kleinen Ereignisse, die den Grund, das Gewebe unseres Daseins bilden.

Ich stand ihm gegenüber, an die Wand gelehnt, die Hände auf das unnütz gewordene Queue gestützt.

Nach einer Minute begann er von neuem. «Mein Gott, wie hübsch sie mit achtzehn Jahren war ... wie anmutig ... wie entzückend ... ach, das reizende ... reizende, reizende ... Mädchen ... und so gut ... so brav ... so lieb! Und was für Augen sie hatte ... blaue ... durchschimmernde ... klare Augen ... nie habe ich ähnliche gesehen ... nie ...»

Wieder verstummte er.

Und ich fragte? «Warum hat sie nie geheiratet?»

Er antwortete — doch nicht mir; er antwortete diesem Wort, das nachhallte:

«Warum? Warum? Sie wollte nicht ... sie wollte nicht. Sie hatte doch immerhin eine Mitgift von dreißigtausend Francs, und es fanden sich mehrmals Bewerber ... aber sie wollte nicht. Zu jener Zeit schien sie unter einem Kummer zu leiden. Es war damals, als ich meine Cousine heiratete, die kleine Charlotte, meine Frau, mit der ich schon sechs Jahre verlobt gewesen war.»

Ich sah Chantal an, und mir war es, als bahnte ich mir einen Weg in sein Denken, als dränge ich auf einmal in eines jener kleinen und doch so grausamen Dramen redlicher Herzen, tapferer Herzen ein, Herzen ohne Makel, in eines jener uneingestandenen, unerforschten Dramen, die kein Mensch erkannt hat, nicht einmal jene, welche die stummen, die fügsamen Opfer solcher Dramen sind.

Da packte mich plötzlich eine verwegene Neugier, und ich fragte:

«Hätten nicht Sie selber sie heiraten sollen, Monsieur Chantal?»

Er erbebte, sah mich an.

«Ich? Wen heiraten?»

«Mademoiselle Perle.»

«Und warum?»

«Weil Sie sie mehr geliebt haben als Ihre Cousine!»

Er sah mich mit entgeisterten, runden, verstörten Augen an, und dann stammelte er:

«Ich ... sie geliebt ... ich ... ja, aber ... wer hat dir das gesagt?»

«Ja, das merkt man doch ... und um ihretwillen haben Sie auch so lange gezaudert, Ihre Cousine zu heiraten, die sechs Jahre darauf gewartet hatte.»

Er ließ die Kugel fallen, die er in der linken Hand hielt, nahm mit beiden Händen den Kreidelappen, preßte ihn ans Gesicht und begann zu schluchzen. Er weinte verzweifelt und lächerlich, wie ein Schwamm weint, den man drückt, aus den Augen, aus der Nase, aus dem Mund zu gleicher Zeit. Und er hustete, spuckte, schneuzte sich in den Lappen, trocknete sich damit die Augen, nieste, begann es abermals aus allen Öffnungen seines Gesichts strömen zu lassen, und in seiner Kehle rasselte es, als ob er gurgelte.

Ich war verwirrt, ich schämte mich, ich hatte Lust, mich zu drücken, und ich wußte nicht mehr, was ich sagen, was ich tun, was ich versuchen sollte.

Und da tönte Madame Chantals Stimme von der Treppe her: «Seid ihr endlich fertig mit eurem Gequalm?»

Ich öffnete die Türe und rief: «Ja, Madame, wir kommen gleich.»

Dann stürzte ich mich auf ihren Gatten, packte ihn bei den Ellbogen.

«Monsieur Chantal, mein Freund Chantal, hören Sie, Ihre Frau ruft Sie, fassen Sie sich, fassen Sie sich schnell! Wir müssen hinunter! Fassen Sie sich!»

Er stotterte: «Ja ... ja ... ich komme ... armes Mädchen ... ich komme ... sagen Sie ihr, daß ich komme.»

Und er begann sich sorgfältig das Gesicht mit dem Lappen zu trocknen, der seit zwei oder drei Jahren alle Spuren von Kreide weglöschte, und dann erschien Chantals Gesicht, halb weiß, halb rot, die Stirne, die Nase, die Wangen, das Kinn mit Kreide beschmiert, und die Augen geschwollen, immer noch voll von Tränen.

Ich nahm ihn bei der Hand und zog ihn in sein Zimmer.

«Verzeihen Sie mir», flüsterte ich, «ich bitte Sie um Verzeihung, Monsieur Chantal, verzeihen Sie mir, daß ich Ihnen einen Schmerz bereitet habe ... aber ... ich wußte nicht ... Sie ... Sie verstehen ...»

Er drückte mir die Hand.

«Ja ... ja ... es gibt schwierige Augenblicke ...»

Dann tauchte er das Gesicht in sein Waschbecken. Und als er es wieder sehen ließ, fand ich ihn noch immer nicht präsentabel; aber mir kam eine kleine List in den Sinn. Er betrachtete sich im Spiegel und war beunruhigt, doch da sagte ich: «Sie brauchen nur zu erzählen, daß Ihnen ein Staubkorn ins Auge gekommen ist, und dann können Sie vor aller Welt weinen, soviel Sie nur wollen.»

Tatsächlich ging er zu den andern hinunter und rieb sich das Auge mit dem Taschentuch. Man war besorgt; jeder wollte das Staubkorn entfernen, das man aber nicht fand, und man sprach von ähnlichen Fällen, wo es sich schließlich als notwendig erwiesen hatte, den Doktor kommen zu lassen.

Ich hatte mich Mademoiselle Perle zugesellt, und ich betrachtete sie, von brennender Neugier geplagt, einer Neugier, die geradezu zu einem Schmerz wuchs. Sie mußte wirklich hübsch gewesen sein, mit den sanften Augen, die so groß, so weit geöffnet waren, als schlösse sie sie niemals, wie das die andern Menschenwesen tun. Ihr Aufzug war ein wenig lächerlich, es war die richtige Kleidung für eine alte Jungfer, machte sie reizlos, ohne daß sie doch linkisch gewirkt hätte.

Mir war es, als sähe ich in ihre Seele, wie ich vorhin in Chantals Seele geschaut hatte, und als begriffe ich, von einem Ende zum andern, dieses demütige, schlichte, hingebungsvolle Leben; und da drängte sich mir ein Bedürfnis auf die Lippen, ein quälendes Bedürfnis, sie zu befragen, zu wissen, ob auch sie ihn geliebt hatte; ob sie, wie er, jene lange, geheime, nagende Folter gelitten hatte, die man nicht errät und die sich doch nachts, in der Einsamkeit des dunklen Zimmers, hervorwagt. Ich beobachtete sie, ich sah unter dem Kleid ihr Herz schlagen, und ich fragte mich, ob dieses sanfte, schuldlose Gesicht Abend für Abend in den feuchten Stoff des Kissens gestöhnt, in dem Fieber des glühenden Bettes, den Körper von Krämpfen geschüttelt, geschluchzt hatte.

Und ganz leise, wie es die Kinder tun, die ein Spielzeug zerbrechen, um zu wissen, was drin ist, sagte ich zu ihr: «Wenn Sie Monsieur Chantal vorhin weinen gesehen hätten, er hätte Ihnen leid getan!»

Sie zuckte zusammen. «Wie? Er hat geweint?»

«O ja! Er hat geweint!»

«Und warum?»

Sie war sichtlich erregt. Ich antwortete ihr: «Um Ihretwillen!»

«Um meinetwillen?»

«Ja. Er hat mir erzählt, wie sehr er Sie geliebt hatte und wie schwer es ihm geworden war, seine jetzige Frau zu heiraten und nicht Sie ...»

Ihr blasses Gesicht schien ein wenig länger zu werden; ihre immer offenen, ihre gelassenen Augen schlossen sich plötzlich, so schnell, als hätten sie sich für immer geschlossen. Sie glitt von ihrem Stuhl auf den Boden und sank dort langsam, lautlos zusammen wie eine gefallene Schärpe.

«Zu Hilfe!» rief ich. «Zu Hilfe! Mademoiselle Perle fühlt sich nicht wohl!»

Madame Chantal und ihre Töchter eilten herbei, und während man Wasser, ein Tuch und Essig holte, nahm ich meinen Hut und verzog mich.

Ich ging mit großen Schritten, mein Herz verkrampfte sich, mein Hirn war von Gewissensbissen und Reue erfüllt. Manchmal aber war ich auch zufrieden; ich hatte den Eindruck, als hätte ich etwas Löbliches, etwas Notwendiges getan.

Ich fragte mich: Hatte ich unrecht? Hatte ich recht? Die beiden hatten das in der Seele, wie eine Kugel in einer geschlossenen Wunde zurückbleibt. Werden sie jetzt nicht glücklicher sein? Es war zu spät; ihre Qualen würden nicht von neuem einsetzen. Doch es war früh genug, damit sie sich in sanfter Rührung des Gewesenen entsannen.

Und vielleicht, eines Abends im kommenden Frühling, wenn ein Mondstrahl auf den Rasen fällt, werden sie sich tiefbewegt die Hand reichen und sich dieses erstickten, grausamen Grams erinnern; und vielleicht wird dieser kurze Händedruck in ihren Adern ein wenig von jenem Beben wecken, das sie nie gekannt hatten, wird diesen für eine Sekunde wiederauferstandenen Toten das jähe, göttliche Gefühl jenes Rausches gönnen, das den Liebenden in einem einzigen Erschauern mehr Glück beschert, als die anderen Menschen in ihrem ganzen Leben zu ernten vermögen.

KARLHANS FRANK

Die über Nacht gewachsene Liebe

Manfred langweilt sich. Sein Notizblatt hat er mit weichen, runden Mustern vollgekritzelt, konturiert hier einen Po, schmückt eine Apfelform mit Knospe, schraffiert einen Mund, hört mehr aus Zufall, weil er keine Klappen an den Ohren hat, weil das dichte, lange, schwarze Haar den Schall nicht schluckt, Worte des Redners über die «Lage des Druckgewerbes», über den «unaufhaltbaren Fortschritt», über das «Wachstum, das wir alle wollen, das aber nicht unsere Arbeitsplätze überwuchern darf».

Manfred ist es egal. Er sitzt im sonnigen Saal des Gewerkschaftshauses, weil die Kollegen ihn überredet hatten, zu dieser Tagung zu fahren. Manfred war aus Versehen Drucker geworden, weil die Schulnoten ein Studium dem Vater nicht sinnvoll erscheinen ließen.

Manfreds verpennter Blick schlendert um den langen Sitzungstisch. Mehr Männer als Frauen sind hier. Er kennt niemanden genauer, ist mit niemandem Freund. Ihn interessiert auch niemand besonders. Die Mädchen sind nicht seine Kragenweite. Na ja, dieser knabenhafte Typ schräg gegenüber ginge zur Not noch an; sie ist ganz niedlich, hat eine gute Figur, aber sie wirkt so angespannt, hat den Mund gepreßt, die Stirnhaut gedackelt; außerdem scheint sie in festen Händen zu sein.

Mal auf der Teilnehmerliste nachsehen — «Anni Wolters, Heidelberg, Typographin, *1957» — das muß sie sein. Neben ihr der Bursche ist wohl ihr Macker, «Wolfgang Recke, Heidelberg, Maschinensetzer». Recke, so sieht der nicht aus. Manchesterhose, offenes Hemd, kurzes Haar, fanatischer Blick — wegen dem guckt sie so ernst.

Könnte reizvoll sein, ihre Lippen ganz sanft zu machen.

Der Redner hat sich ausgequatscht. Endlich. Jetzt gibt es Abendbrot.

Manfred sitzt mit Anni und Wolfgang an einem Tisch. Manfred hat nicht nachgeholfen. An diesem Tisch war ein Stuhl frei. Wolfgang redet seine Funktionärs-Sätze in den Tee, auf die Käseplatte, fintiert mit der Gabel vor den Gesichtern seiner Zuhörer. Anni lauscht ihm gläubig. Sie hat schöne Zähne. Manfred mag solche ausgeprägten Wangenknochen. Als sie für ihren Wolfgang vom Nachbartisch eine Kanne Tee holt, sieht Manfred: Ihr Hintern ist fest und hoch; und sie trägt keinen Büstenhalter.

Später hockt man noch zusammen, kippt Bier in sich hinein. Manfred auch. Manfred macht immer mit, was um ihn herum geschieht — nicht lustvoll, einfach so. Und weil ihn sonst nichts fesselt, schaut er häufig zu Anni. Sie bemerkt das, lächelt ihm zu. Dabei verändert sich ihr ganzes Gesicht, die Augen werden größer, die Lippen runder.

Den Manfred wundert nicht, daß Anni ihm zulächelt. Manfred ist «in». Die Frauenzeitschriften proklamieren zur Zeit den «Softy». Manfred ist aus Veranlagung und ohne Engagement sanft. Er mag keine Anstrengungen. Er erwartet, was ihm zufällt. Lilie auf dem Felde.

In der Nacht, ehe er einschläft, huschelt's durch seinen Bierschädel, daß der Wolfgang jetzt wahrscheinlich die Anni hat. Aber der kann sicherlich nicht mit ihr umgehen.

Und am Morgen kommt Manfred zu spät. Alle sitzen schon und lauschen einem Vortrag. Einige Gesichter schauen kurz mißbilligend, als Manfred eintritt. Anni sieht frisch aus, schreibt Kluges mit.

Nachmittags wird diskutiert. Tierisch! Wolfgang erweist sich als wilder Maschinenstürmer, erntet wechselweise Beifall und Unmut für seine rauhen Analysen und Forderungen. Dann meldet sich Anni zu Wort, und sie steht am Tisch, ruhig und — «schön wie die Jungfrau von Orleans», denkt Manfred, «Jungfrau wohl nicht mehr, und statt Orleans Heidelberg».

Was sie sagt, erfaßt Manfred nicht ganz, aber er mag ihre Stimme. Das ist gut durchdacht, was sie sagt. Irgendwie richtet es sich gegen Wolfgang, das registriert Manfred. So absolut, wie er anfangs meinte, scheint ihm die Bindung nicht zu sein — Patriarchenmuster: Der Mann sei der Kopf, *sein* Weib ihm höchstens schmeichelnde Locke auf der Stirn.

«Dieses Mädchen wäre schon eine Attacke wert!»

Auch Wolfgang ist vom Patriarchatenmuster geprägt — nach dem Beifall für Anni rückt er sichtbar von ihr ab. Am Abendtisch, bei der Sitzordnung wie am Tag vorher, schweigt er. Dann schützt er Arbeit vor, will angeblich etwas für eine Zeitschrift schreiben, verschwindet allein in seinem Zimmer. Die Gelegenheit ist günstig, macht Diebe, Liebe vielleicht — aber an Liebe denkt Manfred nicht.

Einige der Tagungsteilnehmer wollen «Luft schnappen», «paar Schritte laufen», «Hirn durchpusten lassen». Manfred wirft sich an die aus seiner Sicht einsame Anni. Sie ist bereit, mit ihm ins Dorf hinunterzugehen. Manfred läßt seinen ihm angeborenen lässigen Charme tanzen.

Er hat da so eingefahrene Redensarten, Gesten, die meistens erfolgreich waren, den Weg ins Bett ebneten — und wenn mal nicht, war's dem Manfred bislang doch egal.

Jetzt wandert er neben der Anni her, beplaudert sie heiter, erzählt lebhaft und mit Gesten von seiner Trampfahrt durch Südfrankreich, all die kleinen Geschichten, auch über Mädchen — ohne Angabe, aber mit verstohlenen Hinweisen auf seine imponierenden Qualitäten. Anni hört zu, wird locker, lacht manchmal.

Manfred hat Methoden. Er weiß, bei einem Mädchen wie Anni (oder wie er sie einschätzt) muß man winzige Schritte unaufhaltsam voran tun, jedes Wort, jede Handlung muß ihn dem Ziel ein wenig näher treiben, kein Wort, keine Handlung darf sie erschrecken, zum Abbruch der keimenden Beziehung bringen. Manfred hat die Methoden nicht bewußt gelernt. Diese eigentlich aus Gleichgültigkeit geborene Abfolge von Zeichen ist ihm angeboren, zumindest früh in ihm angelegt. Sie führte ihn meistens zum Sieg. Da war er positiv konditioniert. Schließlich machte er sich die Muster bewußt. Jetzt kann er sie einsetzen.

Manfred glaubt, daß seine stets schwelende Zärtlichkeitsgier Liebe ist. Er glaubt, daß die von anderen oder in Romanen beschriebene Liebe reine Angabe von Romantikern ist, die unbedingt einen Sinn in ihrer Geilheit sehen wollen, der über Fortpflanzungsmechanismen hinausweist.

In seinen auf Anni niederregnenden Erzählschauer läßt er nicht zu dicke, jederzeit zurücknehmbare, frotzelnde Komplimente einfließen. Sie beziehen sich zuerst auf Haar, Kleidung, Augen, später auf Mund, Hals, Bewegungen, schließlich auf Figur, Beine, Busen. So geht das. Der Weg ins Dorf ist lang genug.

Dann kommt die von Manfred erwartete Bodenunebenheit, vor der er sanft und beschützend den Arm an Annis Arm legt, die ihn seitlich anblitzt, aber nicht scheut, und so kann Manfred jetzt den Arm leicht um Annis Schulter legen, sie zu führen.

Natürlich mag Manfred solche Berührungen, mochte sie immer, aber sie waren bislang nur Etappen. Jetzt passiert ihm etwas Eigenartiges! Ihm strömt Wärme zu von der Handfläche, die er auf Annis Schulter ruhen hat. Der Wald wird grüner.

«Mich hat's ganz schön erwischt», denkt Manfred, aber an Liebe in diesem romantischen Sinn, an «Ewig Dein» und so, daran denkt Manfred nicht, und auch sein Regelspiel durchbricht er nicht, läßt die Hand sanft unruhig werden, damit sie ihr bewußt wird durch Streicheln, durch variierten Druck.

Anni ist nicht zickig. Sie ist sogar ein wenig nachgiebig. Das hat er so schnell nicht erwartet. Ist sie auf diesen Wolfgang sauer? Hat sie sich in Manfred verknallt? Er kann es nicht ausschließen.

Aber auf eine leichte Test-Bemerkung, Wolfgang und dessen Diskussionsbeiträge betreffend, sagt Anni ohne Schärfe, sachlich: «Mir sind die Fehler der Ungeduldigen lieber als die Fehlerlosigkeit der Gleichgültigen.»

Manfred fühlt sich ertappt. Aber die Hand muß er nicht von Anni lassen, das merkt er. Sein vorsichtiges Spiel kann nicht über Wolfgang weiterlaufen.

Sie sind im Dorf angekommen. Das Dorf ist auf Fremdenverkehr eingerichtet. Da ist ein Hotel mit Gaststube, Bar und respektabler Speisekarte. Er fragt, ob sie nicht einen Wein mit ihm trinken will. Die weltmännische Masche, aber auch die zieht nicht so richtig. Anni will Bier. Bier ist Manfred eigentlich lieber, aber manchen Mädchen imponiert Wein. Ein wenig Alkohol, nicht zuviel, aber ein endgültig beschwingter Zustand, ist sowieso eingeplant.

Manfred sitzt mit Anni in einer Nische. Beide trinken Bier. Jetzt ist das psychologische Stadium an der Reihe, die herzenbezwingende «Ich-kenne-dich-längst»- und «Ich-verstehe-alles»-Tour.

Manfred ist Weltmeister im Zuhören. Oft hört er einem Mädchen zu, verstehend lächelnd, und könnte nie ein einziges Wort von dem wiederholen, was sie ihm anvertraut, weil er nur auf die Schlüsselstellen lauert, auf die Passagen in der Erzählung des Mädchens, die ihn veranlassen, ihre Hand zu nehmen, sie zu streicheln, ihren Kopf an seine Schulter zu ziehen, den Kuß aufs Haar, auf die Stirn zu drücken, schließlich im gegenseitigen Kuß zu versinken.

Das ist dann oft die Stelle, an der die letzte Runde eingeläutet wird.

Manfred hat auch Anni seine Routine-Lockrufe zugebalzt, etwa: «Du hattest es schwer als Kind, nicht wahr?» Sie war auch ins Erzählen gekommen, aber dieses Mal hört Manfred tatsächlich zu. Ihn interessiert tatsächlich, wie das war, als Anni als Elfjährige nach Mitternacht von einer Party nach Hause kam, oder als sie dreimal das Geld für ein Biologiebuch nicht in die Schule bringen konnte, weil die Mutter kein Geld hatte.

Und plötzlich hat er sein eigenes Konzept verlassen, erzählt von sich, findet, sie ist eine wunderbare Zuhörerin, spürt plötzlich, wie sie seinen Kopf an ihre Schulter zieht, ihm tröstend übers Haar wuschelt, sagt: «Jetzt verstehe ich deine impertinente Gelangweiltheit.»

Manfred hat Herzklopfen. Manfred hat feuchte Hände. Manfred ist verwirrt.

Aber es läuft ja doch so, wie es soll.

Anni ist natürlich nicht so ein leichter Fall, aber es lohnt sich.

Sie hat eine Haut, die fühlt sich an wie chinesisches Porzellan. Noch nie hat Manfred bemerkt, daß ein anderer Mensch eine ganz eigene Haut hat.

Er muß ihr jetzt, vor dem endgültigen Erstürmen der Festung, körperlich nahe kommen. Er schlägt vor, in die Bar zu gehen, zu tanzen.

Anni ist einverstanden.

Sie trinken nun doch noch Wein, weil Manfred danach ist, weil ihm so feierlich zumute ist, weil Bier für dieses Abenteuer viel zu profan ist, und sie tanzen immer enger aneinandergeschmiegt.

Anni tanzt gern. Anni hat einen Schwips. Anni liebt Zärtlichkeit. Anni scheint Zärtlichkeit gewohnt zu sein. Sie läßt sich küssen. Sie küßt zurück. Alles geht seinen gewohnten Gang.

Oder nicht.

Anni zieht eine scharfe Grenze. Er darf auf der dunklen Tanzfläche die Hand unter ihren Pullover schieben, ihre Rückenhaut fühlen, ihren Rückenwirbeln nachfahren, aber er darf nicht den Ansatz ihrer Brüste berühren. Na ja, das ergibt auch keine gute Tanzhaltung.

Und ihre Küsse bleiben Spiele. Nicht sie verliert sich. Dem Manfred passiert es, daß er rote Wolken sieht hinter seinen geschlossenen Augenlidern, daß er dann ihr Lachen hört.

«Hallo, Casanova! Guckst wie ein Schaf», sagt sie.

Aber er will sie!

Sie wandern den Weg zum Gewerkschaftshaus, durch den Wald, bergauf.

Manfred stellt sich vor sie, läßt sie auf sich auflaufen, schlingt fest seine Arme um sie. Sie küssen sich. Manfred streichelt Anni, und sie wird ganz weich. Er spürt das. Will die Hand unter ihren Rock gleiten lassen.

«Laß das!» sagt sie, schiebt die Hand weg.

Nicht, daß das Manfred noch nie passiert wäre. Je nach Laune hat er dann abgelassen von dem Mädchen oder es beharrlich immer wieder mit zäher Sanftheit versucht. Hier fühlt er sich hilflos.

Er begehrt sie, wie er noch nie ein Mädchen begehrt hat.

«Warum nicht?» fragt er. «Warum nicht?»

«Ich will nicht», sagt sie.

«Aber ich — ich — ich liebe dich!»

Was heißt das? Will er immer mit ihr zusammensein? Will er sie mehr als andere? Im Augenblick will er mit ihr zusammensein. Er kann sich vorstellen, lange mit ihr zusammenzusein. Er will ihr etwas bedeuten. Er will nahe bei ihr sein. Er will in ihr sein. Er will, möchte, wünscht . . .

Er ist hilflos.

Sie sind im Gewerkschaftshaus. Alle anderen schlafen schon. Sie stehen vor seiner Zimmertür. «Komm noch mit», bettelt er. «Ich will mit dir reden.»

«Gut.»

Das hat er nicht erwartet. Sie kommt mit in sein Zimmer.

«Anni!» Und er meint «Anni», niemanden sonst.

Da stehen die beiden inmitten dieser unpersönlichen Einrichtung — ein kleiner Tisch, ein Holzstuhl, ein Bett, Schrank und Waschbecken. Da stehen sie in einem Raum, der nur zu flüchtigem Bewohnen geschaffen ist, zum Bewohnen für eine Nacht, höchstens eine Woche.

Noch nie ist dem Manfred so etwas eingefallen, aufgefallen. Die flüchtigen Wohnungen waren das Zuhause für seine flüchtigen Begegnungen. Jetzt schämt er sich.

Sie haben nichts zu trinken, denn die zum Spiel gehörende obligatorische Flasche Wein hat Manfred nicht mitgebracht. Sie haben nur zu reden. Manfred hat zu reden. Er will alles über sich sagen. Er leidet unter einem Geständnis-Zwang. Und sie hört zu.

«Komm zu mir. Ich will dich spüren», bittet er.

Sie legt sich zu ihm aufs Bett. Er hätte es nicht erwartet. Er streichelt sie. Er schmiegt sich an sie. Er wird verrückt vor Begierde, vor Sehnsucht, vor Liebe!

«Zieh dich aus. Laß mich deine Haut spüren», wünscht er, und er wünscht es wirklich.

Dann liegen beide nackt in seinem Bett. Er streichelt ihre Porzellanhaut, er saugt den Duft ihres Haares, er erforscht das Pulsen des Blutes in ihrer Halsschlagader, er ist von wahnsinniger Zärtlichkeit für die Blinddarmnarbe an ihrem Bauch erfüllt.

Sie fühlt sich wohl. Sie kuschelt sich an ihn. Sie läßt sich seine Liebkosungen gefallen, bis auf den Moment, da er mit ängstlicher Hand ihren Schoß erweichen will. Sie dreht sich weg, sagt «Bitte, nicht», und er weiß, es ist ernst, sie will nicht — nicht, weil sie prüde ist, nicht, weil sie es nicht gerne tun will, aber sie will nicht jetzt, nicht hier, nicht mit Manfred.

Und am Morgen sind beide zusammen pünktlich im Frühstücksraum. Sie haben nebeneinander geschlafen, nicht miteinander.

Anni ist unbefangen, heiter, vielleicht doch gelöster als am ersten Tag der Tagung.

Manfred aber ist anders, als er es jemals war.

Manfred weiß, daß es die Liebe gibt.

SIEGFRIED LENZ

Eine Liebesgeschichte aus Masuren

Joseph Waldemar Gritzan, ein großer, schweigsamer Holzfäller, wurde heimgesucht von der Liebe. Und zwar hatte er nicht bloß so ein mageres Pfeilchen im Rücken sitzen, sondern, gleichsam seiner Branche angemessen, eine ausgewachsene Rundaxt. Empfangen hatte er diese Axt in dem Augenblick, als er Katharina Knack, ein ausnehmend gesundes, rosiges Mädchen, beim Spülen der Wäsche zu Gesicht bekam. Sie hatte auf ihren ansehnlichen Knien am Flüßchen gelegen, den Körper gebeugt, ein paar Härchen im roten Gesicht, während ihre beträchtlichen Arme herrlich mit der Wäsche hantierten. In diesem Augenblick, wie gesagt, ging Joseph Gritzan vorbei, und ehe er sich's versah, hatte er auch schon die Wunde im Rücken.

Demgemäß ging er nicht in den Wald, sondern fand sich, etwa um fünf Uhr morgens, beim Pfarrer von Suleyken ein, trommelte den Mann Gottes aus seinem Bett und sagte: «Mir ist es», sagte er, «Herr Pastor, in den Sinn gekommen, zu heiraten. Deshalb möchte ich bitten um einen Taufschein.»

Der Pastor, aus mildem Traum geschreckt, besah sich den Joseph Gritzan ziemlich ungnädig und sagte: «Mein Sohn, wenn dich die Liebe schon nicht schlafen läßt, dann nimm zumindest Rücksicht auf andere Menschen. Komm später wieder, nach dem Frühstück. Aber wenn du Zeit hast, kannst du mir ein bißchen den Garten umgraben. Der Spaten steht im Stall.»

Der Holzfäller sah einmal rasch zum Stall hinüber und sprach: «Wenn der Garten umgegraben ist, darf ich dann bitten um den Taufschein?»

«Es wird alles genehmigt wie eh und je», sagte der Pfarrer und empfahl sich.

Joseph Gritzan, beglückt über solche Auskunft, begann dergestalt den Spaten zu gebrauchen, daß der Garten schon nach kurzer Zeit umgegraben war. Dann zog er, nach Rücksprache mit dem Pfarrer, den Schweinen Drahtringe durch die Nasen, melkte eine Kuh, erntete zwei Johannisbeerbüsche ab, schlachtete eine Gans und hackte einen Berg Brennholz. Als er sich gerade daran machte, den Schuppen auszubessern, rief der Pfarrer ihn zu sich, füllte den Taufschein aus und übergab ihn mit sanften Ermahnungen Joseph Waldemar Gritzan. Na, der faltete das Dokument mit umständlicher Sorgfalt zusammen, wickelte es in eine Seite des Masuren-Kalenders und verwahrte es irgendwo in der weitläufigen Gegend seiner Brust. Bedankte sich natürlich, wie man erwartet hat, und machte sich auf zu der Stelle am Flüßchen, wo die liebliche Axt Amors ihn getroffen hatte.

Katharina Knack, sie wußte noch nichts von seinem Zustand, und ebensowenig wußte sie, was alles er bereits in die heimlichen Wege geleitet hatte. Sie kniete singend am Flüßchen, walkte und knetete die Wäsche und erlaubte sich in kurzen Pausen, ihr gesundes Gesicht zu betrachten, was im Flüßchen möglich war.

Joseph umfing die rosige Gestalt — mit den Blicken, versteht sich —, rang ziemlich nach Luft, schluckte und würgte ein Weilchen, und nachdem er sich ausgeschluckt hatte, ging er an die Klattkä, das ist: ein Steg, heran. Er hatte sich heftig und lange überlegt, welche Worte er sprechen sollte, und als er jetzt neben ihr stand, sprach er so: «Rutsch zur Seite.»

Das war, ohne Zweifel, ein unmißverständlicher Satz. Katharina machte ihm denn auch schnell Platz auf der Klattkä, und er setzte sich, ohne ein weiteres Wort, neben sie. Sie saßen so — wie lange mag es gewesen sein? — ein halbes Stündchen vielleicht und schwiegen sich gehörig aneinander heran. Sie betrachteten das Flüßchen, das jenseitige Waldufer, sahen zu, wie kleine Gringel in den Grund stießen und kleine Schlammwolken emporrissen, und zuweilen verfolgten sie auch das Treiben der Enten. Plötzlich aber sprach Joseph Gritzan: «Bald sind die Erdbeeren soweit. Und schon gar nicht zu reden von den Blaubeeren im Wald.»

Das Mädchen, unvorbereitet auf seine Rede, schrak zusammen und antwortete: «Ja.»

So, und jetzt saßen sie stumm wie Hühner nebeneinander, äugten über die Wiese, äugten zum Wald hinüber, guckten manchmal auch in die Sonne und kratzten sich am Fuß oder am Hals.

Dann, nach angemessener Weile, erfolgte wieder etwas Ungewöhnliches: Joseph Gritzan langte in die Tasche, zog etwas Eingewickeltes heraus und sprach zu dem Mädchen Katharina Knack: «Willst», sprach er, «Lakritz?»

Sie nickte, und der Holzfäller wickelte zwei Lakritzstangen aus, gab ihr eine und sah zu, wie sie aß und lutschte. Es schien ihr gut zu schmecken. Sie wurde übermütig — wenn auch nicht so, daß sie zu reden begonnen hätte —, ließ ihre Beine ins Wasser baumeln, machte kleine Wellen und sah hin und wieder in sein Gesicht. Er zog sich nicht die Schuhe aus.

Soweit nahm alles einen ordnungsgemäßen Verlauf. Aber auf einmal — wie es zu gehen pflegt in solchen Lagen — rief die alte Guschke, trat vors Häuschen und rief: «Katinka, wo bleibt die Wäsch!»

Worauf das Mädchen verdattert aufsprang, den Eimer anfaßte und mir nichts dir nichts, als ob die Lakritzstange gar nicht gewesen wäre, verschwinden wollte. Doch, Gott sei Dank, hatte Joseph Gritzan das weitläufige Gelände seiner Brust bereits durchforstet, hatte auch schon den Taufschein zur Hand, packte ihn sorgsam aus und winkte das Mädchen noch einmal zu sich heran.

«Kannst», sprach er, «lesen?»

Sie nickte hastig.

Er reichte ihr den Taufschein und erhob sich. Er beobachtete, während sie las, ihr Gesicht und zitterte am ganzen Körper.

«Katinka!» schrie die alte Guschke. «Katinka, haben die Enten die Wäsch gefressen?»

«Lies zu Ende», sagte der Holzfäller drohend. Er versperrte ihr, weiß Gott, schon den Weg, dieser Mensch.

Katharina Knack vertiefte sich immer mehr in den Taufschein, vergaß Welt und Wäsche und stand da, sagen wir mal: wie ein träumendes Kälbchen, so stand sie da.

«Die Wäsch, die Wäsch», keifte die alte Guschke von neuem.

«Lies zu Ende», drohte Joseph Gritzan, und er war so erregt, daß er sich nicht einmal wunderte über seine Geschwätzigkeit.

Plötzlich schoß die alte Guschke zwischen den Stachelbeeren hervor, ein geschwindes, üppiges Weib, schoß hervor und heran, trat ganz dicht neben Katharina Knack und rief: «Die Wäsch, Katinka!» Und mit einem tatarischen Blick auf den Holzfäller: «Hier geht vor die Wäsch, Cholera!»

O Wunder der Liebe, insbesondere der masurischen; das Mädchen, das träumende, rosige, hob seinen Kopf, zeigte der alten Guschke den Taufschein und sprach: «Es ist», sprach es, «besiegelt und beschlossen. Was für ein schöner Taufschein! Ich werde heiraten.»

Die alte Guschke, sie war zuerst wie vor den Kopf getreten, aber dann lachte sie und sprach: «Nein, nein», sprach sie, «was die Wäsch alles mit sich bringt! Beim Einweichen haben wir noch nichts gewußt. Und beim Plätten ist es schon soweit.»

Währenddessen hatte Joseph Gritzan wiederum etwas aus seiner Tasche gezogen, hielt es dem Mädchen hin und sagte: «Willst noch Lakritz?»

MARIE VON EBNER-ESCHENBACH

Der gute Mond

Vor vierzehn Tagen haben wir ihn zur letzten Ruhestätte begleitet: Herr Franz von Meyer, Herr Joseph von Müller und ich, Johann Ritter von Schmidt.

Ja, er ist tot, der gute Mond; nun gibt es keinen Königrufer mehr, und sind wir reduziert auf einen Tapper. Einen andern Stammgast des «Blauen Raben» einzuladen, den leer gewordenen Stuhl des Freundes zu besetzen, ist uns nicht eingefallen, so viele Prätendenten sich derohalber auch direkt und indirekt bei uns gemeldet und so anständige Leute es auch waren, an denen unser Städtchen überhaupt, zu seiner Ehre sei es gesagt, keinen Mangel leidet. Der Platz, den der gute Mond durch neunzehn Jahre allabendlich drei Stunden lang eingenommen hat, ist infolge des hohen Alters seines Inhabers und des Ratschlusses der ewigen Vorsehung leer geworden und soll denn leer bleiben. Was die Erinnerung an den Verblichenen betrifft, so wird sie uns niemals entschwinden, und werden wir die Geschichte, die er am liebsten erzählte, niemals vergessen. Aber derweil sie noch frisch in uns lebt und seine Ausdrucksweise uns auch noch ganz geläufig ist, habe ich, der ich mich des besten Gedächtnisses erfreue und auch ziemlich gut in der Feder bin, es unternommen, dieselbe aufzuschreiben. Bin mir dabei wohl bewußt, daß die Hauptursache des Eindrucks, den die Geschichte auf uns machte, in dem Mangel an Übereinstimmung lag zwischen dem, was der Erzähler von sich selbst, und dem, was seine Erzählung von ihm aussagte.

Kaum wird es, soweit die Erde rund ist, einen Mann geben, der sich in einer Lage wie diejenige, in welche er versetzt wurde, mit ähnlicher Selbstbeherrschung und Zartheit benommen hätte. Daß er trotzdem immer auf sein derbes und brüskes Wesen zurückkam und es ihm nie einfiel, daß er auch anders hätte handeln können, als er gehandelt hat, das eben war es, was uns jenen oben angezogenen, seltsamen und rührenden Eindruck machte.

Jedermann weiß, daß die schlechtesten Witze von den Jägern und von den Kartenspielern gemacht werden, und so war es denn auch ein schlechter Witz von uns, daß wir ihn den guten Mond nannten. Mond, weil er diese Karte so oft in die Hand bekam, und den guten, weil er mit ihr statt den anderen sich selbst einen Schaden zufügte, sintemalen er sie sehr oft vom Sküs fangen ließ. Sein wirklicher Name war Franz Edler von Bauer, und er hatte ein ansehnliches Gut besessen, das er bis in sein siebzigstes Jahr ausgezeichnet verwaltete. Als er jedoch seine Kräfte schwinden und sich nicht mehr recht fähig fühlte, die Wirtschaft mit der gewohnten Energie und Genauigkeit zu führen, und vielleicht auch aus anderen Gründen, verkaufte er die Besitzung und zog ins Städtchen, wo er bald zu sterben gedachte. Dieses traf jedoch lange nicht ein, und er brachte es zu einem Alter, das ihn berechtigte, uns, die wir sämtlich zwischen dem fünften und dem sechsten Jahrzehnt herumhüpfen, per grüne Grasteufel und rote Erdzeisel zu traktieren. Verheiratet war er gewesen und nicht gewesen. Aber — das ist eben die Geschichte, und die beginnt somit.

Es ist so lange her, daß ich mich nicht zu genieren brauche, sondern aufrichtig sagen darf: wir sind ein paar schöne Leute gewesen, mein Vetter Franz und ich. Franz! Ihr wißt schon, wir führten denselben Familien- und denselben Taufnamen, und er war ein einziger Sohn wie ich, und wir haben einander auch im Äußeren ähnlich gesehen. Beide blond mit blauen Augen, stattlichen Nasen und Vollbärten, nur daß bei ihm alles in die Länge und bei mir in die Breite ging. Und er so fein! Ach, was war euch dieser Mensch so fein! Ich habe nie einen so feinen Menschen gesehen ... Ich dafür immer mehr brüsk, aber sonst ganz ähnlich.

Meine Eltern starben früh, setzten mir einen schläfrigen Vormund, der mein Interesse nicht zu wahren verstand, und weil ich als Bub schon auf mein Interesse war wie der Teufel, kümmerte ich mich selbst um meine Sache und dirigierte und kommandierte bereits als ein Unmündiger bei mir herum. Zeit hatte ich dazu; damals verdummten und verweichlichten die jungen Leute noch nicht wie jetzt auf der Schulbank. Bei meinem lieben Vetter und Nachbar ging's anders zu; seine Eltern trieben Abgötterei mit ihm und hätschelten ihn, als ob er eine brustkranke Prinzessin gewesen wäre. Wenn er ein Gewehr in die Hand nahm, wurden sie blaß, und wenn er junge Pferde zuritt oder einführte, beteten sie für ihn. Wenn er aber ein Gedicht machte — denn er machte Gedichte; ja, Gedichte in Versen, und die Verse reimten sich sogar — und wenn er die Poesie dem Papa oder der Mama am Geburtstag oder Namenstag unter die Serviette legte, da weinten sie vor Freude. Kurz, die Aufgabe ihres Lebens war, den Sohn zu verzärteln, und als sie dieselbe fertiggebracht hatten, verließen sie ihn — just, da sie ihm am nötigsten gewesen wären, dem unerfahrenen und unschuldigen Kind von fünfundzwanzig Jahren. Die Mutter wurde plötzlich von einem Herzschlag hinweggerafft, der Vater folgte ihr bald nach — aus Sehnsucht, meiner Treu. Auf dem Totenbett empfahl er mir den Sohn und das Gut, das, wie gesagt, an das meine grenzte. Da hatte ich ihn auf dem Hals und die Ehre, alle Tage mit ihm auf den Friedhof zu laufen zu den Gräbern seiner Eltern, die er mit Kränzen schmückte und mit sentimentalen Inschriften. Und nach Dresden ist er gereist und hat bei einem berühmten Bildhauer einen Engel machen lassen, der seine Züge trug. Sie können denken, was das gekostet hat — mich nämlich; erst die Statue und dann der weite Transport von Dresden bis herunter zu uns nach Siebenbürgen. Aber dafür welch ein Aufsehen! Von weit und breit kamen die Leute aus der Nachbarschaft, den schönen Grabesengel zu sehen und die Inschriften zu lesen, und was jung war und eine Frau oder ein Fräulein, das verliebte sich in das Urbild des Engels und in den Urheber der Inschriften. Es regnete nur so Einladungen und Briefchen, und er hatte bald eine Korrespondenz wie ein Minister. Was mir recht war, denn es zerstreute ihn doch. Und Partien hätte er machen können — prächtige! und hätte nur die Wahl gehabt zwischen einem halben Dutzend Erbtöchtern. Aber diese Unentschlossenheit und Zaghaftigkeit und dieses Nichtwissen, in welche er verliebt war! ... Heute schien es ihm die und morgen jene, und wenn ich es mir einfallen ließ, auch einmal der oder jener die Cour zu schneiden, dann fühlte er sich tief gekränkt, und dann wäre gerade diese die eine und einzige gewesen, die ihm gefallen und gepaßt hätte. So, daß ich richtig immer zurücktreten mußte, wenn ich eben anfing Feuer zu fangen. Wenn ich aber sagte: «Gut, so bewirb du dich», machte er den Großartigen und rief, er brauche kein Opfer, und jetzt sei ihm die Freude schon verdorben, und deklamierte etwas von einem kalt gewordenen Bissen auf Cäsars Teller.

Um seine Besitzung kümmerte er sich gerade soviel, um zu bemerken, daß sie ihm nichts eintrug. Hat auch nicht anders sein können, die Regie fraß ihn auf. Ich war mein eigener Verwalter, Förster, Stallmeister und Barbier. Er hat für das kleinste Amt einen eigenen Menschen besoldet und wäre dabei weiß Gott wie oft zugrunde gegangen, wenn ich nicht ausgeholfen hätte. Was ist mir anderes übriggeblieben? War es aber geschehen, das beruhigte ihn mitnichten, da ging erst das Wimmern los, daß seine Verpflichtungen gegen mich ihn niederdrückten. Um nur sein Lamentieren nicht hören zu müssen, habe ich die dummen Quittungen, die er mir aufnötigte, mehr als einmal vor seinen Augen zerrissen.

Einige Jahre ging es so fort, er näherte sich schon seinem dreißigsten, da geriet euch der Mensch in die Bande einer koketten Frau. Hochgebildet, wie bereits ihr Taufname Aglaja verriet. Ich tat, was ich konnte, um ihn loszumachen, aber es wollte mir nicht gelingen, die Dame hielt ihn fest mit schmachtenden Blicken und mit geistreichen Gesprächen. Mit Absicht machte ich mich zum unwillkommenen Dritten in ihrem zarten Bunde, scherte mich nicht um die üble Laune, mit der sie mich merken ließen, daß ich überflüssig sei, und langweilte mich wie ein Toter bei ihren Konversationen. Sie warfen herum mit Namen wie Schopenhauer, Eliot, Sand, Chopin, und ich hatte keine Idee, ob von Männlein oder Fräulein die Rede war.

Nun denn! Dieser schwärmerische Umgang und seine vielen Sorgen wegen seiner Mißwirtschaft und seine innere Friedlosigkeit und — glauben Sie mir — hauptsächlich sein ewiges Dichten brachten ihn endlich so herab, daß der Arzt ihn zur Nervenstärkung ins Bad schickte.

Drei Wochen war er dort, da bekam ich einen Brief von ihm, wißt ihr, so einen, den man meint nur mit der Feuerzange anrühren zu können, so einen, bei dem man staunt, daß das Papier dem Glutstrom widerstanden hat und nicht in Flammen aufgegangen ist.

Der Franz ist verliebt wie ein Italiener aus der Gegend des Vesuvs, wo sie am hitzigsten sind. In ein blutjunges Fräulein, das er in dem Badeorte kennengelernt hat. Er ist auch schon verlobt, die Hochzeit wird im nächsten Monat gefeiert, auf dem Gut der alten Tante, der einzigen weiblichen Verwandten der «göttlichen Kleinen», männliche hat sie gar keine. Ich weiß nicht, warum es mir, wie ich das gelesen habe, gleich durch den Kopf gefahren ist: Du armes schutzloses Ding. Am Schluß des Briefes teilte mir der Mensch noch mit, daß er in acht Tagen nach Haus kommt, um seine Angelegenheiten zu ordnen (o weh! denk ich und schau meine eiserne Geldkasse im Winkel recht traurig an), in vierzehn Tagen aber wieder abreisen wird, zu ihr! zu ihr! seiner Sonne, seiner Wonne, seinem weißen Schäfchen, seiner Taube. Und ganz am Schlusse heißt es: «Tiefstes Schweigen! Aglaja darf um Gottes willen nichts erfahren, bevor die Hochzeit vorüber ist.»

Das gefällt mir nicht, ich tu ihm aber den Willen, halte mein Maul und erkundige mich *sub rosa* nach den Verhältnissen der Braut. Alles in Ordnung, sehr anständig, nur im Geldpunkt, da hapert's. Das Gut der Tante (es hieß Folt, lag an der Grenze des Banats und war viel wert) kriegt die Kleine nicht, das hat die Tante einem Kloster verschrieben, in das sie eintreten will, sobald die Nichte angebracht sein wird.

Aus den acht Tagen, nach denen Franz heimkehren wollte, werden vierzehn. Er hat sich nicht losreißen können von der Geliebten, dunkle Ahnungen haben ihn bedrängt, und beim Abschied, den er für ein paar Wochen genommen, ist ihm gewesen, als sei es ein Abschied für immer. Ich lache ihn aus, ihn und seine Nerven, und meine nichts Besseres tun zu können, als ihn aufzumuntern, sein Haus herzurichten zum Empfang der jungen Frau. Aber da geht der sentimentale Teufel in ihm erst recht los. Auf Tritt und Schritt begegnen ihm Erinnerungen an seine «goldene Junggesellenzeit». Trockene Blumen und Lorbeerkränze mit seidenen Bändern und Widmungen, gestickte Pantoffeln und Kissen und Schlafsessel ... mir ein Graus, das Zeug. Um jedes Stück, das ich vernichten oder verschenken wollte, feilschte er, und als ich über die Kassette kam, in welcher Aglajas Briefe lagen, in Paketen zusammengebunden mit rosafarbenen Schleifen, da wurde er wild und erklärte, die Briefe dürften nicht vernichtet werden, die müsse er ihr, die seine Muse gewesen war, selbst zurückbringen. — «So tu's!» rief ich, «bring ihr die Briefe und sag: Es ist aus; sei ein Mann und sag: Es ist aus und vorbei, ich heirate.» — Er versprach's — hat auch gewiß in dem Augenblick die besten Vorsätze gehabt, das heißt, daß er geholfen hat, den Weg zur Hölle pflastern. Ist euch von der Aglaja zurückgekommen wie ein getaufter Pudel.

Bald darauf finde ich ihn ausgestreckt auf dem Ruhebett, und er hat neben sich auf dem Tisch einen offenen Brief liegen. — «Von wem denn schon wieder?» fragte ich. — «Von meiner Braut.» — «So? Hat sie geschrieben, die Wonne, die Sonne? ...» Da wird euch sein Gesicht ellenlang und seine Miene essigsauer, und er gibt dem Blatt einen Schneller, daß es bis zu mir hinübergleitet, und seufzt, als ob ihn ein schweres Unglück getroffen hätte: «Unorthographisch.»

Ich konnte nicht umhin auszurufen: «Gott sei Dank dafür!» und nehme den Brief und lese ihn, und es ist ein solcher Schatz von einem unschuldigen liebreizenden kindlichen Brief, daß mir das Herz hüpft, der neuen Kusine entgegen. — «Du hast ja heute reisen sollen», sage ich; und er: «Ich habe geschrieben, daß ich erst am Hochzeitstage komme; sie sollen nur alle Vorbereitungen treffen.»

Nun, wie ich das höre, da steigen mir die Grausbirnen auf. Weil ich ihn aber kenne und seinen Stolz nicht reizen will, tue ich nichts dergleichen, sondern bemerke einfach: «Und wenn dir unterwegs der Wagen bricht oder wenn dir ein Pferd ausspannt, was dann?» Er schweigt und schaut mit seinem hochmütigsten Blick zum Fenster hinaus, und mir läuft die Galle über, und ich schreie ihn an: «Schreib doch lieber ganz ab!» — «Du weißt recht gut, daß ich nicht mehr aus kann», entgegnet er, «werde schon zur rechten Zeit dort sein. Sie erwarten mich gar nicht vor der letzten Stunde.»

«Aha», versetzte ich, «die Braut muß am Altar stehen, dann wirst du erscheinen wie der Prinz im Feenmärchen — wirst du?» — Keine Antwort. Der Mensch versinkt wieder in seine träumerische Stummheit und erhaben sein sollende Ruhe.

Glaubt mir, wenn es damals wie jetzt auf eine Tagesreise von meinem Gut ein Telegraphenamt gegeben hätte, aufs Pferd würde ich mich geworfen haben, hingeritten wäre ich und hätte auf eigene Gefahr nach Folt depeschiert: «Unvorhergesehene Hindernisse, Ankunft zweifelhaft, Brief folgt.» Aber damals, da war es so bei uns, daß der Postmeister von Türsdorf, wie ich zum erstenmal das Wort Telegraph vor ihm ausgesprochen habe, der Meinung gewesen ist, das sei etwas Eßbares.

Eine gräßliche Woche vergeht; der Tag, an dem der Franz durchaus hätte reisen müssen, um noch knapp zurechtzukommen, ist da, und wieder finde ich ihn auf seinem vermaledeiten Lotterbett, dieses Mal mit Eisumschlägen auf dem Kopf. Wie eine kranke Schlange wand er sich: «Ich kann nicht fort, Bruder, ich kann nicht! Sie stirbt, meine Muse stirbt, wenn ich gehe, es ist ihr Tod!» — So winselt er ... «Bruder, fahre du hin, entschuldige mich, sage der guten Kleinen, es war ein Irrtum, ich habe mich übereilt. Nein, sage ihr, ich habe mich besonnen — ich verdiene sie nicht!»

Von jeher habe ich gewußt, daß ich ein heftiger Mensch bin und rauh von Natur. Die Wut aber, die in dem Augenblick bei mir losgebrochen ist, deren hätte ich mich nicht für fähig gehalten. «Weißt du», sag ich ihm, «du bist doch ein miserabler Kerl», sag ich ihm ... «Und wenn du noch einen meiner Namen führtest, aber du führst beide, und ein schlecht Unterrichteter kann glauben, daß von mir die Rede ist, wenn jemand sagt: Franz von Bauer heißt die Kanaille!» So rase ich, der Zorn umnebelt meinen Geist, trotzdem aber steht es klar vor mir, daß mit dem elenden Waschlappen von einem Menschen nichts anzufangen ist und daß ich nur gleich meine sieben Zwetschen zusammenpacken und davonkutschieren muß.

Ein paar Stunden später bin ich auf der Reise gewesen und bin gefahren mit der Post, mit dem Bauer, mit allem, was mir den Wagen vom Fleck gebracht hat — er war zum Glück neu und gut —, bin gefahren vom äußersten Nordosten des Landes bis zum äußersten Südwesten, Tag und Nacht, in der linken Hand die Geldkatz, in der rechten die Peitsche ... Herrgott im Himmel! nur einen Tag einbringen, einen einzigen, damit die armen Damen wenigstens den Hochzeitsgästen absagen und die Musikanten nach Haus schicken können. — Das hab ich erreichen wollen. Ist mir aber nicht geglückt ... In der Geldkatz haben die letzten Muttergottes-Zwanziger gescheppert, von der Peitsche war das Schmißl abgehauen, und der einunddreißigste August hat mich noch auf dem Wege gefunden.

Kinder! Keinem von euch wünsche ich, daß er sich einen Begriff davon machen könne, wie mir war, als ich beim Dorfe Folt ankomme und den ersten Böllerschuß höre, der mich begrüßt ... was — mich! den Bräutigam, den sein sollenden — und ich dahinfahre unter dem ersten Triumphbogen und die ganze Bevölkerung im Sonntagsstaat auf den Beinen ist. Vom Kirchturm bimmelt Glockengeläute, vor dem Herrenhause stehen Wagen an Wagen, Menschen an Menschen, und auf dem Balkon schimmert's blau und rosenfarbig vor lauter Kranzeljungfern. Und so ein donnerndes Hurra empfängt mich, als ich in den Hof hineinfahre, daß mein Geschrei: «Ich bin's nicht! Stillgeschwiegen! — Ich bin's nicht!» geradesoviel Wirkung macht wie das Stöhnen eines Verwundeten im Schlachtgewühl. Eine Unzahl Hände streckt sich mir entgegen, mir aus dem Wagen zu helfen ... Ich stoße alle fort und rufe einem alten Diener zu, der dasteht mit schlotternden Knien und wackelndem Kopf und dem Tränen des Entzückens und der Rührung über die Wangen laufen: «Führe mich zur gnädigen Frau. Ich muß mit ihr sprechen unter vier Augen.» — «Bitte, bitte!» stammelt er und macht noch Zeremonien wegen des Vortritts. Das war, sag ich euch, zum Teufelholen.

Nun, der alte Mensch geleitet mich in ein Zimmer, einfach, solid; an der Wand ein großer Schreibtisch wie von einem Amtmann, drüber ein Kruzifix. Da warte ich kaum eine Minute. Eine hohe Gestalt tritt ein — klösterlich gekleidet, streng, majestätisch. Stutzt nicht einmal bei meinem Anblick, zieht nur die Brauen finster zusammen, als ich mich nenne, und wird nur bleicher, während ich ihr kurz und bündig melde, wie die Sachen stehen.

«Und was gedenken Sie jetzt zu tun, Herr von Bauer?» fragt sie.

«Das weiß ich nicht, Gnädigste», antworte ich.

Sie richtet die Augen auf das Kruzifix, ich glaube, daß sie gebetet hat.

Dann wendet sie sich wieder in ihrer steinernen Hoheit zu mir und fragt: «Sind Sie verheiratet?»

«Nein, Gnädigste.»

«Ist Ihr Herz frei?»

«Ja, Gnädigste.»

«Sie haben gegen kein weibliches Wesen Ihres oder eines anderen Standes irgendwelche bindende Verpflichtung?»

Ich mußte lächeln.

Eine bindende Verpflichtung — ich! Ich hatte nie eine Liebschaft gehabt und mit den Weibern überhaupt so wenig als möglich zu tun. Sie verdienen keinen Respekt, meinte ich damals, und fühlte höchstens Mitleid mit ihnen, wenn ich sah, wie sie dem Franz nachliefen, an dem ja gar nichts war, einzig und allein wegen seines hübschen Gesichtes und seiner verdammten Versschmiederei. Ich mußte also lächeln und verneinte.

Die Dame sah mich mit Augen an, mit Augen, wie ich vorher keine gesehen habe, Augen, die Herz und Nieren prüfen, und sagte: «Sie sind brav und redlich.»

Ja — Sie sind! sagte sie und nicht, wie es doch natürlich gewesen wäre: Ich halte Sie für brav und redlich.

Noch einen Blick nach dem Kruzifix, noch ein Stoßgebet, und sie sprach: «Der gute Name meiner Nichte fordert, daß meine Nichte heute mit Herrn Franz von Bauer vor den Traualtar trete.»

«Fordert? würde fordern», versetzte ich — «es gibt leider kein Auskunftsmittel.»

«Es gibt eines, Herr von Bauer, ein gefährliches allerdings ... Herr von Bauer, wollen Sie verhindern, daß ein unbescholtenes Mädchen Schmach erfahre durch ein Mitglied Ihrer Familie?»

«Gott weiß, daß ich's verhindern wollte!» rief ich. «Wäre ich sonst hier? Hätte ich mich sonst zum Überbringer der elendsten

Botschaft gemacht? Meine Schuld ist es nicht, daß ich zu spät gekommen bin!»

«Nicht zu spät», lautete ihre Entgegnung, «wenn Sie sich entschließen können, Ihren wortbrüchigen Verwandten zu vertreten.»

Da wurde mir schwindelig, und ich fragte: «Am Traualtar?»

Sie erhob die rechte Hand wie aus Wellen von allerlei Spitzenzeug, das um sie herumflutete, und sah mich an. Eine Norne, sag ich euch, eine Sibylle! Ich sag euch — etwas Überirdisches.

«Nur am Traualtar», sprach sie feierlich, ging an den Schreibtisch, schellte und gab dem herbeieilenden Diener Befehl, ihre Nichte zu rufen.

Liebe Jungens, da kam euch ein Kind herein, ein Kind im Brautschleier und Myrtenkranz, das holdeste, das die Welt je gesehen, keine Schönheit, etwas tausend- und tausendmal Lieblicheres als eine Schönheit.

Ich habe immer meinen Spaß gehabt an den plötzlichen Verliebungen, die in Romanen und in Theaterstücken vorkommen, und gesagt, mir selbst muß so was passieren, sonst glaub ich's nicht ... Als das Kind im Myrtenkranz hereintrat, da hat mich's gepackt ... Versteht mich! Nicht à la Romeo; behüt der Himmel! in viel sanfterer Manier, aber mit einer großen Macht ... Wo ist denn nur geschwind eine Gefahr, aus der ich dich retten könnte? — Das war mein Gefühl. Eine ungemeine Verlegenheit dazu, wegen meiner bestaubten Stiefel und Kleider, und die bestürzte Frage: Wie seh ich aus?

Das Kind, heiter wie das Sonnenlicht, dankt meinem tiefen Gruße und sagt zu mir: «Wo ist Herr Franz?» und zur Tante: «Das ist der gute Vetter, nicht wahr, von dem er uns so oft erzählt hat.» Die Tante nickt, führt mich einige Schritte weiter und flüstert: «Nun?» — und ich antworte: «Oh — was mich betrifft — aber sie — wird sie denn wollen?»

«Meine Nichte hat keinen Willen», erwiderte die Gnädigste und gibt dem Diener — es ist immer derselbe Alte, der kein Ende finden kann mit Flennen — Befehl, den Herrn Bräutigam auf sein Zimmer zu geleiten und ihm behilflich zu sein beim Ankleiden.

Es war mein Glück, daß ich mir einen anständigen Anzug mitgebracht hatte, und während ich mich wasche und mir die Haare bürste, nimmt der Alte meinen Frack aus dem Koffer, drückt ihn an seine Brust und weint, daß mir bange wird, der sammetene Kragen könne Spiegel kriegen.

«So ein Engel, gnädiger Herr! und ich habe ihre Mutter — und die war auch schon so ein Engel — auf diesen meinen Armen getragen ... Und seien der gnädige Herr gut mit dem Engel; wir alle, wir haben ihm unsere Hände unter die kleinen Füße gelegt ... Und die Allergnädigste sind wie eine Königin in ihrem Reich, aber weiches Wachs in den Fingern der kleinen Alma.»

«So?» entgegne ich und lebe auf, denn wie die Gnädige gesprochen hatte: Meine Nichte hat keinen Willen, ist sie mir vorgekommen wie Iwan der Schreckliche und ich mir wie sein gehorsamer Henker. — «So hat die Kleine doch einen Willen?»

Der Diener geriet in Bestürzung und stotterte: «Willen, halten zu Gnaden, das nicht, wie sollte sie? — einen Willen hat sie nicht.»

Ich wandte mich von dem alten Esel ab und hörte nicht mehr auf sein Geplapper.

Eine volle Stunde verging.

Die Kleine wehrt sich, hoffte und — fürchtete ich, die Kleine macht Gebrauch vom Recht des Schwachen, vom Recht, nein zu sagen.

Das Jubilieren der Gäste, denen man vermutlich brav einschenkte, um ihnen die Wartezeit zu versüßen, drang zu mir herüber. Die Glocken begannen mit erneuter Kraft zu läuten, an der Tür pochte es. Ein Geistlicher von kleiner Statur und klugem Aussehen näherte sich: «Unsere Allergnädigste», sprach er mit leiser, etwas heiserer Stimme, «beliebten mir mitzuteilen, daß Euer Hochwohlgeboren in der Eile der Abreise einige Ihrer Dokumente zu Hause vergessen haben, aber hoffentlich doch nicht alle.»

Ich hatte meinen Paß, und damit Punktum. Den reichte ich dem geistlichen Herrn. Er nahm ihn in genauen Augenschein und sagte: «Das ist ja gut. Was noch fehlt, werden Euer Hochwohlgeboren die Gnade haben nach der Vermählung herbeizuschaffen.»

«Vermählung? — So ist Vermählung?»

Der Geistliche überhörte meinen unwillkürlichen Ausruf. — «Unsere Allergnädigste», fuhrt er fort, «die nicht mehr Zeit hat, das Geschäftliche noch einmal mit Euer Hochwohlgeboren durchzusprechen, läßt Euer Hochwohlgeboren durch mich in Erinnerung bringen, daß Fräulein Nichte keine Anwartschaft auf die Herrschaft Folt besitzt, diese vielmehr nach dem Ableben der Allergnädigsten laut getroffener testamentarischer Verfügung in das Eigentum der Kirche übergeht. Hingegen erhalten Fräulein Nichte als Heiratsgut von hochdero Frau Tante ein Geschenk von fünfzigtausend Gulden Konventionsmünze, das nach geschlossener Trauung Euer Hochwohlgeboren übergeben werden wird.»

«Hat gar keine Eile», antwortete ich und verließ, von dem Pfäfflein geleitet, das Zimmer.

Zur Kirche, zwischen Bäumen, über gestreute Blumen wandere ich, neben mir zwei rosenfarbige Fräulein und vor mir die Kleine, die Weiße, im Myrtenkranz und Brautschleier.

Ringsum ein Menschengedränge, in dem es dumpf und leise gleichsam ehrerbietig wogt. Keine Stimme ist laut als die eherne der Glocken . . . Und auch die verstummt — ich steh vor dem Altar, und an meiner Seite steht die Braut. Ich wünschte innig, daß sie sich ein Herz fassen und mich nur ein wenig ansehen möchte, daß ich ihr mit einem Blick hätte sagen können: Fürchten Sie sich nicht. Aber sie wandte kein Auge von dem Priester und war mehr einer bleichen jungen Nonne ähnlich als einem lebensfreudigen Mädchen, das einem Manne angetraut wird.

Die Rede des Geistlichen dauerte lang, und bei jedem Wort der Ermahnung, das der Kleinen galt, dachte ich: Zuviel! zu hart — und bei jedem, das mir galt: Das versteht sich ja alles von selbst.

Beim Hochzeitsschmaus bin ich neben ihr gesessen, habe aber mit ihr nicht sprechen können, weil fortwährend Toaste ausgebracht wurden, auf die ich antworten mußte, und weil ich über eine kleine Rede nachsann, die ich selbst zu guter Letzt halten wollte. In dieser sagte ich denn, daß ich kein Flausenmacher sei und eher derb, daß ich jedoch gestehen müsse, ich hätte bei den Hochzeiten, denen ich bisher angewohnt, immer tüchtig geweint — mir ist leid um die Braut gewesen. Sei es, wie es sei; komme, was da wolle; für die Frau ist der Schritt in die Ehe der wichtigere Schritt. Davon aber hat noch keiner, den ich den ehelichen Trauring wechseln sah, etwas wissen wollen, vielmehr jeder sich als Hauptperson bei der heiligen Handlung betrachtet. Als ob es nicht eine kleinere Sache wäre, eine Verantwortung — oft schlecht und recht, und meist nur vor dem eigenen, in dem Punkt gewöhnlich sehr dehnbaren Gewissen — zu übernehmen, als überantwortet zu werden mit Gut (ich dachte an die fünfzigtausend Gulden) und Blut und für das ganze Leben. Daher meine innige Rührung bei jeder fremden Hochzeit, daher auch meine Standhaftigkeit bei meiner eigenen. Die Jungfrau, welche heute vertrauensvoll ihre Hand in die meine gelegt, befände sich nicht in dem eben von mir angeregten Fall — ich wisse, wer von beiden, Mann oder Frau, mehr riskiert bei der Schließung eines unlösbaren Bundes. Und so, wie sich ein Starker, der wenig wagt, einem Schwächeren gegenüber, der viel wagt, zu benehmen hat, so werde ich mich allzeit meiner Gemahlin gegenüber benehmen.

Ein großer Jubel, besonders von seiten der Damen, belohnte diese meine Erklärung. Die Gnädigste erhob sich von ihrem Platz und umarmte mich vor der ganzen Gesellschaft. Nach der Tafel gab es feierliche Aufzüge der Dorfbewohner, glückwünschende Deputationen aus den nächsten Ortschaften und endlich Ball vor dem Haus, unter Gottes freiem Himmel, bei Mondenschein und Sternenschimmer, und Ball im Haus unter den Kronleuchtern bei Kerzenglanz. Eine Polonaise eröffnete ihn, bei welcher mir die Auszeichnung zuteil wurde, mit der Gnädigsten, die ihre Fingerspitzen auf meinen Arm legte, die Runde um den Saal zu machen. Den ersten Ländler tanzte ich mit der verehrten Kleinen. Bis tief in die Nacht dauerte das Fest, und nachdem der letzte Gast sich bei uns empfohlen hatte, empfahlen die Gnädigste und ihre Nichte sich bei mir.

Und ich sage euch, liebe Freunde, ich habe gut und sanft geschlafen und angenehm geträumt, und zwar von der Kleinen. Wir gingen miteinander spazieren daheim in meinem Garten, und ich hielt sie umschlungen, und sie sprach zu mir: «Das war ein Irrtum, das mit dem andern Franz. Du bist der rechte — du!»

Ein Mensch, der mir die Hand küßte, weckte mich — der Alte, der heute viel weniger ängstlich tat und mich in schmelzendem Tone ersuchte, ich möge geruhen, mich ankleiden zu lassen und mich dann zum Frühstück zu begeben zu der Allergnädigsten und zu meiner jungen Gemahlin. Das letztere hatte er mit einem für den Scherz um Verzeihung bittenden untertänigen Bückling hinzugesetzt. Ich gab ihm einen leichten Schlag auf den gekrümmten Rücken und sagte: «Was nicht ist, kann werden», worauf er mit freundlichem Ernst erwiderte: «Das walte Gott!» und mir wieder die Hand küßte.

Dieser alte Mensch ist mein getreuer Anhänger geblieben während der ganzen Zeit, die ich noch in Folt zugebracht habe, hat mir auch manchen nützlichen Wink gegeben und mir manches Licht aufgesteckt, das meinen sehr nebeligen Pfad freundlich erhellte. So zum Beispiel erfuhr ich durch ihn, daß die Gnädigste, als Franz sich um Fräulein Alma bewarb, an einen Gewährsmann in unserer Nähe geschrieben und sich bei ihm nach Herrn Franz von Bauer erkundigt hatte. Infolge eines Irrtums in ihrem Briefe mußte besagter Gewährsmann meinen, die gewünschte Auskunft beträfe mich, und auf meinen Leumund hin hat Franz das Jawort erhalten. Was die Repräsentation anbelangt, die verstand er, und die Gedichte haben auch ihren Effekt gemacht. Von einer Neigung des Kindes zu ihm fand ich keine Spur, und ihr könnt euch denken, wie ich darauf aus war zu erfahren: Hat sie ihn liebgehabt, die Kleine, hat sein niederträchtiges Benehmen sie empört? und schließlich: Welches Mittel hat die Gnädigste angewendet, um sie zu bewegen, mir zum Altar zu folgen?

Die Lösung des Rätsels war einfach — die Kleine war eben ein Kind; ahnungsvoll und doch gedankenlos, verwöhnt und doch willenlos. Willenlos! der einzige dunkle Punkt in der Sache ... Wenn ich fragte: «Beliebt es Ihnen spazierenzugehen?» Ja, es beliebte ihr. «Beliebt es Ihnen zu Hause zu bleiben?» Es beliebte ihr gleichfalls. «Täten wir nicht besser auszureiten?» Gewiß, wir täten besser.

Eines schönen Morgens wanderten wir zusammen im Wald herum. Und sie war euch so herzig in ihrer sanften und aufmerksamen Heiterkeit. Merkte alles, wußte genau, daß hier zwischen den weggescharrten Blättern Rehwild gerastet und daß sich dort im aufgewühlten Boden ein Hirsch niedergetan. Scharfsichtig wies sie hin auf die Spuren der Wilddiebe und entdeckte sie an den Bäumen böswillig befestigte Vogelschlingen, gleich heraus mit dem Taschenmesserchen und fort mit ihnen.

Ich, ich stand neben ihr und bewunderte sie; keine Sprache spricht es aus, wie gut sie mir gefiel. Fräulein sagte ich nicht mehr zu ihr, sondern einfach Alma, aber immer noch Sie. Damals im Walde kam mir dieses Sie so dumm vor, daß ich sie frischweg fragte: «Alma, wollen wir nicht du zueinander sagen?»

Sie war eben mit dem Wegtilgen einer Vogelschlinge fertig geworden, steckte ihr Messerchen ein, machte mir einen kleinen Knicks und erwiderte: «Wenn Sie erlauben.»

«Ich bitte darum!» rief ich heftig.

Sie erschrak, wurde rot, sah sich um wie nach Hilfe und stammelte: «Sie haben zu befehlen.»

«Ich werde dir nie etwas befehlen, Alma, am wenigsten in dieser Hinsicht», versetzte ich so ruhig, als mir möglich war bei meinem Naturell.

«Nie etwas befehlen?» wiederholte sie und brauchte ein paar Minuten, um sich von ihrer Verwunderung so weit zu erholen, daß sie die Erklärung abgeben konnte: «Ich werde Ihnen aber doch gehorchen.»

«Ihnen?»

«Dir . . . Oh, verzeihen Sie: dir.»

Mit welcher Angst sie das sagte, könnt ihr euch nicht vorstellen, und mein Entsetzen über diese Angst auch nicht.

Sie vergaß noch sehr oft, mir du zu sagen, und geriet darüber jedesmal in große Bestürzung und Reue. Ich gab mir Mühe, einen Spaß aus der Sache zu machen, aber es wollte mir nicht recht gelingen. Zu tief verdroß mich das unglückliche Sie, das ihr von selbst auf die Lippen kam; zu wenig freute mich das zögernde Du, zu dem sie immer erst einen Vorsatz fassen mußte.

Kindisch! kindisch! Wer wußte das besser als ich, wer hätte verstanden, mir so tüchtig die Leviten zu lesen, wie ich selbst es tat? Aber von Tag zu Tag wurde meine Neigung zu der Kleinen inniger und wärmer und ebenso der Wunsch, daß sie Zutrauen zu mir gewinne, wenn schon kein anderes, doch ein solches wie zu einem älteren Bruder. Deshalb verfehlte ich's meistens und war, zu meinem eigenen Schaden, bitter und grämlich. Und an dergleichen war die Kleine nun gar nicht gewöhnt. Geführt werden auf Tritt und Schritt, nach Pflicht und Vorschrift fühlen, denken, atmen, geleitet werden wie ein Maschinchen, o ja! aber wohlgemerkt, ohne ein rauhes, womöglich ohne ein lebhaftes Wort.

Die Gnädigste hatte ein scharfes Auge auf mich, und der geistliche Herr, der mir am Hochzeitstage meine Papiere abgefordert, gleichfalls, und *detto* noch einige andere geistliche Herren, die im Hause ein- und ausgingen. Ich sah wohl, daß sie mich beobachteten, aber ich dachte: Nur zu! Wie ich bin, so bin ich. Müßte übrigens lügen, wenn ich behaupten sollte, daß sie mir das geringste in den Weg gelegt haben; bin vortrefflich mit ihnen ausgekommen. Glaube auch, daß die Gnädigste ihrem Rat Folge geleistet hat, als sie mir nach Verlauf von ungefähr sechs Wochen eröffnete, wenn es mir angenehm wäre heimzureisen, wolle sie mich nicht länger aufhalten.

Es würde sich nicht für mich schicken, die Komplimente, die sie mir damals gemacht hat, zu wiederholen. Als sie jedoch mit ihnen fertig war, sagte sie: «Das Walten einer gnädigen Vorsehung über meinem Hause hat sich mir stets geoffenbart; niemals jedoch so sichtbarlich wie in dieser letzten Zeit, bei der letzten weltlichen Angelegenheit, die zu bestellen mir noch auferlegt war. Gott hat meine Ziehtochter einer großen Gefahr entrückt, in welcher sie untergegangen wäre ohne seine Dazwischenkunft. Statt des Unwürdigen, an den ich im Begriffe stand sie zu vermählen, hat er einen ihrer würdigen Lebensgefährten, hat er Sie gesandt. Lieber Sohn» — zum ersten Male nannte sie mich so —, «Sie haben Alma aus der Hand der Kirche empfangen: empfangen Sie Ihre Frau jetzt aus der meinen und meinen mütterlichen Segen und Glückwunsch dazu.»

«Alles wohl und gut, Gnädigste», entgegnete ich, «aber die Hauptsache fehlt.»

Sie sah mich steif und groß an: «Wieso?»

«Das Herz der Kleinen hat noch nicht ja gesagt.»

«Ihr Herz! Haben Sie nicht ihren Schwur vor dem Altar? Ihr Herz? Wo ihre Pflicht ist, da ist ihr Herz.»

Dieses schöne Wort rührte mich nicht, schien mir vielmehr eines von denjenigen zu sein, mit welchem die Schwärmer sich aus der Verlegenheit helfen und ihrer eigenen Empfindung ein X für ein U vormachen. Aber froh war ich, von der Gnädigsten und ihrem Anhang das Absolutorium erhalten zu haben, und traf mit Almas Einwilligung — daß Gott erbarm, die Einwilligung einer Willenlosen! — meine Reisevorbereitungen.

Es versteht sich von selbst, daß ich längst an meine Leute geschrieben und Befehl gegeben hatte, den Garten und das Schlößchen so gut als nur möglich zum Empfang der Gebieterin herzurichten. Da war fast mehr geschehen, als ich gewünscht hatte, aber zu meiner Verwunderung keine einzige Ungeschicklichkeit, und auch im größten Jubel der festlichen Begrüßung kam keine von den Derbheiten und plumpen Anspielungen vor, die einem neuvermählten Paar von einer getreuen Landbevölkerung sonst nicht erspart werden und die bei uns am wenigsten am Platz gewesen wären.

Als ich meinen Wirtschafter herzlich belobte, tat er zuerst geheimnisvoll und gestand sodann, der Herr Franz von drüben sei in der verwichenen Woche täglich dagewesen, habe alle Vorbereitungen geleitet, aber dringend aufgetragen, mir nichts von seiner Einmischung zu verraten. Und gestern war er abgereist, und niemand wußte wohin, und hatte sehr übel ausgesehen und so aufgeregt, daß jedem um ihn bange geworden.

Was soll das wieder heißen? fragte ich mich und ging ernstlich mit mir zu Rate, ob ich mit der Kleinen von ihm sprechen sollte oder nicht. Bevor ich aber zu einem Entschluß kam, hatte ich nicht mehr nötig, einen zu fassen. In der Gegend wurde allgemein bekannt, daß der Franz seiner treulos gewordenen Muse nachgefahren war, sie in der Nähe von Vatra-Dorna in der Bukowina eingeholt und den Begleiter, in dessen Gesellschaft sie an den Ufern der goldenen Bistriza lustwandelte, herausgefordert hatte. Dies mußte in einem jener Anfälle blinder Wut geschehen sein, denen der Sklave seiner Impulse unterworfen war, und mit großer Übereilung und ohne Beachtung der üblichen Formalitäten hat das Duell stattgefunden. Die Gegner sollen (ich glaube es heute noch nicht) zugleich geschossen haben.

Einer war maustot auf dem Platz geblieben, der andere, der Franz, hatte eine Kugel in die Hüfte bekommen und wurde in jammervollem Zustand heimtransportiert.

Ich befand mich im Garten mit der Kleinen, als ein Reitender daherjagte und mir meldete, es gehe zu Ende mit dem Herrn Franz, und er wünsche mich noch einmal zu sehen. Das hört die Kleine, verfärbt sich und sagt: «Oh, der arme Herr Franz! der Arme! Komm, fahren wir gleich zu ihm.»

Wir, sagte sie, und, denkt euch, mir gefiel's, daß sie es so frank und frei und natürlich aussprach. Erst später fanden sich Skrupel bei mir ein, und auf dem Wege zum Sterbebett meines nächsten Anverwandten dachte ich nicht an ihn, sondern fortwährend an das junge Wesen neben mir und fragte mich voll Herzensangst: Was mag sie fühlen? Was geht in ihr vor? . . . Und nie war es mir so sehr aufgefallen wie damals, um wieviel schöner das Gut des Vetters doch lag als das meine. Schöner, romantischer, eine grüne Zunge im Gebirgsrachen.

«Bemerkst du, Alma, wie hübsch diese Gegend ist?» sagte ich zu ihr, und sie antwortete: «Ich habe nichts bemerkt, ich bin zu sehr in Sorgen um den armen Herrn Franz.»

«So hast du ihm verziehen?»

«Was denn?»

«Nun», rief ich, «wenn du fragen kannst!»

Sie lächelte mich an mit ihren klugen, klaren, unschuldigen Augen. «Ach freilich», sagte sie.

Wir fanden ihn schwach zum Auslöschen und trotz seiner zahlreichen Dienerschaft schlecht versorgt und verpflegt. Es war wirklich nichts zu tun, als dazubleiben und sich seiner anzunehmen. Ist denn geschehen und er langsam genesen und nach seiner Genesung in meinem Hause oft ein- und ausgegangen wie in der früheren Zeit.

Die Kleine war mit ihm viel unbefangener als mit mir, und wenn er etwas sagte, was ihr nicht gefiel, widersprach sie ihm ohne Umstände.

«Widersprich auch mir einmal!» bat ich sie.

«Dir nie!» war ihre rasche Antwort; sie besann sich ein Weilchen und wiederholte mit heiligem Ernst: «Dir nie!»

Es kam vor, daß sie ganz plötzlich und ohne Grund meine

Hand ergriff und küßte, und das war mir das Ärgste — so ein kindlicher Handkuß.

Nicht immer habe ich mich überwinden und schweigen können, ich habe sie leider nicht selten angefahren: «Wofür bedankst du dich?» Oder gar: «Bittest um Verzeihung?» Aber dann — ihr Entsetzen! und meine Verzweiflung ... Um tausend Meilen zurückgeworfen von meinem Ziel — das hatte ich davon. Herrgott! was für ein plumper Bengel bin ich euch gewesen, und was war sie für ein holdseliges Mädchen — holdselig! Wie kein zweites paßte dieses Wort auf sie. Dabei war sie aber auch ganz klug und vernünftig, waltete ruhig und emsig im Hause, konnte nicht einen Augenblick müßig bleiben. Denkt euch nicht etwa eine träumerische Romanprinzessin, die nicht imstande ist, Gerste von Weizen zu unterscheiden, und immer in höheren Regionen schwebt. Davon keine Spur. So gut wie im Walde kannte die Kleine sich unter den Ähren der Felder, den Blumen der Wiesen aus und fühlte sich recht daheim auf der Erde, deren lieblichstes Kind sie war ... Und wenn ich sie auch hie und da barsch anließ, mein höchstes Kleinod ist sie doch gewesen, und ich habe sie gehütet und gehegt mit mehr Liebe, als ich ihr zu zeigen wagte, denn ihre Nähe schüchterte mich sehr ein. Sie war ja die erste junge Frau, mit der ich jemals in täglichem Verkehr gestanden habe. Übrigens ging es ihr nicht schlecht bei mir; ihre früher so blassen Wangen färbten, ihre zarte Gestalt kräftigte sich, und Augenblicke gab es, in denen mir vorkam, als erwache in der aufblühenden Jungfrau — das Weib.

Der Franz hat sich — in seiner Weise natürlich — musterhaft benommen. Ein gewisses Kokettieren konnte er allerdings jungen hübschen Frauen gegenüber nicht lassen. — Es war seine Natur, es kam ihm unbewußt, im Schlaf, wie ihm seine Gedichte kamen. Diese verfluchten Gedichte, um die ich mich sonst nicht gekümmert hatte und die mir jetzt soviel zu denken gaben, weil sie der Kleinen gefielen. Sie waren hübsch, und merkwürdigerweise, dieser Mensch, der eitel war auf seine Augen, auf seinen Schnurrbart, seine Nägel — auf sein Bestes, eben die Gedichte, war er's nicht. Hat sie nie gesammelt, nie drucken lassen; aber sie leben, viele von ihnen leben im Munde unseres Volkes. Es sind lauter Liebeslieder, Mädchen und Burschen singen sie, ich habe es oft gehört und mit Vergnügen.

Als jedoch eines wonnigen Sommerabends die Kleine anhob, eines dieser Lieder zu singen mit ihrer wunderbaren Stimme, dem tönenden Schlüssel zu allen Geheimnissen meiner Brust, da faßte mich ein heißer Zorn, und von der Stunde an war ich eifersüchtig ... Verachtete mich darum und war's, und alles, wovon mein Verstand mir riet: Das solltest du nicht tun, nicht sagen — das tat ich, das sagte ich. Und so kindisch machte mich die törichtste von allen Leidenschaften, daß mir, dem praktischen Mann, nichts wünschenswerter schien, als nur eine Stunde lang ein Dichter sein und ein Lied erfinden zu können, ein Lied, das zum Herzen geht. Einige Strophen sollte es haben und nach jeder derselben den Schlußreim bringen: Du Meine und nicht Meine!

Umsonst zerbrach ich mir den Kopf, der Schlußreim war da — die Strophen wollten mir nicht einfallen.

Aus diesen poetischen Anwandlungen wurde ich durch die nüchternste Prosa gerissen.

Eine Seuche war bei uns unter dem Geflügel ausgebrochen und lockte Zigeuner herbei, die das gefallene Vieh ausgruben und aßen. Ich wollte den Unfug nicht dulden, paßte den Leuten auf, und wo ich einen auf frischer Tat erwischte, packte ich ihn zusammen und ließ ihn aus dem Dorfe jagen.

«Unglaublich», meinte Franz, «daß du dich darum kümmerst, ob sich das Gesindel die Pest an den Hals frißt.»

Ich war just besonders bärbeißig und rief: «Es kümmert mich, und ich duld's einmal nicht!» und bemerkte, daß Franz und die Kleine einander so ansahen, wie zwei tun, die von einem Dritten denken: Ja, so ist er, der Mensch! Und zum Unglück muß die Kleine sagen: «Laß die Zigeuner gewähren, sie sind bös und werden uns noch etwas antun.»

Immer hatte ich sie aufgefordert: Rede, sprich deine Meinung aus; nun tat sie's einmal — oh, hätte sie es lieber nicht getan! Alles würde anders gekommen sein, ich hätte der glücklichste Mensch werden können ... Aber, daß sie ihm recht und mir unrecht gab, das reizte mich blinden Maulwurf, der ich war! ... Und wie zum Trotz übte ich schärfer denn je meine polizeiliche Gewalt aus.

Einige Zeit darauf — wir hatten den siebzehnten Geburtstag der Kleinen gefeiert und saßen auf dem Balkon beim Abendessen —, da wirbelte uns gegenüber im Tal, so auf ein Halbtausend Schritte, eine Rauchsäule in die Höhe ... Franz streckte den Arm aus und sagte: «Die Zigeuner lassen sich empfehlen!» Hol mich der Teufel, die alte Scheuer brannte. Eine Baracke, um die mir nicht leid gewesen wäre, hätte sie nicht voll Heu gesteckt.

Wir laufen in den Meierhof. Dort spannen sie schon die Feuerspritze ein, und mein Wirtschafter steht dabei und ruft mir entgegen: «Brennt wie ein Span, die Scheuer! Ist nichts zu machen.»

Ja, so gescheit bin ich auch; aber um das Arbeiterhaus in der Nähe, um das ist mir's zu tun. — Mein Wirtschafter steckt den Finger in den Mund, zieht ihn naß heraus und hält ihn an die Luft: «Nichts zu machen. Der Wind bläst alles hinüber.»

Nun, ich ruf: «Vorwärts!» spring auf die Spritze, der Franz mir nach, und der Knecht jagt, was er kann, den Berg hinunter. — «Warum hast nicht die Schwarzbraun' genommen?» frag ich ihn noch. — «Daß wir früher drüben sind», antwortet er. — «Was hilft's», geb ich zurück, «wenn uns die Rappen vorm Feuer ausreißen?» Und zu gleicher Zeit fliegt mir der Gedanke durch den Kopf: Die Kleine wird sich's doch nicht einfallen lassen, uns nachzulaufen?

Wir sind an Ort und Stelle, die Rappen ruhiger, als ich erwartet hatte; ich kann mich dicht ans Haus aufstellen und die Pferde ausspannen lassen. Die Scheuer brennt lichterloh, jeder Windstoß treibt einen Funkenregen auf das Dach, das ich schützen möchte, so lange wenigstens, bis die Leute ihre Habseligkeiten geborgen haben ... Alles ist voll Menschen; die meisten gaffen, einige erweisen sich hilfreich; rein wie besessen stürzt der Franz herum, rettet Sessel, Kissen, Pfannen mit einer Hingebung, als ob es lauter Kinder wären, die er aus den Flammen trägt ... Ja, ja, leider schon Flammen ... Wasser war in Fülle vorhanden, die Spritze tat ihre Schuldigkeit, reichte aber nicht aus, furchtbar qualmte der Rauch, die Sparren krachten. «Franz», ruf ich, «laß es gut sein!» Und er: «Nichts mehr zu retten?»

«Das Kind vom Schlosser ist vergessen, o Jesus, das Kind in der Wiege!» kreischt eine Tagelöhnerin. — Ich hätte sie totschlagen mögen, und ihn auch — besonders ihn. Weil er keinen angehört, der ihm sagt: Das Kind ist da, ist längst geborgen. Er will nichts, er hat nichts im Kopf, als daß die Leute sein Lob singen sollen vor der Kleinen, daß sie ihr sagen sollen: Oh, welch ein Anblick, wie er aus den rauchenden Trümmern sprang, ein Kindlein in seinen Armen! ... Das hat er gewollt, ich kenne ihn, den Schwärmer, der nichts umsonst tut, den Unberechenbaren, der immer rechnet. Ich verlier kein Wort, als er zurückrennt, zum allgemeinen Entsetzen, in das brennende Haus. Hinter ihm poltert der ganze Krempel zusammen, aus den Fenstern, aus der Tür bricht die Lohe — lebendig kommt er da nicht heraus ... Die Leute in lauter Verzweiflung klagen: «Der gnädige Herr! Gott im Himmel, er ist verloren!» ... Weiber werfen sich auf die Knie und beten; Kinder weinen. Ich rufe in den Lärm hinein: «Herum ums Haus mit der Spritze! Nehmt Äxte — wir schlagen die Lehmwand durch!»

Drüben hoff ich noch des Feuers Meister zu werden, bis man ein Loch gebrochen hat, durch das er schlüpfen kann, der Narr. Ein halbes Dutzend Männer springt vor, taucht an. «Mehr rechts!» befehl ich, «sonst geht's in den Graben ...» Da war's schon geschehen, und wir stecken ... Ich mein aus der Haut zu fahren: «Die Rappen her! die Rappen!»

Es ist ein Gedränge, ein Wechsel von Licht und Dunkelheit; jetzt glüht weithin der grelle Feuerschein, eine Minute später umhüllt mich ein Qualm, daß ich den Schlauch nicht sehe in meiner Hand. Ich höre nur, daß sie die Pferde bringen ... Mit Müh und Not, denn jetzt scheuen sich die Luder und schlagen aus ... Plötzlich ertönt ein Schrei: «Franz! ...» ein unsagbar jammervoller Schrei — das war sie! ... Kinder, ich steh im Feuer wie ein Salamander, und vom Wirbel bis zur Sohle wird mir eiskalt ... und die Leute sind starr vor Schrecken, und ich spring zur Erde ... Da liegt eine weiße Gestalt, da liegt mein Liebstes. — «Tot», sagt jemand neben mir, «das Roß hat sie geschlagen — ich hab's gesehen.» ... Einbildung! — nicht tot, nur besinnungslos, denk ich, entdecke auch kein Zeichen von Verletzung an ihr, außer einem einzigen großen Blutstropfen, welcher aus ihrem Munde gequollen ist ... Und vergesse alles andere — oder vielmehr mit allem anderen ist's aus — und beuge mich und hebe sie sanft vom Boden auf und bitte die Leute: «Macht Platz, daß ich sie nach Hause tragen kann!» Alle weichen zurück — ein einziger wagt sich heran, ein rauchgeschwärzter, verstörter Mensch (es ist ein Wunder, daß er da ist, aber in dem Moment wundere ich mich über nichts); der Mensch, dem sie nachfliegen wollte ins Feuer wie ein kleiner Schmetterling ins Licht, und ich wettere ihn an: «Aus dem Weg! Du bleibst und machst dich weiter nützlich!»

Und der Franz spricht kein Wort und gehorcht.

Beim Nachhausegehen ist es mir manchmal vorgekommen, als ob sie atme, die Kleine ... Als ich sie in ihrem Zimmer auf ihr Bett legte, blieb sie lange Zeit ganz starr, und wir verzweifelten schon, ihre Dienerinnen und ich. Bis nach Besztercze mußte gefahren werden um einen Arzt, und der konnte im besten Fall am Abend des nächsten Tages bei uns sein. Es war mir recht, als ich hörte, daß der Franz sich's nicht hatte nehmen lassen, das Abholen des Doktors selbst zu besorgen.

Nach Mitternacht sank die Kleine allmählich aus ihrer Ohnmacht in einen tiefen Schlaf, ich fühlte unter meinen Fingern das leise Klopfen ihres Pulses, und als ich ihr Händchen betrachtete, das in meiner rauhen Hand lag, tat mir der Kontrast weh. Da saß ich an ihrem Bett, und derjenige, an dem ihr armes törichtes Herz hing, kutschierte draußen auf der Landstraße. Wenn sie erwacht und sieht nur mich, es wird ihr sehr traurig sein. Sie war so hilf- und harmlos und — daran zweifelte ich nicht — so schwer krank ... Ein grenzenloses Erbarmen kam über mich; eine größere Liebe, als ich je für sie gehabt hatte, erfüllte meine Seele, und ich tat ein Gelübde: Wenn sie gesund wird, will ich jedem Anspruch auf sie entsagen. Unsere Ehe ist leicht gelöst. Mag sie mit dem leben, mit dem sie sterben wollte. Auf ihn achtgeben und dafür sorgen, daß er keine Dummheiten macht, das soll meine Sache sein, dazu bin ich der Stärkere.

Mit diesem Vorsatz steh ich auf von meinem Platz am Fußende ihres Bettes, und wie ich mich über sie beuge — was seh ich? Sie hat die Augen offen und richtet einen unsicheren, fragenden Blick auf mich: «Franz?» sagt sie, und ich antworte: «Er kommt, mein Kind, kommt bald ...»

«Wer kommt? ... O Lieber!» und auf einmal hebt sie die Arme und schlingt sie um meinen Hals. «Bist du's? fehlt dir nichts? bist da?»

«Jawohl, ich bin da.»

«Dann ist alles gut», flüsterte sie, «alles gut, du Bester!»

Was hat das zu bedeuten? Ich habe es nicht gleich begriffen und gefragt: «Träumt mein Kind?»

«Nein, ich bin wach.»

«Wach — und nennst mich Bester?»

«Weil du's bist», antwortet sie und lächelt mich so zutraulich an wie noch nie.

Ich ringe mit der Wonne, die, begleitet von tausend Schmerzen, einziehen möchte in meine Brust. «Jetzt weiß ich, daß du träumst, du Kind. Ich bin ja immer so barsch mit dir gewesen.»

«Du? Ach geh!»

Ewige Güte! Ach geh, sagte sie — und ich habe mich nicht mehr beherrschen können, ich bin auf meine Knie gesunken und habe ihre Augen geküßt und meinen Kopf neben den ihren auf das Kissen gelegt und mit zitternder Seligkeit gefragt: «Besinne dich, warum wolltest du in das brennende Haus?»

«Nicht ins Haus — nur zu dir, nur dir nach, nur dich abhalten ... Aber» — unterbrach sie sich plötzlich — «warum weinst du?»

Ihre Augenlider waren schwer geworden, sie lehnte ihr Gesicht an das meine und schlief wieder ein.

Der Arzt kam zur Zeit, um welche ich ihn erwartet hatte. Er sprach von einer inneren Verletzung, er gab keine Hoffnung. Einige Wochen haben wir ihr teueres Leben aber doch gefristet. Sie hat wenig gelitten und bis zum letzten Augenblick die feste Zuversicht auf ihre baldige Genesung bewahrt.

In meinen Armen, an meiner Brust ist sie oft eingeschlafen, einmal denn auch, um nicht wieder zu erwachen — die Meine und nicht Meine!

CHRISTINE HAIDEGGER

Distanz

Eisschollen an der Wange, erwache ich. Jeder Traum ist schwärzer als Kälte.

Sie hatten mir abgeraten, zu der Ärztetagung zu fahren. Ich sähe weiß aus, völlig überarbeitet, ein paar Ferientage, sagten sie. Schlaf nachholen. Sie wissen nichts von meinen Nächten außerhalb der Klinik.

Beim gemeinsamen Abendessen nahm ich gehorsam mein Namensschild und steckte es an. Etwa die Hälfte der Anwesenden kannte ich, vertiefte mich in ein Gespräch mit einer Kollegin. Während ich den Augen nachgab, herumsah. Vor zehn Jahren noch war ich eine der wenigen Frauen gewesen, jetzt waren wir schon viele, nicht nur ältere, nicht nur Ausländerinnen. Meine ewigkalten Hände fanden sich in vielen Begrüßungshänden wieder, der Saal schien sich in bewegte Farben aufzulösen, langsam schwankten die Wände vor und zurück. Jemandes Stimme sprach aus mir. Dennoch gelangen mir die fremden Sprachen mühelos. Man neigte sich über mich, legte mir Hände von hinten auf die Schultern, warme Wiedererkennensfreude. Gegen elf Uhr war mein linker Mundwinkel wie erstarrt, brannten die Augen vom Rauch. Ich hatte auch im Flugzeug nicht geschlafen. Es gelang mir, an der Bar vorbei ins Foyer zu gelangen, das Versprechen wiederzukommen, an wartende Gläser und gerötete Gesichter gerichtet.

Auf dem Nachttisch lag das grüne Papier mit dem Gerüst des ersten Tages. Orte und Zeiten sauber und übersichtlich, Referentennamen, Herkunftsländer, Themen. Langsam zog ich mich aus, duschte. Dann die Schlaftablette. Den Reisewecker stellen, eine halbe Stunde früher als unbedingt nötig. Langsam in die

Tage. Langsam. Das Hotelzimmer kühl und aufgeräumt. Keine Notizen, Ordner, Zettel, Telefone. Allein sein in den Laken und bilderlosen Wänden. Endlich schlafen.

Beim Frühstück die erste sein, auswählen können. Immer in der Nähe der Tür, immer der Rücken zur Wand. Wie immer verweigert der Magen die Kooperation. Eine Stunde brauche ich für das Frühstück. Mühsam. Aber ich gewinne. Freundliches Kopfnicken in meine Richtung, als später die anderen kommen. Keiner kommt auf die Idee, sich an einen bereits «besetzten» Tisch zu setzen, solange es noch leere gibt. War das schon immer so? Morgens bin ich froh darüber. Das Kongreßzentrum liegt etwa einen Kilometer entfernt. Die Organisatoren haben einen säuberlichen Busfahrplan erstellt, genaue Abfahrts- und Ankunftszeiten vom Hotel und zurück. Brav besteigen wir die wartenden Busse, die nicht ausgelastet sind. Erfahrene Kollegen, die sich Begrüßung und Einführungsreferate schenken, um länger schlafen zu können oder zu arbeiten.

Das Kongreßzentrum ist groß und riecht noch neu. Wir füllen das Auditorium nur halb. Wieder habe ich gewohnheitsgemäß einen guten Beobachterplatz gewählt, nahe an einem Notausgang, wenn es unerträglich wird, kann ich ungesehen hinaus. Blitzlichter und Reden gehen über uns hin. Das erste Referat hält ein bulgarischer Kollege, den ich schätze, und ich greife automatisch zum Notizblock. Beim Mittagessen will ich versuchen, ihn ein paar Details zu fragen.

Beim Mittagessen trifft verspätet eine Delegation aus Jugoslawien ein, zufällig stehe ich noch im Foyer, ihre ganze Begrüßungsfreude entlädt sich an mir, die Freude wirkt echt, wirkt persönlich, ihre Augen lachen und sie umarmen mich, als wäre ich der Grund ihrer Reise. Und schon sind wir an der Bar, und ich soll in einem Meer von Slibowitz mitschwimmen. Sie sind die ersten, die sofort Tische zusammenrücken, Kellner werden freundlich überstimmt, alles läuft wie in den anderen Jahren, die Stimmen werden lauter, die Sprödigkeit ist verflogen, Gruppen bilden sich, Sprachschwierigkeiten werden mit Hilfe mehrsprachiger Kollegen überwunden. Dennoch fallen mir einige Einzelgänger auf. Ich frage nach einem von ihnen, er sitzt halblinks hinter mir, macht sich während des Essens Notizen. «Ach, das ist ein Linker», sagt jemand an meinem Tisch. «Hält auch ein Referat. Interessiert mich nicht besonders.» Ich suche den Namen auf der Liste. Sein Vorname ist Holger. Eigentlich müßte ich mich noch aus dem Vorjahr an ihn erinnern. Ich frage mich, was die Bemerkung «ein Linker» mit einem Arzt zu tun hat. Immer wieder kommen Kollegen, um mich zu begrüßen; und ich fühle mich warm und geborgen. Es gibt Zeiten, da halte ich es ohne Menschen, die mich meinen, nicht den weißen Kittel, nicht aus. In der Klinik könnten sie das nicht verstehen. Sie bewundern meinen Informationsdrang, die anstrengende Reise nach der Überarbeitung der letzten Zeit, sie wissen nicht, daß auch das In-der-Sonne-Liegen mir den Schlaf nicht bringt.

Am Nachmittag treffe ich Holger kurz in der Cafeteria. Wir gehen dann gemeinsam in den Saal zurück und sitzen nebeneinander. An seinem Hals pocht eine Ader, er wirkt nervös und verkrampft. Beim Zurückfahren ins Hotel setzt er sich neben mich. Unsere Schenkel berühren sich. Nach einiger Zeit auch unsere Hände.

Beim Abendessen sitzen wir nebeneinander, unsere Beine berühren sich, unsere Schultern wahren Abstand. Wir unterhalten uns mit anderen, sprechen kein Wort miteinander, aber die Sätze gewinnen andere Bedeutung, unser Lachen wird zu hell. Wir stehen nicht vom Tisch auf, wir lassen die anderen zu uns kommen. Jeder Mann, der mit mir spricht, mich berührt, bringt eine Drehung von Holgers Kopf, er streicht sich die Haare aus der Stirn, sieht mich an. Einmal greift er gleichzeitig mit mir nach dem Feuerzeug, und der Moment der Berührung dehnt sich endlos. Dann fällt das Feuerzeug auf den Tisch zurück.

Später gehen wir zu fünft noch in das Zimmer eines Kollegen und trinken Wodka, erzählen Praxisgeschichten. Jeder ist müde, aber keiner will allein bleiben. Holger sitzt auf dem Boden vor mir, meine Knie berühren seine Schulter, manchmal dreht er sich zu mir um und lächelt. Ich habe wenig getrunken, denke an die Schlaftablette. Holger ist noch beim ersten Glas, die anderen schon in einem Vorstadium von Selbstmitleid, ich kenne die Geschichten, die bald kommen werden. Ich trinke mein Glas aus, weiß, daß ich jetzt aufstehen und gehen muß, das wird den Kontakt mit Holger brechen, ich werde doppelt allein sein, es wird schmerzen. Wir erheben uns beide im selben Moment, überraschend. Nein, wir wollen nichts mehr trinken, nein, wir sind zu müde, ja, wir sehen uns morgen beim Frühstück wieder.

Ich gehe ohne Abschied vor Holger aus der Tür, mit steifkalten Schultern den Gang hinunter zu meinem Zimmer. Mein ganzer Körper schreit. Ich werde zwei Tabletten nehmen, oder ich werde verrückt. Als ich die Tür hinter mir zuziehen will, steht Holger da. Sein Gesicht ist noch bleicher als sonst. «Ich kann mich noch nicht von dir trennen», sagt er. Einen Augenblick stehen wir einander gegenüber in der Tür. Ich bringe kein Wort heraus, aber wahrscheinlich habe ich genickt. Er kommt ins Zimmer und setzt sich auf einen der beiden Stühle, vielleicht geht es ihm wie mir, aber das ist absurd, es ist kein Hinsetzen, es ist ein Fallen, ein Entlassen aus einer ungeheuren Anspannung, ein Nicht-mehr-Können. Der niedere Tisch trennt uns, wir sehen einander nicht an, schweigen.

Dann wieder Nähe, dein Kopf auf meinen Knien, Holger, meine Hände in deinen. Berührungspunkte. Dein mir zugewandtes Gesicht, heller Fleck gerade außerhalb des Lichtkreises der Lampe, dunkle, unbewegliche Augen, das in die Stirn fallende Haar. Wenn wir uns bewegen, wird etwas zerbrechen. Ich ziehe mich zurück aus deinen Augen. Der lautlose Quarzwecker sagt sieben Minuten, mein Kopf dröhnt, und die großgemusterten Tapeten füllen meine Augen, die Wände kommen wieder näher, gehen langsam zurück, kommen wieder. Schlafmeer. Schlafmeer. Aber da sind warme Hände, und jemandes Stimme sagt: Ich muß jetzt gehen.

Es ist gut, daß mir die Entscheidung abgenommen wird. Aber Holger bewegt sich nicht. Die Angst in mir wird größer und kälter. Seine Hände werden mich loslassen, und ich werde mit mir allein sein, unberührt und zitternd in meiner kalten Haut, unerträglich und doch zu ertragen, immer wieder zu ertragen, seit Jahren schon. Er darf mich nicht loslassen, ich muß es tun, muß es schnell tun, jetzt. Ich stehe, obwohl der Boden schwankt, und sehe auf Holger hinunter. Gut, daß du mir die Entscheidung abgenommen hast, sage ich lächelnd, sagt meine ganz normale Stimme, weißt du, ich hätte dich gerne hierbehalten. Ich habe Angst vor dem Alleinsein heute. Hat deine Frau das auch manchmal, daß sie Angst hat, nicht mit dir schlafen möchte, nur wie ein Kind sein? Ich warte auf Stirnrunzeln oder Gelächter. Holger ist aufgestanden. Er sieht mich an, und sein Nicken kommt sofort. Ja, sagt er. Ich weiß, was du meinst. Ich sehe in sein nachdenkliches Gesicht, und der Satz ist plötzlich nicht mehr in meinem Kopf, sondern ich sage ihn laut, bin von ihm überrumpelt: Bist du ein zärtlicher Mensch, Holger? Seine Augen werden wie ausdruckslos, er zieht sich in sich zurück, woran denkt er jetzt, ich weiß nichts von ihm. Ja, ich glaube schon, sagt er. Doch, ja. Und nach einiger Zeit legt er seinen Kopf an meine Schulter. Die Spannung in mir legt sich, ich kann Holger umarmen, ohne zu zittern, werde ganz warm und ruhig. Die Verzweiflung entläßt mich, der Boden bleibt ruhig. Später löse ich mich sanft aus der Umarmung. Jetzt werde ich das Alleinsein ertragen. Ohne mich zu verabschieden, gehe ich ins Bad, komme mit einem Glas Wasser und der Tablette — ich werde doch nur eine brauchen — zurück. Aber Holger ist nicht gegangen. Wir reden bis in die Dämmerung, bis über das Läuten des Weckers hinaus, halten uns im Arm, du kennst diese Situationen, ich brauche dir nichts zu erzählen.

Der nächste Tag vergeht irgendwie, nachmittags hält Holger sein Referat, manchmal sieht er mich an. Schon habe ich mich an seine Gesten gewöhnt, er ist mir vertraut wie von Kindheit an. Beim Abendessen sitzen wir wieder zusammen, berühren uns. Es ist der Abschiedsabend, er wird wie üblich bis in die Morgenstunden dauern, Gruppen und Paare im immer leerer werdenden Saal, übermüdete Kellner, gerade noch an der Grenze der Höflichkeit, verständlich. Die Sperrstunde bestimmt der letzte Gast.

Gegen ein Uhr verabschiede ich mich von allen. Ich habe die Kraft nicht, Holger zu fragen, ob er mit mir kommen will. Qualvolle Verlängerung einerseits, qualvolle Distanz andererseits. Aber er wartet beim Lift auf mich. Noch sechseinhalb Stunden, rechne ich mir aus, während ich auf ihn zugehe.

Ich habe Sehnsucht nach dir, obwohl du noch da bist, sage ich viel später. Er rückt ein Stück ab und sieht mich seltsam an.

Nach einer Weile sagt er, ohne den Blick von mir zu lassen: Ja, wir beginnen uns zu lieben.

Ich weiß, daß er recht hat, ich weiß, was ich fühle, aber er soll das nicht fühlen, er darf nicht. Um seinetwillen darf er das nicht. Ich habe nichts zu suchen in seinem Leben außerhalb. Mit kalter Ironie schildere ich ihm unsere Situation, tausend und aber tausendmal von anderen gefühlt und durchlebt, lächerlich, sage ich, einfach kindisch. Es ist nur sein Mangel an Erfahrung, wie kann man nach zwei Tagen von Liebe reden. Ich ereifre mich, versuche ihn zu verletzen. Holger sieht mich schweigend an. Und doch ändert das alles nichts, sagt er nach einer Weile. Es ist so.

Wortlos vergrabe ich meinen Kopf an seiner Schulter, er legt den Arm um mich, Schlaf schlägt mich nieder, erinnerungslos. Einmal, es dämmert schon, erwache ich an einem Schluchzen. Sofort ist deine Hand da, Holger, und streichelt mich. Ich bin ja da, sagst du. Ich bin ja da. Das sind sonst meine Worte. Niemand hat sie je zu mir gesagt seit meiner Kindheit. Und sie trösten mich, als wäre ich wieder ein Kind, ich fühle mich angenommen und geborgen, sinke zurück in den Schlaf. Hast du geschlafen in dieser Nacht? Ich weiß es nicht. Nur, daß du im richtigen Moment wach warst.

Beim Frühstück sind zum Glück die anderen, wir sitzen einander schräg gegenüber, ich beobachte dich, versuche, dich häßlich und gewöhnlich zu finden, gewöhnlich vor allem, in nichts von anderen unterschieden, austauschbar. Jetzt schon weiß ich, daß ich dieses Spiel oft und oft spielen werde, selbstironisch über mich herfallen, dich abdrängen wollen werde. Und doch habe ich an diesem Morgen schon gewußt, daß es mir nicht gelingen wird. Vor fünf Jahren schon habe ich es gewußt.

Leute verabschieden sich, Adressen werden ausgetauscht, Taxis warten.

Ich will es dir leichtmachen, will das Alltägliche zwischen uns bringen, weiß nicht, ob es mir gelingt. Es genügt, wenn ich leide. Viel schlechtgespielte Normalität auch um uns. Mein Taxi wartet. Holger geht mit mir zum Ausgang. Wir umarmen uns flüchtig. Ich weiß nicht, was ich dir sagen soll, sagst du. Dein Gesicht ist so ernst, deine Augen lassen mich nicht los. Ich werde nachdenken müssen. Und vielleicht gelingt es mir ja, Distanz zu schaffen.

Daran habe ich oft gedacht, Holger. Ich hoffe, es ist dir gelungen, was mir unmöglich war. Fünf Jahre nicht möglich war. Ich habe deine Adresse, lese alle deine Artikel in Fachzeitschriften, vermeide alle Konferenzen und Tagungen, wo auch du bist. Zweimal habe ich es nicht ausgehalten und habe mir Vorträge von dir angehört, es war schwierig, die Termine von der Klinik freizubekommen. Ich saß hinten, beim Notausgang. Sah, wie du dir die Haare aus dem Gesicht strichst, hörte deine Stimme. Du hast dich nicht verändert. So werde ich also weiterleben, seltsam geteilt. Immer wieder erschrecken, wenn ein Dunkelhaariger sich mit einer bestimmten Geste die Haare aus dem Gesicht streicht, jemand eine bestimmte Zigarettenmarke raucht, weißes Tischtuch, orangeblaue Packung, ich habe aufgegeben, dagegen anzukämpfen. Es wird leichter im Lauf der Zeit. Der Wunsch, dich zu berühren, der Wunsch, dich zumindest zu sehen. Ich kämpfe nicht um Distanz. Ich lebe — nicht mit dir, aber auch nicht ohne dich. Denn da wird immer die Sehnsucht bleiben nach deinem: Ich bin ja da.

Aber meine Träume sind hell geworden und sanft.

PEARL S. BUCK

Die Liebenden

Giles Bredon blieb zögernd an der Straßenecke stehen. Von hier aus hatte er sein Haus immer zuerst wiedergesehen, wenn er fort gewesen war und wieder heimkam. Es stand auf einem großen, quadratischen Rasen. Ein solides, altes Backsteingebäude, das Haus, in dem er geboren wurde, aber jetzt war es nicht mehr sein Heim. Seit über einem Jahr hatte er es nicht mehr gesehen, seit dem Tag, an dem er seine Koffer gepackt und seine Frau Lesley verlassen hatte. Damals stand sie im Wohnzimmer und starrte ihn schweigend an. So hatte er sie zum letzten Mal gesehen, und wann immer er an sie dachte, sah er sie so vor sich wie in diesem letzten Augenblick, ihre dunklen Augen groß und unergründlich, ihren roten, trotzigen Mund und ihr elfenbeinbleiches Gesicht, umrahmt von dem glatten, weichen, dunklen Haar. Sie hatte kein Wort gesagt, als er aus dem Zimmer ging. Unter der Tür war er zögernd stehengeblieben.

«Willst du denn gar nichts mehr sagen?» hatte er über die Schulter zurückgefragt.

Sie schüttelte nur den Kopf, und da war er hinausgestürmt, die Türe hinter sich zuschlagend.

Seither hatten sie nur noch über ihre Anwälte Kontakt miteinander. Einmal monatlich zahlte er die Haushaltsrechnungen und eine bestimmte Summe für ihren persönlichen Bedarf. Wenn Judith, ihrer beider einziges Kind, ihn in der Stadt in seiner Mietwohnung besuchte, stellte er keinerlei Fragen, die ihre Mutter betrafen. Und Judith, die ihm alles mögliche erzählte und fröhlich drauflos schwatzte, erwähnte ihren Namen niemals. Er hatte versucht, jeden dieser Besuche interessant zu machen, erinnerungswürdig durch ein besonderes Erlebnis oder eine interessante Persönlichkeit. Und irgendwie war ihm auch etwas beschämt bewußt, daß er das in der Hoffnung tat, daß Judith ihrer Mutter vielleicht erzählen würde, wie nett ihr Besuch bei ihm war. Dann, vor einer Woche, hatte sein Anwalt, Colton Bates, darauf bestanden, daß eine Begegnung zwischen dem, wie er es nannte, «entfremdeten Paar» stattzufinden hätte. Das bedeutete nichts anderes, als daß er, Giles, noch einmal Lesley, seine Frau, besuchen sollte. Zumindest ging er also davon aus, daß sie noch immer seine Frau war? Wie sollte man eigentlich den Augenblick bestimmen, wo ein Mann und eine Frau nicht mehr Mann und Frau waren?

Es war ein schöner Tag, ein kalter Wind wehte aus Süden, und die blühenden Büsche auf dem gepflegten Rasen signalisierten den Frühling. Jetzt schritt er auf sein Haus zu. Wenn die Scheidung gelaufen war, würde dieses Haus wohl nicht mehr das seine sein. Nein, zum Teufel mit Lesley, das konnte er nicht ertragen. Er würde das Haus Judith vermachen, mit dem Nutznießungsrecht für ihre Mutter, darin zu wohnen. Vielleicht wäre Lesley zu stolz, unter solchen Bedingungen zu bleiben.

Das Problem war, daß er und Lesley viel zu jung geheiratet hatten. An einem Tag hatte er seinen Abschluß in Harvard gemacht, und am nächsten Tag wurde geheiratet, idiotisch! Ihre Eltern waren nicht begeistert von dieser romantischen Eile, aber er und Lesley waren schrecklich ineinander verliebt. Und wieviel davon, überlegte er jetzt, war wirklich Liebe gewesen? Sie beide hatten sich nach Unabhängigkeit von dem formellen alten Leben gesehnt, in zwei förmlichen, konservativen Elternhäusern. Sie hatten Liebe mit Unabhängigkeit verwechselt. Bei diesem Gedanken lächelte er gequält.

«Mensch, Giles Bredon!» Er zuckte zusammen bei dieser lauten, fröhlichen Stimme, die ihn da anrief, und er blickte über die Straße in ein Frauengesicht.

«Hallo, Kit», sagte er.

Es war Katharine Baker, eine Nachbarin, und sie kniete in ihrem Garten und pflanzte wie üblich irgend etwas. George Baker, ihr Mann, war ein langweiliger Typ, wenngleich erfolgreich im Möbelgroßhandel. Kit hockte sich auf die Fersen, und die Sonne schien auf ihre gebräunten Wangen.

«Kommst du doch wieder heim, Giles?»

«Nur um mit Lesley ein paar Rechtsfragen zu besprechen», sagte er. Lieber gleich die Karten auf den Tisch legen, bevor Kit eingebildete «gute Nachrichten» in der ganzen Nachbarschaft verbreitete!

«Ach, Giles!» Ihre ehrlichen grauen Augen wurden richtig traurig. «Lesley ist so was Liebes . . .»

«Über Lesley kannst du mir nichts erzählen, was ich nicht schon wüßte», sagte er schroff.

«Giles, entschuldige bitte — du hast doch nicht jemand anderen, oder?» flehte sie.

«Keiner von uns beiden hat jemand anderen», sagte Giles.

«Aber, dann . . .»

«Gar nichts dann», sagte er. «Wir haben uns einfach auseinandergelebt.»

Er lächelte, tippte an seinen Hut und ging weiter. Sie würde seine Äußerungen überall verbreiten. «Meine Liebe, ich habe Giles persönlich gefragt, und er hat gesagt, daß sie sich einfach auseinandergelebt hätten.»

Nun, schließlich war es die Wahrheit, und die brauchte man nicht zu verbergen. Das Grundstück wirkte wohlgepflegt, darum würde sich Lesley immer kümmern. Sie war eine gute Organisatorin. Die Tür stand offen. Sie liebte frische, kühle Luft, und er liebte die Wärme. Wie oft hatte er diese Tür schon verschlossen.

Sollte er einfach hineingehen? Es erschien ihm absurd, an seiner eigenen Haustür zu läuten, aber er läutete. Er wartete, aber niemand erschien. Das Haus lag still. Er drückte noch einmal auf die Klingel. Dann hörte er Lesleys Stimme, irgendwo von oben.

«Komm doch bitte herein, Giles. Ich bin gleich unten. Geh einfach schon ins Wohnzimmer.»

Er ging hinein, legte Hut und Mantel ab und hängte beides an einen der Haken unter der Treppe; dann ging er durch den Flur und betrat das vertraute Wohnzimmer. Er war schockiert, alles war verändert! Vor einem Jahr war er von hier fortgegangen, aus diesem großen altmodischen Raum, wie er ihn von jeher in Erinnerung hatte. Was hatte Lesley gemacht? Die kostbaren Blumentapeten, die sein Vater aus Paris mitgebracht hatte, waren verschwunden. Die Wände waren jetzt weiß, ein eigenartiges, gebrochenes Weiß, das ins Grau hineinspielte. Die alten dunkelgrünen Samtvorhänge waren durch neue, leuchtendgelbe ersetzt worden, und auch die kostbaren Brokatbezüge auf den Polsterstühlen waren verschwunden. Sie waren mit grobem Leinen bezogen, in demselben gebrochenen Weiß wie die Wände. Die lange Couch leuchtete kirschrot, ebenso die beiden Sessel. Er setzte sich in den dritten Sessel, der, wie er sich erinnerte, früher blau bezogen war und der nun ebenfalls weiß war, und fühlte sich gekränkt. Woher nahm Lesley das Recht . . .?

Da kam sie herein, frisch und ausgeruht, und sah aus wie immer. Verwirrt stand er auf. Wie begrüßt ein Mann seine Frau, die seine Frau ist oder war, von Rechts wegen noch ist? Sollte er sie küssen? Sie löste dieses Problem für ihn, indem sie auf ihn zukam und ihn leicht auf die Wange küßte, wie nebenbei.

«Nun, Giles —?»

Sie ließ sich in einem der kirschroten Sessel nieder, und er mußte zugeben, daß sie besonders gut aussah in ihrem schwarzweißen Kostüm. Gut aussehen war noch viel zu wenig gesagt. Sie war schön.

«Wie geht es dir, Lesley?» fragte er.

«Ausgezeichnet, vielen Dank», antwortete sie mit ihrer klaren Stimme.

Vierundvierzig Jahre war sie jetzt alt, dachte er grimmig, und er hatte das Gefühl, nach diesem letzten Jahr um zehn Jahre gealtert zu sein. Sie hingegen — aber Frauen waren wohl zäher, nahm er an. Sie empfand eben anders als er. Und schließlich hatte sie ja auch das Haus und Judy, während er allein in dieser verdammten Mietwohnung lebte. in diesem Augenblick wollte er nicht zugeben, wie oft er sich eingeredet hatte, das Alleinsein in der Stadt zu genießen.

«Ich nehme an, du hast mit Colton Bates gesprochen?» fragte Lesley.

«Er meinte, daß wir uns noch einmal sprechen sollten, bevor wir die Papiere einreichen», sagte er.

Und wie verdammt kalt Frauen sein konnten, dachte er bei sich. Während er Traurigkeit empfand, hatte Lesley nur an den Anwalt gedacht.

«Welche Gründe wirst du für deinen Wunsch nach Scheidung angeben?» fragte er feindselig.

Lesley schlug ihre dunklen Augen zu ihm auf. «Ich dachte, darüber wären wir uns einig — seelische Grausamkeit.»

Vor vielen Monaten hatte er sich damit einverstanden erklärt, aber als diese Worte jetzt von ihren Lippen kamen, mußte er protestieren. «Alberner Blödsinn», sagte er. «Das ist die Ausrede von Leuten, die keine andere Ausrede haben. Du weißt, daß es keine seelische Grausamkeit gegeben hat.»

«Ich weiß nicht», sagte sie. «Es kommt darauf an, was man darunter versteht. Grausam waren wir vielleicht beide. Ich meine — wir waren nicht glücklich.»

Geschlagen stimmte er ihr zu. «Ich weiß nicht, was mit uns los war.»

«Ich konnte dich durch nichts zufriedenstellen», sagte sie.

«Unsinn», gab er zurück. Er kreuzte die Beine und stellte sie dann wieder nebeneinander. «Du übtest Kritik an mir wegen jeder Kleinigkeit.»

«Papperlapapp», sagte sie.

Er sah ihr prüfend in die Augen. War sie wütend? Nein, sie war eigenartig ruhig. Papperlapapp war das richtige Wort. Sie waren sich gegenseitig auf die Nerven gefallen, selbst in ihren intimsten Beziehungen, und das hatte jede Gemeinsamkeit zerstört.

Sie schwiegen beide. Er merkte, daß sie seinen Blick fühlte, und so sah sie weiter starr aus dem Fenster.

«Kalt ist es hier», sagte er.

Noch im selben Augenblick, wo ihm die Worte über die Lippen kamen, wünschte er, daß er sie nicht gesagt hätte, obwohl sie aus Gedankenlosigkeit gesprochen wurden und gewiß nicht, um die alten Zeiten heraufzubeschwören, in denen er genau das gleiche gesagt hatte. Sie würde darauf erwidern: «Ich liebe frische Luft. Du willst immer alles viel zu heiß haben.» Aber sie sagte es nicht. Statt dessen, als wäre er ein Gast, erhob sie sich, schloß die Tür und setzte sich wieder. «Die Sonne ist schon recht warm», sagte sie, «aber die Luft ist noch ziemlich frisch.»

Er nahm einen neuen Anlauf. «Also, dann bleibt es wohl bei seelischer Grausamkeit, oder?»

«Meinetwegen könnte man es auch Unvereinbarkeit nennen»,

sagte sie, «aber das klingt ziemlich altmodisch, finde ich. Obschon es aufs gleiche herauskommt.»

«Klingt doch albern, wenn man von Unvereinbarkeit zwischen zwei Menschen spricht, die lange genug miteinander verheiratet waren, um ein Kind aufzuziehen. Die ganze Angelegenheit ist überhaupt recht albern, wenn man sie in Worte fassen soll, außer —», er brach ab und ließ den Satz unvollendet im Raum stehen.

«Das ist es», nahm sie seinen Gedanken sachlich auf, «aber es ist doch auch eine Tatsache, daß wir, aus welchen Gründen auch immer, getrennt voneinander weniger unglücklich waren. Du etwa nicht?»

«Etwa was nicht?» fragte er, da er nicht zugehört hatte. Er sah sie unablässig an. Sie war die Frau, die er so gut kannte — und wiederum war sie es nicht. Woran lag das nur? Sie hatte einen Charme und eine Ausstrahlung, die er nicht bemerkt hatte, als sie noch zusammenlebten. Nun, bei diesem Wiedersehen nach der langen Trennung, fiel es ihm wieder auf.

«Warst du nicht glücklicher ohne mich?» fragte sie erneut mit einer Spur ihrer alten Ungeduld. Er hatte die Angewohnheit, Sätze unvollständig zu lassen und nicht zuzuhören, auch daran erinnerte er sich schuldbewußt.

«In gewisser Hinsicht vielleicht», gab er zu, aber bei weitem nicht so glücklich, wie er gemeint hatte zu sein. Wie er jetzt hier saß, obwohl der Raum so verändert war, schlug die alte Vertrautheit wie eine Woge über ihm zusammen. Das Haus, das Leben darin, sein Schlafzimmer oben — und hier — wie sie sonntags morgens gemeinsam herumbummelten, Zeitungen über den Boden verstreut, und erst dann frühstückten, wenn sie Lust dazu hatten; wie sie dann beim Frühstück Pläne für den Frühlingsgarten machten . . .

«Wie steht's mit dem Tulpenbeet?» fragte er. Die Tulpen waren sein Stolz gewesen, denn sie blühten immer vor allen anderen Blumen in den Nachbargärten.

«Man müßte nächstes Jahr neue Zwiebeln setzen», sagte sie.

Er beugte sich vor und hatte alles andere vergessen. «Also, Lesley, es müssen unbedingt holländische Zwiebeln sein. Ich werde dir mal besser eine Liste machen.»

Sie sah ihn überrascht an. «Ja, gerne, wenn du willst — aber den nächsten Winter hatte ich vor, in Florida zu verbringen, Giles. Judith fängt im September mit dem College an, und dann werde ich allein sein — oder möchtest du gern das Haus haben? Ich würde fast lieber in die Stadt ziehen, glaube ich — eine hübsche Wohnung mieten vielleicht.»

Da wurde er plötzlich ärgerlich. «Du wirst dich in einer Mietwohnung sehr beengt fühlen, nach einem so großen Haus.»

«Dann nimm du doch das Haus», sagte sie dickköpfig.

«Nein, Lesley, schau mal», sagte er, «wenn ein Mann ein solches Haus allein bewohnt, ist das nicht das gleiche, als wenn es von einer Frau bewohnt wird. Ich sitze doch den ganzen Tag über in meinem Büro.»

«Dann mußt du dir eine Haushälterin nehmen», schlug sie kurz und bündig vor. «Mehr bin ich hier zur Zeit auch nicht.»

«Aber was redest du denn», protestierte er. «Du bist die Herrin eines wunderschönen Besitzes, und das weißt du auch. Hab nur kein Mitleid mit dir selbst.»

Was sie darauf erwidert haben würde, erfuhr er nicht mehr. Er schämte sich und entging der gerechten Bestrafung durch Judith, die die Treppe heruntergelaufen kam, so daß ihr weiter weißer Rock wie ein Paar Flügel hinter ihr herflatterte.

«Papa!» rief sie. «O Papa, wie herrlich, daß du mal wieder hier bist!» Sie begrub ihn fast mit ihren weichen, bloßen Armen. Weich? Sie waren stark wie Eisen um seinen Hals. Sie setzte sich auf seinen Schoß und wandte das Gesicht ihrer Mutter zu. Ihre Augen waren so leuchtendblau wie die seinen.

«Mutter, hast du's ihm schon gesagt?»

«Wir haben Geschäftliches besprochen», sagte ihre Mutter.

«Du hast es ihm noch nicht gesagt!» rief Judith.

«Mir was gesagt?» verlangte er zu wissen.

Sie wandte sich wieder ihm zu und drückte ihm fast die Luft ab. Er spürte ihre kühle Wange an seinen Lippen.

«Papa, ich bin verliebt!»

Gegen ihre Wange murmelte er: «Unsinn —»

«Kein Unsinn», sagte sie und zog den Kopf zurück. «Es ist wirklich wahr — ich bin verliebt — ich bin verliebt.»

«Hör auf», sagte er. «Du klingst wie 'ne gesprungene Platte. Jetzt erzähl mir mal alles.»

Sein Blick traf sich mit Lesleys, und tief in ihren dunklen Augen sah er ein heimliches Lächeln.

«Die Liebe hat Judith heftig erwischt», sagte sie. «Es ist ihre erste. Nun ja!»

«Mutter, du darfst nicht zynisch sein», befahl Judith.

«Du siehst wirklich wie ein Kind aus, wie du da auf dem Schoß deines Vaters sitzt», gab Lesley amüsiert zurück.

Sofort sprang Judith auf, wirbelte herum, so daß ihr Rock tanzte, und ließ sich dann in dem anderen kirschroten Sessel nieder. «Ich habe Papa schon eine Woche lang nicht mehr gesehen», murrte sie.

«Ich wollte dich ja gar nicht kritisieren», sagte ihre Mutter sanft.

«Tust du aber», rief Judith mit der gleichen zornigen Stimme. Ihre Wangen, die sonst immer hell und bleich waren, leuchteten rot wie Pfirsiche, und unter der gekrausten Stirn blitzten ihre Augen. «Du bist so zynisch, wie nur du sein kannst. Du glaubst eben nicht an die Liebe!»

«Komm, komm, Judy», sagte Giles. «Du hast mir noch nicht mal erzählt, wie der Bursche heißt.» Irgendwie genoß er diese kleine Szene zwischen seiner Frau und seiner Tochter. Das brachte ihn wieder zurück in die Familie.

«Es ist nur William Baker», sagte Lesley.

«Mutter!» rief Judith sofort erneut empört. «Du weißt genau, daß er möchte, daß man ihn Bill nennt! Und wieso wagst du zu sagen ‹nur›?»

«Was denn — der Sohn von George und Kit?» fragte Giles ungläubig. «Ist der denn schon groß genug, daß man sich in ihn verlieben könnte? Als ich ihn das letzte Mal sah, trug er noch . . .»

«Oh, seid bloß still», sagte Judith und brach in Tränen aus.

Ihre Eltern sahen sich über ihre gebeugten Schultern hinweg an, und jeder erkannte das schlechte Gewissen im Blick des anderen.

«Das erste Mal ist es wirklich schlimm», sagte Lesley mitfühlend.

«Als ob ich das nicht mehr wüßte», sagte Giles und sah ihr tief in die Augen. «Ich konnte weder essen noch schlafen, und dann habe ich noch unter deinem Fenster kampiert, nachdem wir uns schon zwanzigmal oder öfter gute Nacht gesagt haben.»

Judith hob den Kopf. «Wagt es ja nicht, Bill und mich mit euch zu vergleichen! Wir meinen es ernst!»

Ihr rosig-bleiches Gesicht war noch immer wütend.

«Liebling», erklärte Lesley. «Wir erinnern uns doch nur. Das wird dir eines Tages auch so gehen.»

«Nein, das wird es nicht», sagte Judith. «Ich werde mich nicht zu erinnern brauchen — ich werde mit Bill zusammenleben — und — und mit unseren Kindern — für immer!»

Giles spürte einen scharfen Stich in der Herzgegend. Zorn? Schmerz? Er wußte nicht genau, was es war. «Das dachten wir auch einmal», sagte er.

Seine Tochter fuhr erneut auf. «Dachten!» wiederholte sie spöttisch. «Bill und ich denken das nicht nur — wir wissen es!»

«Was weißt du denn schon?» fragte Lesley. Ihre eigenen Wangen waren plötzlich auch ganz rosig geworden, und Giles, der sie beobachtete, erkannte etwas, was ihm nie zuvor aufgefallen war: in ihrer Erregung sah Judith genau aus wie ihre Mutter. Lesley war damals ein ebenso aufbrausendes Mädchen gewesen.

«Du erinnerst mich an deine Mutter, wie sie damals war, Judy», sagte er. «Ich sehe noch genau die Szene in eben diesem Raum vor mir — nur nicht mit den gleichen Möbeln, natürlich. Ihre Eltern und meine waren hier eines Abends zusammengekommen, um uns zu sagen, daß wir für die Liebe noch zu jung seien. Mein Gott — jetzt gibt's doch sogar einen Schlager, der so heißt: ‹Zu jung für die Liebe!› Nun, sie hatten recht!»

Judith hatte aufgehört zu weinen. Sie wischte sich die Tränen ab mit einem winzigen weißen Taschentuch, das sie aus ihrem Gürtel gezogen hatte, und trocknete sich die Augen. «Vielleicht waren Mutter und du zu jung für die Liebe», sagte sie. Ihre Stimme schwankte noch immer. Sie sah vom einen Elternteil zum anderen. «Manchmal glaube ich, daß ihr nie erwachsen werdet. Bill und ich, wir sind in vielen Beziehungen viel erwachsener als ihr. Gerade kürzlich haben wir darüber gesprochen. Es gab so vieles, was uns erwachsen werden ließ — der Krieg und — und überhaupt alles, wie es heutzutage ist. Wir machen es uns nicht so einfach mit unserer Liebe und denken nicht, daß alles für alle Zukunft friedlich und glücklich sein wird. Wir wissen jetzt schon, daß es das nicht gibt.» Sie wandte sich an ihre Mutter. «Und genau das ist es, was wir wissen, Mutter. Und wir wissen auch, daß wir damit fertig werden, wenn wir zusammen sind, Bill und ich.»

Lesley verlor die Beherrschung, und unter ihrer zur Schau getragenen eisigen Ruhe kam prompt der Vulkan zum Vorschein.

«Du benimmst dich, ohne es zu wissen, äußerst kindisch, Judith», sagte sie. «Du hast überhaupt keine Ahnung von der Ehe. Bills Qualitäten, die du jetzt für wunderbar hältst, werden wahrscheinlich etwas — nervtötend werden im Laufe der Zeit.»

«Und wenn schon», entgegnete Judith, «dann wird es niemand erfahren. Das ist dann einzig und allein meine Sache. Ich werde ihm deshalb nicht davonlaufen. Dafür werde ich zu stolz sein.»

Ein schriller Pfiff erklang draußen vor dem offenen Fenster. Er hing in der Luft, ein Ton wie ein Korkenzieher, langgezogen und spitz.

«Ist das Bill?» fragte Giles.

Seine Frage war überflüssig. Vor seinen Augen veränderte sich seine Tochter vollkommen. Der Zorn wich aus ihrem Gesicht, ihre Augen wurden sanft und ihre Wangen wieder bleich. Sie sprang auf und schwebte aus dem Zimmer, ihr weiter Rock flatterte hinter ihr her. Sie strahlte vor Freude und verströmte sie hinter sich wie ein Parfüm.

Kaum wissend, was er tat, ging er zum Fenster, und von hier aus wurde er Zeuge der Liebesszene, die so alt ist wie die Menschheit und so neu wie der heutige Tag. Ein großer, schlanker Junge stieg aus seinem alten, zerbeulten Auto und kam mit langen Schritten den Gartenweg herauf. An der Tür traf er sein Mädchen. Er nahm sie in seine Arme. Sie küßten sich lange und ausdauernd, und in Giles stieg ein eigenartiges Gefühl der Schwäche hoch, als er die blonde Mähne seiner Tochter auf der dunkelblauen Schulter des Jungen liegen sah, und dann erinnerte er sich, daß ihn dieses gleiche Schwächegefühl überfallen hatte, als er und Lesley sich vor langer Zeit zum ersten Male küßten.

«Hast du es deinen Leuten gesagt?» fragte der Junge nach weiteren, endlosen Küssen.

«Ja», sagte Judith.

Er konnte ihre Stimmen klar vernehmen und verstand jedes Wort, das sie sprachen, als wäre es ihnen völlig gleichgültig, ob ihnen jemand zuhörte.

«Ich hab's ihnen gesagt», sagte Judith noch einmal, ohne sich aus seiner Umarmung zu befreien, und ihr ganzes Gesicht strahlte zu ihm hinauf.

«Was haben sie gesagt?» fragte Bill.

«Spielt das eine Rolle?» fragte Judy zurück.

Sie sahen sich tief in die Augen.

«Nein», sagte er dann und beugte sich zu ihr hinab. Und wieder küßten sie sich.

Giles spürte, daß er das nicht länger ertragen konnte. Er trat einen Schritt vom Fenster zurück — und berührte dabei Lesley. Sie war auf Zehenspitzen hinter ihm ans Fenster gekommen und hatte über seine Schultern hinweg der Szene zugeschaut. «Entschuldige», sagte er, als er das Gleichgewicht wiedergefunden hatte.

«Macht nichts, du hast mir nicht weh getan», sagte sie.

Sie waren sich nur zu sehr dieses Augenblicks des körperlichen Kontakts bewußt und gingen zurück zu ihren Sesseln. Schweigend und horchend setzten sie sich wieder. Giles wandte seinen Kopf dem Fenster zu.

«Wird sie ihn denn nicht mit hereinbringen?» fragte er.

«Ich weiß nicht», sagte Lesley. «Sie ist so seltsam in letzter Zeit. Sie hat sich vollkommen von uns gelöst.»

«Wir spielen für sie jetzt wohl überhaupt keine Rolle mehr», übertrieb Giles.

Lesley antwortete nichts darauf. Sie hatte ihre Hände im Schoß verschränkt und betrachtete gedankenvoll ihre Ringe.

«Du trägst noch immer deinen Ehering», bemerkte er ohne besonderen Zusammenhang.

«Ich wollte ihn lieber weiterhin tragen, wenn's dir nichts ausmacht», antwortete sie. «Das erspart mir vielleicht manche Erklärung, wenn ich auf Reisen bin.»

«Noch bist du ja auch verheiratet», sagte er.

Sie blitzte ihn aus ihren dunklen Augen an. «War das zynisch gemeint, oder willst du mir wirklich helfen?»

Tunlichst umging er dieses heiße Thema. «Sie steigen jetzt ins Auto», sagte er und sah wieder zum Fenster hinaus.

«Ach ja?» meinte sie gleichgültig.

Er fühlte sich verunsichert. «Hör mal, Lesley, wir müßten doch etwas unternehmen — oder wenigstens über diese Affäre reden. Schließlich hab ich dich nicht geküßt — jedenfalls nicht so — bevor wir nicht offiziell verlobt waren.»

«Wir waren eben altmodisch», stellte sie sachlich und nachdenklich fest.

«Jetzt haben sie sich's doch anders überlegt», kam es von seinem Beobachtungsposten. «Sie kommen doch herein.»

Sie sagte nichts darauf, und er zündete sich eine Zigarette an. Fast im selben Moment standen sie auch schon in der Tür, ein hochgewachsener, braunhaariger Junge, das schmale Gesicht blaß und entschlossen. Kein schöner Junge, dachte Giles, viel zu groß und knochig, aber in der Armee würde er schon noch etwas Fleisch ansetzen. Natürlich war es absurd zu heiraten, wenn er kurz vor seinem Wehrdienst stand! Bis der Junge zurückkam, würde sich Judith längst in einen anderen verliebt haben. Wenn er damals im gleichen Alter von Lesley getrennt worden wäre —!

«Bill möchte mit dir reden, Papa», verkündete Judith von der Tür her, und ihre Stimme klang bestimmt, weiblich, erwachsen.

«Kommt herein», sagte Giles. Er streckte seine Hand aus, stand aber nicht auf. «Ich hätte dich gar nicht wiedererkannt, Bill — hab dich lange nicht gesehen, stimmt's?»

«Richtig, Sir. Ich war auf dem College.»

Sie gaben sich die Hand. Die Hand des Jungen war mager, aber warm und fest.

«Du hast dich um fast einen halben Meter verändert», sagte Giles, um das Eis zu brechen.

Bill grinste. «Bin dauernd gewachsen», gab er zu.

«Hallo, Bill», sagte Lesley leise.

«Hallo, Mrs. Bredon», sagte Bill. «Noch gar nicht so lange her, seit heute früh um zwei.»

«Wirklich nicht lange», sagte Lesley.

Bill wandte sich an Giles. «Judy und ich waren gestern abend tanzen, Sir. Und dabei sind wir zu unserem Entschluß gekommen.»

Giles kam sich väterlich vor, versuchte dieses Gefühl abzuschütteln und sagte nichts. Bill sprach ruhig weiter, verdammt ruhig, dachte Giles, als er sich an sein eigenes qualvolles Schwitzen vor einem halben Menschenalter in genau diesem Zimmer erinnerte. Seine Eltern saßen in diesen beiden Sesseln, die jetzt kirschrot waren, und Lesleys Eltern waren auf der Couch, ihr Vater in einem förmlichen Cutaway und gestreiften Hosen, weil er noch eine Direktionskonferenz in der Bank vor sich hatte, und ihre Mutter trug irgendein taubengraues Kleid oder Kostüm. Das alles sah er noch vor sich.

Lesley hatte auf dem Hocker beim Fenster gesessen, auch sie in Weiß, so wie jetzt Judith, und sie hatte ausgesehen wie ein Engel. Er wußte heute noch, wie schlecht ihm damals vor lauter Liebe war, richtig übel war es ihm gewesen, mit so einem Druck auf der Brust, und seine Stimme klang schwach gerade dann, wenn er sie fest und stark haben wollte, und er schwitzte wie ein Affe, als sie darauf wartete, daß er sie verteidige.

«Ich möchte, daß ihr Bescheid wißt.» Seine Stimme hatte richtig gekiekst. «Lesley und ich, wir haben uns verlobt.»

«Wirklich und tatsächlich verlobt sind wir», hatte sie fast flüsternd bestätigt.

Bill redete. Giles versuchte, seine in die Vergangenheit abgeschweiften Gedanken wieder in die Wirklichkeit zurückzuholen.

«Judy braucht Sicherheit», sagte Bill gerade, «und ich kann sie ihr geben. Wir beide glauben an die wahre Liebe — bleibende Liebe, meine ich.»

«Auch Bill braucht Sicherheit», warf Judith ein. Ihre Stimme war noch immer sehr fest, weiblich und klang erwachsen. «Er muß in die Armee. Seine Einberufung ist schon da — noch einundzwanzig Tage. Wenn wir verheiratet sind, wird er sich sicher fühlen.»

Lesley erwachte aus ihrem träumerischen Schweigen. «Verheiratetsein ist nicht gleichzusetzen mit Sicherheit — heutzutage nicht.»

«In unserem Fall schon», widersprach Bill entschieden.
«Dies ist nicht irgendeine Romanze», fiel Judith todernst ein. «Es ist Liebe.»
«Großer Gott», sagte Giles und zündete sich eine neue Zigarette an.
«Haben Sie irgendwelche Einwände, Sir?» fragte Bill.
«Einwände?» wiederholte Giles. «Wogegen?»
«Gegen mich», sagte Bill.
«Nicht im geringsten», sagte Giles. «Schließlich kenn ich dich praktisch schon seit deiner Geburt, deine Familie und alles. Ihr seid beide noch zu jung, aber ich glaube, das wißt ihr selbst.»
«Ich finde nicht, daß jung sein irgend etwas mit der Sache zu tun hat, Sir», sagte Bill. «Jedenfalls nicht, wenn man Sicherheit braucht. Sie hatten Ihre Art von Sicherheit, Sir, zu Ihrer Zeit, meine ich. Ich glaube, deshalb haben Sie sie auch so leichtfertig über Bord geworfen.»
Giles spürte plötzlich, wie ihm der Kragen zu eng wurde. «Was meinst du damit?»
«Wir leben in einer anderen Welt», sagte Bill. «Judy und ich müssen uns unsere eigene Sicherheit aufbauen, sonst wird es sie für uns niemals geben.»
«Wir beklagen uns gar nicht», sagte Judith. «Wir nehmen es einfach, wie es ist, das Leben. Aber wir wollen nicht, daß unsere Kinder das durchmachen, was wir hinter uns haben. Wir wollen ihnen Sicherheit geben, die von uns kommt.»
Während er dieser Rede zuhörte, war Giles drauf und dran, etwas Böses über halberwachsene Prediger zu sagen, aber da fiel sein Blick auf die Knie seiner Tochter, die unter ihren Röcken sichtlich schlotterten. Sie war schließlich doch noch ein Kind, wenngleich ein verliebtes — und sie war sein Kind! «Wer bin ich denn, euch zu sagen, was ihr tun sollt?» sagte er plötzlich. «Heiratet doch, wenn ihr meint, daß es richtig ist.»
«Ach, geht doch weg», sagte Lesley gepreßt. «Geht bloß alle weg und laßt mich allein!»
Der Junge und das Mädchen standen sofort auf. Judith ging zu ihrer Mutter und küßte sie, dann umarmte sie ihren Vater. Entschlossen ergriff sie Bills Hand und führte ihn zur Tür. Dort wandte sich Bill um.

«Auf Wiedersehen, Mr. und Mrs. Bredon», sagte er.

Giles antwortete nicht. Er zündete sich noch eine Zigarette an, blieb schweigend sitzen und rauchte. Lesley stand auf, wanderte durch den Raum und setzte sich wieder. Draußen sprang ächzend der Motor an, und das Auto ratterte davon.

«Glaubst du, sie fahren jetzt direkt wohin, um sich trauen zu lassen, die Dummköpfe?» fragte Giles.

«Vielleicht sind sie doch nicht ganz so schwachsinnig wie wir damals», sagte Lesley. Schweigend und jeder für sich allein dachten sie an die mittägliche Szene in dem winzigen Büro des Friedensrichters. Er erinnerte sich auch des plötzlichen Freiheitsgefühls, das ihn wie eine Woge himmelwärts zu tragen schien, als sie offiziell zu Mann und Frau erklärt wurden. Er hatte seinen rechten Arm um Lesleys Schulter gelegt und sie mit sich hinausgezogen in den strahlend hellen Sonnentag.

«Niemand kann uns jetzt mehr voneinander trennen», hatte er gesagt. «Wir sind frei und zusammen, Mann und Frau!»

Auch sie waren in seiner alten Klapperkiste davongefahren, ein Gefährt, das er mehr oder weniger selbst zusammengebastelt hatte und von dem er sich erst am Ende der Collegezeit trennte. Aber es hatte seinen Zweck erfüllt, bis er sich nach einem Jahr Ehe sein erstes Auto kaufen konnte.

«Wenn sie nicht solche Dummköpfe sind, wie wir es damals waren, wird ihnen eine Menge entgehen», murmelte er.

«Sollten wir nicht lieber vernünftig miteinander reden?» fragte sie.

Er machte einen ehrlichen Versuch, sich zu konzentrieren, aber das Netz der Erinnerungen hielt ihn fest. Diese erste Nacht damals, die sie zusammen in einem Landgasthof verbracht hatten. Er schloß die Augen und ließ seinen Kopf zurücksinken. Sie waren beide noch vollkommen ahnungslos gewesen, aber so verliebt. Seit vielen Jahren hatte er schon nicht mehr daran gedacht.

«Was das Haus betrifft», sagte Lesley. «Ich will es nicht.»

Er öffnete die Augen und sagte rauh: «Ich will es genausowenig. Was sollte ich damit — wenn ich allein drin bin?»

«Vielleicht wollen Judith und Bill hier gemeinsam mit dir leben», schlug sie vor.

«Das würde ich nicht aushalten», gab er zurück. «Als wir jung waren, kamen uns unsere Eltern so furchtbar von sich selbst überzeugt vor. Nun sind es die jungen Leute, die so verdammt von sich selbst überzeugt sind.»

Auf einmal lag Wärme in ihrer Stimme. «Ja, nicht wahr? Ich versichere dir, es war nicht einfach in letzter Zeit, mit Judith tagtäglich zusammenzuleben. Sie hat sich aufgeführt, als wäre ich persönlich an einem kurz bevorstehenden Weltuntergang schuld. Aber sie und Bill werden die Welt, denke ich, wieder in Ordnung bringen. Vielleicht.»

«Vielleicht», stimmte er zu. «Jedenfalls sind sie jetzt an der Reihe. Soll ihnen die Welt gehören. Ich hab genug davon.»

«Ich auch», sagte sie aus vollem Herzen.

Ihre Blicke trafen sich, und sie fühlten sich recht glücklich in diesem unbewußten Einklang.

«Ich möchte mit meiner eigenen Generation leben», fuhr er fort. «Mit jemandem, der versteht, wovon ich rede.»

«Das geht mir genauso», sagte sie.

Sein Blick fiel auf die kirschroten Sessel. «Warum, zum Teufel, hast du diesen Raum so verändert?» fragte er barsch.

«Ich wollte das nicht», sagte sie. «Es war Judys Idee.»

«Das hättest du nicht durchgehen lassen sollen», rügte er. «Schließlich ist es nicht ihr Haus — noch nicht.»

«Du warst ausgezogen», erinnerte sie ihn.

«Du hast mich rausgeschmissen», berichtigte er.

Langsam kam ein Lächeln in ihre Gesichter, er grinste breit, und da mußte sie lachen.

«Ach, mein Lieber», sagte sie und wischte sich die Lachtränen aus den Augen. «Ich habe schon lange nichts mehr zum Lachen gehabt.»

Er drückte seine Zigarette aus und beugte sich vor, die Ellbogen auf seine Knie gestützt. Seine Stimme klang sanft und geheimnisvoll. «Warum laufen wir nicht auch noch einmal davon, so wie damals?»

Da brach sie erneut in schallendes Lachen aus. «O Giles, wieder von diesem Zimmer aus — alles noch einmal?»

«Ganz schön verrückt, nicht?», sagte er.

«Ach, was soll's», sagte sie bedenkenlos. «Was ist schon ein Haus? Soll Judy doch damit machen, was sie will.»

«Wir wollen uns unser eigenes bauen», sagte er voller Begeisterung. Ein neues, plötzliches Feuer drang in sein Herz, etwas, was er schon lange nicht mehr gespürt hatte! «Ich habe immer davon geträumt, ein Haus zu bauen, in dem es viele Schlafzimmer gibt und ein riesiges Wohnzimmer mit Terrasse. Irgendwo hoch oben an einem Berghang, wo man nachts nicht die Vorhänge zuzuziehen braucht, weil kein Mensch da ist, der hereinschauen könnte!»

«Ich habe dieses Haus immer gehaßt», bekannte sie. «Ich haßte es schon, als noch deine Eltern hier wohnten, und jetzt, nachdem Judy ihren Geschmack durchgesetzt hat, hasse ich es gar noch mehr.»

«Na also, was soll's», sagte er, «verschwinden wir doch von hier und von ihnen allen!»

Plötzlich kam ihm eine erstaunliche Erkenntnis, und sein Gesicht strahlte. Er schlug mit der geballten Faust auf die Armlehne seines Sessels. «Schau mal, Lesley — sie sind sich doch völlig gleich, diese Kinder und ihre Großeltern, wie sie beide nach Sicherheit schreien. Wir wissen, daß es das nicht gibt, und daher ist es uns egal!» Mit drei langen Schritten durchquerte er den Raum und zog sie aus ihrem Sessel hoch. «Wir haben noch sehr viel Zeit», sagte er.

Er nahm sie in seine Arme. O Gott, was war das nur für ein dummes Gerede von der jungen Liebe? Dies hier war hunderttausendmal besser, sie wieder in den Armen zu halten, zu spüren, wie ihre Körper durch die vielen gemeinsamen Jahre zueinander paßten. Das, das war Liebe!

«Ich kann ohne dich nicht leben», murmelte er mit seiner Wange in ihrem Haar.

«Ich habe versucht, ohne dich zu leben», sagte sie mit ungewohnt dünner, schwacher Stimme; «es ist so einsam.»

«Also wissen wir es jetzt», sagte er.

Das Telefon läutete, sie versuchte, sich loszumachen, aber er hielt sie fest. «In unser neues Haus kommt kein Telefon.»

«Nein, kein Telefon», sagte sie.

Aber dann lief sie, so rasch sie konnte, den Hörer abzunehmen. Sie lauschte mit dem Hörer am Ohr.

«Judy!» flüsterte sie ihm zu, und aus ihren Antworten an Judy, während sie ihn ansah, erfuhr er die Neuigkeiten.

«Ihr wollt jetzt gleich heiraten? O Judy — keine Hochzeitsfeier? Wir können euch keinen Vorwurf machen, da wir es ganz genauso gemacht haben — wußtest du nicht? O ja, wir sind davongelaufen und haben uns trauen lassen. Wie ... ihr werdet glücklich sein, nicht so wie wir? Du wirst dich wundern, Judy, sehr wundern! Eine Woche Hochzeitsreise? Nun, viel Glück, Liebling ... Ja, er ist noch hier.»

Sie winkte ihn zu sich, und er kam und nahm ihr den Hörer ab.

«Judy!» brüllte er. «Du solltest dich schämen! Was habe ich getan, um eine solche Behandlung zu verdienen? Natürlich bin ich wütend! Ich habe noch nicht einmal meine Zustimmung gegeben — hat mich auch keiner danach gefragt! Nun, jetzt ist es deine und Bills Sache, etwas daraus zu machen, nach all euren klugen Reden! Was ist? Na, dann gib ihn mir mal!»

Bills Stimme klang an sein Ohr. «Tut mir leid, aber wir hatten den Eindruck, daß wir die Dinge wohl selbst in die Hand nehmen müßten, Sir. Aber wir wollten es Ihnen wenigstens sagen.»

«Nun, die Verantwortung liegt jetzt bei euch. Ich wasche meine Hände und so weiter!» Er versuchte, streng zu bleiben und nicht durch seine Stimme seinen inneren Jubel zu verraten.

«Ich übernehme die Verantwortung, Sir», sagte Bill, und seine Stimme klang ernsthaft, zu ernsthaft.

«Ich brauch dir wohl nicht zu sagen, daß Judy ganz schön dickköpfig sein kann, wenn sie sich ärgert», sagte Giles mit einer Spur Schadenfreude.

«Ich weiß», sagte Bill.

«Zeige also nicht allzuviel Geduld», riet Giles. «Und viel Glück!»

Rasch legte er auf und sah Lesley an. «Wir sind frei», sagte er.

«Frei», wiederholte sie vage.

Einen Augenblick lang standen sie einander gegenüber und sahen sich an, ohne sich zu berühren. Langsam schlich sich ein Lächeln aus ihren Herzen und ihren Augen und breitete sich wie die Sonne über ihre gespannten Gesichter. Sie tat einen

Schritt auf ihn zu, und er nahm sie in seine Arme. Gleichzeitig, ohne ein Wort zu wechseln, begannen sie zu tanzen. Es war eine Aneinanderreihung vieler Tänze, Walzer und Menuett und Fox, er improvisierte, sie folgte seinen Bewegungen, und sie genossen den Einklang.

«Verrückt», murmelte er, «ein verrücktes Paar und bedenkenlos verliebt!»

MIGUEL DE UNAMUNO

Wie die Zeit verflog

Ein Gemeinplatz, der in Philosophie und Lyrik am häufigsten wiederkehrt, ist die Feststellung, daß die Zeit so schnell vergeht, daß die Jahre allzubald in die ewige Vergangenheit versinken.

Alle Menschen entdecken in einem gewissen Jahr, daß sie anfangen alt zu werden, wie wir alle jedes Jahr die — oh, so wunderbare! — Entdeckung machen, daß die Tage beginnen, länger zu werden, sobald die entsprechende Jahreszeit kommt, und kürzer, wenn wir, sechs Monate später, in die entgegengesetzte eintreten.

Die Frage, wie unaufhaltsam die Zeit vergeht, und wie sie in ihrem Verlauf alles gestaltet und umgestaltet, ist eine Meditation für jeglichen Tag des Jahres; aber fast scheint es, als hätten wir Menschen besonders den letzten Tag des alten und den ersten Tag des neuen Jahres dafür bestimmt oder irgendeinen anderen, wie der Ablauf der Dinge es gerade mit sich bringt. Aber wie die Zeit kommt, so geht sie: das heißt unbemerkt! Und nun genug der Schulweisheiten!

Sind wir dieselben, die wir vor zwei, acht oder zwanzig Jahren waren?

Doch nun zu unserer Erzählung.

Juan und Juana heirateten nach langem Brautstand, der ihnen erlaubte, sich kennenzulernen, oder richtiger: der dem einen erlaubte, dem anderen gleich zu werden. Das Kennenlernen bleibe dahingestellt, denn zwei Verlobte, die sich nach acht Tagen noch nicht kennen, kennen sich nach acht Jahren auch noch nicht; die Zeit wirft ihnen nur einen Schleier über die Augen — den dichten Liebesschleier —, damit der eine des anderen Fehler nicht entdecke, oder besser noch, damit sich diese in seinen entzückten Augen in Tugenden verwandeln.

Juan und Juana heirateten sich nach einem langen Brautstand, und ihre Ehe wurde zu einer Fortsetzung des Brautstandes.

Ihre Leidenschaft verbrannte wie Myrrhen in den Wandlungen der Flitterwochen, und ihnen blieb, was von der Leidenschaft in der Asche zurückbleibt und was viel mehr wert ist als Leidenschaft: Zärtlichkeit als Grundlage der Gemeinschaft.

Immer dauert es eine Weile, bis zwei Gatten ein Fleisch werden, wie Christus sagte (Markus 10,8). Aber wenn sie zu dieser Krönung ihrer Zärtlichkeitsgemeinschaft kommen, entzündet das Fleisch der Frau des Mannes Fleisch nicht, auch wenn dieses sich aus sich selbst heraus entzündet. Und ferner: wird dann in ihr Fleisch geschnitten, so schmerzt es ihn wie ein Schnitt ins eigene Fleisch. Und das ist der Gemeinschaft Höhepunkt: wenn zwei Menschen sich ganz ineinander leben und ein Leben miteinander führen. Bis sogar die Liebe, die reine Liebe, endlich fast verschwindet. Die Liebe zu der eigenen Frau verwandelt sich in Eigenliebe, und diese fällt unter keine Vorschrift; denn wenn es heißt: «Liebe deinen Nächsten wie dich selbst!» so ist zu vermuten, daß ein jeder, auch ohne Vorschrift, sich selbst liebt.

Juan und Juana gelangten rasch zu dieser großen Innigkeit in ihrem Zusammenleben. Ihr langer Brautstand hatte sie schon darauf vorbereitet. Und zuweilen schlugen aus der Wärme der Zärtlichkeit Flammen der Hitze, der Leidenschaft.

Und so vergingen die Tage.

Und weil sie vergingen, ohne daß Juan die Zeichen der Fruchtbarkeit bemerkte, wurde er im stillen unruhig und verdrießlich. Sollte er weniger Mann sein als andere Männer, die er doch noch viel weniger für Männer hielt? Und diese Ansicht Juans darf Euch nicht verwundern, denn in seinem Lande, wo semitisches Blut zirkulierte, hatte man eine sehr materialistische Auffassung von der Männlichkeit. Und heimlich, ohne daß der eine es dem anderen sagte, empfanden Juan und Juana einen gewissen gegenseitigen Argwohn, als sähe eines im andern die Ursache, daß ihre ehelichen Hoffnungen unerfüllt blieben.

Eines Tages endlich sagte Juana ihrem Juan etwas ins Ohr — obwohl sie ganz allein waren, aber bei solchen Gelegenheiten tut man stets geheimnisvoll —, und die Umarmung, die darauf Juan und seine Juana vereinte, war die innigste und wärmste aller bisherigen Umarmungen. Endlich triumphierte die Gemeinschaft, bis sie ihre höchste fleischliche Erfüllung erreichte, und brachte ein neues Leben hervor.

Und der erste Sohn kam, die neue Mär, das Wunder. Für Juan schien es beinahe unmöglich, daß jenes Etwas, das seinen Ursprung aus der Frau herleitete, leben könnte, und oft, wenn er nachts nach Hause kam, neigte er sein Ohr über das schlafende Kindchen in der Wiege, um es atmen zu hören. Und lange Stunden verbrachte er vor einem aufgeschlagenen Buche und sah seiner Frau zu, die Juanito die Brust reichte.

Jahre vergingen, und es kam das zweite Kind — ein Mädchen —; es wurde Juanita getauft und erschien seinem Vater, Juan, schon nicht mehr so wunderbar, obwohl seine Mutter, Juana, bei der Entbindung ebenso schmerzlich gezittert hatte wie beim ersten Kind.

Und abermals vergingen Jahre, und das nächste Kind kam, und dann wieder das nächste und dann noch eins. Auf Juan und Juana häufte sich der Kindersegen, Juan wußte nur noch den Geburtstag des ersten; bei den übrigen erinnerte er sich nicht einmal an den Monat, in dem sie das Licht der Welt erblickt hatten. Juana, ihre Mutter, dagegen zählte sie nach den Schmerzen, die sie litt, und vergaß die Tage niemals. Denn wir behalten die schmerzlichen und unglücklichen Tage viel besser in der Erinnerung als die der Freude und des Glücks. Die Grenzsteine im Leben sind die Schmerzen, nicht die Freuden.

Und während die Jahre gingen und die Kinder kamen, verwandelte sich Juana aus einer frischen schlanken Jungfrau in eine herbstlich mit Fleisch beladene, fast überladene Matrone. Ihre Formen hatten sich in Üppigkeit gewandelt, ihre Jugendblüte war verwelkt. Sie war noch schön, doch nicht mehr hübsch. Und ihre Schönheit war schon mehr etwas fürs Herz als für die Augen. Es war eine Schönheit der Erinnerungen, nicht mehr der Hoffnungen.

Und Juana bemerkte, daß ihres Mannes Charakter sich mit

den Jahren änderte, daß selbst die Innigkeit ihrer Gemeinschaft zu erkalten schien. Jene Flammen der Leidenschaft, die während der ersten Jahre ihrer Ehe von Zeit zu Zeit aus der Funkenasche der Zärtlichkeit aufgelodert waren, wurden immer seltener. Es blieb eben nur noch Zärtlichkeit, nichts mehr.

Und reine Zärtlichkeit läßt sich fast mit Dankbarkeit verwechseln; sie grenzt sogar an Frömmigkeit. Und Juana erschienen die Küsse ihres Mannes weniger als Küsse, die der Frau, denn als Küsse, die der Mutter seiner Kinder galten, Küsse der Dankbarkeit dafür, daß sie ihm so schöne und gute Kinder geschenkt hatte, und vielleicht auch als Küsse der Frömmigkeit, weil das Leben sich seinem Ende näherte. Aber es gibt keine wahre und aufrichtige Liebe, wie die Liebe Juanas zu Juan eine war, die sich mit Dankbarkeit oder Mitleid begnügt hätte: die Liebe will nicht Dank noch Mitleid. Liebe will Gegenliebe, will erwidert sein, weil sie liebt, und sucht nicht nach Gründen, so edel diese auch sein mögen.

Aber Juana hatte Augen und einerseits einen Spiegel, und andrerseits: ihre Kinder. Im übrigen vertraute sie ihrem Gatten und achtete ihn. Vor allem aber empfand sie eine Zärtlichkeit, die alles ausgleicht.

Allein sie glaubte zu bemerken, daß ihr Juan bekümmert und traurig war. Und nicht nur bekümmert und traurig, sondern zugleich auch erregt. Eine neue Jugend schien sein Blut rascher durch die Adern zu treiben. Es war, als ob der Herbstbeginn, der Spätsommer, späte Blüten in ihm trieb, die in des Winters Frost erstarren mußten.

Juan war, wie gesagt, traurig; Juan schien an ferne Dinge zu denken, wenn seine Juana ganz aus der Nähe zu ihm sprach; Juan war zerstreut. Juana beschloß, ihn zu beobachten und nachzuforschen, aber mehr mit dem Herzen als mit dem Kopf. Und endlich entdeckte sie, was jede Frau entdecken mußte, die ihre Beobachtung mit dem Herzen und nicht mit dem Verstande vornahm: daß Juan verliebt war! Es bestand kein Zweifel!

Und Juana verdoppelte ihre Liebe und ihre Zärtlichkeit und umarmte Juan, als wollte sie ihn gegen eine unsichtbare Feindin verteidigen, als wollte sie ihn gegen eine schlechte Handlung, gegen einen bösen Gedanken schützen. Und Juan, der den

Sinn dieser Umarmungen voll erneuter Leidenschaft halb erriet, ließ sich lieben und verdoppelte die Zärtlichkeit, die Dankbarkeit und die Frömmigkeit, bis es ihm gelang, die fast erstickte Flamme der Leidenschaft, die nie ganz erlischt, neu zu entfachen. Und zwischen Juan und Juana gab es ein Geheimnis, das beiden bekannt war, ein im geheimen eingestandenes Geheimnis.

Und Juana begann, ihrem Juan vorsichtig nachzuspähen, nach dem Gegenstand seiner neuen Liebe zu suchen. Aber sie fand nichts. Wen außer ihr konnte ihr Juan in aller Welt nur lieben?

Bis sie ihn, ihren Juan, eines Tages, als er es am wenigsten vermutete und ohne daß er es bemerkte, ein Bild küssen sah. Sie zog sich kummervoll zurück, entschlossen, in Erfahrung zu bringen, wessen Bild das war. Von diesem Tage an begann sie geduldig, schweigsam und schlau hinter dem geheimnisvollen Bilde herzujagen, während sie ihren Kummer niederkämpfte und ihre Leidenschaft und ihre schützenden Umarmungen verdoppelte.

Endlich! Endlich eines Tages ließ der so vorsichtige, der stets so offene und selbstsichere Mann — vielleicht absichtlich? — seine Brieftasche liegen, die das Bild enthielt. Und Juana griff zitternd und mit Herzklopfen, neugierig, mitleidig, furchtsam und schamvoll nach ihr. Da lag das Bild darin! Ja, es war es, es war dasselbe, das sie in der Erinnerung hatte! Damals, als ihr Juan das Bild leidenschaftlich küßte, hatte sie allerdings nur die Rückseite gesehen, aber die Rückseite war dieselbe ... dieselbe, die sie damals gesehen hatte ...

Sie hielt einen Augenblick an sich, legte die Brieftasche auf den Tisch zurück, lief zur Tür, lauschte eine Weile und verschloß sie. Dann packte sie das Bild, drehte es um und ...

Juana war starr; erst erblaßte sie, dann wurde sie feuerrot; dicke Tränen rannen aus ihren Augen auf das Bild herab. Und sie reinigte es und bedeckte es mit Küssen. Dieses Bild war *ihr* Bild, ein Bild von ihr selbst, nur daß ... eheu, fugaces, Postume, Postume, labuntur anni! ... Es war ein Bild von ihr aus der Zeit, da sie dreiundzwanzig Jahre alt gewesen war, ein Bild, das Juana ihrem Juan als Verlobte, wenige Monate vor der Hochzeit geschenkt hatte.

Und das Bildnis ließ jene vergangene Zeit der Leidenschaft an ihren Augen vorüberziehen, als Juan noch nicht ein weißes Härchen gehabt hatte und sie selbst zart und frisch wie eine Blütenknospe gewesen war.

War Juana auf sich selbst eifersüchtig? Fühlte die fünfundvierzigjährige Juana Neid auf die andere Juana, die dreiundzwanzigjährige? Nein, Eifersucht nicht, aber Mitleid mit sich selbst und zugleich mit dem Mitleid: Zärtlichkeit, und zugleich mit dieser: Liebe.

Und sie nahm das Bild an sich und verbarg es am Busen.

Als Juan das Bild nicht wiederfand, erging er sich in Vermutungen und wurde unruhig.

Es war eine Winternacht, und Juan und Juana saßen einander allein am Herdfeuer gegenüber. Die Kinder schliefen schon. Juan las ein Buch. Juana machte eine Handarbeit. Da sagte Juana plötzlich zu Juan:

«Höre, Juan, ich muß dir etwas sagen.»

«Sag mir, Juana, was du möchtest.»

Den Verliebten gleich wiederholten sie sich gern gegenseitig ihre Namen.

«Juan, du hütest ein Geheimnis.»

«Ich? Nein!»

«Juan, ich sage ja!»

«Juana, ich sage nein!»

«Ich habe dich überrascht, Juan! Leugne also nicht!»

«Wenn dem so ist, dann entdecke du mir das Geheimnis!»

Da zog Juana das Bild hervor und sagte zu Juan geneigt, mit tränenerstickter Stimme:

«Komm, nimm und küß es, küß es, wenn du willst, aber nicht heimlich!»

Juan wurde feuerrot, und als er sich ein wenig von der Überraschung erholt hatte, nahm er das Bild, warf es ins Feuer, näherte sich Juana, nahm sie in seine Arme, setzte sie auf seine zitternden Knie und gab ihr einen langen und innigen Kuß auf den Mund, einen Kuß, in dem die volle Kraft der Zärtlichkeit die Leidenschaft von einst neu erblühen ließ. Und als er die süße Last der Lebensquelle, aus der ihm mit neun Kindern mehr als zwanzig Jahre Glück und Wohlbefinden zugeflossen waren, auf seinen Knien fühlte, sagte er:

«Nicht das Bild, das tot ist und als Gewesenes ins Feuer wandern muß, sondern dich, nur dich, mein Leben, dich, die du lebst und mir Leben gabst, nur dich.»

Und Juana, die auf den Knien ihres Juan vor Liebe erbebte, fühlte sich noch einmal dreiundzwanzigjährig werden. Sie fühlte, wie sie zu den Jahren zurückkehrte, die das Bild widerspiegelte, jenes Bild, das nunmehr verbrannte, indem es sie mit seinem Feuer wärmte.

Und aufs neue begann im Heim Juans und Juanas der Frieden inniger Zuneigung zu herrschen.

OSCAR WILDE

Die Nachtigall und die Rose

«Sie sagte, sie würde mit mir tanzen, wenn ich ihr rote Rosen brächte», rief der junge Student; «aber in meinem ganzen Garten ist keine rote Rose.» In ihrem Nest auf dem Eichbaum hörte ihn die Nachtigall, guckte durch das Laub und wunderte sich.

«Keine rote Rose in meinem ganzen Garten!» rief er, und seine schönen Augen waren voll Tränen. «Ach, an was für kleinen Dingen das Glück hängt. Alles habe ich gelesen, was weise Männer geschrieben haben, alle Geheimnisse der Philosophie sind mein, und wegen einer roten Rose ist mein Leben unglücklich und elend.»

«Das ist endlich einmal ein treuer Liebhaber», sagte die Nachtigall. «Nacht für Nacht habe ich von ihm gesungen, obgleich ich ihn nicht kannte; Nacht für Nacht habe ich seine Geschichte den Sternen erzählt, und nun seh ich ihn. Sein Haar ist dunkel wie die Hyazinthe, und sein Mund ist rot wie die Rose seiner Sehnsucht; aber Leidenschaft hat sein Gesicht bleich wie Elfenbein gemacht, und der Kummer hat ihm sein Siegel auf die Stirn gedrückt.»

«Der Prinz gibt morgen nacht einen Ball», sprach der junge Student leise, «und meine Geliebte wird dasein. Wenn ich ihr eine rote Rose bringe, wird sie mit mir tanzen bis zum Morgen. Wenn ich ihr eine rote Rose bringe, wird sie ihren Kopf an meine Schulter lehnen, und ihre Hand wird in der meinen liegen. Aber in meinem Garten ist keine rote Rose, so werde ich einsam sitzen, und sie wird an mir vorübergehen. Sie wird meiner nicht achten, und mir wird das Herz brechen.»

«Das ist wirklich der treue Liebhaber», sagte die Nachtigall. «Was ich singe, um das leidet er; was mir Freude ist, das ist ihm

Schmerz. Wahrhaftig, die Liebe ist etwas Wundervolles! Kostbarer ist sie als Smaragde und teurer als feine Opale. Perlen und Granaten können sie nicht kaufen, und auf den Märkten wird sie nicht feilgeboten. Sie kann von den Kaufleuten nicht gehandelt werden und kann nicht für Gold ausgewogen werden auf der Waage.»

«Die Musikanten werden auf ihrer Galerie sitzen», sagte der junge Student, «und auf ihren Saiteninstrumenten spielen, und meine Geliebte wird zum Klang der Harfe und der Geige tanzen. So leicht wird sie tanzen, daß ihre Füße den Boden kaum berühren, und die Höflinge in ihren bunten Gewändern werden sich um sie scharen. Aber mit mir wird sie nicht tanzen, denn ich habe keine rote Rose für sie»; und er warf sich ins Gras, barg sein Gesicht in den Händen und weinte. «Weshalb weint er?» fragte ein kleiner grüner Eidechs, während er mit dem Schwänzchen in der Luft an ihm vorbeilief. «Ja, warum?» fragte ein Schmetterling, der einem Sonnenstrahl nachjagte.

«Er weint um eine rote Rose», sagte die Nachtigall.

«Um eine rote Rose?» riefen alle; «wie lächerlich», und der kleine Eidechs, der so etwas wie ein Zyniker war, lachte überlaut.

Aber die Nachtigall wußte um des Studenten Kummer und saß schweigend in dem Eichbaum und sann über das Geheimnis der Liebe. Plötzlich breitete sie ihre braunen Flügel aus und flog auf. Wie ein Schatten huschte sie durch das Gehölz, und wie ein Schatten flog sie über den Garten.

Da stand mitten auf dem Rasen ein wundervoller Rosenstock, und als sie ihn sah, flog sie auf ihn zu und setzte sich auf einen Zweig.

«Gib mir eine rote Rose», rief sie, «und ich will dir dafür mein süßestes Lied singen.»

Aber der Strauch schüttelte seinen Kopf. «Meine Rosen sind weiß», antwortete er, «so weiß wie der Schaum des Meeres und weißer als der Schnee auf den Bergen. Aber geh zu meinem Bruder, der sich um die alte Sonnenuhr rankt, der gibt dir vielleicht, was du verlangst.»

So flog die Nachtigall hinüber zu dem Rosenstrauch bei der alten Sonnenuhr.

«Gib mir eine rote Rose», rief sie, «und ich will dir dafür mein süßestes Lied singen.»

Aber der Strauch schüttelte seinen Kopf.

«Meine Rosen sind gelb», antwortete er, «so gelb wie das Haar der Meerjungfrau, die auf einem Bernsteinthrone sitzt, und gelber als die gelbe Narzisse, die auf der Wiese blüht, bevor der Mäher mit seiner Sense kommt. Aber geh zu meinem Bruder, der unter des Studenten Fenster blüht, und vielleicht gibt der dir, was du verlangst.»

So flog die Nachtigall zum Rosenstrauch unter des Studenten Fenster. «Gib mir eine rote Rose», rief sie, «und ich will dir dafür mein süßestes Lied singen.»

Aber der Rosenstrauch schüttelte den Kopf. «Meine Rosen sind rot», antwortete er, «so rot wie die Füße der Taube und röter als die Korallenfächer, die in der Meergrotte fächeln. Aber der Winter machte meine Adern erstarren, der Frost hat meine Knospen zerbissen und der Sturm meine Zweige gebrochen, und so habe ich keine Rosen dies ganze Jahr.»

«Nur eine einzige rote Rose brauche ich», rief die Nachtigall, «nur eine rote Rose! Gibt es denn nichts, daß ich eine rote Rose bekomme?»

«Ein Mittel gibt es», antwortete der Baum, «aber es ist so schrecklich, daß ich mir es dir nicht zu sagen traue.»

«Sag es mir», sprach die Nachtigall, «ich fürchte mich nicht.»

«Wenn du eine rote Rose willst», sagte der Baum, «dann mußt du sie beim Mondlicht aus Liedern machen und sie färben mit deinem eignen Herzblut. Du mußt für mich singen und deine Brust an einen Dorn pressen. Die ganze Nacht mußt du singen, und der Dorn muß dein Herz durchbohren, und dein Lebensblut muß in meine Adern fließen und mein werden.»

«Der Tod ist ein hoher Preis für eine rote Rose», sagte die Nachtigall, «und das Leben ist allen sehr teuer. Es ist lustig, im grünen Wald zu sitzen und die Sonne in ihrem goldenen Wagen zu sehen und den Mond in seinem Perlenwagen. Süß ist der Duft des Weißdorns, und süß sind die Glockenblumen im Tale und das Heidekraut auf den Hügeln. Aber die Liebe ist besser als das Leben, und was ist ein Vogelherz gegen ein Menschenherz?»

So breitete sie ihre braunen Flügel und flog auf. Wie ein Schatten schwebte sie über den Garten, und wie ein Schatten huschte sie durch das Gehölz.

Da lag noch der junge Student im Grase, wie sie ihn verlassen hatte, und die Tränen seiner schönen Augen waren noch nicht getrocknet. «Freu dich», rief die Nachtigall, «freu dich; du sollst deine rote Rose haben. Ich will sie beim Mondlicht bilden aus Liedern und färben mit meinem eignen Herzblut. Alles, was ich von dir dafür verlange, ist, daß du deiner Liebe treu bleiben sollst; denn die Liebe ist weiser als die Philosophie, wenn die auch weise ist, und mächtiger als Macht, wenn die auch mächtig ist. Flammfarben sind ihre Flügel, und flammfarben ist ihr Leib. Ihre Lippen sind süß wie Honig, und ihr Atem ist wie Weihrauch.»

Der Student blickte aus dem Grase auf und horchte; aber er konnte nicht verstehen, was die Nachtigall zu ihm sprach, denn er verstand nur die Bücher.

Aber der Eichbaum verstand und ward traurig, denn er liebte die kleine Nachtigall sehr, die ihr Nest in seinen Zweigen gebaut hatte.

«Sing mir noch ein letztes Lied», flüsterte er; «ich werde mich sehr einsam fühlen, wenn du fort bist.» Und die Nachtigall sang für den Eichbaum, und ihre Stimme war wie Wasser, das aus einem silbernen Kruge rinnt.

Als sie ihr Lied geendet hatte, stand der Student auf und nahm ein Notizbuch und einen Bleistift aus der Tasche.

«Sie hat Form», sagte er zu sich, als er aus dem Gehölz schritt, «... sie hat ein Formtalent, das kann ihr nicht abgesprochen werden; aber ob sie auch Gefühl hat? Ich fürchte, nein. Sie wird wohl sein wie die meisten Künstler: alles nur Stil und keine echte Innerlichkeit. Sie würde sich kaum für andere opfern. Sie denkt vor allem an die Musik, und man weiß ja, wie egoistisch die Künste sind. Aber zugeben muß man, sie hat einige schöne Töne in ihrer Stimme. Schade, daß sie gar keinen Sinn haben, nichts ausdrücken und ohne praktischen Wert sind.» Und er ging auf sein Zimmer und legte sich auf sein schmales Feldbett und fing an, an seine Liebe zu denken; bald war er eingeschlafen.

Und als der Mond in den Himmeln schien, flog die Nachtigall zu dem Rosenstrauch und preßte ihre Brust gegen den Dorn. Die ganze Nacht sang sie, die Brust gegen den Dorn gepreßt, und der kalte kristallene Mond neigte sich herab und lauschte. Die ganze Nacht sang sie, und der Dorn drang tiefer und tiefer in ihre Brust, und ihr Lebensblut sickerte weg von ihr.

Zuerst sang sie von dem Werden der Liebe in dem Herzen eines Knaben und eines Mädchens. Und an der Spitze des Rosenstrauchs erblühte eine herrliche Rose, Blatt reihte sich an Blatt wie Lied auf Lied. Erst war sie bleich wie der Nebel, der über dem Fluß hängt, bleich wie die Füße des Morgens und silbern wie die Flügel des Dämmers. Wie das Schattenbild einer Rose in einem Silberspiegel, wie das Schattenbild einer Rose im Teiche, so war die Rose, die aufblühte an der Spitze des Rosenstocks.

Der aber rief der Nachtigall zu, daß sie sich fester noch gegen den Dorn presse. «Drück fester, kleine Nachtigall», rief er, «sonst bricht der Tag an, bevor die Rose vollendet ist.» Und so drückte die Nachtigall sich fester gegen den Dorn, und lauter und lauter wurde ihr Lied, denn sie sang nun von dem Erwachen der Leidenschaft in der Seele von Mann und Weib.

Und ein zartes Rot kam auf die Blätter der Rose, wie das Erröten auf dem Antlitz des Bräutigams, wenn er die Lippen seiner Braut küßt. Aber der Dorn hatte ihr Herz noch nicht getroffen, und so blieb das Herz der Rose weiß, denn bloß einer Nachtigall Herzblut kann das Herz einer Rose färben. Und der Baum rief der Nachtigall zu, daß sie sich fester noch gegen den Dorn drücke. «Drück fester, kleine Nachtigall», rief er, «sonst ist es Tag, bevor die Rose vollendet ist.»

Und so drückte die Nachtigall sich fester gegen den Dorn, und der Dorn berührte ihr Herz, und ein heftiger Schmerz durchzuckte sie. Bitter, bitter war der Schmerz, und wilder, wilder wurde das Lied, denn sie sang nun von der Liebe, die der Tod verklärt, von der Liebe, die auch im Grabe nicht stirbt. Und die wundervolle Rose färbte sich rot wie die Rose des östlichen Himmels. Rot war der Gürtel ihrer Blätter, und rot wie ein Rubin war ihr Herz. Aber die Stimme der Nachtigall wurde schwächer, und ihre kleinen Flügel begannen zu flattern, und ein leichter Schleier kam über ihre Augen. Schwächer und schwächer wurde ihr Lied, und sie fühlte etwas in der Kehle.

Dann schluchzte sie noch einmal auf in letzten Tönen. Der weiße Mond hörte es, und er vergaß unterzugehen und verweilte am Himmel. Die rote Rose hörte es und zitterte ganz vor Wonne und öffnete ihre Blätter dem kühlen Morgenwind. Das Echo trug es in seine Purpurhöhle in den Bergen und weckte die Schläfer aus ihren Träumen. Es schwebte über das Schilf am

Fluß, und der trug die Botschaft dem Meere zu. «Sieh, sieh!» rief der Rosenstrauch, «nun ist die Rose fertig», aber die Nachtigall gab keine Antwort, denn sie lag tot im hohen Gras, mit dem Dorn im Herzen.

Um Mittag öffnete der Student sein Fenster und blickte hinaus. «Was für ein Wunder und Glück!» rief er, «da ist eine rote Rose! Nie in meinem Leben habe ich eine solche Rose gesehen. Sie ist so schön, ich bin sicher, sie hat einen langen lateinischen Namen»; und er lehnte sich hinaus und pflückte sie. Dann setzte er seinen Hut auf und lief dem Professor ins Haus, mit der Rose in der Hand.

Des Professors Tochter saß in der Einfahrt und wand blaue Seide auf eine Spule, und ihr Hündchen lag ihr zu Füßen.

«Ihr sagtet, Ihr würdet mit mir tanzen, wenn ich Euch eine rote Rose brächte», sagte der Student. «Hier ist die röteste Rose der Welt. Tragt sie heute abend an Eurem Herzen, und wenn wir zusammen tanzen, wird sie Euch erzählen, wie ich Euch liebe.»

Aber das Mädchen verzog den Mund. «Ich fürchte, sie paßt nicht zu meinem Kleid», sprach sie, «und dann hat mir auch der Neffe des Kammerherrn echte Juwelen geschickt, und das weiß doch jeder, daß Juwelen mehr wert sind als Blumen.»

«Wahrhaftig, Ihr seid sehr undankbar», rief der Student gereizt; und er warf die Rose auf die Straße, wo sie in die Gosse fiel, und ein Wagenrad ging darüber.

«Undankbar?» sagte das Mädchen, «ich will Euch was sagen: Ihr seid sehr ungezogen — und dann: wer seid Ihr eigentlich? Ein Student, nichts weiter. Ich glaube, Ihr habt nicht einmal Silberschnallen an den Schuhen, wie des Kammerherrn Neffe.» Und sie stand auf und ging ins Haus.

«Wie dumm ist doch die Liebe», sagte sich der Student, als er fortging, «sie ist nicht halb so nützlich wie die Logik, denn sie beweist gar nichts und spricht einem immer von Dingen, die nicht geschehen werden, und läßt einen Dinge glauben, die nicht wahr sind. Sie ist wirklich etwas ganz Unpraktisches, und da in unserer Zeit das Praktische alles ist, so gehe ich wieder zur Philosophie und studiere Metaphysik.» So ging er wieder auf sein Zimmer und holte ein großes staubiges Buch hervor und begann zu lesen.

ARTHUR SCHNITZLER

Die Frau des Weisen

Es war am Strand, um die Mittagszeit. Ich saß auf einer Bank. Zuweilen gingen Leute an mir vorüber. Eine Frau mit einem kleinen Jungen stand auf der Landungsbrücke, zu weit, als daß ich die Gesichtszüge hätte ausnehmen können. Sie war mir übrigens durchaus nicht aufgefallen; ich wußte nur, daß sie schon lange dort gestanden war, als sie endlich die Brücke verließ und mir immer näher kam. Sie führte den Knaben an der Hand. Nun sah ich, daß sie jung und schlank war. Das Gesicht kam mir bekannt vor. Sie war noch zehn Schritte von mir; da erhob ich mich rasch und ging ihr entgegen. Sie hatte gelächelt, und ich wußte, wer sie war.

«Ja, ich bin es», sagte sie und reichte mir die Hand.

«Ich habe Sie gleich erkannt», sagte ich.

«Ich hoffe, das ist nicht zu schwer gewesen», erwiderte sie. «Und Sie haben sich eigentlich auch gar nicht verändert.»

«Sieben Jahre . . .» sagte ich.

Sie nickte. «Sieben Jahre. . . .»

Wir schwiegen beide. Sie war sehr schön. Jetzt glitt ein Lächeln über ihr Gesicht, sie wandte sich zu dem Jungen, den sie noch immer an der Hand hielt, und sagte: «Gib dem Herrn die Hand.» Der Kleine reichte sie mir, schaute mich aber dabei nicht an.

«Das ist mein Sohn», sagte sie.

Es ist ein hübscher brauner Bub mit hellen Augen.

«Es ist doch schön, daß man einander wieder begegnet im Leben», begann sie, «ich hätte nicht gedacht . . .»

«Es ist auch sonderbar», sagte ich.

«Warum?» fragte sie, indem sie mir lächelnd und das erste Mal ganz voll in die Augen sah. «Es ist Sommer ... alle Leute reisen, nicht wahr?»

Jetzt lag mir die Frage nach ihrem Mann auf den Lippen; aber ich vermochte es nicht, sie auszusprechen.

«Wie lange werden Sie hierbleiben?» fragte ich.

«Vierzehn Tage. Dann treffe ich mit meinem Manne in Kopenhagen zusammen.»

Ich sah sie mit einem raschen Blick an; der ihre antwortete unbefangen: Wundert dich das vielleicht?

Ich fühlte mich unsicher, unruhig beinahe. Wie etwas Unbegreifliches erschien es mir plötzlich, daß man Dinge so völlig vergessen kann. Denn nun merkte ich erst: an jene Stunde vor sieben Jahren hatte ich seit langem so wenig gedacht, als wäre sie nie erlebt worden.

«Sie werden mir aber viel erzählen müssen», begann sie aufs neue, «sehr, sehr viel. Gewiß sind Sie schon lange Doktor?»

«Nicht so lange — seit einem Monat.»

«Sie haben aber noch immer Ihr Kindergesicht», sagte sie. «Ihr Schnurrbart sieht aus, als wenn er aufgeklebt wäre.»

Vom Hotel her, überlaut, tönte die Glocke, die zum Essen rief.

«Adieu», sagte sie jetzt, als hätte sie nur darauf gewartet.

«Können wir nicht zusammen gehen?» fragte ich.

«Ich speise mit dem Buben auf meinem Zimmer, ich bin nicht gern unter so vielen Menschen.»

«Wann sehen wir uns wieder?»

Sie wies lächelnd mit den Augen auf die kleine Strandpromenade. «Hier muß man einander doch immer begegnen», sagte sie — und als sie merkte, daß ich von ihrer Antwort unangenehm berührt war, setzte sie hinzu: «Besonders, wenn man Lust dazu hat. — Auf Wiedersehen.»

Sie reichte mir die Hand, und ohne sich noch einmal umzusehen, entfernte sie sich. Der kleine Junge blickte aber noch einmal nach mir zurück.

Ich bin den ganzen Nachmittag und den ganzen Abend auf der Promenade hin- und hergegangen, und sie ist nicht gekommen. Am Ende ist sie schon wieder fort? Ich dürfte eigentlich nicht darüber staunen.

Ein Tag ist vergangen, ohne daß ich sie gesehen. Den ganzen

Vormittag hat es geregnet, und außer mir war fast niemand auf der Promenade. Ein paarmal bin ich an dem Haus vorbei, in dem sie wohnt. Ich weiß aber nicht, welche ihre Fenster sind. Nachmittags ließ der Regen nach, und ich machte einen langen Spaziergang auf der Straße längs des Meeres bis zum nächsten Orte. Es war trüb und schwül.

Auf dem Wege habe ich an nichts anderes denken können als an jene Zeit. Alles habe ich deutlich wieder vor mir gesehen. Das freundliche Haus, in dem ich gewohnt, und das Gärtchen mit den grünlackierten Stühlen und Tischen. Und die kleine Stadt mit ihren stillen weißen Straßen. Und die fernen, im Nebel verschwimmenden Hügel. Und über all dem lag ein Stück blaßblauer Himmel, der so dazugehörte, als wenn er auf der ganzen Welt nur dort so blaß und blau gewesen wäre. Auch die Menschen von damals sah ich alle wieder; meine Mitschüler, meine Lehrer, auch Friederikens Mann. Ich sah ihn anders, als er mir in jenem letzten Augenblick erschienen war; — ich sah ihn mit dem milden, etwas müden Ausdruck im Gesicht, wie er nach der Schule auf der Straße an uns Knaben freundlich grüßend vorüberzuschreiten pflegte und wie er bei Tische zwischen Friederike und mir, meist schweigend, gesessen; ich sah ihn, wie ich ihn oft von meinem Fenster aus erblickt hatte: im Garten vor dem grünlackierten Tisch, die Arbeiten von uns Schülern korrigierend. Und ich erinnerte mich, wie Friederike in den Garten gekommen, ihm den Nachmittagskaffee gebracht und dabei zu meinem Fenster hinaufgeschaut, lächelnd, mit einem Blicke, den ich damals nicht verstanden ... bis zu jener letzten Stunde. — Jetzt weiß ich auch, daß ich mich oft an all das erinnert habe. Aber nicht wie an etwas Lebendiges, sondern wie an ein Bild, das still und friedlich an einer Wand zu Hause hängt.

Wir sind heute am Strand nebeneinander gesessen und haben miteinander gesprochen wie Fremde. Der Bub spielte zu unseren Füßen mit Sand und Steinen. Es war nicht, als wenn irgend etwas auf uns lastete: wie Menschen, die einander nichts bedeuten und die der Zufall des Badelebens auf kurze Zeit zusammengeführt, haben wir miteinander geplaudert; über das Wetter, über die Gegend, über die Leute, auch über Musik und über ein paar neue Bücher. Während ich neben ihr saß, empfand ich es nicht unangenehm; als sie aber aufstand und fortging, war es mir mit einem Mal unerträglich. Ich hätte ihr nachrufen mögen: Laß mir doch etwas da; aber sie hätte es nicht einmal verstanden. Und wenn ich's überlege, was durfte ich anderes erwarten? Daß sie mir bei unserer ersten Begegnung so freundlich entgegengekommen, war offenbar nur in der Überraschung begründet; vielleicht auch in dem frohen Gefühl, an einem fremden Orte einen alten Bekannten wiederzufinden. Nun aber hat sie Zeit gehabt, sich an alles zu erinnern wie ich; und was sie auf immer vergessen zu haben hoffte, ist mächtig wieder aufgetaucht. Ich kann es ja gar nicht ermessen, was sie um meinetwillen hat erdulden müssen und was sie vielleicht noch heute leiden muß. Daß sie mit ihm zusammengeblieben ist, seh ich wohl; und daß sie sich wieder versöhnt haben, dafür ist der vierjährige Junge ein lebendiges Zeugnis; — aber man kann sich versöhnen, ohne zu verzeihen, und man kann verzeihen, ohne zu vergessen. — — Ich sollte fort, es wäre besser für uns beide.

In einer seltsamen, wehmütigen Schönheit steigt jenes ganze Jahr vor mir auf, und ich durchlebe alles aufs neue. Einzelheiten fallen mir wieder ein. Ich erinnere mich an den Herbstmorgen, an dem ich, von meinem Vater begleitet, in der kleinen Stadt ankam, wo ich das letzte Gymnasialjahr zubringen sollte. Ich sehe das Schulgebäude deutlich wieder vor mir, mitten in dem Park mit seinen hohen Bäumen. Ich erinnere mich an mein ruhiges Arbeiten in dem schönen geräumigen Zimmer, an die freundlichen Gespräche über meine Zukunft, die ich bei Tisch mit dem Professor führte und denen Friederike lächelnd lauschte; an die Spaziergänge mit Kollegen auf die Landstraße hinaus bis zum nächsten Dorf; und alle Nichtigkeiten ergreifen mich so tief, als wenn sie meine ganze Jugend zu bedeuten hätten. Wahrscheinlich würden alle diese Tage im tiefen Schatten des Vergessens liegen, wenn nicht von jener letzten Stunde ein geheimnisvoller Glanz auf sie zurückfiele.

Als ich heute frühmorgens an mein Fenster trat und auf die große Terrasse hinunterblickte, sah ich sie mit ihrem Buben an einem der Tische sitzen; sie waren die ersten Frühstücksgäste. Ihr Tisch war grade unter meinem Fenster, und ich rief ihr einen guten Morgen zu. Sie schaute auf. «So früh schon wach?» sagte sie. «Wollen Sie nicht zu uns kommen?»

In der nächsten Minute saß ich an ihrem Tisch. Es war ein wunderbarer Morgen, kühl und sonnig. Wir plauderten wieder über so gleichgültige Dinge wie das letzte Mal, und doch war alles anders. Hinter unseren Worten glühte die Erinnerung. Wir gingen in den Wald. Da fing sie an von sich zu sprechen und von ihrem Heim.

«Bei uns ist alles noch gerade so wie damals», sagte sie, «nur unser Garten ist schöner geworden; mein Mann verwendet jetzt viel Sorgfalt auf ihn, seit wir den Buben haben. Im nächsten Jahr bekommen wir sogar ein Glashaus.»

Sie plauderte weiter. «Seit zwei Jahren gibt es ein Theater bei uns, den ganzen Winter bis Palmsonntag wird gespielt. Ich gehe zwei-, dreimal in der Woche hin, meistens mit meiner Mutter, der macht es großes Vergnügen.»

«Ich auch Theaterl» rief der Kleine, den Friederike an der Hand führte.

«Freilich, du auch. Sonntag nachmittag», wandte sie sich erklärend an mich, «spielen sie nämlich manchmal Stücke für die Kinder; da gehe ich mit dem Buben hin. Aber ich amüsiere mich auch sehr gut dabei.»

Von mir mußte ich ihr mancherlei erzählen. Nach meinem Beruf und anderen ernsten Dingen fragte sie wenig; sie wollte vielmehr wissen, wie ich meine freie Zeit verbrächte, und ließ sich gern über die geselligen Vergnügungen der großen Stadt berichten.

Die ganze Unterhaltung floß heiter fort; mit keinem Wort wurde jene gemeinschaftliche Erinnerung angedeutet — und doch war sie ihr gewiß ununterbrochen so gegenwärtig wie mir. Stundenlang spazierten wir herum, und ich fühlte mich beinahe glücklich. Manchmal ging der Kleine zwischen uns beiden, und da begegneten sich unsere Hände über seinen Locken. Aber wir taten beide, als wenn wir es nicht bemerkten, und redeten unbefangen weiter.

Als ich wieder allein war, verflog mir die gute Stimmung bald. Denn plötzlich fühlte ich wieder, daß ich nichts von Friederike wußte. Es war mir unbegreiflich, daß mich diese Ungewißheit nicht während unseres ganzen Gesprächs gequält hatte, und es kam mir sonderbar vor, daß Friederike selbst nicht das Bedürfnis gehabt, davon zu sprechen. Denn selbst wenn ich annehmen wollte, daß zwischen ihr und ihrem Manne seit Jahren jener Stunde nicht mehr gedacht worden war — sie selbst konnte sie doch nicht vergessen haben. Irgend etwas Ernstes mußte damals meinem stummen Abschied gefolgt sein — wie hat sie es vermocht, nicht davon zu reden? Hat sie vielleicht erwartet, daß ich selbst beginne? Was hat mich davon zurückgehalten? Dieselbe Scheu vielleicht, die ihr eine Frage verbot? Fürchten wir uns beide, daran zu rühren? — Das ist wohl möglich. Und doch muß es endlich geschehen; denn bis dahin bleibt etwas zwischen uns, was uns trennt. Und daß uns etwas trennt, peinigt mich mehr als alles andere.

Nachmittags bin ich im Walde herumgeschlendert, dieselben Wege wie morgens mit ihr. Es war in mir eine Sehnsucht wie nach einer unendlich Geliebten. Am späten Abend ging ich an ihrem Haus vorbei, nachdem ich sie vergebens überall gesucht. Sie stand am Fenster. Ich rief hinauf, wie sie heute früh zu mir: «Kommen Sie nicht herunter?»

Sie sagte, kühl, wie mir vorkam: «Ich bin müd. Gute Nacht», und schloß das Fenster.

In der Erinnerung erscheint mir Friederike in zwei verschiedenen Gestalten. Meist seh ich sie als eine blasse, sanfte Frau, die, mit einem weißen Morgenkleid angetan, im Garten sitzt, wie eine Mutter zu mir ist und mir die Wangen streichelt. Hätte ich nur diese hier wiedergetroffen, so wäre meine Ruhe gewiß nicht gestört worden und ich läge nachmittags unter den schattigen Buchen wie in den ersten Tagen meines Hierseins.

Aber auch als eine völlig andere erscheint sie mir, wie ich sie doch nur einmal gesehen; und das war in der letzten Stunde, die ich in der kleinen Stadt verbrachte.

Es war der Tag, an dem ich mein Abiturientenzeugnis bekommen hatte. Wie alle Tage hatte ich mit dem Professor und seiner Frau zu Mittag gespeist, und da ich nicht zur Bahn begleitet werden wollte, hatten wir einander gleich beim Aufstehen vom Tische adieu gesagt. Ich empfand durchaus keine Rührung. Erst wie ich in meinem kahlgeräumten Zimmer auf dem Bette saß, den gepackten Koffer zu meinen Füßen, und zu dem weit offenen Fenster hinaus über das zarte Laub des Gärtchens zu den weißen Wolken sah, die regungslos über den Hügeln standen, kam leicht, beinahe schmeichelnd, die Wehmut des Abschiedes über mich. Plötzlich öffnete sich die Tür. Friederike trat herein. Ich erhob mich rasch. Sie trat näher, lehnte sich an den Tisch, stützte beide Hände nach rückwärts auf dessen Kante und sah mich ernst an. Ganz leise sagte sie: «Also heute?» Ich nickte nur und fühlte das erste Mal sehr tief, wie traurig es eigentlich war, daß ich von hier fort mußte. Sie schaute eine Weile zu Boden und schwieg. Dann erhob sie den Kopf und kam näher auf mich zu. Sie legte beide Hände ganz leicht auf meine Haare, wie sie es ja schon früher oft getan, aber ich wußte in diesem Moment, daß es etwas anderes bedeutete als sonst. Dann ließ sie ihre Hände langsam über meine Wangen heruntergleiten, und ihr Blick ruhte mit unendlicher Innigkeit auf mir. Sie schüttelte den Kopf mit einem schmerzlichen Ausdruck, als könnte sie irgend etwas nicht fassen. «Mußt du denn schon heute weg?» fragte sie leise. — «Ja», sagte ich. — «Auf immer?» rief sie aus. «Nein», antwortete ich. — «O ja», sagte sie mit schmerzlichem Zucken der Lippen, «es ist auf immer. Wenn du uns auch einmal besuchen wirst ... in zwei oder drei Jahren — heute gehst du doch für immer von uns fort.»

Sie sagte das mit einer Zärtlichkeit, die gar nichts Mütterliches mehr hatte. Mich durchschauerte es. Und plötzlich küßte sie mich. Zuerst dachte ich: das hat sie ja nie getan. Aber als ihre Lippen sich von den meinen gar nicht lösen wollten, verstand ich, was dieser Kuß zu bedeuten hatte. Ich war verwirrt und glücklich; ich hätte weinen mögen. Sie hatte die Arme um meinen Hals geschlungen, ich sank, als wenn sie mich hingedrängt hätte, in die Ecke des Diwans; Friederike lag mir zu Füßen auf den Knien und zog meinen Mund zu dem ihren herab. Dann nahm sie meine beiden Hände und vergrub ihr Gesicht darin. Ich flüsterte ihren Namen und staunte, wie schön er war. Der Duft von ihren Haaren stieg zu mir auf; ich atmete ihn mit Entzücken ein ... In diesem Augenblicke — ich glaubte vor Schrecken starr zu werden — öffnet sich leise die Tür, die nur angelehnt war, und Friederikens Mann steht da. Ich will aufschreien, bringe aber keinen Laut hervor. Ich starre ihm ins Gesicht — ich kann nicht sehen, ob sich irgendwas in seinem Ausdruck verändert —, denn noch im selben Augenblick ist er wieder verschwunden und die Tür geschlossen. Ich will mich erheben, meine Hände befreien, auf denen noch immer Friederikens Antlitz ruht, will sprechen, stoße mühsam wieder ihren Namen hervor — da springt sie selbst mit einem Male auf — totenbleich — flüstert mir beinahe gebieterisch zu: «Schweig!» und steht eine Sekunde lang regungslos da, das Gesicht der Tür zugewandt, als wolle sie lauschen. Dann öffnet sie sie leicht und blickt durch die Spalte hinaus. Ich stehe atemlos. Jetzt öffnet sie sie ganz, nimmt mich bei der Hand und flüstert: «Geh, geh, rasch.» Sie schiebt mich hinaus — ich schleiche rasch über den kleinen Gang bis zur Stiege, dann wende ich mich noch einmal um — und sehe sie an der Tür stehen, mit unsäglicher Angst in der Miene und mit einer heftigen Handbewegung, die mir andeutet: fort! fort! Und ich stürze davon.

An das, was zunächst geschah, denke ich wie an einen tollen Traum. Ich bin zum Bahnhof geeilt, von tödlicher Angst gepeinigt. Ich bin die Nacht durchgefahren und habe mich im Coupé schlaflos herumgewälzt. Ich bin zu Hause angekommen, habe erwartet, daß meine Eltern schon von allem unterrichtet seien, und bin beinahe erstaunt gewesen, als sie mich mit Freundlichkeit und Freude empfingen. Dann habe ich noch tagelang in heftiger Erregung hingebracht, auf irgend etwas Schreckliches gefaßt; und jedes Klingeln an der Tür, jeder Brief machte mich zittern. Endlich kam eine Nachricht, die mich beruhigte: es war eine Karte von einem Schulkameraden, der in der kleinen Stadt zu Hause war und der mir harmlose Neuigkeiten und lustige Grüße sandte. Also, es war nichts Entsetzliches geschehen, zum mindesten war es zu keinem öffentlichen Skandal gekommen. Ich durfte glauben, daß sich zwischen Mann und Frau alles im stillen abgespielt, daß er ihr verziehen, daß sie bereut habe.

Trotzdem lebte dieses erste Abenteuer in meiner Erinnerung anfangs als etwas Trauriges, beinahe Düsteres fort, und ich erschien mir wie einer, der ohne Schuld den Frieden eines Hauses vernichtet hat. Allmählich verschwand diese Empfindung, und später erst, als ich in neuen Erlebnissen jene kurze Stunde besser und tiefer verstehen lernte, kam zuweilen eine seltsame Sehnsucht nach Friederike über mich — wie der Schmerz darüber, daß eine wunderbare Verheißung sich nicht erfüllt hätte. Aber auch diese Sehnsucht ging vorüber, und so war es geschehen, daß ich die junge Frau beinahe völlig vergessen hatte. — Nun aber ist mit einem Mal alles wieder da, was jenes Geschehnis damals zum Erlebnis machte; und alles ist heftiger als damals, denn ich liebe Friederike.

Heute scheint mir alles so klar, was mir noch in den letzten Tagen rätselhaft gewesen ist. Wir sind spät abends am Strand gesessen, wir zwei allein; der Junge war schon zu Bette gebracht. Ich hatte sie am Vormittag gebeten, zu kommen; ganz harmlos; nur von der nächtlichen Schönheit des Meeres hatte ich gesprochen, und wie wunderbar es wäre, wenn alles ganz still ringsum, am Ufer zu sein und in die große Dunkelheit hinauszublicken. Sie hatte nichts gesagt, aber ich wußte, daß sie kommen würde. Und nun sind wir am Strand gesessen, beinahe schweigend, unsere Hände ineinander geschlungen, und ich fühlte, daß Friederike mir gehören mußte, wann ich wollte. Wozu über das Vergangene reden, dachte ich — und ich wußte, daß *sie* von unserem ersten Wiedersehen an so gedacht. Sind wir denn noch dieselben, die wir damals waren? Wir sind so leicht, so frei; die Erinnerungen flattern hoch über uns, wie ferne Sommervögel. Vielleicht hat sie noch manches andere erlebt während der sieben Jahre, wie ich; — was geht es mich an? Jetzt sind wir Menschen von heute und streben zueinander. Sie war gestern vielleicht eine Unglückliche, vielleicht eine Leichtsinnige; heute sitzt sie schweigend neben mir am Meer und hält meine Hand und sehnt sich, in meinen Armen zu sein.

Langsam begleitete ich sie die wenigen Schritte bis zu ihrem Hause. Lange schwarze Schatten warfen die Bäume längs der Straße.

«Wir wollen morgen früh eine Fahrt im Segelboot machen», sagte ich.

«Ja», erwiderte sie.

«Ich werde an der Brücke warten, um sieben Uhr ...»

«Wohin?» fragte sie.

«Zu der Insel drüben ... wo der Leuchtturm steht, sehen Sie ihn?»

«O ja, das rote Licht. Ist es weit?»

«Eine Stunde; — wir können sehr bald zurück sein.»

«Gute Nacht», sagte sie und trat in den Hausflur.

Ich ging. — — In ein paar Tagen wirst du mich vielleicht wieder vergessen haben, dachte ich, aber morgen ist ein schöner Tag.

Ich war früher auf der Brücke als sie. Das kleine Boot wartete; der alte Jansen hatte die Segel aufgespannt und rauchte, am Steuer sitzend, seine Pfeife. Ich sprang zu ihm hinein und ließ mich von den Wellen schaukeln. Ich schlürfte die Minuten der Erwartung ein wie einen Morgentrunk. Die Straße, auf die ich meinen Blick gerichtet hatte, war noch ganz menschenleer. Nach einer Viertelstunde erschien Friederike. Schon von weitem sah ich sie, es schien mir, als ginge sie rascher als sonst: als sie die Brücke betrat, erhob ich mich; jetzt erst konnte sie mich sehen und grüßte mich mit einem Lächeln. Endlich war sie am Ende der Brücke, ich reichte ihr die Hand und half ihr ins Boot. Jansen machte das Tau los, und unser Schiff glitt davon. Wir saßen eng beieinander; sie hing sich in meinen Arm. Sie war ganz weiß gekleidet und sah aus wie ein achtzehnjähriges Mädchen.

«Was gibt's auf dieser Insel zu sehen?» fragte sie.

Ich mußte lächeln.

Sie errötete und sagte: «Den Leuchtturm jedenfalls?»

«Vielleicht auch die Kirche», setzte ich hinzu.

«Fragen Sie doch den Mann ...» Sie wies auf Jansen.

Ich fragte ihn. «Wie alt ist die Kirche auf der Insel?»

Aber er verstand kein Wort deutsch; und so konnten wir uns nach diesem Versuch noch einsamer miteinander fühlen als früher.

«Dort drüben», sagte sie und wies mit den Augen hin — «ist das auch eine Insel?»

«Nein», antwortete ich, «das ist Schweden selbst, das Festland.»

«Das wär noch schöner», sagte sie.

«Ja», erwiderte ich — «aber dort müßte man bleiben können ... lang ... immer ...»

Wenn sie mir jetzt gesagt hätte: Komm, wir wollen zusammen in ein anderes Land und wollen nie wieder zurück — ich wäre darauf eingegangen. Wie wir so auf dem Boot hinglitten, von der reinen Luft umspielt, den hellen Himmel über uns und um uns das glitzernde Wasser, da schien es mir eine festliche Fahrt, wir selbst ein königliches Paar, und alle früheren Bedingungen unseres Daseins abgefallen.

Bald konnten wir die kleinen Häuser auf der Insel unterscheiden; die weiße Kirche auf dem Hügel, der sich, allmählich ansteigend, der ganzen Insel entlang hinzog, bot sich in schärferen Umrissen dar. Unser Boot flog geradewegs der Insel entgegen. In unserer Nähe zeigten sich kleine Fischerkähne; einige, an denen die Ruder eingezogen waren, trieben lässig auf dem Wasser hin. Friederike hatte den Blick meist auf die Insel gerichtet; aber sie *schaute* nicht. In weniger als einer Stunde fuhren wir in den Hafen ein, der rings von einer hölzernen Brücke umschlossen war, so daß man sich in einem kleinen Teich vermeinen konnte.

Ein paar Kinder standen auf der Brücke. Wir stiegen aus und gingen langsam ans Ufer; die Kinder hinter uns; aber die verloren sich bald. Das ganze Dorf lag vor uns; es bestand aus höchstens zwanzig Häusern, die rings verstreut waren. Wir sanken fast in den dünnen, braunen Sand ein, den das Wasser hier angeschwemmt hatte. Auf dem sonnenbeglänzten freien Platz, der bis ans Meer hinunterreichte, hingen Netze, zum Trocknen ausgebreitet; ein paar Weiber saßen vor den Haustüren und flickten Netze. Nach hundert Schritten waren wir ganz allein. Wir waren auf einen schmalen Weg geraten, der uns von den Häusern fort dem Ende der Insel zuführte, wo der Leuchtturm stand. Zu unserer Linken, durch ärmliches Ackerland, das immer schmäler wurde, von uns getrennt, lag das Meer; zu unserer Rechten stieg der Hügel an, auf dessen Kamm wir den Weg zur Kirche laufen sahen, die in unserem Rücken lag. Über all dem lag schwer die Sonne und das Schweigen. — Friederike und ich hatten die ganze Zeit über nicht gesprochen. Ich fühlte auch kein Verlangen danach; mir war unendlich wohl, so mit ihr in der großen Stille hinzuwandeln.

Aber sie begann zu sprechen.

«Heute vor acht Tagen», sagte sie ...

«Nun —?»

«Da hab ich noch nichts gewußt ... noch nicht einmal, wohin ich reisen werde.»

Ich antwortete nichts.

«Ah, ist's da schön», rief sie aus und ergriff meine Hand.

Ich fühlte mich zu ihr hingezogen; am liebsten hätte ich sie in meine Arme geschlossen und auf die Augen geküßt.

«Ja?» fragte ich leise.

Sie schwieg und wurde eher ernst.

Wir waren bis zu dem Häuschen gekommen, das an den Leuchtturm angebaut war; hier endete der Weg; wir mußten umkehren. Ein schmaler Feldweg führte ziemlich steil den Hügel hinan. Ich zögerte.

«Kommen Sie», sagte sie.

Wie wir jetzt gingen, hatten wir die Kirche im Auge. Ihr näherten wir uns. Es war sehr warm. Ich legte meinen Arm um Friederikens Hals; sie mußte ganz nahe bei mir bleiben, wenn sie nicht abgleiten wollte. Ich berührte mit der Hand ihre heißen Wangen.

«Warum haben wir eigentlich die ganze Zeit nichts von Ihnen gehört?» fragte sie plötzlich — «ich wenigstens», setzte sie hinzu, indem sie zu mir aufschaute.

«Warum», wiederholte ich befremdet.

«Nun ja!»

«Wie konnte ich denn?»

«O *darum*», sagte sie. «Waren Sie denn verletzt?»

Ich war zu sehr erstaunt, um etwas erwidern zu können.

«Nun, was haben Sie sich eigentlich gedacht?»

«Was ich mir —»

«Ja — — oder erinnern Sie sich gar nicht mehr?»

«Gewiß, ich erinnere mich. Warum sprechen Sie jetzt davon?»

«Ich wollte Sie schon lange fragen», sagte sie.

«So sprechen Sie», erwiderte ich tief bewegt.

«Sie haben es für eine Laune gehalten — o gewiß!» setzte sie lebhaft hinzu, als sie merkte, daß ich etwas entgegnen wollte — «aber ich sage Ihnen, es war keine. Ich habe mehr gelitten in jenem Jahre, als ein Mensch weiß.»

«In welchem?»

«Nun ... als Sie bei uns ... Warum fragen Sie das? — Anfangs habe ich mir selbst ... Aber warum erzähle ich Ihnen das?»

Ich faßte heftig ihren Arm. «Erzählen Sie ... ich bitte Sie ... ich habe Sie ja lieb.»

«Und ich dich», rief sie plötzlich aus; nahm meine beiden Hände und küßte sie — «immer — immer.»

«Ich bitte dich, erzähle mir weiter», sagte ich; «und alles, alles ...»

Sie sprach, während wir langsam den Feldweg in der Sonne weiterschritten.

«Anfangs habe ich mir selbst gesagt: er ist ein Kind ... wie eine Mutter habe ich ihn gern. Aber je näher die Stunde kam, um die Sie abreisen sollten ...»

Sie unterbrach sich eine Weile, dann sprach sie weiter:

«Und endlich war die Stunde da. — Ich habe nicht zu dir wollen — ich weiß nicht, was mich hinaufgetrieben hat. Und wie ich schon bei dir war, hab ich dich auch nicht küssen wollen — aber ...»

«Weiter, weiter», sagte ich.

«Und dann hab ich dir plötzlich gesagt, daß du gehen sollst — du hast wohl gemeint, das Ganze war eine Komödie, nicht wahr?»

«Ich verstehe dich nicht.»

«Das habe ich die ganze Zeit gedacht. Ich habe dir sogar schreiben wollen ... Aber wozu ...? Also ... der Grund, daß ich dich weggeschickt habe, war ... Ich hatte mit einem Mal Angst bekommen.»

«Das weiß ich.»

«Wenn du das weißt — warum hab ich nie wieder von dir gehört?» rief sie lebhaft aus.

«Warum hast du Angst bekommen?» fragte ich, allmählich verstehend.

«Weil ich glaubte, es wäre jemand in der Nähe.»

«Du glaubtest? Wie ist das?»

«Ich meinte Schritte auf dem Gang zu hören. Das war's. Schritte! Ich dachte, er wär es ... Da hat mich die Furcht gepackt — denn es wäre entsetzlich gewesen, wenn er — oh, ich will gar nicht daran denken. — Aber niemand war da — niemand. Erst spät am Abend ist er nach Hause gekommen, du warst längst, längst fort.»

Während sie das erzählte, fühlte ich, wie irgend etwas in meinem Innern erstarrte. Und als sie geendet hatte, schaute ich sie an, als müßte ich sie fragen: Wer bist du? — Ich wandte mich unwillkürlich nach dem Hafen, wo ich die Segel unseres Bootes glänzen sah, und ich dachte: Wie lange, wie unendlich lange ist es her, daß wir auf diese Insel gekommen sind? Denn ich bin mit einer Frau hier gelandet, die ich geliebt habe, und jetzt geht eine Fremde an meiner Seite. Es war mir unmöglich, auch nur ein Wort zu sprechen. Sie merkte es kaum; sie hatte sich in meinen Arm gehängt und hielt es wohl für zärtliches Schweigen. Ich dachte an ihn. Er hat es ihr also nie gesagt! Sie weiß es nicht, sie hat es nie gewußt, daß er sie zu meinen Füßen liegen sah. Er hat sich damals von der Tür wieder davongeschlichen und ist erst später ... stundenlang später zurückgekommen und hat ihr nichts gesagt! Und er hat die ganzen Jahre an ihrer Seite weitergelebt, ohne sich mit einem Worte zu verraten! Er hat ihr verziehen — und sie hat es nicht gewußt!

Wir waren in der Nähe der Kirche angelangt; kaum zehn Schritte vor uns lag sie. Hier bog ein steiler Weg ab, der in wenigen Minuten ins Dorf führen mußte. Ich schlug ihn ein. Sie folgte mir.

«Gib mir die Hand», sagte sie, «ich gleite aus.» Ich reichte sie ihr, ohne mich umzuwenden. «Was hast du denn?» fragte sie. Ich konnte nichts antworten und drückte ihr nur heftig die Hand, was sie zu beruhigen schien. Dann sagte ich, nur um etwas zu reden: «Es ist schade, wir hätten die Kirche besichtigen können.»

Sie lachte: «An der sind wir ja vorüber, ohne es zu merken!»

«Wollen Sie zurück?» fragte ich.

«O nein, ich freue mich, bald wieder im Boot zu sitzen. Einmal möchte ich mit Ihnen allein so eine Segelpartie machen, ohne diesen Mann.»

«Ich verstehe mich nicht auf Segeln.»

«Oh», sagte sie und hielt inne, als wäre ihr plötzlich was eingefallen, was sie doch nicht sagen wollte. — Ich fragte nicht.

Bald waren wir auf der Brücke. Das Boot lag bereit. Die Kinder waren wieder da, die uns beim Kommen begrüßt hatten. Sie sahen uns mit großen blauen Augen an. Wir segelten ab. Das Meer war ruhiger geworden; wenn man die Augen schloß, merkte man kaum, daß man sich in Bewegung befand.

«Zu meinen Füßen sollen Sie liegen», sagte Friederike, und ich streckte mich am Boden des Kahnes aus, legte meinen Kopf auf den Schoß Friederikens. Es war mir recht, daß ich ihr nicht ins Gesicht sehen mußte. Sie sprach, und mir war, als klänge es aus weiter Ferne. Ich verstand alles und konnte doch zugleich meine Gedanken weiter denken.

Mich schauderte vor ihr.

«Heute abend fahren wir zusammen aufs Meer hinaus», sagte sie.

Etwas Gespenstisches schien mir um sie zu gleiten.

«Heut abend aufs Meer», wiederholte sie langsam, «auf einem Ruderboot. Rudern kannst du doch?»

«Ja», sagte ich. Mich schauderte vor dem tiefen Verzeihen, das sie schweigend umhüllte, ohne daß sie es wußte.

Sie sprach weiter. «Wir werden uns ins Meer hinaustreiben lassen — und werden allein sein. — — Warum redest nicht?» fragte sie.

«Ich bin glücklich», sagte ich.

Mir schauerte vor dem stummen Schicksal, das sie seit so vielen Jahren erlebt, ohne es zu ahnen.

Wir glitten hin.

Einen Augenblick fuhr es mir durch den Sinn: Sag es ihr. Nimm dieses Unheimliche von ihr; dann wird sie wieder ein Weib sein für dich wie andere, und du wirst sie begehren. Aber ich durfte es nicht. — Wir legten an.

Ich sprang aus dem Boot; half ihr beim Aussteigen.

«Der Bub wird sich schon nach mir sehnen. Ich muß rasch gehen. Lassen Sie mich jetzt allein.»

Es war lebhaft am Strand; ich merkte, daß wir von einigen Leuten beobachtet wurden.

«Und heute abend», sagte sie, «um neun bin ich ... aber was hast du denn?»

«Ich bin sehr glücklich», sagte ich.

«Heute abend», sagte sie, «um neun Uhr bin ich hier am Strand, bin ich bei dir. — Auf Wiedersehen!»

Und sie eilte davon.

«Auf Wiedersehen!» sagte auch ich und blieb stehen. — Aber ich werde sie nie wiedersehen.

Während ich diese Zeilen schreibe, bin ich schon weit fort — weiter mit jeder Sekunde; ich schreibe sie in einem Coupé des Eisenbahnzuges, der vor einer Stunde von Kopenhagen abgefahren ist. Eben ist es neun. Jetzt steht sie am Strand und wartet auf mich. Wenn ich die Augen schließe, sehe ich die Gestalt vor mir. Aber es ist nicht eine Frau, die dort am Ufer im Halbdunkel hin- und herwandelt — ein Schatten gleitet auf und ab.

BENJAMIN FRANKLIN

Guter Rat

Ein der Nachwelt unbekannter jüngerer Mann hatte Benjamin Franklin um Rat in einer Liebesangelegenheit gefragt. Franklin antwortete:

Mein lieber Freund! Am 25. Juni 1745

Ich weiß von keiner Medizin, die geeignet wäre, die heftige, natürliche Neigung, die Sie erwähnen, zu verringern, und wüßte ich eine, so glaube ich nicht, daß ich sie Ihnen mitteilen würde. Der Ehestand ist das richtige Heilmittel. Er ist für einen Mann der natürlichste Stand und deshalb derjenige, in dem Sie ein dauerhaftes Glück finden werden. Der Grund, der, wie Sie sagen, Sie abhält, gegenwärtig in ihn einzutreten, scheint mir nicht recht stichhaltig zu sein. Die vorteilhaften Umstände, die Sie im Auge haben, wenn Sie Ihren Entschluß aufschieben, scheinen mir im Vergleich zur Sache selbst, daß Sie also verheiratet und etabliert sind, unbedeutend zu sein. Nur vereint werden Mann und Frau zu einem ganzen menschlichen Wesen. Getrennt fehlt ihr seine Körperkraft und Verstandesschärfe, ihm ihre Sanftmut, Eindrucksfähigkeit und ihr scharfes Unterscheidungsvermögen. Zusammen haben sie alle Aussicht, es in der Welt voranzubringen. Ein einzelner Mann hat nicht annähernd den Wert, den er im Stande der Vereinigung haben würde. Er ist ein unvollständiges Lebewesen. Er gleicht einer überzähligen Scherenhälfte.

Wenn Sie eine gescheite, gesunde Frau bekommen, wird Ihre Geschicklichkeit in Ihrem Berufe in Verbindung mit ihrer klugen Wirtschaftlichkeit ein ausreichendes Vermögen bedeuten.

Wenn Sie aber diesen Rat nicht befolgen wollen und bei Ihrer

Überzeugung beharren, ein Verkehr mit dem anderen Geschlecht sei nicht zu vermeiden, dann wiederhole ich meinen früheren Rat, daß Sie bei Ihren Liebeshändeln alte Frauen jungen vorziehen sollten. Sie nennen das paradox und fragen mich, wie ich das wohl begründen wolle. Dies sind meine Gründe:

1. Weil sie mehr Weltkenntnis besitzen und weil ihr Geist an Erfahrung reicher, weil ihre Unterhaltung nutzbringender und auf die Dauer angenehmer ist.
2. Weil sie, wenn sie aufhören, hübsch zu sein, sich befleißigen, gut zu sein. Um ihren Einfluß auf den Mann nicht zu verlieren, ersetzen sie das Weniger an Schönheit durch ein Mehr an Nützlichkeit. Sie lernen es, tausend Dinge — sowohl große wie kleine — zu erweisen, und sind die zartfühlendsten und nützlichsten aller Freunde, wenn Sie krank sind. So fahren sie fort, liebenswert zu sein. Und daher findet sich so selten eine alte Frau, die nicht eine gute Frau wäre.
3. Weil keine Gefahr besteht, daß Kinder kommen, die, nicht regulär erzeugt, große Unannehmlichkeiten im Gefolge haben können.
4. Weil sie größere Erfahrung besitzen und daher klüger und vorsichtiger verfahren, wenn es sich bei einem Liebesverhältnis darum handelt, jeden Verdacht zu vermeiden. Der Verkehr mit ihnen ist daher sicherer mit Rücksicht auf Ihren Ruf. Und was ihren Ruf angeht, so könnten verständige Menschen, falls die Sache doch ruchbar werden sollte, wohl geneigt sein, eine alte Frau zu entschuldigen, die sich eines jungen Menschen freundlich angenommen, seinen Charakter durch ihre guten Ratschläge gebildet und verhindert hat, daß er seine Gesundheit und sein Vermögen bei käuflichen Prostituierten zusetzt.
5. Weil bei jedem Lebewesen, das aufrecht geht, der Mangel an Säften, die die Muskeln füllen, zuerst im höchstgelegenen Teil seines Körpers sichtbar wird. Das Gesicht wird zuerst schlaff und runzelig, dann der Hals, dann die Brust und die Arme. Die niederen Teile bleiben bis zuletzt so drall wie nur je; wenn man daher den ganzen Oberkörper mit einem

Korbe bedeckt und da nur das betrachtet, was sich unterhalb des Gürtels befindet, so ist es unmöglich, eine alte Frau von einer jungen zu unterscheiden. Und da in der Nacht alle Katzen grau sind, ist das Vergnügen des körperlichen Genusses bei einer alten Frau mindestens ebenso groß und häufig gar noch größer; ist doch jede Fertigkeit durch Übung verbesserungsfähig.

6. Weil die Sünde kleiner ist. Die Verführung einer Jungfrau kann ihr Ruin sein und sie ihr ganzes Leben unglücklich machen.
7. Weil die Gewissensbisse nicht so groß sind. Das Bewußtsein, ein junges Mädchen unglücklich gemacht zu haben, kann oft zu bitteren Betrachtungen Anlaß geben; doch nichts dergleichen ist zu befürchten, wenn man eine alte Frau glücklich gemacht hat.
8. Und letztes: Sie sind so dankbar!!!

Soviel zu meinem Paradoxon. Gleichwohl rate ich Ihnen noch immer, auf der Stelle zu heiraten, denn ich bin aufrichtig

Ihr sehr ergebener Freund
Benjamin Franklin

MARLEN HAUSHOFER

Eine sonderbare Liebesgeschichte

Ich weiß nicht, was ich dafür gäbe, wenn ich Peter endlich loswerden könnte. Keinen Groschen natürlich, ich will ihn gar nicht loswerden, er ist ja jetzt mein einziger Besitz. Stimmt auch nicht, Peter gehört weder mir noch sonst jemand. Also besitze ich in Wahrheit gar nichts, das ist ein bißchen wenig, besonders für eine Frau, und ganz besonders für eine Frau, die nicht mehr jung ist.

Die Einbildung, Peter zu besitzen, ist schon recht alt. Ja, fünfundzwanzig Jahre schlage ich mich schon mit Peter herum oder eigentlich eher mit dem Bild, das ich mir von ihm gemacht habe. Er selber hat wirklich niemals versucht, mich von sich abhängig zu machen, er mißbilligt sogar sehr, daß es soweit gekommen ist. Aber was könnten wir nach so langer Zeit noch dagegen tun?

Es fing damit an, daß ich neben ihm an einem Pult saß, in einer sehr modernen Schule, in der man großen Wert darauf legte, Buben und Mädchen schön gemischt im Klassenzimmer zu verteilen. Das hatte für die Kinder gewisse Vorteile; die Mädchen konnten von den Buben Mathematikarbeiten abschreiben und die Buben von den Mädchen Englisch- und Lateinarbeiten. Auf diese Weise ist in unserer Klasse niemals jemand durchgefallen.

Damals, in der ersten Klasse, haßte ich den Schuldiener, weil er mich ausgelacht hatte, und teilte diese Tatsache sogleich in der Pause meinem Pultnachbarn mit. Wir waren beide zehneinhalb Jahre, ich einen Kopf kleiner als Peter, dafür viel rundlicher. Peter sah mich lange und nachdenklich an und sagte: «Bist du ganz sicher?» — «Natürlich», schrie ich, «ich könnte ihm glatt die Zähne einschlagen mit dem Tintenfaß.»

Dies schien auf Peter tiefen Eindruck zu machen. Er sah mich an, wie man ein exotisches Tier ansieht, und sagte dann, und es klang fast betrübt: «Ich hasse gar nichts. Du mußt mir immer genau beschreiben, wie es ist, wenn man haßt.»

Ich fühlte mich geschmeichelt von dem Interesse, das er mir entgegenbrachte, und fing an, mich näher mit ihm zu befassen. Er hatte schmale Hände mit langen Fingern, und deshalb fand ich, er müsse ein Gelehrter werden. Damals, vor fünfundzwanzig Jahren, war dies ein durchaus erstrebenswertes Ziel. Irgend etwas warnte mich aber davor, ihm diesen Beschluß direkt mitzuteilen. Vielleicht war es günstiger, ihn ganz heimlich und unmerklich in seine künftige Laufbahn zu drängen.

Die folgenden acht Jahre war ich hauptsächlich damit beschäftigt, Peter zu beobachten, mich über ihn zu ärgern, Störungen von ihm fernzuhalten, ihn zu verehren und nicht zuletzt den Kasper für ihn zu spielen: er neigte nämlich als Kind zu traurigen Stimmungen. Natürlich lernte ich nebenbei genug, um immer ohne Schwierigkeiten durchzukommen. Es wäre mir nicht schwergefallen, eine sehr gute Schülerin zu sein, aber mein Ehrgeiz bewegte sich in eine andere Richtung.

In den ersten Jahren mußte ich Peter immerzu Geschichten erzählen, in denen es recht wild zuging, je barbarischer, desto besser. Die von mir erfundenen Personen lebten in einem Tropenklima überhitzter Leidenschaften, stachen mit Dolchen um sich, sprangen vor Gram ins Meer, weinten, tobten, haßten und liebten. Sie führten sich dermaßen auf, daß ich mich zeitweilig selber vor ihnen fürchtete. Peter aber erheiterten und entzückten sie auf eine Weise, die mich zu immer neuen Ausschweifungen anspornte. «Zeig mir», sagte er, «wie hat Miranda den wüsten Kapitän gehaßt?» Und ich fletschte die Zähne, rollte die Augen und riß mir beinahe die Haare aus. Er beobachtete mich sehr genau, die grauen Augen ernst und groß auf mich gerichtet, und einmal sagte er nach einer Vorstellung: «Eigentlich möchte ich dich beneiden, aber ich weiß nicht genau, wie man das macht.» Ich versuchte, ihm Neid zu erklären, aber er schien es nicht recht zu begreifen.

Im Lehrmittelraum hing ein Spiegel, in dem sich jahrein jahraus nur ein ausgestopfter Auerhahn spiegelte. Eines Tages überraschte ich Peter vor diesem Spiegel, wie er die Zähne fletschte, die Augen rollte und an seinen kurzen Haaren riß. Erst stand ich ganz starr vor Staunen, dann begriff ich, daß er meine Haßvorstellung nachahmte. Es wurde aber etwas ganz anderes daraus. Ich mußte an eine Figur aus dem Marionettentheater denken. Irgend etwas an Peters Bewegungen war mir nicht angenehm und wurde mir immer unheimlicher, bis ich leise weglaufen wollte. Aber da hatte er mich entdeckt, drehte sich zu mir um und rief lachend: «Ich kann es einfach nicht, lach mich ruhig aus, ich muß gar kein Talent dazu haben.» Mir war nicht nach Lachen zumute, ich war verlegen, als hätte ich ihn bei einem Unrecht ertappt. Aber er war ganz unbefangen und machte sich über sich selber lustig. Das war übrigens eine seiner rätselhaften Eigenschaften. Kinder sind im allgemeinen sehr empfindlich und fürchten nichts mehr als den Spott anderer Kinder. Aber Peter konnte man nicht beleidigen, kränken oder beschämen. Manchmal schien er mir völlig gefühllos zu sein.

Es gibt Kinderfreundschaften, die ein ganz normales Ende finden, meist durch räumliche Trennung. Trifft man später einen solchen Freund, kann man ihn nicht einmal mehr sympathisch finden, man merkt, daß man nichts mit ihm gemeinsam hat, und redet belangloses Zeug und fühlt sich deprimiert und gelangweilt. Und plötzlich sagt dieses fremde Geschöpf: «Erinnerst du dich an den Müller in der dritten Bank, den mit den roten Hosenträgern?», und alles ist verwandelt. Dir gegenüber sitzt ein kleiner Bub mit Sommersprossen, das wichtigste und liebenswerteste Wesen auf der Welt, du schlägst ihm beseligt auf die Schulter und merkst, daß es die dicke Schulter des Fremden ist. Dein Gelächter bricht ab, später bemühst du dich, ihm aus dem Weg zu gehen, wahrscheinlich geht es ihm genauso, denn ihr trefft euch nie wieder.

Genauso hätte es mit Peter und mir auch kommen können. Wenn meine Mutter gelegentlich einmal Zeit gefunden hätte, sich um mich zu kümmern statt um ihre gesellschaftlichen Verpflichtungen, hätte ich bestimmt nicht acht Jahre lang mit Peter in einer Bank gesessen, sondern sehr bald in einer möglichst weit von ihm entfernten Schule. So aber wurde, als wir aufhörten, Kinder zu sein, aus der Kinderfreundschaft zwangsläufig etwas anderes. Verlieben konnten wir uns nicht ineinander, dazu war unser Verhältnis zu geschwisterlich vertraut. In der Literatur liest man zwar häufig, daß Geschwister sich ineinander verlieben, im Leben bin ich aber keinem einzigen derartigen Paar begegnet. Wir waren also so vertraut miteinander wie Bruder und Schwester (beide waren wir Einzelkinder), es gab aber für uns keinen Anlaß zu streiten um Spielsachen, Näschereien oder die Liebe der gemeinsamen Eltern. Also fehlte auch irgend etwas an der Beziehung, um sie wirklich geschwisterlich werden zu lassen. Beide wuchsen wir daheim in einer kühlen Umgebung auf, was wir an Wärme, Verständnis und Nähe brauchten, mußten wir uns voneinander holen. Was waren wir also wirklich? Weder Geschwister noch ein Liebespaar, und weil wir es nicht besser verstanden, bildeten wir uns ein, Freunde zu sein, ganz einfach Freunde.

Aber eigentlich will ich ja erzählen, wie Peter sich selbst und alle Leute, an denen ihm lag, im Laufe der Zeit ruiniert hat. Noch immer bin ich nicht hinter die Ursachen gekommen. Manchmal glaube ich plötzlich die Zusammenhänge zu erkennen. Ich erwache um Mitternacht, und alles ist mir ganz klar, ich seufze ein bißchen, schlafe wieder ein, und am Morgen erinnere ich mich an nichts. Alles ist so verworren, ich müßte den Faden finden und ihn zurückspulen, aber ich finde den Anfang nicht, nur das Ende, das, was kommen wird, steht mir jeden Tag deutlicher vor Augen. Hätte Peter nur mich ruiniert, würde ich die Ursache bei mir suchen. Aber nach allem, was rings um ihn herum geschehen ist, muß es an ihm liegen. Und das kränkt und ärgert mich Tag und Nacht.

Wo fängt die Geschichte wirklich an? Vielleicht bei Peters Gerechtigkeitssinn und dem Hang zu etwas, das er objektives Denken nannte. Ich sehe uns alle in der Zehnuhrpause im Schulhof, das muß in der zweiten Klasse gewesen sein; irgend jemand macht den Vorschlag, den Bogner Toni zu verprügeln, weil er schon wieder Jausengeld gestohlen hat. Peter legt den Zeigefinger an die Nase und zieht die Brauen zu einem geraden Strich zusammen (davon hat er jetzt eine tief eingegrabene Falte) und sagt: «Das nützt gar nichts. Das Stehlen ist beim Toni wie eine Krankheit, er kann nicht anders.» Darüber bricht höhnisches Gelächter aus. Ich selber, rot im Gesicht vor unterdrücktem Zorn, ärgere mich über Peters unverständliche Rede. Nach einer Abstimmung wird beschlossen, den Toni zu verprügeln. «Na schön», sagt Peter gelangweilt, «von mir aus tut, was ihr wollt, es ist aber furchtbar dumm von euch», und er nimmt mich bei der Hand und geht mit mir weg. Die Buben gehen den Toni prügeln, bald hört man schreckliches Geschrei, aber Peter scheint es gar nicht zu berühren, er hat mir einen Zeitungsausschnitt mitgebracht über eine ganz wichtige Sache, und den liest er mir vor.

Natürlich wurde Toni nicht vom Stehlen geheilt, er stahl bis in die achte Klasse, und man nahm es längst als eine unangenehme Veranlagung hin, wie Schweißfüße etwa. Peter hatte völlig recht behalten, aber er schien das ganz vergessen zu haben. Es war ihm nicht um Toni gegangen, sondern um ein Prinzip. Um das zu verstehen, war ich entweder zu dumm oder in meinem Wesen zu verschieden von Peter.

Wenn ich jetzt zurückdenke, sehe ich auch, daß er nicht sehr beliebt war in der Klasse, jedenfalls nicht so beliebt, wie ich ihn gern gesehen hätte. Man hatte Respekt vor ihm, weil er mutig war und niemals zögerte, seine Meinung zu sagen. Heute weiß ich, es war nicht Mut, er war einfach so beschaffen, daß er nichts anderes sagen konnte als die Wahrheit. Aber es fiel ihm zu meinem Kummer niemals ein, für seine Meinung zu kämpfen. Es schien ihm vollkommen gleichgültig zu sein, ob sich auch nur ein Mensch nach ihm richtete oder nicht. Hätte er ein bißchen Draufgängertum besessen, hätte er zum Klassenheros werden können. Peter aber war kein Draufgänger, und nichts wäre ihm lästiger gewesen, als von einer Bande Halbwüchsiger verehrt zu werden. Er fügte sich in die allgemeinen Unternehmungen ein, soweit sie ihm nicht zuwider waren, und wünschte im übrigen nichts, als halbwegs in Frieden lesen und nachdenken zu können.

Bei den Lehrern war er beinahe unbeliebt, Lehrer empfinden kritische, unbestechliche Kinder als eine Gefahr für ihre Autorität. Peter konnte sehr witzig sein, wenn er gerade Lust dazu hatte, und es wäre ihm ein leichtes gewesen, unsere Lehrer der Reihe nach lächerlich zu machen. Es hätte ihm bestimmt den Beifall der ganzen Klasse eingetragen. Mir wäre dies nur recht gewesen, jedes weibliche Wesen sieht es gern, wenn das geliebte Mannsbild zu Ehren kommt. Und sicher hab ich Peter damals geliebt, mit einer Mischung von zorniger, ehrgeiziger Mutterliebe und tiefer Verehrung einem höheren Wesen gegenüber, mit der Liebe, die man sehr selten einmal in einer wirklich guten Ehe findet. Und tatsächlich war Peter für mich ein höheres Wesen. Er schien mir umgeben von einer Aura der Lauterkeit. Er log nicht, war nie heimtückisch, boshaft, schmutzig und grausam, wie Kinder in jenem zwielichtigen Alter es fast immer sind. Und dies alles war ihm keine Anstrengung, er war gut, weil er nicht schlecht sein konnte. Übrigens hat er längst erreicht, daß ich die Wörter «gut» und «schlecht» nie mehr gebrauche. Aber das würde zu weit führen. Damals gebrauchte ich sie noch ganz unbefangen.

In letzter Zeit, seit ich so viel über uns nachdenke, ist mir klargeworden, daß ich für Peter damals eine große Plage gewesen sein muß. Ich kann mir gar nicht vorstellen, warum er mich um sich duldete, er mußte doch merken, daß ich kein Wort verstand, das er sagte, und daß ich ihn eben aus den Gründen liebte und bewunderte, für die er um keinen Preis geliebt und bewundert werden wollte. Nicht ein einziges Mal in unserer Schulzeit habe ich Peter verstanden. Jetzt tue ich es manchmal, aber erst nach Jahren unsäglicher Mühe und auch nur mit dem Kopf. Ich glaube, er muß sich sehr einsam gefühlt haben; etwas Besseres als mich gab es nicht, und so hat er mich eben hingenommen. Vielleicht konnte er sich auch manchmal über mich amüsieren, und die Gewohnheit darf man auch nicht unterschätzen. So muß es gewesen sein, soweit ich es heute beurteilen kann. Oder doch ganz anders? Vielleicht bedeutete ihm, dem Außenseiter, eine warme Kinderhand auf der seinen, die Bewunderung und das Vertrauen in meinen Augen mehr, als verstanden zu werden.

Zwei- oder dreimal hatte er Schwierigkeiten mit Lehrern, weil er sie darauf aufmerksam machte, daß sie im Unrecht waren. Da er seine Beschuldigung in höflichem Ton vorbrachte und, wenn der Lehrer in Erregung geriet, immer sachlich und ruhig blieb, und weil er jedesmal vor dem Direktor die Richtigkeit seiner Behauptung beweisen konnte, blieben die betreffenden Lehrer machtlos gegen ihn. Aber sonderbarerweise machten ihn diese Vorfälle nicht zum Klassenhelden. Es war gerade so, als hätten sich Lehrer und Schüler stillschweigend geeinigt, Peters beunruhigende Existenz totzuschweigen. Es wird zwar immer behauptet, Kinder legten größten Wert auf Gerechtigkeit, ich glaube das nicht, Kinder wollen nicht unbedingt gerecht, sie wollen nur überhaupt behandelt werden. Im Grunde verschaffen ihnen Lob wie Tadel das gleiche Gefühl der Befriedigung. Peter, der so anders war als sie, ein richtiger Fremdling, war ihnen nicht geheuer. Mir war er es auch nicht. Manchmal geriet ich sogar in Versuchung, ihn stehenzulassen und mit der Herde zu laufen. Aber damals war er für mich schon so wichtig geworden, daß ihn aufgeben für mich bedeutet hätte, mich selber aufzugeben.

Peter aber schien von alledem nichts wahrzunehmen. Später, in den höheren Klassen, merkte er nicht einmal, daß einige Mädchen anfingen, ihm schöne Augen zu machen. Erst damals entdeckte ich durch diese anderen Mädchen, daß Peter außergewöhnlich gut aussah. Aber diese Entdeckung bedeutete mir nichts, Peter war Peter, einerlei, wie er aussah. Nur schmeichelte es meiner Eitelkeit, mit einem so umworbenen jungen Mann befreundet zu sein. Peter dachte weder an Mädchen noch an sein Aussehen, er war nach wie vor ein besessener Leser. Es ist wahr: Alles, was ich weiß, verdanke ich ihm. Manchmal träume ich davon, wie schön es wäre, dies alles nicht zu wissen. Aber mein Gedächtnis ist ausgezeichnet, und ich war Peters gelehrige Schülerin.

Der Krieg trennte uns, und wir sahen uns mehrere Jahre nicht. Im ersten Jahr ohne Peter fühlte ich mich wie ein Kind, das erst laufen lernen muß, dann endlich fing ich an, mich auf eigene Füße zu stellen, und ich erinnere mich, daß ich mich manchmal erleichtert fühlte, befreit von einer viel zu schweren Last. Im letzten Kriegsjahr heiratete ich einen besonders liebenswerten Mann, dem ich schon nach den ersten Wochen unrecht tat, indem ich anfing, ihn durch Peters Augen zu sehen. Mein Mann war warmherzig, tatkräftig, sinnenfroh und heiter, ein Mensch, mit dem jede normale Frau glücklich sein mußte.

Und dann, ein paar Jahre später, war eines Tages Peter wieder in der Stadt. Er sah mager und ausgemergelt aus, aber unbeschwerter und gelöster als früher. Er hatte im Ausland sein Studium beendet und war auf dem besten Wege, das zu werden, wofür ich ihn in der ersten Klasse bestimmt hatte, ein Gelehrter. Er war verlobt mit einem jungen, kindlich wirkenden Mädchen, das hübsch aussah, wirklich zum Verlieben. Gabi hieß sie und hatte einen Hang zum Leichtsinn; vielleicht war sie nicht besonders gescheit oder gebildet, aber das schien Peter nicht zu stören. Wäre diese Ehe gutgegangen, hätte es auch für mich eine Chance gegeben: Ich war ja noch jung genug, um mich anzupassen. Ein glücklicher Peter hätte mich nicht gebraucht, und mein Mann, der ihn vom ersten Blick an nicht ausstehen konnte (während Peter eine sehr hohe Meinung von ihm hatte), wäre nicht ständig seinetwegen verärgert gewesen.

Anfangs fand ich, Peter sei zu nachsichtig mit seiner Frau; er verwöhnte sie über alle Maßen und behandelte sie wie ein etwas zurückgebliebenes reizendes Kind. Mit den Jahren wurde aus ihr, ich verstehe noch immer nicht, wie das geschehen konnte, eine verschwenderische, launenhafte und gewöhnliche Person. Sie machte Szenen und Schulden und betrog ihn ganz unbekümmert. Anfangs schwieg Peter hartnäckig über seine Ehe, später, als es nichts mehr zu verheimlichen gab, verteidigte er seine Frau. «Sie ist eben so», sagte er, «man kann sie dafür nicht verantwortlich machen.» Ich erinnerte mich an das reizende Kind, das er geheiratet hatte, und wurde plötzlich wütend. Er hatte sie behandelt wie ein Schoßtierchen, jetzt war sie nicht mehr reizend und auch kein Schoßtierchen mehr, sie trank und kümmerte sich nicht um ihr Kind, von dem gemunkelt wurde, daß Peter nicht der Vater sei. Und er saß da und verteidigte sie in einer Weise, die mir das Blut ins Gesicht steigen ließ.

Ich wollte ihm das sagen, das und noch viel mehr, aber plötzlich sah ich, daß er gar nicht mehr so aussah wie damals, als ihm die Mädchen schöne Augen gemacht hatten. Sein Gesicht schien zerstört von einer unfruchtbaren Trauer, ein Gesicht, das viele Schläge eingesteckt hatte; ich konnte es nicht auch noch schlagen.

Übrigens war mit mir auch alles schiefgegangen. Ich hatte

keine Ursache, einem anderen Menschen Vorwürfe zu machen. Meine Ehe war, für mich ein wenig überraschend, auseinandergegangen. In den letzten Monaten hatte ich so wenig an meinen Mann gedacht, daß mir gar nicht aufgefallen war, daß es so schlimm stand mit uns. Ich erinnere mich sehr gut, wie es war. Er stand am Fenster und sah auf die regennasse Straße hinunter und sagte ganz ruhig: «Ich möchte mich scheiden lassen, und wie ich dich kenne, wirst du mir keine Knüppel in den Weg legen. Ich habe eine Frau kennengelernt, die mich so gern hat, wie ich bin. Ich wußte schon gar nicht mehr, wie gut das tut. Du hast mich doch nie wirklich gebraucht, nicht wahr?»

Er wandte sich so heftig um, daß ich zusammenfuhr. Er sah jung und liebenswert aus, wie damals, als ich mich in ihn verliebt hatte, das kam davon, daß jene fremde Frau ihn brauchte. Ich sagte, er könne die Scheidung jederzeit haben, und wünschte ihm Glück, und die ganze Zeit wußte ich, daß alles ganz falsch war und daß es mit uns sehr gut hätte gehen können. Es war ja auch gutgegangen, solange ich ihn mit meinen eigenen Augen gesehen hatte. Ich stand kaum zwei Meter von ihm entfernt und wußte, daß mit ihm etwas aus meinem Leben verschwand, das ich nie wieder finden würde. Nicht, weil es so schwer zu finden war, sondern weil ich die Fähigkeit verloren hatte, dieses einfache Glück anzunehmen. Ich war dafür ganz und gar verdorben. Ich trat einen Schritt näher und küßte ihn auf die Wange. Es war eine sehr angenehme Wange, nur gehörte sie einer anderen Frau.

Nach der Scheidung hatte ich viel Zeit, mich um Peter zu kümmern. Endlich konnten wir einander treffen, so oft wir wollten, und bald verging kein Tag, an dem wir uns nicht gesehen hatten.

Es ging ihm wirklich sehr schlecht. Er sagte, er fühle sich eingekreist und könne nach keiner Richtung hin etwas unternehmen. Es gab mancherlei Ärgernisse. So hatte er seit langem gewußt, daß sein engster Mitarbeiter ein pathologischer Lügner war. Jetzt war er einer gefährlichen Verleumdung auf die Spur gekommen, brachte es aber nicht über sich, ihn anzuzeigen, nicht aus Mitleid, wie er sagte, sondern weil man mit einem Kranken nicht rechten konnte, und das Gericht würde bestimmt keine Rücksicht auf die Krankheit des Mannes nehmen. Es war unbegreiflich, er schien sich nicht eben viel aus der Verleumdung zu machen. Alle die Leute, die uns Tag für Tag zum Zerspringen ärgern, wären nur so bösartig, weil sie viel zu dicht aufeinanderhockten, sagte Peter: «Schenk jedem eine Farm und damit die Möglichkeit, die Nachbarn nur dreimal im Jahr zu sehen, und du hast lauter gastfreundliche, angenehme Menschen aus ihnen gemacht.» Das mag stimmen, aber ich kann ihnen keine Farmen schenken, und ich muß mich weiter über sie ärgern. Peters Argumente sind mir kein Trost. Das schlimme ist nur, daß jetzt, seit ich seine Gedanken denke, alle meine Handlungen mir für Augenblicke völlig unverständlich sind. Wie kann ein Mensch nur so dumm und gefühlsmäßig reagieren. Es schmerzt mich, dies zu sehen. Im nächsten Augenblick bin ich wieder ganz ich selber, und schon möchte ich nur zu gern dem Straßenbahnschaffner, weil er frech zu mir ist, gegen das Schienbein treten. Ich wünschte, ich könnte irgendwo ein bißchen Ruhe finden.

Vielleicht hätte ich Peter nicht zum Wissenschaftler bestimmen sollen, jetzt ist er Biologe, und ich finde, das tut ihm nicht gut. Eine Alge, ein Kohlkopf, ein Hund oder ich, in seinen Augen besteht kein wesentlicher Unterschied. Ich weiß: Alles, was er sagt, ist die reine Wahrheit, ich bin auch nicht hochmütig gegen Algen, Kohlköpfe und Hunde, besonders nicht gegen Hunde, nur möchte ich wissen, was ich dann überhaupt noch bin. Vielleicht hat es mich gar nie gegeben.

Als es so weit mit mir gekommen war, gab es Tage, an denen ich mich vor Peter fürchtete, vor Peter, den ich seit fünfundzwanzig Jahren kenne. Der arme, alte Peter, freilich war er arm, niemand wußte das besser als ich, aber die Menschen, denen er seine unbestechliche Gerechtigkeit angedeihen ließ, waren noch ärmer. Sie hatten nie etwas anderes gewollt als gehaßt, geliebt, geschlagen und gestreichelt zu werden, um keinen Preis wollten sie gerecht behandelt oder gar verstanden werden. Es gibt überhaupt nichts Schlimmeres, als verstanden zu werden, und ich muß das wissen, weil Peter mich nämlich versteht. Es gibt auf der ganzen Welt kein einziges Mauseloch, in dem ich mich vor ihm verstecken könnte.

Eines Tages kam seine Frau zu mir und saß leicht betrunken in meiner Küche. Ich gab ihr Kaffee, aber sie trank ihn nicht. Sie sah abscheulich und erbarmungswürdig aus, und ich glaube, sie wollte etwas von mir, konnte sich dann aber nicht mehr erinnern und ging nach einer Weile weg, ohne darauf gekommen zu sein. Drei Tage später schluckte sie die Schlaftabletten. Alle wußten, wie arg sie es getrieben hatte und wie gut Peter zu ihr gewesen war. Eine Zeitlang waren die Leute penetrant freundlich zu ihm, und er bekam eine Menge Einladungen. Weil er sie nicht annahm und auch keinerlei Dankbarkeit zeigte, verloren sie alsbald jegliches Interesse an ihm.

Allmählich kam eine etwas bessere Zeit für ihn. Er war auf friedliche Weise den pathologischen Lügner losgeworden und vergrub sich nun vollkommen in seine Arbeit. Irgend etwas Wichtiges, woran er schon jahrelang experimentiert hatte, war ihm endlich gelungen. Seine Schwiegereltern hatten das Kind, ein kleines Mädchen, zu sich genommen, und Peter fand eine Frau, die seine Wohnung in Ordnung hielt. Er erzählte mir, daß sie ihn, in Grenzen, bestahl, und hielt es für gewitzt, eine unehrliche Person zu beschäftigen, die, von Gewissensbissen gequält, mehr arbeiten würde als eine ehrliche.

Ein halbes Jahr später lief sie ihm nach einem wilden Auftritt weg. Peter war äußerst erstaunt darüber. «Stell dir nur vor», sagte er, «sie hat wie von einer Wespe gestochen plötzlich geschrien: ‹Ich pfeife auf Ihr Geld und auf die gute Behandlung. Ein Mensch braucht auch einmal eine Ansprache, und es wundert mich überhaupt nicht, daß Ihre Frau sich umgebracht hat. Das kann ja kein Mensch aushalten.› Sie hat ausgesehen wie du in der Schule, wenn du deine wilden Geschichten erzählt hast», und nach einer Weile nachdenklich: «Sie scheint mich wirklich zu hassen. Verstehst du das?» Diesmal schwieg ich nicht. Ich schrie nicht, dazu war ich zu lange seine Schülerin und sein Geschöpf gewesen. Ich erklärte ihm ganz ruhig, daß die Frau ihn haßte, weil er sie um ihr Recht gebracht hatte, als ein mit Fehlern behaftetes Wesen gescholten und gestraft zu werden und schließlich nach einer Tränenflut Verzeihung zu erlangen.

Peter nahm es sehr ruhig hin. «Du glaubst also», sagte er, «daß Gabi auch nichts anderes gewollt hat?» — «Ja», sagte ich, «das glaube ich.» Plötzlich sah er ganz fremd aus, grau und verstört, und da wurde mir klar, daß er Gabi geliebt hatte, wenn ich mir auch nicht vorstellen kann, daß er liebt.

«Und du», fragte er, «du auch?» Ich nickte. Das schien ihn aufzubringen. «Aber du weißt doch genau, daß es nur eine idiotische Zeitverschwendung ist, unwürdig und obendrein lächerlich.»

Ich gab zu, es zu wissen. «Irgend etwas muß nicht stimmen mit den Menschen», sagte ich, «vielleicht sind sie alle verrückt, und du bist der einzige Normale.» Eine Weile saß er schweigend, und dann sagte er: «Das halte ich nicht für möglich. Wenn es so ist, wie du sagst, bin natürlich ich verrückt und erfahre nur durch dich, was normal ist.» Und dann, als wäre ihm plötzlich etwas sehr Wichtiges eingefallen: «Wenn ich dich bitte, weit wegzugehn von hier, so daß du mich nie mehr sehen wirst?» Ich mußte ein bißchen lachen, er wußte doch genau, daß es für mich zu spät war. Zum erstenmal sah ich ihn verzweifelt und hilflos wie irgendein ganz gewöhnlicher Mensch, und ich weiß nicht warum, aber ich trat zu dem Tisch, an dem er saß, und legte meine Hand auf seine Augen. Dabei spürte ich Zorn, Mitleid und Liebe, ja, Liebe auch, wenn auch nicht die allgemein verbreitete Art. Dann spürte ich seinen Mund in meiner Handfläche, und flüchtig ging es mir durch den Kopf, daß ich ihm vielleicht helfen könnte, hätte ich ihn heute erst kennengelernt. Früher einmal war nämlich viel Kraft und viel Fröhlichkeit in mir. Aber weil ich Peter schon fünfundzwanzig Jahre kannte, hatte ich meine Kraft und Fröhlichkeit längst verloren, und nun konnte ich ihm nicht mehr helfen. Wahrscheinlich war ohnedies alles nur Einbildung, und kein Mensch kann einem anderen helfen, schon gar nicht, wenn der andere Peter ist.

Wir gingen von seinem Labor, wo wir dieses Gespräch geführt hatten, zu mir nach Hause, und seitdem bin ich Peters Geliebte. Aber dieses Wort paßt schlecht auf mich. Ich fühle mich jedenfalls nicht, wie eine Geliebte sich fühlen sollte. Ich bin wie ein kleiner Eisenbahnwaggon, der fünfundzwanzig Jahre lang verschlungene Wege gefahren ist, durch eine sehr fremde, merkwürdige Landschaft, und der erst spät bemerkt hat, daß er auf Schienen läuft und nie andere Wege kennenlernen wird als die vorherbestimmten. Selbst wenn man den kleinen Waggon von den Schienen befreite, er könnte sich an keine andere Landschaft mehr gewöhnen als an die fremde und merkwürdige, für die er ursprünglich gar nicht bestimmt war.

Peter ist übrigens sehr liebevoll und gerecht zu mir. Er kennt jede meiner Regungen und versucht zartfühlend, es vor mir zu verbergen. Aber er kann nichts mehr vor mir verbergen. Wir tun so, als liebten wir einander, aber wir wissen, daß wir keine andere Wahl haben. Auf der ganzen Welt gibt es keine Frau für Peter und keinen Mann für mich. Wir führen ein friedliches Leben. Nachts, wenn wir nicht schlafen können, was ziemlich oft vorkommt, halten wir uns an den Händen und schauen zur Decke, und manchmal lese ich Peter aus den Wochenzeitungen vor, Eifersuchtstragödien und Berichte über große Leidenschaften, Mord und Totschlag. Das erheitert ihn zuweilen wie damals in der Schule meine erfundenen Geschichten.

Eine Zeitlang wollte er, daß wir Gabis Kind zu uns nehmen. Es ist mir aber gelungen, ihm das auszureden. Jetzt besucht er die Kleine gelegentlich. Später werde ich dafür sorgen, daß sie möglichst weit weg von ihm bei ganz durchschnittlichen Menschen aufwachsen kann. Manchmal bilde ich mir ein, daß Gabi, als sie betrunken in meiner Küche saß, darüber mit mir reden wollte.

JOE LEDERER

Das Engelchen

Als ich sie das erste Mal sah, hatte sie einen langen weißen Bart.

In der Hand trug sie einen Holzstab. Sie war der anbetende Hirte beim Krippenspiel, das ihre Schulklasse für unseren Kindergarten aufführte.

Sie blieb mir in Erinnerung, weil sie beim Niederknien den Bart verlor, in Tränen ausbrach und laut schluchzend die Bühne verließ.

Als wir im nächsten Sommer in ein neues Haus übersiedelten, traf ich sie wieder. Sie hatte ein Kleid an und bunt gestreifte Söckchen, aber ich erkannte sie auf der Stelle. Sie wohnte in der Nachbarvilla. Eigentlich hieß sie Angela, aber sie wurde Engelchen gerufen.

Obwohl sie drei Jahre älter war als ich, war sie immer bereit, mit mir in der Sandkiste schöne nasse Kuchen zu backen, und zeigte mir, wie man Papierpuppen ausschneidet. Sie war ein sehr artiges Kind. Von der Sachertorte, die ich aus unserer Speisekammer klaute, aß sie keinen einzigen Bissen, als ich ins Gymnasium kam und für meinen Physikprofessor schwärmte, hörte sie verständnislos zu, sie begriff nicht, was in mir vorging.

Das Engelchen trug seinen Namen zu recht. Mit diesem unschuldigen Gesicht und dem blonden Ringelhaar wäre sie jederzeit als Christbaumdekoration zu verwenden gewesen.

Sie hatte keine Geschwister und wurde von ihren Eltern unter einem Glassturz gehalten. Anscheinend beabsichtigten sie, sich nie von ihrer Einzigen zu trennen. Schon in der Schule durfte sie keine Jungen ins Haus einladen, die Tanzstunde nur in Begleitung besuchen. Jedes männliche Wesen wurde ihr ferngehalten, und das Resultat war, daß sie schließlich diesen Friedrich-Wilhelm heiratete.

Er war zum Länderspiel Österreich-Deutschland aus Berlin nach Wien gekommen und hatte das ihm unbekannte Engelchen auf der Straße nach dem Weg zum Café Dehmel gefragt.

Angela war damals zwanzig und Friedrich-Wilhelm vierundvierzig. Er ließ sich ihretwegen scheiden.

Die Eltern waren entsetzt. Nicht nur, weil ihnen die Tochter entrissen wurde — noch dazu von einem Preußen —, sondern wegen des Altersunterschiedes und vor allem, daß das Glück auf einer zerstörten Ehe aufgebaut werden sollte. Aber Angela setzte ihren Kopf durch. Wer glaubte, daß das Engelchen aus Wachs sei, irrte sich. Wenn es ums Ganze ging, war sie jeder Situation gewachsen. Sie drohte, den Schutz des Vormundschaftsgerichts anzurufen — eine Schande, die ihre Eltern nicht überlebt hätten. Sie gaben zwar nicht ihren Segen, aber ihre Einwilligung. «Du wirst es bitter bereuen», sagten sie.

Ich bekam Friedrich-Wilhelm nur kurz zu Gesicht. Was das Engelchen entflammt hatte — und sie brannte lichterloh —, war mir nicht ganz klar. Friedrich-Wilhelm war von gedrungener Statur, hatte schütteres Haar und einen feisten Nacken. Vielleicht lag es an seinen dunklen Augen, an dem trägen und dabei hungrigen Blick, mit dem er das Engelchen auffraß. Die düsteren Prophezeiungen der Eltern verwirklichten sich nicht. Als ich drei Jahre später nach Berlin übersiedelte, war die Ehe noch voller Glanz und Gloria.

Das Engelchen führte mir beseligt ihr Brillantarmband, den eigenen kleinen Wagen und eine Hermelinstola vor — Friedrich-Wilhelm war Zahnarzt, und da er doch auch für seine Geschiedene und zwei Kinder sorgen mußte, war er offensichtlich ein Großverdiener.

Sie hatten eine imposante Wohnung mit nachempfundenen Renaissance-Möbeln und ein paar Biedermeierstücken, die Angela von daheim mitgebracht hatte. Es gab häufig Gäste. Zum engsten Zirkel gehörten eine kleine Schauspielerin, ein berühmter Lyriker und Madame Herma, bei der ich meine Kleider kaufte. Ich glaube, die meisten waren Patienten von F.-W. Zumindest hatten sie alle strahlend weiße, teure Zähne.

Das Engelchen war mir seit unserer Kinderzeit lieb, aber ich drückte mich vor den Einladungen. Ich mochte ihren Mann nicht. Seine Stimme wurde immer lauter, seine Krawatten immer auffallender, sein Kinn schwabbelig. Er mußte jetzt an die Fünfzig sein. Angela betete ihn an.

Hin und wieder traf ich die beiden zufällig bei einer Theaterpremiere oder setzte ihnen bei mir daheim pflichtschuldig Cocktails vor. Im übrigen beschränkte ich mich darauf, mit dem Engelchen gelegentlich zu telefonieren. Manchmal hörte ich auch von der kleinen Schauspielerin, wie es ihr ging, oder ich erfuhr bei einer Anprobe im Salon Herma, daß Angela sich einen kostbaren Teppich zugelegt, ein delikates, selbstgebackenes Soufflé aufgetischt hatte oder sich überlegte, ob sie ihr Haar tizianrot färben sollte. «Der Doktor schwärmt nämlich für Rötlich!» erklärte mir Herma, «seine kleine Frau liest ihm doch alle Wünsche von den Augen ab, so fügsam und sensitiv. Die beiden könnten nicht besser zusammenpassen!»

Sein Zartgefühl lernte ich erst später kennen, aber daß Friedrich-Wilhelm für Rötlich schwärmte, schien zu stimmen, denn bald darauf sah ich ihn im New-Grill mit einer üppigen, echten Kupferroten speisen, und vom Engelchen war weit und breit keine Spur. Entweder war sie blond geblieben oder der Friseur hatte nicht die richtige Nuance herausbekommen.

Im Sommer, an einem regnerischen Abend, wäre ich fast in F.-W. hineingerannt, konnte aber noch rechtzeitig zur anderen Straßenseite hinüberwechseln. Er kam Arm in Arm mit einem blutjungen Mädelchen daher, einer Halbwüchsigen, Schmächtigen und beruhigend Brünetten.

Es war Instinkt, daß ich damals Angela anrief. Ich hätte keinen Vorwand gebraucht, aber aus lauter schlechtem Gewissen fragte ich, ob nicht nächste Woche ihr Geburtstag sei und was sie für ein Geschenk möchte.

«Du bist aber vergeßlich!» sagte sie. «Ich bin eine Jungfrau in der dritten Dekade. Erinnere mich bloß nicht daran, dieses Jahr werde ich sechsundzwanzig! Warum nicht ein Parfüm, so wie immer? Stell dir das nur vor, sechsundzwanzig!»

Ich stellte es mir vor. Daß um die Ecke schon die Dreißig lauerte. Angelas unschuldiger Kinderblick, die Ringellöckchen würden dann lächerlich wirken. «Und gibt's sonst was Neues?» erkundigte ich mich. Es sei alles in schönster Ordnung, sagte sie. O ja! Sie hatte eine bemalte Holzstatuette der heiligen Apollonia entdeckt und bereits angezahlt ... «Geschenk für meinen Mann! Die Schutzheilige der Bader und Zahnbrecher — hast du das nicht gewußt? Er geht doch ganz in seinem Beruf auf, manchmal arbeitet er bis in die Nacht hinein!»

Nun, warum sollte Friedrich-Wilhelm nicht bis in die Nacht hinein arbeiten, er hatte ja tatsächlich viele Patienten. Auch klang die Stimme des Engelchens genauso fröhlich wie immer. Sie lud mich für nächste Woche ein — «in kleinem Kreis», sagte sie, aber als ich hinkam, war es allerkleinster Kreis, nur sie und er.

«Auf Friedrich-Wilhelms ganz besonderen Wunsch!» erklärte Engelchen. «Er will dich in Ruhe genießen.»

Ich glaube nicht, daß er mich genoß, er starrte entweder das Tischtuch an oder warf mir dunkle, schwermütige Blicke zu.

Als die Mahlzeit beendet war, bat er das Engelchen, sie solle selbst den Mocca zubereiten. «Keine macht ihn wie du — und bitte, ganz langsam, tropfenweise aufgießen!»

Es war wie in der Kinderzeit, wenn einen die Erwachsenen hinausschickten, um sich ungeniert aussprechen zu können. «Hol ein Glas kaltes Wasser, aber wirklich kalt, laß es lang abrinnen.»

Kaum waren wir allein, sagte Friedrich-Wilhelm: «Ich weiß, daß Sie uns gesehen haben, obwohl Sie taten, als hätten Sie uns nicht bemerkt.»

Was hätte ich darauf antworten sollen? Ich schwieg. Das Engelchen brauchte ungefähr eine Viertelstunde, um den Mocca aufzugießen. Währenddessen berichtete mir der falsche Wilhelm, daß er die einzige, größte und letzte Liebe seines Lebens gefunden und sich entschlossen habe, dem Engelchen die Wahrheit zu sagen. Und zwar heute.

«Deshalb habe ich dafür gesorgt, daß wir zu dritt sind. Ich bin ein Mensch mit Zartgefühl. Es wird ein harter Schlag für Engelchen sein, sie soll in dieser bitteren Stunde ihre beste Freundin zur Seite haben!»

Ich stand auf und wollte sofort weggehen, aber in diesem Moment kam das Engelchen mit dem Tablett ins Zimmer. Ich setzte mich wieder.

Um es kurz zu machen, ich war noch nie bei einer Hinrichtung gewesen. Nun wurde ich Zeuge, wie er dem Engelchen «als Ehrenmann die Wahrheit» sagte. «Mein Entschluß ist unabänderlich, Engelchen. Aber du kannst beruhigt sein, ich werde selbstverständlich die Schuld auf mich nehmen und, was das Finanzielle betrifft, großzügig sein. Wir müssen uns nur über die juristischen Details einigen.»

Das Engelchen hielt sich wie ein Held. Sie wurde bleich bis in die Lippen, das war alles. Dann sagte sie: «Wer? Wer ist es?»

Als er den Namen genannt hatte, flüsterte das Engelchen: «Du bist verrückt — die geht doch noch aufs Gymnasium!»

«Sie wird im Frühling siebzehn», sagte der Ehrenmann. Und dann fiel der Todesstreich: «Ich kann es nicht ändern, ich habe eine Schwäche für Jugend!»

Das Engelchen bewies, daß sie jeder Situation gewachsen war, wenn es ums Ganze ging: sie bekam die silberne Moccakanne zu fassen und warf sie ihm zitternd vor Wut an den Kopf. Die kantige Schnauze traf ihn scharf über der Augenbraue, schwarzer Kaffeesud und hellrotes Blut tropften ihm übers Gesicht.

Ich glaube, ihre Eltern hätten sich gefreut.

Die Scheidung ging verhältnismäßig schnell über die Bühne. Madame Herma, die kleine Schauspielerin und ich scharten uns um das trauernde Engelchen und sprachen ihr Mut zu. Aber wenn wir irgend etwas von «Zukunft» erwähnten, lachte das Engelchen hysterisch, sie war sechsundzwanzig, verblüht, passée, erledigt.

Sie hatte einen Alterskomplex bekommen. Sie trug nur noch Dunkelgrau oder Lila, ging auch nicht mehr zum Friseur — für wen, wozu? — ihre Augen waren glanzlos geworden, und ihr Gesicht verwelkte. Es war zum Weinen. Ihr einziges Gesprächsthema war Friedrich-Wilhelm.

Sogar der lyrische Dichter, ein jahrelang getreuer Freund, begann ihr auszuweichen.

«Siehst du!» sagte sie triumphierend zu mir, «auch dem bin ich zu alt geworden!»

Wir redeten ihr zu, einen Psychoanalytiker aufzusuchen.

«Kann er mich jünger machen?» fragte das Engelchen spitz.

Herma meinte, die Zeit heilt alle Wunden. Aber bei Engelchen heilte nichts. Sie ging durch eine Cognac-Phase, eine Schlafmittel-Phase, sie ernährte sich von Keksen und Tee. Nur ihrer gesunden Jugend verdankte sie, daß sie das alles überstand. Dann kam eine neue Variante. Sie rief mich mitten in der Nacht an und sagte: «Entweder du kommst zu mir, oder ich spring aus dem Fenster.» Ich hatte ein neues Buch angefangen, und von meinem Privatleben will ich gar nicht reden. Was hätte ich tun sollen? Schließlich hatten wir ja früher einmal miteinander Sandküchelchen gebacken.

Ich opferte meine Nächte. Aber auch die Tage gehörten kaum noch mir. Das Erstaunlichste war, daß das Engelchen in ihrem Schmerz viel weniger Schlaf brauchte als ich. Meistens kam ich erst im Morgengrauen heim, und wenn Nino — mein Privatleben — um sechs Uhr anrief, war ich vollständig verstört vor Müdigkeit.

Sobald ich den Hörer wieder hingelegt hatte, meldete sich Angela, allerdings ohne Fenstersprungdrohung und auch bloß, um lang und klagend ins Telefon zu weinen.

Im Oktober war mein Manuskript auf Seite sechzig. Als der November zu Ende ging, war es auf Seite dreiundsechzig. Nino wurde jetzt rabiat und machte mir eine fürchterliche Szene: «Also schön, Männerfreundschaften lasse ich mir gefallen. Aber ihr Frauen, ihr lebt wohl alle auf einem anderen Stern!»

«Genau!» sagte ich. «Das ist der große Unterschied zwischen uns und euch. Das Anatomische kommt erst in zweiter Linie.»

Er ging nicht darauf ein.

«Dein Buch muß fertig werden! Hier schaffst du das nicht. Ergo: Du mußt verreisen. Abhauen. Einfach unerreichbar sein!»

Er setzte hinzu: «Was mich betrifft — ich bekomme dich ja kaum noch zu sehen, auch wenn du hier bist!»

Etwa verletzte Eitelkeit? Oder Fürsorge? Oder . . .?

So raffte ich mich auf und teilte Angela mit, daß ich nach Garmisch fahren würde.

«Wann?»

«In zwei Tagen! Ich muß an meinem Buch arbeiten. Hier habe ich nicht die Ruhe dazu!»

Das Engelchen sagte: «Ich komme mit! Hab keine Angst, ich schwöre dir, ich werde dich nicht stören! Wenn ich in Berlin bleibe, bring ich mich um!» Bis jetzt hatte sie noch keinen Selbstmordversuch gemacht, aber er war eigentlich schon seit langem fällig.

Ich besprach die Situation mit Herma und der Schauspielerin, sie erklärten einstimmig: «Sie müssen sie mitnehmen!»

Ich schlug vor, daß eine von ihnen mitreisen und sich um das Engelchen kümmern sollte — aber die Schauspielerin hatte ein Engagement in Aussicht, und für Madame Herma stand das Weihnachtsgeschäft vor der Tür.

Und mein Buch? Auch ich hatte einen Beruf. «Das geht doch mit Leichtigkeit», meinten die beiden.

Zum Schluß ging ich zu Engelchens Arzt und trug ihm das Problem vor.

«Fahren Sie allein», sagte er, und ich atmete auf. Aber er setzte hinzu: «Falls Sie es mit Ihrem Gewissen vereinbaren können. Sie sind für diese arme Frau offensichtlich der letzte Halt!»

«Wenn sie nach Garmisch mitkommt, das wird ihr helfen? Sie sind sicher?»

«Es wird zumindest nicht ärger werden. Helfen?»

Der brave Doktor lächelte. «Können Sie ihr einen Mann herzaubern?»

Es muß meine Verzweiflung gewesen sein, die mir die Idee eingab.

«Ja», sagte ich. «Das kann ich!»

Der abschüssige Hang funkelte in der Sonne, als wäre sein Weiß mit stahlblauen, orangefarbenen und gläsernen Splittern durchsetzt. Ich atmete den ersten, den eisig berauschenden Kuß des Winters ein.

Ein paar gefrorene Flocken fielen lautlos neben mir nieder und zerstäubten — ich sah auf, ein Eichhörnchen sprang von Ast zu Ast.

Das Hotel stand hoch oben, dicht beim See, mit dem Blick auf die glitzernden Zacken und Schrunden der Gebirgskette. Garmisch lag im Tal, man fuhr eine gute halbe Stunde mit dem Schlitten hinunter.

Bevor ich noch ausgepackt hatte, sagte ich zu Angela: «Ich muß ins Dorf zum Friseur — kommst du mit?»

Zum Friseur? Wozu, warum? Sie reagierte, wie ich erwartet hatte; sie kam nicht mit.

In der Blumenhandlung am Marktplatz gab ich den Auftrag, dem Engelchen zwei Wochen lang täglich einen Rosenstrauß zu schicken. Auch sonntags!

Am Sonntag geht es nicht, sagten sie. Aber als ich erklärte, es gäbe noch einen anderen Blumenladen, und da sich die Sache auf zweihundert Mark stellte, ging es auch am Sonntag.

«Die Dame wird sich sicher erkundigen, von wem die Blumen kommen. In dem Moment, in dem Sie Auskunft geben oder irgendeine Andeutung machen, sind die Rosen abbestellt. Ist das klar?»

Mit schön frisiertem Haar erschien ich wieder im Hotel. Der erste Strauß wurde am Nachmittag geliefert und machte überhaupt keinen Eindruck. «Es war keine Karte dabei», sagte das Engelchen, «aber die Rosen sind sicher von den Mädels.» Herma war eine Vierzigerin und die Schauspielerin auch kein Kind mehr, doch bei Engelchen hießen sie die Mädels.

Sieben rote Rosen, das Engelchen steckte sie gleichgültig in eine Vase.

Die nächsten sieben Rosen kamen am folgenden Vormittag und waren hellgelb. Keine Karte dabei. «Komisch», sagte das Engelchen und zog dabei ihre Stirn kraus.

Das dritte Mal waren die Rosen zart rosa.

Der nächste Strauß war bunt gemischt. Angela fuhr nach Garmisch zum Friseur. «Damit du dich nicht schämen mußt, wie zerzaust ich aussehe.»

Es wäre gelogen, wenn ich behaupten würde, daß das Engelchen nach achtundzwanzig Rosen wieder auflebte, aber sie war endlich an irgend etwas interessiert, auch wenn es nur das Rätsel war, das ihr die Blumen aufgaben. Ich konnte jetzt wenigstens in der Nacht ungestört am Schreibtisch sitzen und arbeiten. Manchmal trat ich aus dem überheizten Zimmer auf den Balkon hinaus. Die Welt war stumm und schweigend, in Winter und Schnee versunken. Von der Alpspitze flimmerte eine winzige Laterne. Aber vielleicht war es auch ein Stern.

Wenn ich zu frieren begann, ging ich wieder hinein und versuchte mich daran zu erinnern, wie Apfelblüten aussehen. Mein Roman spielte im Frühling.

Jeden Nachmittag stapfte ich mit Angela durch den Wald zum Kramerplateau hinüber oder zum Antoniuskirchlein und hörte mir ihre melancholischen Betrachtungen über Friedrich-Wilhelm an. Mit klammen Händen, rotgefrorenen Nasen kamen wir ins Hotel zurück zur Zentralheizung, zu den Kristallchandeliers und den seidenbespannten Fauteuils.

Als der sechste Strauß abgegeben wurde, sagte Angela: «Wenn ich jünger wäre, würde ich glauben, daß diese Blumen von einem Anbeter sind!»

Es war mir gelungen, ich hatte es fertiggebracht. Für zweihundert Mark, im voraus bezahlt, hatte ich einen Mann hergezaubert.

Beim Abendessen — sie trug zwar ein resignierendes mausgraues Kleid, aber sie hatte sich die Lippen geschminkt — starrte das Engelchen Löcher in die Luft.

«Was ist los?» erkundigte ich mich.

«Friedrich-Wilhelm. Hat er mich je geliebt? Warum hat er mich geheiratet? Hältst du ihn für einen schlechten Charakter?»

Da es mir zu mühsam war, alle Fragen der Reihe nach zu beantworten, sagte ich: «Ist dir nicht aufgefallen, wie schnell er seine erste Frau abgehalftert hat? Er hat eine Vorliebe für Taufrische. Er hat dich geheiratet, weil du zwanzig gewesen bist und er vierundvierzig. Er schätzt Altersunterschiede, je größer, desto besser. Jetzt ist er fünfzig und die neue Gattin siebzehn. Ich verspreche dir, wenn er sechzig ist, wird er sich über eine Dreizehnjährige hermachen, und dann kommt er ins Zuchthaus.»

Sie sah an meiner Schulter vorüber und schwieg. Ich hatte erwartet, daß meine Prognose sie erfreuen würde.

«Dreh den Kopf ein bißchen zur Seite», sagte sie langsam, «und schau unauffällig nach links. Der einzelne Herr, an dem Tisch beim Fenster . . .»

Er hatte graumeliertes Haar, ein soigniertes Gesicht und war dürr wie ein Stecken.

Dem Smoking nach schätzte ich ihn als Bankier ein. «Der gefällt dir?»

«Überhaupt nicht», antwortete das Engelchen, ohne den Blick von ihm zu lassen. «Aber ich dachte bloß ... die Rosen müssen doch von irgend jemand kommen!»

Sie wandte sich der Vorspeise zu — seit einigen Tagen hatte sie wieder Appetit — und erklärte mir: «Es sind nur drei einschichtige Männer im Hotel. Der eine davon ist ein Greis. Der andere parfümiert sich, ich hab es genau gerochen, als er an mir vorbeigegangen ist, der kommt also kaum in Betracht. Aber der beim Fenster könnte es durchaus sein.»

Ich wußte nicht, ob ich mich freuen sollte; mir war ein bißchen ungemütlich.

Das Bobrennen war das große Ereignis der Saison. Anschließend fand ein Ball im Hotel Post statt. «Ganz Garmisch wird dort sein», versicherte das Engelchen. «Vielleicht wohnt er in einem anderen Hotel.» Ihre Gedanken beschäftigten sich ständig mit dem Mann, den es nicht gab. Sie setzte mir auseinander, daß sie am Vormittag unserer Ankunft, während ich beim Friseur gewesen war, allein in der Halle gesessen hatte. «Er wird auf einem Spaziergang gewesen und hier eingekehrt sein — was meinst du? Die Rosen sind doch schon am ersten Nachmittag geschickt worden!»

Unser Hotelportier fand, wir könnten ruhig einen Tisch in der «Post» bestellen, eine Menge Damen kämen ohne Begleitung.

Wir gingen zum Ball. Angela im schlichten Schwarzen mit der Hermelinstola aus der Zeit des Glücks. Mir hatte meine Wirtschafterin als einzige Abendtoilette das tief dekolletierte Silberlamékleid und die langen, mattrosa Handschuhe eingepackt, ich war viel zu nackt, viel zu silbern, Angela kam gegen mein Geglitzer nicht auf.

Ich wunderte mich nicht, daß schon nach ein paar Minuten ein hochgewachsenes, breitschultriges Prachtexemplar auf unseren Tisch zusteuerte, dem Engelchen als einzige Höflichkeit ein Kopfnicken gönnte und vor mir eine Verbeugung machte. Es erstaunte mich jedoch, daß er sagte: «Was für eine Überraschung, Sie hier zu treffen! Sie erinnern sich doch, letztes Jahr in Köln ...»

Ich hatte ihn nie vorher gesehen.

Wenn er ein dürftiges Bürschlein gewesen ware, hätte ich ihm die Ausrede abgenommen, aber er war wahrhaftig nicht dürftig. Er sah großartig aus. Er hatte ein sonnengebräuntes Gesicht, lebenslustige Augen und einen hungrigen Mund.

Wir tanzten, und schon nach ein paar Schritten sagte der Lügner, der mich in Köln kennengelernt haben wollte: «Wissen Sie, daß ich damals ganz verliebt in Sie war?»

«Das ist doch alles erfunden!»

«Aber nein! Wirklich, es war voriges Jahr. Im Januar. Ich habe in der ersten Reihe gesessen!»

Er drückte mich eine Sekunde lang leicht an sich.

«Sie haben mich unentwegt angesehen — damals in Köln! Sie wollen es doch nicht ableugnen?»

Daß ich in Köln aus meinen Büchern vorgelesen hatte, stimmte. Plötzlich begriff ich, wovon er sprach. «Das hängt mit meinem Lampenfieber zusammen», erklärte ich ihm. «Wenn ich das Publikum nicht ignoriere, würde ich kein Wort herausbringen. Ich klammere mich an irgendein Gesicht, und dem lese ich die Geschichten vor. Ich bin kurzsichtig. Falls ich Sie angesehen habe, waren Sie für mich bloß ein verschwommener Fleck. Wirklich, ich bin blind wie eine Fledermaus!»

Lügner war er keiner, aber unverschämt. Er beugte sich beim Tanzen ein wenig herunter und küßte mich auf die Schläfe.

«Sind Sie betrunken?»

«Nein!» sagte er. «Hat eine Frau wie Sie Minderwertigkeitsgefühle? Man muß keineswegs betrunken sein, um Sie zu küssen!»

In meinen Romanen war nie jemand um schlagfertige Antworten verlegen, ich dachte aber auch immer stundenlang nach, bis sie mir einfielen. Hier, im Ballsaal, fehlte mir die Zeit.

«Haben Sie wirklich schon mit zwanzig Jahren Ihr erstes Buch geschrieben? Ihr Parfüm verwirrt mich, es riecht wie Pfirsich in der Sonne. Schicken Sie die arme kleine Trauerweide weg, mit der Sie hier sind. Sie brauchen keine Gardedame, ich werde selber die ganze Nacht achtgeben, daß Sie nicht belästigt werden!»

Seine Hand auf meinem nackten Rücken hielt mich keineswegs beschützerisch, und meine Haut war damit einverstanden.

Daß er das Engelchen erwähnt hatte, war ein Glück, ich

wurde sofort wieder nüchtern und erinnerte mich an meine Pflichten.

«Meine Freundin ist keine Trauerweide», sagte ich. «Und klein ist sie auch nicht. Sie paßt in der Größe besser zu Ihnen als ich. Tanzen Sie doch mit ihr!»

«Ich bin ein Mensch ohne Manieren», verkündete er mit einem strahlenden Lächeln. «Ich hätte mich schon längst vorstellen müssen. Ich heiße Justus Haran, wohnhaft in Köln, Alter sechsunddreißig. Haben Sie schon einmal von den Haran-Gußstahlwerken gehört? Ich bin hier, um mich von einer Mandeloperation zu erholen. Ist Ihnen meine heisere Stimme noch nicht aufgefallen? Ich kann nicht mit fremden Damen tanzen, ich bin noch äußerst schonungsbedürftig. Das trifft natürlich nicht auf Sie zu, wir kennen uns ja schon seit zehn Minuten.»

Ich tat das, was ich schon längst hätte tun sollen. Ich machte mich los, drehte mich um und ging. Er lief hinter mir her. «Also schön, ich werde mit ihr tanzen.»

Justus tanzte zweimal mit dem Engelchen, dann wieder mit mir.

«Finden Sie mich jetzt sympathischer?» erkundigte er sich. «Kann ich Sie morgen wiedersehen? Und was bekomme ich für meine Ritterdienste?» Ich erklärte ihm, daß ich ständig arbeiten müsse, nie Zeit hätte, und nur Gigolos würden entlohnt.

«La belle Dame sans merci», sagte er kopfschüttelnd.

Justus holte das Engelchen nochmals zum Tanz, und als die Musik pausierte, kamen sie nicht zum Tisch zurück. Ich sah mich um und entdeckte, daß sie an der Bar saßen und große Cognacgläser vor sich hatten. Einer der Bobfahrer erschien, als die Kapelle von neuem einsetzte, und schleifte mich quer durch den Saal. Dann trampelte mir der soignierte Herr aus unserem Hotel auf den Silberschuhen herum, jedesmal wenn er mich trat, sagte er: «Verzeihung», das war die ganze Konversation, die er zu bieten hatte.

Das Engelchen saß allein am Tisch, als mich der Soignierte ablieferte.

«Dr. Haran läßt sich bei dir entschuldigen», sagte sie. Ihre Wangen waren rosig angehaucht, vielleicht vom Cognac. «Er ist heimgegangen, er verträgt die rauchige Luft nicht.»

Ich wartete, ob noch etwas kam, Haran war nicht der Typ, der sang- und klanglos verschwand.

«Ich habe ihn für morgen zum Tee eingeladen», sagte das Engelchen.

«Oh!»

«Das Oh kannst du dir schenken, ich bin keine Nymphomanin. Eigentlich hat er sich selbst eingeladen, ich konnte nicht nein sagen, es wäre beleidigend gewesen.»

Am nächsten Tag hatten das Engelchen und ich eine fürchterliche Zankerei, die um drei begann und bis um Viertel nach vier dauerte. Sie wollte um keinen Preis mit Justus Haran allein sein. «Ich bin sicher, daß meine Blumen von ihm stammen! Je länger ich nachdenke, desto überzeugter bin ich. Er ist genau der Kavalier, der wortlos Rosen schickt! Du mußt dabei sein, damit es zu keinem privaten Gespräch kommen kann!»

Er war der Kavalier, der weiße Orchideen schickte. Sie standen seit mittags in meinem Zimmer. Wo er sie aufgetrieben hatte, war ein Rätsel.

Tee in der Hotelhalle. Das Engelchen schenkte ein und sah süß und schüchtern aus. Ich hatte mein Haar glatt zurückgebürstet und mir nicht einmal die Lippen geschminkt, um Justus abzuschrecken.

Er saß da, die verkörperte Wohlerzogenheit; daß er mir die Zuckerdose reichte, fiel mir nicht weiter auf, als er dann noch den Löffel nahm, der auf meiner Untertasse lag, und ihn mir in die Hand gab, hätte ich ihm gern eine geklebt. «Hier», sagte er voller Sanftmut, «der Löffel! Was links von Ihrem Teller steht, ist der Toast. Sehen Sie gut genug, um sich selbst Butter darauf zu streichen?»

Er wandte sich an Angela. «Es muß peinlich sein, die Gesichter der Menschen nur als verschwommene Flecken zu sehen.» Dann zu mir: «Wenn ich mich schildern dürfte: ich habe grünlichgraue Augen und eine Narbe am Kinn. Wollen Sie hinfühlen?»

Ich starrte ihn bloß an. Er sagte zum Engelchen: «Ich bin als Kind gegen einen Marmorsockel gerannt. In unserem Park . . .»

Park, Marmorsockel, vom Gußstahl ganz zu schweigen. Nachdem er angebracht hatte, daß er aus reichem Haus stammte, betrachtete er mich wieder mit besorgtem Blick: «Ich frage mich ernsthaft, wieviel Wunderschönes Sie schon zeit Ihres Lebens aus Kurzsichtigkeit versäumt haben. Man müßte sich um Sie kümmern. Sonst gehen Sie tatsächlich eines Tages am großen Glück vorüber.»

Auch Angela trug ihr Teil zur Unterhaltung bei: «Herrliches Wetter haben wir! Ich habe den ganzen Vormittag auf dem Balkon in der Sonne gelegen.»

Justus sagte: «Um sechs Uhr morgens war die Luft so kalt, daß mich jeder Atemzug geschmerzt hat wie ein Messerschnitt.»

Das Engelchen erkundigte sich, wieso er um diese Zeit schon wach gewesen sei.

«Ich hatte in München zu tun», sagte er mit unschuldigem Gesicht. «Eine dringende Besorgung.»

Das war der Moment, wo ich etwas von Arbeit murmelte, aufstand und in mein Zimmer zurückging: zu den weißen Orchideen aus München.

Justus, wie ich später vom Engelchen hörte, war «ein wirklich seriöser Mensch! Und dabei schüchtern. Stell dir vor, er hat nicht den Mut, sich zu beschweren, obwohl in seinem Hotel die Zentralheizung nicht funktioniert. Dabei ist ein ungeheizter Raum Gift für seinen Hals.»

Ich begriff. «Wann zieht er hier ein?» fragte ich.

«Morgen», sagte das Engelchen ganz beglückt.

Manchmal sah ich ihn vormittags beinahe splitterfasernackt auf dem Balkon liegen und sich sonnen. Ein breitschultriges, sehr nobel gewachsenes Mannsbild, goldbraun von der Stirn bis zu den Zehen.

Daß er sich ins selbe Hotel einquartiert hatte, war nicht mehr zu ändern. Aber ich ließ ihn fühlen, wie unerwünscht seine Anwesenheit war. Ich kam nicht mehr in den Speisesaal, sondern ließ mir die Mahlzeiten im Zimmer servieren. Trotzdem war es nicht zu vermeiden, daß er mir immer wieder über den Weg lief. Dann grüßte er mit übertriebener Höflichkeit, bloß daß er mich dabei gründlich betrachtete und mir eindeutige Signale zulächelte.

Das Engelchen ahnte nichts und war mit eigenen Problemen beschäftigt.

Sie erschien ungebeten, aber ständig in meinem Zimmer, um mir zu berichten und meine Meinung zu hören. Sie war mit Justus um zwei Uhr verabredet gewesen. Er rief: «Endlich!», als sie um halb drei erschien. «Hältst du das für ein gutes Zeichen?» fragte das Engelchen.

Ich sagte: «Ja. Ein anderer hätte höchstens zehn Minuten gewartet.»

Aber Engelchen interessierte sich für das Wort «endlich», sie wollte wissen, ob ich es für vielversprechend hielt.

«Engelchen», sagte ich, «geh spielen. Zeig Justus, wie man Papierpuppen ausschneidet, oder bau mit ihm einen Schneemann!»

Sie verschwand, und ich vergrub mich wieder in den Frühlingsroman. Vor der Balkontür funkelten die Eiszapfen in der Sonne.

Eines Nachts schreckte ich aus tiefem Schlaf hoch, die Lampe an der Zimmerdecke war aufgeflammt, und Angela stand neben meinem Bett. Als sie fragte, welche Kleider sie sich aus Berlin nachschicken lassen sollte, mußte ich sämtliche Sandküchelchen mit tausend multiplizieren, ehe ich einigermaßen freundlich sagen konnte: «Bist du verrückt geworden?»

Am Morgen drangsalierte sie mich von neuem, aber da hatte ich schon gefrühstückt und meine schlechte Laune überwunden. «Laß die alten Fetzen in Berlin», sagte ich. «In Mausgrau und Lila siehst du aus wie kalte Spucke.»

Das Engelchen kaufte sich ein Winterdirndl mit einer himmelblauen Brokatschürze und einen Trachtenanzug. Eines Tages rief die Blumenhandlung an, daß die zweihundert Mark aufgebraucht seien. Ich erneuerte den Auftrag nicht, wozu anonyme Sträuße, wenn ein lebendiger Justus vorhanden war.

Das Engelchen schien keine Notiz davon zu nehmen, daß das Rosenwunder beendet war.

Die Tatkraft, die sie entwickelte, war rührend. Ganz zufällig fand sie sich plötzlich immer dort ein, wo Justus aufzutauchen pflegte.

Am späten Nachmittag, wenn die Sonne bereits untergegangen, aber die Hotelbar noch nicht offen war, suchte Justus meist das Schreibzimmer auf, wo die bequemsten Clubfauteuils standen, um dort Zeitungen zu lesen, Börsennachrichten, Financial Time und was eben für Gußstahl wichtig war.

«Ich bin ganz harmlos vor dem Pult gesessen und habe dem Rechtsanwalt geschrieben, daß mir Friedrich-Wilhelm die heilige Apollonia zurückgeben muß — schließlich hab ich sie von meinem eigenen Geld gekauft —, da kam Dr. Haran, wahrscheinlich habe ich ganz verstört ausgesehen, und es hat sich einfach von selbst ergeben, daß ich ihm alles erzählt habe ... Justus hat mich so lieb und nett getröstet!»

Er war im selben Atemzug Dr. Haran und Justus. Die Atmosphäre schien sich noch nicht ganz stabilisiert zu haben. Aber eines stand fest: Justus verbrachte viele Stunden mit dem Engelchen.

Ohne, wie sie mir mitteilte, zudringlich zu werden. «Er spricht viel von dir, hat sich erkundigt, wie lang wir uns schon kennen und wie dein Freund ist — findest du das nicht rührend? Alles, was mit mir und Berlin zusammenhängt, interessiert ihn. Man könnte glauben, er macht mir auf diskrete Weise den Hof.»

Mit mir war er weniger diskret. Als ich ihn zufällig im Dorf traf, zog er mir mitten auf dem Marktplatz die Fäustlinge aus, küßte meine Hände innen und außen, dann ließ er mich stehen und ging fort. Alles, ohne ein einziges Wort zu sagen.

Ich war empört. «Die Fäustlinge!» rief ich ihm nach. Er kam zurück, zog aus seiner Jackentasche die zusammengeknäulten Handschuhe. «Welchen brauchen Sie notwendiger, den rechten oder linken? Denn einen behalte ich!»

Ich wollte ihm beide entreißen. Er sagte: «Jetzt bekommen Sie überhaupt keinen», und stopfte sie seelenruhig in die Tasche.

«Justus — bitte.»

«Sie sind geizig!» sagte er.

Wir sahen uns in die Augen und schwiegen.

Er erklärte unvermittelt: «Es ist noch Zeit! Sie können mich noch immer zurückpfeifen.» Dann drehte er sich um und ließ mich endgültig stehen.

Meine Haut erinnerte mich an seine Hand, und meine Hände an seinen Mund. Aber ich pfiff nicht. Am liebsten wäre ich sofort abgereist. Doch das hätte nach Flucht ausgesehen. Schließlich war ich eine Frau von dreiundzwanzig Jahren, das Geringste, was ich von mir verlangen konnte, war Haltung.

Ich beschloß, noch eine Woche über mich ergehen zu lassen. «Am zweiten Weihnachtstag fahre ich heim», teilte ich Angela mit. Justus, der dabei war, warf ein, er bliebe bis Silvester.

Das Engelchen wurde blaß.

«Falls sich das Wetter hält», setzte Justus noch hinzu. «Sonst reise ich früher.»

Angela warf mir einen drängenden Blick zu, aber ich mischte mich nicht ein. Ich hatte ihr in den Sattel geholfen, jetzt mußte sie selber zusehen, wie sie nun mit diesem goldbraunen Hengst zu Rande kam.

Das Wetter blieb schön.

Ich hatte erwartet, daß das Engelchen mich bestürmen, sich Rat holen und Pläne schmieden würde. Aber sie schwieg sich aus. Justus machte ausgedehnte Skitouren. Ich hatte keine Ahnung, wie es zwischen den beiden stand. Es interessierte mich auch nicht. Ich hatte genug damit zu tun, mich auf meine Arbeit zu konzentrieren. Ich vergaß sogar, an Nino zu schreiben. Er rief mich an, zuerst war er ironisch, dann begann er zu toben. Ich versuchte ihn zu besänftigen, doch als er in der gleichen Tonart weitermachte, legte ich einfach den Hörer auf.

Das Engelchen ging seit neuestem mit einem unendlich zarten Lächeln herum. Aber ich fragte nichts, und sie sagte nichts.

Erst als der Heilige Abend kam, erkundigte sie sich bei mir: «Was schenkst du ihm?»

«Was ich Nino schenke?»

«Nein. Justus.»

«Nichts.»

«Aber falls er uns etwas gibt — müßte man nicht ein kleines Cadeau parat haben?»

«Er wird uns Blumen schicken. Dafür muß man sich nicht revanchieren.»

Das Engelchen blickte mich nachdenklich an. «Na schön. Ganz wie du meinst.»

Justus schickte jeder von uns drei Dutzend rote Rosen, meiner Schätzung nach den gesamten Vorrat der beiden Garmischer Blumenhandlungen.

Es war das übliche Hotel-Weihnachten, mit elektrisch beleuchteten Tannen in den Gesellschaftsräumen und Gala-Diner.

Justus hatte sich auf dem Schneeferner einen Sonnenbrand geholt und war in wehleidiger Stimmung. Oder das Christbaumgeglitzer machte ihn sentimental.

Jedenfalls trank er sehr viel Champagner. An den Austern aber kaute er herum, als wären sie in seiner Fabrik aus Gußstahl hergestellt worden. Die Tournedos Dauphinoise rührte er nicht an.

Er spielte mit dem blanken Besteck und stieß einen tiefen Seufzer aus.

«Was ist?» fragte ich mit größter Liebenswürdigkeit, obwohl mir nicht danach war, denn schließlich hatte er mich von weißen Orchideen auf rote Rosen, noch dazu im Duplikat, absinken lassen. «Wo tut es weh? Auf den Schultern, den Armen? Im Herzen? Sehnsucht nach Köln?»

«Mir fehlt nicht das Geringste», erwiderte er düster. Er ließ eine neue Flasche Bollinger bringen, was richtig war, denn die erste hatte er ohnehin beinahe allein geleert.

Als die dritte Flasche auf dem Tisch stand, und ehe noch das Dessert serviert war, erhob er sich. «Entschuldigen Sie, ich will daheim anrufen und ein frohes Fest wünschen.» Er verschwand. Das Engelchen hatte glitzernde Augen, nicht vom Sekt, sondern als würde sie gleich in Tränen ausbrechen.

«Wen hat er daheim?» fragte ich. «Seine Eltern?»

«Zwei Brüder. Die Eltern sind tot.»

«Rede dir jetzt bloß nicht ein, daß er ein verlassenes Waisenkind ist, das hungernd durch den Schnee irrt. Er ist sechsunddreißig Jahre, und es ist seine eigene Sache, wenn er keine Tournedos will.»

Ich hätte genausogut zum Tischtuch sprechen können. Das Engelchen nickte und war mit seinen Gedanken offensichtlich ganz woanders. Vielleicht in der Telefonzelle. Auch ich fragte mich im stillen, ob Justus mit den Brüdern sprach oder mit jemand anderem. Es war eigentlich anzunehmen, daß er in Köln eine Freundin hatte.

«Wie stehst du mit ihm?»

«Ich bin in ihn verliebt», sagte das Engelchen. «Hast du das noch nicht bemerkt?»

Sie blinzelte, um die Tränen zurückzuhalten.

«Und er?»

«Ich weiß nicht», sagte sie. «Das ist es eben. Ich weiß nicht, wie ich mit ihm dran bin.»

«Bis Silvester kann noch eine Menge geschehen.»

«Du irrst dich», sagte das Engelchen. «Ich spür genau, ich hab nicht mehr viel Zeit!»

Sie wischte sich mit den Fingerspitzen die feuchten Lider ab.

«Du mußt dich zurechtmachen», sagte ich. «Die Wimperntusche ist verschmiert.» Sie stand gehorsam auf und ging.

Als Justus zurückkam, war ich noch allein. Er benutzte die Gelegenheit, um mir mitzuteilen, daß er mir für meinen ferneren Lebensweg alles Gute wünsche. «Wer immer Sie morgen in Berlin erwartet, ist ein beneidenswerter Mann.»

«Ich fahre erst übermorgen», korrigierte ich.

«Ich hoffe, Sie werden mit ihm weiterhin glücklich sein!» sagte er.

Es war ein höchst ungemütlicher Heiliger Abend. Das Engelchen rauschte frisch bemalt heran, sie hatte zwei winzige, nadelscharfe Fältchen neben den Mundwinkeln, und plötzlich erinnerte ich mich an ihr unschuldiges Kindergesicht, an den kleinen anbetenden Hirten mit Krummstab und Rauschebart.

Ich war an diesem Abend früh zu Bett gegangen. Am nächsten Vormittag, als ich Koffer packte, fiel mir ein, daß ich Angela einen Schal geborgt hatte.

Ich ging zu ihr hinüber, sie kam gerade aus dem Bad, bloßfüßig, in einen weißen Frotteemantel eingewickelt.

«Dein Schal? Ich glaube, er liegt im obersten Schubfach.» Sie ließ den Bademantel fallen und betrachtete sich in dem großen Schrankspiegel.

«Für sechsundzwanzig Jahre eigentlich ganz nett», sagte sie. «Findest du nicht auch?»

Noch nie hatte sie sich vor mir nackt gezeigt.

Sie schritt ungeniert durchs Zimmer, holte einen seidenen Morgenrock vom Haken und schlüpfte hinein.

«Justus», sagte sie, «hat mir einen Heiratsantrag gemacht.»

«Wann?» fragte ich verblüfft.

Das Engelchen sagte schlicht: «Wie soll ich das wissen. Es war finster im Zimmer. Ich nehme an, es wird gegen vier oder fünf Uhr morgens gewesen sein.»

Ich konnte bloß die Augen aufreißen, was Angela mißverstand.

«Wahrscheinlich hältst du mich für berechnend! Aber für eine Frau in meinem Alter ist er der reinste Märchenprinz. Außerdem: Auch er war einsam. Es hat sich alles beinahe von selbst ergeben!»

Sie hatten gestern noch die Flasche Bollinger ausgetrunken, anschließend ein paar Gläser Himbeergeist gekippt, aber dann waren sie zum Champagner zurückgekehrt.

«Ich dachte, der Alkohol wird Justus doch aufheitern, aber er wurde immer schwermütiger. Ich möchte ausdrücklich feststellen, daß er nicht betrunken war! Oder so gut wie kaum. Gegen elf hat er mich zu meinem Zimmer begleitet.»

«Und dann?»

Das Engelchen druckste ein bißchen herum. Auf dem Korridor, zwischen Tür und Angel, hatte er sie geküßt, zuerst sehr zart, dann mit beängstigender Glut. Als sie ihm zuflüsterte: «Wenn jetzt irgend jemand vorbeikommt ...», hatte Justus geantwortet: «Sie haben vollständig recht!» war mit ihr ins Zimmer getreten und hatte die Tür hinter sich zugezogen.

«Ich schwöre dir», sagte das Engelchen, «das war das letzte, was ich beabsichtigt hatte! Ich war restlos verlegen.»

Ich ermunterte sie nicht, weiter zu erzählen, aber sie brauchte keine Aufforderung.

«Ich wollte ihn ablenken! Und zeigte ihm alle Weihnachtsgeschenke, die ich bekommen hatte, die Bluse von Herma und die handgestickten Frühstücksservietten von meiner Masseuse und deinen Rauschgoldengel ... Weißt du, warum er den ganzen Abend so verdüstert war? Weil ihm kein einziger Mensch was geschenkt hat! Rein gar nichts. Nicht einmal ein altes Zehnpfennigstück! Du kannst ruhig lachen, das ist mir egal. Du warst nicht dabei, du hast sein Gesicht nicht gesehen. Ich mußte ihm einfach eine Freude machen. Aber wo sollte ich um diese nachtschlafende Zeit ein Geschenk für ihn hernehmen!»

Angela errötete sanft. «Deshalb ...», sagte sie und verstummte. Sie lächelte mich an. «Was hätte ich ihm sonst geben können? Es war das einzige, was ich bei mir hatte ...»

Wenn es wirklich ernst wurde, war das Engelchen jeder Situation gewachsen. Ja, das ist die Geschichte der glücklichen Ehe, die ich gestiftet habe.

Am Abend des 26. Dezember fuhr ich nach Berlin zurück. Sie begleiteten mich beide zum Bahnhof. Das Engelchen blieb — erschöpft — im Schlitten sitzen, aber Justus brachte mich bis ins Schlafwagenabteil.

«Leb wohl», sagte er.

Dann zog er mich an sich und küßte mich.

Wir zitterten, als wir einander losließen.

Bei der Tür drehte er sich noch einmal um und warf mir stumm einen runden Wollball aufs Bett. Es war der zusammengerollte Handschuh. Nur einer. Als ich wieder in Berlin war, trennte ich mich von Nino. Ich hätte nicht sagen können warum — es war eben aus und vorbei und zu Ende . . .

O. HENRY

Frühling à la Carte

Es war ein Tag im März.

Niemals sollten Sie eine Geschichte so beginnen, wenn Sie eine erzählen. Kein Anfang könnte überhaupt schlechter sein. Er ist einfallslos, flach, trocken und im Grunde nichts als leeres Gerede. Aber in diesem Fall ist er erlaubt. Denn der folgende Absatz, der die Erzählung hätte einleiten sollen, ist viel zu ausgefallen und grotesk, als daß er dem Leser unvorbereitet zugemutet werden könnte.

Sarah weinte über ihrer Speisekarte.

Stellen Sie sich ein Mädchen aus New York vor, das Tränen auf die Menükarte vergießt!

Um das zu erklären, können Sie vielleicht meinen, daß der Hummer ausgegangen wäre oder daß sie gelobt hätte, in der Fastenzeit kein Eis zu essen, oder daß sie Zwiebeln bestellt hätte oder daß sie gerade aus einer Theatermatinee gekommen wäre. Doch da all diese Theorien falsch sind, werden Sie nun gestatten, daß diese Geschichte weitergeht.

Jener Herr, der die Welt eine Auster nannte, die er mit seinem Schwert öffnen würde, hat mehr Berühmtheit erlangt, als er verdiente. Es ist nicht schwer, eine Auster mit dem Schwert zu öffnen. Aber haben Sie einmal gesehen, wie jemand versucht, die Erdenmuschel mittels einer Schreibmaschine zu öffnen? Wollen Sie warten, bis ein rundes Dutzend auf diese Weise geöffnet wird?

Sarah war es gelungen, die Schalen mit ihrem unhandlichen Instrument so weit auseinanderzubekommen, daß sie ein kleines bißchen von der feuchtkalten Welt darin naschen konnte. Sie hatte nicht mehr Ahnung von Kurzschrift als die Absolventin eines Stenographiekurses, die gerade von einer Handelsschule auf die Menschheit losgelassen worden ist. Da sie also keine Stenographie beherrschte, konnte sie nicht in die auserwählte Schar der Büroangestellten aufgenommen werden. Sie war eine freiberufliche Maschinenschreiberin, die sich um einzelne Abschreibeaufträge bemühen mußte.

Der glänzendste und krönende Höhepunkt in Sarahs Kampf mit der Welt war der Handel mit Schulenbergs Familienrestaurant. Das Restaurant stand gleich neben dem alten roten Backsteinbau, in dem sie wohnte. Nachdem sie eines Abends für 40 Cents Schulenbergs Menü in fünf Gängen (die so schnell wie fünf Tennisbälle aufeinanderfolgten) verzehrt hatte, nahm sie die Speisekarte mit. Sie war in fast unleserlicher Schrift weder in deutsch noch in englisch abgefaßt und dergestalt angeordnet, daß man, wenn man nicht ganz genau hinsah, mit einem Zahnstocher und Reispudding begann und mit der Suppe und dem Wochentag aufhörte.

Am folgenden Tag präsentierte Sarah Schulenberg eine ordentliche Karte, auf der die Speisenfolge fein säuberlich mit der Maschine eingesetzt war und die Gerichte einladend in den richtigen und zuständigen Sparten von «Hors d'œuvre» bis «Für Garderobe wird nicht gehaftet» fungierten.

Schulenberg wurde auf der Stelle ein echter Amerikaner. Als Sarah ihn verließ, hatte er mit ihr bereitwilligst ein Abkommen getroffen. Sie hatte getippte Speisekarten für die einundzwanzig Tische des Restaurants zu liefern — jeden Tag eine neue Karte für das Mittagessen und ebenfalls eine neue für Frühstück und Lunch, falls Änderungen eintraten oder die Reinlichkeit es verlangte.

Als Gegenleistung mußte Schulenberg täglich durch einen besonders unterwürfigen Kellner drei Mahlzeiten auf Sarahs Zimmer bringen lassen und ihr jeden Nachmittag eine mit Bleistift geschriebene Aufstellung der Dinge, die das Schicksal für Schulenbergs Gäste am darauffolgenden Tag bereithielt, zukommen lassen.

Allgemeine Zufriedenheit war das Ergebnis dieser Übereinkunft. Schulenbergs Kunden wußten nun endlich, wie die Gerichte, die sie aßen, hießen, selbst wenn ihre Zusammensetzung ihnen manchmal Rätsel aufgab. Sarah andrerseits hatte während eines kalten, dunklen Winters genug zu essen, und das war für sie die Hauptsache.

Aber dann schwindelte der Kalender und behauptete, der Frühling wäre gekommen. Der Frühling kommt, wann er kommt. Der gefrorene Schnee vom Januar lag noch immer beharrlich auf den Straßen der Stadt. Die Drehorgeln spielten noch immer «In der guten, alten Sommerszeit» so leidenschaftlich und gefühlvoll wie im Dezember. Die Männer notierten sich dreißig Tage im voraus, daß sie neue Ostersachen kaufen müßten. Die Hausmeister drehten den Dampf ab. Wenn all dies geschieht, weiß man, daß die Stadt noch immer in der Gewalt des Winters ist.

Eines Nachmittags schüttelte sich Sarah vor Kälte in ihrem eleganten Zimmer («Haus geheizt, gepflegt, aller Komfort, beste Empfehlungen»). Sie hatte keine andere Arbeit als Schulenbergs Speisekarten. Sarah saß auf ihrem knarrenden Korbsessel und schaute zum Fenster hinaus. Der Kalender rief ihr unablässig zu: «Der Frühling ist da, Sarah, der Frühling ist da, ich sage es dir. Schau mich an, Sarah, meine Zahlen beweisen es. Und du hast allen Grund zufrieden zu sein, denn du bist ebenso schön wie der Frühling. Warum blickst du nur so traurig aus dem Fenster?»

Sarahs Zimmer lag im rückwärtigen Teil des Hauses. Wenn sie zum Fenster hinausschaute, konnte sie die fensterlose hintere Ziegelwand der Kartonagenfabrik in der gegenüberliegenden Straße sehen. Aber für Sarah bestand die Mauer aus klarsten Kristallen, und sie erblickte einen grasbewachsenen Feldweg, den Kirschbäume und Ulmen beschatteten und Himbeersträucher und Cherokee-Rosen säumten.

Die wahren Vorboten des Frühlings sind zu zart für Auge und Ohr. Manche Leute verlangen blühenden Krokus, Hartriegelsträucher, die den Wald mit Sternen übersäen, den Gesang der Drossel, ja sogar so auffällige Zeichen wie den Abschiedsgruß der allmählich von den Speisekarten verschwindenden Buchweizenkuchen und Austern, ehe ihr träges Herz den Frühling willkommen heißen kann. Aber die liebsten Kinder der alten Erde empfangen unmittelbar süße Botschaften ihrer jüngsten Braut, die ihnen sagt, daß sie keine Stiefkinder zu sein brauchen, wenn sie es nicht wollen.

Im letzten Sommer war Sarah auf dem Land gewesen und hatte sich in einen Farmer verliebt.

(Wenn Sie eine Geschichte erzählen, sollten Sie nie so zurückgreifen. Das ist unkünstlerisch und lähmt das Interesse. Sorgen Sie dafür, daß die Erzählung immerzu voranschreitet.)

Sarah verlebte zwei Wochen auf der Sunnybrook-Farm. Dort verliebte sie sich in Walter, den Sohn des alten Farmers Franklin. Farmer wurden schon in kürzerer Zeit geliebt und geheiratet und wieder verlassen. Aber der junge Walter Franklin war ein moderner Landwirt. Er hatte ein Telefon in seinem Kuhstall, und er konnte sich genau ausrechnen, welchen Einfluß die kanadische Weizenernte des folgenden Jahres auf die bei Neumond gepflanzten Kartoffeln haben würde.

Auf diesem schattigen, himbeerbewachsenen Feldweg hatte Walter sie umworben und erobert. Und sie hatten beieinander gesessen und einen Löwenzahnkranz für ihr Haar geflochten. Er hatte begeistert den Kontrast zwischen den gelben Blüten und ihren braunen Locken gepriesen. Sie hatte das Kränzchen zurückgelassen und war, ihren Strohhut in der Hand schwingend, zum Haus zurückgewandert.

Sie wollten im Frühjahr heiraten — bei den ersten Anzeichen des Frühlings, hatte Walter gesagt. Und Sarah war wieder in die Stadt zurückgekehrt, um ihre Schreibmaschine zu bearbeiten.

Ein Klopfen an der Tür verscheuchte Sarahs Visionen dieses glücklichen Tages. Ein Kellner brachte den Bleistiftentwurf der Speisekarte für den folgenden Tag, den der alte Schulenberg in seiner eckigen Handschrift verfaßt hatte. Sarah setzte sich an ihre Schreibmaschine und steckte eine Karte zwischen die Walzen. Sie war eine flinke Arbeiterin. Im allgemeinen waren die einundzwanzig Speisekarten in anderthalb Stunden fix und fertig.

Heute enthielt die Karte mehr Änderungen als gewöhnlich. Die Suppen waren leichter, das Schweinefleisch war bei den Zwischengängen gestrichen und trat nur noch zusammen mit gelben Steckrüben unter den Hauptgerichten in Erscheinung. Der liebliche Geist des Frühlings durchwaltete die ganze Speisenfolge. Das Lamm, das sich noch kürzlich auf den grünenden Hügeln getummelt hatte, wurde in Gemeinschaft mit der grünen Soße, die an seine früheren munteren Sprünge erinnerte, aufgetischt. Das Lied der Auster war zwar noch nicht verklungen, ertönte aber nur noch *diminuendo con amore*. Die Bratpfanne hatte sich offenbar untätig hinter die schützenden Türen des Backrohrs zurückgezogen. Die Liste der Pasteten schwoll an, die schweren Puddings waren verschwunden, die Wurst in ihrer Hülle siechte zusammen mit den Buchweizenkuchen und dem süßen, aber dem Untergang geweihten Ahornsirup in angenehmen Todesahnungen dahin.

Sarahs Finger tanzten wie Mücken über einem sommerlichen Bach. Sie arbeitete sich durch die Spalten und ordnete jede Eintragung mit sicherem Augenmaß ihrer Länge entsprechend an.

Genau über den Nachspeisen mußte die Liste der Gemüse erscheinen. Karotten und Erbsen, Spargel auf Toast, die ewigen Tomaten und Mais und Eintopfgerichte und Limabohnen, der Kohl . . . und dann . . .

Sarah weinte über ihrer Speisekarte. Tränen aus der Tiefe einer heiligen Verzweiflung stiegen in ihr auf und sammelten sich in ihren Augen. Ihr Kopf sank auf den kleinen Schreibmaschinentisch, und die Tasten klapperten eine trockene Begleitung zu ihren tränenfeuchten Seufzern.

Sie hatte nämlich seit zwei Wochen keinen Brief mehr von Walter erhalten, und der nächste Punkt auf der Speisekarte war Löwenzahn — Löwenzahn mit irgendeiner Eierspeise (aber zum Kuckuck mit den Eiern!) — Löwenzahn, mit dessen goldenen Blüten Walter seine Herzenskönigin und zukünftige Frau bekränzt hatte — Löwenzahn, der Bote des Frühlings, die Schmerzenskrone ihrer Schmerzen, Erinnerung an ihren glücklichsten Tag.

Gnädige Frau, ich gestatte Ihnen zu lächeln, wenn Sie diese Probe bestanden haben: Lassen Sie die Marschall-Niel-Rosen, die Ihnen Ihr Geliebter an dem Abend, an dem Sie ihm Ihr Herz schenkten, mitbrachte, als Salat mit französischer Soße an Schulenbergs Table d'hôte vor Ihren Augen anrichten. Wenn Julia hätte zusehen müssen, daß ihre Zeichen der Liebe auf diese Weise entehrt würden, dann hätte sie wohl noch früher bei den todbringenden Kräutern des guten Apothekers Zuflucht gesucht.

Aber was für ein Zauberer ist doch der Frühling! In die große, kalte Stadt aus Stein und Eisen mußte er eine Botschaft senden, und niemand anders konnte sie überbringen als der kleine, zähe Bote des Feldes mit seinem rauhen, grünen Gewand und seinem bescheidenen Auftreten. Er ist ein wahrer Soldat des Glücks, dieser Löwenzahn. Wenn er blüht, ist er ein Helfershelfer der Liebe und bekränzt meiner Liebsten nußbraunes Haar, wenn er noch jung und zart und ohne Blüte ist, wandert er in den Kochtopf und verkündet so das Wort seiner hohen Herrin. Nach und nach gelang es Sarah, ihre Tränen zurückzuhalten. Die Karten mußten geschrieben werden. Doch während ihr Löwenzahntraum noch leicht und golden in ihr nachglühte, spielte sie eine Weile zerstreut auf den Schreibmaschinentasten herum, und ihr Geist und ihr Herz weilten bei dem jungen Farmer auf dem Wiesenweg. Aber schnell kehrte sie wieder in die felsigen Straßenschluchten von Manhattan zurück, und die Schreibmaschine begann zu klappern und zu hüpfen wie das Auto eines Streikbrechers.

Um sechs Uhr brachte ihr der Kellner das Essen und nahm die getippten Speisekarten mit. Beim Essen schob Sarah seufzend das Löwenzahngericht mit seiner krönenden Eierbeilage beiseite. Wie diese trübe Masse sich von einer strahlenden, liebebringenden Blume in ein ordinäres Gemüse verwandelt hatte, so waren auch ihre sommerlichen Hoffnungen verwelkt und vergangen. Die Liebe mag sich, wie Shakespeare behauptet, von sich selbst ernähren, doch Sarah brachte es nicht übers Herz, den Löwenzahn zu verzehren, der einst die Festtafel ihrer ersten großen Liebe geschmückt hatte.

Um 7.30 begann das Paar nebenan zu streiten, der Mann über ihr suchte das A auf seiner Flöte, das Gas ließ etwas nach, drei Kohlenwagen wurden entladen (das einzige Geräusch, auf welches das Grammophon eifersüchtig ist), die Katzen auf den Hinterzäunen verzogen sich langsam. An all diesen Zeichen merkte Sarah, daß ihre Lesestunde gekommen war. Sie holte «Das Kloster und der häusliche Herd», das beste unverkäufliche Buch des Monats, hervor, bettete die Füße auf den Koffer und begann ihre Wanderung mit Gerard.

Die Haustürglocke läutete. Die Wirtin öffnete. Sarah verließ

Gerard und Denys, die gerade von einem Bären auf einem Baum gefangengehalten wurden, und lauschte. Ach, das würden Sie auch tun, genau wie sie!

Und dann erklang eine kräftige Stimme unten in der Diele. Sarah stürzte zur Tür, wobei das Buch auf den Boden fiel und der Bär mühelos die erste Runde gewann.

Sie haben es erraten. Sie erreichte den Anfang der Treppe, als schon ihr Farmer heraufkam, drei Stufen auf einmal nehmend, sie so stürmisch aberntete und in die Scheune einbrachte, daß für die Ährenleser nichts mehr übrigblieb.

«Warum hast du nicht geschrieben?» rief Sarah aus.

«New York ist eine ziemlich große Stadt», sagte Walter Franklin. «Ich bin vor einer Woche hergekommen und zu deiner alten Adresse gegangen. Ich erfuhr, daß du an einem Donnerstag ausgezogen bist. Das war ein kleiner Trost, denn so konnte wenigstens der Freitag kein Unglück bringen. Aber das hat mich nicht davon abgehalten, seit diesem Augenblick mit der Polizei und auch sonst nach dir zu forschen.»

«Ich habe doch geschrieben!» erwiderte Sarah mit Nachdruck.

«Ich habe nichts bekommen.»

«Aber wie hast du mich dann gefunden?»

Der junge Farmer setzte ein Frühlingslächeln auf.

«Ich geriet heute abend zufällig in das Familienrestaurant nebenan», sagte er. «Es ist mir egal, ob es jemand gesehen hat, aber ich brauche zu dieser Jahreszeit eine Portion Grünzeug. Ich überflog die nette getippte Speisekarte, um zu sehen, ob sie etwas nach meinem Geschmack enthielt. Als ich beim Kohl angelangt war, drehte ich mich auf meinem Stuhl herum und rief nach dem Inhaber. Er sagte mir, wo du wohnst.»

«Ich erinnere mich», seufzte Sarah glücklich. «Unter dem Kohl stand der Löwenzahn.»

«Ich würde das hochgestellte, wacklige große W, das von deiner Schreibmaschine stammt, überall in der Welt wiedererkennen», sagte Franklin.

«Aber da ist doch kein großes W in Löwenzahn», entgegnete Sarah überrascht.

Der junge Mann zog die Speisekarte aus der Tasche und wies auf eine Zeile.

Sarah erkannte die erste Karte, die sie an diesem Abend geschrieben hatte. Der ausgelaufene Fleck in der oberen rechten Ecke, der von einer Träne herrührte, war noch immer zu sehen. Aber an der Stelle, wo man den Namen der Wiesenpflanze finden sollte, hatte die nachhaltige Erinnerung an ihre goldenen Blüten Sarahs Finger zu merkwürdigen Tastenanschlägen verführt.

Zwischen dem Rotkohl und den gefüllten grünen Paprikaschoten stand:

LIEBSTER WALTER MIT HARTGEKOCHTEN EIERN.

EDDA ROENCKENDORFF

Charlottes Ferien

Seit drei Monaten wohne ich im Haus meines Vaters. Meine drei älteren Brüder, die nicht nur über mein, sondern auch über Vaters Schicksal bestimmen wollen, fanden es schon lange sinnlos, daß Vater allein in einem Haus lebt, in dem für mich reichlich Platz ist. Und warum soll ich Miete zahlen, wenn ich bei Vater schöner und bequemer wohnen kann? Daß ich lieber allein lebe, halten sie für unwichtig; daß Vater nicht mehr allein lebt, ist ihr eigentliches Ziel, bloß sagen sie es nicht laut. Bei ihren Überlegungen war nur ich anwesend. Meine drei netten und vernünftigen Schwägerinnen werden zum engsten Familienrat nicht zugezogen. Vor Vater haben die drei Brüder Gott sei Dank Respekt. Sie halten es für bequemer, ihn mit ihren Entschlüssen zu überrumpeln.

«Du bist schon dreißig», sagt Julius, und: «Du wirst vermutlich nicht mehr heiraten», Werner. Richard ist nur zwei Jahre älter als ich, aber er behandelt mich wie ein kleines Kind. «Wenn du zu Vater ziehst, seid ihr beide gut versorgt.» Früher hätte ich ihn dafür getreten, aber das geht nun nicht mehr.

«Was ist, wenn Vater nicht will?» fragte ich sie. «Er ist erst 68; und er hat seit einiger Zeit eine neue Witwe, die sehr nett ist.»

«Eben! Wenn du bei ihm wohnst, hört das Witwenunwesen vielleicht auf.» Julius ist es etwas peinlich, daß Vater kein der Welt entrückter Greis ist, sondern gern freundliche weibliche Wesen um sich hat. Dabei könnte er sich daran gewöhnt haben. Vater ist seit zwanzig Jahren Witwer; er hat uns mit einem steten Strom von Hausdamen großgezogen, die immer dann wechselten, wenn sie endgültig erkannten, daß er sie nicht heiraten wollte. Später, als wir alle erwachsen waren und aus dem Haus gingen, traten an ihre Stelle die Witwen, die er auch nicht heiraten will.

Jetzt wohne ich bei ihm. Es geht viel besser, als ich anfangs dachte. Ich bin Chemikerin in einer pharmazeutischen Fabrik. Vater ist Architekt, hat sich aus seinem Büro zurückgezogen, arbeitet aber noch viel zu Hause. Wir sehen uns erst nachmittags, weil ich morgens früh aufstehe, allein frühstücke und im Betrieb in der Kantine esse. Wenn ich nachmittags zurückkomme, ist Vater meistens da. Wir trinken dann Kaffee. Wenn Elisabeth, die gerade amtierende Witwe, zu Besuch ist, sitzen wir mit ihr zusammen. Vater hat den linken Flügel des Hauses für sich, ich den rechten. In der Mitte sind das große Wohnzimmer, das Eßzimmer und die Küche. Sommers leben wir auf der Terrasse oder im Garten, den wir beide beackern. Wir sind leidenschaftliche, aber nicht sonderlich begabte Gärtner.

Das geht nun schon seit drei Monaten sehr gut. Die letzte Witwe, eben die, die ich gut leiden mag und die Julius loswerden möchte, ist immer noch da. Ich habe den Verdacht, daß sie Vater aufgehetzt hat, für mich einen Mann zu suchen. Er ist darin nicht sehr begabt. Er lädt abends einzelne Bekannte oder Freunde ein, bekommt dann plötzlich einen Telefonanruf, daß er dringend fort muß, und läßt mich mit diesen Herren allein. Da Vater nicht mehr ganz jung ist, sind es seine Freunde auch nicht. Die drei, die bisher hier waren, rangieren im Alter zwischen 45 und 60. Beim ersten ist mir noch nichts aufgefallen. Beim zweiten wurde ich stutzig, aber er hatte so offensichtlich mehr Interesse am Umgang mit anderen Männern, daß ich meinen Argwohn fallenließ. Beim dritten allerdings, als Vater wiederum plötzlich das Weite suchte, war alles klar. So fragte ich ihn einfach, ob Vater ihn eingeweiht habe, daß er als Heiratskandidat für mich ausersehen sei. Nein, eingeweiht sei er nicht, aber er habe doch so etwas geahnt. Ob er denn überhaupt heiraten wolle, fragte ich weiter, von mir mal ganz abgesehen. Er hat herzlich gelacht. Nein danke, lieber nicht. Er sei jetzt unbeweibt sechzig Jahre alt geworden und habe Angst vor Experimenten, aber wenn es denn sein müsse, dann schon am liebsten mich. Er hat das so reizend gesagt, daß ich allen Ärger über Vater vergaß. Wir sind essen gegangen und haben uns glänzend unterhalten. Seither sehen wir uns gelegentlich, aber das braucht Vater nicht zu wissen.

Dieser Drang, mich unter die Haube zu bringen, ist einerseits rührend, andererseits lästig. Ich bin kein spätes Mädchen. Ich mag Männer, habe viele Kollegen, mit denen ich gut auskomme, bin an einen Vater und drei Brüder von Kindheit an gewöhnt und weder so häßlich noch so abweisend, daß es mir an Möglichkeiten fehlte. Aber ich habe während des Studiums mit einer ersten großen Liebe Schiffbruch erlitten. Danach gab es noch einen Mann, mit dem ich zusammenlebte, bis mitten in der Nacht ein Anruf kam, er läge nach einem Unfall sterbend in einem Krankenhaus.

Ich habe mir Vater inzwischen vorgenommen. Beim Kaffeetrinken habe ich gesagt, ich sei dankbar, daß er sich so um mich bemühte, aber ob er es wirklich so notwendig fände, mich zu verheiraten. Er sei darin nicht gerade ein leuchtendes Vorbild, ich wäre nach ihm geschlagen, käme gut mit mir aus, und auf Männersuche ginge ich lieber allein. Vater hatte soviel Anstand, rot zu werden. Es sieht merkwürdig aus, wenn ein älterer, grauhaariger Mann rot wird, sehr rührend.

Bleibt noch die Witwe vom Dienst. Es ist gemein, sie so zu nennen, aber nach einem Reigen von Hausdamen und Witwen hat sich der Name in unserem geschwisterlichen Sprachschatz fest verankert. Elisabeth hat kurze graue Haare, schöne, große, sehr helle Augen, viele Falten, eine Figur, die einen neidisch machen kann, und eine lässige Eleganz, mit der sie Vater um ihren mageren kleinen Finger wickelt. Mir imponiert sie sehr, und wenn wir alle etwas weniger zurückhaltend und vorsichtig wären, hätte ich es ihr längst schon gesagt und Vater zu ihr gratuliert. Aber wir sind Eigenbrötler und brauchen Abstand.

Vater und sie wollen verreisen. Ich habe in zwei Tagen Urlaub und bleibe hier. Gestern kam Elisabeth in «meinen» Teil des Hauses, klopfte an, setzte sich und sagte: «Charlotte, ich möchte mich bei Ihnen entschuldigen. Die Männer waren eine Idee von mir; ich habe es Ihrem Vater eingeredet.»

«Das dachte ich mir. Er ist nicht phantasievoll genug, sich das allein auszudenken. Aber warum? Halten Sie mich für unglücklich?»

«Nein. Ich sehe nur, wie oft Sie abends allein sind. Es waren lauter angenehme und kluge Männer, mit denen man sich glänzend unterhalten kann. Ich will Sie nicht verheiraten. Doch ich habe selber zu lange zu einsam gelebt. Dadurch, daß ich Ihren Vater kennengelernt habe, ist mein Leben runder und farbiger geworden. Es gibt wieder jemand, dem ich erzählen kann, was ich erlebt habe, was mich beschäftigt ... Es ist das Echo.» Sie zog eine Schulter hoch, lächelte, ohne mich dabei anzusehen, und schien dann etwas, was sie gedacht hatte, laut auszusprechen. «Man sollte nicht dankbar sein wollen.»

Ich will ihr nichts Böses, aber ich hatte einen schlechten Tag und reagierte patzig und hölzern. «Ich habe es schon Vater gesagt: Männer suche ich mir lieber allein. Trotzdem vielen Dank.»

Heute ist mein dritter Urlaubstag. Es ist wunderschönes Wetter. Ich habe auf der Terrasse in der Sonne gelegen, herumgetrödelt, mit meiner Freundin Lore telefoniert, mir dann einen seit Wochen angefangenen dicken Roman geholt und lange gelesen. Darüber muß ich eingeschlafen sein, denn als ich wieder zu mir kam, hörte ich es im Springbrunnen planschen. Von meinem Platz aus konnte ich ihn nicht sehen; er plätschert leise und sehr friedlich vor sich hin und hat einen breiten Rand, damit die Vögel baden können, ist aber so groß und tief, daß man sich hineinsetzen kann. Wenn man steht, reicht einem das Wasser knapp bis zur Hüfte. Was jetzt im Brunnen badete, war kein Vogel. Ich stand auf und ging nachsehen.

Vor dem Brunnen stand ein Knirps von vielleicht drei oder vier Jahren; im Becken badete ein großer schwarzer Hund, von dem ich nur einen breiten Kopf, die Vorderpfoten und einen Wasser verspritzenden Schwanz sehen konnte. Beide waren so vertieft, daß sie mich nicht bemerkten.

«Komm raus, Karo», sagte der Knirps energisch. «Ich kann dich nicht heben. Du mußt allein rauskommen.»

Karo machte freundlich «Wuff» und blieb im Wasser.

«Wenn du nicht rauskommst, rufe ich die Oma!»

Ich war etwas verwirrt. Meinte er damit mich? Hatte er mich schlafen sehen, als er in den Garten eindrang? Warum war ich nicht früher wach geworden? Ein Kind und ein so großer Hund sind nicht gerade geräuschlos.

«Guten Tag», sagte ich. «Wer bist du denn?»

«Tom.» Er sagte es so selbstverständlich, als wären wir uralte Bekannte. «Sie sind die Frau vom Onkel?»

«Nein, ich bin die Tochter vom Onkel.»

«Hebst — heben Sie Karo heraus? Er kommt nicht allein, und ich kann ihn nicht heben.»

Ich hatte keine große Lust. Schwere nasse Hunde, die sich schütteln, machen einen von oben bis unten naß. Ich war noch warm von der Sonne und sauber angezogen. Karo hatte den Grund des Springbrunnens aufgewühlt und badete in grünlicher Plurre. «Er wird schon von allein kommen», sagte ich. «Willst du Saft trinken?»

Er überlegte, versuchte dabei, einen großen Zeh in die Kacheln der Terrasse zu graben, hob den Kopf und musterte mich. «Was für Saft?»

«Roten.»

«Ja.»

Mein neuer, wortkarger Freund tapste hinter mir her in die Küche, sah zu, wie ich Saft aus dem Kühlschrank nahm, in ein Glas goß und auf die Terrasse trug. Er setzte sich in einen der Gartenstühle, baumelte mit stämmigen braunen Beinen, trank Saft — und schwieg.

Meine Nichte und meine zwei Neffen sind noch so winzig, daß man sich nicht mit ihnen unterhalten kann. Ich bin keine geübte Tante. Ich schwieg auch. Nach einigen Minuten wurde das Geplatsche im Springbrunnen so laut, daß offenbar Hund und Wasser gleichzeitig das Becken verließen.

«Jetzt ist er raus. Jetzt gehen wir.» Tom stand auf. Der Hund kam um die Hausecke herum, schloß sich seinem jugendlichen Herrn an und verschwand mit ihm hinter den Büschen des Plattenweges zum Gartentor.

Das hat sich nun schon mehrmals wiederholt. Wortkarge Besuche eines kleinen Jungen, der roten Saft trinkt, Badefreuden eines schwarzen Neufundländers, wenig Information. Wie alt er ist, weiß er nicht genau. Seine Zahlenangaben schwanken zwischen drei und fünf. Da er seine wenigen Bemerkungen grammatikalisch einwandfrei von sich gibt, schließe ich auf etwa vier. «Wo wohnst du eigentlich, Tom?» habe ich ihn neulich gefragt. Er deutete mit einem kleinen rosa Daumen auf das Villenviertel auf der anderen Seite unserer Straße. «Dort.»

Wie gesagt, gesprächig ist er nicht. Trotzdem ist es merkwürdig, wie sehr ich mich in diesen stillen, faulen Ferientagen auf ihn eingestellt habe. Als er zwei Tage hintereinander nicht kam, fehlte mir etwas, und ich fragte unseren Postboten nach einem kleinen Jungen, der «dort» wohnte.

Der Postbote folgte meinem Blick und meinem Daumen und schüttelte den Kopf. «Größere kenne ich, und im ersten Haus haben sie jetzt einen Säugling, aber ein kleiner Junge ... Der Arzt, der im blauen Haus wohnt, Dr. Wichmann — den kennen Sie doch? —, der hat eine Tochter von vier oder fünf. Na, vielleicht ist er wo zu Besuch.»

Als er fort war, fiel mir ein, daß ich nach dem Hund hätte fragen sollen. Und den Arzt im blauen Haus kannte ich auch nicht. Ich bin ja tagsüber fast nie hier, und wen Vater kennt, weiß ich nicht.

Jetzt in den Ferien nütze ich das Sommerwetter aus und bin tagsüber im Garten. Abends habe ich Besuche gemacht. Bei meinen Brüdern. Julius wollte mich als Babysitter, als er hörte, daß ich noch zwei Wochen frei habe. Ich lehnte ab, und er war etwas ärgerlich. Bei Werner und meiner Lieblingsschwägerin — sie haben zwei ganz kleine Kinder — haben wir bis in die Nacht über ihre Finanzsorgen geredet. Sie mußte wegen der kleinen Kinder den Beruf aufgeben; er dient sich gerade erst hoch. Sie haben sich eine Eigentumswohnung gekauft und tun sich schwer mit den Zinsen. Vater hat ihnen schon geholfen, aber es reicht eben immer noch nicht. Weil mir Vater keine Miete abnimmt und ich mit meinem Gehalt nur für mich sorgen muß, kam ich mir ungeheuer kapitalistisch vor. Aber Brüder sind empfindlich. So einfach ist es gar nicht, einem Bruder unter die Arme zu greifen. Darum habe ich mich gestern aus meinem Sommerschlaf aufgerafft und bin Werner im Büro lästig geworden, bis er sich freigenommen hat, um mit mir Kaffee zu trinken. Beim Kaffee habe ich ihm einen Scheck für drei Monate Zinsen gegeben. Ich habe ihm geschworen, daß weder er noch Leonore, noch die Kinder in den nächsten zehn Jahren von mir ein Geschenk zum Geburtstag oder zu Weihnachten bekommen werden und daß statt dessen das Geld für die Zinsen geschenkt ist. Er war so verdattert, daß er es angenommen hat. Jetzt steht noch Richard auf dem Programm.

Inzwischen habe ich mit Heiratskandidat Numero drei einen Ausflug gemacht. Wir sind ins Grüne gefahren, haben das Auto stehenlassen und sind zwanzig Kilometer gewandert. Er kann hervorragend planen. Er hat Wanderkarten, weiß genau, wo wir in welchem Gasthaus einkehren können, welcher Weg am schönsten ist, wann wir durch den Wald kommen, damit es — so die Sonne scheint — nicht zu warm wird. Ich mußte an die Witwe vom Dienst denken. Sie hat recht, man kann sich hervorragend mit ihm unterhalten. Er ist dreißig Jahre älter als ich. Das beeindruckt ihn viel mehr als mich. Gelegentlich redet er davon. Er ist ein guter Bekannter von Vater. Vater wäre es doch sicher nicht recht, wenn er wüßte, daß er und ich, daß wir zusammen ... Als es drohte, zu einem Leitmotiv zu werden, habe ich ihm, um das Thema zu wechseln, von meinem Freund Tom erzählt. Von Tom kamen wir auf Werner, von Werner auf die beiden anderen Brüder, dann auf Vater und die Witwe vom Dienst.

Ich habe wieder gestaunt, wie wenig ich weiß, was um mich vorgeht. Ich habe Elisabeth in den vergangenen drei Monaten sehr oft gesehen und gesprochen. Wir haben uns unterhalten, über den Garten, das Haus, über Kleider, Kochrezepte oder das Fernsehprogramm. Worüber man eben mit Bekannten redet, die man auf Abstand halten möchte. Ich bin in Hausdamen und Witwen geübt. Ich kenne den Tonfall, der ankündigt, daß nun ein privates Gespräch über Vater einsetzen soll. Ich bekomme dann sofort Scheuklappen, weil ich mich vor tränenerstickten Stimmen fürchte, vor Beteuerungen, Vater zu lieben und mir eine mütterliche Freundin sein zu wollen. Die Brüder hatten es leichter. Sie waren älter und konnten einfach verschwinden. Aber ich war zehn, als Mutter verunglückte, ich habe zehn Jahre Hausdamen und zehn Jahre Witwen hinter mir. Nicht daß Elisabeth Vertraulichkeiten suchte. Im Gegenteil, sie meidet sie noch entschlossener als ich.

Ich habe das alles Numero drei erzählt. «Übertreibst du es nicht, Charlotte? Mußt du immer wie ein Igel sein? Was kostet es dich, sie einmal zu fragen, wie sie lebt, ob sie Familie hat, wie sie deinen Vater kennengelernt hat, was sie tut, wenn sie nicht bei euch zu Besuch ist?»

«Wie lebt sie? Hat sie Familie? Wie hat sie Vater kennengelernt? Was tut sie, wenn sie nicht bei ihm zu Besuch ist?» fragte ich artig.

Er läßt sich von mir nichts vormachen. Darum habe ich ihn so gern. Er lachte. «Die letzte Frage hast du abgeändert. Ich sagte absichtlich ‹bei euch›. Ich glaube nämlich, daß sie Wert darauf legt, mit dir gut auszukommen. Aber du machst es ihr nicht leicht.»

«Nur weil ich ihr keine Fragen stelle? Weißt du, *ich* will doch nicht mit ihr angeben, mit ihr verreisen und mit ihr schlafen. Das ist Vaters Ressort. Ich habe mir geschworen, nicht in Vaters Leben einzugreifen, als ich nachgegeben habe und zu ihm gezogen bin. Ich bin kein Wachhund und schon gar nicht die Ersatztochter seiner Witwen.»

«Das ist das letzte, was sie will. Sie hat einen Sohn und eine Enkelin. Sie verdient viel Geld damit, daß sie Pullovermodelle für die Kollektion einer großen Firma entwirft. Ich glaube nicht, daß sie eine Tochter braucht.»

«Um so besser. Damit wären auch schon alle Fragen beantwortet, bis auf die des Kennenlernens. Wo war das?»

«Keine Ahnung», sagte er ausweichend. Ich hatte das Gefühl, daß er es genau wußte. Aber die Unterhaltung war irgendwie schiefgelaufen. Er meinte es sicher sehr gut. Ich hatte auch nicht so abweisend sein wollen. Ich mochte die Witwe vom Dienst sogar sehr, aber er hatte nicht meine Erfahrungen. Ich bin ein gebranntes Kind. Was weiß ich, wann sie wieder aus meinem Gesichtskreis verschwindet und eine neue Dame ihren Platz einnimmt?

Numero drei und ich haben zusammen auf der Terrasse zu Abend gegessen. Es ist nicht spät geworden. Er muß morgen früh aufstehen. Das tut er nicht gern. Er freut sich auf seine Pensionierung. Er schläft gern mittags eine halbe Stunde; die fehlte ihm nun, und ein paarmal ist er eingenickt. Und ich saß da und überlegte, ob ich ihn fragen sollte, ob er bleiben wolle. Aber wie kann man das einen älteren Herrn fragen, der zwanzig Kilometer gewandert ist und auf einer sommerlichen Terrasse mit Glühwürmchen einnickt?

So war ich mit gut erhaltener Tugend gut ausgeschlafen, als das Drama mit Tom begann. Ich kam gegen elf Uhr vom Einkaufen zurück und hatte gerade den Wagen in die Garage gefahren und den Korb und die Taschen ausgeladen, als ich Karo aufgeregt bellen hörte. Er bellt sonst nicht. Diesmal war es richtiges Gebell, aber es klang falsch; man bekam eine Gänsehaut davon. Ich ließ die Taschen stehen und rannte um das Haus herum zum Brunnen. Karo stand am Rand auf den Hinterpfoten und hielt in der Schnauze Toms blauen Pullover. Tom hing im Wasser. Erst hinterher ist mir eingefallen, daß ich nicht weiß, wie ein Hund etwas in der Schnauze gepackt hält und gleichzeitig bellt.

Ich hob Tom aus dem Wasser. Ich wußte nicht, ob er ohnmächtig oder tot war. Vor lauter Aufregung fand ich keinen Puls. Dann tat ich das, was ich im Erste-Hilfe-Kursus gelernt hatte. Ich legte ihn übers Knie, um erst das Wasser herauslaufen zu lassen; ich klopfte ihm auf den Rücken, dann fing ich mit Mund-zu-Mund-Beatmung an. Plötzlich begann er zu husten und zu spucken. Dann machte er die großen, sehr hellen Augen auf und sah mich leer an. Der nasse Hund stieß ihn an, stieß mich an, zwängte sich zwischen uns und japste. Nach einer Weile hob Tom die Hand und griff ihm ins Fell. Ich hob Tom auf und trug ihn ins Haus. Als ich ihm das nasse Zeug auszog, war Tom kein Junge, sondern ein Mädchen. Ich nahm es verwundert zur Kenntnis, war aber viel zu beschäftigt, um im Augenblick darüber nachzudenken. Ich wickelte ihn in eine Decke und legte ihn — nein, sie — auf das Sofa. Dann rannte ich in die Küche und machte Milch heiß. Als ich zurückkam, guckte nur ein kleines blasses Gesicht aus der Decke, aber das Kind lebte und atmete, und ich war glücklich und fing an zu heulen.

Ich gab ihm Milch zu trinken. Es können nur ein paar Schluck gewesen sein, das meiste lief ihm aus dem Mund, oder es schwappte auf die Decke, weil der Hund auch glücklich war. Er leckte mit einer großen roten Zunge Toms Gesicht ab, dann meins, dann wedelte er wie närrisch, versprühte Wasser und sprang zwischen uns herum. «Tom!» sagte ich. «Karo!» und dann umarmte ich einen schwarzen Neufundländer und wischte mir die albernen Tränen in seinem nassen Fell ab, weil der kleine weibliche Tom viel zu blaß und zu zerbrechlich zum Umarmen aussah.

Tom schlief bald darauf ein. Karo legte sich vor das Sofa auf den Teppich. Ich holte den Rest Aufschnitt aus dem Kühlschrank. Karo wedelte, fraß, rührte sich aber nicht von der Stelle. «Du bist ein ganz fabelhafter Hund», sagte ich. «Ohne dich wäre ich nie zum Brunnen gegangen.»

Dann endlich fiel mir ein, daß Kind und Hund ja irgendwo zu Hause waren, nur wußte ich nicht, wo. Die Eltern mußten benachrichtigt werden. Plötzlich dachte ich an die Geschichte von den zu lange ohnmächtigen Menschen, die hinterher nie mehr normal geworden waren. Ein Arzt mußte kommen. «Bleib hier und paß gut auf!» sagte ich zu Karo; dann schob ich die Terrassentür zu, damit er nicht fortlief und Tom allein ließ. Ich rannte zum Gartentor und quer über die Straße zu den Villen. Was hatte der Postbote von einem Arzt gesagt? Hatte er das Baby und wohnte im ersten Haus? Es war wie eins dieser Denkspiele.

Im ersten Haus machte eine junge Frau auf und sah mich etwas erschrocken an. Ich hatte Sturm geklingelt. «Ist Ihr Mann Arzt?» fragte ich.

Sie sah mich weiter an und schüttelte den Kopf. Mir ging plötzlich auf, wie ich aussehen mußte: naß und schmutzig; mein Knoten hatte sich aufgelöst, und die Haare hingen mir ins Gesicht.

«Wo wohnt der Arzt?»

«Dr. Wichmann? Im blauen Haus!»

Ich rannte schon weiter. Beim Rennen fiel mir ein, daß er sicher seine Praxis ganz woanders hatte. Ich hätte von zu Hause aus nach einem Arzt telefonieren sollen. Dann war ich beim blauen Haus. «Dr. Wichmann, schnell!» sagte ich zu der Frau in der Kittelschürze.

«Der Herr Doktor ist nicht da. Er ist in der Praxis. Er kommt erst heute abend wieder.»

«Können Sie ihn anrufen?» Ich drängte mich an ihr vorbei in eine Diele. «Schnell! Wo ist das Telefon? Sagen Sie mir die Nummer!»

Ich folgte ihrer Kopfbewegung und hatte schon den Hörer in der Hand, als sie zu mir kam. Dann ging es Gott sei Dank schnell. Ich meldete mich mit Titel und Namen, überrannte damit seinen Drachen am Telefon und hörte jemand «Wichmann» sagen.

«Haben Sie eine Tochter, die sich Tom nennt und einen schwarzen Hund hat?»

«Ja, aber was . . .»

«Sie ist in unseren Brunnen gefallen. Sie ist beinahe ertrunken, aber sie lebt, und sie schläft jetzt, aber Sie sollten doch besser . . .»

Er käme sofort.

Danach lief ich mit der Frau in der Kittelschürze wieder zu uns zurück. Es sind höchstens zwei Minuten, aber ich hatte Angst, Tom könnte vielleicht tot auf dem Sofa liegen. Vor der Terrassentür verließ mich aller Mut. Ich schnappte nach Luft und hatte nicht die Kraft, die Tür aufzuschieben. Die Büsche und Bäume spiegelten sich im Glas, ich konnte das Sofa nicht sehen. Dann schob die Frau — ich weiß jetzt, daß sie Frau Weber heißt — die Tür zurück. Vielleicht sind Arzthaushalte besser auf Katastrophen trainiert. Sie hatte mindestens soviel Angst wie ich, aber sie ging auf Zehenspitzen hinein, geradeaus zum Sofa, beugte sich über Hund und kleine Gestalt unter der Decke, drehte sich dann strahlend zu mir um und sagte: «Sie schläft.»

Ich sank in den großen Blumensessel und saß noch dort, als jemand über die Terrasse rannte und hereinkam.

Jetzt ist es später Abend. Ich bin entsetzlich müde, muß aber doch noch sortieren, was alles geschehen ist.

Vater Wichmann horchte seine schlafende Tochter ab, als sie plötzlich aufwachte und sagte: «Papa, ich tu's nie wieder.»

«Was hast du denn überhaupt gemacht?»

«Ich wollte baden. Bei der Oma hab ich das auch gedurft. Es war so heiß. Ich hab Karo gesagt, er soll mich halten, aber es war glitschig . . .»

Dann stand Tom vom Sofa auf und verschwand in den Armen seines — verflixt! ich kann mich nicht daran gewöhnen, daß es eine Sie ist — ihres Vaters. Vater und beschürzte ältere Dame übernahmen die weitere Organisation, und ich hätte im Blumensessel bleiben können. Sie kannten sich bei uns aus. Sie wußten, wo das Bad ist, wo die Handtücher liegen, wo man den Kaffee findet und sogar, wo der rote Saft steht. Sie walteten und schalteten, als wären sie hier zu Hause und als gäbe es mich gar nicht. Da es Tom ausgezeichnet ging, fand ich es an der Zeit, mich bemerkbar zu machen. Ich ging zu dem glücklichen Dreigespann in die Küche und sagte meinen Namen.

«Oh, verzeihen Sie.» Toms Vater begann eine etwas stotternde Rede, in der alles vorkam: Dankbarkeit, Glück, Nicht-vergelten-Können, Pardon für das Eindringen, aber gute Nachbarn, und Vater ... und mich nicht kennengelernt zu haben. Schließlich versiegte das alles, und wir standen uns immer noch gegenüber. In der Küche roch es nach meinem Kaffee; die beschürzte Dame holte die bunten Tassen aus dem Schrank, als wären es ihre Tassen; die nackte Tom hüpfte herum, und der feuchte und ziemlich streng riechende Hund strich uns wedelnd um die Beine. Das heißt, es waren mehr unsere Bäuche, denn er ist fast so groß wie ein Bernhardiner.

«Und das ist Frau Weber», sagte er.

«Warum heißt Ihre Tochter Tom? Ich habe bis heute geglaubt, sie wäre ein Junge.»

Er sah mich an und begann zu grinsen. «Es gibt da untrügliche Erkennungszeichen.»

«Die sich schwer feststellen lassen, wenn man ein Kind nicht auszieht.» Wenn sie grinsten, sahen sich Vater und Tochter ähnlich. Aber sie erinnerten mich an noch jemand, ich kam nur nicht drauf.

«Sie sollte ein Thomas werden und wurde dann eine Thomasine. Weil das ein bißchen schwierig ist, sind wir bei Tom geblieben. Daß Ihr Vater verreist ist, weiß ich erst seit heute. Meine Mutter hat mir geschrieben. Tom hat es mir nicht erzählt. Sie geht sehr oft morgens mit Karo hierher. Darum haben wir uns auch gar keine Sorgen gemacht. Frau Weber wußte es auch nicht.» Er sah die Kitteldame fragend an. Sie schüttelte den Kopf und bückte sich zum nackten Tom, um sie zu umarmen, aber sie war im Rohzustand aalglatt und entwand sich ihr.

Ich bin manchmal ein bißchen schwer von Begriff. «Wieso wissen Sie von Ihrer Mutter, daß mein Vater verreist ist?»

Die großen hellen Augen wurden noch größer, als sie sich erstaunt auf mich richteten. Und dann hatte ich es.

«Wieso? Ist etwa Elisabeth Ihre Mutter? Ist sie die Oma, von der Tom spricht? Aber Elisabeth heißt doch nicht Wichmann ...»

«Nein. Sie heißt nach ihrem zweiten Mann. Mein Vater ist im Krieg gefallen. Nach dem Krieg hat meine Mutter wieder geheiratet. Aber sie hat kein Glück mit Männern. Peter Wiese ist nach zwei Jahren an den Folgen einer Verwundung gestorben. Danach waren wir wieder allein.»

Irgendwie stimmte es immer noch nicht. «Aber wohnt sie denn nicht bei Ihnen? Vater ist schon acht Tage fort. Sie hätte es Ihnen sagen sollen, schon wegen Tom. Es war nichts als Glück, daß ich heute morgen noch rechtzeitig gekommen bin ...»

Der arme Mensch mußte die nächste Entschuldigungsrede halten, diesmal für seine Mutter, die allein wohnte, oft beruflich verreiste, ihre Ferien mit Vater so geplant hatte, daß er sie unterwegs traf, weil sie dann noch in Süddeutschland zu einer Fabrik fahren konnte, die sie besuchen mußte. Das alles hätte erst im Brief gestanden, den sie ihm in die Praxis geschickt hatte. Und das alles läge eigentlich nur daran, daß Tom so wenig redete.

«Ja. Das habe ich auch schon gemerkt. Redet sie denn nie mehr als zwei Sätze?»

«Selten.»

Mir fiel noch was auf. Normalerweise haben Kinder Eltern, nicht nur Väter. Was war mit Toms Mutter? Tom hatte noch nie ein Wort über eine Mutter gesagt. In ihrem Leben gab es Papa, Oma, Karo, nun noch Frau Weber, aber wo war ihre Mutter? Manchmal kann ich taktvoll sein. Ich stellte keine Fragen. An diesem Morgen hatten wir schon zwei tote Ehemänner von Elisabeth gehabt, und Tom wäre um ein Haar ertrunken. Diese sterbefreudige Familie sollte man besser nicht überstrapazieren. Andererseits war ich doch neugierig. In meinem Bekanntenkreis haben die meisten Menschen Mütter und Väter, die sich guter Gesundheit erfreuen. Mütter sterben nur in Romanen so zahlreich. Schön, viele Leute sind geschieden, aber meistens bekommen doch dann die Mütter so kleine Kinder.

Soweit war ich am späten Abend gekommen, als es an der Haustür Sturm klingelte. Ich erschrak erst mal sehr, denn es war beinahe Mitternacht. Wie das heute so ist, dachte ich an Vater, an einen Unfall, an meine Brüder und an lauter Katastrophen. Vater hat mich immer wieder ermahnt und mit düsteren Bildern gewarnt, nicht gleich die Tür aufzumachen. Ich machte sie auf. Mein neuester Freund, Herr Dr. Wichmann, stand davor. Er schwankte, strömte eine Wolke von Alkohol aus, hielt sich am Türrahmen fest und sagte: «Einen schönen guten Abend.» Er sprach es fehlerlos. Mir ging durch den Kopf, daß er das sicher auf dem Weg von seinem zu unserem Haus geübt hatte. Er ist ziemlich groß, viel größer und breiter als ich. Ich war nicht sicher, ob ich ihn auffangen könnte, falls er plötzlich umkippte. Er kippte nicht. Er ging kerzengerade an mir vorbei ins Wohnzimmer und setzte sich in den Blumensessel. «Ich wollte noch mal kommen und mich bedanken.» Wiederum fehlerlos. Eine sprachbegabte Familie, die das Talent nicht richtig zu nützen verstand.

Ich hätte ihn nicht hereinlassen sollen. Aber das war nur noch von theoretischer Bedeutung, und er konnte ja nicht ahnen, daß ich mich vor Betrunkenen fürchtete, auch wenn ich sie sehr gut kenne. Ihn kannte ich überhaupt nicht.

«Das ist freundlich von Ihnen», sagte ich nervös. «Wie geht es Tom?»

«Thomasine ist ganz gesund, Sie haben sie gerettet.»

Es war immer noch sehr warm. Er trug eins dieser Hemden, an denen man die Ärmel hochkrempeln und festknöpfen kann. Am Oberarm war eine Tasche, in der ein zerknittertes Zigarettenpäckchen steckte. Er fummelte es heraus und hielt es mir wortlos hin. Ich stand immer noch.

«Sie sind verdammt groß!» Er sah bewundernd zu mir auf.

«Sie sollten mich erst mal stehen sehen», sagte ich.

Mit soviel Humor hatte ich ihn überfordert. Er fing bei meinem Kopf an und hörte bei den Füßen auf. «Komische Art zu sitzen», murmelte er erschöpft.

«Was halten Sie von Kaffee?»

«Man müßte ihn kochen.»

Das tat ich. Als ich mit dem Kaffee wieder ins Wohnzimmer kam, lag er auf dem Sofa unter Toms Wolldecke und schlief. Ich bekam ihn nicht wach. Am Ende trug ich den Kaffee zurück in die Küche, legte dann noch eine Decke über den Gast, verzog mich in meinen Teil des Hauses und schloß jede einzelne Tür ab.

Am Morgen war er nicht mehr da.

Am Mittag kam der größte Blumenstrauß meines Lebens an. Ich fand keine Vase, in die er paßte. Endlich stellte ich ihn in einen roten Putzeimer, in dem er wunderschön aussah.

Am Spätnachmittag ergriff ich die Flucht. Ich fuhr zu meiner Freundin Lore und blieb über Nacht bei ihr. Sie ist ein praktischer Mensch. Nachdem ich ihr die komplizierte Geschichte erzählt hatte und zu erklären versuchte, warum ich unbedingt auf ihrer Couch schlafen wollte, sah sie mich mit gerunzelter Stirn an und sagte: «Du spinnst.»

«Weiß ich, aber das hilft mir nicht weiter. Sag mir lieber, wie ich all dieser Dankbarkeit, den Entschuldigungen, der Geschichte von der Rettung von Elisabeths Enkelin und der Verfilzung mit dem Sohn der Freundin meines Vaters entgehen soll?»

«Warum entgehen? Das kannst du doch gar nicht. Der Mann wollte sich bedanken; dann hat er das Pech gehabt, sich zu betrinken und bei euch auf dem Sofa einzupennen. Gib ihm die Chance, das in Ordnung zu bringen. Stell dir vor, dir wäre das passiert. Würdest du es nicht auch hinter dich bringen wollen? Und was dein Vater und seine Freundin damit zu tun haben sollen, begreife ich nicht ganz. Hättest du nicht jedes Kind aus dem Brunnen gezogen? Entschuldige, ich will deinen Ruhm als barmherzige Retterin nicht schmälern, aber war es denn groß?»

«Darum geht es mir doch! Die Sache mit dem kleinen Mädchen war in dem Augenblick erledigt, in dem er kam und feststellte, daß sie heil alles überstanden hatte. Wenn er mir dann den Blumenstrauß geschickt hätte, wäre es immer noch erledigt. Aber stell dir doch seine Situation vor, als er morgens auf unserem Sofa aufgewacht ist? Was hat er da gedacht?»

Sie grinste. «Er hat überlegt, was gewesen sein könnte. Vielleicht hatte er Angst, ein hübsches Erlebnis vergessen zu haben, und ist zum Blumenladen gegangen, um für alle Fälle vorzusorgen. Was meinst du?»

Ich habe gelacht. Am nächsten Morgen bin ich nach dem Frühstück nach Hause gefahren. Lore hatte versprochen, zum Abendessen zu kommen. Sie wußte haargenau, daß ich sie als Beistand haben wollte, aber sie ist keine Spielverderberin; außerdem ist sie natürlich neugierig. Ich wäre es auch, wenn ihr so etwas passiert wäre.

Ich kann gut kochen. Viele berufstätige Frauen können das. Ich war mitten in den Vorbereitungen, als Dr. Wichmann am Spätnachmittag in die Küche marschierte. Richtig, es war Mittwoch. Da haben Ärzte frei. Es lief völlig anders als erwartet.

«Hallo, Charlotte.» Er betrachtete meine Schüsseln und Töpfe und schnupperte. «Es riecht gut bei Ihnen. Ich habe schon gesehen, daß meine Blumen angekommen sind. Das nächste Mal, wenn Sie Tom aus dem Brunnen holen, bekommen Sie eine Vase.»

«Hallo», sagte ich mit ziemlicher Verspätung. «Haben Sie gut geschlafen?»

«Ausgezeichnet. Aber das war doch gestern, wenn ich mich recht erinnere. Wo waren Sie?»

«Eingeladen.»

«Bis morgens?»

«Haben Sie etwa hier auf mich gewartet?»

«Das ging nicht. Sie hatten alles abgeschlossen. Ich bin ein Nachtmensch; ich kann von meinem Zimmer aus sehen, ob bei Ihnen Licht brennt.»

Es war eine Unverschämtheit, aber ich wollte keinen Streit anfangen. Ich wich aus. «Wo haben Sie Tom gelassen?»

«Wo schon? Mit Karo bei Ihrem Brunnen. Wenn Sie es lieber haben, hole ich sie rein. Vielleicht eignet sie sich als Anstandsdame.»

Dieser Mensch bürstet mich so lange gegen den Strich, bis mein Fell Funken sprüht. «Um meine Ehre kann ich notfalls alleine kämpfen, aber ist es nicht ein bißchen sehr leichtsinnig, sie wieder mit dem Hund allein zu lassen?»

Er wechselt die Farbe wie ein Chamäleon. Von einer Sekunde

zur anderen war er völlig ernst. «Ich habe eine fürchterliche Angst. Seit ich hier drin bin, denke ich nur daran, was alles passieren könnte. Aber ich will nicht, daß sie diesen Schock behält und ihre Sicherheit verliert. Sie ist vier Jahre alt. Ich kann sie nicht in Watte packen. Ich habe ihr den Hund geschenkt, damit er sie beschützt, und das tut er auch. Er läßt sie nie allein. Sie muß nun mal mit mir, Frau Weber und meiner Mutter auskommen. Was ihr dann noch fehlt, muß Karo ersetzen. Ich habe ihretwegen das Haus hier draußen gekauft. Sie ist ein wunderbares Kind.»

Von da an mochte ich ihn. Wir blieben beide in der Küche. Er setzte sich auf die Bank, bat um roten Saft und sah mir zu. «Es reicht auch für Sie und Tom», sagte ich. «Ich erwarte eine Freundin. Wollen Sie mit uns essen?»

«Danke, sehr gern.» Dann redeten wir ein bißchen, aber dazwischen machten wir immer so lange Pausen, daß wir jeden Laut von Tom oder Karo gehört hätten, der nicht zum Sommerabend paßte. Nach einer Weile hörten wir Schritte und Lores Stimme, die mit Tom und dem Hund sprach. Bald darauf kam sie herein. Sie hielt Tom an der Hand.

«Tag, Tom», sagte ich und hatte das alberne Gefühl, sie umarmen und küssen zu wollen. Ein ganz kleines bißchen von ihr gehörte auf einmal mir.

Sie sah mich aus den großen Augen von Elisabeth und ihrem Vater an. Und plötzlich hielt ich ein kleines Mädchen in den Armen, das mir die Arme um den Hals schlang und Tante Charlotte zu mir sagte. Ich bin eine Heulsuse. Ich brauchte sehr viel Energie, sie ganz gelassen wieder auf die Beine zu stellen. Zum Glück mußte ich noch Karo streicheln. Bis das erledigt war, hatte ich mich wieder gefangen.

Es wurde ein gelungener Abend. Das Essen schmeckte ihnen vorzüglich. Wir tranken aus Vaters Weinvorräten eine besonders gute Flasche und saßen lange zusammen. Tom packten wir aufs Sofa und deckten sie zu. Karo lag vor der Schwelle der Terrassentür und paßte auf. Diesmal schlief keiner, als ich mit dem Kaffee kam. Dann brachten Hans Wichmann und ich Lore zu ihrem Auto. Als er wieder mit mir zurückkam, um Tom abzuholen, blieb er noch ein paar Minuten da.

«Ich muß Ihnen etwas gestehen, Charlotte. Meine Mutter wollte, daß wir uns kennenlernten, aber ich habe mich geweigert. Es war mir alles zu passend: Ihr Vater und meine Mutter, Sie und ich. Sie haben keinen Mann, meine Frau hat mich mit Tom sitzenlassen, als sie noch ein Baby war. Sie entdeckte plötzlich ihre große Liebe. Seitdem leben wir getrennt. Ich habe meiner Mutter gesagt, ich suchte mir meine Freundinnen lieber selber aus.»

Ich habe es ihm nicht erzählt. Nichts von Vaters Freunden, von dem, was ich von Numero drei weiß, nichts von Elisabeths Besuch in meinem Zimmer kurz vor der Abreise. Ich werde es ihm einmal erzählen. Aber erst knöpfe ich mir Elisabeth vor. Oder vielleicht doch lieber nicht. Für wie dumm hält sie mich wohl? Schickt mir ein kleines Mädchen und einen Hund auf den Hals, nur damit der Zufall waltet und ich doch noch ihren lieben Sohn kennenlerne! Mein Gott, mir ist wie dem Reiter über den Bodensee! Wenn Tom etwas passiert wäre... Nein, soll sie mich weiter für dumm halten, soll sie doch glauben, sie hätte alles so schön eingefädelt. Was eingefädelt?

In wie kurzer Zeit man sehr viel denken kann!

«Charlotte?» fragte das Chamäleon. «Sehen wir uns wieder? Haben Sie Zeit für mich?»

Natürlich werden wir uns wiedersehen. Ich werde Zeit haben. Ich weiß noch nicht, wieviel. Für ein paar Abende, ein paar Tage, ein paar Nächte? Woher soll ich das wissen?

«Ja», sagte ich. «Rufen Sie mich an.»

JEREMIAS GOTTHELF

Wie Joggeli eine Frau sucht

Im Bernbiet, aber ich sage nicht wo, liegt ein Bauernhof an sonnigem Rain. Birn- und Apfelbäume, mächtig wie Eichen, umkränzen ihn, Alleen von Kirschbäumen laufen von ihm aus nach allen Seiten, und fast so weit am Hügel das Auge reicht, breitet sich um denselben aus ein wunderschöner grüner Teppich, kostbarer als ihn ein König hat: hunderttausendpfündige Matten.

Unterm breiten Dache sprudelt ein prächtiger Brunnen, vor den blanken Fenstern stehn einige Blumenstöcke, und ums ganze Haus herum ist es lauter Sonntag, das heißt aufgeräumt und sauber; kein Strohhalm liegt herum, kein Spänchen ist zu sehen. Auf schöner grüner Bank sitzt ein schöner brauner Bursche, schaut nachdenklich hinauf in die dunklen Wälder, die am jenseitigen Hügel liegen, und langsam, schwermütig steigt zuweilen ein Tabakswölkchen aus seiner fast erlöschenden Pfeife.

Es ist Joggeli, der reiche, ledige Besitzer des schönen Hofes. Seine Mutter ist ihm jüngst gestorben, die so trefflich ihm die Wirtschaft geführt, ihm so lieb gewesen war, daß er gar nicht heiraten wollte, obgleich ihm die Mutter alle Tage zusprach, eine Frau zu nehmen. Rechte Mütter haben nicht gerne ledige Kinder, denken sich die Söhne nicht gerne als alte Sünder.

Jetzt führten ihm die Mägde die Haushaltung, und schlecht genug. Seit seine Mutter gestorben war, legten seine Hühner nicht mehr, wenigstens bekam er wenig Eier zu Gesicht, die Kühe gaben schlechtere Milch, er konnte immer weniger Butter verkaufen, und die Schweine sahen ihn aus ihrem Troge hervor mit verweinten Augen an, klagend über schlechtes Fressen, und doch hatte er nie so oft Korn für sie fassen müssen. Noch nie war so wenig gemacht, gesponnen worden, er brauchte immer mehr Tagelöhner, und doch hatten die Mägde noch nie über so viel Arbeit sich beklagt und nie so wenig Zeit gehabt, das zu tun, was er befahl. Die Ermahnungen der guten Mutter stiegen ihm immer mehr auf, er dachte immer ernstlicher ans Weiben, und je mehr er daran dachte, desto mehr grauste es ihm davor.

Joggeli war nicht etwa so ein Haushöck, der nie von Hause wegkam, die Mädchen nie anreden, höchstens ansehen durfte, sie nur vom Hörensagen kannte. Er war ein lustiger Bursche, in der weiten Umgegend kannte er alle Dirnen, und wenn irgendwo ein hübsches reiches Mädchen unterwiesen wurde, so war er meist der erste unter dessen Fenster. Aber Fenstern ist noch nicht Heiraten, und das war, was ihm Kummer machte, und eben deswegen, wie er meinte, weil er die Mädchen nur zu gut kannte.

Es sei nicht alles Gold, was glänze, und die Mädchen zeigen den Burschen gewöhnlich nur das Glänzende, pflegte er zu sagen, und das zu sehen, was nicht glänze, werde meist erst dem Ehemann zuteil. Dieses zu beweisen, wußte er Beispiele von Exempeln anzuführen, daß einem fast schwarz vor den Augen wurde.

Auf das Berichten von anderen Leuten könne man sich auch nicht verlassen, am allerwenigsten einer, der heiraten wolle. Von allen Seiten werde der angelogen. Man bezahle Leute, welche das Mädchen bis in den Himmel erheben sollen, und bezahle wiederum Leute, die es auszumachen hätten, als ob es in keinen Schuh gut wäre und man mit ihm ein Bschüttiloch vergiften könne.

Guter Rat ist meist sehr teuer, indessen kömmt er auch über Nacht umsonst. Eines Morgens zwischen Heuet und Ernte, wo die Bauerntöchter meist zu Hause waren, einige am Strümpfeplätzen sich versuchten, andere dem Weber spulten, die dritten im Garten grupeten [kauerten] oder ums Haus herum fiselten, sagte er seinen Leuten, er wolle ins Luzernerbiet um ein Roß aus. Dort seien weniger Tage im Jahr als hier, jeder Tag wenigstens zwei Stunden kürzer, daher werde weniger Geld verdient, daher alle Sachen dort wohlfeiler als bei uns, und wenn er schon acht Tage lang nicht wiederkomme, so sollten sie nicht Angst haben um ihn.

Joggeli ging fort, doch sah man zur selben Zeit im Luzernerbiet keinen Joggeli, der nach Rossen gefragt hätte. Aber zur selben Zeit sah man durch das Bernbiet einen Kesselflicker ziehen, den man vorher und nachher nie wahrgenommen hat und von dem man noch immer reden hört, obgleich seither wenigstens fünfzig Jahre verflossen sind. Es war ein langer Bursche mit rußigem Gesicht, der das Handwerk noch nicht lange getrieben haben konnte, denn er war gar langsam dabei und ungeschickt dazu, und wenn ein nur leicht verwickelter Fall vorkam, so wußte er sich nicht zu helfen.

Am meisten fiel bei ihm auf, daß er keine Regel hatte in seinen Forderungen und keine Ordnung im Arbeitsuchen. Er übersprang ganze Reihen Häuser, fragte bei keinem einzigen nach verlöcherten Pfannen oder zerbrochenen Kacheln [Schüsseln], er strich, ohne stillzustehen, durch ganze Dörfer. Wiederum konnte er vor einem Hause, einem Hofe einen ganzen Tag leiern, ohne daß man eigentlich wußte, was er tat. Er stotzte [ging müßig] in der Küche herum, schnausete alles aus [durchstöberte alles], war jedermann im Wege und ging am Ende abends nicht einmal fort, sondern forderte noch ein Nachtlager. Er hatte alle Augenblicke etwas nötig, strich, um es zu fordern, den Töchtern des Hauses oder den Mägden nach, suchte mit ihnen zu wortwechseln, sie zu versäumen, und wo er über Nacht blieb, da erlaubte er sich gar unziemliche Dinge und trieb es so weit, daß man fast glauben mußte, er versuche, wieviel es erleiden möge, ehe man Schläge kriege. Auch ließ er schon geheftete Kacheln aus der Hand fallen, daß sie in tausend Stücke sprangen, forderte unverschämten Lohn, branzte [zankte] über die Menge der gemachten Arbeit, kurz, er war der widerwärtigste Bengel, der je das Land durchstrichen hatte.

So hatte er am dritten Tag seiner Wanderung ein großes Haus, das am Ende eines Dorfes lag, erreicht in vollem Laufe. Eine schwarze Wolke schwebte am Horizont und sandte flimmernden Regen herab in reichem Gusse. Kaum hatte er sich geschüttelt unter breitem Dache und seine leichte Boutique abgestellt, so kamen durch das Gras unter den Bäumen her andere Gestalten hergerannt mit Hauen auf den Schultern, Fürtücher die Mädchen über die Köpfe, die Schuhe in den Händen die Burschen, alles dem breiten Dache zu: es war das Gesinde, welches zum Hause gehörte und Erdäpfel gehacket hatte. Hinter ihnen drein sprang etwas unbehülflich eine zimperliche Gestalt, besser angezogen als die andern, aber eben nicht zu solchem Wettlauf eingerichtet. Als sie ankam, schäkerten bereits Mägde und Knechte miteinander, und ein dralles Mädchen schlug Sami, dem Melker, das nasse Fürtuch um den Kopf. Da zog Rösi, das zuletzt angelangte Mädchen, die Tochter des Hauses, ein gar schiefes Gesicht, warf Stüdi, dem drallen Mädchen, seine Haue und sein Fürtuch zu, hieß ihm beides abseits tun und tat selbst zimperlich unter den andern und trippelte mit allerlei Gebärden um die Knechte herum und übte den eigenen Augenaufschlag und das Blinzen durch die Augenecken, welche beide zu Stadt und Land wohl bekannt sind. Endlich kam die Mutter unter die Türe, eine lange, hagere Frau mit spitzer Nase, und hieß die Tochter, statt da außen zu galpen [schäkern], sich trocken anzuziehen; sie wisse ja wohl, wie sie eine Leide [Schwächliche] sei, nichts erleiden möge und gleich auf dem Schragen liege.

Bei dieser Frau meldete sich auch der Bursche um Arbeit. Er erhielt zur Antwort, daß er warten müsse bis nach dem Essen, man hätte jetzt nicht Zeit, ihm die Sachen zusammenzusuchen. Bescheidentlich fragte er, ob er nicht mitessen könne, er wolle sich gern vom Lohne abziehen lassen dafür. Man wolle ihm etwas füruse geben, hieß es. Er setzte sich vor die Küchentüre, aber lange ging es, bis das Essen aufgetragen wurde, und noch länger, bis er etwas kriegte. Bald fehlte eine Kachle, bald eine Kelle beim Anrichten; bald schrie die Frau: «Stüdi, weißt du, wo der Waschlumpen ist?» und bald: «Rösi, wo hast du den Schiggoree?» Und als sie schon alle bei Tische saßen, schoß bald eins in die Küche, bald eins in den Keller, denn bald fehlte Milch auf dem Tisch, dann war kein Brot vorhanden. Endlich brachte man auch ihm etwas heraus, das eine Suppe sein sollte, aber aussah wie schmutziges Wasser, in dem ein Mehlsack ausgeschwenkt worden, ein aschgraues Gemüse, welches ehemals Schnitze gewesen, in himmelblauer Brühe schwimmend, und dazu ein Stücklein Brot, das von einem alten Wollhut, der lange in einem Krüschkasten [Kleiekasten] gelegen, abgeschnitten schien. Er merkte sich das Essen wohl, aber aß es nicht, sah dagegen, wie Rösi, als nur noch die Mutter in der Küche war, für sich köcherlete und endlich ein verstrupftes Eiertätschchen [Eierkuchen] zum Vorschein brachte und ins hintere Stübchen spedierte, wie es sich darauf eine Zeitlang im Keller aufhielt und mit einem verdächtigen Weingeruch heraufkam. Als alle wieder in die nassen Erdäpfel gegangen, sogar die Mutter, der Vater aber, ein ehrlicher Schlirpi, irgendwo auf dem Ohr lag, sah er, wie Rösi, wahrscheinlich mit einem Restchen des Eiertätsches, in den Futtergang ging, wo der Melker Futter rüstete für die Rosse. Als diese Promenade zu Ende war, setzte sich Rösi zu ihm auf die Bank, bohrte an einer Lismete mit ungewaschenen Fingern und frägelte ihn allerlei aus, tat wie ein Meisterlos und hörte ohne Zucken alle Dinge, sie mochten sein, wie sie wollten, die der Kesselflicker zu sagen beliebte.

Und dieses Rösi war das gleiche Mädchen, das so nett und aufgeputzt an Märkten und Musterungen erschien, so sittsam tat, so mäßig sich betrug, vor einem Schluck Wein sich schüttelte und vor jedem Blick eines Burschen sich verbergen zu wollen schien. Mit Gewalt mußte man es zum Tanzen zwingen, mit Gewalt zum Essen, mit Gewalt zum Reden, aber es hieß, daheim sei es gar werksam, gehe immer mit dem Volk aufs Feld und sei ohne allen Stolz und Hochmut.

Aber je mehr er Rösi ansah, desto mehr mißfiel es ihm und alles um ihns herum. Nicht nur die Finger waren schmutzig, sondern alles an ihm; ums Haus herum war es unaufgeräumt, in der Küche keine Ordnung, zu allen Kacheln, welche er heften sollte, fehlten Stücke. Es saß da bei ihm, sich offenbar gehenlassend, weil es ihn ohne Bedeutung meinte, und da war von Sittsamkeit nichts zu sehen, es hatte ein beflecktes Inneres, Lust an wüsten Dingen und stellte sich recht eigentlich dar als ein gemeines Ding, das nicht gerne arbeitete, das daheim sich alles erlaubt glaubte, wenn es nur im Wirtshause und auf der Straße sich anständig gebärdete. Es klagte nebenbei so recht zimperlich über das Arbeiten, und wie ihm das erleidet sei, es Kopfweh und Krämpfe mache und ein schönes Buch ihm das liebste sei. Dazu schien es noch bösartig, stüpfte die Katze, neckte den Hund und jagte die Tauben unter dem Dache weg. Es hatte in diesem lüsternen, lässigen, langweiligen Ding niemand das schmucke, stille, ehrbare Mädchen erkannt, dem man recht gerne nachsah beim Tanze oder stillestund, wenn man es bei einem Krämer seine Einkäufe machen sah. Duldsam, solange sie alleine waren, fing es, sobald am Abend das Haus sich wieder füllte, mit dem Kesselflicker zu zanken an, gab ihm schnöde Worte und führte alle seine Arbeit aus. Da begann auch der Kesselflicker sein Spiel, höhnte das Töchterchen, hielt ihm den Melker vor, den Eiertätsch, sein sauberes Lismen, wo immer ein Lätsch [Masche] auf der Nadel sei und einer unter derselben, bis das Feuer ins Dach stieg, das Mädchen heulend Vater und Mutter klagte, der Vater fluchte, die Mutter schimpfte, der Ringgi bellte, die Katze miaute, alles lärmte, was da lärmen konnte — da zog der Kesselflicker lachend fürbaß.

Am Abend eines anderen Tages schleppte er seine Bürde müde einem großen Hause zu, das in der Nebengasse eines Dorfes stund. Das Dach des Hauses war schlecht, der Misthaufen aber groß, viel Holz lag darum herum, aber nicht geordnet, ein Schweinestall stieß daran, einige Fürtücher und Hemden hingen am Gartenzaune, schwarz und rauchicht war es um die Haustüre, voll Löcher der aus Lehm gestampfte Schopf [Schuppen]. Eine fluchende Stimme drang aus der Küche und donnerte mit einem unsichtbaren Jemand, der wahrscheinlich etwas zerbrochen hatte, und ihr nach kam ein stämmiges Mädchen mit rot angelaufenem Gesicht, ungekämmt seit vergangenem Michelstag, zwei Säumelchtern in den Armen, in denen Adern schwollen wie kreuzerige Seile, und auf Füßen, die letzten Samstag gewaschen worden, seither zweimal den Schweinen gemistet hatten und so breit waren, daß man die verhudelten Schuhe an denselben bequem als Kuchenschüsseln hätte gebrauchen können. Dieses Mädchen war in vollem Zorn, traf die Schweine beim Ausputzen ihres Troges mit dem mutzen Besen auf ihre Rüssel, daß sie krachten, fluchte mit ihnen, wie kein Kälberhändler es ärger hätte tun können, und schlug ihnen das Fressen in den Trog, daß es weit umherspritzte. Darauf die Hände nur notdürftig im Brunnentroge schwenkend, rief es zum Essen, und hervor kamen allerlei Gestalten, die wenigstens ihre Hände waschend, wie es doch bei jedem ehrbaren

Bauernhause Sitte ist, und die es taten, taten es, als schonten sie dem, was sie aus den Ställen an den Händen mitgebracht. Es war ein wüstes, unordentliches Essen, an welchem der Keßler teilnehmen konnte unter dem Beding, umsonst zu heften, was er, während die andern rüsteten, zu heften imstande sei. Rohe Späße, Zoten wurden alsobald flüssig; man schien damit das schlechte Essen würzen zu wollen. Marei, die Tochter, nahm herzhaft teil daran ohne irgend die geringste Scham, hatte aber nebenbei immer noch Zeit, Vater und Mutter zu widerreden, dem erstern zu sagen, wann er zum letzten Male voll heimgekommen sei, und der letztern vorzuhalten, sie hätte in den letzten drei Wochen nicht zwei Strangen Garn gesponnen, dann auch die Mägde zu schelten und den Knechten wüst zu sagen, wenn sie an den zu beschneidenden Rüben die Rinde zu dick machten. Freilich mußte sie sich auch gefallen lassen, derbe Antworten zu hören und besonders von den Knechten Worte anzunehmen, wie doch sonst kein ehrbares Mädchen sich sagen läßt von Knechten; aber wie man tut, so hat mans auch.

Sein Lager war ihm im Stall angewiesen. Der war schmutzig wie die Kühe darin, die Läger zu kurz und er in beständiger Gefahr, von einer Kuh mit ihrem Heimeligsten begossen zu werden. Im Hause war noch lange Lärm, es schien ihm auch nachts keine Ordnung da zu sein und alle zu machen, was jedem beliebe. Er war aber zu müde, zu gwundern. Am Morgen ward frühe Appell geschlagen, niemandem mehr Ruhe gegönnt, es drehte das Volk vor fünfe sich ums Haus herum, aber niemand tat doch eigentlich was Rechtes. Man mußte halt aufsein, damit es heiße, in dem und dem Hause gehe der Tanz schon vor fünfe los, und ds Marei sei immer die erste und die letzte. Aber vor halb achte konnte man doch nicht zMorgen essen und zwar eine Suppe ohne Schmalz und ohne Brot und Kraut, so lang, so hart, so trocken, daß man sich lange besinnen mußte ob das, was man hinunterschluckte, Geißelstecken seien oder wirkliche Krautstengel, und dazu machte die Marei Augen, mit denen man einen Hasenpfeffer hätte anmachen können.

Dem Keßler erleidete es bald da, am Kraut hatte er sich satt gegessen und an der Tochter, diesem unsauberen Werktier, satt gesehen. Daher, als sie ihm eine Milchkachle zum Heften brachte, sagte er ihr, diese werde sie doch nicht wollen heften lassen, sie säuerle ja wie eine Sauerkrautstande, in welcher dreijähriges Sauerkraut gewesen sei; wenn sie ihr Milchgeschirr nicht sauberer halte, so werde sie die Milch nicht lange gut haben und nicht viel süßen Anken machen. Potz Wetter, da gings los, die Kachelstücke flogen ihm ins Gesicht, und als die verschossen waren, riß sie ihre Schuhe von den Füßen, schlug auf ihn los wie der Drescher auf das Korn in der Tenne, und er hatte noch nie so Eile gehabt, sich wegzumachen, wenn er nicht geprügelt sein oder allen Ernstes sich wehren wollte.

Da könne auch einer einen Schuh voll herausnehmen, dachte der Bursche bei sich, als er das Haus im Rücken hatte. Das erstere Mädchen sei berühmt als gar sittsam, manierlich, das jedem Haus wohl anstehen würde, dieses aber als eine rechte Werkader, als eine angehende Bäuerin, wie es zu Berg und Tal keine geben werde, hatte die schönsten Schweine, wisse mit den Schweinehändlern am besten zu märten [handeln], dürfe alles selbst anrühren, und der sei ein Glücklicher, der es erhaschen könne. Nun habe er beide gesehen, und es schaudere ihn, wenn er eins oder das andere haben müßte, und wenn er nur ein Kesselflicker wäre. Und es sei doch gut, dachte er, daß so ein Kesselflicker überall hingucken könne, wo sonst niemand hinsehe, und daß man sich nicht vor ihm in acht nehme und das Sonntagsgesicht vornehme, wenn so einer im Hause sei, wie man es zu tun pflege, wenn Dorf [Besuch] komme, oder wenn man zDorf gehe. Wer Marei und Rösi auf einem Märit gesehen, der hätte geglaubt, sie stünden jedem Bauernhause wohl an; wer sie aber zu Hause sah, der müsse sagen, daß sie zu einem Bauernhof paßten wie Haare in die Suppe, wie Wanzen in ein Bett, wie Essig zu einer gestoßenen Nidel [Rahm].

Er war recht schwermütig geworden, und alle Arbeit war ihm verleidet. Er setzte sich in ein Wirtshaus und tagdiebte da, spielte den Hudel, tat, als ob er kein Geld hätte, wollte seinen Keßlerkram verkaufen, fand aber keinen Käufer. Die Wirtstochter fesselte ihn auch nicht. Ihre Pantöffelchen gefielen ihm nicht, sie steckte ihm ihren Daumen zu tief ins Kraut, welches sie ihm auftrug, machte ihm ein gar zu mißvergnügt Gesicht, wenn sie einmal aufstehen mußte, und gnepfte [ging schwerfällig] manchmal so bedenklich durch die Stube, als ob sie an jedem Fuße fünf Hühneraugen hätte.

Zeitlich ging er zu Bette, brach früh auf, da eben die Sonne so klar und frisch zu scheinen begann. Da ward ihm wieder froh und leicht im Gemüte, und er beschloß, weiterzuwandern mit seinem Keßlerkram, den ihm niemand hatte abkaufen wollen.

Einem Fußwege nach zog er einem schönen Bauernhof zu.

Blank war das Haus, hell glitzerten die Fenster, ein freundlicher Garten lag vor demselben, und wohlbesorgte Blumen spendeten freigebig ihre reichen Düfte. Ein schlankes, großes Mädchen mit reinem Haar, reinem Hemd und Händen saß auf der Türschwelle, schnitt Brot ein und hatte ein lustig prasselnd Feuer in der Küche, doch nicht das halbe Feuer draußen auf der Feuerplatte, sondern alles drinnen im Loch, wie es sich gehört. Rauh und trotzig frug er nach Arbeit. Wo Weibervolk sei, da sei immer etwas zu heften oder plätzen, fügte er bei. Das Mädchen antwortete, wenn er warten wolle, bis es angerichtet, so habe es ihm Arbeit genug. Da müßte er wohl viel Zeit versäumen, antwortete er, wenn er jedem Ziehfecken abwarten wolle, bis es ihm sich schicke. Das sei doch keine Manier, sagte das Mädchen, gleich so aufzubegehren, und wolle er nicht warten, so könne er gehen. Wolle er aber Verstand brauchen, so könne er seinethalben mit ihnen zMorgen essen, während der Zeit wolle es ihm Arbeit rüsten. Der Keßler blieb nicht ungern da, das Ganze hatte so eine Art, daß es ihn heimelete. Er zog daher seine Pfeifen in etwas ein, stellte seine Drucke [Schachtel] ab und setzte sich zu dem Volk an den Tisch. Es hatte alles ein reinlich Ansehen, und das Volk tat manierlich, betete mit Andacht, und aus dem ganzen Benehmen sah man, daß da Gott und Meisterleute geehrt würden. Die Suppe war eben nicht überflüssig dick, aber gut, der Brei bränntete nicht, die Milch war nur leichtlich abgeblasen, das Brot nicht ohne Roggen, aber küstig und nicht hundertjährig.

Er saß noch nicht lange am Tische, so ließ er ein mächtiges halbes Brot in eine Milchkachel fallen, daß die Kachel in Scherben ging und rings am Tische alles mit Milch überspritzt wurde. Hie und da hörte man ein Kraftwort, aber halb verdrückt; eine vorlaute Magd hieß ihn der ungattlichst Hung, den sie noch gesehen. Anne Mareili aber, die Tochter, verzog keine Miene, hieß jene Magd mit ihr in den Keller kommen, und bald stund andere Milch und anderes Brot auf dem Tisch. Statt sich zu entschuldigen, stichelte der Keßler, im Länderbiet esse man weißeres Brot, dort würde solches nicht einmal von dr Gottswillen Leuten gegessen. Niemand antwortete ihm darauf.

Er pflanzte sich mit seiner Arbeit neben der Küchentüre auf, von welchem Standpunkt aus er die Arbeit in Küche und Garten beobachten konnte. Er sah, wie Anne Mareili das Großmüetti — die Mutter war gestorben — an die Sonne führte, ihm mit aller Sorgfalt ein Kissen auf der Bank zweglegte und nie unwillig wurde, wenn das Großmüetti kärete [murrte], bald hie aus, bald da aus wollte und beständig das Großtöchterchen an Sachen mahnte, die längst abgetan waren, nach Art aller Großmüetteni, die meinen, an Dinge, welche sie ehemals abgetan, jetzt aber nicht mehr vollbringen können, denke kein Mensch mehr, sie blieben ungemacht, wenn sie nicht daran erinnerten. Er sah, wie der Ätti fortwollte, seine Strümpfe suchte, sie nirgends fand und nun seine Tochter ausschimpfte, die sie ihm verlegt haben sollte. Ohne viel dagegen zu haben, half sie ihm geduldig dieselben suchen und fand sie endlich versteckt hinter der Kutte, welche der Vater anzog, wenn er bei strubem Wetter wässern wollte. Dorthin hatte der Alte sie selbst versteckt am vergangenen Tanzsonntage, damit sein Sohn sie ihm nicht wegstibitze, um auf dem Tanzboden damit zu glänzen. Das Mädchen gab sie dem Ätti ohne irgendeine Bemerkung, begleitete ihn freundlich einige Schritte weit und bat ihn, er solle doch ja nicht zu streng laufen und sich doch ordentlich Essen und Trinken gönnen, es wolle ihm schon mit etwas Warmem warten, bis er heimkomme. Er hörte, wie es Bettelkindern Bescheid gab, die einen teilnehmend nach einem kranken Vater, einer kranken Mutter fragte und etwas Passendes ihnen gab, wie es andere zurechtwies, zur Arbeit sie mahnte, Arbeit ihnen anbot und sie dann sehr ernst abwies, wenn sie schnöden Bescheid gaben und die Arbeit von der Hand wiesen. Er hörte, wie es den Diensten Bescheid gab, kurz und deutlich jedem antwortete oder Arbeit anwies, daß man sah, es wußte allenthalben in Feld und Haus, was getan, was noch zu tun war. Bei dem allem saß es nicht auf einem Throne oder einem Ruhbett, streckte die Füße lang von sich weg und hatte im Schoße die Hände, sondern es war nie müßig, rüstete das Essen für eine ganze Menge Volk alleine, erlas das Kraut beim Brunnen mit einer Sorgfalt, daß man ihm wohl ansah, es sei ihm nicht gleichgültig, ob in demselben Schnecken blieben oder nicht. Aber es ging ihm alles von der Hand wie gehext, und seine Füße liefen wie auf Federn, blötschten nicht auf den Boden, daß es ihm bei jedem Schritt die Nase bis über die Stirne hinaufsprengte, wie man hie und da Menschenstücke um Häuser blötschen sieht [schwerfällig auftreten].

Des Mittags war das Essen wieder proper und anständig, und doch führte er es aus und sagte, am Schmalz im Kraut könnte wohl keine Fliege sich überschlucken. Das Mädchen, welches in der Abwesenheit des Vaters die Oberherrschaft führte, antwortete darauf bloß, daheim könne er kochen lassen, wie er wolle, hier sei es so der Brauch, und wenn das ihm nicht recht sei, so brauche er ja nicht wiederzukommen.

Nachmittags als die Großmutter schlief, das Volk auf dem Felde war, ging er in die Küche, angeblich um die Pfeife anzuzünden, fing aber an zu spaßen, zu schätzelen, wollte das Mädchen obeneinnehmen und küssen, da kriegte er eine Ohrfeige, daß er das Feuer im Elsaß sah und dazu die Schwelle in Bern rauschen hörte, und vernahm den kurzen Befehl, er solle sich an seine Arbeit machen, damit sie endlich fertig werde. Dann ging das Mädchen zum Hundestall, band den Blaß los, der es in freudigen Sätzen umsprang, und sagte zu ihm: «Komm, du armer Hund du, ich will dich ablösen, aber dafür mußt du hübsch bei mir bleiben und nicht wieder den Schafen nachlaufen, willst du?» Und der Hund sah zu ihm auf, als ob er es verstünde, war ihm immer zur Seite, wohin es ging, legte sich ihm, wenn es arbeitete, zu den Füßen und zeigte allemal die Zähne, wenn es beim Keßler vorbeiging, als ob er wüßte, wem er Respekt einzuflößen hätte.

Endlich, gegen Abend erst, brachte der Keßler Pfannen und Häfen in die Küche zurück und zuletzt auch einen Arm voll Kacheln. Als das Mädchen sie ihm abnehmen wollte, ließ er sie fallen, daß die Stücke weit in der Küche herumflogen, die Großmutter einen Schrei ausstieß und ängstlich fragte, ob nicht die Kachelbank umgefallen sei. Der Bursche fluchte nur und sagte, an dem wolle er nicht schuld sein, aber eine, die so dumm und uwatlig [ungeschickt] täte, hätte er noch nie angetroffen. Das Mädchen wurde hochrot, und der Blaß stellte sich mit offenem Maul neben ihns, aber es sagte bloß, es sei nicht sein Brauch, mit einem Keßler zu branzen, aber wer sie habe fallen lassen, wisse er und es. Er solle nur sagen, was man ihm schuldig sei, und dann machen, daß er fortkomme, sonst zeige ihm endlich der Blaß noch den Weg.

Er lasse sich nicht so begegnen, sagte der Keßler, und fürchte den Hund nicht. Das sei wohl die kommodeste Art, sich bezahlt zu machen, arme Leute, denen man Geld schuldig sei, mit dem Hund fortzujagen, aber bei ihm komme man an den Lätzen. Anne Mareili antwortete, er habe ja gehört, daß es ihn bezahlen wolle und das je eher je lieber, damit es ihn nicht mehr zu sehen brauche, und wiederzukommen brauche er nicht, denn es hätte nie mehr Arbeit für ihn. Da sagte der Keßler, und jetzt wolle er expreß nichts für seine Arbeit, aber so befehlen, nicht mehr zu kommen, das lasse sich ein Keßler nicht, das sei unverschämt. In vierzehn Tagen sei er wieder da, und dann nehme es ihn dsTüfels wunder, ob es nichts für ihn habe; und dazu machte der Keßler wieder Augen, als ob er Anne Mareili küssen wollte, aber der Blaß sperrte sein Maul auf zu einem Müntschi, das dem Keßler doch nicht angenehm war. Darum streckte er Anne Mareili nur die Hand und sagte: «Auf Wiedersehn!» Aber Anne Mareili wollte ihm die Hand nicht geben und sagte, es hätte noch nie einem Keßler die Hand gegeben, und es wolle schon zufrieden mit ihm sein, aber erst dann, wenn es ihm den Rücken sehe. Da lachte der Bursche und sagte, sy Seel gebe es ihm noch einmal die Hand, und es werde wohl eine Zeit kommen, wo es sein Gesicht lieber habe als seinen Rücken.

Somit machte er sich von dannen, hellauf ein lustig Lied singend, daß Berg und Tal widertönten. Anne Mareili wurde es recht angst dabei. Es hatte viel von Räubern gehört und namentlich, daß oft Keßler versteckte Räuber seien, die das Land ausspionierten, um zu sehen, wo etwas zu stehlen sei, und wie sie auch Weiber und Mädchen mit sich fortschleppten in ihre Höhlen und dort sie bei sich behielten als ihre Weiber. Ein solcher Räuber, dachte es, könnte auch der Keßler sein — er sehe ganz darnach aus — und es auf ihns abgesehen haben. Aber das solle ihm nicht leicht werden, dachte es, sein Messer und der Blaß wollten auch noch etwas dazu sagen. Indessen ging es doch nicht gerne nachts aus dem Hause, zündete des Nachts allenthalben hin, besonders unter sein Bett, schloß die Türen sorgfältig und fütterte den Blaß extra alle Abend, damit er sich nicht etwa locken lasse, und betete noch einmal so inbrünstig zu seinem lieben Vater im Himmel, daß er ihm zur Wache seine Engelein senden möchte, zwei zu seinen Häupten, zwei zur Fußeten, einen an jede Seite und endlich einen, der ihns führe in sein himmlisch Reich. Und dann schlief es getrost ein, aber oft träumte das Mädchen von dem Keßler, doch eigentlich nicht mit Furcht und Zittern, sondern derselbe verwandelte sich gewöhnlich in einen schönen Jüngling, in einen Prinzen oder Königssohn, der es absolut zur Frau haben wollte und seinem Anne Mareili Himmel und Erde versprach.

Doch kein Keßler kam wieder. Aber nach vierzehn Tagen fuhr an einem schönen Nachmittag ein Wägeli vors Haus, ein schöner Grauschimmel mit stolzem Geschirr davor, ein großer, schöner Bursche darauf.

Ganz als wenn er da bekannt wäre, rief er einem Knechte, er solle doch kommen und ihm das Roß abnehmen. Darauf kam er an die Türe, und als Anne Mareili ihm Bescheid geben wollte und ihm in die Augen sah, da wurde ihm fast gschmuecht, der Keßler stund vor ihm, nicht als Prinz und nicht als Räuber, sondern als ein stattlicher Bauer. Und der Spitzbube lachte und zeigte noch schönere weiße Zähne, als der Blaß hatte, und fragte so spitzbübisch: «Gäll, ich bin wiederum da, du hast es mir verbieten mögen, wie du wolltest.» Und lachend reichte er ihm die Hand, und verschämt gab ihm Anne Mareili die seine. Da, rasch sich umsehend und niemand gewahrend, sagte er ebenso rasch, und gerade seinetwegen komme er. Es werde wohl schon von ihm gehört haben, er sei der und der und hätte schon lange gerne eine Bäuerin auf seinen Hof gehabt, aber nicht eine auf die neue Mode, sondern eine wie seine Mutter selig. Aber er hätte nicht gewußt, wie eine solche finden, da die Meitscheni gar schlimm seien und einem leicht Stroh für Heu verkaufen. Darum sei er als Keßler umhergezogen, hätte manches gesehen, er hätte es niemandem geglaubt, aber manchen Tag, ohne eine zu finden, die er nur vierzehn Tage hätte auf seinem Hofe haben mögen. Schon habe er die Sache aufgeben wollen, als er ihns gefunden und bei sich gesagt habe: «Die oder keine!» Und jetzt sei er da und möchte ihns geschwind fragen, ob er seinem Alten etwas davon sagen dürfte. Da sagte Anne Mareili, er sei einer, dem nicht zu trauen, aber er solle hineinkommen, es sei soviel Rauch in der Küche. Und Joggeli mußte hinein ohne weitere Antwort.

Indessen ging er nicht wieder hinaus, bis er eine Antwort hatte, und die muß nicht ungünstig gewesen sein, denn ehe ein Vierteljahr um war, ließ Joggeli verkünden mit Anne Mareili und hat es nie bereut und kriegte nie mehr eine Ohrfeige von ihm. Aber oft drohte es ihm mit einer, wenn er erzählte, wie Anne Mareili ihm die Hand nicht hatte geben wollen und ihm gesagt, es möge nicht warten, bis es ihm den Rücken sehe, und wie es dann doch froh gewesen sei, ihm die Hand zu geben und sein Gesicht zu sehen. Wenn er dann aber hinzusetzte, er glaube, jetzt sehe es sein Gesicht lieber als den Rücken, so gab Anne Mareili ihm friedlich die Hand und sagte: «Du bist ein wüster Mann, aber reuig bin ich doch nie gewesen, daß ich dich wieder angesehen.» Dann gab ihm wohl Joggeli sogar vor den Leuten einen Schmatz, was doch auf dem Lande nicht dick gesehen wird, und sagte, er glaube immer, er habe seine Frau seiner Mutter selig zu verdanken, die ihn gerade zu dieser geführt.

KAREL ČAPEK

Romeo und Julia

Ein junger englischer Edelmann, Oliver Mendeville, der sich auf einer Studienreise in Italien befand, bekam in Florenz die Nachricht, daß sein Vater, Sir William, aus der Welt geschieden sei. So nahm Sir Oliver denn schweren Herzens und unter vielen Tränen Abschied von Signorina Maddalena, der er schwor, baldigst zurückzukehren, und machte sich mit seinem Diener in Richtung Genua auf den Weg.

Am dritten Tag ihrer Reise, als sie gerade in ein kleines Nest einritten, überraschte sie ein ordentlicher Regenschauer. Sir Oliver hielt sein Pferd unter einer alten Ulme an. «Paolo», sagte er zu seinem Diener, «guck doch mal, ob's hier nicht einen Albergo gibt, wo wir den Regen abwarten können.»

«Was Ihren Diener und die Pferde betrifft», ließ sich über seinem Kopf eine Stimme vernehmen, «so befindet sich ein Albergo gleich um die Ecke; Sie aber, Cavaliere, würden meiner Pfarre eine große Ehre erweisen, wenn Sie unter ihrem bescheidenen Dach Zuflucht suchen wollten.»

Sir Oliver lüpfte seinen breitkrempigen Hut und wandte sich dem Fenster zu, aus dem ihn ein dicker Pater vergnügt angrinste. «Vos signoria reverendissima», versetzte er ehrerbietig, «gar zu groß ist die Liebenswürdigkeit, die Sie damit einem Fremden erweisen, der im Begriff steht, Ihr schönes Land zu verlassen, überwältigt von Dankbarkeit für all das Gute, womit er so verschwenderisch überhäuft wurde.»

«Bene, lieber Sohn», sprach der Pfarrer, «aber wenn Sie noch länger reden, sind Sie vollends durchnäßt. Steigen Sie gefälligst vom Gaul, und sputen Sie sich, denn es gießt gar sehr.»

Sir Oliver war verblüfft, als ihm Molto reverendo parroco im

Hausflur entgegenkam: einen derart zwergenhaften Pater hatte er noch nie gesehen; als er vor ihm eine Verbeugung machte, mußte er sich so tief bücken, daß ihm das Blut zu Kopf stieg.

«Lassen Sie nur», meinte der Pfarrer. «Ich bin nur Franziskaner, Cavaliere. Man nennt mich Padre Ippolito. He, Marietta, trag Wurst und Wein auf. Hier lang, Herr, es ist verflucht dunkel hier. Sie sind Inglese, nicht wahr? Sieh mal einer an, seit ihr Engländer euch von der heiligen römischen Kirche losgesagt habt, kommt ihr in Massen nach Italien. Ich verstehe, Signore. Sie müssen ja Heimweh haben. Schau, Marietta, der Herr ist ein Inglese! Der Arme, so jung und schon Engländer. Schneiden Sie sich von der Salami ab, Cavaliere, es ist echte Veroneser. Ich sage Ihnen, zum Wein gibt's nichts Besseres als Veroneser Salami, dagegen können sich die Bologneser mit ihrer Mortadella verstecken. Halten Sie sich stets an Veroneser Salami und Salzmandeln, lieber Sohn. Sie sind nicht in Verona gewesen? Schade. Der göttliche Veronese kam von dort, Signore. Ich stamme nämlich auch aus Verona. Eine berühmte Stadt, Herr. Die Stadt der Scaliger nennt man sie. Mundet Ihnen der Wein?»

«Grazie, Padre», murmelte Sir Oliver. «Bei uns in England nennt man Verona die Stadt Julias.»

«Na, so was!» Padre Ippolito staunte. «Und wieso? Ich wüßte gar nicht, daß es dort eine Fürstin Julia gäbe. Allerdings bin ich schon seit vierzig Jahren nicht mehr dort gewesen — was für eine Julia soll es denn sein?»

«Julia Capulet», erklärte Sir Oliver. «Wissen Sie, bei uns gibt's ein Theaterstück über sie ... von einem gewissen Shakespeare. Ein schönes Stück. Kennen Sie's, Padre?»

«Nein, aber warten Sie mal, Julia Capulet, Julia Capulet», schwatzte Padre Ippolito, «die müßte ich doch kennen. Bei den Capulets bin ich mit Padre Lorenzo oft gewesen ...»

«Sie haben den Mönch Lorenzo gekannt?» hauchte Sir Oliver.

«Wie sollte ich ihn nicht gekannt haben! Ich war doch Ministrant bei ihm, Herr. Hören Sie, ist's nicht vielleicht die Julia, die den Grafen Paris geheiratet hat? Die hab ich gekannt. Eine sehr fromme, vortreffliche Frau, die Gräfin Julia. Sie war eine geborene Capulet — von den Capulets, die mit Samt handelten.»

«Das kann sie nicht gewesen sein. Diese Julia ist im Mädchenalter auf die ergreifendste Weise, die Sie sich vorstellen können, gestorben.»

«Aha», versetzte Molto reverendo, «dann ist's eine andere. Die Julia, die ich gekannt habe, hat den Grafen Paris geheiratet und ihm acht Kinder geboren. Eine mustergültige, tugendhafte Ehefrau, junger Mann, möge Gott Ihnen solch eine bescheren. Freilich erzählte man sich, sie sei zuvor in irgendeinen jungen Crapulone vernarrt gewesen ... Eh, Signore, über wen wird nicht geklatscht? Die Jugend, das weiß man ja, hat Unbesonnenheit und Verrücktheit in sich. Seien Sie froh, Cavaliere, daß Sie jung sind. Pflegen die Inglese auch jung zu sein?»

«Allerdings», seufzte Sir Oliver. «Ach, Vater, auch uns verzehrt die Flamme des jungen Romeo.»

«Romeo?» fragte Pater Ippolito und nahm einen Schluck Wein. «Den müßte ich kennen. Je nun, war das nicht dieser junge Sciocco, dieser Laffe und Galgenstrick von den Montagues, der dem Grafen Paris eine Schramme beigebracht hat? Angeblich ging's um Julietta. Ja, richtig. Julietta sollte mit dem Grafen Paris vermählt werden — eine gute Partie, Signore, der Paris war ein sehr reicher und netter junger Mann —, aber Romeo hatte es sich, so erzählte man, in den Kopf gesetzt, daß er Julia kriegen müsse ... So eine Dummheit, Herr», brabbelte der Padre. «Als ob die reichen Capulets ihre Tochter einem von den verkrachten Montagues hätten geben können. Obendrein hielten die Montagues zu Mantua, während die Capulets auf der Seite des Herzogs von Mailand standen. Nein, nein. Ich denke, der Assalto assassinatico gegen Paris war ein ganz gewöhnliches politisches Attentat. Heutzutage steckt hinter allem nichts als Politik, lieber Sohn. Versteht sich, nachdem er derart rabiat geworden war, mußte Romeo nach Mantua flüchten, und dann hat er sich nie wieder blicken lassen.»

«Das ist ein Irrtum», stieß Sir Oliver hervor. «Ich bitte um Entschuldigung, Padre, aber es war anders. Julia liebte Romeo, aber die Eltern zwangen sie, den Grafen Paris zu heiraten ...»

«Sie wußten schon, warum», pflichtete der alte Pfarrer bei. «Romeo war ein Ribaldo und hielt zu Mantua.»

«Aber vor der Hochzeit mit Paris besorgte Padre Lorenzo ihr ein Pülverchen, das sie scheintot umfallen ließ», fuhr Sir Oliver fort.

«Das ist eine Lüge», versetzte Padre Ippolito heftig. «So was hätte Vater Lorenzo nie getan. Wahr ist vielmehr, daß Romeo den Paris auf der Straße angegriffen und verwundet hat. Vielleicht war er betrunken.»

«Verzeihen Sie, Vater, aber das war ganz anders», protestierte Sir Oliver. «Wahr ist, daß Julia zu Grabe getragen wurde. An ihrem Grab durchbohrte Romeo den Grafen Paris mit dem Schwert . . .»

«Moment mal», sagte der Pfarrer. «Erstens geschah das nicht an ihrem Grab, sondern auf der Straße in der Nähe des Scaliger-Denkmals. Und zweitens durchbohrte Romeo ihn nicht, sondern spaltete ihm lediglich die Schulter. Mein Lieber, jemanden mit dem Schwert zu töten gelingt einem nicht so ohne weiteres. Versuchen Sie's nur mal, junger Mann!»

«Scusi», widersprach Sir Oliver, «ich habe es doch bei der Premiere auf der Bühne gesehen. Graf Paris wurde wirklich im Duell erstochen und verschied auf der Stelle. In der Annahme, daß Julia tot sei, vergiftete sich Romeo in ihrer Gruft. So war das, Padre.»

«I wo», knurrte Pater Ippolito. «Von wegen vergiftet. Nach Mantua ist er geflohen, mein Freund.»

«Entschuldigen Sie, Padre», beharrte Oliver, «ich habe es mit eigenen Augen gesehen — ich saß doch in der ersten Reihe! In dem Moment erwachte Julia, und als sie sah, daß ihr geliebter Romeo tot war, nahm sie ebenfalls Gift und starb.»

«Wo denken Sie hin», versetzte Padre Ippolito ärgerlich. «Ich möchte bloß wissen, wer diesen Klatsch aufgebracht hat. Die Wahrheit ist, daß Romeo nach Mantua floh und daß die arme Julia aus Kummer darüber ein bißchen Gift schluckte. Aber gewesen ist nichts weiter, Cavaliere, eine ganz und gar kindliche Geschichte; ich bitte Sie, Julia war ja kaum fünfzehn Jahre alt . . . Ich weiß es von Lorenzo, junger Mann; versteht sich, ich war damals so ein Ragazzo» — der gute Pater hielt die Hand etwa eine Elle über den Boden. «Julia wurde dann zu einer Tante nach Besenzano gebracht, damit sie sich erhole. Dort besuchte sie Graf Paris, er trug den Arm noch in der Schlinge, und Sie wissen ja, wie's in solchen Fällen zu sein pflegt: es wurde eine große Liebe daraus. Drei Monate später feierten sie Hochzeit.

Ecco, Signore, so geht's zu im Leben. Ich war bei ihrer Trauung dabei, als Ministrant im weißen Chorhemd.»

Sir Oliver saß niedergeschmettert da. «Seien Sie mir nicht böse, Padre», sagte er schließlich, «aber in diesem englischen Schauspiel ist's tausendmal schöner.»

Pater Ippolito schnaufte. «Schöner! Ich weiß nicht, was Sie daran schön finden, wenn sich zwei junge Menschen das Leben nehmen. Es wäre doch schade um sie gewesen, junger Mann. Ich sage Ihnen, es ist viel schöner, daß Julia geheiratet und acht Kinder bekommen hat, und was für welche: wie gemalt.»

Oliver schüttelte den Kopf. «Das ist nicht mehr das Wahre, lieber Padre; Sie wissen nicht, was große Liebe heißt.»

Der kleingewachsene Pater blinzelte versonnen. «Große Liebe? Ich denke, das ist, wenn sich zwei Menschen ihr ganzes Leben lang vertragen . . . ergeben und treu . . . Julia war eine außergewöhnliche Frau, junger Mann. Acht Kinder hat sie großgezogen und ihrem Mann bis zum Tod gedient . . . Bei Ihnen nennt man Verona also die Stadt Julias? Das ist sehr nett von euch Engländern, Cavaliere. Signora Julia war in der Tat eine großartige Frau, Gott hab sie selig.»

Der junge Oliver fuhr aus seiner Versunkenheit auf. «Und was ist aus Romeo geworden?»

«Aus dem? Ich kann es nicht genau sagen. Etwas ist mal zu mir gedrungen . . . Ach, jetzt weiß ich's. Er hat sich in Mantua in die Tochter eines Marquese verliebt — wie hieß er doch? Monfalcone, Montefalco oder so ähnlich. Ach, Cavaliere, das war das, was Sie große Liebe nennen! Sogar entführt hat er sie — es war eine überaus romantische Geschichte, doch die Einzelheiten sind mir entfallen; was wollen Sie, es trug sich ja in Mantua zu. Aber es soll eine Passione senza esempio, eine ungeheure Leidenschaft gewesen sein, Herr. Zumindest wurde es erzählt. Ecco, Signore, es hat aufgehört zu regnen.»

Sir Oliver erhob sich in seiner ganzen fatalen Größe. «Sie waren ungemein liebenswürdig, Padre. Thank you so much. Dürfte ich vielleicht etwas dalassen . . . für Ihre armen Pfarrkinder», murmelte er errötend und schob eine Handvoll Zechinen unter den Tellerrand.

«Aber, aber!» wehrte Padre Ippolito erschrocken ab und fuchtelte mit den Armen. «Was fällt Ihnen ein, so viel Geld für ein Stückchen Veroneser Salami!»

«Etwas ist auch für Ihre Erzählung», sagte der junge Oliver rasch.

«Sie war ... eh, war sehr, sehr ... ich weiß nicht, wie ich's sagen soll. Very much, indeed.»

Zu den Fenstern des Pfarrhauses schien nun die Sonne herein.

EDGAR ALLAN POE

Die Brille

Vor vielen Jahren war's die Mode, die Idee einer «Liebe auf den ersten Blick» zu verspötteln; doch wer nachdenkt, und schon gar wer tief empfindet, hat stets verfochten, daß es sie gebe. Moderne Entdeckungen auf dem Gebiete dessen, was ethischer Magnetismus oder Magneto-Ästhetik heißen mag, machen es in der Tat wahrscheinlich, daß die natürlichsten und folglich wahrsten und intensivsten menschlichen Gemütsbewegungen jene seien, welche im Herzen wie von einem überspringenden Funken elektrischer Sympathie entzündet werden — kurz, daß die glänzendsten und dauerndsten psychischen Bande von einem einzigen Augen-Blick geknüpft werden. Das Bekenntnis, das ich hier abzulegen gedenke, wird den bereits fast unzähligen Beispielen für die Wahrheit der Behauptung ein weiteres hinzufügen.

Meine Geschichte verlangt, daß ich ein bißchen in die Minuzien gehe. Ich bin ein noch sehr junger Mann — nicht einmal ganze zweiundzwanzig Jahre alt. Mein gegenwärtiger Name ist sehr gewöhnlich und ziemlich plebejisch — Simpson. Ich sage «mein gegenwärtiger»; denn es ist noch gar nicht lange her, daß ich ihn trage — erst im letzten Jahre legte ich mir diesen Nachnamen gesetzlich zu, um eine große Erbschaft anzutreten, die mir von einem entfernten Verwandten, Adolphus Simpson, Esq., hinterlassen ward. Verknüpft mit dem Vermächtnisse war die Bedingung, daß ich des Erblassers Namen mit zu übernehmen hätte — den Familien-, nicht den Taufnamen; mein Taufname ist Napoleon Bonaparte — oder genauer: so lautet mein erster und mein mittlerer Rufname.

Ich nahm das «Simpson» mit einigem Widerstreben an, denn

für meinen wirklichen Vatersnamen, Froissart, hegte ich einen sehr verzeihlichen Stolz — glaubte ich doch, ich könnte einem Nachfahren des unsterblichen Autors der «Chroniken» auf die Spur kommen. Wo wir, nebenbei, grad beim Thema «Namen» sind, darf ich wohl, die einiger meiner unmittelbaren Vorfahren betreffend, eine einzigartige Koinzidenz des Klanges erwähnen. Mein Vater war ein Monsieur Froissart in Paris. Seine Frau — meine Mutter, die er als Fünfzehnjährige ehelichte — war eine Mademoiselle Croissart, älteste Tochter des Bankiers Croissart; und dessen Frau wiederum — erst sechzehnjährig, als sie heiratete — war die älteste Tochter eines gewissen Victor Voissart. Monsieur Voissart hatte sich einzigartigerweise mit einer Dame ganz ähnlichen Namens vermählt — einer Mademoiselle Moissart. Auch sie trat noch im rechten Kindesalter in die Ehe; und gleichfalls war ihre Mutter, Madame Moissart, nur grad erst vierzehn, als sie zum Altar geführt wurde. Dies frühe Heiraten ist in Frankreich so üblich. Hier jedoch bilden Moissart, Voissart, Croissart und Froissart eine direkte absteigende Linie. Mein eigener Name wurde dann freilich Simpson, wie gesagt, und zwar durch Gesetzesakt und unter solchem Widerstreben meinerseits, daß ich eine Zeitlang tatsächlich schwankte, ob ich das Vermächtnis mit der daran geknüpften unnützen und ärgerlichen Klausel überhaupt annehmen sollte.

Was persönliche Vorzüge betrifft, so fehlt es mir daran in keiner Weise. Im Gegenteil, ich glaube, daß ich gar keine üble Figur mache und das besitze, was neun Zehntel der Welt ein hübsches Gesicht nennen würden. Meine Größe beträgt fünf Fuß elf. Mein Haar ist schwarz und lockig. Meine Nase besitzt leidliche Wohlgestalt. Meine Augen sind groß und grau; und wenn es ihnen tatsächlich auch in sehr genierlichem Grade an Sehkraft gebricht, so dürfte doch ihre Erscheinung keinerlei solches Gebresten vermuten lassen. Die Sichtschwäche selbst ist mir allerdings stets sehr lästig gefallen, und ich habe kein Heilmittel unversucht gelassen — ausgenommen das, Gläser zu tragen. Da ich jugendlich bin und gut aussehe, habe ich natürlich eine Abneigung dagegen und es stets entschieden abgelehnt, mich ihrer zu bedienen. Tatsächlich wüßte ich nichts, was das Gesicht eines jungen Menschen derart entstellt oder einem jeden seiner

Züge ein solches *air* von tumber Bravheit aufprägt, wenn nicht gar von Scheinheilig- und Ältlichkeit. Eine Lorgnette andererseits verleiht einen ausgesprochen geckenhaften und affektierten Anstrich. Bislang habe ich denn, so gut es eben gehen mochte, ohne derlei Beistand auszukommen gesucht. Doch schon zuviel von diesen rein persönlichen Details, die schließlich von geringem Belange sind. Ich will mich damit bescheiden, rasch noch anzufügen, daß mein Temperament sanguinisch ist, leicht entflammbar, glühend, enthusiastisch — und daß ich mein Leben lang ein enragierter Frauenverehrer gewesen bin.

Eines Abends im letzten Winter betrat ich, in Gesellschaft eines Freundes, Mr. Talbot, eine Loge im P—-Theater. Man gab eine Oper, und das Programm versprach eine sehr rare Attraktion, so daß das Haus brechend voll war. Wir erschienen jedoch rechtzeitig genug, um die Vordersitze zu belegen, die man für uns reserviert hatte und zu denen wir uns unter einiger Beschwerlichkeit mit den Ellbogen unsern Weg bahnten. Zwei Stunden lang widmete mein Gefährte, ein fanatischer Musikliebhaber, seine ungeteilte Aufmerksamkeit der Bühne; derweilen ich mich damit vergnügte, die Zuhörerschaft zu beobachten, die vorwiegend aus der *élite* der Stadt bestand. Nachdem ich mich in diesem Punkte zufriedengestellt, wollte ich meine Augen eben der *prima donna* zuwenden, als sie von einer Gestalt in einer der Privatlogen angezogen und gefesselt wurden, die meiner Aufmerksamkeit bislang entgangen waren.

Und lebte ich tausend Jahre — nie werd ich die heftige Gefühlsaufwallung vergessen, mit der ich zu dieser Gestalt hinüberschaute. Es war die eines weiblichen Wesens — des herrlichsten, das ich je sah. Das Gesicht war so weit der Bühne zugewendet, daß es mir einige Minuten lang nicht gegeben war, den vollen Anblick zu erhaschen — doch die Form war *göttlich;* kein anderes Wort vermöchte seine herrliche Proportion hinlänglich auszudrücken — und selbst der Ausdruck «göttlich» will mir jetzt, da ich ihn niederschreibe, lachhaft schwach erscheinen.

Die Magie fraulich-lieblicher Formen — der Zauber weiblicher Reize — war stets eine Macht, der zu widerstehen ich unmöglich gefunden hatte; doch hier war Liebreiz personifiziert, inkarniert

— das *beau idéal* meiner wildesten und verzücktesten Visionen. Die Gestalt, welche der Logenbau fast vollständig zu sehen erlaubte, war etwas über mittelgroß und näherte sich den majestätischen Maßen, ohne diese aber wirklich zu erreichen. Ihre vollkommene Fülle und *tournure* waren hinreißend. Das Haupt, mir nur von hinten sichtbar, wetteiferte in seinem Umriß mit dem der griechischen Psyche, und eher noch betont zur Schau gestellt denn verhüllt ward es von einer eleganten Haube aus *gaze aérienne*, die mich an den *ventus textilis* des Apuleius denken ließ. Der linke Arm hing über die Balustrade und machte mit seinem erlesenen Ebenmaß jeglichen Nerv in mir erbeben. Oben wurde er von einem jener locker-offenen Ärmel drapiert, wie sie jetzt in Mode sind. Dieser reichte nur wenig über den Ellbogen hinab. Darunter trug sie einen Unterärmel aus hauchfeinem, dicht anliegendem Material, der in einer Krause aus reicher Spitze endete: die fiel entzückend zierlich über den Handrücken und ließ einzig die delikaten Finger frei, an deren einem ein — das sah ich gleich — außerordentlich wertvoller Diamantring funkelte. Die admirable Ründe des Handgelenks ward höchst graziös von einem Armbande hervorgehoben, das es umschloß und ebenfalls von einer prächtigen *aigrette* aus Juwelen geschmückt und zusammengehalten ward — es kündete, in nicht mißzuverstehenden Worten, zugleich den Reichtum und den wählerisch-verwöhnten Geschmack seiner Trägerin.

Ich starrte wohl wenigstens eine halbe Stunde zu dieser königlichen Erscheinung hinüber, wie wenn ich mit einem Male zu Stein geworden wäre; und derweil empfand ich voll die Kraft und Wahrheit alles dessen, was je über «Liebe auf den ersten Blick» gesagt oder gesungen. Meine Empfindungen waren grundverschieden von allen, die ich bisher — selbst in Gegenwart der gefeiertsten Muster weiblicher Lieblichkeit — erfahren hatte. Eine unerklärliche und — wie ich wohl in Erwägung ziehen muß — *magnetische* Sympathie von Seele zu Seele schien nicht nur mein Schauen, sondern meine ganzen Denk- und Fühlenskräfte auf den bewundernswürdigen Gegenstand vor mir zu heften. Ich sah — ich fühlte — ich wußte, daß ich zutiefst, wahnsinnig, unwiderruflich liebte — und dies gar noch, ehe ich überhaupt das Antlitz der geliebten Person gesehen. So heftig war in der Tat die Leidenschaft, die mich verzehrte, daß ich wirklich glaubte, sie würde nur — wenn überhaupt — geringe Minderung erfahren haben, hätten sich die noch ungeschauten Züge als von nur gewöhnlichem Charakter erwiesen; so anomal ist die Natur der einzig wahren Liebe — der Liebe auf den ersten Blick —, und so wenig ist sie in Wirklichkeit abhängig von den äußern Bedingungen, welche sie nur zu schaffen und zu kontrollieren scheinen.

Während ich noch wie eingehüllt war von Bewunderung für diese liebreizende Erscheinung, veranlaßte sie eine jähe Unruhe im Publikum, mir ihren Kopf halb zuzuwenden, so daß ich ihr Antlitz in vollem Profil erblickte. Seine Schönheit ging noch weit über meine vorahnenden Erwartungen — und doch war etwas daran, das mich enttäuschte, ohne daß ich exakt hätte sagen können, was es war. Ich sagte, es «enttäuschte» mich, doch ist dies nicht eigentlich das rechte Wort. Meine Empfindungen waren in eins beruhigt und aufgewühlt. Sie hatten weniger von Heftigkeit und mehr von stiller Begeisterung an sich — enthusiastische Ruhe. Dieser Gefühlszustand rührte vielleicht von dem madonnengleichen und matronenhaften *air* des Gesichts; und doch erkannte ich sogleich, daß er nicht hiervon allein hatte aufkommen können. Es gab da noch etwas anderes — irgendein Geheimnis, das ich nicht zu entdecken vermochte — irgendeinen Ausdruck auf ihren Zügen, der mich leicht verstörte, indessen er meine Teilnahme überaus erhöhte. Tatsächlich befand ich mich just in jener Gemütsverfassung, in der ein leichterregbarer junger Mann zu allen möglichen Extravaganzen fähig ist. Wäre die Dame allein gewesen, ich hätte ganz zweifellos ihre Loge betreten und sie um jeden Preis angesprochen; doch glücklicherweise befand sie sich in doppelter Gesellschaft — eines Herrn und einer auffallend schönen Frau, die allem Anschein nach ein paar Jahre jünger war denn sie selber.

Ich wälzte wohl tausend Pläne in meinem Hirn, wie ich's, hernach, zuwege bringen könnte, der älteren Dame vorgestellt zu werden, oder jedenfalls doch für den Augenblick ihre Schönheit bestimmter zu Gesicht bekommen möchte. Wohl hätte ich mir einen Platz genommen, der näher dem ihren gelegen, doch machte dies das vollbesetzte Theater unmöglich; und die strengen Vorschriften des Mode-Brauchs hatten neuerdings, in einem Fall wie diesem, kategorisch die Benutzung des Opernglases verboten, selbst wenn ich so glücklich gewesen wäre, eines bei mir zu haben — aber das war nicht der Fall —, und so saß ich denn verzweifelt da.

Schließlich besann ich mich, meinen Gefährten anzugehen.

«Talbot», sagte ich, «*Sie* haben doch ein Opernglas. Geben Sie es mir.»

«Ein Opernglas? — aber nein! — was, meinen Sie, sollte *ich* wohl mit einem Opernglase anfangen!» Und ungeduldig wandte er sich wieder der Bühne zu.

«Aber, Talbot», fuhr ich fort und zog an seiner Schulter, «hören Sie mir doch einmal zu, ja? Also — sehen Sie die Proszeniumsloge? — dort? — nein, die nächste. — Erblickten Sie je ein Weib von solchem Liebreiz?»

«Sie ist sehr schön, kein Zweifel», sagte er.

«Ich frage mich, wer sie sein mag!»

«Was denn — also das ist ja himmlisch — Sie wissen wirklich nicht, wer sie ist? ‹Wer sie nicht kennt, ist selber unbekannt.› Sie ist die gefeierte Madame Lalande — die Schönheit des Tages *par excellence* — und Gesprächsgegenstand der ganzen Stadt. Unermeßlich reich auch — Witwe — und eine großartige Partie — ist grad von Paris angekommen.»

«Sie kennen sie?»

«Ja — ich habe die Ehre.»

«Wollen Sie mich bei ihr einführen?»

«Aber gewiß — mit dem größten Vergnügen; wann soll es sein?»

«Morgen, um eins; ich treffe Sie bei B----'s.»

«Sehr schön; und nun halten Sie aber den Mund, wenn's geht.»

Was dies letztere betrifft, so mußte ich mich wohl oder übel Talbots Weisung fügen, denn gegen jede weitere Frage oder Andeutung stellte er sich störrisch taub und beschäftigte sich für den Rest des Abends ausschließlich mit dem, was auf der Bühne vor sich ging.

Inzwischen wandte ich kein Auge von Madame Lalande, und schließlich widerfuhr mir das Glück, einen vollen Blick von vorn auf ihr Gesicht zu gewinnen. Es war von berückender Lieblichkeit; dies hatte mein Herz mir natürlich schon vorher gesagt, ganz abgesehen davon, daß Talbot mir in diesem Punkte volle Gewißheit gegeben hatte — doch nach wie vor verstörte mich jenes unbegreifliche Etwas. Ich deutete's mir schließlich so, daß meine Sinne von einem gewissen Fluidum des Ernstes, der Trauertrübe oder — noch genauer — der Abgespanntheit beeindruckt seien, das dem Gesichte etwas von seiner Jugend und Frische nahm, nur um es freilich mit seraphischer Zartheit und Majestät auszustatten und damit in meinem enthusiastischen und romantischen Temperament eine zehnfache Teilnahme zu wecken.

Derweilen sich so meine Augen weideten, merkte ich's schließlich, zu meiner redlichen Bestürzung, an einem fast unmerklichen Stutzen, daß die Dame plötzlich meines intensen Starrens gewahr geworden. Noch war ich von Grunde auf fasziniert und konnte den Blick nicht abwenden, und wäre's auch nur für einen Augenblick gewesen. Sie kehrte das Gesicht zur Seite, und wieder sah ich einzig die gemeißelte Kontur ihres Hinterhaupts. Nach einigen Minuten brachte sie, ganz wie von Neugier getrieben, zu sehn, ob denn mein Blick noch immer an ihr hinge, schrittweis das Angesicht erneut herum und begegnete erneut meinem brennenden Starren. Ihre großen dunkeln Augen senkten sich im Moment, und eine tiefe Röte deckte ihre Wange. Doch wer beschreibt mein Erstaunen, als ich bemerkte, daß sie bei diesem zweiten Male nicht nur den Kopf nicht abwendete, sondern wahrhaftig von ihrem Gürtel eine Doppel-Lorgnette nahm — sie hob — sie adjustierte — und mich sodann hindurch betrachtete, nachhaltig, kalten Bluts, Minuten lang.

Wäre ein Blitzzack zu meinen Füßen eingeschlagen, ich hätte darob kaum gründlicher bestürzt sein können — doch nur bestürzt, nicht etwa gar beleidigt oder, sei's auch im leisesten Grade, davon abgestoßen; obschon solch kühne Handlung bei jeder andern Frau beleidigend oder abstoßend hätte wirken müssen. Doch das Ganze geschah mit so viel Gleichmut — so viel *nonchalance* — so viel gelaßner Ruhe — kurz, mit solch offenbarem *air* von höchster Bildung —, daß nichts von bloßer Ungezogenheit erkennbar war und sich in mir als einziges Empfinden Bewunderung und Überraschung regten.

Ich nahm's nun wahr, daß sie, beim ersten Heben der Lorgnette, anscheinend mit einer momentanen Musterung meiner Person zufrieden gewesen war und das Instrument sinken ließ, als sie, wie von einem zweiten Gedanken durchzuckt, es wieder ansetzte und so fortfuhr, mich mit beharrter Aufmerksamkeit zu mustern, und zwar erneut Minuten lang — zu allermindest fünf Minuten lang, dess' bin ich sicher.

Dies in einem amerikanischen Theater so sonderliche Verhalten erregte die breiteste Obacht und ließ im Auditorium eine unbestimmte Bewegung aufkommen, oder ein Flüstersummen, das mich, momentlang, mit Verwirrung füllte, doch auf die Züge von Madame Lalande keinerlei sichtbare Wirkung übte.

Nachdem sie ihre Neugier — wenn's das war — befriedigt, senkte sie das Glas und widmete ihr Augenmerk gelassen wiederum der Bühne; ihr Profil dabei wie vorher hin zu mir gewendet. Ich fuhr fort, sie unablässig zu beobachten, obschon ich mir der Unmanierlichkeit solchen Tuns durchaus bewußt war. Jetzt sah ich das Haupt langsam und leicht seine Stellung verändern; und bald schon ward ich überzeugt, daß die Dame, indessen sie sich den Anschein gab, zur Bühne hin zu blicken, in Wahrheit mich aufs angelegentlichste betrachtete. Es ist überflüssig zu erwähnen, welche Wirkung dies Verhalten, auf seiten einer so faszinierenden Frau, auf meinen erreglichen Sinn übte.

Nachdem sie mich wohl eine Viertelstunde lang forschend gemustert, wendete sich der liebliche Gegenstand meiner Leidenschaft an den Herrn, der sie begleitete, und während sie noch sprach, versah ich's mit Bestimmtheit an den Blicken beider, daß ihre Unterhaltung sich auf mich bezog.

Als sie beendigt, wandte sich Madame Lalande erneut der Bühne zu, und für einige Minuten schien sie nun ganz in die Darbietungen versunken. Als diese Zeit jedoch vorüber war, packte mich doch ein äußerstes Maß von Erregung, da ich sie nun zum zweiten Male die Lorgnette auseinanderklappen sah, die ihr am Gürtel hing: wie vorher richtete sie voll das Glas auf mich, und ohngeacht des neuerlichen Flüsterns im Publikum, maß-musterte sie mich von Kopf bis Fuß mit jener selben wunderbaren Gemütsgelassenheit, die mir die Seele vorher so verzückt und so verworren hatte.

Dies außerordentliche Verhalten, das mich in ein förmliches Fieber der Erregung warf — ja in ein absolutes Liebes-Delirium —, diente mir eher zur Ermutigung, denn daß es mir den Ansporn dämpfte. Im wahnwitzigen Gestüme meiner Verehrung vergaß ich alles um mich her und sah nur noch die majestätische Lieblichkeit der Vision, die meinem Stier-Blick gegenüberstand. Als ich einmal die Zuhörerschaft vollauf mit der Oper beschäftigt glaubte, ergriff ich die Gunst der Gelegenheit, richtete fest mein Auge auf die Blicke von Madame Lalande und machte ihr momentlang eine leichte, doch unmißverständliche Verbeugung.

Sie errötete aufs tiefste — dann wandte sie die Augen ab — dann schaute sie sich langsam und mit Vorsicht um, offenbar um zu sehen, ob meine übereilte Tat bemerkt worden sei — dann beugte sie sich zu dem Herrn hinüber, der an ihrer Seite saß.

Ich empfand nunmehr brennend die Ungehörigkeit, die ich begangen hatte, und erwartete nichts weniger als ein augenblickliches, mich bloßstellendes Aufsehen; derweilen eine Vision von Pistolen, anderntags auf mich gerichtet, mir rasch und unbehaglich durchs Gehirn flutete. Ich fand jedoch höchste und unmittelbare Erleichterung, als ich sah, wie die Dame lediglich wortlos jenem Herrn einen Theaterzettel reichte; doch mag der Leser sich einen schwachen Begriff von meinem Erstaunen machen — von meiner zutiefsten *Bestürzung* — von meiner wahnwitzigen Herzens- und Seelenverwirrnis —, da sie nun, im Augenblick danach, sich wiederum verstohlen rundumschaute und voll und fest ihr leuchtend Auge auf dem meinen ruhen ließ, um dann mit schwachem Lächeln eine blitzende Reihe von perlengleichen Zähnen zu enthüllen und zweimal offen und bestimmt und ganz unzweifelhaft zustimmend das Haupt zu neigen.

Natürlich ist es nutzlos, sich bei meiner Freude aufzuhalten — bei meinem Entzücken — bei meiner schrankenlosen Herzens-Ekstase. Wenn je ein Mensch vor übermaßenem Glück wahnsinnig war, so ich in diesem Augenblick. Ich liebte. Ich liebte zum *ersten* Male — so empfand ich's. Es war erhabenste, war unbeschreibliche Liebe. Es war «Liebe auf den ersten Blick»; und auf den ersten Blick insgleichen war sie erkannt, gewürdigt *und erwidert* worden.

Ja, erwidert. Wie und warum sollt ich daran nur einen Augenblick zweifeln? Wie anders sollt ich es mir auslegen — dies Verhalten einer so entzückenden Dame — die zudem so wohlhabend — so augenscheinlich besterzogen — von so hoher Bildung — so hoher gesellschaftlicher Stellung — und in jeder Hinsicht so vollkommen respektabel war, wie's mein Gefühl mir von Madame Lalande versicherte? Ja, sie liebte mich — sie erwiderte die Begeisterung meiner Liebe mit einer Begeisterung, die ebenso blind — ebenso unnachgiebig — unberechnend — hingegeben — ja schier schrankenlos war wie die meine! Diese köstlichen Phantasien und Gedankenwiderspiele wurden nun jedoch vom Fall des Zwischenaktvorhangs unterbrochen. Die Zuhörerschaft erhob sich; und das übliche Getümmel setzte unmittelbar ein. Indem ich Talbot auf dem Fleck verließ, unternahm ich jede Anstrengung, mir einen Weg in größere Nähe von Madame Lalande zu bahnen. Doch nachdem mir das die drängende Menge vereitelt, gab ich schließlich die Jagd auf und lenkte meine Schritte heimwärts; wobei mich in meiner Enttäuschung, nicht einmal den Saum ihres Kleides berührt haben zu können, die Überlegung tröstete, daß ich am nächsten Morgen ja von Talbot in aller Form bei ihr eingeführt werden sollte.

Dieser Morgen kam denn endlich auch heran; das heißt — am Ende einer langen und quälerischen Nacht des Ungeduldens dämmerte ein Tag herauf; und dann noch krochen die Stunden bis ein Uhr schier wie im Schneckengang dahin, ödweilig und unzählbar. Doch selbst Stambul, so heißt es, hat ein Ende, und so lief auch diese lange Frist denn endlich ab. Die Uhr schlug. Als das letzte Echo verklungen war, trat ich bei B——'s ein und erkundigte mich nach Talbot.

«Fort!» sagte der Bediente — Talbots eigener.

«Fort?» wiederholte ich, indem ich ein halbes Dutzend Schritte zurückstolperte — «hör mal zu, mein schlauer Bursch, das ist ein Ding der Unmöglichkeit; damit kommst du mir nicht durch. Mr. Talbot ist sehr wohl zu Hause. Also — was ist los?»

«Nichts, Sir; nur daß Mr. Talbot nicht da ist. Das ist alles. Er ritt gleich nach dem Frühstück hinüber nach S—— und hinterließ die Nachricht, daß er nicht vor einer Woche wieder in der Stadt sein werde.»

Ich stand wie versteinert vor Schrecken und Wut. Ich mühte mich zu antworten, doch meine Zunge versagte mir den Dienst. Schließlich drehte ich mich auf dem Absatze um, graubleich vor Grimm, und wünschte innerlich die ganze Sippschaft der Talbots in die tiefsten Tiefen des Erebos. Es lag auf der Hand, daß mein rücksichtsvoller Freund, *il fanatico*, seine Verabredung mit mir vollkommen vergessen hatte — sie vergessen hatte, kaum daß sie getroffen war. Zu keiner Zeit war er besonders gewissenhaft ein Mann von Wort. Da ließ sich nun nichts ändern; ich unterdrückte also meinen Ärger, so gut es gehen wollte, schlenderte verdrossen die Straße dahin und plagte einen jeden männlichen Bekannten, den ich traf, mit unnützen Erkundigungen nach Madame Lalande. Gehört hatten, so fand ich, schon alle von ihr — viele kannten sie von Ansehen —, doch weilte sie erst ein paar Wochen in der Stadt, und daher gab es nur wenige, die sich ihrer persönlichen Bekanntschaft rühmen konnten. Diese wenigen aber waren immer noch verhältnismäßig Fremde für sie, und so konnten — oder wollten — sie sich nicht die Freiheit nehmen, mich auf dem Wege einer formellen Morgenvisite bei ihr einzuführen. Indessen ich so noch in Verzweiflung stand und mich mit einem Trio von Freunden über das eine, alles absorbierende Thema meines Herzens unterhielt, traf es sich, daß dieses Thema leibhaftig des Weges kam.

«So wahr ich lebe, dort ist sie!» rief einer.

«Fabelhafte Schönheit!» begeisterte sich ein zweiter.

«Ein Engel auf Erden!» stieß ein dritter hervor.

Ich blickte auf; und in einer offenen Kutsche, die langsam die Straße herab auf uns zu kam, saß die bezaubernde Vision aus der Oper, begleitet von der jüngeren Dame, die mit ihr die Loge geteilt hatte.

«Ihre Gefährtin hat sich auch bemerkenswert gut gehalten», sagte der eine aus meinem Trio, der zuerst gesprochen hatte.

«Phänomenal», sagte der zweite; «immer noch brillant beisammen; tja, die Kunst tut Wunder. Mein Wort darauf, sie sieht sogar noch besser aus als vor fünf Jahren in Paris. Eine schöne Frau immer noch; — meinen Sie nicht auch, Froissart? — Simpson, wollte ich sagen.»

«Immer *noch*», fragte ich, «warum sollte sie's denn nicht sein? Doch mit ihrer Freundin verglichen ist sie wie ein Binsenlicht gegen den Abendstern — ein Glühwürmchen gegen den Antares.»

«Ha! ha! ha! — also Simpson, Sie haben ein erstaunliches Fingerspitzengefühl für Entdeckungen — originelle, meine ich.» Und hier trennten wir uns, derweil einer aus dem Trio anfing, einen übermütigen *vaudeville* zu summen, von dem ich einzig die Zeilen verstand —

Ninon, Ninon, Ninon à bas —
A bas Ninon de l'Enclos!

Während dieser kleinen Szene jedoch hatte mir eines höchstlich zum Trost gereicht, obgleich es die Leidenschaft nur nährte, von der ich verzehrt ward. Als die Kutsche von Madame Lalande an unserer Gruppe vorüberrollte, hatte ich gemerkt, daß meine Angebetete mich erkannte; ja mehr noch als dies — sie hatte mich, ganz eindeutig zum Zeichen ihres Wiedererkennens, mit einem Lächeln beglückt, wie es seraphischer sich gar nicht denken läßt.

Was eine Einführung bei ihr betraf, so war ich gezwungen, alle Hoffnung darauf fahrenzulassen, bis es Talbot gefällig sein würde, vom Lande zurückzukehren. In der Zwischenzeit suchte ich unermüdlich sämtliche reputabeln öffentlichen Vergnügungsstätten auf; und schließlich widerfuhr mir in dem Theater, da ich sie zum ersten Male gesehen, die höchste Seligkeit, sie zu treffen und erneut mit ihr Blicke tauschen zu können. Doch traf sich dies nicht eher, als zwei Wochen verstrichen waren. Jeden Tag inzwischen hatte ich nach Talbot in seinem *hôtel* gefragt, und jeden Tag war ich in einen förmlichen Krampf von Grimm verfallen beim ewiggleichen «Noch nicht heimgekommen» seines Bedienten.

An jenem fraglichen Abende befand ich mich daher in einem Zustand, der vom Wahnsinn nur noch wenig entfernt war. Madame Lalande, so hatte man mir gesagt, war Pariserin — war kürzlich erst von Paris hier eingetroffen — — konnte sie nicht ganz plötzlich zurückkehren? — zurückkehren, noch ehe Talbot wieder da war —, und konnte sie nicht so auf immer mir verloren sein? Der Gedanke war zu schrecklich, um ihn zu ertragen. Da mein Zukunftsglück zur Entscheidung stand, entschloß ich mich, mit männlicher Dezision zu handeln. Kurz gesagt — als das Stück abbrach, folgte ich der Dame bis zu ihrer Wohnung, notierte mir die Adresse und sandte ihr am nächsten Morgen einen ausführlichen und vollendet sorgsam abgefaßten Brief, in dem ich ihr mein ganzes Herz ausschüttete.

Ich redete kühn, frei — kurz, ich sprach mit Leidenschaft. Ich verhehlte nichts — nicht einmal meine Schwäche. Ich spielte auf die romantischen Umstände unserer ersten Begegnung an — ja selbst auf die Blicke, welche zwischen uns hin- und hergegangen. Ich ging so weit auszusprechen, daß mein Gefühl mich ihrer Gegenliebe versichere; derweil ich diese Liebesversicherung und die Heftigkeit meiner eignen Verehrung als zwei Entschuldigungen für mein ansonsten unverzeihliches Betragen anführte. Zum dritten sprach ich von meiner Angst, sie könnte die Stadt verlassen, noch ehe mir Gelegenheit würde, formell ihr vorgestellt zu werden. Ich schloß die wildest-enthusiastischste Epistel, die nur je geschrieben, mit einer offenen Darlegung meiner weltlichen Umstände — meines üppigen Reichtums — und mit dem Antrag meines Herzens und meiner Hand.

In peinigendem Warten harrte ich der Antwort. Nachdem eine Zeit verstrichen, die mich ein Jahrhundert dünkte, kam sie.

Ja, *sie kam tatsächlich*. So romantisch dies alles auch erscheinen mag — ich empfing wirklich einen Brief von Madame Lalande — der schönen, der reichen, der abgöttisch verehrten Madame Lalande. Ihre Augen — ihre herrlichen Augen hatten ihr edles Herz nicht getrogen. Wie eine echte Französin, die sie war, hatte sie dem freimütigen Befehl ihres Geistes gehorcht — den erhabenen Trieben ihrer Natur — und allen konventionellen Prüderien der Welt Trotz geboten. Sie hatte meiner Anträge *nicht* gespottet. Sie hatte *nicht* im Schweigen Zuflucht gesucht. Sie hatte meinen Brief *nicht* ungeöffnet zurückgehen lassen. Sie hatte mir sogar Antwort gesandt, geschrieben von ihren eigenen köstlichen Fingern. Der Brief lautete folgendermaßen:

«Monsieur Simpson wird mich verzeihen, für daß ich nicht schreiben kann die schöne Spreche von sein Land so wohl als möchte. Es ist nur kurz, daß ich bin angekommen, und 'abe noch nicht Gelegenheit, ihr zu — l'étudier.

Was mit den Entschuldigung für die manières, so will nur sagen, daß hélas — Monsieur Simpson 'aben nur zu gutt geraten. Muß ich sagen mehr? Hélas! — 'ab ich nicht schon zuviel gesagen?

Eugénie Lalande»

Dies edel-beseelte Billet küßte ich wohl Millionen Male, und ohne Zweifel trieb's mich noch zu tausend andern Extravaganzen, die meinem Gedächtnis entkommen sind. Und immer noch wollte Talbot *partout* nicht zurückkehren. Ach! hätte er sich nur den leisesten Begriff von der Seelenpein machen können, die seine Abwesenheit seinem Freunde bereitete — hätte ihn nicht seine mitfühlende Natur auf der Stelle zu meiner Erleichterung herbeifliegen lassen? Doch immer noch kam er nicht. Ich schrieb. Er antwortete. Dringend Geschäftliches halte ihn ab — doch werde er in Kürze wiederkehren. Er bat mich, doch nicht ungeduldig zu sein — meine Hitzigkeit zu mäßigen — lindernder Lektüre zu pflegen — nichts Stärkeres zu trinken denn Rheinwein — und bei den Tröstungen der Philosophie Beistand zu suchen. Der Narr! — wenn er denn selber nun nicht kommen konnte, warum — bei allem, was Vernunft hat — konnte er mir dann aber nicht ein Empfehlungsschreiben beischließen? Ich schrieb ihm erneut und flehte ihn an, mir doch sogleich eines zu übersenden. Mein Brief ward von *jenem* Bedienten retourniert (der Schurke hatte sich unterweil zu seinem Herrn aufs Land begeben) und trug auf der Rückseite den folgenden Bleistiftvermerk: «Hat S—— gestern verlassen, Ziel unbekannt — sagte nicht, wohin — oder wann zurück — ich hielt es darum für das beste, Ihren Brief rückzusenden; kannte Ihre Handschrift — wußte, daß eilig — wie mehr oder minder stets bei Ihnen.

Ergebenst, Stubbs.»

Es ist wohl überflüssig, extra zu vermerken, daß ich nach diesen Zeilen sowohl dem Herrn als seinem Diener sämtliche höllischen Gottheiten auf den Hals wünschte: — doch es brachte nichts ein, sich aufzuregen, und schon gar nicht fand ich irgend Trost im Klagen.

Doch immer blieb mir noch das Mittel meiner angeborenen Verwegenheit. Bislang hatte sie mich wohlbedient, und nunmehr entschloß ich mich, sie mir auch bis zum Ende helfen zu lassen. Außerdem — welchen Akt der bloßen Formlosigkeit konnte ich nach den Briefen, die wir gewechselt hatten, eigentlich — in Grenzen — noch begehen, den Madame Lalande als ungehörig hätte betrachten müssen? Seit der Affäre mit dem Brief hatte ich pfleglich ihr Haus beobachtet und so entdeckt, daß es zur Dämmerungsstunde ihre Gewohnheit war, auf einem unter ihren Fenstern liegenden Platze zu promenieren, begleitet einzig von einem Diener in Livree. Hier, inmitten des üppigen und schattigen Hains, in der grauen Dämmernis eines duftigen Mittsommer-Abends, ergriff ich meine Gelegenheit und sprach sie an.

Um den begleitenden Diener desto besser zu täuschen, gab ich mir das sichere Gehaben eines alten und vertrauten Bekannten. Mit echt pariserischer Geistesgegenwart griff sie den Einfall alsogleich auf und streckte mir, mich zu begrüßen, die bestrickend-entzückendsten Händchen hin. Der Diener zog sich augenblicklich in den Hintergrund zurück, und nun sprachen wir, die Herzen bis zum Überfließen voll, lange und rückhaltlos von unserer Liebe.

Da Madame Lalande das Englische noch weniger geläufig sprach, als sie es schrieb, erfolgte unsere Konversation notwendigerweise auf französisch. In dieser wohlklingenden Sprache, die für die Leidenschaft ganz wie geschaffen ist, ließ ich der stürmischen Begeisterung meiner Natur freien Lauf und erflehte mit aller Beredsamkeit, der ich gebieten konnte, ihre Einwilligung zu einer sofortigen Eheschließung.

Über diese Ungeduld lächelte sie. Sie brachte die alte Geschichte vom Dekorum vor — jenem Popanz, der so viele von der Seligkeit abhält, bis die Gelegenheit zum Seligsein für immer vorüber ist. Ich hätte höchst unklugerweise unter meinen Freunden bekannt gemacht, so bemerkte sie, daß ich ihre, Madame Lalandes, Bekanntschaft suchte — woraus hervorginge:

daß ich sie nicht besäße — woraus wiederum hervorginge: daß es keine Möglichkeit gebe, das Datum unseres ersten Kennenlernens zu verheimlichen. Und dann wies sie, mit einem Erröten, darauf hin, wie so überaus jung doch diese unsere Bekanntschaft wäre. Eine sofortige Heirat würde unpassend sein — wäre unschicklich — wäre *outré*. All dies brachte sie mit einer bezaubernden *naïveté* vor, welche mich entzückte, doch auch zugleich betrübte und überzeugte. Sie ging sogar so weit, mich lachend der Übereilung zu zeihen — der Kopflosigkeit. Sie bat mich, doch zu bedenken, daß ich nicht einmal wirklich wüßte, wer sie sei — was ihre Aussichten wären, ihre Verbindungen, ihre Stellung in der Gesellschaft. Sie bettelte, doch mit einem Seufzen, ich möchte meinen Antrag noch einmal genau erwägen, und nannte meine Liebe eine Verblendung — ein Irrlicht — eine Phantasterei oder eine Grille des Augenblicks, eine grundlose und unbeständige Schöpfung eher der Einbildungskraft denn des Herzens. Diese Dinge äußerte sie, als die Schatten des milden Zwielichts sich dunkel und immer dunkler um uns verdichteten — und dann stieß sie mit einem sanften Druck ihrer elfenhaften Hand in einem einzigen süßen Augenblick das ganze Gebäude ihrer Argumente wieder um, das sie aufgerichtet hatte.

Ich erwiderte ihr, wie ich's eben nur vermochte — wie's nur ein wahrhaft Liebender vermag. Ich sprach mit längerer Beharrlichkeit von meiner Verehrung, meiner Leidenschaft — von ihrer außerordentlichen Schönheit und meiner eigenen begeisterten Bewunderung. Zum Schluß verweilte ich, mit zwingendem Drängen, bei den Fährnissen, die den Weg der Liebe umlauern — jenen Weg echter Liebe, der noch niemals glatt und eben verlief —, und zeigte daraus auf, wie augenfällig riskant es wäre, diesen Weg unnötig lang werden zu lassen.

Dies letztere Argument schien schließlich die starre Strenge ihres Entschlusses zu erweichen. Sie gab nach; doch sei da noch ein Hindernis, so sagte sie, das ich nach ihrem Empfinden gewißlich nicht gebührend in Erwägung gezogen hatte. Es sei ein wenig delikat für eine Frau, diesen Punkt vorzubringen, zumal noch so; sie sehe indes, sie müsse ihn erwähnen und ein Opfer ihrer Gefühle bringen; doch sei für mich kein Opfer ihr zu groß. Sie spiele auf das Thema «Alter» an. Sei mir denn klar — sei mir auch gänzlich deutlich, was für ein Unterschied da zwischen uns bestehe? Daß das Alter des Ehemannes das seiner Frau um ein paar Jahre — ja selbst um fünfzehn oder zwanzig — übertreffe, gelte in der Welt für zulässig und in der Tat gar ganz als in der Ordnung: doch hätte sie sich stets mit dem Glauben getragen, daß die Jahre der Frau *niemals* über die des Mannes hinausgehen sollten. Eine Diskrepanz von so unnatürlicher Art führe ach! nur allzu häufig zu einem Dasein voll Unglück. Nun sei ihr deutlich, daß mein Alter nicht über zweiundzwanzig Jahre reiche; doch sei dagegen *mir* vielleicht denn doch entgangen, daß die Jahre meiner Eugénie um recht Erkleckliches über diese Zahl hinausgingen.

Aus all diesem sprach ein Seelenadel — eine edle Redlichkeit — die mich beglückte — die mich verzückte — die mich auf ewig an sie kettete. Kaum vermochte ich dem exzessiven Freudenrausch zu gebieten, der über mich kam.

«Meine holdeste Eugénie», rief ich, «was liegt an all dem, was Sie hier vorbringen! Ihre Jahre übertreffen in einigem Maße die meinen. Nun gut; doch was tut's! Die Sitten der Welt bestehen aus so vielen konventionellen Torheiten. Wo ist für Liebende wie uns ein Unterschied zwischen einem Jahr und einer Stunde? Ich bin zweiundzwanzig, sagen Sie; zugegeben: tatsächlich mögen Sie mich ebensowohl auch dreiundzwanzig nennen. Nun können Sie selber, meine teuerste Eugénie, doch kaum mehr Jahre zählen als — können kaum älter sein als — ich meine, kaum älter als — als — als — als —» Hier hielt ich einen Augenblick inne, in der Erwartung, Madame Lalande werde mich unterbrechen, indem sie ihr wahres Alter ergänzte. Doch eine Französin ist selten direkt und hat auf eine heikle Frage stets irgendeine kleine praktische Erwiderung eigener Art parat. Im gegenwärtigen Fall ließ Eugénie, die ein paar Augenblicke lang zuvor anscheinend nach irgend etwas in ihrem Busen gesucht hatte, schließlich ein Miniaturbild ins Gras fallen, das ich sogleich aufhob und ihr hinreichte.

«Behalten Sie es!» sagte sie mit einem schier hinreißenden Lächeln. «Behalten Sie es um meinetwillen — um der willen, die es nur allzu schmeichelhaft vorstellt. Außerdem mögen Sie vielleicht auf der Rückseite des bescheidenen Schmuckes jene Auskunft finden, welche Sie sich zu wünschen scheinen. Es wird jetzt wahrhaftig ziemlich dunkel – doch können Sie's ja morgen in aller Muße untersuchen. Inzwischen sollen Sie mich heute abend heimbegleiten. Meine Freunde wollen eine kleine musikalische *levée* halten. Ich kann Ihnen da auch etwas guten Gesang versprechen. Wir Franzosen sind nicht annähernd so zimperlich wie Sie hier in Amerika, und ich werde keine Schwierigkeit haben, Sie als einen guten alten Bekannten mit einzuschmuggeln.»

Bei diesen Worten nahm sie meinen Arm, und ich geleitete sie heim. Ihre Wohnung war hochelegant und, glaube ich, nach gutem Geschmack eingerichtet. Über dies letztere darf ich mir freilich ein Urteil kaum erlauben; denn als wir ankamen, war es schon dunkel; und in amerikanischen Häusern der besseren Klasse treten Lichter während der Sommerhitze selten zu dieser, der annehmlichsten Tageszeit in Erscheinung. Etwa eine Stunde nach meinem Eintreffen, das ist sicher, wurde eine einzige abgeschirmte Solarlampe im Hauptsalon entzündet; und dieses Appartement, so konnte ich denn sehen, war mit ungewöhnlich gutem Geschmack, ja prunkhaft ausgestattet; doch zwei andere Räume der Suite, in denen die Gesellschaft sich in der Hauptsache zusammenfand, blieben während des ganzen Abends in sehr angenehmem Schattendunkel. Es ist das eine wohlerdachte Sitte, denn sie läßt den Gästen wenigstens die Wahl zwischen Licht und Schatten, und unsere Freunde jenseits des Wassers haben sie denn auch sogleich mit bestem Grunde übernommen.

Der so verbrachte Abend war fraglos der wonnigste meines Lebens. Madame Lalande hatte die musikalischen Talente ihrer Freunde nicht übertrieben; und ein Gesang, wie ich ihn hier hörte, war mir noch nie so trefflich in einem privaten Zirkel zu Gehör gekommen, wenn ich von Wien einmal absehe. Der Instrumentalisten waren viele, und alle besaßen überragende Begabung. Die Vokalisten waren vorzüglich Damen, und keine von ihnen bot eine weniger denn gute Leistung. Als schließlich mit Nachdruck nach «Madame Lalande» gerufen wurde, erhob sie sich sogleich ohne alles Zieren oder Bedenken von der *chaise longue,* auf welcher sie an meiner Seite gesessen, und begab sich, begleitet von einem oder zwei Herren und ihrer Freundin aus der Oper, zu dem Pianoforte im Hauptsalon. Ich hätte sie wohl selbst hinbegleitet, doch hielt ich's, unter den Umständen meiner Einführung im Hause, dann doch für besser, unbemerkt zu bleiben, wo ich war. So ward ich des Genusses beraubt, sie singen zu sehen; zu hören vermochte ich sie allerdings.

Der Eindruck, den sie auf die Gesellschaft hervorbrachte, schien förmlich elektrisch — doch die Wirkung auf mich selbst war gar noch mehr. Ich weiß sie nicht angemessen zu beschreiben. Zum Teil rührte sie zweifellos von dem Liebesempfinden her, von dem ich durchdrungen war; doch in der Hauptsache von meinem überzeugten Wissen um die extreme Empfindsamkeit der Sängerin. Schon jenseits des Bereichs der Kunst liegt es, Arie oder Rezitativ einen leidenschaftlicheren *Ausdruck* zu geben, denn ihrer war.

Nach dieser Wunderleistung erhob sie sich vom Pianoforte und kehrte auf ihren Platz an meiner Seite zurück, wo ich ihr, in Ausdrücken der tiefsten Begeisterung, mein Entzücken über ihren Vortrag aussprach. Von meiner Überraschung erwähnte ich nichts, und doch war ich ganz ungeheuchelt überrascht; denn eine gewisse Kraftlosigkeit oder vielmehr eine gewisse zittrige Unentschlossenheit, die ihrer Stimme in der gewöhnlichen Konversation eigen war, hatte mich wirklich nicht ahnen lassen, daß sie sich ihrer Aufgabe als Sängerin mit besonderm Talent entledigen werde.

Unsere Unterhaltung nun war lang, ernst, ununterbrochen und völlig rückhaltlos. Sie ließ mich mancherlei aus meinen früheren Lebensabschnitten berichten und lauschte jedem Wort meiner Erzählung mit atemloser Aufmerksamkeit. Nichts verschwieg ich ihrer vertrauensvollen Liebeszuneigung — fühlte ich doch, daß ich ein Recht hatte, ihr nichts zu verschweigen. Ermutigt von der Offenheit, mit der sie den delikaten Punkt ihres Alters behandelt hatte, ging ich mit vollkommenem Freimut nicht nur ausführlich auf viele meiner kleineren Fehler ein, sondern legte ein volles Bekenntnis jener innerlichen, ja gar jener körperlichen Schwächen ab, deren Enthüllung ein viel höheres Maß an Mut erfordert und darum ein desto sichererer Liebesbeweis ist. Ich berührte die Unbesonnenheiten meiner College-Jahre — meine Extravaganzen — meine Zechereien — meine Schulden — meine Liebeleien. Ich ging sogar so weit, von einem leicht hektischen Husten zu sprechen, der mich eine Zeitlang einmal geplagt hatte — von einem chronischen Rheumatismus — von den stechenden Schmerzen einer ererbten Gicht — und zum Schluß von der widrigen und lästigen, doch bislang sorgsam gehüteten Schwäche meiner Augen.

«Was diesen letzteren Punkt betrifft», sagte Madame Lalande lachend, «so war es gewißlich unbesonnen von Ihnen, ihn zu bekennen; denn ohne dieses Bekenntnis, das möchte ich doch für ausgemacht nehmen, hätte wohl niemand Sie dieses Verbrechens geziehen. Nebenbei bemerkt», fuhr sie fort, «erinnern Sie sich noch —» und hier, bildete ich mir ein, ward deutlich ein Erröten auf ihrer Wange sichtbar — bei aller Dunkelheit des Appartements — «erinnern Sie sich vielleicht, *mon cher ami*, noch dieser kleinen Augenhilfe, die nun an meinem Halse hängt?»

Bei diesen Worten drehte sie in ihren Fingern eben jene Doppel-Lorgnette, welche mich in der Oper so in Verwirrung gebracht hatte.

«Aber ja — ach! und ob ich mich erinnere!» rief ich aus, indem ich leidenschaftlich die zartfeine Hand drückte, die mir das Glas zur nähern Ansicht hinhielt. Es bildete ein kompliziertes und prächtiges Spielzeug, reich ziseliert und voller Filigran, und es glitzerten daran Juwelen, deren hohen Wert ich selbst bei dem so mangelhaften Licht gar nicht übersehen konnte.

«Eh bien! mon ami» — und mich überraschte denn doch ein gewisses *empressement* in ihrem Verhalten, als sie nun fortfuhr — *«eh bien! mon ami,* Sie haben ernstlich eine Gunst von mir erbeten, welche Sie so gütig waren als unschätzbar zu bezeichnen. Sie baten mich auf morgen um meine Hand. Sollte ich diesem Antrage — und, so darf ich hinzufügen, der Stimme meines eigenen Herzens — Gehör schenken — wäre es da unbillig von mir, wenn ich an Sie eine kleine — eine sehr kleine Gegenbitte richtete?»

«Sprechen Sie, nennen Sie mir Ihre Bitte! Sie ist ja schon gewährt, noch ehe sie ausgesprochen.»

«Nun denn — Sie sollen, *mon ami*», sagte sie, «um der Eugénie willen, die Sie lieben, jene kleine Schwäche überwinden, die

Sie zuletzt eingestanden — diese mehr innerliche, denn körperliche Schwäche —, die so wenig, lassen Sie mich's Ihnen versichern, zum Adel Ihrer wahren Natur paßt — so unvereinbar ist mit der Redlichkeit Ihres Charakters — und die Sie, wenn Sie ihr nicht künftig Schranken setzen, gewißlich früher oder später in sehr widrige Verlegenheiten bringen wird. Um meinetwillen sollen Sie diese Eitelkeit überwinden, welche Sie, das geben Sie selber ja zu, zum stillschweigenden oder indirekten Verleugnen Ihrer Sehschwäche verleitet. Denn diese Schwäche bestreiten Sie virtuell, wenn Sie es ablehnen, sich der gebräuchlichen Mittel zu ihrer Linderung zu bedienen. So werden Sie mich wohl verstehen, wenn ich die Bitte an Sie richte, doch eine *Brille zu tragen*: — ah, still! — Sie haben ja bereits Ihr Einverständnis erklärt, sie zu tragen, *um meinetwillen*. Nehmen Sie denn das kleine Spielzeug, das ich hier in meiner Hand halte und das, obschon bewundernswürdig als Seh-Hilfe, als Schmuckstück wirklich von nicht gar so immensem Werte ist. Sie sehen, daß es durch eine geringfügige Veränderung — so — oder so — in Form einer Brille vor die Augen gesetzt oder in der Westentasche als Lorgnette getragen werden kann. Doch haben Sie bereits ja zugestimmt, sich in der erstern Weise, und gewohnheitsmäßig, seiner zu bedienen — *um meinetwillen.*» Dieses Ansinnen — muß ich's bekennen? — verwirrte mich in nicht geringem Grade. Doch die Bedingung, mit der es verknüpft war, ließ ein Zögern natürlich gar nicht in Frage kommen.

«Es gilt!» rief ich mit all der Begeisterung, die ich im Augenblick nur aufzubringen vermochte. «Es gilt — mit höchster Freude will ich's gelten lassen. Um Ihretwillen opfere ich jede Empfindlichkeit. Heute abend noch trage ich dies teuere Augenglas — als Lorgnette und auf meinem Herzen; doch beim ersten Dämmerschein des Morgens, der mir das Vergnügen bringt, Sie mein Weib zu nennen, will ich's mir auf die — auf die Nase setzen — und es fortan dort stetig tragen, in der zwar weniger romantischen und weniger modischen, doch dafür gewiß höchst zweckdienlichen Weise, die Sie wünschen.»

Unsere Unterhaltung wandte sich nun den Einzelheiten unseres Arrangements für den nächsten Morgen zu. Talbot, so erfuhr ich von meiner Verlobten, war soeben wieder in der Stadt eingetroffen. Ihn sollte ich sogleich aufsuchen und eine Kutsche besorgen. Die *soirée* würde kaum vor zwei Uhr zu Ende gehen; und um diese Stunde sollte das Gefährt dann vor der Haustür sein; im Durcheinander, das beim Aufbruch der Gesellschaft entstehen würde, konnte Madame L. leicht unbemerkt einsteigen. Wir sollten dann beim Hause eines Geistlichen vorsprechen, der dienstbereit sein würde; dort getraut werden, Talbot entlassen, und zu einer kurzen Reise in den Osten aufbrechen; — die Modewelt mochte derweil zu Hause bleiben und sich über der Sache Kopf und Zunge zerbrechen, soviel sie nur wollte.

Nachdem wir dies alles geplant, empfahl ich mich sogleich und begab mich auf die Suche nach Talbot, konnte jedoch unterwegs nicht widerstehen und trat in einen Gasthof, um die Miniatur zu inspizieren; und das tat ich mit der wirksamen Hilfe der Lorgnette. Die Gesichtsbildung war über alle Maßen lieblich! Diese großen leuchtenden Augen! — diese stolze griechische Nase! — diese dunkeln üppigen Locken! — «Ah!» rief ich mir aufjauchzend selber zu, «ein wahrlich sprechendes Bildnis meiner Geliebten!» Ich wendete es um und entdeckte die Worte — «Eugénie Lalande — im Alter von siebenundzwanzig Jahren und sieben Monaten».

Ich fand Talbot zu Hause und ging sogleich daran, ihn mit meinem Glücksgeschick bekannt zu machen. Er bezeigte äußerstes Erstaunen, natürlich, doch beglückwünschte er mich auf das herzlichste und trug mir jede Unterstützung an, die in seiner Macht stünde. Um es kurz zu machen: wir führten unser Arrangement bis auf den Buchstaben aus; und um zwei Uhr morgens, grad zehn Minuten nach der Trauungszeremonie, fand ich mich mit Madame Lalande — mit Mrs. Simpson, sollte ich sagen — in einer geschlossenen Kutsche, und mit großer Geschwindigkeit fuhren wir aus der Stadt, in nordöstlicher Richtung.

Da wir die ganze Nacht über auf sein mußten, sollten wir, so hatte's uns Talbot bestimmt, eine erste Rast in C—- machen, einem etwa zwanzig Meilen von der Stadt gelegenen Dorfe, dort ein kleines Frühstück einnehmen und uns etwas ausruhen, ehe es auf unserer Route weiterging. Genau um vier Uhr fuhr denn auch die Kutsche beim Hauptgasthof vor. Ich half meinem angebeteten Weibe hinaus und bestellte sogleich den Imbiß. Inzwischen wurden wir in ein kleines Gastzimmer gewiesen und setzten uns dort nieder.

Es war jetzt fast, wenn nicht schon gänzlich, Tag; und als ich hingerissen auf den Engel an meiner Seite blickte, schoß mir ganz plötzlich der sonderbare Gedanke durch den Kopf, daß ich mich in diesem Augenblick wahrhaftig zum allerersten mal seit meinem Bekanntwerden mit der gefeierten Lieblichkeit von Madame Lalande einer nähern Besichtigung dieser Lieblichkeit bei Tageslicht erfreuen konnte.

«Und nun, *mon ami*», sagte sie, indem sie meine Hand nahm und so diesen Gedankengang unterbrach, «und nun, *mon cher ami*, da wir unlöslich eins sind — da ich deinen leidenschaftlichen Bitten Gehör geschenkt und meinen Teil unserer Verabredung erfüllt habe, darf ich wohl annehmen, daß du nicht vergaßest, wie auch du eine kleine Gunst zu erweisen hast — denn gewiß doch willst du das kleine Versprechen halten, das du gabst. Ah! laß mich sehen! Laß mich nachdenken! Ja; ganz leicht entsinne ich mich des vollen Wortlauts jenes teueren Versprechens, das du Eugénien letzten Abend gabst. Höre! Du sagtest folgendes: ‹Es gilt — mit höchster Freude will ich's gelten lassen. Um Ihretwillen opfere ich jede Empfindlichkeit. Heut abend noch trage ich dies teuere Augenglas — als Lorgnette und auf meinem Herzen; doch beim ersten Dämmerschein des Morgens, der mir das Vorrecht bringt, Sie mein Weib zu nennen, will ich's mir auf die — auf die Nase setzen — und es fortan dort stetig tragen, in der zwar weniger romantischen und weniger modischen, doch dafür gewiß höchst zweckdienlichen Weise, die Sie wünschen.› Das waren die genauen Worte, mein geliebter Gatte, nicht wahr?»

«Das waren sie», sagte ich; «du hast ein ausgezeichnetes Gedächtnis; und ganz gewiß doch, meine entzückende Eugénie, besteht auf meiner Seite keinerlei Neigung, der Erfüllung des geringen Versprechens, das sie enthalten, auszuweichen. Sieh her! Nun? Sie steht mir sogar — einigermaßen — nicht wahr?» Und hier setzte ich die Gläser, nachdem ich sie in gewöhnliche Brillenform gebracht, bedächtig an die ihnen zukommende Stelle; indessen Madame Simpson ihre Haube zurechtrückte, die Arme verschränkte und sich kerzengerade in ihrem Stuhl aufrichtete, zu einer etwas steifen und gekünstelten und in der Tat nicht eben sehr würdevollen Haltung.

«Allgütiger Himmel!» rief ich da aus, im gleichen Augenblick fast, da der Brillenrand meine Nase berührte, — «Oh, du allgütiger Himmel! — was — was mag nur mit dieser Brille sein?» Und indem ich sie rasch abnahm, putzte ich die Gläser mit einem seidenen Taschentuch, um sie sodann wieder aufzusetzen.

Doch wenn im ersten Augenblick etwas geschehen war, das mir Überraschung brachte, so wuchs im zweiten diese Überraschung zum Staunen; und dieses Staunen fuhr mir denn doch in die Glieder — wie ein Schreck — ja ich darf sagen, wie ein Schock. Was, im Namen alles Gräßlichen, hatte dies zu bedeuten? Konnte ich meinen Augen trauen? — *konnte* ich? — das war die Frage. War das — war das — war das *rouge*? Und waren dies — und waren dies — waren dies *Runzeln* auf dem Gesicht von Eugénie Lalande? Und oh! Jupiter und all ihr Götter und Göttinnen, klein und groß! — was — was — *was* war aus ihren Zähnen geworden? Heftig schleuderte ich die Brille zu Boden, sprang auf die Füße und stand aufrecht mitten im Raum vor Mrs. Simpson, die Arme in die Seiten gestemmt, die Zähne fletschend und schäumend vor Grimm — doch zu gleicher Zeit schier sprachlos vor Schrecken und vor Wut.

Nun habe ich bereits gesagt, daß Madame Eugénie Lalande — oder vielmehr Simpson — die englische Sprache mündlich noch weniger beherrschte als schriftlich; und aus diesem Grund vermied sie es denn auch sehr richtiger Weise stets, sie bei gewöhnlichen Anlässen zu sprechen. Doch Wut treibt eine Dame zum Äußersten; und im vorliegenden Fall trieb sie Mrs. Simpson zum wirklich Alleräußersten, nämlich zu dem Versuch, in einer Sprache Konversation zu machen, die ihr nur höchst ungenügend zu Gebote stand.

«Nun, Monsieur», so sagte sie, nachdem sie mich einige Augenblicke lang mit offenbar großer Verwunderung gemustert hatte — «nun, Monsieur! — und was denn? — was is los? 'aben Sie etwa den Tanz von Sankt Veit? Wenn misch nischt magen, was denn kaufen die Katz' in Sack?»

«Du Elende!» erwiderte ich und holte tief Luft — «du — du — du garstige alte Hexe!»

«Exe? — alte? — isch bin doch überhaup' nisch so serr alt! isch nisch mehr alt, nisch ein' Tag, wie zweiundachtzick.»

«Zweiundachtzig!» stieß ich hervor und taumelte gegen die Wand — «zweiundachtzigmal hunderttausend Paviane! Auf der Miniatur stand doch siebenundzwanzig Jahre und sieben Monate!»

«Abber gewiß — das is so! — is serr wahr! abber der Bildnis is gemacht vor die fümmunfümzick Jahr. Wie isch mein zweites Ehemann ge'eirat', Monsieur Lalande, da 'ab den Bildnis gelassen machen vor mein' Tochter von mein' erstes Ehemann, Monsieur Moissart!»

«Moissart?» rief ich.

«Ja, Moissart», sagte sie, indem sie meine Aussprache nachäffte, die — um die Wahrheit zu sagen — nicht die allerbeste war; «und was denn? was weißen denn *Sie* von den Moissart?»

«Nichts, du alte Vogelscheuche! — ich weiß überhaupt nichts von ihm; nur hatte ich einmal einen Vorfahren, der so hieß.»

«So 'ieß? Und was sagen Sie zu das Name? Is ein serr gutes Name; is wie Voissart — is auch serr gutes Name. Mein' Tochter, Mademoiselle Moissart, die 'at ge'eirat' Monsieur Voissart; und die Name sind beides serr respecktabele Name.»

«Moissart?» rief ich aus, «und Voissart? was ist das — was meinst du damit?»

«Was damit meine? — Isch meine Moissart und Voissart; und wegen das, da mein' isch auch mit Croissart und Froissart, wenn es mich paßt. Mein' Tochter ihr' Tochter, Mademoiselle Voissart, die 'eirat' Monsieur Croissart, und denn wieder 'eirat' mein' Tochters Tochtertochter, die 'eirat' Monsieur Froissart; und nun sagen bestimmt, das is keine serr respecktabele Name.»

«Froissart!» sagte ich, und mir wurde langsam schwach, «nun — aber du sagtest doch nicht Moissart, Voissart, Croissart und Froissart?»

«Gewißlich doch», erwiderte sie, indem sie sich voll in ihrem Stuhl zurücklehnte und ihre unteren Gliedmaßen zu großer Länge ausstreckte; «ja, Moissart, Voissart, Croissart und Froissart. Abber Monsieur Froissart, das war, was Sie eine riesige Tölpel nennen — eine rechte Dummkopf als wie Sie, Monsieur — weil 'at er *la belle France* verlassen, um nach diese stupide *Amérique* zu gehen — und wie er 'ier 'inkommen is, 'at er ein serr stupides, ein *serr, serr* stupides Sohn gekrickt, so 'ab isch ge'ören, 'ab abber noch nie das *plaisir,* mit ihm zu treffen — isch nisch und auch nisch mein' Begleitung, die Madame Stephanie Lalande. Er 'eißen Napoleon Bonaparte Froissart, und nun sagen bestimmt, das is auch keine serr respecktabele Name.»

Entweder die Länge oder die Natur dieser Rede brachte es mit sich, daß Mrs. Simpson in wahrhaft außerordentliche Hitze geriet: und als sie schließlich, mit großer Mühe nur, zu Ende gekommen war, sprang sie wie besessen aus ihrem Stuhle auf und ließ dabei ein ganzes Universum von Corsettagen zu Boden fallen. Einmal auf die Füße gekommen, knirschte sie mit dem Zahnfleisch, schwenkte die Arme, rollte die Ärmel auf, schüttelte mir die Faust ins Gesicht und beschloß ihre Darbietung damit, daß sie sich die Haube vom Kopfe riß und mit ihr eine riesige Perücke vom wertvollsten und allerschönsten schwarzen Haar; das alles schmiß sie heulend auf den Boden, um sodann darauf herumzutrampeln und in absoluter Ekstase und Agonie von Wut einen Fandango darauf zu tanzen.

Inzwischen sank ich entsetzt in den Stuhl, welchen sie freigemacht hatte. «Moissart und Voissart!» wiederholte ich gedankenvoll, als sie einen ihrer Luftsprünge machte, «und Croissart und Froissart!», als sie eben einen weiteren vollführte — «Moissart, Voissart, Croissart und Napoleon Bonaparte Froissart! — o du unsägliche alte Schlange, das bin *ich* — das bin *ich* — hörst du? — *ich* bin das» — hier stieg meine Stimme zu einem schrillen Kreischen an — «*iiich* bin das! *Ich* bin Napoleon Bonaparte Froissart! Und wenn ich nicht meine eigene Ururgroßmutter geheiratet habe, so will ich auf ewig verdammt sein!»

Madame Eugénie Lalande, *quasi* Simpson — früher Moissart — war, in aller Nüchternheit betrachtet — tatsächlich meine Ururgroßmutter. In ihrer Jugend war sie eine Schönheit gewesen, und selbst mit zweiundachtzig noch besaß sie die majestätische Größe, die plastische Kopfform, die zartscharfen Augen und die griechische Nase ihrer Mädchenzeit. Mit der zusätzlichen Hilfe von Perlweiß, Rouge, falschem Haar, falschen Zähnen und falscher *tournure,* wie auch der geschicktesten Modisten von Paris, brachte sie es zuwege, unter den *beautés un peu passées* der französischen Metropole einen beachtlichen Platz zu behaupten. In dieser Hinsicht durfte man tatsächlich sagen, daß sie der berühmten Ninon de l'Enclos nur wenig nachstand.

Sie war unermeßlich reich, und als sie zum zweitenmal kinderlos zur Witwe wurde, besann sie sich meiner Existenz in Amerika, und in der Absicht, mich zum Erben zu machen, stattete sie den Vereinigten Staaten einen Besuch ab, in Begleitung einer entfernten und überaus lieblichen Verwandten ihres zweiten Ehegatten — einer Madame Stephanie Lalande.

In der Oper wurde meiner Ururgroßmutter Aufmerksamkeit von meinem unverwandten Herüberstarren gefesselt; und als sie mich daraufhin durch ihre Lorgnette musterte, ward sie von einer gewissen Familienähnlichkeit mit sich selber betroffen. Nachdem so ihr Interesse einmal erwacht war und sie wußte, daß der gesuchte Erbe tatsächlich in der Stadt weilte, stellte sie ihrerseits Erkundigungen nach mir an. Der Herr, der sie begleitete, kannte mich persönlich und erzählte ihr, wer ich wäre. Die so gewonnene Auskunft veranlaßte sie, mich erneut aufs angelegentlichste zu betrachten; und dies Verhalten war es, das mich dann derart ermutigte, daß ich mich in der bereits beschriebenen absurden Weise aufführte. Sie erwiderte meine Verbeugung, doch unter dem Eindruck, ich hätte durch irgendeinen sonderbaren Zufall ihre Identität entdeckt. Als ich, von meiner Sehschwäche und den Künsten der Toilette getäuscht über Alter und Reize der fremden Dame, so enthusiastisch von Talbot zu wissen begehrte, wer sie sei, zweifelte er natürlich keinen Augenblick, daß ich die jüngere Schönheit meinte, und unterrichtete mich entsprechend, vollkommen der Wahrheit gemäß, sie wäre «die gefeierte Witwe, Madame Lalande».

Auf der Straße begegnete meine Ururgroßmutter am nächsten Morgen Talbot, einer alten Pariser Bekanntschaft; und die Unterhaltung kam ganz natürlich auch auf mich. Meine Sehschwäche wurde dann erklärt; denn die war stadtbekannt, wovon freilich ich nicht das mindeste ahnte; und meine gute alte Verwandte entdeckte, sehr zu ihrem Kummer, daß sie sich getäuscht hatte, als sie annahm, ich sei ihrer Identität gewahr geworden, und daß ich bloß einen Narren aus mir gemacht hatte, indem ich im Theater einer unbekannten alten Frau ganz offen meine Liebesleidenschaft bezeigte. Um mich für diese Unbedachtsamkeit zu strafen, heckte sie mit Talbot ein Komplott aus. Er ging mir absichtlich aus dem Wege, um zu vermeiden, mich einführen zu müssen. Meine Straßenerkundigungen nach «der lieblichen Witwe Madame Lalande» wurden natürlich auf die jüngere Dame bezogen; und so ist die Unterhaltung mit den drei Herren, die ich traf, kurz nachdem ich Talbots *hôtel* verlassen, leicht erklärlich, ebenso wie ihre Anspielung auf Ninon de l'Enclos. Ich hatte keinerlei Gelegenheit, Madame Lalande bei Tageslicht aus der Nähe zu sehen, und bei ihrer musikalischen *soirée* verhinderte mich meine alberne Eitelkeitsschwäche, die den Beistand von Augengläsern verschmähte, wirksam daran, ihr Alter zu entdecken. Als dann «Madame Lalande» zum Singen aufgefordert wurde, war die jüngere Dame gemeint; und sie war es, die sich erhob, dem Ruf Folge zu leisten; lediglich um die Täuschung zu fördern, stand meine Ururgroßmutter im gleichen Augenblick mit auf und geleitete sie hinüber in den Hauptsalon zum Pianoforte. Hätte ich mich entschlossen, sie meinerseits dorthin zu begleiten, so hätte sie, das war ihr Plan, mir nahegelegt, aus Schicklichkeit zu bleiben, wo ich war; doch meine eigene Verständigkeit machte dies unnötig. Die Gesänge, die ich so sehr bewunderte und die meinen Eindruck von der Jugend meiner Geliebten so bestärkten, wurden von Madame Stephanie Lalande vorgetragen. Die Lorgnette ward mir angeboten, um dem Schwindel noch einen Verweis beizugesellen — dem Epigramm des Betrugs noch eine spitze Pointe. Die Überreichung bot Gelegenheit, mir für meine Affektiertheit die beabsichtigte Lektion zu erteilen, und sie fiel dann ja auch besonders erbaulich aus. Fast überflüssig ist es anzufügen, daß die Gläser des Instruments von der alten Dame, die es zuvor getragen, gegen ein Paar ausgetauscht worden waren, das meinen Jahren besser entsprach. Tatsächlich paßten sie mir haargenau.

Der Geistliche, der lediglich zum Schein den fatalen Knoten knüpfte, war ein durchtriebener Kumpan von Talbot und gar kein Priester. Doch dafür war er ein ausgezeichneter «Kutscher»; und nachdem er sich seiner Soutane entledigt hatte, um einen Überzieher anzulegen, lenkte er die Mietkutsche, die das «glückliche Paar» aus der Stadt führte. Talbot nahm an seiner

Seite Platz. Die beiden Schurken steckten also «bis zum Hals» in der Sache, und durch ein halboffenes Fenster des hinteren Gastzimmers belustigten sich die Kerls dann auch noch grinsend am *dénouement* des Dramas. Ich glaube, ich bin genötigt, sie beide zu fordern.

Nichtsdestoweniger bin ich *nicht* der Mann meiner Ururgroßmutter; und das ist ein Gedanke, der mir unendliche Erleichterung verschafft; — doch *bin* ich der Mann von Madame Lalande — von Madame Stephanie Lalande — denn abgesehen davon, daß mich meine gute alte Verwandte zu ihrem Alleinerben machte, wenn sie stirbt — falls es dazu überhaupt je kommt —, hat sie sich die Mühe genommen, aus uns ein Paar zu machen. Alles in allem, mit *billets doux* ist es bei mir für immer vorbei, und niemals sieht man mich mehr ohne *Brille.*

FRANK WEDEKIND

Die Liebe auf den ersten Blick

«Aber Sie kennen mich ja gar nicht. Ihre Zumutung hat etwas Beleidigendes. Sie sehen mich einen Abend in der Gesellschaft, erkundigen sich, wer ich bin, und am andern Tage kommen Sie und halten um meine Hand an. Mein Vater gilt für einen Millionär. Ich wünschte wirklich, es wäre anders; dann hätte ich Ursache, stolzer auf mich zu sein und auf die Huldigungen, die man mir darbringt.»

Das junge Mädchen sah zu Boden im Bewußtsein, eine Kränkung ausgesprochen zu haben. Sie hatte sie nur deshalb ausgesprochen, weil ihr die Unterredung, so überraschend sie zustande gekommen, in der Tat nicht gleichgültig war.

«Sie sagen, mein Fräulein, ich kenne Sie nicht. Ich erinnerte mich auch wirklich kaum Ihres Namens. Und dennoch kenne ich Sie besser als irgend jemand, dem Sie bis jetzt in dieser Welt entgegengetreten. Das halten Sie nicht für möglich? Ich bin hergekommen, um es Ihnen zu beweisen. Es hat Ihnen wohl noch niemand gesagt, eine so sorgfältige Erziehung Sie genossen, daß es zwischen dem äußeren und dem inneren Menschen keinen Unterschied gibt. Sie halten mich für eingebildet, wenn ich Ihnen erkläre, daß ich Ihr ganzes Wesen, Ihr ganzes Fühlen und Denken, Ihre Art zu lieben, zu leiden und sich zu freuen, aus Ihrer Erscheinung gestern abend erkannt, als das erkannt, was ich seit Jahren in dieser Welt suche und was ich so leicht nicht noch einmal wiederfinden werde. Das erklärt Ihnen, weshalb ich mich nicht einen Moment besonnen. Ich würde gestern abend mit Ihnen gesprochen haben, wären Sie nicht unversehens mit Ihrer Frau Mama aus dem Saale verschwunden.»

«Wenn Sie mich schon nach drei Stunden so vollständig durch

und durch erkannt, werde ich Ihnen wenig Kurzweil für ein ganzes langes Leben bieten können.»

«Kurzweil ist es nicht, was ich bei Ihnen suche, mein Fräulein. Weiß Gott, es ist etwas anderes. Sehen Sie, ein Bauer heiratet eine Frau, die für ihn arbeiten kann, die ihm Geldeswert repräsentiert. Ein Müßiggänger heiratet eine Frau, bei der er Kurzweil findet. Ein Schöngeist heiratet eine Frau, die «ihn versteht», mag sie noch so einfältig an Geist sein, mag sie noch so wenig von der Welt verstehen, wenn sie nur ihn versteht. Er beansprucht einen durchaus nur relativen Wert bei seiner Frau, er sucht nur die Erhöhung der eigenen Persönlichkeit; sie muß ihn anbeten. Das alles sind Egoisten zweiten Ranges. — Wer da weiß, was eine Frau als Frau ist, was eine Frau in dieser Welt sein kann, der sucht sich das Herrlichste aus, was das Leben hervorbringen kann, um es sein eigen zu nennen; der sucht keine Frau, die zu ihm in irgend relativen Beziehungen steht, sondern die selber etwas ist: Entfaltung, Pracht, Größe, große Ansprüche und große Empfindungen, die Fähigkeit, in hohem Maße glücklich zu sein. Dann ist er seines eigenen Glückes gewiß. — Es beklagen sich so viele Menschen darüber, daß ihnen kein großes überwältigendes Glück zuteil wird, und wissen nicht, daß sie nur zu klein sind, um ein solches Glück im besten Fall empfinden zu können. Es gibt so viele Männer, die eine häßliche Frau einer schönen vorziehen, nicht aus Irrtum, aus Unwissenheit, sondern weil ihnen die Schönheit ein Greuel ist. Werden Sie, mein Fräulein, jemals Achtung vor einem Manne mit bescheidenen Ansprüchen hegen? — Sie kennen sich selber. Würden Sie jemals einen Mann lieben können, der sich mit weniger begnügt, als Sie selber sind?»

«Aber woher wissen Sie denn, daß ich all jene schönen, großen Eigenschaften besitze, von denen Sie vorhin gesprochen haben?»

«Das will ich Ihnen erklären, wenn Sie mir für einen Moment Ihre Aufmerksamkeit schenken. Es wird mich niemand besser begreifen als Sie. — Wenn Sie hinter jemandem hergehen, nachts, wenn es stockdunkel ist, meinetwegen bei Nebel und Regenwetter, und der Jemand vor Ihnen trägt einen Mantel bis auf die Füße, so daß keine Linie seiner Figur genau zu erkennen ist, so bleibt Ihnen immer noch etwas, wonach Sie den ganzen Menschen beurteilen können . . .»

«Seine Gangart?»

«Gewiß. Woher wissen Sie das?»

«Ich glaube nicht daran. Aber es bleibt wenigstens nichts anderes.»

«Sie werden daran glauben lernen, mein Fräulein. Der Gang eines Menschen ist nichts Zufälliges. Er ist aufs engste bedingt durch die Art und Weise, wie sein Körper gebaut ist. Und wenn man bei Ihrer Art, sich zu kleiden, den Körper eines Weibes niemals beurteilen kann, solange es ruhig vor einem steht, so sieht man sofort die präzisesten Proportionen und Konturen, wenn es sich drei Schritte vom Platze bewegt. Aber kehren wir zu jener nächtlichen Erscheinung zurück. Der Gang eines Menschen hat seinen Rhythmus, der sich in Worten nicht erklären, der sich nur empfinden läßt. Aus diesem Rhythmus gelingt es Ihnen bei einiger Übung mit Leichtigkeit, den ganzen Körper zu konstruieren. Sie wissen mit vollster Bestimmtheit, ob eine Renaissancefigur, eine Rokokofigur, eine klassische Figur oder eine Figur *fin de siècle* vor Ihnen hergeht. Sehr wesentlich dabei ist, ob die Bewegungslinie, vom Ohrläppchen bis zur Ferse hinunter als gleichmäßige Welle verläuft oder über der Hüfte abbricht. Wenn sie über der Hüfte abbricht, haben Sie keine einheitliche Natur vor sich, und es läßt sich das durch den faltenreichsten Mantel hindurch feststellen. — Wenn Sie sich nun über den Körper völlig klargeworden, denken Sie sich den entsprechenden Gesichtsausdruck hinzu, vor allem den Mund und die Nase. Man kann in der Tat aus dem Schritt einer Dame eruieren, ob sie eine Stumpfnase oder eine gebogene Nase, ob sie volle oder schmale Lippen hat. Und dann wissen Sie auch schon mit voller Bestimmtheit, ob die Dame, wenn sie Sie kennte, Sie verstehen und lieben würde oder nicht; ob die Dame Ihr Fall wäre, ob *Sie* sie lieben würden oder nicht. — Aus alledem erkennen Sie nicht, ob eine Prinzessin oder eine Bettlerin, eine Köchin oder eine Millionärin vor Ihnen hergeht, aber den *Schlag* des Menschen erkennen Sie daraus, äußerlich wie innerlich, und wissen dann, ob Sie es mit einer freien oder beschränkten, einer reichen oder einer armen Natur zu tun haben. Und wenn Sie dann

Ihre Schritte beschleunigen, wenn Sie dicht an der Person vorbeigehen und ihr ins Gesicht sehen, dann werden Sie in soundso vielen Fällen finden, daß Sie ...»

«Sich getäuscht haben, mein Herr!»

«Daß ich mich getäuscht habe, mein Fräulein. Und dann weiß ich, daß ich an ein rasseloses Geschöpf geraten bin, das mich, ebenso wie hier, mein ganzes Leben hindurch täuschen, belügen und betrügen würde und bei dem für alle Liebesmüh nichts als Undank zu holen wäre; und ich gehe so rasch wie möglich meiner Wege. Denn von solchen Naturen, mein Fräulein, muß man sich fernhalten, mag man in der Welt anstreben, was man will; man wird immer nur Mißgeschick bei ihnen ernten. Die Sterne lügen nicht. Wo sie lügen, ist vor allem kein Himmel, sondern Teufelsspuk. Das ist das Charakteristische bei Menschen, welche *Rasse* besitzen, daß sie einheitlich sind in Seele und Leib, in Kopf und Gliedern, so daß sich aus einer Bewegung der Hand — wie Sie sie jetzt machen — das Gefühl im Herzen erraten läßt, daß sie aus *einem* Gedanken heraus geschaffen sind, daß sie *Kunstwerke* sind in dem Sinne, wie es jede große Kunstschöpfung sein soll. Ich würde mich *ebenso* in Sie, mein Fräulein, verliebt haben, wenn ich nur eine Bewegung Ihrer Hand oder Ihres Fußes gesehen, oder nur einen Brief von Ihnen zu Gesicht bekommen hätte, wie jetzt, wo ich Sie einen ganzen Abend lang beobachtet. Ich habe Sie gestern abend im Verkehr mit mindestens zwanzig verschiedenen Personen gesehen. Diese Menschen entziehen sich schließlich auch nicht meiner Beurteilung, und ich will Ihnen sagen, wenn Sie es wünschen, was Sie von jedem halten. Dann mögen Sie entscheiden, ob ich Ihre innere Natur, von der ich, wie Sie glauben, nichts ahne, richtig zu schätzen weiß oder nicht. *Mir* war jedenfalls jedes Ihrer Worte, das ich aus der Unterhaltung auffangen konnte, eine Bestätigung dessen, was mir Ihr königlicher Wuchs und die heroische Art Ihrer Bewegung auf den ersten Blick offenbart.»

«Hm, Liebe macht blind.»

«Die Liebe macht blind; aber wen, mein Fräulein? — Einen Mann, der nie aus beschränkten Verhältnissen herausgekommen, der Welt und Menschen nicht kennt und eine freie Wahl getroffen zu haben glaubt, wo er nur einem animalischen Instinkte unterliegt. — Wenn unsereiner sich verliebt, dann weiß er warum; dessen können Sie gewiß sein, und ich bin gewiß, daß Sie stolz darauf sein werden, daß Sie nicht zu den engherzigen Frauennaturen gehören, die auf die Vergangenheit eines Mannes eifersüchtig sind. Sie würden sich selber beschämt fühlen, einen Mann zu heiraten, der nicht einmal imstande wäre, Ihren Wert an demjenigen anderer Frauen, die er kennengelernt, zu messen. Geliebt habe ich nur Sie, mein Fräulein, lange schon, ehe ich Sie kannte; ich wäre sonst wohl nicht sechsunddreißig Jahre alt geworden, ohne mich zu verheiraten. Wenige von Ihren Anbetern werden den nämlichen Vorzug für sich geltend machen können. — Und nun erlauben Sie mir noch einen letzten Beweis dafür, wie hoch ich Sie schätze, und daß ich keineswegs blind bin und mich in Ihnen nicht täusche: Sie sind ein mutiges, entschlossenes Mädchen; das ist in Ihren Augen zu lesen. Da, wo Sie einmal das Richtige erkannt, da zaudern Sie auch nicht lange, mit Ihrer ganzen Person dafür einzustehen. Sie lieben es, Ihr Leben zu wagen. Das ängstliche Zuwarten, sich nicht entscheiden zu können, guten Rat und Hilfe bei anderen zu suchen, ist nicht Ihre Sache . . .»

Fräulein Ellie, die einen Moment beide Hände vor dem Gesicht gehalten, erhob sich in ihrer ganzen Größe vom Sessel, schlang dem Besucher, der sich gleichfalls erhoben, ihren Arm um den Nacken und küßte ihn.

Das Spiel des Lebens war gewonnen.

MARIE LUISE KASCHNITZ

Eisbären

Endlich, dachte sie, als sie hörte, wie sich der Schlüssel im Türschloß drehte. Sie hatte schon geschlafen und war erst von diesem Geräusch aufgewacht; nun wunderte sie sich, daß ihr Mann im Vorplatz kein Licht anmachte, das sie hätte sehen müssen, da die Tür zum Vorplatz halb offenstand. Walther, sagte sie, und fürchtete einige Minuten lang, es sei gar nicht ihr Mann, der die Tür aufgeschlossen hatte, sondern ein Fremder, ein Einbrecher, der jetzt vorhatte, in der Wohnung herumzuschleichen und die Schränke und Schubladen zu durchsuchen. Sie überlegte, ob es wohl besser sei, wenn sie sich schlafend stellte, aber dann könnte ihr Mann heimkommen, während der Einbrecher noch in der Wohnung war, und dieser könnte aus dem Dunkeln auf ihn schießen. Darum beschloß sie, trotz ihrer großen Angst, Licht zu machen und nachzusehen, wer da war. Aber gerade, als sie ihre Hand ausstreckte, um an der Kette der Nachttischlampe zu ziehen, hörte sie die Stimme ihres Mannes, der in der Türe stand.

Mach kein Licht, sagte die Stimme.

Sie ließ ihre Hand sinken und richtete sich ein wenig im Bett auf. Ihr Mann sagte nichts mehr und rührte sich auch nicht, und sie fragte sich, ob er sich vielleicht auf den Stuhl neben der Türe gesetzt hatte, weil er zu erschöpft war, um ins Bett zu gehen.

Wie war es? fragte sie.

Was? fragte ihr Mann.

Alles heute, sagte sie. Die Verhandlung. Das Essen. Die Fahrt.

Davon wollen wir jetzt nicht sprechen, sagte ihr Mann.

Wovon wollen wir sprechen? fragte sie.

Von damals, sagte ihr Mann.

Ich weiß nicht, was du damit meinst, sagte sie. Sie versuchte vergeblich, die Dunkelheit mit ihren Blicken zu durchdringen, und ärgerte sich über ihre Gewohnheit, die Fensterläden ganz fest zu schließen und auch noch die dicken blauen Vorhänge vorzuziehen. Sie hätte gerne gesehen, ob ihr Mann da noch in Hut und Überzieher stand, was bedeuten konnte, daß er die Absicht hatte, noch einmal fortzugehen, oder daß er getrunken hatte und nicht mehr imstande war, einen vernünftigen Entschluß zu fassen.

Ich meine den Zoo, sagte der Mann. Sie hörte seine Stimme immer noch von der Tür her, was — da sie eine altmodische Wohnung und ein hohes großes Schlafzimmer hatten — bedeutete, von weit weg.

Den Zoo, sagte sie erstaunt. Aber dann lächelte sie und legte sich in die Kissen zurück. Im Zoo haben wir uns kennengelernt.

Weißt du auch wo? fragte der Mann.

Ich glaube schon, daß ich es noch weiß, sagte die Frau. Aber ich sehe nicht ein, weshalb du dich nicht ausziehst und ins Bett gehst. Wenn du noch Hunger hast, bringe ich dir etwas zu essen. Ich kann es dir ins Bett bringen, oder wir setzen uns in die Küche und du ißt dort.

Sie schlug die Decke zurück, um aufzustehen, aber obwohl es für ihren Mann genauso dunkel sein mußte wie für sie selbst, schien er doch gesehen zu haben, was sie vorhatte.

Steh nicht auf, sagte er, und mach das Licht nicht an. Ich will nichts essen, und wir können im Dunkeln reden.

Sie wunderte sich über den fremden Klang seiner Stimme und auch darüber, daß er, obwohl er doch sehr müde sein mußte, nichts anderes im Sinne hatte, als von den alten Zeiten zu reden. Sie waren jetzt fünf Jahre lang verheiratet, aber jeder Tag der Gegenwart schien ihr schöner und wichtiger als alle vergangenen Tage. Da ihm aber so viel daran zu liegen schien, daß sie seine Frage beantwortete, streckte sie sich wieder aus und legte ihre Hände hinter ihren Kopf.

Bei den Eisbären, sagte sie. Die Fütterung war gerade vorbei. Die Eisbären waren von ihren Felsen ins Wasser geglitten und hatten nach den Fischen getaucht. Jetzt standen sie wieder auf ihren Felsen, schmutzig weiß, und —

Und was? fragte ihr Mann streng.

Du weißt doch, was die Eisbären machen, sagte sie. Sie bewegen ihren Kopf von der einen Seite zur anderen, unaufhörlich hin und her.

Wie du, sagte ihr Mann.

Wie ich? fragte sie erstaunt und begann für sich im Dunkeln die Bewegung nachzuahmen, die sie soeben beschrieben hatte.

Du hast auf jemanden gewartet, sagte ihr Mann. Ich habe dich beobachtet. Ich kam von den großen Vögeln, die ganz ruhig auf ihren Ästen sitzen und sich dann plötzlich herabstürzen und einmal im Kreis herumfliegen, wobei sie mit ihren Flügelspitzen die Gitter streifen.

Bei den Eisbären, sagte die Frau, gibt es keine Gitter.

Du hast auf jemanden gewartet, sagte ihr Mann. Du hast den Kopf bald nach dieser, bald nach jener Seite gedreht. Der, auf den du gewartet hast, ist aber nicht gekommen.

Die Frau lag jetzt ganz still unter ihrer Decke. Sie hatte das Gefühl, auf der Hut sein zu müssen, und sie war auf der Hut.

Ich habe auf niemanden gewartet, sagte sie.

Als ich dich eine Weile lang beobachtet hatte, sagte ihr Mann, bin ich auf dem Weg weitergegangen und habe mich neben dich gestellt. Ich habe ein paar Späße über die Eisbären gemacht, und auf diese Weise sind wir ins Gespräch gekommen. Wir haben uns auf eine Bank gesetzt und die Flamingos betrachtet, die ihre rosigen Hälse wie Schlangen bewegten. Es war nicht mehr so heiß, und es war sogar ein Hauch von Spätsommer in der Luft.

Damals habe ich angefangen zu leben, sagte die Frau.

Das glaube ich nicht, sagte ihr Mann.

Zieh dich doch aus, sagte die Frau, oder mach das Licht an. Sitzt du wenigstens auf einem Stuhl?

Ich sitze und stehe, sagte der Mann. Ich liege und fliege. Ich möchte die Wahrheit wissen.

Die Frau fing an, in ihrem warmen Bett vor Kälte zu zittern. Sie fürchtete, daß ihr Mann, der ein fröhlicher und freundlicher Mensch war, den Verstand verloren habe. Zugleich aber erinnerte sie sich auch daran, daß sie an jenem Nachmittag im Zoo wirklich auf einen anderen gewartet hatte, und es erschien ihr nicht ausgeschlossen, daß ihr Mann diesen anderen heute getroffen und von ihm alles mögliche erfahren hatte.

Was für eine Wahrheit? fragte sie, um einen Augenblick Zeit zu gewinnen.

Ich habe dich, sagte ihr Mann, damals nach Hause gebracht. Wir sind noch ein paarmal zusammen spazieren und auch einige Male abends ausgegangen. Jedes Mal habe ich dich gefragt, ob du an jenem Nachmittag im Zoo auf einen anderen Mann gewartet hast und ob du vielleicht immer noch auf ihn wartest und ihn nicht vergessen kannst. Du hast aber jedes Mal den Kopf geschüttelt und nein gesagt.

Das war die Wahrheit, sagte die Frau.

Es mochte sein, daß draußen der Morgen schon anbrach, vielleicht hatten sich ihre Augen auch endlich an die Dunkelheit gewöhnt. Jedenfalls tauchten jetzt ganz schwach die Umrisse des Zimmers vor ihr auf. Sie sah aber ihren Mann nicht, und das beunruhigte sie sehr.

Das war nicht die Wahrheit, sagte der Mann.

Nein, dachte die Frau, er hat recht. Ich bin mit ihm spazierengegangen und abends tanzen gegangen, und jedesmal habe ich mich heimlich umgesehen nach dem Mann, den ich geliebt habe und der mich verlassen hat. Ich habe Walther gern gehabt, aber ich habe ihn nicht aus Liebe geheiratet, sondern weil ich nicht allein bleiben wollte. Sie war plötzlich sehr müde, und es kam ihr in den Sinn, alles das zuzugeben, was sie so lange geleugnet hatte. Vielleicht, wenn sie es zugäbe, würde ihr Mann aus dem Dunkeln herüberkommen und sich zu ihr auf den Bettrand setzen. Sie würde ihm sagen, wie es gewesen war und wie es jetzt war, daß sie jetzt ihn liebte und daß ihr der andere Mann vollständig gleichgültig geworden war. Sie zweifelte nicht daran, daß es ihr, wenn sie nur ihre Arme um seinen Hals legen konnte, gelingen würde, ihn davon zu überzeugen, daß es so etwas gab, daß eine Liebe erwachen und jeden Tag wachsen kann, während eine andere abstirbt und am Ende nichts ist als ein Kadaver, vor dem es einem graut. Walther, sagte sie, nicht Schatz, nicht Liebling, sie nannte nur seinen Namen, aber sie streckte im Dunkeln ihre Arme nach ihm aus.

Aber ihr Mann kam nicht herüber, um sich zu ihr auf den Bettrand zu setzen. Er blieb, wo er war und wo sie nicht einmal die Umrisse seiner Gestalt wahrnehmen konnte.

Ich war, sagte er, damals noch nicht lange in München. Es war dein Vorschlag, daß ich die Stadt erst einmal richtig kennenlernen sollte. Weil wir noch keinen Wagen hatten, fuhren wir jeden Sonntag mit einem anderen Verkehrsmittel in eine andere Richtung, stiegen an der Endstation aus und gingen spazieren. Immer ist es mir vorgekommen, als ob du auf diesen Spaziergängen jemanden suchtest. Immer hast du deinen Kopf nach rechts und nach links gewendet wie die Eisbären, die die Freiheit suchen, oder etwas, von dem wir nichts wissen, und ich habe dich oft meinen Eisbären genannt.

Ja, sagte die Frau mit erstickter Stimme.

Sie erinnerte sich daran, daß ihr Mann ihr in den ersten Monaten ihrer Ehe diesen Namen gegeben hatte. Sie hatte geglaubt, er täte das in Erinnerung an ihr erstes Zusammentreffen im Zoologischen Garten, oder weil sie so dicke weißblonde Haare hatte, die ihr manchmal wie eine Mähne auf der Schulter hingen. Es war aber, wie sich jetzt herausstellte, kein Kosewort, sondern ein Verdacht.

Später, sagte sie, als wir den Wagen hatten, sind wir am Sonntag ins Freie gefahren. Wir sind durch den Wald gelaufen und haben auf einer Wiese in der Sonne gelegen und geschlafen, du mit deinem Kopf auf meiner Brust. Wenn wir aufgewacht sind, waren wir ganz benommen von der Sonne und dem starken Wind. Es ist uns schwergefallen, die richtige Richtung einzuschlagen, und einmal haben wir viele Stunden gebraucht, um den Wagen wiederzufinden. Weißt du das noch? fragte sie.

Aber ihr Mann ging auf diese Erinnerung nicht ein. Wir sind ihm einmal begegnet, sagte er.

Ach, hör doch auf, sagte die Frau plötzlich ärgerlich. Geh etwas essen oder laß mich Licht anzünden und aufstehen und dir etwas zu essen bringen. Es ist noch ein halbes Hähnchen im Kühlschrank und Bier. Aber während sie das sagte, wußte sie schon, daß ihr Mann auf ihren Vorschlag nicht eingehen würde. Sie überlegte, womit sie ihn von seinen Gedanken abbringen könnte, und es fiel ihr nichts ein.

Du hast morgen einen schlimmen Tag, sagte sie schließlich,

du mußt bis zum Abend die Abrechnungen fertig haben, und wenn du nicht ausgeschlafen bist, wird dir alles noch schwerer fallen.

Wir sind ihm einmal begegnet, sagte ihr Mann wieder.

Die Frau krallte ihre Hände in die Bettdecke und wußte nicht, was sie noch sagen sollte. Wenn es nur hell wäre, dachte sie. Ihr Mann hatte ihr zu Weihnachten einen Toilettentisch geschreinert mit einem Kretonnevorhang und einer Glasplatte, und sie hatte ihm einen Lampenschirm gebastelt und diesen mit den Gräsern und Moosen, die sie im Sommer gesammelt und gepreßt hatten, verziert. Sie war überzeugt davon, daß diese Dinge, wenn man sie nur sehen könnte, ihr beistehen würden, ihren Mann davon zu überzeugen, daß sie ihn liebte und daß auch er selbst seinen alten Argwohn längst vergessen hatte.

Wir sind, sagte ihr Mann zum drittenmal, ihm einmal begegnet, und er sagte es mit seiner Stimme von heute abend, die so eintönig und merkwürdig klang. Wir sind die Ludwigstraße hinuntergegangen auf das Siegestor zu, es war ein schöner Abend, und es war eine Menge Leute unterwegs. Du hast niemanden besonders angeschaut, es ist auch niemand stehengeblieben, und es hat dich auch niemand gegrüßt. Ich hatte aber meinen Arm in den deinen gelegt, und plötzlich habe ich gemerkt, daß du angefangen hast, am ganzen Körper zu zittern. Dein Herz hat aufgehört zu schlagen, und das Blut ist aus deinen Wangen gewichen. Erinnerst du dich daran?

Ja, ja, wollte die Frau rufen, ich erinnere mich gut. Es war das erste Mal, daß ich meinen ehemaligen Liebhaber wiedergesehen habe, und es war auch das letzte Mal. Mein Herz hat wirklich aufgehört zu schlagen, aber dann hat es wieder angefangen und so, als wäre es ein ganz anderes Herz. Während das schöne, kalte Gesicht meines ehemaligen Liebhabers in der Menge verschwunden ist, hat es sich in Nichts aufgelöst, und ich habe mich später an seine Züge nie mehr erinnern können.

Das alles wollte die Frau ihrem Mann sagen und ihn auch daran erinnern, daß sie sich damals auf der Straße an ihn gedrängt hatte und versucht hatte, ihn zu küssen. Sie zweifelte aber plötzlich daran, daß ihr Mann ihr glauben würde. Sie hatte das Gefühl, als stände hinter seinen Worten eine Unruhe, die sie nicht würde stillen, und eine Angst, die sie ihm nicht würde ausreden können, jedenfalls nicht in dieser Nacht.

Ich erinnere mich an unseren Spaziergang, sagte sie und versuchte ihrer Stimme einen gleichgültigen Klang zu geben. Ich habe keinen Bekannten gesehen. Ich habe so etwas wie einen Schüttelfrost gehabt, eine kleine Erkältung, und am Abend habe ich auch Fieber bekommen.

Ist das wahr? fragte der Mann.

Ja, antwortete die Frau.

Sie war traurig, daß sie nicht die Wahrheit sagen durfte, die doch viel schöner war als alles, was ihr Mann von ihr hören wollte. Sie war jetzt sehr müde und hätte gerne geschlafen, aber vor allem lag ihr daran zu wissen, was in ihren Mann gefahren war und warum er kein Licht anzünden und nicht zu Bett gehen wollte.

Dann ist also auch das andere wahr, sagte der Mann, mit einem Schimmer von Hoffnung in der Stimme.

Was? fragte die Frau.

Das vom Zoo, sagte der Mann. Daß du auf keinen anderen gewartet hast.

Ich habe auf dich gewartet, sagte die Frau. Ich habe dich nicht gekannt, aber man kann auch auf jemanden warten, den man noch nie gesehen hat.

Du hast mich, sagte der Mann, also nicht genommen, weil du von einem andern Mann im Stich gelassen worden bist. Du hast mich geliebt.

Noch einmal dachte die Frau, wie schmählich es von ihr war, daß sie hier lag und ihren Mann anlog, und noch einmal richtete sie sich auf und wollte die Wahrheit sagen. Es kam aber von der Tür her ein merkwürdiges Geräusch, das wie ein tiefes, verzweifeltes Stöhnen klang. Er ist krank, dachte sie erschrocken und legte sich wieder in die Kissen zurück und sagte laut und deutlich: Ja.

Dann ist es gut, sagte der Mann. Er flüsterte jetzt nur noch. Vielleicht hatte er auch die Schlafzimmertür von außen zugezogen und war im Begriff, die Wohnung wieder zu verlassen. Die Frau sprang aus dem Bett, sie riß an der Kette der Nachttischlampe, und gerade, als habe sie damit eine Klingel in Bewegung gesetzt, begann es vom Flur her laut und heftig zu schellen. Das

Zimmer war hell und leer, und als die Frau auf den Vorplatz lief, sah sie ihren Mann auch dort draußen nicht.

Obwohl das Haus, in dem die jungen Eheleute wohnten, ein altmodisches Haus war, gab es seit kurzem in allen Wohnungen Drücker, mit deren Hilfe man die Haustüre öffnen konnte. Walther, sagte die Frau unglücklich. Sie drückte auf den Knopf und öffnete zugleich schon die Wohnungstür und horchte hinaus. Sie wohnten fünf Stockwerke hoch, und fünf Stockwerke lang hörte sie die schweren Schritte, die die Treppe heraufkamen und die, wie sich herausstellte, die Schritte von Polizeibeamten waren. Ihr Mann, sagten die Männer, als sie der Frau auf dem Treppenabsatz gegenüberstanden, sei bei der Ausfahrt von der Autobahn mit einem anderen Wagen zusammengestoßen und schwer verletzt worden. Und als sie das gesagt und eine Weile in das erstaunte Gesicht der Frau geschaut hatten, fügten sie hinzu, daß der Verunglückte sich jetzt auf dem Weg ins Krankenhaus befände, daß aber die Sanitäter, die ihn in den Wagen getragen hätten, der Ansicht gewesen seien, daß er den Transport nicht überleben würde.

Das kann nicht sein, sagte die Frau ganz ruhig, es muß sich um eine Verwechslung handeln. Ich habe mit meinem Mann noch eben gesprochen, er ist in der Wohnung, er ist bei mir. Hier, fragten die Männer überrascht, wo denn? und gingen in die Küche und gingen ins Wohnzimmer und drehten überall die Lampen an. Da sie niemanden fanden, redeten sie der Frau gut zu, sich anzuziehen und sie ins Krankenhaus zu begleiten, und die Frau zog sich auch an, bürstete ihre langen weißblonden Haare und ging mit den Polizisten die Treppe hinunter. Auf der Fahrt saß die Frau zwischen den Männern, die versuchten, freundlich zu sein, und deren schwere Wollmäntel nach Regen rochen. Sie hatte ihren Spaß daran, daß der Fahrer das Martinshorn gellen ließ und alle roten Lichter überfuhr. Schneller sagte sie, schneller, und die Polizisten glaubten, daß sie Angst habe, ihren Mann nicht mehr am Leben zu finden. Aber sie wußte gar nicht, warum sie in dem Wagen saß und wohin es ging. Die Worte «schneller, schneller» sagte sie ganz mechanisch, und ganz mechanisch drehte sie ihren Kopf von links nach rechts und von rechts nach links, wie es die Eisbären tun.

JOHANN WOLFGANG VON GOETHE

Die wunderlichen Nachbarskinder

Zwei Nachbarskinder von bedeutenden Häusern, Knabe und Mädchen, in verhältnismäßigem Alter, um dereinst Gatten zu werden, ließ man in dieser angenehmen Aussicht miteinander aufwachsen, und die beiderseitigen Eltern freuten sich einer künftigen Verbindung. Doch man bemerkte gar bald, daß die Absicht zu mißlingen schien, indem sich zwischen den beiden trefflichen Naturen ein sonderbarer Widerwille hervortat. Vielleicht waren sie einander zu ähnlich. Beide in sich selbst gewendet, deutlich in ihrem Wollen, fest in ihren Vorsätzen; jedes einzeln geliebt und geehrt von seinen Gespielen; immer Widersacher, wenn sie zusammen waren, immer aufbauend für sich allein, immer wechselweise zerstörend, wo sie sich begegneten, nicht wetteifernd nach einem Ziel, aber immer kämpfend um einen Zweck; gutartig durchaus und liebenswürdig, aber von Haß erfüllt, ja bösartig, indem sie sich aufeinander bezogen.

Dieses wunderliche Verhältnis zeigte sich schon bei kindischen Spielen, es zeigte sich bei zunehmenden Jahren. Und wie die Knaben Krieg zu spielen, sich in Parteien zu sondern, einander Schlachten zu liefern pflegen, so stellte sich das trotzig mutige Mädchen einst an die Spitze des einen Heers und focht gegen das andere mit solcher Gewalt und Erbitterung, daß dieses schimpflich wäre in die Flucht geschlagen worden, wenn ihr einzelner Widersacher sich nicht sehr brav gehalten und seine Gegnerin doch noch zuletzt entwaffnet und gefangengenommen hätte. Aber auch da noch wehrte sie sich so gewaltsam, daß er, um seine Augen zu erhalten und die Feindin doch nicht zu beschädigen, sein seidenes Halstuch abreißen und ihr die Hände damit auf den Rücken binden mußte.

Dies verzieh sie ihm nie, ja, sie machte so heimliche Anstalten und Versuche, ihn zu beschädigen, daß die Eltern, die auf diese seltsamen Leidenschaften schon längst acht gehabt, sich miteinander verständigten und beschlossen, die beiden feindlichen Wesen zu trennen und jene lieblichen Hoffnungen aufzugeben.

Der Knabe tat sich in seinen neuen Verhältnissen bald hervor. Jede Art von Unterricht schlug bei ihm an. Gönner und eigene Neigung bestimmten ihn zum Soldatenstande. Überall, wo er sich fand, war er geliebt und geehrt. Seine tüchtige Natur schien nur zum Wohlsein, zum Behagen anderer zu wirken, und er war in sich, ohne deutliches Bewußtsein, recht glücklich, den einzigen Widersacher verloren zu haben, den die Natur ihm zugedacht hatte.

Das Mädchen dagegen trat auf einmal in einen veränderten Zustand. Ihre Jahre, eine zunehmende Bildung und mehr noch ein gewisses inneres Gefühl zogen sie von den heftigen Spielen hinweg, die sie bisher in Gesellschaft der Knaben auszuüben pflegte. Im ganzen schien ihr etwas zu fehlen, nichts war um sie herum, das wert gewesen wäre, ihren Haß zu erregen. Liebenswürdig hatte sie noch niemanden gefunden.

Ein junger Mann, älter als ihr ehemaliger nachbarlicher Widersacher, von Stand, Vermögen und Bedeutung, beliebt in der Gesellschaft, gesucht von Frauen, wendete ihr seine ganze Neigung zu. Es war das erstemal, daß sich ein Freund, ein Liebhaber, ein Diener um sie bemühte. Der Vorzug, den er ihr vor vielen gab, die älter, gebildeter, glänzender und anspruchsreicher waren als sie, tat ihr wohl. Seine fortgesetzte Aufmerksamkeit, ohne daß er zudringlich gewesen wäre, sein treuer Beistand bei verschiedenen unangenehmen Zufällen, sein gegen ihre Eltern zwar ausgesprochenes, doch ruhiges und nur hoffnungsvolles Werben, da sie freilich noch sehr jung war: das alles nahm sie für ihn ein, wozu die Gewohnheit, die äußern nun von der Welt als bekannt angenommenen Verhältnisse das Ihrige beitrugen. Sie war so oft Braut genannt worden, daß sie sich endlich selbst dafür hielt, und weder sie noch irgend jemand dachte daran, daß noch eine Prüfung nötig sei, als sie den Ring mit demjenigen wechselte, der so lange Zeit für ihren Bräutigam galt.

Der ruhige Gang, den die ganze Sache genommen hatte, war

auch durch das Verlöbnis nicht beschleunigt worden. Man ließ eben von beiden Seiten alles so fortgewähren; man freute sich des Zusammenlebens und wollte die gute Jahreszeit durchaus noch als einen Frühling des künftigen ernsteren Lebens genießen.

Indessen hatte der Entfernte sich zum Schönsten ausgebildet, eine verdiente Stufe seiner Lebensbestimmung erstiegen und kam mit Urlaub, die Seinigen zu besuchen. Auf eine ganz natürliche, aber doch sonderbare Weise stand er seiner schönen Nachbarin abermals entgegen. Sie hatte in der letzten Zeit nur freundliche, bräutliche Familienempfindungen bei sich genährt, sie war mit allem, was sie umgab, in Übereinstimmung; sie glaubte, glücklich zu sein, und war es auch auf gewisse Weise. Aber nun stand ihr zum letztenmal seit langer Zeit wieder etwas entgegen: Es war nicht hassenswert, sie war des Hasses unfähig geworden; ja, der kindische Haß, der eigentlich nur ein dunkles Anerkennen des inneren Wertes gewesen, äußerte sich nun in frohem Erstaunen, erfreulichem Betrachten, gefälligem Eingestehen, halb willigem, halb unwilligem und doch notwendigem Annahen, und das alles war wechselseitig. Eine lange Entfernung gab zu längeren Unterhaltungen Anlaß. Selbst jene kindische Unvernunft diente den Aufgeklärteren zu scherzhafter Erinnerung, und es war, als wenn man sich jenen neckischen Haß wenigstens durch eine freundschaftliche, aufmerksame Behandlung vergüten müsse, als wenn jenes gewaltsame Verkennen nunmehr nicht ohne ein ausgesprochenes Anerkennen bleiben dürfe.

Von seiner Seite blieb alles in einem verständigen, wünschenswerten Maß. Sein Stand, seine Verhältnisse, sein Streben, sein Ehrgeiz beschäftigten ihn so reichlich, daß er die Freundlichkeit der schönen Braut als eine dankenswerte Zugabe mit Behaglichkeit aufnahm, ohne sie deshalb in irgendeinem Bezug auf sich zu betrachten oder sie ihrem Bräutigam zu mißgönnen, mit dem er übrigens in den besten Verhältnissen stand.

Bei ihr hingegen sah es ganz anders aus. Sie schien wie aus einem Traum erwacht. Der Kampf gegen ihren jungen Nachbar war ihre erste Leidenschaft gewesen, und dieser heftige Kampf war doch nur, unter der Form des Widerstrebens, eine heftige, gleichsam angeborene Neigung. Auch kam es ihr in der Erinnerung nicht anders vor, als daß sie ihn immer geliebt habe. Sie lächelte über jenes feindliche Suchen mit den Waffen in der Hand; sie wollte sich des angenehmsten Gefühls erinnern, als er sie entwaffnete; sie bildete sich ein, die größte Seligkeit empfunden zu haben, da er sie band, und alles, was sie zu seinem Schaden und Verdruß unternommen hatte, kam ihr nur als unschuldiges Mittel vor, seine Aufmerksamkeit auf sich zu ziehen. Sie verwünschte jene Trennung, sie bejammerte den Schlaf, in den sie verfallen, sie verfluchte die schleppende, träumerische Gewohnheit, durch die ihr ein so unbedeutender Bräutigam hatte werden können; sie war verwandelt, doppelt verwandelt, vorwärts und rückwärts, wie man es nehmen will.

Hätte jemand ihre Empfindungen, die sie ganz geheimhielt, entwickeln und mit ihr teilen können, so würde er sie nicht gescholten haben: Denn freilich konnte der Bräutigam die Vergleichung mit dem Nachbar nicht aushalten, sobald man sie nebeneinander sah. Wenn man dem einen ein gewisses Zutrauen nicht versagen konnte, so erregte der andere das vollste Vertrauen; wenn man den einen gern zur Gesellschaft mochte, so wünschte man sich den andern zum Gefährten; und dachte man gar an höhere Teilnahme, an außerordentliche Fälle, so hätte man wohl an dem einen gezweifelt, wenn einem der andere vollkommene Gewißheit gab. Für solche Verhältnisse ist den Frauen ein besonderer Takt angeboren, und sie haben Ursache sowie Gelegenheit, ihn auszubilden.

Je mehr die schöne Braut solche Gesinnungen bei sich ganz heimlich nährte, je weniger nur irgend jemand dasjenige auszusprechen im Fall war, was zugunsten des Bräutigams gelten konnte, was Verhältnisse, was Pflicht anzuraten und zu gebieten, ja, was eine unabänderliche Notwendigkeit unwiderruflich zu fordern schien, desto mehr begünstigte das schöne Herz seine Einseitigkeit; und indem sie von der einen Seite durch Welt und Familie, Bräutigam und eigne Zusage unauflöslich gebunden war, von der andern der emporstrebende Jüngling gar kein Geheimnis von seinen Gesinnungen, Plänen und Aussichten machte, sich nur als ein treuer und nicht einmal zärtlicher

Bruder gegen sie bewies, und nun gar von seiner unmittelbaren Abreise die Rede war, so schien es, als ob ihr früher kindischer Geist mit allen seinen Tücken und Gewaltsamkeiten wieder erwachte und sich nun auf einer höheren Lebensstufe mit Unwillen rüstete, bedeutender und verderblicher zu wirken. Sie beschloß, zu sterben, um den ehemals Gehaßten und nun so heftig Geliebten für seine Unteilnahme zu strafen und sich, indem sie ihn nicht besitzen sollte, wenigstens mit seiner Einbildungskraft, seiner Reue auf ewig zu vermählen. Er sollte ihr totes Bild nicht loswerden, er sollte nicht aufhören, sich Vorwürfe zu machen, daß er ihre Gesinnungen nicht erkannt, nicht erforscht, nicht geschätzt habe.

Dieser seltsame Wahnsinn begleitete sie überallhin. Sie verbarg ihn unter allerlei Formen; und ob sie den Menschen gleich wunderlich vorkam, so war niemand aufmerksam oder klug genug, die innere wahre Ursache zu entdecken.

Indessen hatten sich Freunde, Verwandte, Bekannte in Anordnung von mancherlei Festen erschöpft. Kaum verging ein Tag, daß nicht irgend etwas Neues und Unerwartetes angestellt worden war. Kaum war ein schöner Platz der Landschaft, den man nicht ausgeschmückt und zum Empfang vieler froher Gäste bereitet hätte. Auch wollte unser junger Ankömmling noch vor seiner Abreise das Seinige tun und lud das junge Paar mit einem engeren Familienkreise zu einer Wasserlustfahrt. Man bestieg ein großes, schönes, wohlausgeschmücktes Schiff, eine der Jachten, die einen kleinen Saal und einige Zimmer anbieten und auf das Wasser die Bequemlichkeit des Landes überzutragen suchen.

Man fuhr auf dem großen Strome mit Musik dahin, die Gesellschaft hatte sich bei heißer Tageszeit in den untern Räumen versammelt, um sich an Geistes- und Glücksspielen zu ergötzen. Der junge Wirt, der niemals untätig bleiben konnte, hatte sich ans Steuer gesetzt, den alten Schiffsmeister abzulösen, der an seiner Seite eingeschlafen war; und eben brauchte der Wachende alle seine Vorsicht, da er sich einer Stelle nahte, wo zwei Inseln das Flußbette verengten und, indem sie ihre flachen Kiesufer bald an der einen, bald an der andern Seite hereinstreckten, ein gefährliches Fahrwasser zubereiteten. Fast war der sorgsame und scharfblickende Steuerer in Versuchung, den Meister zu wecken, aber er getraute sich's zu und fuhr gegen die Enge. In dem Augenblick erschien auf dem Verdeck seine schöne Feindin mit einem Blumenkranz in den Haaren. Sie nahm ihn ab und warf ihn auf den Steuernden. Nimm dies zum Andenken! rief sie aus. Störe mich nicht! rief er ihr entgegen, indem er den Kranz auffing, ich bedarf aller meiner Kräfte und meiner Aufmerksamkeit. Ich störe dich nicht weiter, rief sie; du siehst mich nicht wieder! Sie sprach's und eilte nach dem Vorderteil des Schiffs, von da sie ins Wasser sprang. Einige Stimmen riefen: Rettet! Rettet! Sie ertrinkt. Er war in der entsetzlichsten Verlegenheit. Über dem Lärm erwacht der alte Schiffsmeister, will das Ruder ergreifen, der Jüngere es ihm übergeben; aber es ist keine Zeit, die Herrschaft zu wechseln: das Schiff strandet, und in eben dem Augenblick, die lästigsten Kleidungsstücke wegwerfend, stürzte er sich ins Wasser und schwamm der schönen Feindin nach.

Das Wasser ist ein freundliches Element für den, der damit bekannt ist und es zu behandeln weiß. Es trug ihn, und der geschickte Schwimmer beherrschte es. Bald hatte er die vor ihm fortgerissene Schöne erreicht; er faßte sie, wußte sie zu heben und zu tragen; beide wurden vom Strom gewaltsam fortgerissen, bis sie die Inseln, die Werder weit hinter sich hatten und der Fluß wieder breit und gemächlich zu fließen anfing. Nun erst ermannte, nun erholte er sich aus der ersten zudringenden Not, in der er ohne Besinnung nur mechanisch gehandelt; er blickte mit emporstrebendem Haupt umher und ruderte nach Vermögen einer flachen, buschigen Stelle zu, die sich angenehm und gelegen in den Fluß verlief. Dort brachte er seine schöne Beute aufs Trockne; aber kein Lebenshauch war in ihr zu spüren. Er war in Verzweiflung, als ihm ein betretener Pfad, der durchs Gebüsch lief, in die Augen leuchtete. Er belud sich aufs neue mit der teuren Last, er erblickte bald eine einsame Wohnung und erreichte sie. Dort fand er gute Leute, ein junges Ehepaar. Das Unglück, die Not sprach sich geschwind aus. Was er nach einiger Besinnung forderte, ward geleistet. Ein lichtes Feuer brannte; wollene Decken wurden über ein Lager gebreitet; Pelze, Felle und was Erwärmendes vorrätig war, schnell herbeigetragen. Hier überwand die Begierde zu retten jede andre Betrachtung. Nichts ward versäumt, den schönen, halbstarren, nackten Körper wieder ins Leben zu rufen. Es gelang. Sie schlug die Augen auf, sie erblickte den Freund, umschlang seinen Hals mit den Armen. So blieb sie lange; ein Tränenstrom stürzte aus ihren Augen und vollendete ihre Genesung. Willst du mich verlassen, rief sie aus, da ich dich so wiederfinde? Niemals, rief er, niemals! und wußte nicht, was er sagte, noch was er tat. Nur schone dich, rief er hinzu, schone dich! Denke an dich um deinet- und meinetwillen.

Sie dachte nun an sich und bemerkte jetzt erst den Zustand, in dem sie war. Sie konnte sich vor ihrem Liebling, ihrem Retter nicht schämen; aber sie entließ ihn gern, damit er für sich sorgen möge: Denn noch war, was ihn umgab, naß und triefend.

Die jungen Eheleute beredeten sich: Er bot dem Jüngling und sie der Schönen das Hochzeitskleid an, das noch vollständig dahing, um ein Paar von Kopf zu Fuß und von innen heraus zu bekleiden. In kurzer Zeit waren die beiden Abenteurer nicht nur angezogen, sondern geputzt. Sie sahen allerliebst aus, staunten einander an, als sie zusammentraten, und fielen sich mit unmäßiger Leidenschaft, und doch halb lächelnd über die Vermummung, gewaltsam in die Arme. Die Kraft der Jugend und die Regsamkeit der Liebe stellten sie in wenigen Augenblicken völlig wieder her, und es fehlte nur die Musik, um sie zum Tanz aufzufordern . . .

ERNST HEIMERAN

Frühlingssonate

Jene immergleiche, immersüße Liebesgeschichte zwischen Nachbarskindern, wie sie, meine ich, Ottilie Wildermuth erzählte, oder in welchen lavendelblauen Jugendgärten sie uns sonst begegnet sein mag: wie hat sie uns einst gerührt! Erst sind die beiden Kinder viele Jahre vereint im unschuldigen Spiel, dann trennt sie das rauhe Leben, bis der Jüngling wettergebräunt aus der Fremde nach Hause kehrt. Die Gespielin, unterdessen zur Jungfrau erblüht, scheint den Gefährten zu fliehen, was ihm großes Herzeleid verursacht. Endlich aber, wir dürfen dessen gewiß sein, werden sich die beiden wiederfinden und schließlich heiraten.

Zwischen Marzella und mir spielte sich alles so anders ab. Wir haben uns infolgedessen, um es vorwegzunehmen, auch nicht geheiratet. Dabei hätten wir es doch so bequem gehabt, von Wand zu Wand.

Daß ich Marzella liebte, entdeckte ich recht plötzlich. Ich hatte mich vorher so wenig um sie gekümmert wie um andere Nachbarn auch. Ich sah, daß Marzella lange Beine hatte, braune Zöpfe und Samtkleider mit Umlegekrägelchen ausgeputzt. Ich bemerkte das alles seit Jahren, wäre aber nie auf den Gedanken verfallen, daß lange Beine, Zöpfe und Umlegekrägelchen Eigenschaften sein könnten, an denen sich von heute auf morgen Liebe entzündet. Jetzt mit einem Male wurde ich dessen inne, die ganze Marzella ging mir auf, schlagartig gewissermaßen.

Indessen bot sich mir trotz der Nachbarschaft unserer Häuser, die sich Wange an Wange schmiegten, nur wenig Gelegenheit, Marzella anzustaunen. Sie verließ das Haus am Morgen eine halbe Stunde früher als ich, da ihre Schule weit drinnen lag in der Stadt. Sie fuhr mit der Straßenbahn und kehrte mittags erst um halb zwei zurück, wenn wir schon beim Essen saßen. Hielt ich mich im Garten auf oder auf der Terrasse, so scheute sie sich, ebenfalls ins Freie zu treten; war aber sie draußen die erste, so verbarg sie sich in der Weinlaube oder huschte ins Haus zurück, sobald ich mich zeigte.

Ich begann Marzella aufzulauern. Ich verbarg mich auf dem Balkon im zweiten oder dritten Stock und wartete auf sie, wie ein Jäger auf dem Hochstand auf das Wild wartet. Wenn alles gut ging, sah ich drunten eines der geliebten langen Beine vorsichtig auf die Terrasse heraustreten und sichernd verharren; dann erst folgte die ganze Marzella nach. Scheu blickte sie um sich, drehte sich in den Schultern und in den Hüften, schlängelte sich die Treppe hinab in den Garten, blieb stehen, wiegte einen Oleanderzweig auf der flachen Hand, beugte sich zu Blumen nieder, daß ihr die Zöpfe von den Schultern glitten und die Haarschleifen über den Beeten baumelten wie Schmetterlinge, und bewegte sich in allerlei lieblichen Stellungen durchs Gartengefilde. Beim geringsten Geräusch jedoch schreckte Marzella auf und flüchtete in die Laube. Ein Staubtuch, von Großmutter aus dem Fenster geschüttelt, ein Öffnen der Waschküchentür im Erdgeschoß, ein Pfiff meines Bruders konnten mir Marzella verscheuchen. Wie grollte ich dann den Meinen! Denn nun war mir Marzellas Anblick entzogen; nicht gänzlich freilich. Ich gewahrte in der dunklen Blätterlaube, wie auf einer überbelichteten Fotografie, eine helle Andeutung von Hand da und einen Schein von Gesicht dort, und manchmal erspähte ich auch die Weiße eines Buches. Ich hätte gar zu gerne gewußt, was Marzella las.

Ich entwarf Pläne, wie ich es anstellen könnte, neben ihr zu sitzen, dort unten, daß die Sonnenflecken und Blätterschatten hintanzen würden von ihr zu mir. Ich wünschte mir, aus einem Buche mit ihr zu lesen. Ich konnte es zwar nicht leiden, wenn mir jemand beim Lesen ins Buch sah; von ihr aber wollte ich es so gerne leiden. Wir würden einander die schönsten Stellen zeigen, Marzella würde mir vorlesen, und ich würde wiederum ihr vorlesen, aus meinen Büchern, aus meinen Gedichten gar, o du Gipfel der Seligkeit! Ich schrieb viele Gedichte in jener Zeit und alle nur für sie. Jedes Gedicht führte den schlichten Titel «An Marzella» und war durch die laufende Nummer von den übrigen unterschieden. Es gab bereits Gedichte an Marzella bis römisch siebenundzwanzig. Ich war fest entschlossen, mein Leben lang nur noch Verse auf Marzella zu machen und ihr meine gesamte dichterische Zukunft zu Füßen zu legen.

Es war nur so weit bis zu diesen Füßen! Jemandem liebend zu nahen, den man noch gar nicht kennt, ist viel leichter, als sich dem zu erklären, den man schon lange kennt und der nicht im mindesten darauf gefaßt ist, daß man ihn plötzlich liebt.

Ich versuchte, Marzella meine Liebe zu offenbaren, indem ich morgens zu gleicher Zeit mit ihr das Haus verließ und es mittags so einrichtete, daß ich an der Straßenbahnhaltestelle mit ihr zusammentraf. Ich stand ihretwegen früher auf, verzichtete auf das Frühstück, ließ das Mittagessen kalt werden und mich von Großmutter für das Zuspätkommen ausschelten. Ich habe es immer als ein Merkzeichen wahrer Liebe angesehen, wenn man ihretwegen das Essen stehenläßt. Wahrhaft liebte ich. Ich begleitete Marzella täglich durch unsere Straße hin und zurück und fand es praktisch, daß vorn an der Ecke die Tramhaltestelle sei.

Marzella fand das auch.

«Für mich», sagte ich, «spielt das ja keine Rolle, weil ich nur zehn Minuten zur Schule habe, zu Fuß.»

Marzella sah das vollkommen ein.

«Ich möchte einen Briefkasten am Hause haben, das wäre praktisch», sagte ich.

Marzella bejahte, daß dies sehr praktisch wäre.

«Auf die Laterne zwischen deiner und meiner Tür könnte ich dagegen verzichten», räumte ich ein, «sie steht einem eigentlich nur im Wege, wenn der Koks kommt oder die Paketpost. Und dann die Hunde!»

Marzella war bereit, ebenfalls auf die Laterne zu verzichten.

«Allerdings der Laternenanzünder», sagte ich, «das sieht hübsch aus, wenn er beim Dunkelwerden durch die Straßen stapft, besonders im Winter.»

Marzella gab das ebenfalls zu.

Es ist etwas Herrliches, sich mit einem geliebten Menschen in so völliger Übereinstimmung zu befinden!

«Wir treffen uns ja jetzt immer», sagte Marzella erstaunt.

Endlich hatte sie es bemerkt, gekommen war der große Augenblick, ihr zu bedeuten, daß ich aus Liebe es so eingerichtet hätte, sie zu treffen jeden Tag.

«Ja, ja», sagte ich, «wir haben jetzt andere Zeiten in der Schule.»

Und sie glaubte es; leider.

Für Liebe auf offener Straße fehlte mir das Herz. Soviel sah ich jetzt ein. Ich suchte nach häuslichen Wegen der Anbahnung. Verruchte Pläne bestürmten mich, besonders des Nachts, wenn ich ganz gegen meine sonstige Gewohnheit wach lag, wissend, daß drüben an der gleichen Wand Marzella ruhte und atmete. Ich erwog, auf das Dach zu steigen, durchs Speicherfensterchen einzubrechen und einzutreten in Marzellas Gemach. Ich würde sprechen: «Sei unbesorgt, ich bin es nur.» Aber erklärt man Liebe so, noch dazu übers Dach und mitten in der Nacht?

Mit Sehnsucht lauschte ich nun an der Wand, wenn Marzella Klavier übte. Sie übte fleißig jeden Mittag, monatelang die nämlichen Stücke. Obgleich ich sie also auswendig kannte, preßte ich mein Ohr an die Mauer, damit mir nichts von Marzellas Klängen entginge. Das einst so lästige Geklimper erfüllte meine Seele mit tiefer Entzückung. Ich stellte mir Marzellas lange Beine vor, wie sie Pedal traten — sie traten viel Pedal —, und ihre Zöpfe, wie sie erzitterten im Takte. Im Geiste trat ich hinter sie, blickte ihr über die Schulter in die Noten, blätterte ihr um und sagte ihr, daß ich ihre Musik liebe über alles und sie selbst noch viel mehr. Indem ich mir dies glühend ausmalte, wußte ich auf einmal, daß es für mich wirklich nur einen Weg gäbe, um Marzella zu gewinnen: den Weg der Musik.

Mit der Musik stand ich damals keineswegs gut! Ich ging in die Geigenstunden nur, weil Großmutter mich seit Jahren unerbittlich dazu zwang. Der Lehrer, Herr Quellmalz, erteilte mir den Unterricht seinerseits nur, weil ihn der Broterwerb dazu nötigte. Obwohl er mich nie ohne die Ermahnung zu entlassen pflegte: «Üben, üben, üben!», stellte er jedesmal von neuem fest, daß ich wieder nicht geübt hätte. Beethovens Totenmaske blickte traurig von der Wand, traurig wohl vor allem deshalb, weil ich die ganze Stunde Beethoven-Sonaten spielte. Wenn man jahrelang Beethoven-Sonaten spielt, eignet man sich jedoch, auch ohne zu üben, eine gewisse Fertigkeit an, über die schwierigen Stellen hinwegzugleiten, so daß wirklich eine Art Musik entsteht. Man bevorzugt dabei die langsamen Sätze und bringt da mitunter seelenvolle Töne hervor. Im übrigen entwickelt man eine erstaunliche Technik, Läufe richtig einzusetzen und rechtzeitig zu beenden, obwohl man nicht die Hälfte der vorgeschriebenen Noten spielt. Es ist schade um so eine Begabung, Herr Quellmalz sagte es oft.

Er war daher nicht wenig erstaunt, als ich auf einmal zu üben begann. Er bemerkte es nicht gleich. Er kannte mich schon so lange als faulen Schüler, daß er vermutete, die Frühlingssonate sei mir plötzlich angeflogen und das f im dritten Takt, auf dem ich mich stets unziemlich lang niedergelassen, habe sich von selbst zu einem sauberen Achtel gereinigt. «Es ist heute besser gegangen», sagte er beim Abschied, «üben, üben, üben.» — «Ja», antwortete ich. Er ahnte nicht, wie ernst es mir damit war. Wer es einmal gewöhnt ist, das Schlimme zu erwarten, glaubt nicht so schnell wieder an das Gute. Auch rechnen Geigenlehrer nicht mit dem Einfluß einer Liebe auf Finger- und Bogenstrichübungen.

Mein Plan war der: Ich wollte die Frühlingssonate und womöglich gar die Kreutzersonate gründlich üben — studieren, um mit Herrn Quellmalz zu sprechen — und damit um Marzellas Hand bitten. Nicht gleich um ihre ganze Hand natürlich, sondern nur um die Hand ihrer Begleitung. Ich wollte Marzella bitten, mit mir zu musizieren, und sie damit an mich ziehen, zunächst auch wieder nur musikalisch.

Von der Liebe beflügelt, machte ich erstaunliche Fortschritte. Herr Quellmalz, von meiner Wandlung zum Guten endlich überzeugt, schlug mir zur Belohnung vor, jetzt zu Brahms überzugehen, auch das Bruchkonzert stellte er mir in Aussicht. Aber ich wollte mitnichten übergehen. Ich hielt an Beethoven fest, und zwar so fest, daß ich in einem Monat mehr Violinsaiten verbrauchte als sonst im ganzen Jahr. Das rief auch Großmutters Erstaunen hervor. Sie freute sich, mich so weit gebracht zu haben, daß mir die Musik viele Türen öffnen würde, wie sie mir schon lange prophezeite. Ganz richtig! Eine Türe sollte mir die Musik öffnen, die Türe zu Marzella gleich nebenan.

«Übrigens», fing ich an, als schösse mir der Gedanke plötzlich durch den Sinn, «wir könnten doch einmal zusammen spielen, die Frühlingssonate zum Beispiel, oder was du willst. Was meinst du?»

Marzella wurde blaß, noch blasser, als sie ohnedies war, ganz wunderbar blaß.

«Ich kann doch nichts», sagte sie beschämt. «Entschuldige, du meinst es gewiß sehr freundlich, ich danke dir, daß du an mich gedacht hast. Aber du findest ja sicher jemanden, der viel besser spielt als ich.»

«Ich will doch gar niemanden anderen finden», entgegnete ich kühn.

Marzella bemerkte nichts von Kühnheit. Sie wiederholte, sie könne nichts.

«Aber ich weiß doch, daß du es kannst», entgegnete ich. «Ich höre es doch, ich höre dich doch jeden Tag.»

«Du hörst mich?» sagte Marzella entsetzt.

«Ja, hörst du mich denn nicht?» fragte ich erstaunt.

«Ja, natürlich, das heißt ein wenig, es stört nicht, gewiß nicht. Aber ich dachte — wir haben doch einen Klavierdämpfer. Es tut mir schrecklich leid, daß du mich trotzdem hörst. Ich will leiser spielen in Zukunft, vielleicht hörst du mich dann nicht mehr.»

«Aber ich höre dich doch gern spielen, Marzella, verstehst du denn nicht?»

«Ich verstehe dich schon», antwortete Marzella. «Du hörst eben gerne Musik. Aber du sollst nicht auf meine Musik hören. Mir fällt sie nicht so leicht wie dir.»

«Im Gegenteil, ich finde es scheußlich zu spielen, so allein, meine ich. Aber natürlich, wenn ich dir zu schlecht spiele . . .»

«Ach nein. Ich glaube, ich habe mich falsch ausgedrückt. Du, meine Trambahn kommt. Ach Gott. Ich will Mama fragen, was sie meint, und wenn Mama meint, will ich das Fräulein fragen, ob sie meint . . .»

Die Straßenbahn hielt, Marzella stieg ein.

«Nicht vergessen!» rief ich ihr nach.

«Fertig!» rief der Schaffner.

Marzella vergaß es nicht. Auch war das Fräulein, die Klavierlehrerin nämlich, einverstanden; Marzellas Mutter war ebenfalls einverstanden, und dennoch gab es noch manche Hindernisse. Im Juni hatte Marzella zu viele Schularbeiten, dann war sie eine Woche lang krank, dann wollte sie erst die Noten haben zum Üben. Ich verstand das ja alles, nur kamen inzwischen die großen Ferien heran und trennten mich von ihr. Endlich im Herbst spielten wir die Frühlingssonate. Unter vielen Entschuldigungen, Warnungen und Beteuerungen lud mich Marzella im Namen ihrer Mutter ein, am Samstag nachmittag auf ein Stündchen mit der Geige herüberzukommen.

Dichter Nebel lag über der Straße. Ich erwähne ihn keineswegs zur dichterischen Ausschmückung. Es ist im Gegenteil sehr unangenehm, bei Nebel zu geigen, weil er das Instrument angreift, die Saiten vor allem, so daß man beständig stimmen muß.

Der Nebel brachte es ferner mit sich, daß Licht gebrannt werden mußte mitten am Tage, wodurch die Empfindung hervorgerufen wurde, es handle sich zwischen Marzella und mir um eine Abendmusik, was ich übrigens für einen gewaltigen Vorzug halte. Ich glaube, daß im Grunde alle Komponisten von Kammermusik für den Abend schreiben und nicht für den Nachmittag, geschweige denn für Morgenveranstaltungen, bei denen man von der Befürchtung gequält wird, man könne nicht rechtzeitig zum Mittagessen nach Hause kommen.

Dies erwägend, des Nebels froh, klingelte ich bei Marzellas. Die aufwartende Magd nahm mir feierlich Mantel und Handschuhe ab, die ich vor einer Minute angelegt hatte. Sie waren an sich überflüssig so von Tür zu Tür; aber als Besuch wollte ich es an den schicklichen Formen nicht fehlen lassen. Leider fehlte meinem Mantel der Aufhänger, was meinen Auftritt ein wenig beeinträchtigte.

Ich wurde in die Diele im ersten Stock geführt. Es brannte Licht, das milde Licht einer Stehlampe, die mehr einer großen Blumenvase ähnlich sah. Ich fand es sehr fein, in Blumenvasen Licht zu brennen.

Die Magd forderte mich mehrmals auf, Platz zu nehmen, was ich ebenfalls mehrmals dankend ablehnte.

«Einen Augenblick, einen kleinen Augenblick», sagte sie, «ich werde der gnädigen Frau melden, daß der junge Herr eben eingetroffen ist.»

Ich bat darum. Ich war zwar überzeugt, daß die gnädige Frau schon selber wahrgenommen hätte, daß ich eingetroffen sei. Dennoch freute ich mich, in ein so formvollendetes Haus geladen zu sein.

Mir war sehr gehoben zumute. Wenn ich bedachte, daß bei uns drüben der Samstag regierte, mit Eimer und Besen, kam ich mir völlig verzaubert vor. Es war also möglich, den Samstag zu einem stillen, friedlichen Tag zu machen, an dem man Gäste empfing und Musik trieb. Ich fand das über die Maßen schön und nachahmenswert.

Im zweiten Stock ging eine Tür. Da alle Häuser in unserer Straße gleichartig gebaut sind, wußte ich genau, welche Tür es sei: die zum Bad. Die gnädige Frau kam die Treppe herunter und gab mir die Hand, eine soeben frischgewaschene Hand. Ich bedankte mich für die freundliche Aufforderung, herüberzukommen eingeladen geworden zu sein; über die Maßen gewählt drückte ich mich aus.

«Im Gegenteil, wir haben zu danken, daß Sie sich die Mühe machen wollen, mit Marzella zu musizieren», erwiderte die gnädige Frau. «Wenn das mein Mann erlebt hätte, der gute Marzellus! Er war sehr musikalisch, müssen Sie wissen.»

Mutter Marzella machte mich anschließend noch mit einigen weiteren guten Eigenschaften ihres Mannes bekannt. Sie redete von ihm wie von einem Abgeschiedenen, obwohl er, wie jedermann wußte, nur ein Geschiedener war.

Nachdem Herr Marzellus als Gesprächsgegenstand erschöpft war, wurde die Frage aufgeworfen, wo denn Marzella bleibe, so lange. «Marzella!» rief die Mutter durchs Treppenhaus. Auch bei Marzellas war es also üblich, durchs Treppenhaus zu rufen.

«Ja, Mama», antwortete es aus dem dritten Stock. Marzella hatte gewartet, bis man sie rief. So schickte es sich.

Wir begrüßten uns. Bemüht, Marzella möglichst unbefangen die Hand zu reichen, verfehlte ich den richtigen Griff, so daß es weniger zu einem Händedruck kam, als vielmehr zu einer Art Händestreif mit anschließender Schüttelung des Handgelenks.

Es ist das eine äußerst seltene Form von Begrüßung, die ein unbefriedigtes Gefühl hinterläßt.

«So wären wir denn vollzählig», stellte die Mutter fest. «Da könnten wir ja erst ein Täßchen Kaffee nehmen, wie, eine kleine Stärkung?» Gegen kleine Stärkungen ist vom musikalischen Standpunkt nichts einzuwenden, wenn ich auch persönlich mehr dafür bin: erst die Musik, dann die Stärkung.

Wir gingen in das Zimmer hinüber, das bei uns Wohnzimmer hieß. Bei Marzellas diente es als Eßzimmer. Unter einem Kristallüster stand ein reichgedeckter runder Tisch. Mir wurde ein sehr guter Platz angewiesen zwischen Mohrenköpfen und Apfelsinentorte. Über eine gehäufte Schüssel voll Schlagrahm hinweg genoß ich den Blick auf den Golf von Neapel. Das Glas des Bildes spiegelte im Licht, und so schien es, als ob auch der Golf von Neapel von Mohrenköpfen wimmelte.

Nachdem sich jeder außerstande erklärte, sich noch weiter zu stärken, war es Zeit, an die Musik zu denken. Offen gestanden dachte ich gar nicht mehr an Musik. Die Nähe Marzellas und der genossene Schlagrahm legten sich mir wohlig aufs Gemüt. Auch mein Geigenkasten war mir förmlich entfallen; wir mußten ihn erst in der Diele suchen gehen. Dann begaben wir uns in den Venezianischen Salon (bei uns Großmutters Zimmer), in dem das Klavier stand. Es handelte sich natürlich nicht um ein venezianisches Klavier, in Gondelform etwa, sondern um eins von Steingraeber. Ich packte meine Geige aus. Marzella verfolgte meine Vorbereitungen mit sichtlichem Unbehagen, so wie man die Hantierungen eines Zahnarztes verfolgt, indem man sich fragt, ob er den Bohrer ansetzt oder nicht. Auch mein Herz klopfte, aber vielleicht war nur der Kaffee daran schuld.

Ich bat Marzella ums a, um zu stimmen. Sie gab es mit schüchternem Finger. Ich zeigte ihr, wie man es richtig gibt, als Dreiklang, kräftig mit der ganzen Hand. Jeder Geiger, wenn ihm das Klavier sonst noch so fremd ist, beherrscht diesen Griff.

«Siehst du», entschuldigte sich Marzella, «ich habe es dir ja gleich gesagt, ich kann nichts.» Ich tröstete sie ausführlich. Es tut so wohl, ein geliebtes Wesen zu trösten. Unterdessen hielt ich nach einem Notenpult Ausschau, so wie man bei Tisch heimlich nach dem Salzfaß Ausschau hält, von dem man sich sagt: sicher ist es da, du siehst es nur nicht. Ich ließ meine Blicke verstohlen durchs Zimmer schweifen, das mit Gipsabgüssen, gepreßten Lederstühlen, Gestellen und Schränkchen mit Gläsern und Sächelchen angefüllt war, die alle auf Venedig hindeuteten und einen eigenen Geruch an sich hatten. Ich hielt ihn ebenfalls für venezianisch, bis ich bemerkte, daß er von einem Kater ausging, der sich hinter eine Säule geflüchtet hatte. Mit einem Sprung rettete er sich auf Mutter Marzellas Schoß.

«Wo ist denn das Notenpult?» erkundigte ich mich sanft.

«Ach», sagte Marzella, aufs neue erschreckt, «daran habe ich natürlich nicht gedacht, daß du ja auch ein Notenpult brauchst. Siehst du!»

«Es geht auch so», fiel mir ein. «Wir rücken einfach die Säule da heran, und ich lehne das Notenheft oben gegen den Löwen, wenn Sie erlauben; er wird schon halten.»

«Aber natürlich», sagte Mutter Marzella, «es ist doch der Markuslöwe, der hält.»

Ich lehnte die Frühlingssonate gegen den Markuslöwen, sicherte sie mit einem Stück antiken Marmors gegen das Abgleiten und stimmte ein letztes Mal.

«Nicht zu schnell», bat Marzella und setzte sich auf dem Drehstuhl zurecht.

«Nein, nein, ganz langsam», versicherte ich. Ich war bereit, die Frühlingssonate als Trauermarsch aufzufassen, wenn ich damit Marzellas Liebe gewinnen konnte.

Wir begannen. Zuerst begann ich, und Marzella fiel nachträglich ein. Wir setzten ab und begannen noch einmal. Diesmal kam Marzella mir zuvor. Sie ließ sich auch nicht mehr aufhalten, sondern spielte fort und fort, mit zunehmender Geschwindigkeit, die in schreiendem Gegensatz zu ihrer Bitte stand, nicht so schnell zu spielen. Ich machte mich ebenfalls auf die Socken, übersprang einige Hindernisse und ging in Führung. Marzella sah nicht rechts und links, bis sie über einen Lauf stolperte. Um ihren Fehler gutzumachen, wiederholte sie den Lauf noch einmal, wodurch sie aber so gewaltig zurückfiel, daß ich mich entschloß, einige Takte lang, auf einem Ton tremolierend, auf sie zu warten. Dann setzten wir unser Wettrennen fort. Ich unterdrückte jetzt aber den Ehrgeiz, als erster durchs Ziel zu gehen, bemühte mich vielmehr, es so einzurichten, daß ich gleichzeitig mit ihr ankäme. Mit einigen Kunstgriffen gelang es mir auch, gleichzeitig mit Marzella zum Absprung in den Schlußakkord anzusetzen. Wie ein Stein aufschlägt in einem tiefen Brunnen, so endeten wir miteinander.

«Bravo!» rief ich. «Glücklich angekommen!»

«Wirklich?» fragte Marzella erfreut und überaus erhitzt. «Ich habe offen gestanden keinen Ton von dir gehört, du mußt entschuldigen. Ich habe es dir ja gleich gesagt, daß ich nichts kann.»

«Aber es ging doch ausgezeichnet, so fürs erstemal», beteuerte ich.

«Wie heißt das Stück?» fragte die Mutter.

«Frühlingssonate», sagte ich. «Das war aber erst ein Teil davon. Jetzt kommt der zweite Satz.»

«Frühlingssonate», wiederholte die Mutter träumerisch. «O gewiß, man hört es ja, wie das Eis birst und die Gießbäche donnern. Ich verstehe ja nichts von moderner Musik, aber da merkt man doch gleich, was gemeint ist.»

«Aber Mama», entgegnete Marzella verlegen. «Die Frühlingssonate ist doch von Ludwig van Beethoven.»

Wie herrlich dieses «van» lautete! Da sah ich ihn förmlich vor mir, mit dem goldenen Lorbeerkranz, so ganz ideal.

Wir spielten den zweiten Satz. Wie im ersten Satz immer schneller, so wurden wir im Adagio immer langsamer. Ich kenne keine musikalische Bezeichnung, die diesen Grad von Langsamkeit noch in Worten auszudrücken vermag. Marzella achtete jetzt offenbar auf mein Spiel und traute sich nicht vorwärtszugehen, solange ich nicht vorwärtsging, was ich doch nicht tun konnte, wo ihr die Führung zugedacht war. Wir komplimentierten uns förmlich von Takt zu Takt. Das Adagio nahm auf diese Weise eine ungeheuerliche Länge an; es wurde das längste Adagio, das je ein Komponist komponierte. Ich fühlte mich danach ziemlich erschöpft, zumal mich die Säule mit dem Markuslöwen zwang, auf den Zehenspitzen stehend zu geigen. Marzellas Mutter hatte unterdessen samt dem Kater still den Venezianischen Salon verlassen. Dieser Frühling währte ihr wohl doch zu lange. Ich stand am Ziel meiner Wünsche.

Welcher Wünsche eigentlich? Wollte ich Marzella vielleicht

küssen? Natürlich wollte ich das. Aber jetzt so plötzlich zwischen dem zweiten und dritten Satz Ludwig van Beethovens, und am Klavier? Ich war doch schließlich kein Klavierlehrer, die auch am Instrument küssen, wie man hörte. Außerdem war es zum Küssen ziemlich weit hinunter vom Markuslöwen zum Klaviersessel, auf dem Marzella saß, mit ihren langen Beinen, aber dem um so kürzeren Oberkörper. Ich hätte erst die Geige beiseite legen und mich womöglich auf die Knie niederlassen müssen. Was für Anstalten! Auch schien mir ein Kuß, wenigstens ein erster, zu verlangen, daß man steht. Aber ich konnte doch nicht sagen: «Bitte, steh auf, ich will dich küssen.» Ich hätte sie vielleicht an mich reißen müssen. Aber auf ein Adagio hätte das doch zu unvermittelt gewirkt. Je länger ich darüber nachdachte, desto unziemlicher erschien es mir, Marzella zu küssen.

Wir beendeten die Schlußsätze. «Das nächste Mal spielen wir aber die Kreutzersonate!» sagte ich. «Sie beginnt mit einem Geigensolo, so etwa ...»

Ich versuchte mich daran aus dem Gedächtnis, wie von ungefähr. Natürlich hatte ich die Stelle mit großer Mühe auswendig gelernt. Obwohl sie ziemlich unrein ausfiel, bewunderte mich Marzella maßlos, was mir sehr wohl tat. Sie sagte, ich spiele wundervoll, aber ich sagte, bei Nebel käme es leider nicht so heraus, wie es sollte; dagegen hätte sie herrlich gespielt.

«Nein», wehrte sie ab, «ich weiß schon, daß ich noch gar nichts kann. Aber das nächste Mal wird es vielleicht schon besser. Aber wollen wir nicht lieber vorerst bei der Frühlingssonate bleiben, bis sie richtig geht?»

«Dann mußt du aber zu uns herüberkommen», bat ich, «am Donnerstag vielleicht?» Denn an den Samstag war bei uns nicht zu denken.

Marzella mußte erst ihre Mutter fragen. Die Mutter willigte ein und bestellte viele Empfehlungen an Großmutter. Es ging auf sieben Uhr, als ich Abschied nahm; das Stündchen war ziemlich lange ausgefallen. Marzella begleitete mich bis zur Tür. Ich nahm rasch den Mantel vom Bügel, so daß sie den abgerissenen Aufhänger nicht bemerkte, und gab ihr einen langen Händedruck, so einen, in den man die Schulter mit hineinlegt und den ganzen Menschen.

Die ganze Woche beschäftigte ich mich mit den Vorbereitungen für Marzellas Besuch. Großmutter hatte nichts gegen die Verabredung, war aber nicht sehr erbaut davon, daß es Kaffee geben müßte, Mohrenköpfe und Apfelsinentorte. Obst genüge doch auch, ein Apfel und etwas Gebäck. Ich sagte, daß Musik Kaffee und Kuchen verlange und Schlagrahm. «Deine Marzella scheint ja allerhand zu vertilgen», spottete mein Bruder, der diesen Auseinandersetzungen beiwohnte.

Es ist unangenehm, Brüder als Zuschauer zu haben, wenn man liebt. Ich einigte mich schließlich mit Großmutter auf einen großen, hausgemachten Zwetschgenkuchen und Käseschnitten. Großmutters Spezialität; aber ganz fein fand ich es nicht. Ich fand auch unser Kaffeegeschirr, mit den großen Tassen, nicht fein genug und war bekümmert, daß bei uns so wenige Teppiche lagen. Andererseits hatten wir einen Flügel; das rechnete ich uns zum Vorteil an.

Am Donnerstag gab es mittags Leberknödel und Sauerkraut. Mizzi hatte die Küchentür offengelassen; im ganzen Haus roch es nach Sauerkraut. Ich lüftete, wedelte mit Türen und Fenstern, gepeinigt von dem Gedanken, das geliebte Wesen in ein Haus einzuführen, in dem sich Sauerkraut bemerkbar macht. Ich überwachte das Decken des Kaffeetisches und ging mit kritischen Blicken sowie mit einem Staublumpen durch das Haus. Ich putzte Fahrräderspuren vom Flur und entdeckte Staub in den Türfalzen sowohl zum Eß- wie zum Musikzimmer. Ich plünderte den herbstlichen Garten, die gesternten Herbstastern und die Kaktusdahlien, und stellte überall Blumen auf. Ich stellte Vasen auf, wo noch nie Vasen gestanden waren, und wischte Staub, wo nach meiner Auffassung noch niemals Staub gewischt worden war.

Als Marzella an unserer schmiedeeisernen Glocke zog — ich erkannte ihre Hand sogleich an der schüchternen Art anzuläuten —, hielt ich mich ferne, ebenso ferne, wie Marzella sich gehalten hatte, als ich zu Marzellas ins Haus kam. Ich konnte es aber nicht hindern, daß Großmutter ihr die Treppe entgegenging. Auf meinen dringenden Wunsch hatte Großmutter wenigstens ihr geliebtes, alltägliches Flanellkleid abgelegt und ein schwarzes angezogen. Ihren Granatschmuck anzutun, dazu brachte ich Großmutter leider nicht.

Großmutter führte Marzella unmittelbar an den Kaffeetisch, was ich nicht für fein erachtete. Ich zögerte daher nicht länger, mich ebenfalls einzufinden. Vorher hatte ich noch einen kleinen Wortwechsel mit unserer Mizzi, die in Hausschuhen herumzulaufen liebte und den Kaffee ebenfalls in Hausschuhen zu servieren gedachte. Ich stand Qualen aus, ob auch alles so klappen würde, daß wir vor Marzella bestehen könnten mit unserem Zwetschgenkuchen und den Käseschnitten. Zu meiner Beruhigung nahm sie sogar zwei Stücke, und es wurde auch ganz gemütlich, obwohl diesmal kein Nebel herrschte, keine zauberhafte Lampe brannte und der Kaffee nicht übermäßig stark zu sein schien.

Sie trug ein olivgrünes Kleid, das ihr ohnedies blasses Gesicht erscheinen ließ wie auf einem verblichenen Wandgemälde. Großmutter äußerte zu mir darüber nachträglich ihr lebhaftes Bedauern. Großmütter, Mütter überhaupt, sind ja der Meinung, junge Mädchen sollten nicht verblichenen Wandgemälden gleichen, sondern rotwangigen Äpfeln. Ein Liebender denkt anders darüber; ich jedenfalls dachte anders. Ich machte mir ohnedies nichts aus Äpfeln. Gerade den mondhaften Zauber von Marzellas bleichem Angesicht liebte ich.

Großmutter berichtete beim Kaffee weitausholend von den Lebensumständen unserer Tanten, Onkel, Nichten und Vettern. Marzella hörte überaus artig zu, sie hing förmlich an Großmutters Lippen, die nicht müde wurden, und ich wurde nicht müde, an Marzellas stillen Lippen zu hängen. Wenn sie in einer Gesprächspause den Blick von Großmutter auf ihren Teller richtete, oder auf den Stich des Schönen Brunnens zu Nürnberg, oder auf eine meiner Blumenanordnungen, überlegte ich mir, was sie wohl darüber dächte. Jedes Möbelstück, jedes Bild nahm in Marzellas Gegenwart eine höhere Bedeutung an.

Fürs erste war Marzella überrascht genug, als ich sie ins Musikzimmer hinüberführte und ihr den Flügel aufschlug.

«Ob ich es damit kann?» zweifelte sie und legte die Hände prüfend auf die Tasten.

«Du kannst alles, wenn du nur willst, alles», versicherte ich liebreich bedeutungsvoll.

Und sie spielte auch besser als das letzte Mal, obwohl der Anschlag und die Mensur unseres Flügels ihr ungewohnt seien, wie sie entschuldigend erklärte.

Mit meinem Spiel war ich weniger zufrieden. Vor allem störte mich Großmutters Anwesenheit. Großmutter ließ sich von der Frühlingssonate nicht schrecken und hielt aus bis zum Schluß. Sie hatte sich einen Strickstrumpf herbeigeholt. Damit erträgt man offenbar alles. An besonders zarten Stellen hörte ich die Nadeln klappern. Es ist dies ein musikalischer Effekt, der von den Komponisten noch gar nicht beachtet wurde, eine Klangmischung wie aus Becken und Triangel.

Man hat früher viel Wesens davon gemacht, daß Cäsar zu gleicher Zeit zweierlei Dinge tun konnte, zwei Briefe diktieren oder mit der rechten Hand eine Grammatik verfassen und mit der linken eine Schlacht schlagen. Das ist gar nichts so Besonderes gegen die mir gestellte Aufgabe, mit den Fingern auf Saiten und Bogen, mit den Augen auf den Noten, mit den Ohren bei den Stricknadeln, mit dem Verstand bei der Frühlingssonate und mit dem Herzen bei Marzella zu weilen, alles gleichzeitig!

Als wir die Sonate zu Ende geführt hatten, schlug Marzella vor, gewisse Stellen genauer anzusehen. Es gibt leider kein Musikstück, das nicht solche Stellen hatte, die genauerer Betrachtung bedürfen; ja etliche sind sogar nur aus solchen Stellen zusammengesetzt. Ich liebte sie nicht, aber ich sah ein, daß Marzella recht hätte mit ihrem Eifer. Vielleicht, daß Großmutter dann doch das Feld räumte.

Es klopfte; Mizzi trat ins Zimmer. Sie wartete nie ab, bis man sie aufforderte, einzutreten, sondern betrachtete das Klopfen als eine bloße Begleiterscheinung ihres Eintritts. «Die Kartoffeln sind da», meldete Mizzi.

«Immer zur ungelegensten Zeit», sagte Großmutter und erhob sich. Mir dagegen kamen sie sehr gelegen. Ich bin überhaupt ein Freund der Kartoffel. Ich halte sie für die verwandlungsfähigste Frucht der Erde und bemitleide die Menschen, die sie nur beilageweise oder in der Form von Kartoffelsalat zu sich nehmen. Jedenfalls verdankte ich es den Kartoffeln, daß Großmutter das Zimmer verließ. Eben verständigte ich mich mit Marzella über eine schwierige Stelle im Scherzo, in dem sich Klavier und Geige mit Achteln necken, als stotterten sie. Ich beugte mich auf die Klavierstimme herunter, um nachzusehen, wie Marzellas Achtel sich zu meinen Achteln zu verhalten hätten. Auch Marzella beugte sich auf das Notenblatt, so daß wir Kopf an Kopf die schwere Stelle beäugten. Die geliebten Haare kitzelten mich am Ohr; da faßte ich mir ein Herz und küßte Marzella. Ich machte eine rasche Wendung nach ihrem Munde; es tat weh.

«Hast du dich gestoßen? Entschuldige!» sagte Marzella.

Das entwaffnete mich. Ein Mädchen, das sich entschuldigt, weil man es hat küssen wollen, liegt gänzlich außerhalb liebender Berechnungen. Man muß da Geduld haben.

Ich nahm mich zusammen und übte mich in Geduld. Wir spielten ohne weiteren Zwischenfall jede Woche die Frühlingssonate. Wir machten später auch Versuche mit anderen Sonaten Ludwig van Beethovens; auch Mozart, Händel, Haydn und kleinere klassische Stücke zogen wir heran. Aber die Frühlingssonate blieb unser tägliches Brot; denn Marzella fand, es gäbe doch nichts Schöneres als sie. Ich hatte Geduld und fand es auch.

In Wirklichkeit fand ich aber einen so beständigen Frühling allmählich ermüdend, vor allem vom Standpunkt meiner Liebe. Ich weiß nicht, ob allzuviel Geduld in der Liebe richtig ist. Wenn man mit einer Suppe, die zu heiß ist, zu lange Geduld hat, ist sie auf einmal zu lau geworden. Ich will damit meine Liebe zu Marzella nicht mit einer Suppe vergleichen. Aber man muß vielleicht doch riskieren, sich den Mund zu verbrennen, bei der Liebe wie bei der Suppe.

Nur so kann ich es mir erklären, daß meine Liebe zu Marzella nicht zunahm, je mehr Geduld ich hatte, sondern ganz spürbar erkaltete. Mir fielen keine Gedichte mehr auf sie ein. Je näher ich Marzella durch den ständigen musikalischen Umgang von Haus zu Haus zu kommen schien, desto mehr entfremdete ich mich ihr innerlich. Auch die Frühlingssonate, nachdem wir einen gewissen Punkt der Fertigkeit erreicht, ging nicht etwa immer besser, wie man glauben sollte, sondern verlor nach und nach allen Glanz, wenigstens für mich. Als der wirkliche Frühling kam, überraschte mich Marzella eines Tages mit einer Erwachsenen-Frisur. Sie hatte die Zöpfe zu einem Knoten aufgesteckt, und der schlichte Scheitel war locker übergangen von Haareswellen.

Ich erschrak. Wenn man ein Mädchen mit Zöpfen liebt, und es wird plötzlich daraus eine junge Dame mit Frisur, so fühlt man sich ins Unerwachsene zurückgestoßen. War sie noch die alte Marzella, oder war sie es nicht?

Zuletzt kam ein Mann zu Marzella ins Haus, ein Ingenieur, der nicht musizierte und keine Geduld hatte, er heiratete Marzella. Ich schenkte ihr zum Abschied ins Leben eine gebundene Neuausgabe von Beethovens Klavier-Violon-Sonaten, aber ich hörte später, daß Marzella gar nicht mehr zur Musik käme.

Sooft ich heute die Frühlingssonate höre — jetzt kann ich sie wieder hören —, muß ich daran denken, daß man Musik und Liebe nicht vermischen darf, wenn etwas daraus werden soll. Doch hat mir unser Flügel den Widerschein jener Tage aufbewahrt. Wenn ich das a anschlage, um meine Geige zu stimmen, sehe ich in der blanken Politur Marzellas scheues, blasses Gesicht aufleuchten und freue mich der Erinnerung.

ILJA ILF/JEWGENIJ PETROW

Das knöcherne Bein

Riesig schwer, das Herz einer Frau zu unterwerfen.

Aber was macht man nicht alles zur Durchführung eines solchen Programms! Da nimmt man sie an der Hand und spricht mit tiefer, sonorer Stimme und wendet die Augen nicht ab.

Und es hilft nichts. Nämlich, man liebt dich nicht, man glaubt nicht! Und so muß man wieder alles von vorn anfangen. Ehrenwort, eine Zuchthäuslerarbeit bei Stern und Mondenschein.

Aus Moskau kam ein junger Doktor nach Odessa, um auszuruhen.

Als sich zum erstenmal im Leben zwei freie Wochen bei ihm herausstellten, bemerkte er plötzlich, daß die Welt schön ist und daß die Bewohner ebenfalls schön sind, insbesondere deren weibliche Hälfte. Und er spürte, daß, wenn er nicht auf der Stelle entscheidende Maßnahmen ergriffe, er nie im Leben glücklich sein würde, daß er als ein stinkender Hagestolz in einem Zimmer sterben würde, wo sich unter dem Bett alte Socken und Flaschen herumtreiben.

Nach einigen Tagen erging sich der junge Mediziner mit einem Mädchen auf einer durchaus von Hügeln und Schluchten durchzogenen Gegend am Ufer des Meeres.

Mit allen Mitteln bemühte er sich zu gefallen. Natürlich sprach er mit sonorer und leidenschaftlicher Stimme, natürlich redete er allen möglichen Quatsch daher, ja er log sogar, daß er vom Kap Tscheljuskin stamme und der beste Freund Otto Juljewitsch Schmidts sei. Er trug seine Hand an, ein Zimmer in Moskau, sein Herz, eine abgeschlossene Küche und Dampfheizung. Das Mädchen überlegte und willigte ein.

Hier werden acht Seiten künstlerischer Beschreibung der

Reise mit dem geliebten Wesen in der harten Bahnklasse ausgelassen. (Beiliegt nur ein Aphorismus: Besser mit der Geliebten in der ungepolsterten Klasse als allein im Internationalen Zuge.)

In Moskau jedoch kauften sie einen Fliederzweig und gingen zum Sags (Standesamt), die Unterschrift in Sachen persönlichen Glückes zu vollziehen.

Man weiß, was ein Sags ist. Nicht sehr sauber. Nicht sehr hell. Und nicht gerade besonders lustig, dieweil Eheschließungen, Todesfälle und Geburten im gleichen Zimmer registriert werden. Als der Doktor mit seiner Doktorin, viele Lächeln verschwendend, im Sags einzog, bemerkte er alsbald an der Wand ein vorwurfsvolles Plakat:

KÜSSE VERURSACHEN INFEKTION

Außerdem hingen an der Wand noch die Adressen eines Bestattungsbüros und ein verführerisches Bild, allwo in tausendfacher Vergrößerung blasse Spirochäten, flinke Gonokokken und die Koch-Kommas dargestellt waren. Ein bezaubernder Winkel, um getraut zu werden.

In der Ecke stand in einem kleinen Zuber eine künstliche Palme, schmutzig wie ein Fußlappen.

Damit wurde der Zeit ein Zoll gezahlt. Sozusagen die Begrüßung der Innungen. Über solche Sächelchen schreibt die Abendzeitung mit kaum verhüllter Begeisterung:

«Suchum in Moskau. Die Sagse werden ausgeschmückt.»

Der Beamte im Sags prüfte die Dokumente des jungen Paares und gab sie ihnen unversehens wieder zurück.

«Es ist nicht möglich, Sie zu registrieren.»

«Was heißt, nicht möglich?»

«Nicht möglich, denn der Paß Ihrer Bürgerin ist in Odessa ausgestellt. Wir aber registrieren nur aufgrund von Moskauer Pässen.»

«Was soll ich da unternehmen?»

«Weiß ich nicht, Bürger. Aufgrund von Pässen aus anderen Städten registrieren wir nicht.»

«Das soll wohl heißen, daß es mir nicht erlaubt ist, ein Mädchen aus einer anderen Stadt zu lieben?»

«Schreien Sie nicht, bitte. Wenn alle schreien wollten ...»

«Ich schreie nicht, doch hieraus geht hervor, daß ich nur das Recht habe, eine Moskauerin zu heiraten. Ist es denn möglich, daß es in Fragen der Liebe Gebietsbeschränkungen geben kann?»

«Mit den Fragen der Liebe befassen wir uns nicht, Bürger. Wir registrieren Eheschließungen.»

«Was geht es Sie dann aber an, wer mir gefällt? Haben Sie hier etwa eine Verteilungsstelle für Familienglück errichtet? Regulieren Sie die Bewegungen der Seelen?»

«Nicht so laut, Bürger, in bezug auf die Regulierung der Bewegung!»

«Sie zerstampfen die Blüten der Liebe!» winselte der Doktor.

«Benehmen Sie sich hier nicht wie ein Rowdy!»

«Und ich wiederhole, daß Sie sie zerstampfen!»

«Und verletzen Sie nicht die Hausordnung.»

«Ich die Ordnung verletzen? Das soll wohl heißen, daß die Liebe kein gewaltiges Gefühl mehr ist, sondern einfach eine Verletzung der Ordnung? Schon gut. Laß uns von hier fortgehen, Lusja.»

Als er wieder auf der Straße war, konnte der vom Pech verfolgte Kandidat auf den Gattenstand sich lange nicht beruhigen.

«Sind das Menschen? Ist das ein Mensch? Das ist doch rein die ‹Hexe fein mit dem knöchernen Bein›! Was werden wir jetzt bloß anfangen?»

Er regte sich so auf, daß das Mädchen Mitgefühl empfand.

«Weißt du», sagte sie, «du liebst mich und ich liebe dich. Du bist nicht scheinheilig und ich bin nicht scheinheilig. Laß uns so zusammenleben.»

In der Tat, wenn man recht überlegt, kann man mit dem Liebsten auch im Zelt ein Paradies erleben.

So begannen sie «so» zu leben.

Aber das Paradies mit dem Liebsten im Zelt ist nur in dem Fall möglich, Genossen, wenn die Liebste im Zelt von der Zeltverwaltung registriert und in das Zeltbuch eingetragen ist. Im entgegengesetzten Fall sind ziemlich düstere Varianten möglich.

Die Geliebte wurde im Hause nicht registriert, dieweil sie keinen Moskauer Paß besaß. Einen Moskauer Paß aber konnte sie nur als Ehefrau des Doktors erhalten. Die Ehefrau des Doktors war sie. Das Sags jedoch konnte sie als Ehefrau nur nach Vorlage eines Moskauer Passes anerkennen. Ein Moskauer Paß aber wurde ihr nicht ausgestellt, weil sie nicht im Sags registriert war. Und in Moskau ohne Registrierung leben, ist unmöglich. Und so . . .

Und auf diese Weise verwandelte sich das Paradies im Zelt schon am anderen Tage in eine Hölle. Lusja weinte und erzitterte bei jedem Pochen an die Tür — es könnten am Ende zottige Hausmeister erscheinen und sie ersuchen, das Zelt zu verlassen. Der Doktor ging schon nicht mehr in sein Ambulatorium. Der beste Freund Otto Juljewitsch Schmidts stellte nunmehr ein klägliches Schaubild vor. Er war unrasiert. Seine Augen flimmerten wie die eines Hundes. Oh, wo warst du geblieben, warme Nacht am Schwarzen Meere, du riesiger Mond und das erste Glück?!

Dann packte er Lusja an der Hand und brachte sie zur Polizei.

«Da», sagte er und wies mit dem Finger auf seine Frau.

«Was da?» fragte ihn der Schriftführer, während er auf seinem Kopf einen Filzhelm zurechtrückte.

«Das geliebte Wesen.»

«Na, und?»

«Ich vergöttere dieses Wesen und bitte darum, es in meiner Wohnfläche zu registrieren.»

Es erfolgte eine herbe Szene. Sie fügte dem, was uns schon bekannt ist, nichts hinzu.

«Was denn für Beweise brauchen Sie noch?» sagte der Doktor herzzerreißend. «Also, ich liebe sie sehr, Ehrenwort, ich kann nicht ohne sie leben. Und ich könnte ihr einen Kuß geben, wenn Sie wünschen.»

Die schmeichlerischen Augen nicht vom Schriftführer wendend, küßten sich die jungen Leute mit bebenden Lippen. In der Polizei wurde es still. Der Schriftführer wandte sich verlegen ab und sagte: «Wie aber, wenn es sich bei Ihnen um eine fiktive Ehe handelt? Nämlich, daß die Bürgerin sich einfach in Moskau niederlassen will.»

«Und wie, wenn es nicht fiktiv ist?» stöhnte der «glückliche» Gatte. «Daran haben Sie wohl nicht gedacht? Wenn ein Glas zerbrochen wird, ziehen Sie eine Strafe dafür ein, wen aber soll ich dafür strafen, daß mein Leben zerbrochen wird?»

Alles in allem, der Doktor schlug eine hohe Note an und hielt sie so lange durch, bis sich herausstellte, daß das Glück immerhin noch möglich sei und daß es einen Ausweg gäbe. Es war dazu nötig, sich an den Aufenthaltsort der Geliebten zu begeben, aufs neue nach Odessa, die Kleinigkeit von eintausendvierhundertzwölf Kilometern, nicht mehr, und dann würde sich alles finden. Mit einem Moskauer Paß würde das Sags in Odessa die Triebe des Doktors registrieren, und die verbrecherische Liebe würde endlich gesetzliche Umrisse annehmen.

Liebe verlangt immer Opfer. Man mußte sich zu Opfern entschließen — das Geld für Fahrkarten leihen und einen Ergänzungsurlaub zur Erledigung häuslicher Angelegenheiten erbitten.

Indes der Doktor wußte das Allerschrecklichste noch nicht — er wußte nicht, daß das knöcherne Bein nicht nur im Sags säße, daß das knöcherne Bein ihn bereits auf dem Bahnhof erwartete.

Hier werden sechzehn Seiten dramatischer Schilderungen ausgelassen, wie die jungen Ehegatten zu spät zum Zuge kamen. Was ist da eigentlich zu beschreiben? Es ist allen bekannt, daß in Moskau nichts leichter ist, als irgendwohin zu spät zu kommen.

Der Doktor installierte seine unglückselige Lusja auf einem Koffer und lief dann, die Fahrkarten umschreiben zu lassen. Dieses Abenteuer gelang ihm nicht. Das NKPS wahrte argwöhnisch die Interessen der Eisenbahn und hatte die Umdatierung von Fahrkarten abgestellt.

«Was soll jetzt werden?» ächzte der Doktor.

«Ihre Fahrkarten sind verfallen», teilte das knöcherne Bein mit. «So lautet die Vorschrift. Wenn Sie zu spät zum Zuge kommen, bedeutet das, verfallen.»

«Ja, sind wir denn etwa absichtlich zu spät gekommen?»

«Wer will das wissen? Das ist nicht unsere Sache, ob absichtlich oder unabsichtlich.»

«Aber die Fahrkarten sind doch stets umdatiert worden, seit es Eisenbahnen gibt.»

«Jetzt aber gibt es andere Vorschriften, Bürger.»

«Schließlich und endlich, ich habe kein Geld mehr. Jetzt kann ich nicht mehr reisen.»

Das knöcherne Bein schwieg dazu korrekt. Und so schleppte sich der Mann, der so boshaft die geruhsame Arbeit einer Reihe ehrsamer Institutionen störte, schwankend zurück und setzte sich in schweren Gedanken neben seine Lusja. In seinem Geist überdachte er alles, was er unternommen hatte.

«Was habe ich denn Schlimmes angestellt? Je nun, ich bin in Urlaub gefahren, nun, und da bin ich einem hübschen Mädchen begegnet, nun, und die habe ich von ganzer Seele liebgewonnen, nun, und da wollten wir heiraten. Und, verstehen Sie, es klappt nicht. Die Vorschriften verhindern es.»

Wenn eine Vorschrift erlassen wird, durch die das Leben von Sowjetmenschen unmöglich wird, eine sinnlose Vorschrift, die nur auf dem Kanzleitisch neben dem Tintenfaß und nicht im Beisein von lebendigen Menschen nützlich und wichtig ausschaut, braucht man nicht lange zu zweifeln, daß diese das knöcherne Bein erlassen hat, ein Mensch, der sich das Leben nur in einer Dimension vorstellt, der weder seine Tiefe noch seinen Umfang kennt.

Wenn hinter der institutionellen Barriere ein Mann sitzt, der eine dumme und schädliche Vorschrift ausführt, und wenn er, dieses wissend, sich damit rechtfertigt, daß er ja nur ein kleines Würstchen sei, dann ist auch dieser ein knöchernes Bein. Es gibt bei uns keine kleinen Würstchen, und es kann sie nicht geben. Wenn so einer sieht, daß die Vorschrift zu Unmöglichkeiten und Bitternissen führt, muß er als erstes selber die Frage aufwerfen, damit diese Vorschrift abgeändert, durchgesehen und verbessert werde.

Und was geschah mit unserem Doktor? Wohin geriet der liebe, der ehrenhafte Doktor? Wer will das wissen! Wahrscheinlich läuft er immer noch wegen irgendwelcher Bescheinigungen zum knöchernen Bein, um seine sich immer weiter hinziehende Eheschließung endlich zu realisieren. Aber vielleicht läuft er schon nicht mehr herum, er ist erschöpft und läßt alles grade sein. Auch die Liebe ist nicht unendlich. Und es könnte sein, daß die treue Lusja mit irgendeinem Einkaufsbevollmächtigten nach Sysran oder Aktjubinsk durchgegangen ist, wo es leichter ist, die Ehe zu schließen.

Auf jeden Fall, der Fehler wurde von unserem Doktor gleich zu Beginn gemacht.

Denn ehe er der Liebsten zuflüstern durfte: «Ich liebe Sie», hätte er ihr exemplarisch und trocken sagen sollen: «Weisen Sie mir Ihre Papiere vor, Bürgerin!»

STEFAN ZWEIG

Vergessene Träume

Die Villa lag hart am Meer.

In den stillen, dämmerreichen Piniengängen atmete die satte Kraft der salzhaltigen Seeluft, und eine leichte beständige Brise spielte um die Orangenbäume und streifte hie und da, wie mit vorsichtigen Fingern, eine farbenbunte Blüte herab. Die sonnenumglänzten Fernen, Hügel, aus denen zierliche Häuser wie weiße Perlen hervorblitzten, ein meilenweiter Leuchtturm, der einer Kerze gleich steil emporschoß, alles schimmerte in scharfen, abgegrenzten Konturen und war, ein leuchtendes Mosaik, in den tiefblauen Azur des Äthers eingesenkt. Das Meer, in das nur selten weit, weit in der Ferne weiße Funken fielen, die schimmernden Segel von einsamen Schiffen, schmiegte sich mit der beweglichen Weise seiner Wogen an die Stufenterrasse an, von der sich die Villa erhob, um immer tiefer in das Grün eines weiten, schattendunklen Gartens zu steigen und sich dort in dem müden, märchenstillen Park zu verlieren.

Von dem schlafenden Hause, auf dem die Vormittagshitze lastete, lief ein schmaler, kiesbedeckter Weg wie eine weiße Linie zu dem kühlen Aussichtspunkte, unter dem die Wogen in wilden, unaufhörlichen Anstürmen grollten und hie und da schimmernde Wasseratome heraufstäubten, die beim grellen Sonnenlichte im regenbogenfunkelnden Glanz von Diamanten prahlten. Dort brachen sich die leuchtenden Sonnenpfeile teils an den Pinienwichseln, die dicht beisammen wie im vertrauten Gespräche standen, teils hielt sie ein weitausgespannter japanischer Schirm ab, auf dem lustige Gestalten mit scharfen, unangenehmen Farben festgehalten waren.

Innerhalb des Schattenbereiches dieses Schirmes lehnte in einem weichen Strohfauteuil eine Frauengestalt, die ihre schönen Formen wohlig in das nachgiebige Geflecht schmiegte. Die eine schmale, unberingte Hand hing wie vergessen herab und spielte mit leisem, behaglichem Schmeicheln in dem glitzernden Seidenfelle eines Hundes, während die andere ein Buch hielt, auf das die dunkeln, schwarzbewimperten Augen, in denen es wie ein verhaltenes Lächeln lag, ihre ununterbrochene Aufmerksamkeit konzentrierten. Es waren große, unruhige Augen, deren Schönheit noch ein matter verschleierter Glanz erhöhte. Überhaupt war die starke, anziehende Wirkung, die das ovale, scharfgeschnittene Gesicht ausübte, keine natürliche, einheitliche, sondern ein raffiniertes Hervorstechen einzelner Detailschönheiten, die mit besorgter, feinfühliger Koketterie gepflegt waren. Das anscheinend regellose Wirrnis der duftenden, schimmernden Locken war die mühevolle Konstruktion einer Künstlerin, und auch das leise Lächeln, das während des Lesens die Lippen umzitterte und dabei den weißen, blanken Schmelz der Zähne entblößte, war das Resultat einer mehrjährigen Spiegelprobe, aber jetzt schon zur festen, unablegbaren Gewohnheitskunst geworden.

Ein leises Knistern im Sande.

Sie sieht hin, ohne ihre Stellung zu ändern, wie eine Katze, die im blendenden warmflutenden Sonnenlichte gebadet liegt und nur träge mit den phosphoreszierenden Augen dem Kommenden entgegenblinzelt.

Die Schritte kommen rasch näher, und ein livrierter Diener steht vor ihr, um ihr eine schmale Visitenkarte zu überreichen und dann ein wenig wartend zurückzutreten.

Sie liest den Namen mit dem Ausdrucke der Überraschung in den Zügen, den man hat, wenn man auf der Straße von einem Unbekannten in familiärster Weise begrüßt wird. Einen Augenblick graben sich kleine Falten oberhalb der scharfen, schwarzen Augenbrauen ein, die das angestrengte Nachdenken markieren, und dann plötzlich spielt ein fröhlicher Schimmer um das ganze Gesicht, die Augen blitzen in übermütiger Helligkeit, wie sie an längst verflogene, ganz und gar vergessene Jugendtage denkt, deren lichte Bilder der Name in ihr neu erweckt hat. Gestalten und Träume gewinnen wieder feste Formen und werden klar wie die Wirklichkeit.

«Ach so», erinnerte sie sich plötzlich zum Diener gewandt, «Der Herr möchte natürlich vorsprechen.»

Der Diener ging mit leisen devoten Schritten. Eine Minute war diese Stille, nur der nimmermüde Wind sang leise in den Gipfeln, die voll schweren Mittagsgoldes hingen.

Und dann plötzlich elastische Schritte, die energisch auf dem Kieswege hallten, ein langer Schatten, der bis zu ihren Füßen lief, und eine hohe Männergestalt stand vor ihr, die sich lebhaft von ihrem schwellenden Sitze erhoben hatte.

Zuerst begegneten sich ihre Augen. Er überflog mit einem raschen Blicke die Eleganz der Gestalt, während ihr leises ironisches Lächeln auch in den Augen aufleuchtete.

«Es ist wirklich lieb von Ihnen, daß Sie noch an mich gedacht haben», begann sie, indem sie ihm die schmalschimmernde, feingepflegte Hand hinstreckte, die er ehrfürchtig mit den Lippen berührte.

«Gnädige Frau, ich will ehrlich mit Ihnen sein, weil dies ein Wiedersehen ist seit Jahren und auch, wie ich fürchte — für lange Jahre. Es ist mehr ein Zufall, daß ich hierhergekommen bin, der Name des Besitzers dieses Schlosses, nach dem ich mich wegen seiner herrlichen Lage erkundigte, rief mir Ihre Anstalt wieder in den Sinn. So bin ich denn eigentlich als ein Schuldbewußter da.»

«Darum aber nicht minder willkommen, denn auch ich konnte mich nicht im ersten Moment an Ihre Existenz erinnern, obwohl sie einmal für mich ziemlich bedeutsam war.»

Jetzt lächelten beide. Der süße leichte Duft der ersten halbverschwiegenen Jugendliebe war mit seiner ganzen berauschenden Süßigkeit in ihnen erwacht wie ein Traum, über den man beim Erwachen verächtlich die Lippen verzieht, obwohl man wünscht, ihn noch einmal nur zu träumen, zu leben. Der schöne Traum der Halbheit, die nur wünscht und nicht zu fordern wagt, die nur verspricht und nicht gibt.

Sie sprachen weiter. Aber es lag schon eine Herzlichkeit in den Stimmen, eine zärtliche Vertraulichkeit, wie sie nur ein so rosiges, schon halbverblaßtes Geheimnis gewähren kann. Mit leisen Worten, in die hie und da ein fröhliches Lachen seine rollenden Perlen warf, sprachen sie von vergangenen Dingen, von vergessenen Gedichten, verwelkten Blumen, verlorenen und vernichteten Schleifen, kleinen Liebeszeichen, die sie sich in der kleinen Stadt, in der sie damals ihre Jugend verbrachten, gegenseitig gegeben. Die alten Geschichten, die wie verschollene Sagen in ihren Herzen langverstummte, stauberstickte Glocken rührten, wurden langsam, ganz langsam von einer wehen, müden Feierlichkeit erfüllt, der Ausklang ihrer toten Jugendliebe legte in ihr Gespräch einen tiefen, fast traurigen Ernst.

Und seine dunkelmelodisch klingende Stimme vibrierte leise, wie er erzählte: «In Amerika drüben bekam ich die Nachricht, daß Sie sich verlobt hätten, zu einer Zeit, wo die Heirat wohl schon vollzogen war.»

Sie antwortete nichts darauf. Ihre Gedanken waren zehn Jahre weiter zurück.

Einige lange Minuten lastete ein schwüles Schweigen auf beiden.

Und dann fragte sie leise, fast lautlos:

«Was haben Sie damals von mir gedacht?»

Er blickte überrascht auf.

«Ich kann es Ihnen ja offen sagen, denn morgen fahre ich wieder meiner neuen Heimat zu. — Ich habe Ihnen nicht gezürnt, nicht Augenblicke voll wirrer, feindlicher Entschlüsse gehabt, denn das Leben hatte schon damals die farbige Lohe der Liebe zu einer glimmenden Flamme der Sympathie erkaltet. Ich habe Sie nicht verstanden, nur — bedauert.»

Eine leichte dunkelrote Stelle flog über ihre Wangen, und der Glanz ihrer Augen wurde intensiv, wie sie erregt ausrief:

«Mich bedauert! Ich wüßte nicht, warum.»

«Weil ich an Ihren zukünftigen Gemahl dachte, den indolenten, immer erwerben wollenden Geldmenschen — widersprechen Sie mir nicht, ich will Ihren Mann, den ich immer geachtet habe, durchaus nicht beleidigen — und weil ich an Sie dachte, das Mädchen, wie ich es verlassen habe. Weil ich mir nicht das Bild denken konnte, wie Sie, die Einsame, Ideale, die für das Alltagsleben nur eine verächtliche Ironie gehabt, die ehrsame Frau eines gewöhnlichen Menschen werden konnten.»

«Und warum hätte ich ihn denn doch geheiratet, wenn dies alles sich so verhielte?»

«Ich wußte es nicht so genau. Vielleicht besaß er verborgene Vorzüge, die dem oberflächlichen Blicke entgehen und erst im intimen Verkehr zu leuchten beginnen. Und dies war mir dann des Rätsels leichte Lösung, denn eines konnte und wollte ich nicht glauben.»

«Das ist?»

«Daß Sie ihn um seiner Grafenkrone und seiner Millionen genommen hätten. Das war mir die einzige Unmöglichkeit.»

Es war, als hätte sie das letzte überhört, denn sie blickte mit vorgehaltenen Fingern, die im Sonnenlichte in blutdunkelm Rosa wie eine Purpurmuschel erstrahlten, weit hinaus, weithin zum schleierumzogenen Horizonte, wo der Himmel sein blaßblaues Kleid in die dunkle Pracht der Wogen tauchte.

Auch er war in tiefen Gedanken verloren und hatte beinahe die letzten Worte vergessen, als sie plötzlich kaum vernehmlich, von ihm abgewendet sagte:

«Und doch ist es so gewesen.»

Er sah überrascht, fast erschreckt zu ihr hin, die in langsamer, offenbar künstlicher Ruhe sich wieder in ihren Sessel niedergelassen hatte und mit einer stillen Wehmut monoton und die Lippen kaum bewegend weitersprach:

«Ihr habt mich damals keiner verstanden, als ich noch das kleine Mädchen mit den verschüchterten Kinderworten war, auch Sie nicht, der Sie mir so nah standen. Ich selbst vielleicht auch nicht. Ich denke jetzt noch oft daran und begreife mich nicht, denn was wissen noch Frauen von ihren wundergläubigen Mädchenseelen, deren Träume wie zarte, schmale, weiße Blüten sind, die der erste Hauch der Wirklichkeit verweht? Und ich war nicht wie all die andern Mädchen, die von mannesmutigen, jugendkräftigen Helden träumten, die ihre suchende Sehnsucht zu leuchtendem Glücke, ihr stilles Ahnen zum beseligenden Wissen machen sollten und ihnen die Erlösung bringen von dem ungewissen, unklaren, nicht zu fassenden und doch fühlbaren Leid, das seinen Schatten über ihre Mädchentage wirft und immer dunkler und drohender und lastender wird. Das habe ich nie gekannt, auf anderen Traumeskähnen steuerte meine Seele dem verborgenen Hain der Zukunft zu, der hinter den hüllenden Nebeln der kommenden Tage lag. Meine Träume waren eigen. Ich träumte mich immer als ein Königskind, wie sie in den alten Märchenbüchern stehen, die mit funkelnden, strahlenschillernden Edelsteinen spielen, deren Hände sich im goldigen Glanz von Märchenschätzen versenken und deren wallende Kleider von unnennbaren Werten sind. — Ich träumte von Luxus und Pracht, weil ich beides liebte. Die Lust, wenn meine Hände über zitternde, leise singende Seide streifen durften, wenn meine Finger in den weichen, dunkelträumenden Daunen eines schweren Sammetstoffes wie im Schlafe liegen konnten! Ich war glücklich, wenn ich Schmuck an den schmalen Gliedern meiner von Freude zitternden Finger wie eine Kette tragen konnte, wenn weiße Steine aus der dichten Flut meines Haares wie Schaumperlen schimmerten, mein höchstes Ziel war es, in den weichen Sitzen eines eleganten Wagens zu ruhen. Ich war damals in einem Rausche von Kunstschönheit befangen, der mich mein wirkliches Leben verachten ließ. Ich haßte mich, wenn ich in meinen Alltagskleidern war, bescheiden und einfach wie eine Nonne, und blieb oft tagelang zu Hause, weil ich mich vor mir selbst in meiner Gewöhnlichkeit schämte, ich versteckte mich in meinem engen, häßlichen Zimmer, ich, deren schönster Traum es war, allein am weiten Meere zu leben, in einem Eigentum, das prächtig ist und kunstvoll zugleich, in schattigen, grünen Laubgängen, wo nicht die Niedrigkeit des Werkeltags seine schmutzigen Krallen hinreckt, wo reicher Friede ist — fast so wie hier. Denn was meine Träume gewollt, hat mir mein Mann erfüllt, und eben weil er dies vermochte, ist er mein Gemahl geworden.»

Sie ist verstummt, und ihr Gesicht ist von bacchantischer Schönheit umloht. Der Glanz in ihren Augen ist tief und drohend geworden, und das Rot der Wangen flammt immer heißer auf.

Es ist tiefe Stille.

Nur drunten der eintönige Rhythmensang der glitzernden Wellen, die sich an die Stufen der Terrasse werfen, wie an eine geliebte Brust.

Da sagt er leise, wie zu sich selbst:

«Aber die Liebe?»

Sie hat es gehört. Ein leichtes Lächeln zieht über ihre Lippen.

«Haben Sie heute noch alle Ihre Ideale, *alle,* die Sie damals in die ferne Welt trugen? Sind Ihnen alle geblieben, unverletzt, oder sind Ihnen einige gestorben, dahingewelkt? Oder hat man sie Ihnen nicht am Ende gewaltsam aus der Brust gerissen und in den Kot geschleudert, wo die Tausende von Rädern, deren Wagen zum Lebensziele strebten, sie zermalmt haben? Oder haben Sie keine verloren?»

Er nickt trübe und schweigt.

Und plötzlich führt er ihre Hand zu den Lippen, küßt sie stumm. Dann sagt er mit herzlicher Stimme:

«Leben Sie wohl!»

Sie erwidert es ihm kräftig und ehrlich. Sie fühlt keine Scham, daß sie einem Menschen, dem sie durch Jahre fremd war, ihr tiefstes Geheimnis entschleiert und ihre Seele gezeigt. Lächelnd sieht sie ihm nach und denkt an die Worte, die er von der Liebe gesprochen, und die Vergangenheit stellt sich wieder mit leisen unhörbaren Schritten zwischen sie und die Gegenwart. Und plötzlich denkt sie, daß *jener* ihr Leben hätte leiten können, und die Gedanken malen in Farben diesen bizarren Einfall aus.

Und langsam, langsam, ganz unmerklich, stirbt das Lächeln auf ihren träumenden Lippen . . .

BERTOLD BRECHT

Die Antwort

Es war ein reicher Mann, der hatte eine junge Frau, die war ihm mehr wert als all sein Gut, und das war nicht wenig. Sie war nicht mehr sehr jung und er auch nicht. Aber sie lebten zusammen wie zwei Tauben, und er hatte zwei gute Hände, das waren ihre Hände, und sie hatte einen guten Kopf, das war sein Kopf. Sie sagte oft zu ihm: «Ich kann nicht gut denken, lieber Mann, ich sage alles nur so heraus.» Er aber besaß einen scharfen Verstand, und darum wurde sein Besitztum immer schöner. Da geschah es nun eines Tages, daß er einen Schuldner in die Hände bekam, dessen Gut er notwendig brauchte, auch war es kein guter Mensch. Deshalb machte er nicht viel Federlesens mit ihm und pfändete ihn aus. Der Mensch sollte noch eine Nacht in seinem Hause schlafen, in dem er alle seine Jahre so gelebt hatte, daß er nun in die Fremde ziehen mußte; am Morgen danach sollte ihm alles genommen werden.

In dieser Nacht nun konnte seine Frau nicht schlafen. Sie lag neben ihrem Manne da und dachte nach und stand auf. Sie stand auf und ging zu dem Nachbar hinüber, den ihr Mann pfänden wollte, mitten in der Nacht. Denn sie dachte, daß sie ihren eigenen Mann nicht kränken durfte, indem sie mit seinem Wissen dem Nachbar half. Und sie konnte den Menschen auch nicht leiden sehen. Der Mensch war auch wach, da hatte sie recht geraten, er saß in seinen vier Wänden und genoß die Stunden aus. Als er sie sah, erschrak er, sie aber wollte ihm nur recht schnell ihren Schmuck geben.

Weil sie nun dazu Zeit brauchte oder weil ihr Mann im Schlaf spürte, daß sie nicht bei ihm war, erwachte er und stand ebenfalls auf und ging im Hause herum, rief sie und ängstigte sich und ging auf die Straße. Da sah er Licht in seines Nachbars Hause und ging hinüber, um zu sehen, ob er was vergrabe, das ihm nicht mehr gehörte, und dabei, als er durchs Fenster sah, erblickte er seine Frau bei dem Nachbar, mitten in der Nacht. Er hörte sie nicht und sah auch das Kästchen in ihrer Hand nicht, darum stieg ihm das Blut in den Kopf, und er zweifelte an seiner Frau. Zugleich faßte er sein Messer in der Tasche und überlegte sich, wie er die beiden töten könnte. Da hörte er seine Frau sagen: «Nimm es nur; ich will nicht, daß mein Mann eine solche Sünde auf sich lädt, und ich will auch nicht, daß ich ihm wehe tue, indem ich dir helfe; denn du bist ein schlechter Mensch.» Damit ging sie zur Tür, und der Mann hatte Eile, sich zu verstecken, da sie schnell heraustrat und in ihr Haus hinüberlief.

Er ging stumm hinter ihr her, und drinnen sagte er ihr, er hätte nicht schlafen können und sei aufs Feld gegangen, weil ihn sein Gewissen bedränge darüber, daß er dem Nachbar sein Haus nehmen wolle. Da fiel ihm die Frau an die Brust und weinte, eine solche Freude hatte sie: Aber als sie nun wieder zusammen schliefen, schlug des Mannes Gewissen erst recht, und er hatte eine große Scham, denn nun war er zweimal zu klein gewesen, einmal, als er ihr mißtraute, und zum andernmal, als er sie anlog. Seine Scham war so groß, daß er sich einredete, er sei ihrer nicht mehr wert, und wieder aufstand und in die Stube hinunterging und lange dasaß, so wie der Nachbar drüben in seinem Haus. Dann aber ward es schlimmer bei ihm, denn ihm half niemand, weil er so gar versagt hatte. Darum ging er gegen Morgen von seinem Hause, als es noch dunkel war, und lief fort mit dem Wind, ohne eine Richtung.

Er lief den ganzen Tag, ohne etwas zu essen, auf einer Straße, die in eine leere Gegend führte, und wenn sie durch Dörfer kam, machte er einen Bogen. Am Abend kam er an einen schwarzen Fluß, an dem fand er eine zerfallene Hütte, in der niemand war, und da um sie herum in den Auen fette Kräuter wuchsen und der Fluß fischreich war, so blieb er dort drei Jahre lang und vertrieb sich die Zeit mit Kräutersammeln und indem er Fische fing. Dann wurde es ihm zu einsam dort, das heißt: die Stimmen der Wasser wurden zu laut für ihn, und die Gedanken wuchsen zu zahlreich, von denen es heißt: sie sind wie Vögel, die das Essen bedrecken. Darum ging er in eine Stadt und dann in viele Städte, ohne Richtung, und bettelte dort und kniete in den Kirchen.

Aber mit der Zeit wurden seine Gedanken mächtiger über ihn, und sie quälten ihn sehr. So begann er zu trinken und herumzulaufen wie ein Hund, der für die Kette zu schlecht ist. Es vergingen aber unterdem viele Jahre. Da geschah es einmal zu der Zeit, wo er seinen Namen schon vergessen hatte, daß er, der halb blind geworden war, wieder zu der Stadt zurückkehrte, in der er einmal gewohnt hatte, das war viele Jahre her. Er erkannte sie auch nicht wieder und kam nicht weiter als bis zu der Vorstadt, da lag er im Hof einer Schenke.

Nun kam eines Tages um die Mittagszeit eine Frau des Weges in den Hof und redete mit dem Wirt. Als der Bettler aber die Stimme hörte, durchfuhr es ihn, und sein Herz ging schneller, wie das eines geht, der versehentlich in einen Saal gekommen ist, in dem es schöne Musik gibt, aber er hat kein Recht dazu. Und der Mann sah, daß es seine Frau war, die da redete, und brachte kein Wort heraus. Nur die Hand streckte er aus, als sie vorüberging. Aber die Frau erkannte ihn nicht, denn er sah sich nicht mehr ähnlich, in keinem Zug, ja man sah ihm nicht einmal mehr an, daß er eine solche Qual hatte, so war sein Gesicht geworden. Also wollte die Frau vorübergehen, denn es gab so viele Bettler, und dieser schien unverschämt. Da aber brachte der Mann den Mund auseinander, und es gelang ihm, etwas zu sagen, das klang, als hieße es: Frau!

Da beugte sich die Frau nieder und sah ihn an, und ihre Knie begannen zu wanken, und sie erblaßte sehr. Und als er schon nicht mehr sein Herz hörte, da hörte er sie, und sie sagte: «Mein lieber Mann, wie hast du mich doch lange warten lassen, bis daß ich nun häßlich geworden bin, dieweil sieben Jahre mir wie Schmerzen vergangen sind und ich *fast* an dir gezweifelt hätte.»

LI FU-YEN

Herberge zur Heirat

Wei Ku wollte heiraten. Bis jetzt war ihm das aber noch nicht gelungen; seine Frau sollte nämlich etwas ganz Besonderes sein.

Nun hatte ihm ein Freund die Verbindung mit einer Tochter aus der Familie Pan empfohlen, die ihm im Rang gleichgestellt war, und Wei Ku machte sich auf die Reise nach Norden und nahm Quartier in einer Herberge vor dem Tor von Sungcheng. Am nächsten Morgen wollte er sich mit dem Heiratsvermittler am Shing-Tempel treffen. Der Gedanke einer Verlobung mit dem wohlhabenden und als schön bekannten Mädchen war aufregend. Wei konnte nicht einschlafen. Im Morgendämmern stand er schließlich auf, wusch sich, zog sich an und ging zu seiner Verabredung. Am bleichen Himmel stand der zunehmende Mond, denn es war noch vor Tagesanbruch. Als er zu dem Tempel kam, sah er einen alten Mann auf den Stufen sitzen, der beim blassen Schein des Mondes in einem Buche las. Eine kleine Tasche lag neben ihm auf dem Boden.

Neugierig, was der Alte zu dieser unirdischen Stunde lesen mochte, sah Wei ihm über die Schultern; er konnte aber die Schrift nicht entziffern. Er hatte alle bekannten Schriftzeichen studiert, aber was dies für eine Schrift war, vermochte er nicht festzustellen.

«Darf ich fragen, was das für ein Buch ist, in dem Ihr lest, lieber Gevatter? Ich glaubte alle Schriftzeichen der Welt zu kennen, aber diese habe ich noch nie gesehen.»

«Natürlich nicht», antwortete der alte Mann mit einem Lächeln. «Es ist in einer Sprache geschrieben, die kannst du nicht kennen.»

«In welcher denn?»

«Du bist ein Sterblicher, und dies ist ein Buch aus der Geisterwelt.»

«Dann seid Ihr also ein Geist. Was tut Ihr hier?»

«Warum sollte ich nicht hier sein? Du bist zu früh ausgegangen. Sieh, zu dieser Stunde zwischen Nacht und Tag sind nur die Hälfte derer, die du unterwegs siehst, Sterbliche; die anderen sind Geister. Du kannst sie nur nicht unterscheiden. Ich habe gewisse Aufträge und muß in der Nacht umgehen und Personen und Adressen aufschreiben, für die ich zuständig bin.»

«Für was seid Ihr denn zuständig?» fragte Wei.

«Ehen.»

Das interessierte Wei Ku sehr. «Ihr seid der Mann — Verzeihung — das Wesen, bei dem ich mir Rat holen kann. Ich habe bis jetzt umsonst versucht, ein Mädchen aus gutem Hause für mich zu finden. Hierher bin ich auch nur deshalb gekommen, weil jemand die Verbindung mit einer Tochter der Familie Pan vermitteln will, die sehr schön, gebildet und von ausgezeichnetem Charakter sein soll. Sagt mir bitte — wird es gelingen?»

«Wie heißt du, und wo wohnst du?»

Wei gab ihm beides an. Nachdem der Alte eine Weile in den Seiten seines Folianten geblättert hatte, sah er auf. «Es wird leider nichts daraus. Alle Ehen, mein Sohn, werden im Himmel gestiftet, und jede wird hier im Buch vermerkt. Deine künftige Frau ist jetzt gerade drei Jahre alt, wie ich sehe. Du wirst sie mit siebzehn heiraten. Also mach dir keine Sorgen.»

«Keine Sorgen! Wollt Ihr damit sagen, daß ich noch vierzehn Jahre Junggeselle bleiben soll?»

«So liegt der Fall.»

«Und aus der Sache mit dem Fräulein Pan wird nichts?»

«Allerdings nicht.»

Wei wußte nicht, ob er ihm glauben sollte oder nicht. Schließlich fragte er: «Und was habt Ihr in dieser Tasche?»

«Seidenfäden, rote.» Über das Gesicht des alten Mannes ging ein gutmütiges Lächeln. «Das ist meine Arbeit, siehst du. Ich notiere die verschiedenen Paare, die Mann und Frau werden sollen, in diesem Buch, und wenn ein Junge oder ein Mädelchen geboren wird, die zur Ehe vorausbestimmt sind, dann gehe ich in der Nacht hin und binde ihre Füße zusammen. Wenn der Knoten einmal gemacht ist — und ich knüpfe fest —, kann nichts sie mehr trennen. Mag die eine in einer armen Familie zur Welt kommen, der andere im Wohlstand, oder mögen sie durch Tausende von Meilen, ja selbst durch die Feindschaft ihrer Familien getrennt sein — zum Schluß werden sie ein Paar. Da beißt keine Maus einen Faden ab.»

«Mir habt Ihr wohl auch einen Faden an den Fuß gebunden?»

«Ja, mein Sohn.»

«Und wo ist das dreijährige Kind, das mir zur Frau bestimmt ist?»

«Oh, das lebt bei einer Frau, die auf dem Markt Gemüse verkauft. Es ist nicht weit von hier, jeden Morgen geht die Kleine mit zum Markt, dort kannst du sie sehen.»

Es war schon fast Tag geworden, aber der Heiratsvermittler, mit dem Wei Ku verabredet war, kam nicht. «Siehst du, es hat keinen Sinn, auf ihn zu warten», meinte der Alte.

Wei fand Vergnügen an der munteren Unterhaltung, und sie plauderten noch eine Weile. Der Gevatter erzählte ihm, daß er sehr an seiner Arbeit hänge. «Es ist seltsam», sagte er, «was so ein Stück Seidenfaden ausmacht. Ich sehe den Buben und das Mädchen aufwachsen, jedes in seinem Elternhaus, oft ahnen sie überhaupt nichts von der Existenz des anderen, aber wenn die Zeit kommt, treffen sie sich und verlieben sich bis über die Ohren. Dagegen kann man nichts machen, das merken sie dann bald. Und wenn ein anderes Mädchen oder ein anderer Bursche dazwischenkommt, stolpert es über den Faden, verwirrt sich und bringt sich um. Wie oft habe ich das erlebt!»

Der Markt, der nicht weit entfernt war, füllte sich schon mit Menschen.

«Komm, folge mir.» Der Mann nickte ihm zu, nahm seine Tasche und stand auf.

Als sie auf den Markt kamen, zeigte der Alte auf einen Stand, wo ein schmutziges altes Weib mit herunterhängendem Haar Gemüse verkaufte, während sie ein Kind an der Brust hielt. Ihre Augen waren von einem weißlichen Häutchen überzogen, sie konnte kaum sehen.

«Das ist sie. Dieses Kind wird deine Frau.»

Wei fluchte halblaut. Er wandte sich ärgerlich zu dem Alten um. «Was soll das heißen? Ihr macht Euch über mich lustig.»

«Nein, ich versichere dir, das Mädchen ist unter glückbringenden Zeichen geboren. Sie wird dich heiraten, wird ein angenehmes Leben führen und später durch ihren Sohn eine Dame von hohem Rang werden.»

Wei blickte auf das dürre, schmierige Weib. Ihm sank der Mut. Er wollte eben mit dem Gevatter Streit anfangen, aber als er sich umdrehte, war der Alte verschwunden.

Er ging allein zurück in seine Herberge, schlechter Laune, weil der Vermittler nicht gekommen war und weil er sich nicht klarwerden konnte, ob er dem alten Mann glauben sollte oder nicht. — Ich bin ein Gelehrter, sagte er sich, und wenn ich kein Mädchen aus gutem Hause bekomme, nehme ich mir eine hübsche Geliebte vom Theater. — Je mehr er darüber nachdachte, desto garstiger erschien ihm der Gedanke, den kleinen Schmutzfink zu heiraten. Es brachte ihn schließlich um seine Nachtruhe.

Am nächsten Morgen ging er wieder zum Markt. Sein Diener begleitete ihn.

«Wenn du das Kind tötest, erhältst du von mir eine hohe Belohnung», sagte er zu ihm.

Sie fanden die Frau, die das Kind bei sich hatte, in ihrer Bude. Als sich eine Gelegenheit bot, riß der Diener sein Messer heraus, stach nach dem Kind und lief fort. Das Kind schrie, die Frau rief Mordio, auf dem Markt lief alles durcheinander. Wei und sein Diener machten sich davon.

«Hast du getroffen?» fragte Wei.

«Nein», antwortete der Diener. «In dem Moment, als ich mit dem Messer zustieß, drehte das Kind sich weg. Ich glaube, ich habe es nur an der Augenbraue geritzt.»

Wei verließ darauf schleunigst die Stadt, und der Vorfall war bald vergessen.

Er zog nach Westen in die Hauptstadt; da aus dem Heiratsplan wieder nichts geworden war, schlug er sich das Freien ganz aus dem Sinn. Drei Jahre darauf gelang es ihm, eine ausgezeichnete Verbindung mit einer Tochter aus der Familie Tan einzugehen, die zur besten Gesellschaft gehörte. Das Mädchen war gebildet und eine bekannte Schönheit. Jedermann gratulierte ihm, und die Vorbereitungen für die Hochzeit waren schon im Gange, als ihn eines Morgens die furchtbare Nachricht traf, daß seine Verlobte sich das Leben genommen habe. Sie hatte einen anderen Mann geliebt.

In den nächsten zwei Jahren dachte Wei nicht mehr ans Heiraten. Er war jetzt achtundzwanzig und fand nun, daß es nicht um jeden Preis ein Mädchen aus gutem Hause sein müsse. Eines Tages, als er auf dem Lande einen Tempel besucht hatte, traf er ein Bauernmädchen und verliebte sich in sie. Oder vielmehr, sie verliebte sich leidenschaftlich in ihn. Nach der Verlobung fuhr er in die Hauptstadt, um für sie Seide und Schmuck zu kaufen. Doch bei seiner Rückkehr fand er die Braut schwer erkrankt. Er wollte gern warten, aber das Leiden zog sich hin, und nach einem Jahr hatte das Mädchen kein Haar mehr auf dem Kopfe und war blind geworden. Sie selbst wollte ihn nun nicht mehr heiraten und bat ihn, sich ein Mädchen zu suchen, das ihm eine rechte Frau sein könne.

Mehrere Jahre waren vergangen, ehe sich wieder eine ideale Verbindung fand. Das Mädchen war nicht nur hübsch und jung, es war auch eine große Liebhaberin von Büchern, Kunst und Musik. Es gab kein Hindernis, und sie verlobten sich.

Drei Tage vor der Hochzeit aber stürzte sie, als sie auf einer gepflasterten Straße über einen Kiesel ausglitt, zu Boden und starb.

Da wurde Wei Ku zum Fatalisten. Er wollte nichts mehr von Frauen hören. Er arbeitete, tat seine Pflicht und dachte nicht ans Heiraten. Er war so gut, daß ein hoher Vorgesetzter, Wang Tai, ihm seine Nichte zur Heirat vorschlug.

Das Thema war Wei peinlich. «Warum wollen Sie mir Ihre Nichte zur Frau geben? Ich bin ein alter Hagestolz.»

Schließlich gab er dem Drängen des Vorgesetzten nach, wenn auch mehr aus Gleichgültigkeit. Vor der Hochzeit hatte er die Braut nicht zu sehen bekommen, doch war sie jung, und er war zufrieden. Sie erwies sich in jeder Hinsicht als eine gute Gattin.

Die junge Frau trug ihr Haar in einer bestimmten Weise aufgesteckt, so daß ihre rechte Schläfe bedeckt war. Er wunderte sich gelegentlich darüber, fand es aber kleidsam. Nach einigen Monaten hatte er sie sehr lieb gewonnen, und einmal fragte er sie: «Warum trägst du immer die gleiche Frisur? Ich meine, warum läßt du dein Haar immer über die eine Seite herabfallen?»

Seine Frau schob die Hand unter ihr Haar: «Siehst du?» Sie zeigte auf eine Narbe.

«Woher hast du das?»

«Mit drei Jahren geschah mir etwas Sonderbares. Mein Vater war tot. Mein Bruder und die Mutter starben noch im gleichen Jahr. Unsere Amme nahm sich meiner an. Wir hatten ein Haus am Südtor in Sungcheng, wo meines Vaters Amt war, dort baute sie Gemüse an und verkaufte es auf dem Markt. Eines Tages wollte mir ein böser Mann ans Leben, ohne jeden Anlaß. Es war uns unbegreiflich, denn wir hatten keine Feinde. Es gelang ihm nicht, aber diese Narbe an der Stirn habe ich davon zurückbehalten. Ich lasse eine Locke darüberfallen.»

«Sag, war die Amme beinahe blind?»

«Ja. Woher weißt du das?»

«Ich war der Böse. Höchst seltsam. Alles ist eingetroffen, wie es vom Schicksal bestimmt war.» Er berichtete ihr die ganze Geschichte von der Begegnung mit dem Gevattersmann vor vierzehn Jahren.

Seine Frau erzählte ihm, daß ihr Oheim sie, als sie fünf oder sechs Jahre alt war, in Sungcheng fand und in seine Familie aufnahm, die in einer entfernten Stadt lebte. Dort hatte Wei sie kennengelernt. Nun wußten sie, daß ihre Ehe vom Himmel vorbestimmt war, und sie liebten sich darnach um so mehr.

Später wurde ihnen ein Sohn geboren, sie nannten ihn Kun, der wurde Oberrichter von Taiyuan, und seine Mutter bekam einen Ehrenrang wegen ihres Sohnes.

Als der Gouverneur von Sungcheng erfuhr, was sich in seiner Stadt zugetragen hatte, nannte er die Herberge, in die Wei Ku vor langer Zeit eingekehrt war, die «Herberge zur Heirat».

THEODOR STORM

Immensee

An einem Spätherbstnachmittage ging ein alter wohlgekleideter Mann langsam die Straße hinab. Er schien von einem Spaziergange nach Hause zurückzukehren; denn seine Schnallenschuhe, die einer vorübergegangenen Mode angehörten, waren bestäubt. Den langen Rohrstock mit goldenem Knopf trug er unter dem Arm; mit seinen dunkeln Augen, in welche sich die ganze verlorene Jugend gerettet zu haben schien, und welche eigentümlich von den schneeweißen Haaren abstachen, sah er ruhig umher oder in die Stadt hinab, welche im Abendsonnendufte vor ihm lag.

Er schien fast ein Fremder; denn von den Vorübergehenden grüßten ihn nur wenige, obgleich mancher unwillkürlich in diese ernsten Augen zu sehen gezwungen wurde. Endlich stand er vor einem hohen Giebelhause still, sah noch einmal in die Stadt hinaus und trat dann in die Hausdiele. Bei dem Schall der Türglocke wurde drinnen in der Stube von einem Guckfenster, welches nach der Diele hinausging, der grüne Vorhang weggeschoben und das Gesicht einer alten Frau dahinter sichtbar. Der Mann winkte ihr mit seinem Rohrstock. «Noch kein Licht!» sagte er in einem etwas südlichen Akzent; und die Haushälterin ließ den Vorhang wieder fallen. Der Alte ging nun über die weite Hausdiele, dann durch einen Pesel, wo große Eichschränke mit Porzellanvasen an den Wänden standen; durch die gegenüberstehende Tür trat er in einen kleinen Flur, von wo aus eine enge Treppe zu den oberen Zimmern des Hinterhauses führte. Er stieg sie langsam hinauf, schloß oben eine Tür auf und trat dann in ein mäßig großes Zimmer. Hier war es heimlich und still; die eine Wand war fast mit Repositorien und Bücherschränken bedeckt; an der andern hingen Bilder von Menschen und Gegenden; vor einem Tische mit grüner Decke, auf dem einzelne aufgeschlagene Bücher umherlagen, stand ein schwerfälliger Lehnstuhl mit rotem Sammetkissen.

Nachdem der Alte Hut und Stock in die Ecke gestellt hatte, setzte er sich in den Lehnstuhl und schien mit gefalteten Händen von seinem Spaziergange auszuruhen. Wie er so saß, wurde es allmählich dunkler; endlich fiel ein Mondstrahl durch die Fensterscheiben auf die Gemälde an der Wand, und wie der helle Streif langsam weiterrückte, folgten die Augen des Mannes unwillkürlich. Nun trat er über ein kleines Bild in schlichtem schwarzen Rahmen. «Elisabeth!» sagte der Alte leise; und wie er das Wort gesprochen, war die Zeit verwandelt — *er war in seiner Jugend.*

Bald trat die anmutige Gestalt eines kleinen Mädchens zu ihm. Sie hieß Elisabeth und mochte fünf Jahre zählen; er selbst war doppelt so alt. Um den Hals trug sie ein rotseidenes Tüchelchen; das stand ihr hübsch zu den braunen Augen.

«Reinhard», rief sie, «wir haben frei, frei! Den ganzen Tag keine Schule, und morgen auch nicht.»

Reinhard stellte die Rechentafel, die er schon unterm Arm hatte, flink hinter die Haustür, und dann liefen beide Kinder durchs Haus in den Garten und durch die Gartenpforte hinaus auf die Wiese. Die unverhofften Ferien kamen ihnen herrlich zustatten. Reinhard hatte mit Elisabeths Hilfe ein Haus aus Rasenstücken aufgeführt; darin wollten sie die Sommerabende wohnen; aber es fehlte noch die Bank. Nun ging er gleich an die Arbeit; Nägel, Hammer und die nötigen Bretter lagen schon bereit. Währenddessen ging Elisabeth an dem Wall entlang und sammelte den ringförmigen Samen der wilden Malve in ihre Schürze; davon wollte sie sich Ketten und Halsbänder machen; und als Reinhard endlich trotz manches krummgeschlagenen Nagels seine Bank dennoch zustande gebracht hatte und nun wieder in die Sonne hinaustrat, ging sie schon weit davon am anderen Ende der Wiese.

«Elisabeth!» rief er, «Elisabeth!» und da kam sie, und ihre Locken flogen. «Komm», sagte er, «nun ist unser Haus fertig. Du bist ja ganz heiß geworden; komm herein, wir wollen uns auf die neue Bank setzen. Ich erzähl dir etwas.»

Dann gingen sie beide hinein und setzten sich auf die neue Bank. Elisabeth nahm ihre Ringelchen aus der Schürze und zog sie auf lange Bindfäden; Reinhard fing an zu erzählen: «Es waren einmal drei Spinnfrauen —»

«Ach», sagte Elisabeth, «das weiß ich ja auswendig; du mußt auch nicht immer dasselbe erzählen.»

Da mußte Reinhard die Geschichte von den drei Spinnfrauen steckenlassen, und statt dessen erzählte er die Geschichte von dem armen Mann, der in die Löwengrube geworfen war.

«Nun war es Nacht», sagte er, «weißt du? ganz finstere, und die Löwen schliefen. Mitunter aber gähnten sie im Schlaf und reckten die roten Zungen aus; dann schauderte der Mann und meinte, daß der Morgen komme. Da warf es um ihn her auf einmal einen hellen Schein, und als er aufsah, stand ein Engel vor ihm. Der winkte ihm mit der Hand und ging dann gerade in den Felsen hinein.»

Elisabeth hatte aufmerksam zugehört. «Ein Engel?» sagte sie. «Hatte er denn Flügel?»

«Es ist nur so eine Geschichte», antwortete Reinhard, «es gibt ja gar keine Engel.»

«O pfui, Reinhard!» sagte sie und sah ihm starr ins Gesicht. Als er sie aber finster anblickte, fragte sie ihn zweifelnd: «Warum sagen sie es denn immer? Mutter und Tante und auch in der Schule?»

«Das weiß ich nicht», antwortete er.

«Aber du», sagte Elisabeth, «gibt es denn gar keine Löwen?»

«Löwen? Ob es Löwen gibt! In Indien; da spannen die Götzenpriester sie vor den Wagen und fahren mit ihnen durch die Wüste. Wenn ich groß bin, will ich einmal selber hin. Da ist es viel tausendmal schöner als hier bei uns; da gibt es gar keinen Winter. Du mußt auch mit mir. Willst du?»

«Ja», sagte Elisabeth, «aber Mutter muß dann auch mit, und deine Mutter auch.»

«Nein», sagte Reinhard, «die sind dann zu alt, die können nicht mit.»

«Ich darf aber nicht allein.»

«Du sollst schon dürfen; du wirst dann wirklich meine Frau, und dann haben die anderen dir nichts mehr zu befehlen.»

«Aber meine Mutter wird weinen.»

«Wir kommen ja wieder», sagte Reinhard heftig; «sag es nur geradheraus: Willst du mit mir reisen? Sonst geh ich allein; und dann komme ich nimmer wieder.»

Der Kleinen kam das Weinen nahe. «Mach nur nicht so böse Augen», sagte sie; «ich will ja mit nach Indien.»

Reinhard faßte sie mit ausgelassener Freude bei beiden Händen und zog sie hinaus auf die Wiese. «Nach Indien, nach Indien!» sang er und schwenkte sich mit ihr im Kreise, daß ihr das rote Tüchelchen vom Halse flog. Dann aber ließ er sie plötzlich los und sagte ernst: «Es wird doch nichts daraus werden; du hast keine Courage.»

«Elisabeth! Reinhard!» rief es jetzt von der Gartenpforte. «Hier! Hier!» antworteten die Kinder und sprangen Hand in Hand nach Hause.

So lebten die Kinder zusammen; sie war ihm oft zu still, er war ihr oft zu heftig, aber sie ließen deshalb nicht voneinander; fast alle Freistunden teilten sie, winters in den beschränkten Zimmern ihrer Mütter, sommers in Busch und Feld. — Als Elisabeth einmal in Reinhards Gegenwart von dem Schullehrer gescholten wurde, stieß er seine Tafel zornig auf den Tisch, um den Eifer des Mannes auf sich zu lenken. Es wurde nicht bemerkt. Aber Reinhard verlor alle Aufmerksamkeit an den geographischen Vorträgen; statt dessen verfaßte er ein langes Gedicht; darin verglich er sich selbst mit einem jungen Adler, den Schulmeister mit einer grauen Krähe, Elisabeth war die weiße Taube; der Adler gelobte, an der grauen Krähe Rache zu nehmen, sobald ihm die Flügel gewachsen sein würden. Dem jungen Dichter standen die Tränen in den Augen, er kam sich sehr erhaben vor. Als er nach Hause gekommen war, wußte er sich einen kleinen Pergamentband mit vielen weißen Blättern zu verschaffen; auf die ersten Seiten schrieb er mit sorgsamer Hand sein erstes Gedicht.

Bald darauf kam er in eine andere Schule; hier schloß er manche neue Kameradschaft mit Knaben seines Alters; aber sein

Verkehr mit Elisabeth wurde dadurch nicht gestört. Von den Märchen, welche er ihr sonst erzählt und wieder erzählt hatte, fing er jetzt an, die, welche ihr am besten gefallen hatten, aufzuschreiben; dabei wandelte ihn oft die Lust an, etwas von seinen eigenen Gedanken hineinzudichten; aber, er wußte nicht weshalb, er konnte immer nicht dazu gelangen. So schrieb er sie genau auf, wie er sie selber gehört hatte. Dann gab er die Blätter an Elisabeth, die sie in einem Schubfach ihrer Schatulle sorgfältig aufbewahrte; und es gewährte ihm eine anmutige Befriedigung, wenn er sie mitunter abends diese Geschichten in seiner Gegenwart aus den von ihm geschriebenen Heften ihrer Mutter vorlesen hörte.

Sieben Jahre waren vorüber. Reinhard sollte zu seiner weiteren Ausbildung die Stadt verlassen. Elisabeth konnte sich nicht in den Gedanken finden, daß es nun eine Zeit ganz ohne Reinhard geben werde. Es freute sie, als er ihr eines Tages sagte, er werde, wie sonst, Märchen für sie aufschreiben; er wolle sie ihr mit den Briefen an seine Mutter schicken; sie müsse ihm dann wieder schreiben, wie sie ihr gefallen hätten. Die Abreise rückte heran; vorher aber kam noch mancher Reim in den Pergamentband. Das allein war für Elisabeth ein Geheimnis, obgleich sie die Veranlassung zu dem ganzen Buche und zu den meisten Liedern war, welche nach und nach fast die Hälfte der weißen Blätter gefüllt hatten.

Weihnachtsabend kam heran. Es war noch nachmittags, als Reinhard mit anderen Studenten im Ratskeller am alten Eichentisch zusammen saß. Die Lampen an den Wänden waren angezündet, denn hier unten dämmerte es schon; aber die Gäste waren sparsam versammelt, die Kellner lehnten müßig an den Mauerpfeilern. In einem Winkel des Gewölbes saßen ein Geigenspieler und ein Zithermädchen mit seinen zigeunerhaften Zügen; sie hatten ihre Instrumente auf dem Schoße liegen und schienen teilnahmslos vor sich hin zu sehen.

Am Studententische knallte ein Champagnerpfropfen. «Trinke, mein böhmisch Liebchen!» rief ein junger Mann von junkerhaftem Äußern, indem er ein volles Glas zu dem Mädchen hinüberreichte.

«Ich mag nicht», sagte sie, ohne ihre Stellung zu verändern.

«So singe!» rief der Junker und warf ihr eine Silbermünze in den Schoß. Das Mädchen strich sich langsam mit den Fingern durch ihr schwarzes Haar, während der Geigenspieler ihr ins Ohr flüsterte; aber sie warf den Kopf zurück und stützte das Kinn auf ihre Zither. «Für den spiel ich nicht», sagte sie.

Reinhard sprang mit dem Glase in der Hand auf und stellte sich vor sie.

«Was willst du?» fragte sie trotzig.

«Deine Augen sehen.»

«Was gehen dich meine Augen an?»

Reinhard sah funkelnd auf sie nieder. «Ich weiß wohl, sie sind falsch!» — Sie legte ihre Wange in die flache Hand und sah ihn lauernd an. Reinhard hob sein Glas an den Mund. «Auf deine schönen, sündhaften Augen!» sagte er und trank.

Sie lachte und warf den Kopf herum. «Gib!» sagte sie, und indem sie ihre schwarzen Augen in die seinen heftete, trank sie langsam den Rest. Dann griff sie einen Dreiklang und sang mit tiefer, leidenschaftlicher Stimme:

«Heute, nur heute
Bin ich so schön;
Morgen, ach morgen
Muß alles vergehn!
Nur diese Stunde
Bist du noch mein;
Sterben, ach sterben
soll ich allein.»

Während der Geigenspieler in raschem Tempo das Nachspiel einsetzte, gesellte sich ein neuer Ankömmling zu der Gruppe.

«Ich wollte dich abholen, Reinhard», sagte er. «Du warst schon fort; aber das Christkind war bei dir eingekehrt.»

«Das Christkind?» sagte Reinhard, «das kommt nicht mehr zu mir.»

«Ei was! Dein ganzes Zimmer roch nach Tannenbaum und braunen Kuchen.»

Reinhard setzte das Glas aus der Hand und griff nach seiner Mütze.

«Was willst du?» fragte das Mädchen.

«Ich komme schon wieder.»

Sie runzelte die Stirn. «Bleib!» rief sie leise und sah ihn vertraulich an

Reinhard zögerte. «Ich kann nicht», sagte er.

Sie stieß ihn lachend mit der Fußspitze. «Geh!» sagte sie; «du taugst nichts; ihr taugt alle miteinander nichts.» Und während sie sich abwandte, stieg Reinhard langsam die Kellertreppe hinauf.

Draußen auf der Straße war es tiefe Dämmerung; er fühlte die frische Winterluft an seiner heißen Stirn. Hie und da fiel der helle Schein eines brennenden Tannenbaumes aus den Fenstern, dann und wann hörte man von drinnen das Geräusch von kleinen Pfeifen und Blechtrompeten und dazwischen jubelnde Kinderstimmen. Scharen von Bettelkindern gingen von Haus zu Haus oder stiegen auf die Treppengeländer und suchten durch die Fenster einen Blick in die versagte Herrlichkeit zu gewinnen. Mitunter wurde auch eine Tür plötzlich aufgerissen, und scheltende Stimmen trieben einen ganzen Schwarm solcher kleinen Gäste aus dem hellen Hause auf die dunkle Gasse hinaus; anderswo wurde auf dem Hausflur ein altes Weihnachtslied gesungen; es waren klare Mädchenstimmen darunter. Reinhard hörte sie nicht, er ging rasch an allem vorüber, aus einer Straße in die andere. Als er an seine Wohnung gekommen, war es fast völlig dunkel geworden; er stolperte die Treppen hinauf und trat in seine Stube. Ein süßer Duft schlug ihm entgegen; das heimelte ihn an, das roch wie zu Haus der Mutter Weihnachtsstube. Mit zitternder Hand zündete er sein Licht an; da lag ein mächtiges Paket auf dem Tisch, und als er es öffnete, fielen die wohlbekannten braunen Festkuchen heraus; auf einigen waren die Anfangsbuchstaben seines Namens in Zucker ausgestreut; das konnte niemand anders als Elisabeth getan haben. Dann kam ein Päckchen mit feiner gestickter Wäsche zum Vorschein, Tücher und Manschetten, zuletzt Briefe von der Mutter und von Elisabeth. Reinhard öffnete zuerst den letzteren; Elisabeth schrieb:

«Die schönen Zuckerbuchstaben können Dir wohl erzählen, wer bei den Kuchen mitgeholfen hat; dieselbe Person hat die

Manschetten für Dich gestickt. Bei uns wird es nun Weihnachtsabend sehr still werden; meine Mutter stellt immer schon um halb zehn ihr Spinnrad in die Ecke; es ist gar so einsam diesen Winter, wo Du nicht hier bist. Nun ist auch vorigen Sonntag der Hänfling gestorben, den Du mir geschenkt hattest; ich habe sehr geweint, aber ich hab ihn doch immer gut gewartet. Der sang sonst immer nachmittags, wenn die Sonne auf sein Bauer schien; du weißt, die Mutter hing oft ein Tuch über, um ihn zu geschweigen, wenn er so recht aus Kräften sang. Da ist es nun noch stiller in der Kammer, nur daß Dein alter Freund Erich uns jetzt mitunter besucht. Du sagtest einmal, er sähe seinem braunen Überrock ähnlich. Daran muß ich nun immer denken, wenn er zur Tür hereinkommt, und es ist gar zu komisch; sag es aber nicht zur Mutter, sie wird dann leicht verdrießlich. — Rat, was ich Deiner Mutter zu Weihnachten schenke! Du rätst es nicht? Mich selber! Der Erich zeichnet mich in schwarzer Kreide; ich habe ihm schon dreimal sitzen müssen, jedesmal eine ganze Stunde. Es war mir recht zuwider, daß der fremde Mensch mein Gesicht so auswendig lernte. Ich wollte auch nicht, aber die Mutter redete mir zu; sie sagte, es würde der guten Frau Werner eine gar große Freude machen.

Aber Du hältst nicht Wort, Reinhard. Du hast keine Märchen geschickt. Ich habe Dich oft bei Deiner Mutter verklagt; sie sagt dann immer, Du habest jetzt mehr zu tun als solche Kindereien. Ich glaub es aber nicht; es ist wohl anders.»

Nun las Reinhard auch den Brief seiner Mutter, und als er beide Briefe gelesen und langsam wieder zusammengefaltet und weggelegt hatte, überfiel ihn unerbittliches Heimweh. Er ging eine Zeitlang in seinem Zimmer auf und nieder; er sprach leise und dann halbverständlich zu sich selbst:

«Er wäre fast verirret
Und wußte nicht hinaus;
Da stand das Kind am Wege
Und winkte ihn nach Haus!»

Dann trat er an sein Pult, nahm einiges Geld heraus und ging wieder auf die Straße hinab. — Hier war es mittlerweile stiller geworden; die Weihnachtsbäume waren ausgebrannt, die Umzüge der Kinder hatten aufgehört. Der Wind fegte durch die einsamen Straßen; Alte und Junge saßen in ihren Häusern familienweise zusammen; der zweite Abschnitt des Weihnachtsabends hatte begonnen.

Als Reinhard in die Nähe des Ratskellers kam, hörte er aus der Tiefe herauf Geigenstrich und den Gesang des Zithermädchens; nun klingelte unten die Kellertür, und eine dunkle Gestalt schwankte die breite, matt erleuchtete Treppe herauf. Reinhard trat in den Häuserschatten und ging dann rasch vorüber. Nach einer Weile erreichte er den erleuchteten Laden eines Juweliers; und nachdem er hier ein kleines Kreuz von roten Korallen eingehandelt hatte, ging er auf demselben Wege, den er gekommen war, wieder zurück.

Nicht weit von seiner Wohnung bemerkte er ein kleines, in klägliche Lumpen gehülltes Mädchen an einer hohen Haustür stehen, in vergeblicher Bemühung, sie zu öffnen. «Soll ich dir helfen?» sagte er. Das Kind erwiderte nichts, ließ aber die schwere Türklinke fahren. Reinhard hatte schon die Tür geöffnet. «Nein», sagte er, «sie könnten dich hinausjagen; komm mit mir! Ich will dir Weihnachtskuchen geben.» Dann machte er die Tür wieder zu und faßte das kleine Mädchen an der Hand, das stillschweigend mit ihm in seine Wohnung ging.

Er hatte das Licht beim Weggehen brennen lassen. «Hier hast du Kuchen», sagte er und gab ihm die Hälfte seines ganzen Schatzes in ihre Schürze, nur keine mit den Zuckerbuchstaben. «Nun geh nach Hause und gib deiner Mutter auch davon.» Das Kind sah mit einem scheuen Blick zu ihm hinauf; es schien solcher Freundlichkeit ungewohnt und nichts darauf erwidern zu können. Reinhard machte die Tür auf und leuchtete ihr, und nun flog die Kleine wie ein Vogel mit ihren Kuchen die Treppe hinab und zum Haus hinaus.

Reinhard schürte das Feuer in seinem Ofen und stellte das bestaubte Tintenfaß auf seinen Tisch; dann setzte er sich hin und schrieb und schrieb die ganze Nacht Briefe an seine Mutter, an Elisabeth. Der Rest der Weihnachtskuchen lag unberührt neben ihm; aber die Manschetten von Elisabeth hatte er angeknüpft, was sich gar wunderlich zu seinem weißen Flausrock ausnahm.

So saß er noch, als die Wintersonne auf die gefrorenen Fensterscheiben fiel und ihm gegenüber im Spiegel ein blasses, ernstes Antlitz zeigte.

Als es Ostern geworden war, reiste Reinhard in die Heimat. Am Morgen nach seiner Ankunft ging er zu Elisabeth. «Wie groß du geworden bist!» sagte er, als das schöne schmächtige Mädchen ihm lächelnd entgegenkam. Sie errötete, aber sie erwiderte nichts; ihre Hand, die er beim Willkommen in die seine genommen, suchte sie ihm sanft zu entziehen. Er sah sie zweifelnd an; das hatte sie früher nicht getan; nun war es, als trete etwas Fremdes zwischen sie.

Das blieb auch, als er schon länger dagewesen und als er Tag für Tag immer wiedergekommen war. Wenn sie allein zusammensaßen, entstanden Pausen, die ihm peinlich waren und denen er dann ängstlich zuvorzukommen suchte. Um während der Ferienzeit eine bestimmte Unterhaltung zu haben, fing er an, Elisabeth in der Botanik zu unterrichten, womit er sich in den ersten Monaten seines Universitätslebens angelegentlich beschäftigt hatte. Elisabeth, die ihm in allem zu folgen gewohnt und überdies lehrhaft war, ging bereitwillig darauf ein. Nun wurden mehrere Male in der Woche Exkursionen ins Feld oder in die Heiden gemacht; und hatten sie dann mittags die grüne Botanisierkapsel voll Kraut und Blumen nach Hause gebracht, so kam Reinhard einige Stunden später wieder, um mit Elisabeth den gemeinschaftlichen Fund zu teilen.

In solcher Absicht trat er eines Nachmittags ins Zimmer, als Elisabeth am Fenster stand und ein vergoldetes Vogelbauer, das er sonst nicht dort gesehen, mit frischem Hühnerschwarm besteckte. Im Bauer saß ein Kanarienvogel, der mit den Flügeln schlug und kreischend nach Elisabeths Finger pickte. Sonst hatte Reinhards Vogel an dieser Stelle gehangen. «Hat mein armer Hänfling sich nach seinem Tode in einen Goldfinken verwandelt?» fragte er heiter.

«Das pflegen die Hänflinge nicht», sagte die Mutter, welche spinnend im Lehnstuhle saß. «Ihr Freund Erich hat ihn heut mittag für Elisabeth von seinem Hofe hereingeschickt.»

«Von welchem Hofe?»

«Das wissen Sie nicht?»

«Was denn?»

«Daß Erich seit einem Monat den zweiten Hof seines Vaters am Immensee angetreten hat?»

«Aber Sie haben mir kein Wort davon gesagt.»

«Ei», sagte die Mutter, «Sie haben sich auch noch mit keinem Worte nach Ihrem Freunde erkundigt. Er ist ein gar lieber, verständiger junger Mann.»

Die Mutter ging hinaus, um den Kaffee zu besorgen; Elisabeth hatte Reinhard den Rücken zugewandt und war noch mit dem Bau ihrer kleinen Laube beschäftigt. «Bitte, nur ein kleines Weilchen», sagte sie; «gleich bin ich fertig.» — Da Reinhard wider seine Gewohnheit nicht antwortete, so wandte sie sich um. In seinen Augen lag ein plötzlicher Ausdruck von Kummer, den sie nie darin gewahrt hatte. «Was fehlt dir, Reinhard?» fragte sie, indem sie nahe zu ihm trat.

«Mir?» fragte er gedankenlos und ließ seine Augen träumerisch in den ihren ruhen.

«Du siehst so traurig aus.»

«Elisabeth», sagte er, «ich kann den gelben Vogel nicht leiden.»

Sie sah ihn staunend an; sie verstand ihn nicht. «Du bist so sonderbar», sagte sie.

Er nahm ihre beiden Hände, die sie ruhig in den seinen ließ. Bald trat die Mutter wieder herein.

Nach dem Kaffee setzte diese sich an ihr Spinnrad; Reinhard und Elisabeth gingen ins Nebenzimmer, um ihre Pflanzen zu ordnen. Nun wurden Staubfäden gezählt, Blätter und Blüten sorgfältig ausgebreitet und von jeder Art zwei Exemplare zum Trocknen zwischen die Blätter eines großen Folianten gelegt. Es war sonnige Nachmittagsstille; nur nebenan schnurrte der Mutter Spinnrad, und von Zeit zu Zeit wurde Reinhards gedämpfte Stimme gehört, wenn er die Ordnungen der Klassen der Pflanzen nannte oder Elisabeths ungeschickte Aussprache der lateinischen Namen korrigierte.

«Mir fehlt noch von neulich die Maiblume», sagte sie jetzt, als der ganze Fund bestimmt und geordnet war.

Reinhard zog einen kleinen weißen Pergamentband aus der

Tasche. «Hier ist ein Maiblumenstengel für dich», sagte er, indem er die halbgetrocknete Pflanze herausnahm.

Als Elisabeth die beschriebenen Blätter sah, fragte sie: «Hast du wieder Märchen gedichtet?»

«Es sind keine Märchen», antwortete er und reichte ihr das Buch.

Es waren lauter Verse, die meisten füllten höchstens eine Seite. Elisabeth wandte ein Blatt nach dem andern um; sie schien nur die Überschriften zu lesen: «Als sie vom Schulmeister gescholten war», «Als sie sich im Walde verirrt hatten», «Mit dem Ostermärchen», «Als sie mir zum erstenmal geschrieben hatte»; in der Weise lauteten fast alle. Reinhard blickte forschend zu ihr hin, und indem sie immer weiter blätterte, sah er, wie zuletzt auf ihrem klaren Antlitz ein zartes Rot hervorbrach und es allmählich ganz überzog. Er wollte ihre Augen sehen; aber Elisabeth sah nicht auf und legte das Buch am Ende schweigend vor ihm hin.

«Gib es mir nicht so zurück!» sagte er.

Sie nahm ein braunes Reis aus der Blechkapsel. «Ich will dein Lieblingskraut hineinlegen», sagte sie und gab ihm das Buch in seine Hände.

Endlich kam der letzte Tag der Ferienzeit und der Morgen der Abreise. Auf ihre Bitte erhielt Elisabeth von der Mutter die Erlaubnis, ihren Freund an den Postwagen zu begleiten, der einige Straßen von ihrer Wohnung seine Station hatte. Als sie vor die Haustür traten, gab Reinhard ihr den Arm; so ging er schweigend neben dem schlanken Mädchen her. Je näher sie ihrem Ziele kamen, desto mehr war es ihm, er habe ihr, ehe er auf so lange Abschied nehme, etwas Notwendiges mitzuteilen — etwas, wovon aller Wert und alle Lieblichkeit seines künftigen Lebens abhänge, und doch konnte er sich des erlösenden Wortes nicht bewußt werden. Das ängstigte ihn; er ging immer langsamer.

«Du kommst zu spät», sagte sie, «es hat schon zehn geschlagen auf St. Marien.»

Er ging aber darum nicht schneller. Endlich sagte er stammelnd: «Elisabeth, du wirst mich nun in zwei Jahren gar nicht sehen — wirst du mich wohl noch ebenso liebhaben wie jetzt, wenn ich wieder da bin?»

Sie nickte und sah ihm freundlich ins Gesicht. — «Ich habe dich auch verteidigt», sagte sie nach einer Pause.

«Mich? Gegen wen hattest du das nötig?»

«Gegen meine Mutter. Wir sprachen gestern abend, als du weggegangen warst, noch lange über dich. Sie meinte, du seiest nicht mehr so gut, wie du gewesen.»

Reinhard schwieg einen Augenblick; dann aber nahm er ihre Hand in die seine, und indem er ihr ernst in ihre Kinderaugen blickte, sagte er: «Ich bin noch ebenso gut, wie ich gewesen bin; glaube du das nur fest! Glaubst du es, Elisabeth?»

«Ja», sagte sie. Er ließ ihre Hand los und ging rasch mit ihr durch die letzte Straße. Je näher ihm der Abschied kam, desto freudiger ward sein Gesicht; er ging ihr fast zu schnell.

«Was hast du, Reinhard?» fragte sie.

«Ich habe ein Geheimnis, ein schönes!» sagte er und sah sie mit leuchtenden Augen an. «Wenn ich nach zwei Jahren wieder da bin, dann sollst du es erfahren.»

Mittlerweile hatten sie den Postwagen erreicht; es war noch eben Zeit genug. Noch einmal nahm Reinhard ihre Hand. «Leb wohl!» sagte er, «leb wohl, Elisabeth. Vergiß es nicht.»

Sie schüttelte mit dem Kopf. «Leb wohl!» sagte sie. Reinhard stieg hinein, und die Pferde zogen an.

Als der Wagen um die Straßenecke rollte, sah er noch einmal ihre liebe Gestalt, wie sie langsam den Weg zurückging.

Fast zwei Jahre nachher saß Reinhard vor seiner Lampe zwischen Büchern und Papieren in Erwartung eines Freundes, mit welchem er gemeinschaftliche Studien übte. Man kam die Treppe herauf. «Herein!» — Es war die Wirtin. «Ein Brief für Sie, Herr Werner!» Dann entfernte sie sich wieder.

Reinhard hatte seit seinem Besuch in der Heimat nicht an Elisabeth geschrieben und von ihr keinen Brief mehr erhalten. Auch dieser war nicht von ihr; es war die Hand der Mutter. Reinhard brach und las, und bald las er folgendes:

«In Deinem Alter, mein liebes Kind, hat noch fast jedes Jahr sein eigenes Gesicht; denn die Jugend läßt sich nicht ärmer machen. Hier ist auch manches anders geworden, was Dir wohl erstan weh tun wird, wenn ich Dich sonst recht verstanden habe. Erich hat sich gestern endlich das Jawort von Elisabeth geholt, nachdem er in dem letzten Vierteljahr zweimal vergebens angefragt hatte. Sie hat sich immer nicht dazu entschließen können; nun hat sie es endlich doch getan; sie ist auch noch gar so jung. Die Hochzeit soll bald sein, und die Mutter wird dann mit ihnen fortgehen.»

Wiederum waren Jahre vorüber. — Auf einem abwärtsführenden schattigen Waldwege wanderte an einem Frühlingsnachmittage ein junger Mann mit kräftigem, gebräuntem Antlitz. Mit seinen ernsten grauen Augen sah er gespannt in die Ferne, als erwarte er endlich eine Veränderung des einförmigen Weges, die jedoch immer nicht eintreten wollte. Endlich kam ein Karrenfuhrwerk langsam von unten herauf. «Holla! guter Freund», rief der Wanderer dem nebengehenden Bauer zu, «geht's hier recht nach Immensee?»

«Immer geradaus», antwortete der Mann und rückte an seinem Rundhute.

«Hat's denn noch weit bis dahin?»

«Der Herr ist dicht davor. Keine halbe Pfeif' Tobak, so haben S' den See; das Herrenhaus liegt hart daran.»

Der Bauer fuhr vorüber; der andere ging eiliger unter den Bäumen entlang. Nach einer Viertelstunde hörte ihm zur Linken plötzlich der Schatten auf; der Weg führte an einem Abhang entlang, aus dem die Gipfel hundertjähriger Eichen nur kaum hervorragten. Über sie hinweg öffnete sich eine weite sonnige Landschaft. Tief unten lag der See, ruhig, dunkelblau, fast ringsum von grünen, sonnenbeschienenen Wäldern umgeben; nur an einer Stelle traten sie auseinander und gewährten eine tiefe Fernsicht, bis auch diese durch blaue Berge geschlossen wurde. Quer gegenüber, mitten in dem grünen Laub der Wälder, lag es wie Schnee darüber her; das waren blühende Obstbäume, und daraus hervor auf dem hohen Ufer erhob sich das Herrenhaus, weiß mit roten Ziegeln. Ein Storch flog vom Schornstein auf und kreiste langsam über dem Wasser. — «Immensee!» rief der Wanderer. Es war fast, als hätte er jetzt das Ziel seiner Reise erreicht; denn er stand unbeweglich und sah über die Gipfel der Bäume zu seinen Füßen hinüber ans andere Ufer, wo das Spiegelbild des Herrenhauses leise schaukelnd auf dem Wasser schwamm. Dann setzte er plötzlich seinen Weg fort.

Es ging jetzt fast steil den Berg hinab, so daß die untenstehenden Bäume wieder Schatten gewährten, zugleich aber die Aussicht auf den See verdeckten, der nur zuweilen zwischen den Lücken der Zweige hindurchblitzte. Bald ging es wieder sanft empor, und nun verschwand rechts und links die Hölzung; statt dessen streckten sich dichtbelaubte Weinhügel am Wege entlang; zu beiden Seiten desselben standen blühende Obstbäume voll summender, wühlender Bienen. Ein stattlicher Mann in braunem Überrock kam dem Wanderer entgegen. Als er ihn fast erreicht hatte, schwenkte er seine Mütze und rief mit heller Stimme: «Willkommen, willkommen, Bruder Reinhard! Willkommen auf Gut Immensee!»

«Gott grüß dich, Erich, und Dank für dein Willkommen!» rief ihm der andere entgegen. — Dann waren sie zueinander gekommen und reichten sich die Hände. «Bist du es denn aber auch?» sagte Erich, als er so nahe in das ernste Gesicht seines alten Schulkameraden sah.

«Freilich bin ich's, Erich, und du bist es auch; nur siehst du noch fast heiterer aus, als du schon sonst immer getan hast.»

Ein frohes Lächeln machte Erichs einfache Züge bei diesen Worten noch um vieles heiterer. «Ja, Bruder Reinhard», sagte er, diesem noch einmal seine Hand reichend, «ich habe aber auch seitdem das Große Los gezogen, du weißt es ja.» Dann rieb er sich die Hände und rief vergnügt: «Das wird eine Überraschung! Den erwartet sie nicht, in alle Ewigkeit nicht!»

«Eine Überraschung?» fragte Reinhard. «Für wen denn?»

«Für Elisabeth.»

«Elisabeth! Du hast ihr nicht von meinem Besuch gesagt?»

«Kein Wort, Bruder Reinhard; sie denkt nicht an dich, die Mutter auch nicht. Ich hab dich ganz im geheimen verschrieben, damit die Freude desto größer sei. Du weißt, ich hatte immer so meine stillen Plänchen.»

Reinhard wurde nachdenklich; der Atem schien ihm schwer zu werden, je näher sie dem Hofe kamen. An der linken Seite des Weges hörten nun auch die Weingärten auf und machten einem weitläufigen Küchengarten Platz, der sich bis fast an das

Ufer des Sees hinabzog. Der Storch hatte sich mittlerweile niedergelassen und spazierte gravitätisch zwischen den Gemüsebeeten umher. «Holla!» rief Erich, in die Hände klatschend, «stiehlt mir der hochbeinige Ägypter schon wieder meine kurzen Erbsenstangen!» Der Vogel erhob sich langsam und flog auf das Dach eines neuen Gebäudes, das am Ende des Küchengartens lag und dessen Mauern mit aufgebundenen Pfirsich- und Aprikosenbäumen überzweigt waren. «Das ist die Spritfabrik», sagte Erich; «ich habe sie erst vor zwei Jahren angelegt. Die Wirtschaftsgebäude hat mein Vater selig neu aufsetzen lassen; das Wohnhaus ist schon von meinem Großvater gebaut worden. So kommt man immer ein bißchen weiter.»

Sie waren bei diesen Worten auf einen geräumigen Platz gekommen, der an den Seiten durch die ländlichen Wirtschaftsgebäude, im Hintergrunde durch das Herrenhaus begrenzt wurde, an dessen beide Flügel sich eine hohe Gartenmauer anschloß; hinter dieser sah man die Züge dunkler Taxuswände, und hin und wieder ließen Syringenbäume ihre blühenden Zweige in den Hofraum hinunterhängen. Männer mit sonnen- und arbeitsheißen Gesichtern gingen über den Platz und grüßten die Freunde, während Erich dem einen und dem andern einen Auftrag oder eine Frage über ihr Tagewerk entgegenrief. Dann hatten sie das Haus erreicht. Ein hoher kühler Hausflur nahm sie auf, an dessen Ende sie links in einen etwas dunkleren Seitengang einbogen. Hier öffnete Erich eine Tür, und sie traten in einen geräumigen Gartensaal, der durch das Laubgedränge, welches die gegenüberliegenden Fenster bedeckte, zu beiden Seiten mit grüner Dämmerung erfüllt war; zwischen diesen aber ließen zwei hohe, weitgeöffnete Flügeltüren den vollen Glanz der Frühlingssonne hereinfallen und gewährten die Aussicht in einen Garten mit gezirkelten Blumenbeeten und hohen, steilen Laubwänden, geteilt durch einen geraden, breiten Gang, durch welchen man auf den See und weiter auf die gegenüberliegenden Wälder hinaussah. Als die Freunde hineintraten, trug die Zugluft ihnen einen Strom von Duft entgegen.

Auf einer Terrasse vor der Gartentür saß eine weiße, mädchenhafte Frauengestalt. Sie stand auf und ging den Eintretenden entgegen; aber auf halbem Wege blieb sie wie angewurzelt stehen und starrte den Fremden unbeweglich an. Er streckte ihr lächelnd die Hand entgegen. «Reinhardt!» rief sie, «Reinhardt! Mein Gott, du bist es! — Wir haben uns lange nicht gesehen.»

«Lange nicht», sagte er und konnte nichts weiter sagen; denn als er ihre Stimme hörte, fühlte er einen feinen körperlichen Schmerz am Herzen, und wie er zu ihr aufblickte, stand sie vor ihm, dieselbe leichte, zärtliche Gestalt, der er vor Jahren in seiner Vaterstadt Lebewohl gesagt hatte.

Erich war mit freudestrahlendem Antlitz an der Tür zurückgeblieben. «Nun, Elisabeth», sagte er, «gelt! Den hättest du nicht erwartet, den in alle Ewigkeit nicht!»

Elisabeth sah ihn mit schwesterlichen Augen an. «Du bist so gut, Erich!» sagte sie. — Er nahm ihre schmale Hand liebkosend in die seinen. «Und nun wir ihn haben», sagte er, «nun lassen wir ihn so bald nicht wieder los. Er ist so lange draußen gewesen, wir wollen ihn wieder heimisch machen. Schau nur, wie fremd und vornehm sein Aussehen worden ist.»

Ein scheuer Blick Elisabeths streifte Reinhards Antlitz. «Es ist nur die Zeit, die wir nicht beisammen waren», sagte er.

In diesem Augenblick kam die Mutter mit einem Schlüsselkörbchen am Arm zur Tür herein. «Herr Werner!» sagte sie, als sie Reinhard erblickte; «ei, ein ebenso lieber als unerwarteter Gast.» — Und nun ging die Unterhaltung in Fragen und Antworten ihren ebenen Tritt. Die Frauen setzten sich zu ihrer Arbeit, und während Reinhard die für ihn bereiteten Erfrischungen genoß, hatte Erich seinen soliden Meerschaumkopf angebrannt und saß dampfend und diskurrierend an seiner Seite.

Am andern Tage mußte Reinhard mit ihm hinaus; auf die Äcker, in die Weinberge, in den Hopfengarten, in die Spritfabrik. Es war alles wohlbestellt: die Leute, welche auf dem Felde und bei den Kesseln arbeiteten, hatten alle ein gesundes und zufriedenes Aussehen. Zu Mittag kam die Familie im Gartensaal zusammen, und der Tag wurde dann, je nach der Muße der Wirte, mehr oder minder gemeinschaftlich verlebt. Nur die Stunden vor dem Abendessen, wie die ersten des Vormittags, blieb Reinhard arbeitend auf seinem Zimmer. Er hatte seit Jahren, wo er deren habhaft werden konnte, die im Volke lebenden Reime und Lieder gesammelt und ging nun daran, seinen

Schatz zu ordnen und womöglich mit neuen Aufzeichnungen aus der Umgegend zu vermehren. – Elisabeth war zu allen Zeiten sanft und freundlich; Erichs immer gleichbleibende Aufmerksamkeit nahm sie mit einer fast demütigen Dankbarkeit auf, und Reinhard dachte mitunter, das heitere Kind von ehedem habe wohl eine weniger stille Frau versprochen.

Seit dem zweiten Tage seines Hierseins pflegte er abends einen Spaziergang an dem Ufer des Sees zu machen. Der Weg führte hart unter dem Garten vorbei. Am Ende desselben, auf einer vorspringenden Bastei, stand eine Bank unter hohen Birken; die Mutter hatte sie die Abendbank getauft, weil der Platz gegen Abend lag und des Sonnenuntergangs halber um diese Zeit am meisten benutzt wurde. – Von einem Spaziergange auf diesem Wege kehrte Reinhard eines Abends zurück, als er vom Regen überrascht wurde. Er suchte Schutz unter einer am Wasser stehenden Linde; aber die schweren Tropfen schlugen bald durch die Blätter. Durchnäßt wie er war, ergab er sich darein und setzte langsam seinen Rückweg fort. Es war fast dunkel; der Regen fiel immer dichter. Als er sich der Abendbank näherte, glaubte er zwischen den schimmernden Birkenstämmen eine weiße Frauengestalt zu unterscheiden. Sie stand unbeweglich und, wie er beim Näherkommen zu erkennen meinte, zu ihm hingewandt, als wenn sie jemand erwarte. Er glaubte, es sei Elisabeth. Als er aber rascher zuschritt, um sie zu erreichen und dann mit ihr zusammen durch den Garten ins Haus zurückzukehren, wandte sie sich langsam ab und verschwand in die dunkeln Seitengänge. Er konnte das nicht reimen; er war aber fast zornig auf Elisabeth, und dennoch zweifelte er, ob sie es gewesen sei; aber er scheute sich, sie danach zu fragen; ja, er ging bei seiner Rückkehr nicht in den Gartensaal, nur um Elisabeth nicht etwa durch die Gartentür hereintreten zu sehen.

Einige Tage nachher, es ging schon gegen Abend, saß die Familie, wie gewöhnlich um diese Zeit, im Gartensaal zusammen. Die Türen standen offen; die Sonne war schon hinter den Wäldern jenseits des Sees.

Reinhard wurde um die Mitteilung einiger Volkslieder gebeten, welche er am Nachmittage von einem auf dem Lande wohnenden Freunde geschickt bekommen hatte. Er ging auf sein Zimmer und kam gleich darauf mit einer Papierrolle zurück, welche aus einzelnen sauber geschriebenen Blättern zu bestehen schien.

Man setzte sich an den Tisch, Elisabeth an Reinhards Seite. «Wir lesen auf gut Glück», sagte er, «ich habe sie selber noch nicht durchgesehen.»

Elisabeth rollte das Manuskript auf. «Hier sind Noten», sagte sie, «das mußt du singen, Reinhard.»

Und dieser las nun zuerst einige Tiroler Schnaderhüpfel, indem er beim Lesen je zuweilen die lustige Melodie mit halber Stimme anklingen ließ. Eine allgemeine Heiterkeit bemächtigte sich der kleinen Gesellschaft. «Wer hat doch aber die schönen Lieder gemacht?» fragte Elisabeth.

«Ei», sagte Erich, «das hört man den Dingern schon an; Schneidergesellen und Friseure und derlei lustiges Gesindel.»

Reinhard sagte: «Sie werden gar nicht gemacht; sie wachsen, sie fallen aus der Luft, sie fliegen über Land wie Mariengarn, hierhin und dorthin, und werden an tausend Stellen zugleich gesungen. Unser eigenstes Tun und Leiden finden wir in diesen Liedern; es ist, als ob wir alle an ihnen mitgeholfen hätten.»

Er nahm ein anderes Blatt: «Ich stand auf hohen Bergen ...»

«Das kenne ich!» rief Elisabeth. «Stimme nur an, Reinhard, ich will dir helfen.» Und nun sangen sie jene Melodie, die so rätselhaft ist, daß man nicht glauben kann, sie sei von Menschen erdacht worden; Elisabeth mit ihrer etwas verdeckten Altstimme dem Tenor sekundierend.

Die Mutter saß inzwischen emsig an ihrer Näherei. Erich hatte die Hände ineinandergelegt und hörte andächtig zu. Als das Lied zu Ende war, legte Reinhard das Blatt schweigend beiseite. — Vom Ufer des Sees herauf kam durch die Abendstille das Geläute der Herdenglocken; sie horchten unwillkürlich; da hörten sie eine klare Knabenstimme singen:

«Ich stand auf hohen Bergen
Und sah ins tiefe Tal ...»

Reinhard lächelte: «Hört ihr es wohl? So geht's von Mund zu Mund.»

«Es wird oft in dieser Gegend gesungen», sagte Elisabeth.

«Ja», sagte Erich, «es ist der Hirtenkaspar; er treibt die Sterken heim.»

Sie horchten noch eine Weile, bis das Geläute oben hinter den Wirtschaftsgebäuden verschwunden war. «Das sind Urtöne», sagte Reinhard; «sie schlafen in Waldesgründen; Gott weiß, wer sie gefunden hat.»

Er zog ein neues Blatt heraus.

Es war schon dunkler geworden; ein roter Abendschein lag wie Schaum auf den Wäldern jenseits des Sees. Reinhard rollte das Blatt auf, Elisabeth legte an der einen Seite ihre Hand darauf und sah mit hinein. Dann las Reinhard:

«Meine Mutter hat's gewollt,
Den andern ich nehmen sollt;
Was ich zuvor besessen,
Mein Herz sollt' es vergessen;
Das hat es nicht gewollt.

Meine Mutter klag ich an,
Sie hat nicht wohlgetan;
Was sonst in Ehren stünde,
Nun ist es worden Sünde.
Was fang ich an!

Für all mein Stolz und Freud
Gewonnen hab ich Leid.
Ach, wär das nicht geschehen.
Ach, könnt ich betteln gehen
Über die braune Heid!»

Während des Lesens hatte Reinhard ein unmerkliches Zittern des Papieres empfunden; als er zu Ende war, schob Elisabeth leise ihren Stuhl zurück und ging schweigend in den Garten hinab. Ein Blick der Mutter folgte ihr. Erich wollte nachgehen; doch die Mutter sagte: «Elisabeth hat draußen zu tun.» So unterblieb es.

Draußen aber legte sich der Abend mehr und mehr über Garten und See, die Nachtschmetterlinge schossen surrend an den offenen Türen vorüber, durch welche der Duft der Blumen und Gesträuche immer stärker hereindrang; vom Wasser herauf kam das Geschrei der Frösche, unter den Fenstern schlug eine Nachtigall, tiefer im Garten eine andere; der Mond sah über die Bäume. Reinhard blickte noch eine Weile auf die Stelle, wo Elisabeths feine Gestalt zwischen den Laubgängen verschwunden war; dann rollte er sein Manuskript zusammen, grüßte die Anwesenden und ging durchs Haus an das Wasser hinab.

Die Wälder standen schweigend und warfen ihr Dunkel weit auf den See hinaus, während die Mitte desselben in schwüler Mondesdämmerung lag. Mitunter schauerte ein leises Säuseln durch die Bäume; aber es war kein Wind, es war nur das Atmen der Sommernacht. Reinhard ging immer am Ufer entlang. Einen Steinwurf vom Lande konnte er eine weiße Wasserlilie erkennen. Auf einmal wandelte ihn die Lust an, sie in der Nähe zu sehen; er warf seine Kleider ab und stieg ins Wasser. Es war flach, scharfe Pflanzen und Steine schnitten ihn an den Füßen, und er kam nicht immer in die zum Schwimmen nötige Tiefe. Dann war es plötzlich unter ihm weg, die Wasser quirlten über ihm zusammen, und es dauerte eine Zeitlang, ehe er wieder auf die Oberfläche kam. Nun regte er Hand und Fuß und schwamm im Kreise umher, bis er sich bewußt geworden, von wo er hineingegangen war. Bald sah er auch die Lilie wieder; sie lag einsam zwischen den großen blanken Blättern. — Er schwamm langsam hinaus und hob mitunter die Arme aus dem Wasser, daß die herabrieselnden Tropfen im Mondlicht blitzten; aber es war, als ob die Entfernung zwischen ihm und der Blume dieselbe bliebe; nur das Ufer lag, wenn er sich umblickte, in immer ungewisserem Dufte hinter ihm. Er gab indes sein Unternehmen nicht auf, sondern schwamm rüstig in derselben Richtung fort. Endlich war er der Blume so nahe gekommen, daß er die silbernen Blätter deutlich im Mondlicht unterscheiden konnte; zugleich aber fühlte er sich wie in einem Netze verstrickt; die glatten Stengel langten vom Grunde herauf und rankten sich an seine nackten Glieder. Das unbekannte Wasser lag so schwarz um ihn her, hinter sich hörte er das Springen eines Fisches; es wurde ihm plötzlich so unheimlich in dem fremden Elemente, daß er mit Gewalt das Gestrick der Pflanzen zerriß und in atemloser Hast dem Lande zuschwamm. Als er von hier auf den See zurückblickte, lag die Lilie wie zuvor fern und einsam über der dunkeln Tiefe. Er kleidete sich an und ging langsam nach Hause zurück. Als er aus dem Garten in den Saal trat, fand er Erich und die Mutter in den Vorbereitungen einer kleinen Geschäftsreise, welche am andern Tage vor sich gehen sollte.

«Wo sind Sie denn so spät in der Nacht gewesen?» rief ihm die Mutter entgegen.

«Ich?» erwiderte er; «ich wollte die Wasserlilie besuchen; es ist aber nichts daraus geworden.»

«Das versteht wieder einmal kein Mensch!» sagte Erich. «Was tausend hattest du denn mit der Wasserlilie zu tun?»

«Ich habe sie früher einmal gekannt», sagte Reinhard; «es ist aber schon lange her.»

Am folgenden Nachmittag wanderten Reinhard und Elisabeth jenseits des Sees, bald durch die Hölzung, bald auf dem hohen vorspringenden Uferrande. Elisabeth hatte von Erich den Auftrag erhalten, während seiner und der Mutter Abwesenheit Reinhard mit den schönsten Aussichten der nächsten Umgegend, namentlich von der andern Uferseite auf den Hof selber, bekanntzumachen. Nun gingen sie von einem Punkt zum andern. Endlich wurde Elisabeth müde und setzte sich in den Schatten überhängender Zweige, Reinhard stand ihr gegenüber an einen Baumstamm gelehnt; da hörte er tiefer im Walde den Kuckuck rufen, und es kam ihm plötzlich, dies alles sei schon einmal ebenso gewesen. Er sah sie seltsam lächelnd an. «Wollen wir Erdbeeren suchen?» fragte er.

«Es ist keine Erdbeerenzeit», sagte sie.

«Sie wird aber bald kommen.»

Elisabeth schüttelte schweigend den Kopf; dann stand sie auf, und beide setzten ihre Wanderung fort; und wie sie so an seiner Seite ging, wandte sein Blick sich immer wieder nach ihr hin; denn sie ging schön, als wenn sie von ihren Kleidern getragen würde. Er blieb oft unwillkürlich einen Schritt zurück, um sie ganz und voll ins Auge fassen zu können. So kamen sie an einen freien, heidebewachsenen Platz mit einer weit ins Land reichenden Aussicht. Reinhard bückte sich und pflückte etwas von den am Boden wachsenden Kräutern. Als er wieder aufsah, trug sein Gesicht den Ausdruck leidenschaftlichen Schmerzes. «Kennst du diese Blume?» sagte er.

Sie sah ihn fragend an. «Es ist eine Erika. Ich habe sie oft im Walde gepflückt.»

«Ich habe zu Hause ein altes Buch», sagte er; «ich pflegte sonst allerlei Lieder und Reime hineinzuschreiben; es ist aber lange nicht mehr geschehen. Zwischen den Blättern liegt auch eine Erika; aber es ist nur eine verwelkte. Weißt du, wer sie mir gegeben hat?»

Sie nickte stumm; aber sie schlug die Augen nieder und sah nur auf das Kraut, das er in der Hand hielt. So standen sie lange. Als sie die Augen gegen ihn aufschlug, sah er, daß sie voll Tränen waren.

«Elisabeth», sagte er, «hinter jenen blauen Bergen liegt unsere Jugend. Wo ist sie geblieben?»

Sie sprachen nichts mehr; sie gingen stumm nebeneinander zum See hinab. Die Luft war schwül, im Westen stieg schwarzes Gewölk auf. «Es wird Gewitter», sagte Elisabeth, indem sie ihren Schritt beeilte. Reinhard nickte schweigend, und beide gingen rasch am Ufer entlang, bis sie ihren Kahn erreicht hatten.

Während der Überfahrt ließ Elisabeth ihre Hand auf dem Rande des Kahnes ruhen. Er blickte beim Rudern zu ihr hinüber; sie aber sah an ihm vorbei in die Ferne. So glitt sein Blick herunter und blieb auf ihrer Hand; und diese blasse Hand verriet ihm, was ihr Antlitz ihm verschwiegen hatte. Er sah auf ihr jenen feinen Zug geheimen Schmerzes, der sich so gern schöner Frauenhände bemächtigt, die nachts auf krankem Herzen liegen. — Als Elisabeth sein Auge auf ihrer Hand ruhen fühlte, ließ sie sie langsam über Bord ins Wasser gleiten.

Auf dem Hofe angekommen, trafen sie einen Scherenschleiferkarren vor dem Herrenhause; ein Mann mit schwarzen niederhängenden Locken trat emsig das Rad und summte eine Zigeunermelodie zwischen den Zähnen, während ein eingeschirrter Hund schnaufend danebenlag. Auf dem Hausflur stand in Lumpen gehüllt ein Mädchen mit verstörten, schönen Zügen und streckte bettelnd die Hand gegen Elisabeth aus.

Reinhard griff in seine Tasche; aber Elisabeth kam ihm zuvor und schüttete hastig den ganzen Inhalt ihrer Börse in die offene Hand der Bettlerin. Dann wandte sie sich eilig ab, und Reinhard hörte, wie sie schluchzend die Treppe hinaufging.

Er wollte sie aufhalten, aber er besann sich und blieb an der Treppe zurück. Das Mädchen stand noch immer auf dem Flur, unbeweglich, das empfangene Almosen in der Hand. «Was willst du noch?» fragte Reinhard.

Sie fuhr zusammen. «Ich will nichts mehr», sagte sie; dann, den Kopf nach ihm zurückwendend, ihn anstarrend mit den verirrten Augen, ging sie langsam gegen die Tür. Er rief einen Namen aus, aber sie hörte es nicht mehr; mit gesenktem Haupte, mit über der Brust gekreuzten Armen schritt sie über den Hof hinab.

Sterben, ach sterben
Soll ich allein!

Ein altes Lied brauste ihm ins Ohr, der Atem stand ihm still; eine kurze Weile, dann wandte er sich ab und ging auf sein Zimmer.

Er setzte sich hin, um zu arbeiten, aber er hatte keine Gedanken. Nachdem er es eine Stunde lang vergebens versucht hatte, ging er ins Familienzimmer hinab. Es war niemand da, nur kühle grüne Dämmerung; auf Elisabeths Nähtisch lag ein rotes Band, das sie am Nachmittag um den Hals getragen hatte. Er nahm es in die Hand, aber es tat ihm weh, und er legte es wieder hin. Er hatte keine Ruhe, er ging an den See hinab und band den Kahn los; er ruderte hinüber und ging noch einmal alle Wege, die er kurz vorher mit Elisabeth zusammen gegangen war. Als er wieder nach Hause kam, war es dunkel; auf dem Hofe begegnete ihm der Kutscher, der die Wagenpferde ins Gras bringen wollte; die Reisenden waren eben zurückgekehrt. Bei seinem Eintritt in den Hausflur hörte er Erich im Gartensaal auf und ab schreiten. Er ging nicht zu ihm hinein; er stand einen Augenblick still und stieg dann leise die Treppe hinauf nach seinem Zimmer. Hier setzte er sich in den Lehnstuhl ans Fenster; er tat vor sich selbst, als wolle er die Nachtigall hören, die unten in den Taxuswänden schlug; aber er hörte nur den Schlag seines eigenen Herzens. Unter ihm im Hause ging alles zur Ruh, die Nacht verrann, er fühlte es nicht.

So saß er stundenlang. Endlich stand er auf und lehnte sich ins offene Fenster. Der Nachttau rieselte zwischen den Blättern, die Nachtigall hatte aufgehört zu schlagen. Allmählich wurde auch das tiefe Blau des Nachthimmels von Osten her durch einen blaßgelben Schimmer verdrängt; ein frischer Wind erhob sich und streifte Reinhards heiße Stirn; die erste Lerche stieg jauchzend in die Luft. — Reinhard kehrte sich plötzlich um und trat an den Tisch; er tappte nach einem Bleistift, und als er diesen gefunden, setzte er sich und schrieb damit einige Zeilen auf einen weißen Bogen Papier. Nachdem er hiermit fertig war, nahm er Hut und Stock, und das Papier zurücklassend, öffnete er behutsam die Tür und stieg in den Flur hinab.

Die Morgendämmerung ruhte noch in allen Winkeln; die Hauskatze dehnte sich auf der Strohmatte und sträubte den Rücken gegen seine Hand, die er ihr gedankenlos entgegenhielt. Draußen im Garten aber priesterten schon die Sperlinge von den Zweigen und sagten es allen, daß die Nacht vorbei sei. Da hörte er oben im Hause eine Tür gehen; jemand kam die Treppe herunter, und als er aufsah, stand Elisabeth vor ihm. Sie legte die Hand auf seinen Arm, sie bewegte die Lippen, aber er hörte keine Worte. «Du kommst nicht wieder», sagte sie endlich. «Ich weiß es, lüge nicht; du kommst nie wieder.»

«Nie», sagte er. Sie ließ die Hand sinken und sagte nichts mehr. Er ging über den Flur der Tür zu; dann wandte er sich noch einmal. Sie stand bewegungslos an derselben Stelle und sah ihn mit toten Augen an. Er tat einen Schritt vorwärts und streckte die Arme nach ihr aus. Dann kehrte er sich gewaltsam ab und ging zur Tür hinaus.

Draußen lag die Welt im frischen Morgenlichte, die Tauperlen, die in den Spinngeweben hingen, blitzten in den ersten Sonnenstrahlen. Er sah nicht rückwärts; er wanderte rasch hinaus; und mehr und mehr versank hinter ihm das stille Gehöft, und vor ihm auf stieg die große weite Welt.

Der Mond schien nicht mehr in die Fensterscheiben, es war dunkel geworden; der Alte aber saß noch immer mit gefalteten Händen in seinem Lehnstuhl und blickte vor sich hin in den Raum des Zimmers. Allmählich verzog sich vor seinen Augen die schwarze Dämmerung um ihn her zu einem breiten dunkeln See; ein schwarzes Gewässer legte sich hinter das andere, immer tiefer und ferner, und auf dem letzten, so fern, daß die Augen des Alten sie kaum erreichten, schwamm einsam zwischen breiten Blättern eine weiße Wasserlilie.

Die Stubentür ging auf, und ein heller Lichtstrahl fiel ins Zimmer. «Es ist gut, daß Sie kommen, Brigitte», sagte der Alte. «Stellen Sie das Licht nur auf den Tisch.»

Dann rückte er auch den Stuhl zum Tische, nahm eins der aufgeschlagenen Bücher und vertiefte sich in Studien, an denen er einst die Kraft seiner Jugend geübt hatte.

HEINRICH BÖLL

Die unsterbliche Theodora

Immer, wenn ich die Bengelmannstraße entlanggehe, muß ich an Bodo Bengelmann denken, dem die Akademie den Rang eines Unsterblichen zuerkannt hat. Auch wenn ich nicht die Bengelmannstraße betrete, denke ich oft an Bodo, aber immerhin: Sie geht von Nr. 1 bis 678, führt aus dem Zentrum der Stadt, an den Leuchtreklamen der Bars vorbei bis in ländliche Gefilde, wo die Kühe abends brüllend darauf warten, an die Tränke geführt zu werden. Diese Straße trägt Bodos Namen quer durch die Stadt, in ihr liegt das Pfandhaus, liegt «Beckers billiger Laden», und ich gehe oft ins Pfandhaus, gehe oft in «Beckers billigen Laden», oft genug, um an Bodo erinnert zu werden. Wenn ich dem Beamten des Leihhauses meine Uhr über die Theke schiebe, er die Lupe vor die Augen klemmt, die Uhr taxiert, sie mit einem verächtlichen «Vier Mark» über die Theke zurück auf mich zuschiebt, wenn ich dann geknickt den Zettel unterschrieben, die Uhr wieder über die Theke geschoben habe, wenn ich zur Kasse schlendere und dort warte, bis die Rohrpost meinen Pfandschein herüberbringt, habe ich Zeit genug, an Bodo Bengelmann zu denken, mit dem ich oft genug an dieser Kasse gestanden habe.

Bodo hatte eine alte Remington-Schreibmaschine, auf der er seine Gedichte — mit jeweils vier Durchschlägen — ins reine schrieb. Fünfmal haben wir vergeblich versucht, auf diese Maschine ein Darlehen des städtischen Leihhauses zu bekommen. Die Maschine war zu alt, klapperte und ächzte, und die Verwaltung des Leihhauses blieb hart, vorschriftsmäßig hart. Bodos Großvater, der Eisenhändler, Bodos Vater, der Steuerberater, Bodo selbst, der Lyriker — drei Generationen von Bengelmanns hatten zu oft auf dieser Maschine herumgehämmert, als daß sie eines städtischen Darlehens (monatlich 2%) würdig gewesen wäre.

Jetzt freilich gibt es eine Bengelmann-Gedächtnisstätte, in der man einen rötlichen, zerkauten Federhalter aufbewahrt, der unter Glas liegt, mit der Aufschrift versehen: «Die Feder, mit der Bodo Bengelmann schrieb.»

Tatsächlich hat Bodo nur zwei von seinen fünfhundert Gedichten mit diesem Federhalter geschrieben, den er seiner Schwester Lotte aus dem Ledermäppchen stahl. Die meisten seiner Gedichte schrieb er mit Tintenstift, manche direkt in die Maschine, die wir an einem Tage äußerster Depression für ihren bloßen Schrottwert von sechs Mark achtzig einem Manne verkauften, der Heising hieß und nichts von der unsterblichen Lyrik ahnte, die ihr entquollen war. Heising wohnte in der Humboldtstraße, lebte vom Althandel und ist von Bodo in dem Gedicht «Kammer des kauzigen Krämers» verewigt worden.

So ist Bodos wirkliches Schreibgerät nicht in der Bengelmann-Gedächtnisstätte zu finden, sondern dieser Federhalter, der die Spuren von Lotte Bengelmanns Zähnen zeigt. Lotte selbst hat längst vergessen, daß er ihr gehörte, sie bringt es fertig, heute weinend davorzustehen, Tränen zu vergießen einer Tatsache wegen, die nie eine gewesen ist. Sie hat ihre kümmerlichen Schulaufsätze damit geschrieben, während Bodo — ich entsinne mich dessen genau — nach dem Verzehr zweier Koteletts, eines Haufens Salat, eines großen Vanillepuddings und zweier Käseschnitten mit diesem Federhalter ohne abzusetzen die Gedichte: «Herbstlich zernebeltes Herz» und «Weine, o Woge, weine» niederschrieb. Er schrieb seine besten Gedichte mit vollem Magen, war überhaupt gefräßig, wie viele schwermütige Menschen, und hat den Federhalter seiner Schwester nur achtzehn Minuten gebraucht, während seine gesamte lyrische Produktion sich über acht Jahre erstreckte.

Heute lebt Lotte vom lyrischen Ruhm ihres Bruders; sie hat zwar einen Mann geheiratet, der Hosse heißt, nennt sich aber nur «Bodo Bengelmanns Schwester». Sie war immer gemein. Sie verpetzte Bodo immer, wenn er dichtete, denn Dichten gehörte zu den Dingen, die man bei Bengelmanns für zeitraubend, deshalb überflüssig hielt.

Bodos Qual war groß. Es drängte ihn einfach, war sein Fluch, reine Poesie von sich zu geben. Aber immer, wenn er dichtete, Lotte entdeckte es, ihre kreischende Stimme ertönte im Flur, in der Küche, sie rannte triumphierend in Herrn Bengelmanns Büro, schrie: «Bodo dichtet wieder!», und Herr Bengelmann — ein furchtbar energischer Mann — rief: «Wo ist das Schwein?» (Der Wortschatz der Bengelmanns war etwas ordinär.) Dann gab es Senge. Bodo, sensibel wie alle Lyriker, wurde am Wickel gepackt, die Treppe hinuntergezerrt und mit dem stählernen Lineal verprügelt, mit dem Herr Bengelmann Striche unter die Kontoauszüge seiner Kunden zog.

Später schrieb Bodo viel bei uns zu Hause, und ich bin Besitzer von fast siebzig unveröffentlichten Bengelmanns, die ich mir als Altersrente aufzubewahren gedenke. Eines dieser Gedichte beginnt «Lotte, du Luder, latentes . . .» (Bodo gilt als Erneuerer des Stabreims.)

Unter Qualen, verkannt, häufig verprügelt, hat Bodo sein siebzehntes Jahr vollendet, ist in den hohen Genuß der mittleren Reife gekommen und zu einem Tapetenhändler in die Lehre gegeben worden. Die Umstände begünstigten seine lyrische Produktion: Der Tapetenhändler lag meistens betrunken unter der Theke und Bodo schrieb auf die Rückseite von Tapetenmustern. Einen weiteren Auftrieb erhielt seine Produktion, als er sich in jenes Mädchen verliebte, das er in den «Liedern für Theodora» besungen hat, obwohl sie nicht Theodora hieß.

So wurde Bodo neunzehn, und an einem ersten Dezember investierte er sein ganzes Lehrlingsgehalt von DM 50,— in Porto und schickte dreihundert Gedichte an dreihundert verschiedene Redaktionen, ohne Rückporto beizulegen: eine Kühnheit, die in der gesamten Literaturgeschichte einmalig ist. Vier Monate später — noch keine zwanzig Jahre alt — war er ein berühmter Mann.

Einhundertzweiundfünfzig von seinen Gedichten waren gedruckt worden, und der schweißtriefende Geldbriefträger stieg nun jeden Morgen vor dem Bengelmannschen Haus vom Fahrrad. Das Weitere ist nur eine Multiplikationsaufgabe, bei der man die Anzahl von Bodos Gedichten mit der Anzahl der Zeitungen, dieses Zwischenergebnis mit 40 zu multiplizieren hat.

Leider genoß er nur zwei Jahre seinen Ruhm. Er starb an einem Lachkrampf. Eines Tages gestand er mir: «Ruhm ist nur eine Portofrage» — flüsterte weiter: «Ich habe es doch gar nicht so ernst gemeint», brach in heftiges, immer heftiger werdendes Lachen aus — und verschied. Das waren die einzigen Sätze in gültiger Prosa, die er je äußerte: ich übergebe sie hiermit der Nachwelt. Nun ist Bodos Ruhm in der Hauptsache begründet worden durch seine «Lieder an Theodora», eine zweihundert Gedichte umfassende Sammlung von Liebeslyrik, die an Inbrunst ihresgleichen noch sucht. Verschiedene Kritiker haben sich schon essayistisch an dem Thema versucht: «Wer war Theodora?», einer identifizierte sie schamlos mit einer zeitgenössischen, noch lebenden Dichterin, bewies es triftig, peinlich genug für die Dichterin, die Bodo nie gesehen hat, nun aber fast gezwungen ist, zuzugeben, daß sie Theodora ist. Aber sie ist es nicht: Ich weiß es genau, weil ich Theodora kenne. Sie heißt Käte Barutzki, steht in «Beckers billigem Laden» an Tisch 6, wo sie Schreibwaren verkauft. Auf Papier aus «Beckers billigem Laden» sind Bodos sämtliche Gedichte ins reine geschrieben; oft genug habe ich mit ihm am Tisch dieser Käte Barutzki gestanden, die übrigens eine reizende Person ist: Sie ist blond, lispelt ein wenig, hat von höherer Literatur keine Ahnung und liest abends in der Straßenbahn «Beckers billige Bücher» die den Angestellten zum Vorzugspreis verkauft werden.

Auch Bodo wußte von dieser Lektüre; es tat seiner Liebe nicht den geringsten Abbruch. Oft haben wir vor dem Laden gestanden, haben Käte aufgelauert, sind ihr gefolgt, an Sommerabenden, in herbstlichem Nebel sind wir diesem Mädchen nachgeschlichen, bis in den Vorort, in dem sie heute noch wohnt. Schade, daß Bodo zu schüchtern war, sie jemals anzusprechen. Er brachte es nicht fertig, obwohl die Flamme heftig in ihm brannte. Auch als er berühmt war, das Geld nur so floß, kaufte er immer in «Beckers billigem Laden», um nur oft dieses hübsche Mädchen zu sehen, die kleine Käte Barutzki, die lächelte und lispelte wie eine Göttin. Daher kommt so oft in den «Liedern für Theodora» die Wendung «zauberischer Zungenschlag, zahmer . . .» vor.

Bodo schickte ihr auch oft anonyme Briefe mit Gedichten,

aber ich muß annehmen, daß diese Lyrik im Ofen der Barutzki gelandet beziehungsweise gestrandet ist, wenn man mir als schlichtem Epiker ein schlichtes Bild gestatten will.

Noch oft gehe ich abends zu «Beckers billigem Laden», und ich habe festgestellt, daß Käte neuerdings von einem jungen Mann abgeholt wird, der offenbar weniger schüchtern als Bodo — und seiner Kleidung nach zu urteilen — Autoschlosser ist. Ich könnte mich dem Forum der Literaturgeschichte stellen, könnte beweisen, daß diese Käte mit Bodo Bengelmanns Theodora identisch ist. Aber ich tue es nicht, weil ich um Kätes Wohl, das Glück des Autoschlossers zittere. Nur manchmal gehe ich zu ihr, wühle in Flitterpapier, krame in «Beckers billigen Büchern», suche mir einen Radiergummi aus, blicke Käte an und spüre, wie der Atem der Geschichte mich anweht.

SOMERSET MAUGHAM

Eine flüchtige Beziehung

Ich erzähle diese Geschichte in der ersten Person, obwohl ich keine Rolle in ihr spiele, denn ich möchte dem Leser gegenüber nicht den Eindruck erwecken, daß ich mehr darüber wüßte, als ich wirklich weiß. Die Tatsachen entsprechen meinem Bericht, aber ihre Ursachen kann ich nur erraten, und vielleicht findet der Leser, nachdem er sie zur Kenntnis genommen hat, daß ich mich irre. Niemand kann ganz sicher sein. Aber wenn man sich für die menschliche Natur interessiert, gibt es wenig unterhaltendere Dinge, als über die Motive nachzudenken, die zu gewissen Handlungen geführt haben. Nur durch einen Zufall habe ich überhaupt etwas von diesen unglücklichen Umständen erfahren. Ich verbrachte zwei oder drei Tage auf einer Insel an der Nordküste von Borneo, und der Distriktbeamte hatte mir freundlicherweise seine Gastfreundschaft angeboten. Ich hatte eine Zeitlang allerlei Strapazen durchgemacht und war dankbar für etwas Ruhe. Die Insel war früher einmal von einiger Bedeutung gewesen und hatte einen eigenen Gouverneur gehabt, aber das war vorbei. Jetzt erinnerte kaum noch etwas an die einstige Glanzzeit, außer dem imposanten Steingebäude, das vom Gouverneur bewohnt gewesen war und in dem jetzt der Distriktbeamte lebte, der über die unnötige Größe des Hauses seufzte. Aber es war behaglich mit seinem riesigen Empfangsraum, einem Eßzimmer, in dem vierzig Gäste Platz hatten, und luftigen, geräumigen Schlafzimmern. Es war etwas verwahrlost, weil die Regierung in Singapur klugerweise so wenig wie möglich dafür ausgab, aber mir gefiel es ganz gut, und die schweren Amtsmöbel verliehen ihm eine Art langweiliger Würde, die mich belustigte. Der Garten war zu groß, um von dem Distriktbeamten instand gehalten zu werden, und bildete eine Wildnis von tropischer Vegetation. Der Beamte hieß Arthur Low; er war ein ruhiger, eher kleiner Mann, Ende Dreißig, verheiratet, und hatte zwei Kinder. Die Lows hatten keinen Versuch gemacht, sich in diesem Riesenbesitz häuslich einzurichten, sondern kampierten dort wie Flüchtlinge aus einem zerstörten Gebiet und warteten, bis sie auf einen anderen Posten in einer ihnen gemäßeren Umgebung versetzt würden.

Sie gefielen mir sofort. Low hatte eine zwanglose Art und ein humorvolles Wesen. Ich bin überzeugt, daß er seine verschiedenen Obliegenheiten vortrefflich erledigte, aber er bemühte sich nach Kräften, eine offizielle Haltung zu vermeiden. Er gebrauchte oft Slangausdrücke und machte auf angenehme Art beißende Bemerkungen. Es war reizend, ihn beim Spiel mit den zwei Kindern zu beobachten. Allem Anschein nach war für ihn die Ehe ein durchaus befriedigender Zustand. Mrs. Low war eine außerordentlich nette kleine Frau, rundlich, mit dunklen Augen unter schön gezeichneten Brauen, nicht besonders hübsch, aber unbedingt anziehend. Sie sah gesund aus und wirkte heiter. Sie neckten einander fortwährend; jeder von ihnen schien den anderen ungeheuer komisch zu finden. Ihre Witze waren weder geistreich noch originell, aber sie fanden sie so glänzend, daß man unwillkürlich mit ihnen lachen mußte.

Ich glaube, sie freuten sich über meinen Besuch, vor allem Mrs. Low, denn sie hatte kaum etwas anderes zu tun, als den Haushalt und die Kinder zu beaufsichtigen, und war daher sehr viel sich selber überlassen. Es gab so wenig Weiße auf der Insel, daß der gesellschaftliche Verkehr bald erschöpft war, und bevor ich vierundzwanzig Stunden da war, schlug sie mir dringend vor, eine Woche, einen Monat oder ein Jahr zu bleiben. Am Abend meiner Ankunft gaben sie eine Gesellschaft, zu der die offiziellen Würdenträger eingeladen waren: der Regierungsaufseher, der Arzt, der Lehrer, der Polizeichef. Am folgenden Abend waren wir drei zum Essen allein. Zu der Einladung hatten die Gäste ihre Hausboys zum Aushelfen mitgebracht, aber an diesem Abend servierten Lows einziger Boy und mein Diener. Sie brachten den Kaffee und überließen uns dann uns selber. Low und ich zündeten uns Zigarren an.

«Wissen Sie, daß ich Sie schon früher gesehen habe?» sagte Mrs. Low.

«Wo?» fragte ich.

«In London. Bei einem Empfang. Ich hörte, wie jemand auf Sie aufmerksam gemacht wurde. In Carlton House Terrace, bei Lady Kastellan.»

«Oh! Wann war das?»

«Als wir das letzte Mal auf Urlaub zu Hause waren. Russische Tänzer waren da.»

«Ich erinnere mich. Vor zwei oder drei Jahren etwa. Wie merkwürdig, daß Sie dort waren!»

«Das ist genau das, was wir damals zueinander sagten», meinte Low, mit seinem langsamen, anziehenden Lächeln. «Wir waren im ganzen Leben noch nie bei einem solchen Empfang gewesen.»

«Es war eine richtige Sensation, wissen Sie», sagte ich. «Es war *die* Gesellschaft der Saison. Haben Sie sich unterhalten?»

«Ich fand jede Minute schauderhaft», sagte Mrs. Low.

«Wir wollen die Tatsache nicht übersehen, daß du unbedingt hingehen wolltest, Bee», sagte Low. «Ich wußte, daß wir unter all den vornehmen Leuten fehl am Platz sein würden. Mein Abendanzug stammte noch aus meiner Zeit in Cambridge und hatte nie besonders gut gesessen.»

«Ich kaufte eigens ein Kleid dafür, bei Peter Robinson. Im Laden sah es entzückend aus. Nachher bereute ich, daß ich so viel Geld ausgegeben hatte. Nie im Leben bin ich mir so schlecht angezogen vorgekommen.»

«Nun, das war weiter nicht schlimm. Wir wurden ohnedies keinem Menschen vorgestellt.»

Ich erinnerte mich gut an jene Gesellschaft. Die prachtvollen Räume in Carlton House Terrace waren mit großen Girlanden von gelben Rosen geschmückt, und an einem Ende des riesigen Empfangszimmers war eine Bühne errichtet. Für die Tänzer waren Régence-Kostüme entworfen worden, und ein moderner Komponist hatte die Musik zu den beiden reizenden Ballettaufführungen geschrieben. Es war schwer, das alles zu betrachten, ohne den ordinären Gedanken aufkommen zu lassen, daß die ganze Sache eine enorme Summe gekostet haben mußte. Lady Kastellan war eine sehr schöne Frau und eine blendende Gastgeberin, aber ich glaube nicht, daß ihr irgend jemand besonders viel Wohlwollen zugetraut hätte; sie kannte zu viele Leute, um sich aus dem einzelnen besonders viel zu machen, und ich fragte mich unwillkürlich, warum sie zu einer solchen großartigen Gesellschaft zwei unbekannte und ganz unbedeutende Personen von einer fernen Kolonie eingeladen hatte.

«Kannten Sie Lady Kastellan schon lange?» fragte ich.

«Wir kannten sie überhaupt nicht. Sie schickte uns eine Einladung, und wir gingen hin, weil ich sehen wollte, was für eine Frau sie ist», sagte Mrs. Low.

«Eine sehr fähige Frau», sagte ich.

«Das bezweifle ich nicht. Sie hatte keine Ahnung, wer wir waren, als der Butler uns anmeldete, aber sie erinnerte sich sofort. ‹Ach ja›, sagte sie, ‹Sie sind die Freunde des armen Jack. Suchen Sie sich doch Plätze, von denen aus Sie gut sehen können. Sie werden von Lifar entzückt sein, er ist so wunderbar.› Und dann wandte sie sich um und begrüßte die nächsten Leute. Aber sie sah mich einen Augenblick prüfend an. Sie überlegte sich, wieviel ich wohl wisse, und sie bemerkte sofort, daß ich alles wußte.»

«Rede doch keinen solchen Unsinn, Liebling», sagte Low. «Wie konnte sie all das wissen, was du denkst, nur indem sie dich anschaute, und wie konntest du merken, was sie dachte?»

«Ich kann dir nur versichern, daß es wahr ist. Wir haben uns mit diesem einen Blick alles gesagt, und wenn ich mich nicht sehr täusche, habe ich ihr die Freude an ihrem Fest gründlich verdorben.»

Low lachte, und ich lächelte, denn Mrs. Low sprach in einem Ton triumphierender Rachsucht.

«Du bist schrecklich indiskret, Bee.»

«Sind Sie sehr mit ihr befreundet?» fragte mich Mrs. Low.

«Kaum. Ich habe sie da und dort im Laufe von fünfzehn Jahren getroffen. Ich bin oft bei ihr eingeladen gewesen. Sie gibt glänzende Gesellschaften und sorgt immer dafür, daß man Leute trifft, die man gerne sehen möchte.»

«Was halten Sie von ihr?»

«Sie spielt eine beachtliche Rolle in London. Man kann sich gut mit ihr unterhalten, und sie ist ein angenehmer Anblick. Sie tut eine ganze Menge für Kunst und Musik. Was halten *Sie* von ihr?»

«Ich finde, sie ist einfach eine gemeine Person!» sagte Mrs. Low, mit munterer, aber entschiedener Offenheit.

«Das erledigt sie», sagte ich.

«Erzähle es ihm, Arthur.»

«Ich weiß nicht, ob ich das tun sollte.»

Low zögerte einen Augenblick.

«Wenn du es nicht sagst, sag ich es.»

«Bee hat sie gehörig auf dem Strich», sagte er lächelnd. «Es war aber auch wirklich eine recht böse Geschichte.»

Ein vollkommener Rauchring gelang ihm, und er beobachtete ihn gespannt.

«So fang an, Arthur», sagte Mrs. Low.

«Also gut. Es war vor unserm letzten Urlaub. Ich war Distriktbeamter in Selangor, und eines Tages wurde mir gemeldet, daß ein Weißer in einer kleinen Stadt, ein paar Stunden stromaufwärts, gestorben sei. Ich wußte nicht, daß ein Weißer dort gelebt hatte, und da ich es für besser hielt, selber nachzuschauen, fuhr ich in einer Barkasse hin. Als ich ankam, zog ich Erkundigungen ein. Die Polizei wußte nichts über ihn, außer daß er seit einigen Jahren mit einer Chinesin im Basar gelebt habe. Es war ein recht malerischer Basar, hohe Häuser zu beiden Seiten, und dazwischen lief ein auf Pfählen über dem Flußufer erbauter Steg; darüber waren Markisen angebracht, um die Sonne abzuhalten. Ein paar Gendarmen führten mich zu dem Haus. In dem Laden zu ebener Erde wurde Messingware verkauft, und die Zimmer darüber wurden vermietet. Der Ladenbesitzer führte mich zwei dunkle, baufällige Treppen hinauf, die von jeder Art chinesischen Gestanks erfüllt waren, und oben rief er etwas. Die Türe wurde von einer Chinesin mittleren Alters geöffnet, und ich konnte sehen, daß ihr Gesicht vom Weinen ganz geschwollen war. Sie sagte nichts, machte uns aber Platz, damit wir vorbeigehen konnten. Es war kaum mehr als ein Loch unter dem Dach: es hatte ein kleines Fenster nach der Straße hinaus, aber die Markise darüber dämpfte das Licht. An Möbeln war weiter nichts vorhanden als ein Tisch aus Tannenholz und ein Stuhl mit zerbrochener Lehne. Auf einer Matte an der Wand lag die Leiche eines Mannes. Zuallererst ließ ich das Fenster aufmachen. Das Zimmer roch so muffig, daß es mich würgte, und der vorherrschende Geruch war der von Opium. Auf dem Tisch sah ich eine kleine Öllampe und eine lange Nadel — ich wußte natürlich, wozu sie dienten. Die Pfeife war versteckt worden. Der Tote lag auf dem Rücken, mit einem Sarong und einer schmutzigen Unterjacke bekleidet. Er hatte lange braune Haare, die leicht ergraut waren, und einen kurzen Bart. Zweifellos war er ein Weißer. Ich untersuchte ihn, so gut ich konnte. Ich mußte feststellen, ob der Tod auf natürliche Weise eingetreten war. Es waren keine Anzeichen von Gewalt vorhanden. Er bestand nur noch aus Haut und Knochen. Es schien mir sehr wahrscheinlich, daß er verhungert war. Ich stellte dem Mann aus dem Laden und der Frau einige Fragen. Der eingeborene Polizist bestätigte ihre Aussagen. Anscheinend hatte der Mann sehr viel gehustet und hin und wieder Blut gespuckt, und sein Aussehen ließ durchaus darauf schließen, daß er Tuberkulose gehabt hatte. Der Chinese sagte, er sei chronischer Opiumraucher gewesen. Das schien alles ganz einleuchtend. Glücklicherweise sind solche Fälle selten, aber sie kommen doch vor: der weiße Mann, der herunterkommt und allmählich auf die letzte Stufe der Erniedrigung sinkt. Anscheinend hatte die Chinesin ihn gern gehabt. Sie hatte ihn die letzten beiden Jahre mit ihrem eigenen elenden Verdienst unterhalten. Ich erteilte die nötigen Anweisungen. Natürlich mußte ich wissen, wer er war. Ich nahm an, daß er Angestellter in einer englischen Firma oder Assistent in einem englischen Warenhaus in Singapur oder Kuala Lumpur gewesen war. Ich fragte die Chinesin, ob er irgendwelches Eigentum hinterlassen habe. Angesichts der Bedürftigkeit, in der sie gelebt hatten, erschien diese Frage etwas töricht, aber sie ging zu einem schäbigen Handkoffer, der in einer Ecke lag, öffnete ihn und zeigte mir ein viereckiges Paket, das etwa die Größe von zwei Romanbänden hatte und in eine alte Zeitung eingewickelt war. Ich sah mir noch den Handkoffer an. Er enthielt nichts von irgendwelchem Wert. Ich nahm das Paket an mich.»

Lows Zigarre war ausgegangen; er beugte sich vor, um sie an einer der Kerzen auf dem Tisch wieder anzuzünden.

«Ich machte es auf. Unter der äußeren Hülle war noch eine Verpackung, und auf dieser stand in sauberer, gepflegter Schrift: ‹An den Distriktbeamten› — also zufällig an mich — und darunter die Worte: ‹Bitte dieses persönlich an die Viscountess Kastellan, Carlton House Terrace, London S. W., abzuliefern.› Das war eine Überraschung. Natürlich mußte ich den Inhalt untersuchen. Ich schnitt die Schnur durch, und das erste, was ich fand, war ein Zigarettenetui aus Gold und Platin. Wie Sie sich denken können, erschien mir dies ganz rätselhaft. Nach allem, was ich gehört hatte, besaßen die beiden, der Tote und die Chinesin, zusammen kaum genug zum Essen, und das Zigarettenetui sah aus, als ob es einen gehörigen Batzen gekostet habe. Außer dem Etui war nur noch ein Bündel Briefe dabei. Ohne Umschläge. Sie waren in der gleichen sauberen Handschrift wie die Angaben auf dem Päckchen, und alle waren mit J. unterzeichnet. Es mochten vierzig oder fünfzig sein. Ich konnte sie dort nicht alle lesen, aber beim raschen Durchblättern sah ich, daß es Liebesbriefe eines Mannes an eine Frau waren. Ich ließ die Chinesin kommen, um sie nach dem Namen des Verstorbenen zu fragen. Entweder kannte sie ihn nicht, oder sie wollte es mir nicht sagen. Ich gab Anweisungen, daß er beerdigt werden solle, und kehrte auf die Barkasse zurück, um nach Hause zu fahren. Ich erzählte es Bee.»

Er sah sie mit seinem lieben ruhigen Lächeln an.

«Ich mußte Arthur gegenüber ziemlich energisch werden», sagte sie. «Zuerst wollte er mich die Briefe nicht lesen lassen, aber so einen Unsinn konnte ich mir natürlich nicht gefallen lassen.»

«Die Sache ging uns gar nichts an.»

«Du mußtest doch den Namen herausfinden.»

«Und was hattest du dabei zu tun?»

«Ach, sei doch nicht so dumm», sagte sie lachend. «Ich wäre verrückt geworden, wenn du sie mich nicht hättest lesen lassen.»

«Und haben Sie seinen Namen entdeckt?» fragte ich.

«Nein.»

«War keine Adresse angegeben?»

«Doch, und zwar eine ganz unerwartete. Die meisten Briefe waren auf Papier des Auswärtigen Amtes geschrieben.»

«Merkwürdig.»

«Ich wußte nicht recht, was ich tun sollte. Ich dachte halb und halb daran, an die Viscountess Kastellan zu schreiben und ihr die Umstände zu schildern, aber ich wußte nicht, was ich damit vielleicht anstellen würde. Die Anordnung lautete ja dahin, daß das Päckchen ihr persönlich übergeben werden sollte, und so packte ich alles wieder zusammen und legte es in den Safe. Wir wollten im Frühjahr auf Urlaub nach Hause reisen, ich dachte, es sei am besten, bis dahin alles ruhen zu lassen. Die Briefe waren inhaltlich ziemlich kompromittierend.»

«Das ist gelinde ausgedrückt», sagte Mrs. Low kichernd. «In Wahrheit verrieten sie alles.»

«Ich glaube, wir brauchen darauf nicht näher einzugehen», sagte Low.

Ein kleiner Streit folgte, aber ich glaube, von seiner Seite aus mehr der Form wegen, denn er mußte wissen, daß sein Bestreben, die offizielle Diskretion zu wahren, sich kaum behaupten konnte gegenüber der Entschlossenheit seiner Frau, mir alles zu erzählen. Sie war gegen Lady Kastellan eingenommen und kannte in ihren Bemerkungen über sie keine Hemmungen. Ihre ganze Sympathie gehörte dem Mann. Low bemühte sich nach Möglichkeit, ihre voreiligen Behauptungen abzuschwächen. Er sagte ihr, daß ihre Einbildungskraft mit ihr durchgegangen sei und daß sie mehr in die Briefe hineingelesen habe, als tatsächlich darin stand. Sie wollte nichts davon hören. Anscheinend hatten die Briefe einen tiefen Eindruck auf sie gemacht, und aus ihrem Bericht und Lows Einwänden erhielt ich einen ziemlich klaren Eindruck. Eines war sicher: sie waren ergreifend.

«Ich kann Ihnen nicht sagen, wie es mich empörte, mit welcher Gier Bee sie verschlang», sagte Low.

«Es waren die wunderbarsten Briefe, die ich je gelesen habe. Du hast mir nie solche geschrieben.»

«Wenn ich es getan hätte, würdest du mich für einen verdammten Narren gehalten haben», sagte er lachend.

Sie sah ihn mit einem reizenden, liebevollen Lächeln an.

«Ja, vermutlich, und doch war ich weiß Gott sehr in dich verschossen, weiß der Teufel warum.»

Die Geschichte enthüllte sich ganz deutlich. Der Schreiber der Briefe, der geheimnisvolle J., wahrscheinlich ein Beamter im Auswärtigen Amt, hatte sich in Lady Kastellan verliebt und sie sich in ihn. Sie hatten ein Liebesverhältnis angefangen, und die ersten Briefe waren leidenschaftlich lyrisch. Die beiden waren sehr glücklich. Sie glaubten, ihre Liebe werde ewig dauern. Er schrieb ihr immer sofort, nachdem er sie verlassen hatte, und beteuerte ihr, wie er sie anbete und was sie für ihn bedeute. Sie war ständig in seinen Gedanken. Es schien, als sei ihr Gefühl für ihn ebenso stark wie das seine, denn in einem Brief rechtfertigte er sich gegen ihren Vorwurf, daß er versäumt habe, sie irgendwo zu treffen, wo er sie anwesend wußte. Er erklärte ihr, welche Qual es für ihn gewesen sei, daß ein plötzlicher Auftrag ihn daran verhindert habe, mit ihr zusammen zu sein, worauf er sich so sehr gefreut habe.

Dann kam die Katastrophe. Wie sie eintrat oder warum, konnte man nur erraten. Lord Kastellan entdeckte die Wahrheit. Er verdächtigte seine Frau nicht nur der Untreue, er hatte Beweise dafür. Es gab eine furchtbare Szene zwischen ihnen, sie verließ ihn und ging zu ihrem Vater. Lord Kastellan erklärte seine Absicht, sich von ihr scheiden zu lassen. Jetzt änderte sich der Ton der Briefe. J. schrieb sofort und bat Lady Kastellan, sie sehen zu dürfen, aber sie verweigerte es ihm. Ihr Vater bestehe darauf, daß sie sich nicht träfen. J. war bekümmert über ihr Unglück und bestürzt über seine Schuld daran und schrieb teilnehmend über alles, was sie zu Hause durchzumachen hatte, denn ihre Eltern waren wütend. Aber gleichzeitig fühlte man, daß ihn das Eintreten der Krise erleichterte. Nichts war von Bedeutung, außer daß sie einander liebten. Er sagte, daß er Kastellan hasse. Er solle nur die Scheidungsklage einreichen. Je früher sie heiraten könnten, desto besser. Die Korrespondenz war einseitig, sie enthielt keine Briefe von ihr, und man mußte aus seinen Antworten erraten, was sie geschrieben hatte. Sie war anscheinend ganz außer sich vor Schrecken, und nichts, was er sagte, half ihr. Er versicherte ihr, daß es ihm gleichgültig sei, das Auswärtige Amt verlassen zu müssen. Er könne irgendwo in den Kolonien eine Stellung finden, in der er viel mehr verdienen würde. Er sei überzeugt, daß er sie glücklich machen könne. Natürlich gebe es einen Skandal, aber das werde bald vergessen, und außerhalb Englands würden sich die Leute nicht darum kümmern. Er flehte sie an, Mut zu fassen. Dann schien es, als habe sie einen mißgelaunten Brief geschrieben. Sie verabscheute es, sich scheiden zu lassen, Kastellan weigerte sich, die Schuld auf sich zu nehmen, sie wollte nicht auf das Leben in London verzichten und sich in irgendeinem gottverlassenen Nest auf der anderen Seite der Erdkugel vergraben. Er antwortete unglücklich. Er sagte, er wolle alles tun, was sie wünsche. Er flehte sie an, ihn nicht weniger zu lieben, und der Gedanke, daß dieses Unheil ihr Gefühl für ihn verändert habe, quälte ihn. Sie machte ihm Vorwürfe, daß sie in diese Lage geraten waren; er versuchte nicht, sich zu entschuldigen; er war bereit zuzugeben, daß er allein die Schuld trage. Dann wurde offenbar von höherer Stelle aus ein Druck auf Kastellan ausgeübt, und es bestand sogar die Möglichkeit, die Sache wieder in Ordnung zu bringen. Was immer sie dann schrieb, brachte J., den unbekannten J., zur Verzweiflung. Sein Brief war fast zusammenhanglos. Er flehte sie erneut an, ihn zu treffen, er bat sie, stark zu sein, er wiederholte, daß sie alles auf der Welt für ihn bedeute, er befürchtete, daß sie sich von andern beeinflussen lasse, er bat sie, alle Schiffe hinter sich zu verbrennen und mit ihm nach Paris zu fahren. Er war außer sich. Dann hatte sie ihm wohl einige Tage nicht mehr geschrieben. Er konnte es nicht verstehen. Er wußte nicht, ob seine Briefe in ihre Hände gelangten. Er war von einem unbeschreiblichen Schmerz erfaßt. Dann kam der Schlag. Sie mußte ihm geschrieben haben, wenn er beim Auswärtigen Amt den Abschied einreichen und England verlassen würde, wäre ihr Mann bereit, sie wieder zu sich zu nehmen. Seine Antwort war verzweifelt.

«Er hat sie keinen Augenblick durchschaut», sagte Mrs. Low.

«Was gab es da zu durchschauen?» fragte ich.

«Wissen Sie nicht, was sie ihm geschrieben hat? Ich weiß es.»

«Sei doch nicht so töricht, Bee! Du kannst es doch unmöglich wissen.»

«Natürlich weiß ich es. Sie hat es ihm nahegelegt. Sie hat an seine Großmut appelliert. Sie hat ihre Eltern mit hineingezogen. Sie hat ihre Kinder vorgebracht; ich wette, das war das erste Mal, daß sie seit ihrer Geburt an sie gedacht hat. Sie wußte, daß er aus lauter Liebe zu allem bereit war, was er tun konnte, sogar sie aufzugeben. Sie wußte, daß er es auf sich nehmen würde, ihr alles zum Opfer zu bringen: seine Liebe, sein Leben, seine Karriere, und sie ließ es zu. Sie ließ es zu, daß das Angebot von ihm kam. Sie ließ sich von ihm überreden, es anzunehmen.»

Ich hörte Mrs. Low lächelnd, aber aufmerksam zu. Sie war eine Frau und fühlte instinktiv, wie eine Frau in dieser Lage handeln würde. Sie fand es verabscheuungswürdig, aber sie fühlte bis in die Knochen, daß sie in einem solchen Fall genauso gehandelt hätte. Natürlich war das alles nur erfunden, ohne weitere Grundlage als den Brief von J., aber ich hatte den Eindruck, daß es der Wahrscheinlichkeit entsprach.

Das war der letzte Brief in dem Päckchen

Ich war überrascht. Ich hatte Lady Kastellan schon längere Zeit gekannt, aber nur flüchtig, und ihren Mann kannte ich noch weniger. Er ging ganz in der Politik auf, war damals Unterstaatssekretär im Innenministerium, als die Lows und ich zu dem großen Empfang eingeladen worden waren, und ich hatte ihn immer nur in seinem eigenen Haus getroffen. Lady Kastellan galt als Schönheit; sie war hochgewachsen und hatte eine gute, aber etwas schwere Figur. Ihre Haut war wunderschön. Ihre großen blauen Augen standen etwas weit auseinander, das Gesicht war breit. Das gab ihr ein leicht kuhartiges Aussehen. Sie hatte hübsches hellbraunes Haar und eine prachtvolle Haltung. Sie war eine Frau von großer Selbstbeherrschung, und es wunderte mich, daß sie sich jemals einer solchen Leidenschaft hingegeben hatte, wie die Briefe sie andeuteten. Sie war ehrgeizig und zweifellos für Kastellan in seinem politischen Leben sehr nützlich. Ich hätte ihr niemals eine Unbesonnenheit zugetraut. Im Zurückblicken glaubte ich, vor Jahren gehört zu haben, daß die Kastellans nicht gut miteinander stünden, aber ich hatte nie Einzelheiten erfahren, und wenn ich sie traf, schienen sie immer ein Herz und eine Seele zu sein. Kastellan war ein großer Mann mit rotem Gesicht und glattem schwarzem Haar, heiter und geräuschvoll, aber er hatte kleine schlaue Augen, die

VERBAND ALLER KÖRPERBEHINDERTEN ÖSTERREICHS
1140 Wien, Lützowgasse 24 - 26 Telefon: 94 55 62

Made in Austria

beobachteten und sich alles merkten. Er war fleißig, ein wirkungsvoller Redner, doch ein wenig wichtigtuerisch. Er war sich seiner eigenen Bedeutung etwas zu sehr bewußt. Er ließ sein Gegenüber nie vergessen, daß er Rang und Reichtum besaß. Er neigte dazu, sich weniger prominenten Leuten gegenüber als Gönner aufzuspielen.

Ich konnte mir gut den fürchterlichen Auftritt vorstellen, als Lord Kastellan das Verhältnis seiner Frau mit einem jüngeren Beamten des Auswärtigen Amtes entdeckte. Lady Kastellans Vater war lange Jahre Unterstaatssekretär im Auswärtigen Amt gewesen, und es hätte sich ungewöhnlich peinlich ausgewirkt, wenn seine Tochter wegen eines seiner Untergebenen geschieden worden wäre. Vielleicht war Kastellan in seine Frau verliebt und auf ganz natürliche Art von Eifersucht befallen. Aber er war ein hochmütiger Mann, ohne Sinn für Humor. Er fürchtete die Lächerlichkeit. Es ist schwer, die Rolle des betrogenen Gatten mit Würde zu spielen. Er wünschte sicher keinen Skandal, der seine künftige Laufbahn aufs Spiel setzen konnte. Es ist möglich, daß Lady Kastellans Ratgeber die Sache zu verteidigen drohten, und die Aussicht, vor der Öffentlichkeit schmutzige Wäsche zu waschen, entsetzte ihn. Wahrscheinlich wurde ein Druck auf ihn ausgeübt, und die Lösung, zu vergeben und seine Frau wieder zu sich zu nehmen, wenn ihr Liebhaber endgültig entfernt würde, mag ihm als der beste Ausweg erschienen sein. Ich bezweifle nicht, daß Lady Kastellan alles versprach, was von ihr verlangt wurde.

Sie mußte einen tüchtigen Schrecken bekommen haben. Ich beurteilte ihr Verhalten nicht so streng wie Mrs. Low. Sie war sehr jung; sie war jetzt noch nicht über fünfunddreißig. Wer konnte sagen, durch welchen Zufall sie J.s Geliebte geworden war? Ich nehme an, daß sie sich ganz unvermutet verliebt hatte und mitten in ein Verhältnis geraten war, bevor sie recht zur Besinnung kommen konnte. Sie muß immer eine kalte, selbstbeherrschte Frau gewesen sein, aber gerade solchen Menschen spielt die Natur zuweilen sonderbare Streiche. Ich bin bereit zu glauben, daß sie den Kopf verloren hatte. Es gibt keine Möglichkeit zu erfahren, wie Kastellan alles entdeckte, aber die Tatsache, daß sie die Briefe ihres Liebhabers aufbewahrte; zeigt, daß sie zu verliebt war, um vorsichtig zu sein. Arthur Low hatte erwähnt, wie merkwürdig es sei, daß sich im Besitz des Verstorbenen nur seine eigenen Briefe und nicht die ihrigen befanden, aber das schien mir leicht erklärlich. Zur Zeit der Katastrophe waren sie ihm zweifellos im Tausch gegen ihre Briefe zurückgegeben worden, und er bewahrte sie auf. Wenn er sie durchlas, konnte er die Liebe wieder erleben, die für ihn alles in der Welt bedeutete.

Ich nahm nicht an, daß Lady Kastellan, von Leidenschaft verzehrt, jemals überlegt hatte, was geschehen würde, wenn die Sache herauskäme. Als die Katastrophe eintrat, verlor sie begreiflicherweise vor Schrecken die Fassung. Vielleicht hatte sie sich ebenso wenig um ihre Kinder gekümmert wie die meisten Frauen, die ein ähnliches Leben führen, aber vielleicht wollte sie sie trotzdem nicht verlieren. Ich wußte nicht einmal, ob sie ihrem Mann jemals wärmere Gefühle entgegengebracht hatte, aber soweit ich sie kannte, vermutete ich, daß sie seinem Namen und seinem Reichtum gegenüber nicht gleichgültig war. Die Zukunft muß ihr ziemlich schlimm erschienen sein. Sie war im Begriff, alles zu verlieren: das großartige Haus in Carlton House Terrace, ihre Stellung, die Sicherheit; ihr Vater konnte ihr kein Geld geben, und ihr Liebhaber mußte sich erst eine Anstellung suchen. Es mag nicht gerade tapfer gewesen sein, den Bitten ihrer Familie nachzugeben, aber es war verständlich.

Während ich dies alles überlegte, fuhr Arthur Low mit seinem Bericht fort.

«Ich wußte nicht recht, wie ich es anstellen sollte, mich mit Lady Kastellan in Verbindung zu setzen», sagte er. «Es war ungeschickt, daß ich den Namen des Burschen nicht kannte. Immerhin schrieb ich ihr, als wir nach Hause kamen. Ich erklärte ihr, wer ich sei, und daß ein Mann, der vor kurzem in meinem Distrikt gestorben sei, mich gebeten habe, ihr einige Briefe und ein Zigarettenetui aus Gold und Platin auszuhändigen. Ich sagte, daß ich gebeten worden sei, diese Sachen ihr persönlich zu übergeben. Ich dachte, sie würde mir vielleicht gar nicht antworten oder durch einen Anwalt mit mir verkehren. Aber sie antwortete, daß ich an einem Vormittag um zwölf Uhr nach Carlton House Terrace kommen solle. Natürlich war es dumm von mir, aber als ich endlich auf der Eingangstreppe stand und klingelte, war ich ganz nervös. Die Türe wurde von einem Butler geöffnet. Ich erklärte, daß Lady Kastellan mich erwarte. Ein Lakai nahm mir Hut und Mantel ab. Ich wurde in einen riesigen Empfangsraum hinaufgeführt.

‹Ich werde Sie sofort melden›, sagte der Butler.

Er verließ mich, und ich saß auf der Kante eines Stuhles und schaute mich um. An den Wänden hingen gewaltige Gemälde, Porträts, wissen Sie, ich habe keine Ahnung, von wem sie waren, vermutlich von Reynolds oder Romney, und eine Menge orientalisches Porzellan war da, und vergoldete Konsolen und Spiegel. Es war alles beängstigend großartig; ich kam mir sehr schäbig und unbedeutend vor. Mein Anzug roch nach Kampfer und war an den Knien ausgebeult. Meine Krawatte schien mir etwas auffallend. Der Butler kam wieder herein und bat mich, mit ihm zu kommen. Er öffnete eine andere Tür als die, durch welche ich hereingekommen war, und ich befand mich in einem weiteren Zimmer, nicht ganz so groß wie der Empfangsraum, aber immer noch groß und sehr vornehm. Eine Dame stand am Kamin. Sie sah mich an, als ich hereinkam, und neigte leicht den Kopf. Ich war entsetzlich verlegen, während ich das ganze Zimmer durchquerte, und hatte Angst an die Möbel zu stoßen. Ich kann nur hoffen, daß ich nicht so tölpelhaft wirkte, wie ich mich fühlte. Sie bat mich nicht, Platz zu nehmen.

‹Sie haben also einige Gegenstände, die Sie mir persönlich abgeben möchten›, sagte sie. ‹Es ist sehr freundlich von Ihnen, sich damit zu bemühen.›

Sie lächelte nicht. Sie wirkte durchaus beherrscht, aber ich hatte den Eindruck, daß sie mich einschätzte. Um die Wahrheit zu gestehen, das brachte mich auf. Ich hatte keine Lust, wie ein Chauffeur, der eine Stellung sucht, behandelt zu werden.

‹Das ist nicht der Rede wert›, sagte ich ziemlich steif. ‹Es gehört zur Tagesarbeit.›

‹Haben Sie die Sachen bei sich?› fragte sie.

Ich gab keine Antwort, öffnete aber die Aktentasche, die ich mitgebracht hatte, und nahm die Briefe heraus. Ich überreichte sie ihr. Sie nahm sie wortlos in Empfang. Sie warf einen Blick darauf. Sie war stark zurechtgemacht, aber ich kann beschwören, daß sie unter der Schminke ganz blaß wurde. Der Ausdruck ihres Gesichtes veränderte sich nicht. Ich schaute auf ihre Hände. Sie zitterten ein wenig. Dann schien sie sich zusammenzuraffen.

‹Ach, entschuldigen Sie›, sagte sie. ‹Wollen Sie sich nicht setzen?›

Ich nahm Platz. Einen Augenblick lang wußte sie anscheinend nicht recht, was sie tun sollte. Sie hielt die Briefe in der Hand. Da ich den Inhalt kannte, fragte ich mich, was sie empfinden mochte. Sie verriet nicht viel. Neben dem Kamin stand ein Schreibtisch; sie öffnete eine Schublade und legte die Briefe hinein. Dann setzte sie sich mir gegenüber und bot mir eine Zigarette an. Ich reichte ihr das Etui, das ich in meine Brusttasche gesteckt hatte.

‹Ich bin gebeten worden, Ihnen auch dies zu übergeben›, sagte ich.

Sie nahm es und betrachtete es. Einen Augenblick lang sprach sie nicht, und ich wartete. Ich wußte nicht recht, ob ich aufstehen und weggehen sollte.

‹Kannten Sie Jack gut?› fragte sie plötzlich.

‹Ich kannte ihn überhaupt nicht›, antwortete ich. ‹Ich habe ihn nach seinem Tod zum erstenmal gesehen.›

‹Ich hatte keine Ahnung, daß er gestorben war, bis ich Ihre Mitteilung erhielt›, sagte sie. ‹Ich hatte ihn seit langem aus den Augen verloren. Er war natürlich ein alter Freund von mir.›

Ich fragte mich, ob sie dachte, daß ich die Briefe nicht gelesen hätte, oder ob sie sich gar nicht mehr daran erinnerte, was für Briefe es waren. Wenn der Anblick ein Schock für sie gewesen war, so hatte sie ihn inzwischen völlig überwunden. Sie sprach jetzt fast unbeteiligt.

‹An was ist er eigentlich gestorben?› fragte sie.

‹An Tuberkulose, Opium und Hunger›, erwiderte ich.

‹Wie schrecklich›, sagte sie.

Aber sie sagte es ganz konventionell. Was immer sie auch empfinden mochte, sie war nicht gewillt, es mich merken zu lassen. Sie war vollkommen kühl, aber es schien mir, obwohl ich es mir vielleicht nur einbildete, daß sie mich beobachtete und angespannt bemüht war zu ergründen, wieviel ich wußte. Ich glaube, sie hätte viel darum gegeben, das mit Bestimmtheit zu wissen.

‹Wie sind Sie zu diesen Sachen gekommen?› fragte sie dann.

‹Ich nahm sie nach seinem Tod an mich›, erklärte ich. ‹Sie waren in einem Paket zusammengepackt, mit der Anweisung, sie Ihnen zu übergeben.›

‹War es nötig, das Paket zu öffnen?›

Ich wollte, ich könnte Ihnen sagen, mit welcher eiskalten Unverschämtheit sie diese Frage stellte. Ich wurde ganz blaß, und ich konnte es unter keiner Schminke verbergen. Ich erwiderte, daß ich es für meine Pflicht gehalten hätte, wenn möglich die Identität des Mannes festzustellen. Ich hätte mich gerne mit seinen Verwandten in Verbindung gesetzt.

‹Ich verstehe›, sagte sie.

Sie sah mich an, als wäre das Interview damit zu Ende und als erwarte sie, daß ich aufstehen und mich empfehlen würde. Aber das tat ich nicht. Ich wollte mich ein wenig rächen. Ich erzählte ihr, wie man nach mir geschickt und wie ich ihn vorgefunden hatte. Ich beschrieb ihr alles und sagte ihr, meines Wissens sei zuletzt niemand dagewesen, um sich seiner anzunehmen, außer einer Chinesin. Plötzlich ging die Türe auf, und wir sahen uns beide an. Ein großer Mann in mittleren Jahren kam herein und blieb stehen, als er mich erblickte.

‹Entschuldige›, sagte er, ‹ich wußte nicht, daß du beschäftigt bist.›

‹Komm nur herein›, sagte sie, und als er näher trat: ‹Dies ist Mr. Low. Mein Mann.›

Lord Kastellan nickte.

‹Ich wollte dich nur fragen›, fing er an und verstummte dann. Sein Blick war auf das Zigarettenetui gefallen, das noch offen in Lady Kastellans Hand lag. Ich weiß nicht, ob sie seinen fragenden Ausdruck bemerkte. Sie lächelte ihn freundlich an. Sie hatte eine ganz erstaunliche Selbstbeherrschung.

‹Mr. Low kommt von den Malaiischen Staaten. Der arme Jack Almond ist tot, und er hat mir sein Zigarettenetui vermacht.›

‹Ach›, sagte Lord Kastellan. ›Wann ist er gestorben?›

‹Vor sechs Monaten etwa›, sagte ich.

Lady Kastellan stand auf.

‹Nun, ich will Sie nicht länger aufhalten. Ich vermute, daß Sie viel zu erledigen haben. Vielen Dank, daß Sie Jacks Wunsch ausgeführt haben.›

‹Es sieht im Augenblick ziemlich übel in den Malaiischen Staaten aus, falls alles zutrifft, was man so hört›, sagte Lord Kastellan.

Ich schüttelte beiden die Hand, und Lady Kastellan drückte auf eine Klingel.

‹Bleiben Sie in London?› fragte sie, als ich gerade gehen wollte. ‹Ich weiß nicht, ob Sie an einer kleinen Gesellschaft, die ich nächste Woche gebe, teilnehmen möchten?›

‹Ich habe meine Frau bei mir›, sagte ich.

‹Ach, das ist sehr nett. Ich werde Ihnen eine Einladung schicken.›

Einige Minuten darauf befand ich mich auf der Straße. Ich war froh, allein zu sein. Ich hatte einen schweren Schock erlebt. Sobald Lady Kastellan den Mann nannte, erinnerte ich mich. Also Jack Almond war es, dieser arme Kerl, den ich in dem chinesischen Haus tot vorgefunden hatte — verhungert. Ich hatte ihn ganz gut gekannt. Keinen Augenblick wäre ich auf die Idee gekommen, daß er es sein könnte. Ich hatte oft mit ihm gegessen und Karten gespielt, und auch Tennis. Es war ein schrecklicher Gedanke, daß er so in meiner Nähe gestorben war, ohne daß ich es geahnt hatte. Er mußte gewußt haben, daß er mir nur eine Botschaft zu schicken brauchte, damit ich etwas für ihn getan hätte. Ich begab mich in den St. James Park und setzte mich dort hin. Ich mußte erst einmal richtig nachdenken.»

Ich konnte verstehen, daß es für Arthur Low einen Schock bedeutet hatte zu entdecken, wer der Tote gewesen war, denn es bedeutete auch für mich einen Schock. Merkwürdigerweise hatte auch ich ihn gekannt. Nicht näher, aber ich hatte ihn auf Gesellschaften getroffen und von Zeit zu Zeit in einem Landhaus, wo wir beide das Wochenende zubrachten. Mit seinem Namen kehrten mir alle Erinnerungen an ihn ins Gedächtnis zurück. Darum also hatte er plötzlich eine Karriere aufgegeben, die er so liebte. Zu jener Zeit, es war gerade nach dem Krieg, kannte ich zufällig einige Leute im Auswärtigen Amt. Jack Almond galt als der begabteste von all den jungen Männern, die dort beschäftigt waren, und die höchsten Posten, die im diplomatischen Dienst zu vergeben waren, standen ihm offen. Natürlich erforderte das Geduld. Aber ich fand es damals sehr töricht von ihm, seine ganzen Chancen wegzuwerfen, um sich im Fernen Osten ins Geschäftsleben zu begeben. Seine Freunde versuchten alles, um ihn davon abzubringen. Er erklärte, er habe Verluste gehabt, und es sei ihm unmöglich, mit seinem Gehalt auszukommen. Zweifellos hätte er lavieren können, bis seine Verhältnisse sich besser gestalteten. Ich weiß noch gut, wie er aussah. Er war groß und gut gewachsen, ein wenig zu elegant, aber jung genug, um seine tadellose Kleidung auf flotte Art zu tragen. Er hatte dunkelbraunes Haar, das sehr glatt und gepflegt war, blaue Augen mit sehr langen Wimpern und blendend frische Farben. Er sah aus wie das Leben. Er war unterhaltend, heiter und schlagfertig. Ich habe nie jemanden gekannt, der mehr Charme besaß. Es ist eine gefährliche Eigenschaft, und diejenigen, die sie besitzen, nützen sie aus. Oft denken sie, damit allein ohne weitere Anstrengung durchs Leben zu kommen. Es ist gut, dagegen auf der Hut zu sein. Aber bei Jack Almond war es der Ausdruck einer liebenswürdigen und großherzigen Natur. Er erfreute, weil er erfreulich war. Er war völlig frei von Eitelkeit. Er hatte eine besondere Begabung für Sprachen: Französisch und Deutsch beherrschte er ohne jeden Akzent, und seine Manieren waren einwandfrei. Man fühlte, daß er zur gegebenen Zeit in der Rolle eines Botschafters in großem Stil auftreten würde. Er mußte jedermann gefallen. Es war nicht verwunderlich, daß Lady Kastellan sich heftig in ihn verliebt hatte. Meine Phantasie lief mit mir davon. Was gibt es Bewegenderes als junge Liebe? Die Spaziergänge dieses schönen Paares in einem der Parks, an warmen Frühsommerabenden, die Bälle, die sie besuchten, auf denen er sie in den Armen hielt, die Verzauberung ihres gemeinsamen Geheimnisses, wenn sich ihre Blicke über der Abendtafel trafen, und die leidenschaftlichen Begegnungen, gehetzt und gefährlich, aber das Risiko tausendmal wert, wenn sie sich an einem heimlichen Treffpunkt der Erfüllung ihres Verlangens hingeben konnten. Sie tranken die Milch des Paradieses.

Wie schrecklich, daß dies alles ein so tragisches Ende nehmen mußte!

«Wie lernten Sie ihn kennen?» fragte ich Low.

«Er war bei Dexter & Farmilow. Sie wissen, die Schiffahrtsfirma. Er hatte eine ganz gute Stellung. Er hatte Briefe an den Gouverneur und solche Leute mitgebracht. Ich war damals in Singapur. Ich glaube, ich habe ihn zuerst im Klub getroffen. Er war verdammt geschickt bei allen Spielen und derartigen Dingen. Er spielte Polo. Er war ein sehr guter Tennisspieler. Man mußte ihn einfach gern haben.»

«Trank er, oder dergleichen?»

«Nein.» Arthur Low wurde ganz energisch. «Er war einer der Besten. Die Frauen waren ganz versessen auf ihn — und kein Wunder. Er war einer der anständigsten Burschen, die ich je getroffen habe.»

Ich wandte mich an Mrs. Low.

«Kannten Sie ihn?»

«Nur ganz flüchtig. Nach unserer Heirat gingen Arthur und ich nach Perak. Er war reizend, daran erinnere ich mich. Er hatte die längsten Wimpern, die ich je bei einem Mann gesehen habe.»

«Er war lange draußen, ohne nach Hause zu fahren. Fünf Jahre, glaube ich. Ich mag keine abgedroschenen Phrasen gebrauchen, aber er hatte sich goldene Sporen verdient, ich kann es nicht anders ausdrücken. Manche Leute waren verstimmt gewesen, weil er durch Beziehungen einen so verdammt guten Posten bekommen hatte, aber sie mußten zugeben, daß er sich bewährte. Wir wußten, daß er im Auswärtigen Amt gewesen war, aber er spielte sich nie besonders auf.»

«Was mich so anzog», fiel Mrs. Low ein, «war, glaube ich, daß er so ungeheuer lebendig war. Man hatte sofort neuen Mut, wenn man nur mit ihm sprach.»

«Es gab eine großartige Abschiedsfeier für ihn, als er dann abdampfte. Ich war zufällig auf einige Tage nach Singapur gekommen und wohnte dem Dinner im ‹Europa› an seinem letzten Abend bei. Wir waren alle ziemlich beschwipst. Es war ein herrlicher Spaß. Eine ganze Schar begleitete ihn ans Schiff. Er wollte nur auf sechs Monate heimfahren. Ich glaube, alle freuten sich auf seine Rückkehr. Es wäre besser für ihn gewesen, wenn es nie dazu gekommen wäre.»

«Was passierte denn?»

«Ich weiß nicht genau. Ich war wieder versetzt worden und war jetzt ganz im Norden.»

Wie ärgerlich! Es ist wirklich leichter, eine Geschichte zu erfinden, als eine über lebendige Menschen zu erzählen, wenn man nicht nur ihre Beweggründe erraten muß, sondern auch von ihrem Verhalten, sogar in den kritischsten Momenten, nichts weiß.

«Er war ein sympathischer Bursche, aber nie unser intimer Freund. Sie kennen ja die Cliquenwirtschaft in Singapur; er bewegte sich in etwas gehobeneren Kreisen als wir. Als wir nach dem Norden zogen, vergaß ich ihn. Aber eines Tages hörte ich im Klub von ihm reden. Walton und Henning. Walton war gerade von Singapur zurückgekehrt. Ein großes Polo-Wettspiel hatte dort stattgefunden.

‹Hat Almond mitgespielt?› fragte Henning.

‹Natürlich nicht›, sagte Walton. ‹Sie haben ihn ja schon in der letzten Saison hinausgeschmissen.›

Ich unterbrach sie.

‹Wovon sprechen Sie?› fragte ich.

‹Wissen Sie das nicht?› sagte Walton. ‹Er ist ganz auf den Hund gekommen, der arme Teufel.›

‹Wieso?› fragte ich.

‹Er trinkt.›

‹Man sagt, daß er auch Rauschgift nimmt›, sagte Henning.

‹Ja, das habe ich gehört›, sagte Walton. ‹Das wird er nicht lange aushalten, Opium, nicht?›

‹Wenn er sich nicht in acht nimmt, wird er seine Stellung verlieren›, sagte Henning.

Ich konnte es nicht verstehen», fuhr Low fort. «Er war der letzte Mensch, von dem ich gedacht hätte, daß er diesen Weg gehen würde. Er war so typisch englisch, und ein Gentleman und so weiter. Anscheinend war Walton mit ihm zusammen auf dem gleichen Schiff, als Jack von seinem Urlaub zurückkehrte. Er kam in Marseille an Bord. Er war in gedrückter Stimmung, aber das schien weiter nicht merkwürdig: viele Leute sind nicht gerade rosiger Laune, wenn sie die Heimat wieder verlassen und in die Tretmühle zurück müssen. Er trank ziemlich viel. Das tun andere mitunter auch. Aber Walton machte eine etwas sonderbare Bemerkung über ihn. Er sagte, es hätte so ausgesehen, als ob alles Leben aus ihm entwichen sei. Man mußte es unwillkürlich bemerken, weil er immer so aufgeräumt gewesen war. Man hatte allgemein vermutet, daß er mit einem Mädchen in England verlobt gewesen sei, und auf dem Schiff kamen sie dann zu der Überzeugung, daß sie ihm den Laufpaß gegeben habe.»

«Das sagte ich Arthur auch, als er es mir erzählte», erklärte Mrs. Low. «Immerhin sind fünf Jahre eine lange Zeit, um ein Mädchen allein zu lassen.»

«Man dachte natürlich, er würde darüber wegkommen, sobald er seine Arbeit wiederaufnähme. Aber das war unglücklicherweise nicht der Fall. Es wurde schlimmer und schlimmer mit ihm. Sehr viele Leute mochten ihn gern, und sie gaben sich alle Mühe mit ihm, damit er wieder ins Gleichgewicht käme. Aber es half nichts. Er sagte nur, sie sollten sich um ihre eigenen Angelegenheiten kümmern. Er war ausfällig und ungezogen, was um so seltsamer wirkte, als er immer so nett zu allen gewesen war. Walton sagte, man hätte kaum glauben können, daß es der gleiche Mensch sei. Im Hause des Gouverneurs ließ man ihn fallen, und viele andere taten das gleiche. Lady Ormonde, die Gattin des Gouverneurs, war ein Snob; sie wußte, daß er gute Beziehungen hatte und so weiter, und sie hätte ihm sicher nicht die kalte Schulter gezeigt, wenn es nicht ziemlich übel um ihn gestanden hätte. Er war ein netter Kerl, dieser Jack Almond, wir fanden es schlimm, daß er sich so herunterwirtschaftete. Es tat mir leid, verstehen Sie, aber natürlich verdarb es mir nicht den Appetit und störte auch nicht meine Nachtruhe. Einige Monate später war ich zufällig selber in Singapur, und als ich in den Klub kam, erkundigte ich mich nach ihm. Er hatte wirklich seine Stellung verloren, anscheinend war er öfters zwei oder drei Tage nacheinander nicht ins Büro gekommen. Und dann wurde mir erzählt, daß ihn jemand als Manager einer Gummiplantage auf Sumatra eingesetzt hatte, in der Hoffnung, daß er sich, fern von den Versuchungen Singapurs, endlich aufraffen würde. Sehen Sie, jeder hatte ihn so gern gehabt, daß sie es alle nicht ertragen konnten, ihn untergehen zu sehen. Aber es war umsonst. Er war dem Opium verfallen. Er blieb nicht lange auf dem Posten in Sumatra und kehrte dann nach Singapur zurück. Ich hörte später, daß man ihn kaum mehr erkannt hätte. Er war immer so gepflegt und elegant gewesen; jetzt war er verwahrlost und ungewaschen und hatte finster blickende Augen. Einige Klubmitglieder taten sich zusammen und arrangierten noch einmal etwas. Sie fanden, daß sie ihm noch eine letzte Gelegenheit bieten mußten, und schickten ihn nach Sarawak hinaus. Aber es nützte nichts. Die Wahrheit ist wohl, daß er keine Hilfe haben wollte. Ich glaube, er wollte nur auf seine Weise zur Hölle fahren und zwar so rasch wie möglich. Dann verschwand er; jemand behauptete, er sei nach Hause gefahren. Jedenfalls wurde er vergessen. Sie wissen, wie die Leute in den Malaiischen Staaten entschwinden. Darum war es wohl auch, daß ich beim Auffinden eines Toten in einem Sarong, mit einem Bart, in einem kleinen übelriechenden Zimmer in einem chinesischen Haus, dreißig Meilen von allem entfernt, keinen Augenblick auf den Gedanken kam, daß das Jack Almond sein könnte. Ich hatte seinen Namen jahrelang nicht mehr gehört.»

«Denken Sie nur, was er durchgemacht haben muß», sagte Mrs. Low, und ihre Augen standen voller Tränen, denn sie hatte ein gutes, weiches Herz.

«Die ganze Sache ist unerklärlich», meinte Low.

«Warum?» fragte ich.

«Nun, wenn er zusammenbrechen mußte, warum dann nicht zu der Zeit, als es zuerst herauskam? Die ersten fünf Jahre war bei ihm alles in Ordnung. Er war einer der besten. Wenn diese Beziehung ihn zerbrochen hätte, so mußte man den Zusammenbruch doch erwarten, solange die Wunde frisch war. Aber während dieser ganzen Zeit war er so munter wie ein Vogel. Offenbar hatte er keine Sorge auf der Welt. Nach allem, was ich gehört habe, kam ein ganz veränderter Mensch aus dem Urlaub zurück.»

«Etwas war während der sechs Monate in London geschehen», sagte Mrs. Low. «Das liegt auf der Hand.»

«Wir werden es niemals wissen», sagte Low seufzend.

«Aber wir können es erraten», meinte ich lächelnd. «Hier kommt der Romanschriftsteller an die Reihe. Soll ich Ihnen sagen, wie ich mir die Sache denke?»

«Nur los.»

«Nun, ich glaube, daß er während jener ersten fünf Jahre

durch das Opfer, das er gebracht hatte, über sich selbst emporgetragen wurde. Er war von Natur aus ritterlich. Er hatte alles, was das Leben für ihn lebenswert machte, aufgegeben, um die Frau zu retten, die er mehr als alles auf der Welt liebte. Ich glaube, er befand sich in einem Zustand ständiger Übersteigerung. Er liebte sie noch immer, von ganzem Herzen. Die meisten unter uns können sich immer wieder verlieben, und es geht vorüber; einige Männer können nur einmal lieben, und ich glaube, er war einer von ihnen. Und auf eine sonderbare Art war er glücklich, weil er es fertiggebracht hatte, sein Glück für jemand zu opfern, der dieses Opfer wert war. Sicher war sie immer in seinen Gedanken. Dann fuhr er nach Hause. Ich glaube, daß er sie noch genauso liebte wie früher, und wahrscheinlich hat er nie bezweifelt, daß ihre Liebe so stark und dauerhaft wie die seine war. Ich weiß nicht, was er erwartete. Vielleicht hoffte er, daß sie nicht länger gegen ihre Neigung ankämpfen und sich entschließen würde, mit ihm durchzugehen. Vielleicht hätte er sich auch mit dem Wissen zufriedengegeben, daß sie ihn noch liebte. Es war unvermeidlich, daß sie einander begegnen würden, sie lebten in der gleichen Welt. Er merkte, daß sie sich nicht mehr das geringste aus ihm machte. Er sah, daß das leidenschaftliche junge Mädchen sich in eine kluge, erfahrene Weltdame verwandelt hatte; er erkannte, daß er von ihr nie so geliebt worden war, wie er geglaubt hatte, und vielleicht kam ihm sogar der Verdacht, daß sie ihn kühl berechnend zu dem Opfer verleitet hatte, das ihre Rettung bedeutete. Er traf sie auf Gesellschaften, selbstbewußt und triumphierend. Er sah ein, daß die schönen Eigenschaften, die er ihr zugeschrieben hatte, nur in seiner Einbildung bestanden und daß sie nichts als eine ganz alltägliche Frau war, die nach vorübergehender Leidenschaft wieder in das ihr gemäße Leben zurückkehrte. Ein großer Name, Reichtum, gesellschaftliche Stellung, weltliche Erfolge: das waren die Dinge, auf die es ihr ankam. Er hatte alles geopfert: seine Freunde, seine gewohnte Umgebung, seinen Beruf, seine nützlichen Aufgaben in der Welt, alles, was dem Dasein Wert gibt — und alles für nichts. Er war betrogen worden, und das zerbrach ihn. Ihr Freund Walton hat es richtig erfaßt: er sagte, es sei gewesen, als ob das Leben aus ihm entwichen sei. So war es. Von da an war ihm alles gleichgültig, und das schlimmste von allem war vielleicht, daß er, obwohl er Lady Kastellan nun als das erkannt hatte, was sie war, sie immer noch liebte. Ich kenne nichts Zerstörenderes, als jemand von ganzem Herzen zu lieben und trotz aller Bemühungen von dieser Liebe nicht loszukommen, während man weiß, daß der Gegenstand dieser Liebe wertlos ist. Vielleicht ist er darum auf Opium verfallen. Um zu vergessen und sich zu erinnern.»

Das war eine lange Rede, die ich gehalten hatte, und ich schwieg jetzt.

«All das ist aber nur Phantasie», meinte Low.

«Das weiß ich», erwiderte ich, «aber ich glaube, es trifft auf die Umstände zu.»

«Es muß doch ein Zug von Schwäche in ihm gewesen sein. Sonst hätte er dagegen angekämpft und es überwunden.»

«Vielleicht. Vielleicht ist ein so großer Charme, wie er ihn besaß, immer mit einer leichten Schwäche verbunden. Vielleicht lieben wenige Menschen mit solcher Ausschließlichkeit und Hingebung, wie er es getan hat. Vielleicht wollte er nicht kämpfen und überwinden. Ich bringe es nicht fertig, ihn zu verurteilen.»

Weil ich befürchtete, sie könnten es zynisch finden, unterließ ich es hinzuzufügen, daß Jack Almond, wenn er nur nicht diese wunderbar langen Wimpern gehabt hätte, vielleicht jetzt noch lebendig und munter da sein könnte, als Gesandter bei einer fremden Macht und auf dem besten Weg zu der Botschaft in Paris.

«Wir wollen ins Wohnzimmer», sagte Mrs. Low. «Der Boy möchte den Tisch abräumen.»

Und das war das Ende von Jack Almond.

LORD DUNSANY

Es ist zu lange her

Als Mr. Lintan eines schönen Sommertages auf einer Geschäftsreise war — all seine Reisen waren geschäftlicher Art —, führte ihn die Straße, über die sein Wagen glitt, an die Südküste, und als er gegen Mittag am Strand entlangfuhr, kam ihm der Wind in heftigen Stößen vom Wasser her entgegen und machte ihn erst einmal rechtschaffen hungrig, so daß er seinem Chauffeur sagte, er solle halten. Mit einem tüchtigen Butterbrotpaket versehen stieg er aus, ging ans Meer hinunter, setzte sich auf eine Bank des Verkehrsvereins und aß seinen Lunch.

Und als er seinen Hunger gestillt hatte, kam ihm dann der zweite Einfall, und vielleicht wurde er ihm übers Wasser zugeweht, oder die weiße Häuserzeile, die im hellen, südlichen Lichte schimmerte, trug ihm alte Erinnerungen zu. Und er dachte an diesen Badeort, wie er vor fünfzig Jahren ausgesehen hatte, ehe er ein modischer Kurort wurde, und an ein junges Mädchen, das damals fünfzehn Jahre alt war, und er war nicht viel älter gewesen: sie hatten beide auf einer dieser Bänke gesessen, ja genauso einer wie dieser, auf der er jetzt saß. Wie merkwürdig, daß er an sie denken mußte! Sie hatte ihn bestimmt längst vergessen!

Vermutlich war es das Meer, das sie ihm wieder in den Sinn gebracht hatte, denn das Meer hatte genau die gleiche Sprache wie damals und hatte sich überhaupt nicht verändert. Auch die Häuser hatten sich nicht sehr verändert, doch war die Stadt viel größer geworden und dehnte sich nun zu beiden Seiten so weit aus, daß er nicht erkennen konnte, wo das Fremdenheim lag, das er so gut gekannt hatte.

Das Fremdenheim hatte ihrer Mutter gehört, die wohl schon längst nicht mehr lebte. Das junge Mädchen war das einzige Kind gewesen, und sicher gehörte ihr jetzt das Haus. Er fragte sich, welches es wohl sein mochte, aber er konnte es nicht erkennen. Sie hatten aufs Meer geschaut und darüber geplaudert und überlegt, wie tief es wohl sei, und wie die fernen Küsten wohl aussähen, und ob es tatsächlich so etwas wie eine Seeschlange gäbe, und weshalb das Seewasser salzig sei. Sie hatte blondes Haar, und manchmal lag die Sonne ganz golden darauf...

Es war alles schon so lange her, daß sie sich wohl nicht mehr an den jungen Menschen erinnern konnte, der er damals gewesen. Jetzt war er ein sehr erfolgreicher Kaufmann und schritt langsam und gesetzt einher, falls er überhaupt zu Fuß ging — wie konnte sie in ihm wohl den jungen Stift erkennen, der bei ihnen im Familienheim gewohnt hatte! Und als das Meer sich Welle um Welle am Strand überschlug und ihm die alten Erinnerungen bis dicht vor die Füße spülte, wunderte er sich, weshalb es gerade diese aus der Vergangenheit geholt hatte. «Sehr merkwürdig», dachte er, «wirklich sehr merkwürdig!» Und die letzten drei Worte äußerte er sogar laut.

«Wie bitte?» fragte eine ältere Dame, die offensichtlich eine Perücke trug. Anscheinend hatte sie sich, während er in Träumereien versunken war, aufs andere Ende der Bank gesetzt, und seine Geistesabwesenheit war wohl durch die trägen kleinen Laute verursacht worden, in denen das Meer schon seit vielen, vielen Jahrtausenden sprach. Die Dame war dick und stattlich, und ihr Haar war bläulich schattiert.

«O Verzeihung», sagte er. «Ich fragte mich nur gerade, ob eine Miss Ardner — ich weiß zwar nicht, hat sie inzwischen geheiratet oder nicht? — sie war eine Tochter von Mrs. Ardner, der das Familienheim dort in der Häuserzeile gehörte — etwas rückwärts gelegen, in einem jener Blocks —, ob sie noch dort wohnt?»

«Noch dort wohnt?» fragte die Dame mit der Perücke.

«Ja, ich dachte bloß», sagte Mr. Lintan. «Vielleicht kennen Sie das Stadtviertel hier?»

«Ja, ich wohne hier», bestätigte sie.

«Dann könnten Sie mir vielleicht erzählen, was aus ihr geworden ist?» fragte Lintan.

«O ja», nickte die alte Dame langsam. «Der Name kommt mir bekannt vor. Ja, natürlich kannte ich sie! Oh, die wohnt nicht mehr hier!»

Mr. Lintan stieß einen kleinen Seufzer aus, der in den lauten Seufzern des Meeres unterging.

«Nein, sie zog fort», berichtete nun die alte Dame. «Sie heiratete und zog fort. Sie heiratete einen fremden Fürsten. Ein junger Prinz war es, aus einem jener Länder da unten auf dem Balkan. Er trug eine schöne hellblaue Uniform mit silbernen Schnüren. Und er fuhr in einem vierspännigen Wagen vor, vier Schimmel mit silbernem Zaumzeug, und der Kutscher hatte eine goldene Kokarde auf dem Hut und eine prachtvolle Livree an. Ich glaube, ich könnte sie Ihnen noch heutigentags beschreiben ...»

«Aber Sie sagten, sie zog fort?» fragte Mr. Lintan.

«O ja», erwiderte die alte Dame, «natürlich! Sie zog fort. Sie reisten in der schönen Kutsche ab, und die Pferde hatten Glöckchen am Geschirr.»

«Und sie kam nie wieder?» fragte er.

«O nein», antwortete sie, «niemals! Sie ist jetzt eine Prinzessin in einem fremden Land. Das Haus wurde schon vor Jahren verkauft, und die jetzige Besitzerin will keine Gäste aufnehmen. Deshalb bin ich auch nie hingegangen, und auch keiner aus meiner Bekanntschaft. Sie ist berüchtigt wegen ihrer Grobheit. Doch Miss Ardner, die nun eine Prinzessin ist, reiste für immer fort, noch weiter als Wien, wie es heißt, und sie soll irgendwo in dem Lande da unten am Hofe des Königs leben.»

«Welches Königs?» fragte er.

«Des Königs auf dem Balkan», sagte sie. «Und einen wunderbaren Park soll sie haben, mit allen möglichen Tieren drin.»

«Was für Tieren?» erkundigte er sich.

«Wölfen und Bären», erwiderte sie.

Da war er ein Weilchen still, blickte aufs Meer oder lauschte auch nur seiner Stimme, die ihm diese alten Erinnerungen zurückgebracht hatte. Schließlich sagte sie, um das Schweigen zu brechen:

«Vielleicht kommt sie eines Tages mit ihrem Prinzen her. Der Ort wird jetzt oft von fremden Herrschaften aufgesucht. Es ist ein schöner Kurort. Kann ich ihr vielleicht eine Bestellung ausrichten?»

«Nein», sagte er. «Sie wird sich meiner nicht mehr erinnern. Es ist zu lange her.»

«Ja, das ist es wohl», nickte sie.

Er sah sie einen Augenblick überrascht an, doch sie fuhr fort:

«Die Zeit vergeht so schnell!»

«Ja», erwiderte er, «allerdings!»

Und diese Worte schienen ihn daran zu erinnern, daß er ja geschäftlich zu tun hatte, und er stand auf und kehrte zu seinem Wagen zurück. Und die dicke Dame blieb auf der Bank sitzen und sah aufs Meer hinaus und hörte seine unzähligen Seufzer — Seufzer um Dinge, so schien es ihr, die geschehen waren, als es überhaupt noch keine Häuser gegeben hatte. Und in diese Stimmen aus fernster Vergangenheit mischte sich plötzlich die Stimme von Mrs. Yannock, ihrer Freundin.

«Guten Tag, Mrs. Brown», sagte sie.

«Oh, wie nett!» rief Mrs. Brown.

Mrs. Yannock nahm Platz, und eine Weile war nur die Sprache des Meeres zu hören.

«Sie sehen aus, als hätten Sie mir etwas zu erzählen», meinte Mrs. Yannock.

«Ja», sagte die andre. «Er war da!»

«Doch nicht Mr. Brown?» rief die Freundin staunend.

«Nein, nein, nein», sagte die dicke Dame.

«Mr. Lintan etwa?» fragte Mrs. Yannock.

«Ja.»

«Und er hat Sie sofort erkannt?»

«Nein, natürlich nicht.»

«Dann haben Sie ihm also gesagt, wer Sie sind! Wie reizend!»

«Nein, ich habe es *nicht* gesagt. Ich hasse es, etwas kaputtzumachen! Wissen Sie, so wie die Dienstmädchen einem immer Sachen zerbrechen, wenn sie Staub wischen. Ich finde es scheußlich! Ein schönes Porzellangefäß stoßen sie einem einfach mit ihrem alten Staubwedel um, und es zerbricht in tausend Stücke, und all die schönen Erinnerungen, die daran hängen, ebenfalls. Die dummen, gedankenlosen Mädchen die! Ich jedenfalls wollte nichts kaputtmachen, nicht seine Erinnerung an mich, einerlei, was aus der meinen wurde . . .»

«Und so haben Sie überhaupt nichts gesagt?» staunte Mrs. Yannock. «Kein Wort angedeutet? Warum denn nur nicht?»

Das Meer seufzte ein-, zweimal, ehe Mrs. Brown antwortete. «Damit er auch weiterhin von einem Mädchen mit goldenem Haar träumen kann», erwiderte sie, «von einem gertenschlanken Mädchen mit flinken Füßen. Ich weiß nämlich jetzt, daß er's tut!»

DETLEV VON LILIENCRON

Der letzte Gruß

Lieber Doktor.
Meine Frau ist so abscheulich gewesen, mir auf acht Tage meine Schwiegermutter vorzuziehen; ich bin Strohwitwer. Kommen Sie, wenn irgend möglich, heute abend zu mir zum Essen. Keine Widerrede. Ich muß außerdem mir eine Geschichte vom Herzen wälzen, an die ich seit Jahren nicht dachte, und die heute durch ein paar Hebbelsche Strophen mir dermaßen wieder vor die Seele gerückt ist, daß ich mich durch ihre Erzählung freimachen muß. Sie kennen mich ja.
Übrigens sind auch die ersten Metzer Spargel angekommen.
Ihr ergebenster Fehrs

War das wieder ein Schlußunsinn. Hebbel und Spargel. Trotz unsrer jahrelangen Bekanntschaft blieb mir mein Freund, der Kommerzienrat Fehrs, ein Rätsel.

Das Diner war, wie immer, vortrefflich gewesen. Bald hatten wir uns ins Rauchzimmer zurückgezogen.

Kennen Sie von Hebbel ein Gedicht, begann der Kommerzienrat: Letzter Gruß? Ich hatte es bisher nicht beachtet. Die beiden letzten Strophen lauten:

Immer lächelnd, immer freundlich,
Und erst in dem letzten Schmerz
Preßte sie, zusammensinkend,
Ihre Hand aufs arme Herz.

Ach, ihr Herz war wie ein Spiegel:
Erst, als es gebrochen war,
Wurde mir sein schaurig-süßes,
Himmlisches Geheimnis klar.

Sie erschütterten mich so, daß ich das Buch aus der Hand legen mußte. Die Erinnerung an ein Ereignis in meinen jungen Jahren zog wie eine dunkle Wolke mit großer Schnelle zu mir her. Und nun hören Sie:

Mein Vater, ein wohlhabender Kaufmann in Kiel, peinlich genau und herrschsüchtig, hatte mich, den einzigen Sohn, zu seinem Nachfolger bestimmt. Ich hatte nicht die geringste Neigung zum Handelsfach. Meine flehentlichen Bitten, mich einen andern Beruf wählen zu lassen, halfen nichts. Nur das ertrotzte ich nach meiner Abgangsprüfung, mich ein Jahr in Heidelberg aufhalten zu dürfen. Das frische Studentenleben war mir wohltuend nach der väterlichen Zucht; ich war fleißig in meinen Arbeiten. Da traf nach Ablauf des Jahres der Befehl meines Vaters ein, unverzüglich mich nach Hamburg zu begeben, um dort im Bankhaus von C. F. Möller eine Gehilfenstelle anzutreten.

Mit erregtem Herzen reiste ich ab, meldete mich in Hamburg bei meinem Chef und versuchte, mich in diese ganz neue Lebensweise zu fügen. Wie schwer es mir wurde, brauche ich kaum zu erwähnen. Die Buchhalter, die Kommis, die Lehrlinge waren mir zuwider. Aber allmählich gewöhnte ich mich an meine neue Stellung. Ich fand hier und da unter meinen Mitarbeitern einen feinen, gebildeten Menschen. Besonders einer wurde mein Freund: Gustav hatte wie ich eine Universität besucht. Das war an sich schon ein Bindemittel. Nicht grade zu meinem Vorteil hatte ich mich ihm angeschlossen: wild, zügellos, gierig nach Genuß, suchte er in mir die Moral zum Wachsen zu bringen: Wir sind nur einmal jung, deshalb wollen wir genießen.

Fast täglich, in den Abendstunden, machte er Entdeckungsreisen, wie er es nannte; er zog dann in kleinen, das Tageslicht scheuenden Kneipen umher. Es ist überraschend, sagte er mir, was für gutes Ale, welche hübschen Mädchen ich zuweilen finde. Besonders der Hafen war seine Gegend, wo er auf «Entdeckungen» ausging.

Eines Morgens trat er hastig auf mich zu: «Alle Wetter, Fritz, gestern habe ich etwas gefunden; heute abend mußt du mit.»

«Was denn, Gustav, eine gute Bierquelle?»

«Nein, ein Mädchen; nein, zwei Mädchen; nein doch, Mutter und Tochter. Beide sehen gleich jung aus. Die Mutter kann nicht älter als fünfunddreißig sein, die Tochter noch nicht siebzehn Jahre.»

«Wo denn, Gustav?»

«In irgendeiner der verdammten kleinen Straßen am Hafen; Enkholz, glaube ich. Himmel, saß da eine Gesellschaft zusammen. Kapitäne, Steuerleute, verkappte Polizisten, mancher auch mit anständigem Gesicht. Junges Mädchenvolk ging aus und ein. Eine alte Kupplerin war auch dazwischen, ein wahres Scheusal. Sie unterhandelte fast den ganzen Abend mit einem blassen, gutgekleideten jungen Herrn ... Und ein Gelächter, Gesinge, Gesaufe. Aber guter Stoff. Revolver brauchen wir nicht mitzubringen. Kommst du also mit, heut abend?»

«Ja.»

«Gut, um sieben hole ich dich ab.»

Und abends um sieben Uhr waren wir auf dem Wege nach der Kneipe. Es war Mitte April. Eine wunderbare, weiche Regenstimmung lag im Westen. Wir knöpften unsere Sommerüberzieher auf, weil es zu warm wurde. Vom Michaelisplatz bogen wir südlich ab und verloren uns bald in enge, schmutzige Straßen.

«Wie lange denn noch, Gustav?»

«In zwei, drei Minuten sind wir da. Laß dich nicht durch dieses Schmierviertel abschrecken, es wird wieder besser.»

Und es wurde auch bald «besser». Breitere Straßen, Plätze, und ... «Hier», sagte Gustav rasch; «folge mir.» Es schien mir nicht außergewöhnlich, daß wir einen guterhaltenen Torweg durchschritten. Plötzlich standen wir auf einem engen Hofe. Aus den Fenstern zu ebner Erde links drang Kreischen und Lachen zu uns.

«Hast du Angst, Fritz?»

«Dummes Zeug, vorwärts.»

Und dann waren wir mitten in der wüsten Gesellschaft, die, ohne auf uns zu achten, weiter lärmte und trank. Es war der Wirtin Geburtstag, und wir wurden von dieser, einer noch auffallend schönen jungen Frau, eingeladen, ihn mitzufeiern. Als Gustav und ich eine Bowle bestellt hatten, setzten wir uns, wo wir Platz fanden. Allerdings, Gustav hatte recht gehabt, es war eine merkwürdige Zusammensetzung. Ein einäugiger, hagrer Greis sang Lieder zur Zither. Oft sang er allein, oft, namentlich im Kehrreim, begleiteten ihn alle. Er saß zwischen zwei Mädchen, die ihn am Barte zupften; er verteidigte sich, indem er die linke Hand plötzlich von den Saiten riß und ihre Finger schlug. Dadurch entstanden schreckliche Mißtöne; der Greis aber ließ sich nicht irremachen, mit großer Sicherheit fiel er jedesmal wieder ein. Mir gegenüber, im Sofa, saß kerzengrade ein bildhübscher junger Mensch, der ab und zu mit finsterm Blick auf eine neben ihm sitzende «Dame», die ihn zärtlich beobachtete, hinuntersah; er war völlig betrunken. Plötzlich fing er an, mich anzustieren. Dann, sich mit einem Ruck erhebend, daß die Gläser klangen, sprang er auf, machte mir eine tiefe Verbeugung und sagte: «Gestatten Sie, daß ich mich Ihnen vorstelle: Graf Hünneberg.» Ins Sofa zurückfallend, stierte er wieder, in kerzengrader Haltung, vor sich hin. Die alte Vettel war auch da; sie sprach eifrig einem blutjungen, schwarzäugigen Mädchen, das den Kopf gesenkt hatte, zu. Dann waren anwesend Kapitäne und junge Kaufleute; Gott weiß, wer alles. Zwischendurch immer, in bunter Reihe, kauerten und lachten und schrien und tranken die Weiber; manches junge Gesicht unter ihnen, aber auch alte, verschminkte, oft traurig und elend aussehend.

Ich sah mich nach meinem Freunde um; ja, wo war denn Gustav? Ich suchte ihn vergebens im Kreise. Da drang ein furchtbarer Schrei aus den hintern Zimmern zu uns; wie von einem Tier, das einen plötzlichen Schmerz empfand. Und in demselben Augenblick zeigte sich auch in der Tür aus der Nebenstube ein wildes Mädchenangesicht. Die kurzen, schwarzen Indianerhaare lagen wie dunkle Blumen um die Stirn, grüne Augen blitzten zu uns herüber; an den sinnlich feuchten Lippen saß Blut. Ich stand wie gelähmt.

«Wat wär dor los? Wat is?» rief die Wirtin.

«Nix, Mudder; ich hev em man blots den Finger afbieten; he wull mi ni loslaten.»

Mutter und Tochter, sich auffallend ähnlich, standen sich gegenüber. «Wat, du verdammte Dirn, wat häst du dahn? De Gäst wist du mi herutsmieten. Keen Wien, keen Beer ward mehr drunken» — und hageldicht fielen die Hiebe der Mutter auf ihre Tochter, die ihren Nacken willig bog.

«Genug, genug», rief ich und riß das Mädchen weg zu mir; «noch ein Schlag, Madame, und ich hole die Polizei.»

Ein sinnbetäubendes Bravo erschallte. Und die Mutter? Nun, die Mutter lachte laut, nahm ein Glas und schrie: «Der junge Herr soll leben!»

Das Mädchen stand noch hinter mir; ich hatte mit meiner linken Hand ihre Rechte umkrampft; sie sah mich mit großen, entsetzten Augen an; die Brust hob und senkte sich stürmisch.

«Wische dir das Blut vom Munde, Mädchen», sagte ich rauh. Sie tat es mit der Linken, zuckend, zitternd, mich immer scheu ansehend, starr, finster, trostlos.

Ein tiefes Mitleid regte sich in mir. Aber, zum Kuckuck, ich hatte vergessen, nach meinem Freunde zu suchen. War er es gewesen, der eben so markerschütternd geschrien? Ich stürzte ins Nebengemach. Da lag er, ohnmächtig. Die linke Hand war blutüberströmt. Ich untersuchte ihn sofort. Der Zeigefinger war nicht abgebissen; aber bis auf den Knochen frei, hing er nur eben an der Hand.

Es hat lange Zeit gedauert, bis mein Freund geheilt war. Eine Lehre ist es ihm denn doch gewesen.

Als ich die Wirtschaft mit meinem schwerverwundeten Begleiter verließ, um in einer Droschke zum nächsten Arzt zu fahren, huschte die junge Tochter mit den Eidechsenaugen zu mir in die Haustür: «Kommen Sie morgen abend wieder.»

Ich schlief die Nacht schlecht. Die wüstesten Bilder und Träume schreckten mich aus den Kissen. «Kommen Sie morgen abend wieder.» Wer hatte denn das gesagt? Und ich schlief wieder ein. «Kommen Sie morgen abend wieder» — ich wachte; flüsterte, raunte es mir eben wieder ins Ohr? Hastig, ängstlich, gepreßt, wie eine Rettung suchend? Fühlte ich wieder in nur sekundenlanger Berührung eine junge Mädchenbrust an meiner Schulter?

«Kommen Sie morgen abend wieder.» Ich sprang aus dem

Bett: Den Teufel werde ich tun. Ich konnte nicht länger schlafen. Wie widerwärtig, wie ekelhaft war das Blut an den jungen vollen Lippen gewesen. Aber den ganzen Tag mußte ich an das Mädchen denken. Ein starkes Mitleid für das arme Ding lagerte sich breit in meinem Herzen, und — am Abend war ich in der Kneipe.

Es saßen nur zwei ältere Herren im Sofa, die, soviel ich mich erinnern konnte, gestern nicht in unserer Gesellschaft gewesen waren. Die Wirtin mußte mein Eintreten gehört haben. Sie erschien bald, mit herunterhängenden Haaren, gut angezogen, flink, jugendlich aussehend. Lachend trat sie zu mir, ohne Verwunderung, mich wieder in ihrem Restaurant zu sehen. Sie renommierte wie ein Mann: «Haben Sie keinen Kater, junger Herr? Ich habe solches Kopfweh heute; wir saßen noch bis fünf Uhr morgens auf, wir waren alle tüchtig betrunken; Hanne schläft noch.» Aber Hanne schlief nicht, denn die Tür öffnete sich, und in der Öffnung zeigte sich das Mädel, in einem schwarzwollnen, bis zum Halse reichenden Kleide. Als sie mich sah, floß eine Purpurwelle über ihr Gesicht; sie stieß einen kreischenden Schrei aus, wie ihn der Falke in wilder Lust ausstößt, wenn er hoch überm Wald steht im Sonnenlicht. Und dann war sie wieder verschwunden.

«De dumme Dirn», sagte die Mutter, und dann rief sie laut: «Hanne, Hanne, komm doch rin.» Aber Johanne erschien nicht. Als ich nach einer halben Stunde aufbrach, merkte ich auf dem Flur an einer Türspalte Hanne. Ich ging sofort drauf los und öffnete sie ganz. Das Mädchen war in eine Ecke geflohen und weinte, die Augen mit den Händen bedeckend, leise vor sich hin. Ich trat zu ihr. Da ließ sie die Hand fallen, sah mich an und lachte aus vollem Halse, roh, kreischend. Sie merkte, wie unangenehm mich ihr Gebaren berührte, und wie von einem plötzlichen Entschluß gefaßt, riß sie meine Hände an ihren Mund und küßte sie.

«Hanne! Hanne, laß das; das mag ich nicht.»

«Ach Unsinn!» rief sie übermütig, und dann sagte sie leise: «Wie gut Sie sind, und daß Sie kamen.»

«Ja, aber wenn Sie weglaufen, dann kehre ich nicht wieder.»

«Ach, bitte, bitte» —

Und am folgenden Abend war ich wieder im Enkholz.

Liebte ich denn das hübsche Mädchen? Nein. Und doch las ich Eichendorff mit dem hellsten Entzücken. Aber auch wilde, lüsterne Gedanken wurden in mir rege. Das Mädchen wäre mit mir in alle Welt gegangen.

Und auch an den folgenden Tagen war ich in dieser Kneipe.

Hanne setzte sich dann sofort zu mir, ungeniert; legte den Arm um meinen Hals, was mir unangenehm war. Aber ich ließ es geschehn. Ob Gäste da waren oder nicht, das war ihr gleich; sie wich nicht von meiner Seite. Ich galt bei der ganzen dort verkehrenden erlauchten Gesellschaft als ihr «Liebster». Es schwankte in mir auf und ab. Das Verhältnis mußte gelöst werden. Bald fand sich eine Gelegenheit: Als ich eines Abends, später als gewöhnlich, bei Mutter und Tochter eintrat, waren sämtliche Anwesende, auch die Wirtin und Johanna, betrunken. Ein furchtbares Jauchzen und Kreischen übertönte Gespräch und Gelächter. Das Mädchen erkannte mich; sie lief, schwankend, auf mich zu. Aber ich stieß sie hart zurück und ging schaudernd nach Hause. Am andern Tage schrieb ich ihr, daß ich nicht wieder in die Wirtschaft kommen und sie nicht mehr sehen würde; nach dem gestern abend Erlebten dankte ich ein für allemal, sie je wieder vor Augen zu haben.

Und in der Tat war ich froh, so die mir lästig werdende Fessel abgestreift zu haben; auch hätte ich nicht mehr in der mir höchst widerwärtigen Gesellschaft verkehren können.

Zwei Tage waren dahingegangen. Es war im Anfang des Mais. Der Schlehdorn blühte. Die Buchfinken schmetterten. Ich hatte «Don Carlos» gesehen und schlenderte in der schönen Nacht nach meiner Wohnung in Sankt Georg. Es mochte nach Mitternacht sein, als ich meine Wohnung erreichte. Die Straße war leer. Als ich den Schlüssel in die Tür stecken wollte, kam aus dem Dunkel des Rundbogens ein Weib rasch auf mich zu; es war Johanna.

«Du hier? Mein Gott, was soll das, was willst du hier?»

«Ich will mit dir gehn; ich will nicht wieder nach Hause. Ich kann da nicht mehr sein. Nimm mich zu dir.»

«Das geht nicht, Johanna. Ich mag kein Mädchen in meine Wohnung nehmen. Du mußt nach Hause gehn. Wir sind überhaupt quitt. Du weißt, weshalb.»

«Ich gehe doch mit dir jetzt, Fritz», sagte sie trotzig.

«Du wirst nicht mitgehn», erwiderte ich barsch und wandte mich ab.

«Schlage mich tot, dann ist es aus.» Sie weinte heftig.

«Geh nun», fuhr ich sie an, «die Polizei wird kommen und dich mit auf die Wache nehmen, wenn du nicht nach Hause eilst.»

Sie wurde wieder trotzig.

«Gut, die Polizei soll mich holen; hier, von deiner Tür weg.»

Ich schloß die Tür auf. Sie sah finster meinem Gebaren zu, rührte sich aber nicht vom Fleck. Ich hörte sie stöhnen vor Schmerz, als ich von innen wieder verriegelt hatte.

Bald war ich fest eingeschlafen. Aber schon nach einer Viertelstunde erwachte ich. Ich hörte meine Stutzuhr zwei schlagen.

Ob sie noch unten steht? Ob sie weggegangen ist? Ich kleidete mich rasch an und ging an ein vorspringendes Fenster meiner Wohnstube, von wo aus ich die Haustür sehen konnte. Es war heller Vollmondschein. Ich trat vorsichtig an die Gardine und sah gespannt hinunter.

Bei Gott! da war sie noch. Sie kauerte auf den Stufen; das Haupt ruhte auf den Knien; sie war eingeschlafen. Nein, sie schlief nicht, denn sie drehte, in der hockenden Stellung bleibend, ihren Kopf nach meinen Fenstern. Wie der Mond sein ruhiges, sanftes Licht in ihren grünen Augen strahlen ließ!

Doch was ist das? Auf der toten Straße kamen langsam zwei Schutzleute heran; die Helme blitzten. Das Mädchen hatte sie gehört, und im Husch sprang sie auf und preßte sich hart an die Tür. Sie stand im Schatten. Die beiden Männer gingen in ruhigem Gespräch vorüber.

Das ist zuviel für dich, armes Tier.

Ich holte den Hausschlüssel und schloß auf. Wie sie gehorcht haben mag, als sie das Geräusch hörte. Die Tür ging auf.

«Hanne», sagte ich leise. Sie stand vor mir. Nie habe ich einen so seligen Ausdruck im Gesicht eines Weibes gesehn. Nur einmal flog's über die Augen, über Stirn und Lippen wie ein Triumph; eine siegreiche Königin schaut so.

Ich nahm sie mit auf mein Zimmer, und von Stund an blühte

die schöne Menschenblume fröhlich und lustig an meinem Herzen — aber nicht in meinem Herzen.

Ja, was nun? Da fiel mir ein, daß ich Geld hatte. Ich mietete für sie ein hübsches Gartenhaus in Hamm, damit sie Schutz fände vor ihrer Mutter. Es machte mir kein geringes Vergnügen, sie in den neuen Verhältnissen zu beobachten: Welchen Geschmack entwickelte sie; wie gut sie sich kleidete; wie sie bald wußte, wie der Handschuh angezogen werden muß; wie hübsch sie das Stellen der Möbel verstand.

Sie hing mit sklavischer Liebe an mir. Das aber hinderte sie leider nicht, ihre alten Mädchenbekanntschaften weiter zu pflegen. Zuweilen waren die Zimmer ganz voll von fragwürdigen Dämchen. Diese dann mußten alles bewundern. Die weibliche Eitelkeit und die seit Eva allen Frauen angeborene Sucht, den Neid ihrer Mitschwestern zu erregen, war ihr, ich muß es gestehn, in hohem Grade gegeben. Selbst die alten Lokale suchte sie auf. Bei ihrer Mutter erschien sie wieder: immer aufs höchste beneidet wegen ihrer Kleider, Lackstiefel, Hüte, Spitzen und was weiß ich! Ich selbst mußte in der ersten Zeit ab und zu mitgehn als ihr angebundener Bär. Ich war in sie verliebt, aber ich liebte sie nicht. Bald hörte meine Begleitung auf, und ich verbat mir auch jeglichen Besuch ihrer Freundinnen. Das konnte sie gar nicht begreifen, aber sie gehorchte. Ob sie heimlich, und wann wüßte nicht das Weib Mittel und Wege, ihre Kameradinnen empfing, ich glaube es.

An einem Herbstabend erzählte sie mir ihre Geschichte. Mein Mitleid steigerte sich. Aus dem Mitleid wächst oft die Liebe. Bei mir trat das nicht ein.

Sie erzählte: Als ich fünfzehn Jahre alt war, war ich fast so kräftig entwickelt wie jetzt. An einem Winterabend saßen viele laut lachende, betrunkene Herren bei meiner Mutter, die selbst viel Wein genossen hatte. Die Herren tuschelten viel miteinander, dann schrien sie plötzlich nach den Würfeln und spielten eifrig, mit größerem Interesse als sonst. Das Spiel war bald beendet: Ein großer, starkknochiger Steuermann hatte gewonnen. Er stand auf, und unter dem furchtbarsten Gelächter aller Anwesenden und meiner Mutter kam er auf mich zu und — ich war leichenblaß geworden, als er auf mich zutrat — riß mich mit sich fort. Ich stieß ihn vor die Brust, ich raufte ihm das Barthaar, ich biß ihm die Hände ... ich wußte nicht mehr, ob ich lebe ... Bald darauf lag ich in unsrer Küche im Blute: ich hatte mir ein großes Brotmesser mit aller Macht in die Brust gestoßen ... Ich starb nicht ... Meiner Mutter mußte ich nun Folge leisten: Gab einer von den Herren zwei Flaschen aus, so hatte er das Recht, im hintern Zimmer mit mir zu trinken. Meine Mutter zwang mich dazu mit furchtbaren Schlägen ... Da lief ich weg. Die Polizei nahm sich meiner an: Ich kam in eine Besserungsanstalt. Aber was hatte ich denn getan? Ich entfloh dort bald und ging an das erste beste Theater, wo mich der Direktor sofort annahm, aber unter Bedingungen! Gab es denn auf der ganzen Welt keinen guten Menschen? Ich wollte, ehe ich mich ins Wasser stürzte, noch einen Versuch bei meiner Mutter machen. Ich ging zu ihr und bat um Aufnahme. Meine Mutter, mein hübsches Gesicht betrachtend, ging drauf ein. Ich versuchte, ein braves Mädchen zu sein. Und so trafst du mich. Du warst der erste auf Erden, der für mich eintrat. Eine grenzenlose Liebe und Dankbarkeit will ich dir dafür bis zum Tode bewahren.

Aber diese Liebe und «Dankbarkeit» wurde mir lästig. Ich schmiedete im stillen Pläne, mich von ihr zu trennen. Endlich fiel es mir ein: Ich schrieb meinem Vater, daß ich krank sei und mich in Kiel ein halbes Jahr erholen müsse. Meine Eltern willigten ein, und am nächsten Tage saß ich, ohne von ihr Abschied genommen zu haben, auf der Bahn. Von Kiel aus schrieb ich ihr, daß ich nicht mehr zurückkäme; sie möchte die Wohnung behalten und Geld fordern, wann und wieviel sie immer gebrauche. Am dritten Tage erhielt ich den einzigen Brief, den sie je an mich geschrieben hat. Er lautete:

> Innigst geliebter Fritz!
> Lebe ich denn noch? Daß Du von mir gegangen bist was That ich Dir und hast Deine Hanne nun zu todt gemacht will ich wie ein jung Kätzgen ein Stein Nehmen und mir ins Wasser werfen. Gestern war die schlanke Mile bei mich die sagte die feinen Herrns sind immer so und lassen die Mädchens sit-

zen. Ich glaube es war ein Spaß von Dich innigst geliebter Fritz. Ich warte noch 8 Tage in meine Wohnung. Du kommst ja dann zurück. Das kann ich nicht glauben daß Du Deine Hanne tödten willst.

Deine Dich Innigst liebende und küssende Hanne

Ach was, Frauenzimmerpossen. Die wird schon bald auf meine Vorschläge eingehen, dachte ich und warf den Brief auf den Tisch. Nach fünf Tagen erhielt ich ein Schreiben aus Hamburg mit dem Siegel: Allgemeines Krankenhaus. Ich öffnete ahnungslos und las die Unterschrift: Prof. Dr. Bertuch, Chefarzt.

Und nun las ich ihn ganz:

Geehrter Herr Fehrs!
Auf die Gefahr hin, indiskret zu sein, kann ich nicht umhin, Ihnen die folgende Angelegenheit ans Herz zu legen, um so dringlicher ans Herz zu legen, als vielleicht von Ihrem Kommen oder Nichtkommen ein Menschenleben abhängt.
Vor drei Tagen wurde uns ein junges Mädchen im schwersten Nervenfieber gebracht, das sich bis heute so gesteigert hat, daß ich das Äußerste befürchte.
Euer Wohlgeboren haben, wie ich es an dieser Stelle und unter den gegenwärtigen Umständen ruhig aussprechen darf, in näherem Verhältnis zu dem jungen Mädchen gestanden. Die mit dem Tode ringende Kranke ruft in den Delirien unaufhörlich Ihren Namen und klagt in ihren Phantasien, daß Sie sie verlassen hätten.
Eine Möglichkeit der Rettung wäre, wenn Sie sich persönlich hier einstellen würden.
Ich stelle daher ergebenst anheim, sich nach der einen oder andern Seite schleunigst entschließen zu wollen.

Hochachtungsvoll p. p.

Mit dem nächsten Zuge schon fuhr ich nach Hamburg. Welche qualvollen drei Stunden. Hatte sie mich denn wirklich geliebt? War nicht alles nur «Dankbarkeit»? War es denn nicht alles nur befriedigte Eitelkeit gewesen? Nur das köstliche Gefühl, einmal aus den schrecklichen Verhältnissen, in denen sie bisher gelebt hatte, erlöst zu sein?

Am Hauptbahnhof nahm ich eine Droschke. Dem Kutscher ein Goldstück reichend, war ich in sechs Minuten am Mitteltor des großen Krankenhauses. Ich sandte dem Chefarzt meine Karte; auf der Stelle wurde ich vorgelassen. Ein feiner, blasser, klar und klug schauender Greis streckte mir die Hand entgegen: «Ich wußte, daß Sie kommen würden, Herr Fehrs. Ich werde selbst mit Ihnen auf Nummer 243 gehen. Vor der Tür lassen Sie mich auf einen Augenblick hinein. Ich muß sehen, wie es steht. Vielleicht kann ich Schwester Toni und die Wärterinnen auf einige Minuten entlassen.»

Wir gingen durch endlose Korridore. Endlich blieben wir halten: «Bitte, bleiben Sie hier, bis ich wiederkomme.»

Es war unheimlich still in dem großen Gebäude.

Der Professor öffnete die Tür und winkte: «Sie ist bei Besinnung und wird Sie erkennen. Äußern Sie sich nicht laut und stürmisch. Behalten Sie Ihre Ruhe.»

Und dann waren wir im Krankenzimmer. In einem Bett mit weißen Überzügen lag Hanne. Die Arme lagen bloß auf der Decke. Aus den kurzen schwarzen Haaren funkelten die Brillantohrringe, die ich ihr geschenkt hatte. Das blasse Gesicht lag, etwas zur Seite geneigt, in den Kissen ... Nun wandten sich die grünen Eidechsenaugen langsam — ach so schwer — zu mir. Ich hielt mich nicht länger und brach an ihrem Bette schluchzend nieder ...

Und eine schwache Stimme sagte: «Ja, liebest du mich denn?» (Sie sprach merkwürdigerweise lieb«e»st statt liebst.)

Ich konnte nicht antworten, ich mußte bitterlich weinen. Ihre weißen Hände umfaßten die meinigen. Sie zog sie an ihre Lippen und küßte sie. «Hanne, Hanneken, ich bleibe ja bei dir ... Ich gehe nicht wieder weg ...»

Das Mädchen sah mich seltsam, groß, glückselig an; dann fielen die Lider. Der Arzt führte mich sanft aus dem Zimmer.

Es wurde mir erlaubt, die Nacht bei ihr zu wachen. Sie kam nicht wieder zur Besinnung. Am andern Morgen nahm sie mir der gutmütige alte Knochenmann still aus den Armen ...

Und der Herbstmorgen war doch so schön, so frisch, so köstlich. Durch das geöffnete Fenster hörte ich fröhliche Kinderstimmen im Garten. Die Alsterdampfschiffe sandten ihre Pfiffe. Die Pferdebahnschellen klangen herüber. In den Linden hatten sich Hunderte von schwatzenden Staren versammelt. Und in all dieser Herrlichkeit und Fröhlichkeit mußte das schöne Mädchen von der Erde.

Quellenverzeichnis

Heinrich Böll, «Die unsterbliche Theodora», aus; *Gesammelte Erzählungen, Bd. 2,* Kiepenheuer & Witsch Verlag, Köln 1982.

Bertolt Brecht, «Die Antwort», aus: *Gesammelte Werke, Bd. 11,* Suhrkamp Verlag, Frankfurt am Main 1967.

Pearl S. Buck, «Die Liebenden», aus: *Die Liebenden,* Langen Müller Verlag in der F. A. Herbig Verlagsbuchhandlung, München.

Lord Dunsany, «Es ist zu lange her», aus: *Liebesgeschichten aus Irland,* Diogenes Verlag, Zürich.

Karlhans Frank, «Die über Nacht gewachsene Liebe». (Die Rechte liegen beim Autor.)

Christine Haidegger, «Distanz», aus: *Nicht mit dir und nicht ohne dich,* Rowohlt Verlag, Reinbek. (Die Rechte liegen bei der Autorin.)

Marlen Haushofer, «Eine sonderbare Liebesgeschichte», aus: *Schreckliche Treue,* Claassen Verlag, Düsseldorf 1969.

Ernst Heimeran, «Frühlingssonate», aus: *Frühling, Sommer, Herbst, Winter,* Carl Hanser Verlag, München und Wien 1981.

Marie Luise Kaschnitz, «Eisbären», aus: *Gesammelte Werke, Bd. 4,* Insel Verlag, Frankfurt am Main 1983.

Joe Lederer, «Das Engelchen», aus: *Von der Freundlichkeit der Menschen,* Langen Müller Verlag in der F. A. Herbig Verlagsbuchhandlung, München.

Siegfried Lenz, «Eine Liebesgeschichte aus Masuren», aus: *So zärtlich war Suleyken,* Hoffmann & Campe Verlag, Hamburg 1955.

Katherine Mansfield, «Herr Tauber und Frau Taube», aus: *Sämtliche Erzählungen, Bd. 2*, Kiepenheuer & Witsch Verlag, Köln 1980.

Somerset Maugham, «Eine flüchtige Beziehung», aus: *Schein und Wirklichkeit*, Diana Verlag, Rastatt.

Edda Rönckendorff, «Charlottes Ferien», aus: *Glück im Winkel*, Scherz Verlag, Bern und München.

Arthur Schnitzler, «Die Frau des Weisen», aus: *Gesammelte Werke. Die erzählenden Schriften 1*, S. Fischer Verlag, Frankfurt am Main 1961.

Miguel de Unamuno, «Wie die Zeit verflog». (Die Rechte liegen bei der Agentur Ute Körner, Barcelona.)

Lotte Wege, «Das Liebespaar», aus: *Neue Deutsche Hefte, Heft 6/Sept. 54*, Bertelsmann Verlag, Gütersloh.

Stetan Zweig, «Vergessene Träume», aus: *Gesammelte Werke in Einzelbänden. Verwirrung der Gefühle*, S. Fischer Verlag, Frankfurt am Main 1983.

Wir danken den genannten Rechtsinhabern für die Genehmigung zum Abdruck der Auszüge aus den obengenannten Werken. In jenen Fällen, in denen es nicht möglich war, den Rechtsinhaber resp. Rechtsnachfolger zu eruieren, konnte ausnahmsweise keine Nachdruckerlaubnis eingeholt werden. Honoraransprüche der Autoren oder ihrer Erben bleiben gewahrt.